路非·著

【典藏版】

6

魂兮归来

【下册】

青岛出版集团 | 青岛出版社

图书在版编目（CIP）数据

魂兮归来. 下 / 路非著. — 青岛：青岛出版社，2022.8
（凤逆天下：典藏版；6）
ISBN 978-7-5552-9236-4

I. ①魂… II. ①路… III. ①言情小说—中国—当代 IV. ①I247. 5

中国版本图书馆CIP数据核字（2022）第026564号

FENG NI TIANXIA〔DIANCANGBAN〕6 HUNXI GUILAI（XIA）

书　　名　凤逆天下〔典藏版〕6 魂兮归来（下）
作　　者　路　非
出版发行　青岛出版社
社　　址　青岛市崂山区海尔路182号
本社网址　http://www.qdpub.com
邮购电话　18613853563　0532-68068091
责任编辑　龚雅琴
特约编辑　孙红彦
校　　对　耿道川
装帧设计　小　贾
照　　排　孙顾芳
印　　刷　三河市良远印务有限公司
出版日期　2022年8月第1版　2022年8月第1次印刷
开　　本　16开（700mm×980mm）
印　　张　134
字　　数　1668千
书　　号　ISBN 978-7-5552-9236-4
定　　价　260.00元（全8册）

编校印装质量、盗版监督服务电话　4006532017　0532-68068050

第十九章 扶摇而上

跨进光耀殿的一刻，凰北月还是转身看了一眼，遥远的地方，似乎有人叫她的名字。

“是战野太子吧？”红烛转过头不确定地说。

凰北月没有说什么，打开光耀殿的结界走进去了。除了一层结界的阻隔，光耀殿和外面并没有什么不同，天空蔚蓝，清风微冷。光明神殿在远处，依旧光芒万丈。

凰北月看了一眼光耀殿，便朝另一个方向走去。她行踪隐秘，没有让人发现就来到孟祁天的住所外面。门紧闭着，两个人守在门外，还有一层结界环绕着。

凰北月毫不费力就解决了两个人，然后双手快速结了一个奇怪的印，结界上光芒一闪，门便开了。

孟祁天被关在房间里。她推开门进去，闻到一股浓浓的血腥味。被锁住琵琶骨的孟祁天被绑在一根柱子上，奄奄一息。圣君果然够狠！

凰北月走过去，伸手碰了一下他的额头，然后拿出几颗药丸塞进他嘴里。

吃了药，孟祁天才悠悠转醒，半睁开眼睛，看见她，慢慢地露出一个轻松的笑容：“你终于来了。”

“我一直以为你是个谨慎的人，没想到还会在红莲面前露馅儿。”凰北月把他放下来，解开锁链，让吱吱帮他敷药。

孟祁天苦笑道：“我也是不想被她坏事，谁知道……凰北月……”孟祁天的面色忽然严肃起来。

“怎么了？”

“你有几成把握？”

“五成吧。”凰北月淡淡地说，“你觉得有几成？”

“如果不考虑墨莲，我跟你一样。”孟祁天说着，忽然很认真地看着凰北月，“无极天锁，你若是看到圣君把四根无极天锁都从墨莲身体里取出来，那就立刻走，不要恋战，保命要紧。”

“无极天锁是什么东西？”这名字她也是第一次听说。

“严格来说，是一种封印术，只不过在墨莲身上就不同了。以往墨莲身体中有三根无极天锁，而最近圣君又取出一根，你大概发现了，墨莲比以前聪明了不少。”

凰北月点点头，想起在逍遥王府偷听圣君和墨莲说话，那时就觉得墨莲和以前不一样了：“那如果四根无极天锁都取出来，他会怎么样？”

孟祁天看着她，慢慢地说：“圣君的猛兽。”

后背闪过一阵寒意，凰北月道：“那金鸾神鸟呢？你说的究竟是不是真的？”

“我翻阅了光耀殿所有的典籍，应该不会错。”孟祁天嗞了一声，偏头看着吱吱：“不用缝针，这伤口会自己愈合的。”

吱吱抱着一根穿了线的绣花针，十分坚定地看着他：一定要缝针！

“真的不用了，谢谢你。”孟祁天连忙把衣服拉起来，不然真被这小圆球给缝了，就得不偿失了。

吱吱跳到凰北月怀里，抬着头吱吱呀呀跟她告状。凰北月揉揉它的头，把它放回灵兽空间里。

然后，她站起来，转了一下手腕，眼神冷冷地道：“那我们行动吧。”

孟祁天扶着椅子站起来，看着她笑道：“你似乎还有什么想问我的，关于招魂术？”

凰北月低下头看着自己的手，手指一张一合，道：“这其中必定有什么玄机吧？”

“墨莲的招魂术，可以随意将灵魂召回来。不过，召唤回来的灵魂不归他所有。若要把死去的人从地狱中永远赎回来，必须用一些东西去交换。”

“用什么交换？”凰北月有些好奇地道。

孟祁天道：“你知道这是逆天改命的事情，被赎回来的魂魄不会有来生，墨莲也要用剩下的寿命去交换，而且他死后会魂飞魄散。”

“我就知道没那么容易。”凰北月的神色还算平淡，她从来就不是会让自己拥有奢望的人，“要得到一些东西，必定要付出一些东西，等价交换，这才公平。”

“就是这样。”孟祁天似乎松了一口气，“死去的人就让他离开吧，也许来生会更好。”

凰北月笑笑，将小虎召唤出来，吩咐道：“留在孟祁天身边，别让他死了。”

孟祁天道：“我没那么弱吧？”

“我不喜欢冒险。”凰北月淡淡地说，又摸摸小虎的脑袋：“你长大了，我知道你不会让我失望。”

小虎呜了一声，用脸蹭蹭她的掌心。那么大的个头儿还撒娇，惹得孟祁天笑声不断。

“乖。”凰北月拍拍它的脸，转身便从窗户消失了。

光耀殿各处的结界都被孟祁天找到了破解的办法。以他对从小生活的光耀殿的熟悉，做这些事情自然不用费多大的力气。凰北月真心感觉，有一个内奸真好。

她潜进红莲殿，红莲却不在里面。她犹疑了一下，立刻直奔光明神殿。碍手碍脚的人被孟祁天解决得差不多了，一路上畅通无阻。

她推开光明神殿的大门走进去，绚烂的火光照着她的眼睛。她冷冷地瞥了一眼安静的四周，然后抬起头，看向灯火的尽头。帘子后隐隐约约有个身影，可她一眼就看出来，那不是圣君。

她放慢脚步，一步一步走上去，冷冷地道：“圣君什么时候居然也喜欢玩装神弄鬼的把戏？”

帘子后的人没有回应。她大步跨上去，掀开帘子，目光一凝，心里一阵恶寒。

那人是……红莲！只不过是已经死去的红莲。她脸上被烧伤一半，所以死状非常惨。那暴突的眼睛直直地看着她，已经没有半点儿光彩，可是那死去的眼神是如此悲伤。

她手里抓着一块玉佩。那玉佩凰北月认得，是她假扮红莲的时候，带着墨莲在南翼国游历，他买东西上了瘾，各种各样的小玩意儿买了很多，这玉佩也是其中之一。这玉佩色泽碧绿，水润通透，是难得的上品，所以凰北月让他戴在身上。

传说玉能养人，也能减少人身上的戾气。看见这块玉佩，凰北月就知道，杀死红莲的人不是圣君，而是墨莲，所以红莲临死的眼神才会这么悲伤。死在最爱的人手中，这感觉想必很复杂吧。

本想亲手杀她，却突然看见她的尸体，凰北月心里一阵犯堵。她有些颓然地站着，将红莲手里的玉佩拿回来。红莲的脸毕竟和她的十分相似，如今容貌虽被毁一半，可还是很像。她像是看着自己的尸体一样，心里一阵不舒服。

“是不是感觉很不舒服？”身后传来略微低沉的男子声音，带着一阵若有若无的关切。

这样的温淡如水，这样的优雅怡人。不用转身，凰北月也知道是谁。

她只是冷冷地说：“她是罪有应得。我本来想亲手杀她，不过看她死得这么绝望，也算了却我一桩心事了。”

“你想知道她死去的眼神为何那么绝望吗？”

凰北月又看了红莲一眼，抿着唇。

宋秘笑道："她问我，为何她和你长得这么像，你们是否有血缘关系。"

"你怎么回答她的？"

"我告诉她，我是炼药师，到了我这样的境界，可以使用秘术，将一个人的容貌改变。"宋秘缓缓地说。

果然和她想的差不多！凰北月微微眯起眼睛。她之前就已经考虑过她可能和红莲有某种关系，但她花了很多时间了解过去的事情，发现不管怎么样，红莲都不可能和她牵扯上关系。

宋秘微微一笑，道："看来有些事情你已经调查过了。"

"红莲绝不可能是我的亲人。"凰北月冷冷地说。

"是吗？"宋秘微微偏头，颇有深意地笑了，"你虽然调查了一切，可你漏了一点，还记得孟祁天和风连翼吗？"

凰北月的心脏猛地一跳，手中的玉佩差一点儿就被她捏碎了。

"你调包了谁？"凰北月猛然转过身，狠狠地瞪着他，帘子被她扯了下来。

宋秘没有戴面具，穿着平常的青色长衫，看起来很有书卷气，优雅而俊逸，风度翩翩，一如当年对她关怀备至的逍遥王。

他嘴角微微上扬，道："她出生的时候，一双眼睛像极了惠儿。我看见她睁开眼睛看着我，我就知道，这个孩子应该留在我的身边。"

肩膀剧烈地颤抖，凰北月陡然后退了一步，喃喃道："不可能，就算这样，她也不可能和我这么像。宋秘，你敢胡言乱语，我杀了你！"

"红莲确实和你没那么相似，她更像惠儿，特别是眉眼之间。"宋秘道，"可是那年我看见你，忽然发现，容貌相似又如何？看着红莲我却想不起惠儿的样子，而看着你，却好像惠儿真的站在我面前一样，你们相似的是神情。"

凰北月紧紧地咬着嘴唇，道："所以你用炼药师的秘术改变了她，让她像我？"

"没错。"宋秘很有成就感地笑了，笑着笑着，脸上却有些落寞之色，"只可惜，她的脾气一点儿都不像惠儿。你假扮红莲的时候，我才觉得这就是我想要的惠儿，哪怕是个替身，也是我渴望的。"

"宋秘，你不是人！"凰北月怒道，"若我母亲还活着，一定再也不愿意看见你！你卑鄙无耻，根本不配喜欢她！"

宋秘一怔，随即慢慢地道："没错，这话她当年也说过。她让我把红莲还给皇后，否则就把我的身份揭穿。她既恨我，又厌恶我。既然这样，毁了她岂不是更好？反正我已经有红莲了。"

"你真是个疯子。"喉咙有些沙哑，凰北月低声道。

"我是疯了！我为她而疯，为她才戴起那张诅咒的面具！"宋秘忽然厉声道，"若不是皇后排挤她，让她嫁给萧远程那浑蛋，我岂会狠下心来把红莲调包！我都是为了她，可她从来不懂我。”

凰北月手中忽然出现火神鞭，并愤怒地甩过去。

宋秘居然不避不闪，被她一鞭子打出去，跌倒在地上，吐了一口血，却大声笑起来：“月儿，我是真的想对你好。我在她面前发过誓，绝不会伤害你，可你为什么要处处跟我作对？你如果听话一点儿，我会对你很好很好！”

“我不稀罕你对我好！”凰北月大步走过去，从地上拽起他，结结实实地一拳打在他脸上，“从你接近我的那一刻起，一切就是个错误！”

唇角被打破了，隐隐地流下血来，宋秘却还是无动于衷。他抬眸看着她，缓缓地笑道：“这样的神情，简直一模一样。”

“我是凰北月，你这么想她的话，就下地狱去见她吧！”凰北月手中陡然闪现一道刺目的雷光，对着宋秘的胸膛直刺下去。

眼看着雷光将把他的身体穿透、撕碎，忽然，绚烂的金光从他身上散发出来，轰的一声，一道巨大的推力把凰北月狠狠地推出去。她的身体撞在一根柱子上，胸口一阵闷痛。

整个神殿中都卷起一阵狂风，那些燃烧的蜡烛火光摇摇晃晃。然而，比火光更耀眼的，还有那金鸾神鸟金灿灿的、带着火焰的羽毛。

宋秘缓缓地站起来，擦了一下嘴角的血迹，道：“自从戴上面具，生死就不由我了。”

凰北月冷冷地瞪着他和金鸾神鸟，吐了一口血沫出来：“传说金鸾神鸟就算死了，也会浴火重生，它本性至阳，是神兽中的不死鸟。”

“既然知道，你为何还来光耀殿？”圣君问。

嘴角边慢慢地浮现出一丝淡淡的笑意，凰北月道：“因为我许下的承诺！”

说完，凰北月足尖轻轻一点，身体几乎化为一条细小的光线，瞬移一样地出现在金鸾神鸟的身边。

那神鸟的羽毛上带着炽烈的火球，每一颗火球上都蕴藏着恐怖的能量，碰一下就是死，凰北月居然敢直接迎上去。

“你找死吗？！”宋秘大喊，忽然发现不对劲。那凰北月哪里是靠近金鸾神鸟，分明是过去布下结界，然后猛然朝他扑过来。

她袖袍挥动，一条凶猛的雷龙便爆射而出。雷龙狰狞的巨口瞬间对着宋秘张开。这电光石火的一瞬间，也幸亏宋秘闪得飞快，否则真要被那雷龙一口吞下去。

“不可能！”他看着金鸾神鸟的方向。扶摇绝对不可能这么轻易就被结界困住了！

“你以为我会无备而来吗？”凰北月冷笑道。若不是和孟祁天合作找准圣君和金鸾神鸟的弱点，她还真不敢贸然来光耀殿呢！

宋秘像是想起了什么，猛然抬头看向金鸾神鸟。在结界中，它左冲右突，不管撞向哪一个地方，结界上都会爆闪过强大的雷电，把它给挡回去。昔日强悍霸道的金鸾神鸟也有点儿不对劲。

“金鸾神鸟非梧桐不止，非练实不食，非醴泉不饮，光耀殿后面有一眼幽泉，泉水甘甜如美酒，扶摇经常去饮用，因此我让孟祁天在泉水里下了一点儿药。”凰北月阴险地说。

宋秘又气又急。他真是低估了孟祁天的能力。他是风属性，实力非常强，神不知鬼不觉去下点儿药，谁都发现不了。

宋秘低哼一声，道：“想不到你俩居然联合在一起了！”

“你该早点发现。”凰北月双手结印按在地上，符印通过火神鞭传往地下，光明神殿的地板忽然裂开一道巨大的裂缝，宋秘站立的地方一下子陷落。

他的身影摇晃了一下，便忽然消失在原地。眨眼之间，他已经出现在高处。

凰北月抬起头，裂开的缝隙里忽然涌出无数烈焰，一直往上钻，将宋秘从高处包围。

他回身一看，也不慌乱，抬起手，金色光芒一闪，无形的推力就把火焰如巨浪一样推出去。

“红烛！”凰北月低喝一声。

身后响起清越的龙吟，雪白的巨大身体从火焰中旋身而上。

宋秘是第一次看见化身白龙的红烛，愣了一下。他记忆中遥远的一部分，那个人也是驾驭着非常相似的一条黑龙神兽！

红烛昂起头，和它身体一样巨大的冰龙从身体两侧盘旋而出，双双攻向宋秘。宋秘身前忽然出现一个金色的结界，冰龙撞上去，顷刻粉碎。

冰碴碎落，纷纷落下，在空气中扬起一阵模糊的水雾，宋秘的面孔在水雾中若隐若现。他冷冷地看向凰北月，忽然面色一变，闪烁的雷光骤然穿破水雾，以势不可当的速度撞碎结界。

宋秘抽身后退，却还是被一道雷光扫中，手臂上出现一条长长的血痕。他面色瞬间冷如寒霜，立于神殿另一侧，带着几分危险地看着她。

凰北月慢慢走出水雾，身后携带着凶猛如兽的烈焰，用冷厉的眸子静静地看着他。

他的结界本来无可匹敌，可惜这么长时间和孟祁天合作，让她明白了他结界中的某些机关，所以破得轻而易举。宋秘想必也是明白了这一点，所以一下子非常生气吧。

她和红烛一左一右围着他，后面还有火焰魔兽乌煞慢慢走出来，他赐给红莲的吞天红蟒也在另一边虎视眈眈。四方包围，看他这一次逃到哪里去！

“凰北月，你以为这样就能打倒我吗？”宋秘沉默了一会儿，才缓缓开口。他瞥了一眼金鸾神鸟。那种等级的结界，困不了扶摇多久。

身后被撕扯开的裂缝里，传来阵阵咆哮怒吼的声音。火神鞭可以召唤地狱之火，这强大的力量凰北月曾经领教过一次，被缠上了那是绝对走不脱的。

她骤然往后退了一步，站在裂缝的一侧。熊熊的烈火映着她俏丽的脸庞，显出几分冷傲嚣张的气势。

宋秘眼中厉光一闪，忽然将手中的金色权杖往地上一点，轰隆隆的巨大声响从地底深处响起，不知道是什么东西在蠢蠢欲动，如同万马奔腾一般瞬间从远处过来。

凰北月心下一紧，知道宋秘还有很多后招没有使出来。她一直在警惕，特别是警惕墨莲会忽然出现。

她脚下站立的地方不稳地晃动起来，裂开的地缝中，咆哮的声音骤然一停，然后更加愤怒地吼叫起来。紧接着，冲天的火焰忽然从裂缝中冒出，巨大的火柱瞬间冲上神殿的屋顶，立刻将金碧辉煌的屋顶掀翻。

那强大的气势十分迫人，凰北月立刻往后退了一步，抬手挡住眼前，从指缝中隐约看见火柱中走出一个巨大的火焰巨人。

这火焰巨人比当时被红莲召唤出来的高大数倍，整个身体都从神殿的顶端探了出去。

火焰带起的阵阵热浪形成热风吹过来，凰北月的头发和衣服都被吹得往后飞。她震惊地看着那火焰巨人。这不是她召唤出来的，从它身上危险的气息就可以感受出来。

想明白了这点，凰北月立刻召唤周围的烈焰围过来，可那火焰巨人垂下头，愤怒地看了她一眼，忽然伸出巨手，对着凰北月一掌拍来。

掌心强悍的劲气还没靠近，就已经把她狠狠地一推。她差点儿站不稳，脚下一个趔趄，就被火焰巨人一掌打出去。

身后是困住金鸾神鸟的结界，她猛然撞上去，正好金鸾神鸟想强行突破结界，翅膀撞上来，金色火焰让结界表面变得滚烫无比，她后背上立刻一阵灼热剧痛。她狠狠咬牙，足尖一点，离开结界。

头发都被烧断了一部分，一股焦煳的味道。她怒瞪着那火焰巨人，它已经大步准备走过来。可是乌煞岂容有它在的情况下，还容许另一个火属性的怪兽存在？

“吼——”

乌煞吼了一声，忽然从后面扑上来，身子变得巨大，瞬间把火焰巨人给扑倒在地。两只魔兽互相撕咬起来，在地上翻滚，所到之处，都燃起熊熊火焰。

凰北月看了它们一眼，才将目光转向宋秘。

宋秘面色依旧平静，嘴角微扬。他举起权杖，对准凰北月。她也毫不客气，双手结印，万兽无疆的黑色元气从手中汹涌而出，道道黑气凝成的符咒在火焰中一闪。

宋秘目光一凝，不去硬接这些诡异的黑色符咒，直接从光明神殿中飞出去。

“才不会让你逃跑！”红烛从后面撞上去，迎面给了他一击。她还年幼，不比昀离当年，因此那一撞十分吃力，但也让宋秘的身形滞了一下，让凰北月的符咒瞬间追上他。

凰北月开始平静地念咒：“天道、地道、人道、畜生道、饿鬼道、修罗道！六道天元符！”

所有缠上宋秘的符咒一闪，他闷哼一声，身子忽然被定住，动弹不得，脚下一个璀璨的六棱星光芒骤起，形成黑色的符咒牢牢地印在他的周围。黑色的符咒从四面八方爬向他的身体。这是完全成熟的六道天元符，想当年可以困住化魂的灵尊，她就不信困不住圣君。

他眼睛里有淡淡的金色闪过，光芒一出，结界里的金鸾神鸟就开始仰天长鸣。

凰北月心知不妙，召唤兽会保护主人，在危急关头，通常会有强大的爆发力，如果让金鸾神鸟挣脱出来就完了。

“红烛！”她低喝一声，双手再次开始结印。这次的印比任何一次都复杂、烦琐，而且看她的手势还有些生疏。这样等级的复杂咒印，需要长年累月的练习，和身体里的元气完全配合好，才能发挥最大的作用。

而她练习只有几天而已，可是那么复杂的印在她手中竟然没有出半点儿差错。

“凰北月，你不要太冲动，你才第一次使用，小心被符咒吞噬。”从开战以来就保持沉默、选择旁观的魇，忽然在这个时候急急地开口，可见她正在做一件极度危险的事情。

凰北月对他的话充耳不闻，表情非常专注，双手结印的动作也片刻没有停下。不得不说，她天赋真是高得可怕，那么复杂的印，在短短的时间里已经被她完全记下来了。

见她不听自己的劝告，魇只好闭口不言。

听到她叫唤的红烛盘旋到神殿的顶端，龙口张开，金色的雷光在口中形成，从微弱的一点，到慢慢扩大。

宋秘看着凰北月的动作，面色从震惊到恐惧，喃喃道：“天罚……”

那确实是天罚，而且，比起魏武臣的，明显成熟和完整许多。

看来，和他猜测的分毫不差，破解天罚确实需要万兽无疆。他这么多年追查万兽无疆的下落无果，被她先一步得到，而且居然修炼成了。

宋秘的表情一瞬间有些狰狞，身形被六道天元符定住不能动弹，无数黑色符咒爬上他的身体，所到之处便如同封印符一样，将他身体里的元气完全封印住。

他不会接受自己就这样失败，特别是再一次败在万兽无疆之下。

“扶摇，你究竟要等到什么时候？！”宋秘骤然大喝。

结界中的金鸾神鸟也愤怒地嘶吼出来，身上金灿灿的羽毛因为毒性的侵蚀，有些如同被烧焦一样，变成漆黑的颜色。

高贵的神鸟如何接受得了自己爱惜的羽毛变成这样？它心中正是愤怒，而看见同样被困住的圣君，以及再一次看见万兽无疆的威力，新仇旧恨一起涌上来。

那个少女身后逐渐出现一把金色的剑，不管这个天罚是否成熟，一旦让她使出来，就不好收场了。

金鸾神鸟忽然停止了剧烈撞击结界的动作，陡然沉寂，张扬的羽毛完全合拢，身体慢慢趴在地上蜷缩着，巨大的翅膀将身体完全合拢，如同一个金灿灿的火球。

负责守在后方的吞天红蟒看见金鸾神鸟的动作，眼中忽然闪过惊恐之色，似乎要提醒凰北月。然而，现在正在结印的关键时刻，她根本什么都听不见。

无奈之下，吞天红蟒只能挪动庞大的身体，冲向金鸾神鸟所在的结界，以巨大的身体撞上去，然而坚固的结界连金鸾神鸟这样的神兽都没有办法撞开，吞天红蟒又怎么奈何得了？

此时此刻，那结界既是困住金鸾神鸟的牢笼，也是保护它的安全罩。

宋秘的嘴角慢慢浮现出诡异的笑容。

凰北月，任你聪明绝顶，也料不到扶摇还有这一招吧？孟祁天可以帮你的，也仅限于此了。

见那结界毫无反应，吞天红蟒悲鸣一声，忽然张开大口。它居然想自行吞天，连同那结界一起吞进它腹中的无边黑洞里。飓风瞬间在神殿中形成，轰然作响。神殿中的摆设，甚至连墙壁、砖瓦等都一起被吞天红蟒吸进肚子里。

那结界牢牢地固定在地上，只微微晃动，吞天强大的吸力也很难将它吸进肚子里。

而金鸾神鸟在结界中，身上的羽毛忽然开始着火，一点儿一点儿，先从翅膀上，慢慢地蔓延到全身。起初只是星星之火，到后来，忽然火势猛烈，残忍而快速地吞噬着金鸾神鸟的身体。

吞天红蟒摆动着身躯，凄厉呜鸣，直接一头扑向结界，蛇口将结界一口咬下，然后强行吞进腹中。

吞下结界和金鸾神鸟后，吞天红蟒气息奄奄地抬起头，脑袋四处晃动，有些摇摇欲坠。

宋秘冷狠地看着它，面色中有一丝急怒。

凰北月冷冷地牵起嘴角。手中的印已经接近尾声，这是天罚的完整印诀，比起魏武臣的三招两式威力强了数倍。

身后的金色宝剑已经成形，宝剑上闪烁的雷光慢慢和红烛口中的金雷汇聚，在半空中形成天罗地网。

天罚一步步接近完成，凰北月的面色越来越苍白。果然是第一次使用，元气消耗很严重啊。幸好她有万兽无疆，源源不断的黑色元气支撑着她，否则真的会元气耗尽，反而被天罚印诀吞噬。沉着呼吸，尽管双手颤抖得厉害，胸口气血翻涌，她依旧不慌不忙地把剩下的印诀完成。

“月……”魇叹息了一声，“放弃吧。”

“你在胡说什么？！”凰北月低声喝道。她不想分心，可是魇有些沧桑惋惜的声音让她心里有种沉甸甸的感觉。

魇非常忧心地说：“我不想看到你受伤，你控制着万兽无疆使用天罚，我没有办法出来。”

“不需要你出来。”她满脸倔强坚定，已经到了这个地步，让她放弃是万万不可能的。

魇还想再说什么，可是天空中无数雷光已经从四面八方涌来。

宋秘面色剧变，身上的血管开始爆开，额头上的青筋隐隐暴露，眼睛和耳朵里率先流出血来。

天罚……

与此同时，吞天红蟒也低弱地吼了一声，然后赤红色的身体上忽然出现不规则的黑色斑点，斑点一个个扩大，一瞬间，就见黑斑中蹿起金色的火焰。

吞天红蟒凄惨地叫了一声，倒在地上。黑斑越来越大，火焰越烧越烈，最终将它的身体完全吞噬，然后金灿灿的星点从火光中迸射而出。

灿灿金芒如同散落银河的星砂，梦幻而迷离，逐渐从火光中剥离出来。神殿中光芒骤然变亮，无数星砂漫天坠落，直到一点儿一点儿汇聚成羽毛般的形状。

空气中仿佛有歌声，低转轻回，浮浮沉沉。歌声中，一只神鸟的身影慢慢浮现，羽毛根根形成，最终变成流云般的羽翼，猛然张开。抖落的无数耀眼的星砂从光芒中飞了出来。

魇喃喃地说：“金鸾神鸟，浴火重生。”

凰北月一怔，忽然觉得背后有凶猛凌厉的劲气迫近，紧接着，无数火球从空中坠落，大部分被雷光挡住，小部分却从尚未完成的罗网中穿过，降雨般密集地在凰北月身边落下。

一颗火球重重地砸在她肩膀上，她的身影晃了一下，身后宝剑的光芒立刻弱了三分，她的脸色也苍白了几分。忍着胸口翻涌的气血，她反手想把宝剑抓住。忽然，凶猛的烈焰从天而降，神鸟用巨大的爪子抓住她的手臂，一瞬间从神殿中飞出去。

被骤然打断的天罚全部反噬向红烛。她低哼一声，被雷光重重地压向地下，地板重重断裂了数层才停住。红烛七窍流血，勉强爬起来，看着终于从六道天元符中挣脱的宋秘。

“绝不会让你逃跑！”红烛张开口，一条冰龙呼啸着冲出去，将同样重伤的宋秘钉在神殿的墙壁上。

他身上还紧紧地攀附着无数黑色的符咒，如同蚂蚁紧紧地咬着蜜糖不松口。黑色符咒压制着他体内的元气，还好天罚没有成功，否则他……

一口鲜血吐出来，他冷冷地看着红烛。那条冰龙一出，她就再也没有力气了。被天罚反噬，她伤得比他还重吧！

第二十章
惊世之瞳

金鸾神鸟冲出神殿，瞬间飞入云雾缭绕的云端，地下的景色全被云雾遮挡，什么都看不见。它气势汹汹，两只爪子用力撕扯凰北月的身体，愤怒得想将她撕碎。

这丫头胆敢用结界锁住它，下毒害它，让它不得不使出“浴火重生”这一招！这对它多年的修行来说损害太大，等级猛然下降不说，搞不好会让它从神兽的行列中跌出来。

这丫头可恨至极！

凰北月紧抿双唇。在刚才没有拿到雷光宝剑的时候，她的另一只手便握住了雪影战刀。急速飞入高空的时候，雪影战刀也不客气地砍向金鸾神鸟的爪子。

雪影战刀中带着她的本体元气，还有万兽无疆的加固，锋利无比。这金鸾神鸟刚刚浴火重生，有些虚弱。眼看被她砍断了一只爪子，它愤怒地大吼，剧痛之下不得不松开她。

得到自由的凰北月却没有立刻逃离，反而以冰元气覆盖全身，撞进金鸾神鸟的小腹底下。

雪影战刀用力一划，它坚硬的小腹被划开一条细细的伤口，金色的星砂流泻而出，像流血一样。

金鸾神鸟怒极，流泻出来的星砂汇聚成一张网，猛然把凰北月笼罩起来。

金网上烈火熊熊，不是一般的火焰煎熬。她身上的冰元气嗤嗤作响，似乎即将融化。

凰北月一只手结印，黑色元气在身周暴涨，撑开了金网。她灵活地挣脱出来，一翻身，跃上金鸾神鸟的后背。她扬起雪影战刀，然后狠狠刺下去。金鸾神鸟呼啸，忽然身子倒转。她站不稳，一时滑下来，被带着火焰的翅膀凶残地拍出去。

那一拍当真是携带了万千之力，气势磅礴，强大的劲气一直压迫着她往下坠落。天罚的反噬让体内气血倒流，元气乱蹿，符源中不规则的颤动在这一拍的强劲力量下，差点儿崩溃。

急速的坠落中，她耳边一片湿热，竟是开始流血了。很快，鼻子和眼睛都出现湿热的感觉，她视线模糊，只看见头顶上的金鸾神鸟拍了一下翅膀，又猛然扑落下来。

看来，不杀了她，这高傲的神鸟是不会死心的。

“冰刃，万箭齐发！”她双手有些无力地快速结印。乱蹿的元气胡乱在身体里逆流，竟然不听她的使唤。

“你应该听我劝告。”魇无奈地说，“天罚太强大，会把你毁掉的。”

凰北月紧紧地盯着金鸾神鸟的腹部，握紧了手中的雪影战刀。

“我并不后悔！”她坚定地说，闭上眼睛，调整了一下呼吸，单手在空气中一拍，急速下坠的身体猛然停住，转而足尖一踏，再次迎上金鸾神鸟。义无反顾的坚定表情，让刀锋上的光芒都在一瞬间凌厉了许多。

看见她的举动，金鸾神鸟也是一愣。居然还敢迎上来，这人类丫头真是嫌命太长了。

“哼！你找死的话，我就成全你！”金鸾神鸟忽然开口，翅膀一抖，无数金灿灿的火球坠落。

凰北月不知道从哪里突然得到力气，挥着雪影战刀，狠狠地将落在身边的火球都挡开。战刀猛然涨大无数倍，她把万兽无疆中所有的黑气都注入进去，巨刃立起，猛然斩落。

唰唰唰——

狂风都似乎被巨刃切割开了，金鸾神鸟的动作滞了一下，然后它飞快地后退，可小腹还是被巨刃的顶端扫到。原本就流泻着金色星砂的伤口，此刻更加扩大了数倍。无数的星砂夹杂在火球中，从天空纷纷落下。

金鸾神鸟发出惨叫，异常愤怒，又似乎是非常不甘心，忽然张开大口，凌厉的金色火光从嘴巴里激射而出。

凰北月巨刃才斩下，身上力气散失，再也举不起那沉重的刀刃，再也没有多余的力气逃跑。眼中的金色火光越来越近，逐渐将双瞳染成了金色。

她呆呆地看着，双眼不住地流出血水，有些悲伤，却依然很坚定。

“孟祁天，记得答应过我的事情。”她喃喃地说完，握紧雪影战刀的手慢慢松开。

她没有力气了，最后一丝力气也消失了。可是很好，宋秘经受了天罚，此刻想必是强弩之末。金鸾神鸟也快不行了，只要孟祁天……眼前金色光芒无比耀眼，刺得她眼睛都睁不开，她只好慢慢地将眼睛闭上。

“魇，我没有后悔过，这是真话。”她在心中对魇道。

“嗯。”魇轻声应着，像是漫不经心地伸手拨弄了一下静静流淌的黑水，发出轻盈的响声，“让我出来帮你吧。”

“他把你封印在我身体里，一定有他的原因，我不想最后让他失望。”凰北月轻声说。

魇呵呵笑起来，一点儿也不在意，像是家长数落不听话的小孩，虽然严厉，却带着一点儿宠溺：“脾气倔强啊。”

眼前被金光充盈，就算闭上眼睛，她也能感觉到眼皮外耀眼而炽热的光芒，金灿灿的，似乎无处不在。

忽然间，不知道从哪里吹来一阵风，吹来乌云，将头顶金灿灿的光芒挡住，眼前骤然暗了下来。一双手轻轻接住下坠的身体，稍微用力就把她带进怀中。睫毛微微一颤，眼角流出的血水凝结起来。她睁开眼睛的时候，有些微痛，视线模糊，映入眼帘的，却是一双潋滟柔和的紫色眼眸。

天空中无数星砂坠落，白昼也如同银河出现。那人用紫色眼眸温柔地看着她，优美的唇角扬起，唇瓣开启，轻轻喊了一声：“月。”

她流血的耳膜一直在轰隆隆作响，可这一刻耳边忽然安静下来，只有他低沉略带磁性的声音。凰北月牢牢地盯着他，几乎不敢相信自己的眼睛。她慢慢抬起手，碰到他的脸。居然是真实的脸，而不是幻觉。

“我来了。”风连翼看着她轻笑，低下头，将自己的脸贴着她的额头：“你没事就好。”

如此真实的触感，让她真正相信不是幻觉。凰北月伸出双手勾住他的肩膀，忽然破涕而笑：“还好，还好不是悲剧收尾。”

她刚才竟然有些伤感地想，她死了，而他活着，那恐怕才是真正的悲剧。

还好，还好……

听不懂她的话，然而可以感受到她语气中的高兴，风连翼也笑起来：“以后不准你这么任性，让我担心成这样。”

“以后再也不会了。”凰北月紧贴着他的脸颊，眼角的余光看见白发如雪的厉邪如同流云一样，迎向金鸾神鸟。

那神鸟刚刚浴火重生，和她打斗时又受了重伤，如何会是厉邪的对手？

在铺天盖地、狂风四卷的空中，厉邪抬起剑，一剑刺下，削了它一只翅膀。金鸾神鸟痛极了，知道遇上了比自己强的对手，而且对方是魔兽，恋战的话恐怕得不偿失，因此一剑交手之后，它也不再停留，转过身就想逃走。奈何厉邪被风连翼命令来帮凰北月打怪已经非常不爽了，要是让这神鸟逃掉，岂不是更加颜面无存？

厉邪猛然追上去，白色的衣袍猎猎飞舞，万千银发如雪一般飞扬起来。剑锋上虽然没有华丽的招式，可森森的杀气和强大的力量让人心寒。

眼看着他就要一剑斩下，将那金鸾神鸟打得形魂俱散，凰北月连忙大喊道：“住手，不要杀它！”

厉邪一愣，随即一想这丫头未免狂妄，仗着修罗王喜欢，就敢对他下令，他会买账才怪！

虽然这么想，可趁着他一愣的片刻工夫，已经让金鸾神鸟有机会逃走了，因此厉邪的剑只是在它身上造成一个巨大的伤口，而没有完全要它的性命。

金鸾神鸟仓皇地逃往下方，厉邪还要去追，风连翼忽然开口：“不要杀它。”

厉邪这才作罢，转过身来，阴森森地看了一眼凰北月，冷哼道：“它死不了。倒是你，看着命不久矣。”

全赖他们赶到才救了自己一命，凰北月虽然对他的冷言冷语很不爽，但还是微笑着说了一句：“劳你挂心，我的命还长着呢。”

“是吗？”厉邪不咸不淡地说了一句，又瞥了风连翼一眼，不知道怎么的，笑容就有些阴冷。

那笑容让凰北月心里生出一阵莫名怪异的感觉，只不过此刻实在很难受，她想追问，厉邪已经转身走了。

凰北月深吸了一口气，勉强站稳，道：“金鸾神鸟受了重伤，逃不远的，我要去把它封印。”

“你伤得这么重，我先帮你疗伤。”

她身上的伤已经够让他心疼了，怎么还可能让她带着伤去封印神兽，那可是很耗费元气的。

“不。”凰北月坚决地摇头，“现在时机正好。它重伤，刚好可以变成封印兽。”

风连翼皱了皱眉，可看见她坚定的神情，以及对她脾气的了解，知道劝不住，便将她拦腰抱起来：“那我跟你一起去。”

凰北月一笑，很放心地靠在他肩膀上。

树林里安静得连树叶落下来的声音都听得见，细碎的阳光透过刚长出嫩芽的树枝照在墨莲的脸上。

半开的桔梗妖异，颜色却很单纯，点缀在眼角，苍白的肤色在光线下隐隐呈现半透明的状态。树下一块青色的石台上，墨莲静静地躺着，等阳光逐渐移到眼睛上方的时候，他才小心翼翼地睁开双眸。

“你要看着她，用你的眼睛好好看看她。”临走之前，圣君是这么对他说的，“澈儿，你只有一天的时间。”

漆黑的眼眸中，缓缓凝聚起一些细微的碎光，从来黯淡的双眸中，第一次出现光线的折射，细细碎碎的，像是高山雪地中的宝石。

那些是什么？一根根从地上长出来的、奇形怪状的枝干，还有头顶上，那很漂亮很广阔的，又是什么？

从未看见过这个世界，看不见，因此都懒得用手去感受。他对一切都还那么陌生，所有别人司空见惯的东西，在他看来都是那么新奇而怪异。

他从石台上坐起来，低下头，看看自己的双手，嘴角浮起浅浅的笑容。

他飞快跑下去。地上有未融化的雪，他的脚踩在上面，忽然想起什么，蹲下去，用手捧着雪。

“雪。”白色的，就像她说的那样，从天空下降的过程太漫长，因而忘记了自己的颜色。

这就是白色。

“月，你在哪里？”墨莲喃喃自语着站起来，环顾四周，很陌生。他以前从来不用眼睛看，因此不知道这是什么地方。

如果乱走的话，会迷路的。他只有一天的时间可以看见月，因此不能浪费在迷路这种事情上。他想把幻灵兽召唤出来，忽然身旁有什么动了一下，然后一抹绚烂的颜色便飞快地从他眼前闪过去。

这突然出现的色彩把他吓了一跳，完全没有看清楚那是什么，他便伸出手。雷光闪过，那色彩低叫了一声，便掉在地上，殷红的血瞬间把地上的白雪染透。

是一只成年的白狐狸，在地上挣扎了几下便死了。

这种狐狸，是很低等级的灵兽，虽然是白的，可是皮毛中夹杂着灰黑的颜色，尾巴上颜色更是如同花斑猫一样。

狐狸一向都是颇具灵性的，能通人意，因此狐狸一族中，有不少等级很高的灵兽，甚至是神兽。

墨莲面无表情地看着那只狐狸。杀了一只低等级的灵兽，对他来说根本不算什么事情，因此他也没在意，只一心想着应该快点儿离开这个地方。

“呜呜呜。”低弱的声音从前面一棵粗壮的树后传来。

墨莲朝前走的步子不禁停下来。只见那棵树后面，有只很小的狐狸探头探脑的，一会儿看看地上死去的白狐，一会儿抬头看看他，目光中满是怯懦、悲伤和无助。

那是才生下来的白狐狸，连路都不会走，眼睛是冰蓝色，圆溜溜的，盈满了水光。全身的皮毛是灰暗的白色，同样夹杂着一些浅灰色，只有毛茸茸的耳朵上是两团鲜红的毛色。

小狐狸畏惧地看着墨莲，眼中水光盈盈地转着，呜呜地低声哭泣。

墨莲一怔，看见那水汪汪的眼睛时，心中就微微一动。他走过去，伸手将小狐狸拿起来，小家伙吓得瑟瑟发抖，缩在他手里不敢乱动。

小狐狸只有他的巴掌那么大，身上还带着没有褪尽的胎毛，十分柔软。

墨莲用一根手指轻轻碰了一下它的脑袋，然后将它笼到衣袖里，带着一起走。

山路有些难走，他召唤出幻灵兽，飞上高空。

小狐狸从他的衣袖里钻出半个脑袋，怯生生地快速看了一眼周围，就立刻缩回去。

墨莲想起纳戒中有不少吃的东西，便都拿出来，大米、糖果、蔬菜、干肉等等，堆在小狐狸面前。

“吃啊。”他按着小狐狸的脑袋在食物上。除了把它吓哭，竟然没有一样是狐狸爱吃的。

这狐狸估计怕死他了，他一松手，它就立刻缩回到他的衣袖中，全身发抖，再也不敢出来。

墨莲不解，这么多东西狐狸都不吃吗？那狐狸究竟是吃什么长大的？

“妞妞，去找月。”墨莲对幻灵兽下令，期待地看着身周流过的白云，一双眼睛里神采奕奕，像是无尽的黑夜中坠落而下的星辰。

金鸾神鸟应该是逃往浮光森林的方向了。宋秘受了重伤，红烛传话来说，他带着重伤离开了，不过应该不可能回光耀殿，因为光耀殿里，孟祁天还等着他。

一路上都能感觉到金鸾神鸟火元气的波动，所以，扶摇也没有回宋秘那里，此刻他们谁也帮不了谁。

若她是扶摇的话，现在一定会找个安全且有精纯木元气的地方疗伤。精纯的木元气，十分罕见，只有在浮光森林才能见到，因此扶摇一定是逃进浮光森林里了。

幽暗的森林中，飘来飘去的浮光隐隐散发着荧光。

突然有两个人类闯进来，其中一个还带着重伤，身上鲜血的味道非常浓郁，引得浮光一群一群地飘过来。然而有风连翼在身边，他轻轻一挥衣袖，那些浮光便像遇到可怕的敌人一样，纷纷逃走了。

“不愧是修罗王。”凰北月低头笑了笑，抬头看着漫天的浮光，忽然想起当年他们闯进浮光森林里，一起被浮光围攻的时候，他以琴声迷惑浮光，然后带着她逃走。

那时候的一点一滴，她都记得很清楚，就连他琴声的旋律，都不曾忘却。

“浮光数量多，只能感受元气和鲜血的味道，遇到强大的元气，它们自然不敢靠近。”风连翼扶着她，让她全身的重量都靠在自己身上，两个人慢慢走向森林的深处。

“就算它们靠近我也不怕，你会把它们都赶走的。”凰北月看了他一眼，“你现在大概不会记得，当年我们一起进入浮光森林里的事情。”

风连翼有些茫然地皱了一下眉，忽然停下脚步，抬手将她额前的头发拨开，道："那个时候我就喜欢你了吗？"

凰北月微微一笑，道："这个我怎么知道？"

"那你呢？"他追问。

"没有。"凰北月如实说，"不过，那时候我不讨厌你。"

风连翼低头一笑。就算没有喜欢，他已经很满足了，那些事情他都不记得，可是就算这样，他似乎还是能体会当初自己的心情。

他的手指轻轻触碰着她的脸颊，指腹缓缓地摩挲，目光深深地看着她，心动不已。

凰北月轻轻踮起脚尖，用破裂的唇角碰了一下他的嘴唇。

风连翼立刻回应，低声喃喃道："月，我……"

"什么都不用说，我凰北月认定的人，永远都不会变。"凰北月按着他的唇，笑容里有些恍惚的幸福，"我到死都不会放弃，我要和你在一起。"

他紧紧地抱住她，痛苦地闭上眼睛。凰北月微微偏着头，靠着他的肩膀。虽然很累，可是这一刻觉得什么都值了，很值得！眼眶微微一热，流出来的，依然是嫣红的血泪，她抬手擦了一下，然后怔怔地看着手指。

林子里的浮光忽然惊慌地逃窜开，不远处枝繁叶密的地方，似乎有什么人匆匆地跑过去，凰北月愣了一下，疑惑地道："墨莲？"

"谁？"

凰北月揉了一下有些模糊的眼睛。大概是看错了吧，墨莲应该不会出现在这里，就算出现他也不会逃走，他什么都看不见。是自己眼睛一直在流血，又酸又疼，才会产生幻觉。

"这样下去不行的，你一定要休息！"风连翼低下头看着她的样子，不仅是眼睛，鼻子里和耳朵里也缓缓地流出血来。她怎么还能继续去找金鸾神鸟？

"不用，我能感觉到扶摇的气息，它就在附近。"凰北月还是非常坚定，"你不用管我，我没事……"

风连翼忽然握住她的手，不容反抗地说："你一步也不准往前走。"

"咝……"手腕上一疼，凰北月皱起眉。她现在可比不得平时钢筋铁骨。

察觉到她的痛，风连翼立刻松开手，后退一大步，离她远远的。本就虚弱，全靠他才能支撑着，他一离开，凰北月立刻像没有骨头的布娃娃一样软倒下去。看见她这样，风连翼也没有上前一步，依旧慢慢后退，脸上渐渐浮现出一抹痛苦之色。

"翼？"看见他神情不对，凰北月心里咯噔一声，不好的预感瞬间涌上心头。

"我……"风连翼涩声开口，"我……我杀了她……"

凰北月一怔，随即脑海中立刻浮现出刚才厉邪那饱含深意的阴森笑容，忽然间明白了什么，挣扎着爬起来，同样步步后退，然后转过身，跌跌撞撞地往前跑。

“在这里等着我。”她只留下一句话，然后头也不回地跑进密林深处，无数浮光追逐着她的身影而去。

风连翼痛苦地站在原地，难以克制地握紧拳头，几次想跟上去，都强忍着克制住了。他额头上冷汗直冒，俊美的面孔上有几分狰狞邪恶。

“我早就告诉过陛下，这样太冒险了，不该靠近她。”一片浮光忽然散开，厉邪从那些莹莹的光芒中走出来，面带笑容。

风连翼倏然睁开眼睛，紫色的眼眸如同寒冰一样，带着凶残的光芒。

厉邪止步，收起笑容，面色肃然地道：“陛下这次来，本就不是为了救她，何必苦苦压制邪行？杀了阴后，接着来杀她，已经无法阻止了。”

风连翼闭口不言，似乎听不到他说话，只是微微挥动袖袍，空气中似乎有一双无形的翅膀，牢牢地钳制着他的双手。

厉邪冷哼道：“何必这么痛苦？只要杀了凰北月，陛下就可解脱。”

“滚！”他辛辛苦苦，只说出这一个字。

为什么明明是深深的爱，最后反倒变成致命的枷锁？

因为最爱的人是她，所以她一定要死，这就是修罗王的宿命吗？

厉邪微笑道：“陛下太认真了，您的父亲，就果决很多。”

树林中到处是植物的藤蔓，缠绕在树上，以及突出的树根上。这里除了一些灵兽出没，几乎没有人会进来，因此她脚下的路，不知道几百年没有人走过了。

土地上长满了青苔，人走在上面，稍微不小心，就会滑倒。

“嗯……”一声闷哼，凰北月咬咬牙，抓着几根藤蔓慢慢站起来。

她摔倒的一刻，后面追逐的浮光已经如同饿虎扑食一样，凶猛地扑上来。

她单手结印，身体里乱蹿的元气却不肯听她使唤，而且现在的情况是，她越调动元气，越会引来大批的浮光，最后得不偿失。因此她干脆站起来，不顾浮光的追逐，一味往前跑。

令人想不到的是，前一刻还让她抓着的藤蔓，竟在她松手的一瞬，忽然紧紧地缠上来，死死地拽着她的手，无数的藤蔓涌上来，竟要把她整个人都缠住。

那藤蔓缠得非常紧，力道大得不可思议，比巨蟒还可怕。

这是索命藤！凰北月一时想起来，重伤之下，连意识都有些模糊，她竟然没有认出这浮光森林里最致命的一种植物。

索命藤可以入药，可生长在土地里的它们就像食人花，虽是植物的外形，却有野兽的本质。那藤蔓的顶端还长着绿色的圆圆小脸，兴奋和害怕的时候，它们会哇哇大叫。

“该死的！”她低声咒骂了一声。真是龙游浅水遭虾戏，虎落平阳被犬欺！她凰北月居然被一群索命藤给缠得无可奈何！

她另一只手立刻拔出腰后的黑铁匕首，雷厉风行地对着藤蔓砍去。被砍掉脑袋的藤蔓发出惨叫声——居然会痛！

可是索命藤太多，她砍掉一拨，还有更多的涌上来，后面的浮光也是紧追不舍。

凰北月已经精疲力尽，动都不想动，无奈之下，还得和这些低等级的家伙缠斗。

她眼睛里滚下两行血水，耳中轰鸣一声，被索命藤缠住一只脚，倒吊着提起来。无数索命藤爬上树，将她挂在树上，然后纷纷往她身上缠来。

“驭火……”一声咒语没有念完，她眼前忽然有耀眼的雷光闪过，浮光和索命藤纷纷闪躲，吓得惊叫逃脱。前一刻它们还无比嚣张，这一刻却成了丧家之犬。

听着索命藤尖叫的声音，被它们放开双脚，凰北月也像断线的风筝一样掉下来。

这一摔，头朝下……脑浆迸裂会不会死得太惨？这想法在脑海中一闪而过，脑袋终究是没有落地，而是被一双手稳稳地接住了。

她想起和金鸾神鸟战斗的时候风连翼及时赶到，心中感动得几乎要哭。她鼻子一酸，哑声喊了一句：“翼。”

希望他不要变，不要断情绝爱。

希望他忽然出现，是真的来救她，而不是为了杀她。

她眼中的热泪化成血水滚落，忽然嘴唇一痛，竟然被人狠狠地咬住。

“唔……”她吃痛地闷哼一声。

从靠近的气息里传递过来的完全不是她熟悉的感觉，凰北月伸手想推，嘴唇上却传来更加蛮横的撕咬。

这不是吻她，完全是咬她！从气息里确定了身份，凰北月怒道：“墨莲！”

尝到了血的味道，她的血的味道，墨莲慢慢地松开手，脸上湿润，都是泪水的痕迹。

“为什么？”墨莲颤声问，“你想和他在一起，我呢？”

凰北月忙着喘息，听到他的话才抬起头，道：“墨莲，我们是朋友，不是吗？”

“不要！”墨莲坚决地摇头，“你能给他的，为什么不能给我？”

凰北月一怔，随即苦笑道：“这怎么能随便给？”

“那我不要眼睛……”墨莲哽咽着，像个孩子一样。

“墨莲，”凰北月无可奈何地道，“谢谢你救了我，可我现在有事情，我要离开这里。”

“不准走！”墨莲生气地抓住她。

她在重伤之下自然逃不开他。凰北月不想生气，可这种时候，她没有那么多时间去浪费。对墨莲，她心存愧疚，可这终究不一样，这是不一样的感情。

她越是想挣脱，墨莲就抓得越紧。

“我能看见了，我看见你了！我不是瞎子，你看我的眼睛，我真的看见你了。”

他的眼睛……凰北月这才想起，他怎么会知道她和风连翼在一起？原来是看见了。

“你看它，”墨莲从衣袖中将捡来的小狐狸拿出来，放在她怀里，“送给你。”

这么小的狐狸，从元气感知来看，只是一阶的灵兽吧，可是长得很好看，毛茸茸的红耳朵耷拉着，害怕地缩着身体。

他居然能看见了！纵然此刻有些急躁，她也觉得心中有一丝安慰。她抬起头，看着墨莲不再空茫无神的黑色眼睛。他干净的瞳孔里，清清楚楚地映着她的样子，狼狈凄惨的样子。

她忽然觉得有些好笑。在墨莲终于可以看见的时候，她居然让他看见自己这么丑的样子，脸颊上好多伤口，眼睛里的血泪染得脸上也花花的，难得他居然还能认出她来，真是不容易。

“太好了，墨……”她看着他的眼睛，想说话，忽然间黑色的瞳仁微微一缩，竟然变成半开的桔梗花的样子。花朵的形状在慢慢张开，花瓣逐渐舒展，似要开放。

这眼睛……凰北月怔了一下，忽然面色惊恐且愤怒。她什么都不顾，一把将墨莲推开，捂着眼睛急速后退。

“月？”墨莲不解她的举动，以为她要离开，又锲而不舍地上去抓住她的手。

“滚开！”凰北月歇斯底里地大喊，眼睛里涌出的血水从指缝中渗透出来，“你居然对我下咒！你……你……”

墨莲呆呆地看着她。下咒？他没有啊！

他自然看不见自己的瞳孔里那桔梗花飞快地盛开，怒放到极致，开得十分圆满，然后逐渐变成圆形的瞳孔，花瓣消失，他的眸子也比之前更加清亮明澈。

“你要看着她，用你的眼睛好好看着她。”

圣君的话隐隐在耳边响起，墨莲不算笨，似乎明白了什么，一时心慌意乱，什么都顾不得，匆忙上去。他将凰北月抱起来，强行拉开她捂住眼睛的手。

血泪将整张脸都浸湿了，她痛苦地皱着脸，睁开眼睛，血泪从眼眶滚出来，她清澈的眸子里再也没有神采和光芒。

凰北月茫然地睁着双眼，视线渐渐模糊，起初是血的颜色，嫣红一片，铺天盖地，然后墨莲的面孔慢慢出现，然后越来越模糊，越来越黑暗……

她看不见了……她居然……居然看不见了。

“月……月……”

墨莲焦急的呼唤不停在耳边回响，他想把她扶起来，却被她一把推开。

“别碰我……”凰北月扶着一棵树站起来，四处摸索。突如其来的失明是正常人根本无法适应的。这不仅仅是视觉上的黑暗，也是心理上的黑暗，就算她曾接受过在黑暗中视物的训练，也不能接受自己突然变成了瞎子。

那只小狐狸从她怀里掉下来，在地上打了一个滚儿。它害怕她满脸血泪的样子，连忙逃回墨莲的衣袖中藏好。

它偷偷露出眼睛看着外面发生的事情，只看见那个少女指尖有一团团的黑气冒出来，慢慢汇聚在她的身后，如同海上的雾气一样，只是短短的片刻，周围已经一片浓密的黑暗了。

“月！”墨莲大喊一声，穿过黑雾，跑到刚才凰北月站立的地方，可她早就踪影全无。

“我没有下咒，我没有下咒啊……”墨莲喃喃地说，心中无比恐惧。想到她失去了光彩的眼睛，就觉得无比害怕。

黑气掠过浮光森林，浮光远远地看见那诡异的黑气，其中散发出来的强大气息，让它们根本不敢靠近，四散逃避。

“放我下来！”凰北月沉声说。她离金鸾神鸟越来越远了。

听到她的声音，黑气果然在一棵树上停下来，将凰北月稳稳地放在树下的石头上坐着。黑气慢慢钻进她的指尖，片刻之后，消失无踪。

黑水禁牢中，有些虚弱的身影靠着那刻满了符咒的柱子。他身在封印中，每一次出去，都要耗费他凝聚起来的稀少元气，因此回来之后都会格外虚弱。

“这术叫‘以眼还眼’，是桔梗的术。”魇慢慢开口，“墨莲是她的直系传人……”

“不是墨莲。”凰北月握起拳头，狠狠在石头上捶了一下，“是宋秘！”

“他要夺你的眼睛干什么？”魇不解地道。

凰北月冷笑道：“夺我的眼睛不是他的目的，他是想我和墨莲反目！我刚才确实……”

失去眼睛的一刹那，她心里确实又恐惧又愤怒，一直以来引以为傲的冷静早就消失不见，取而代之的只有被背叛的满腔怒气。

可她现在冷静下来一想，以墨莲的单纯直白，是不会做这种事情的。如果墨莲真要对付她，那绝对是一刀杀死，不会拐着弯来夺她的眼睛。

“凰北月……”魇低声开口，然后沉默了好一会儿，“据我所知，‘以眼还眼’无解，你也许要永远失明……”

凰北月稍稍出了一会儿神，面色一直很冷静，过了好久，苍白干裂的嘴唇才轻轻开启，道：“无所谓了，带我去找金鸾神鸟吧。”

魇半天都没有动静，凰北月以为他消失了，忍不住喊了一声：“魇？”

“你现在的元气，不可能封印金鸾神鸟。”魇终于开口了，语气很是激动。

凰北月抿着唇，道：“不试试怎么知道？”她不可能这么轻易就死心。

“你自己还不清楚吗？你现在体内元气混乱，根本不听你使唤，加上失去眼睛，别说封印符，驭火符你都不一定能使出来。”

“你可以帮我！”凰北月忽然说。她从来没有开口向任何人祈求过帮助，这是第一次。

魇心里很清楚她是多么骄傲的人，会开这样的口，对她来说，就好像把自尊踩在脚底下一样。可他还是只能无奈地说：“我现在身在封印中，没有元气，什么都没有，帮不了你。”

“我可以放你出来。”凰北月紧紧咬着嘴唇，低声道。

魇怔了一下，在黑水禁牢中慢慢站起来，在水中走了几步，才抬起头来，轻轻地说：“现在放我出来，你会死的。”

凰北月眯了眯眼睛，眼中湿热。她看不到眼前的任何东西，最终只能鼻酸地低泣一声，道：“死就死，怕什么？”

“凰北月，金鸾神鸟至阳至纯，虽说可以克制冥的至阴至邪，可是不一定能够解开断情绝爱。孟祁天只是有这样的猜测而已，你要用命去换吗？”

“我管不了这么多，我要救他！”

“我帮不了你。”魇果决地说，然后再也不想听她说什么，飞快地转身，走向黑水禁牢深处，不管凰北月怎么叫他，他都不答应。

用她的命去换风连翼的命，她觉得值得，可他觉得一点儿都不值得。

“你不想出来，不想要自由了吗？”凰北月还是锲而不舍地大喊。

自由？他当然想！可是没有她的自由，他宁可不要。

魇坚定地沉默下去，闭上眼睛，坚决不去回应她的任何话。

凰北月从石头上走下来，地上有青苔，她滑了一下，站不稳，一下子跌倒，膝盖都差点儿摔碎了。

从来没有觉得自己如此无能过，凰北月愤怒地低吼了一声，也无法纾解心中的狂躁。

重伤、失明，她还能更悲惨一点儿吗？也许有可能。空气中似乎有什么震动了一下，一股精纯的火元气急速地朝她靠近。凰北月微微一愣，忽然认出这元气的感觉，心中大喜。是金鸾神鸟！

大喜之后，随即便是大骇。她在找金鸾神鸟，那神鸟也必定想找她报仇。也许是感觉到她气息微弱，而且只身一人，没有强大的人保护，所以金鸾神鸟便朝她来了。

额头上滚下一串冷汗，凰北月勉力站起来，知道躲是不可能的。她现在控制不了身上的元气，无法隐藏气息，躲到哪里都会被金鸾神鸟找出来。

她不安地对着金鸾神鸟的元气逼近的方向，苍白的脸上出现一抹决然，就算元气混乱，她手中也飞快地开始结印。

封兽符！

轰隆——

森林中，无数大树被撞倒，一只浑身烈焰的凤凰神兽跌跌撞撞地狂奔过来，所到之处，皆留下一片烈火灼烧的狼藉，寸草不生。

燃烧的烈焰从口中喷出来，它似乎被什么驱赶着一样，又愤怒，又害怕。

凰北月感受到那金色的火光，心里微微一沉，结印的速度更快了。地上一阵猛烈的摇晃，那金鸾神鸟已经出现在她前面十米开外。她额头上的冷汗流得更快。时间不够，元气也无法凝聚，封兽符无法形成，她结印的手指有些颤抖。

她不甘心！

忽然，那金鸾神鸟停下来，却不往前走，只是口中吐出烈焰，怒气冲冲地看着凰北月，似乎准备随时冲上来，把她撕成碎片，可似乎又有什么强大的力量在禁锢着它，让它不敢往前一步。

凰北月双手一颤，也感觉到那金鸾神鸟的不同寻常，结印的动作顿了一下，她抬起头来。

神鸟背上金色的火焰中，一个黑色的身影慢慢走出来。黑衣翻飞，发丝乱舞。他俊美冷酷的面孔在金焰中显得格外清远，不容于尘俗，赤红色的眼睛慢慢看向她。

他天生过于强大的气息，就算她双眼已经看不见，也能感受到。

“昀离？”凰北月一怔，有些不安地咽了一口口水。

知道是昀离，她心中的恐惧，比知道金鸾神鸟来找她报仇时更深了数倍。这个化魂之后失去了自我的男人，比任何凶猛的魔兽都让她害怕。

察觉到昀离的气息，连黑水禁牢中屏蔽了外界一切气息的魇都不禁睁开眼睛，慢慢地说：“他来干什么？”

“不知道。”凰北月直直地面对着昀离。

她伤成这样，自然是没有资本和他叫嚣，因此只是说：“那金鸾神鸟，我要封印它！”

听到她的话，金鸾神鸟愤怒地嘶吼了一声，恨不得一口烈焰将她燃烧成灰烬。

昀离则是冷冷地笑了一声，那声音若有若无地飘进凰北月耳中。她看不见他的样子，也能凭空想象他与生俱来的傲慢疏远的神情和气质。透入骨髓的冰冷，如画一样的眉目，再也没有以前的安宁悠远，只剩下冰冷的邪恶。

“把它交给我。”凰北月对着他伸出手。

昀离目光淡淡地一扫，微微抬了一下手，那金鸾神鸟似乎一下子离开了钳制，便朝着凰北月狂奔而来。

凶猛的气势，燃烧的金焰，实在有些迫人。凰北月被逼得后退了一步，心知自己现在的能力根本无法和金鸾神鸟抗衡。好在昀离也只是吓吓她而已，抬了抬手，又将金鸾神鸟制住。

那神鸟对着她嘶吼，凰北月的面色却越来越沉：“昀离，你究竟想怎么样？”

“想救风连翼，不可能。”昀离淡淡地说，“我现在杀了它，你又能如何？”

“你为何要跟我作对？”凰北月狠狠地用无神的双眼盯着他。

“是你太天真了，以为凭一己之力，可以逆天而行吗？”昀离语气中带着细微的嘲讽。

“天？可笑！”凰北月冷冷一哼，忽然大喊：“因为天在上面，坚不可摧，所以你就甘愿为奴仆吗？我不愿意，死都不愿意！”

昀离一愣，忽然看见她手心闪过一簇火光。她握住火神鞭，竟然悍不畏死地直接冲上来。

她果真连死都不怕，倔强，固执，无药可救，有时候聪明绝顶，有时候却笨得让人心疼……

昀离轻轻从金鸾神鸟的背上跳下来，无视她身上那凌厉的杀气，只是抬起手。他手中细细的鞭子延伸出去，灵巧而刁钻，从凰北月的手臂下钻过，一下子就缠住她的火神鞭。

凰北月用力一扯，竟然扯不开，昀离却悄然来到她面前，搂住她的腰，让她贴进自己的怀中，另一只手在她脑后轻轻一按。

凰北月脑海中快速涌上来的黑暗，比什么都看不见的双眼更加可怕。

“你……”凰北月痛苦地哼了一声，手指用力抓住昀离的衣袖，紧紧地抓着，好像大海里漂流的人，以为抓住了点儿什么，就不会沉入水底。

其实错了……

就算抓住了浮木，远处还有虎视眈眈的鲨鱼在窥视。

“昀离！”她用尽气力低呼了一声，却依然挡不住黑暗侵蚀意识的速度。

“你这是飞蛾扑火，于事无补。”昀离在她耳边轻声说。

凰北月的身体软软地瘫在他怀中，意识全无。

昀离像是哄孩子一样，轻轻拍着她的背，低下头说了一句：“别怪我。”

第二十一章 魂兮归来

孟祁天倚在窗边，看着外面晴朗的天色，神情若有所思。

“唔……”小虎无聊又气闷地哼了一声。

孟祁天笑道：“你是她的召唤兽，你没事，她应该也不会有事吧。”

召唤师和召唤兽的性命是相连的，只要其中一方有事，另一方也会受到波及。

看到赤金圣虎安然无恙，依旧悠闲，孟祁天高兴的同时却有些微微的不安。事情难道会进行得这么顺利？难道之前他们都高估了圣君的实力吗？还是这短短的几天时间里，凰北月已经将那卷残缺的《天罚》融会贯通，发挥了最大的作用？

小虎听到他的话，连忙摇头晃脑，嗷呜嗷呜叫了几声。它是神兽，不过没有成年，因此不会说话。

“你想说什么？”孟祁天只看见它一个劲儿摇头。他虽然聪明，可还没聪明到能听懂兽语的地步。

小虎摇摇头。它天性高傲，见他听不懂，也不会像织梦兽那样傻兮兮地叽里呱啦说一大堆，继续趴着，沉默不语。

孟祁天看着它，更加不解了。

他当然不知道，小虎其实是想告诉他，除了红烛，凰北月没有和任何兽类缔结过契约。它们是自愿臣服，或者像乌煞和吞天红蟒那样，是被封兽符封印，受凰北月驱使的。

孟祁天所住的地方，在光耀殿中很是偏僻，距离光明神殿也比较远，因此远处发生什么事，这里完全不能感知。

不行，他还是出去看看吧。带着重伤，孟祁天艰难地站起来。

小虎见他起来，也立刻起来。凰北月让他保护孟祁天，它自然要尽职。

“我们出去看看她。”孟祁天说。

小虎也早就想出去。一直以来它都心情烦闷，恨不得立刻撒开蹄子往外跑，可是看见孟祁天这病恹恹的样子，它只好不情不愿地趴下去，让孟祁天坐在它的背上。

“失礼了。”孟祁天笑道。这赤金圣虎可是神兽，自己能骑在神兽的背上，可是少有的荣幸。

他坐稳后，小虎就立刻撒丫子狂奔出去，周身火焰燃烧，倒是非常迅速，一下子就冲出门去，到了外面。

穿过一片不小的林子，他们才到光明神殿广场之前漫长的台阶上。小虎向上跑了几步，孟祁天忽然道：“停下来！”

小虎本来不想理他，可是听出他声音里的急切，只好停住。

孟祁天慢慢回头，只见台阶下方，有个身影迅速跑上来，动作飞快，绝对非常人可比。

“墨莲？”

一眼认出那身影，孟祁天心里咯噔一下，心想这墨莲千万不要被取出全部无极天锁，而来帮助圣君。那样的话，凰北月就危险了。

小虎是认识墨莲的，知道这个人总是缠着凰北月，而且吱吱对他也颇为喜欢，经常和他在一起玩，所以看见他上来，小虎便嗷了一声，让墨莲注意到他。

墨莲眼睛看不见，小虎也知道。

听到那声音，墨莲匆忙之中，忽然抬头看了一眼。没错，确实是用看的，那眼睛里不是没有神采，反而熠熠生辉。

小虎吃了一惊，孟祁天也吃了一惊。

“墨莲……”孟祁天开口道。

“圣君呢？”墨莲忽然冷冷地问。那眼睛确实清澈有神，却暗藏着狂暴的戾气和杀气。

“你的眼睛……”孟祁天迟疑地道。

圣君说过，会给他一次机会看见凰北月，便是今天吗？

这双眼睛如此明亮，好像他从来都没有失明过。

提到眼睛，墨莲苍白的脸上忽然出现痛苦的狰狞。他像是极力隐忍着什么，又问了一遍：“圣君呢？”

孟祁天心中隐约有不好的预感，便说：“圣君，我也没有看见。”

听他这么说，墨莲便再也没有理他，一阵风一样地消失，直奔光明神殿而去。

孟祁天连忙对小虎说：“快跟上去看看。”

哪里需要他说，小虎早就跟着墨莲跑上去。

台阶很高，可也用不了多少时间就能看见光明神殿。被摧毁的神殿，断壁残垣，地面裂开，火焰从地心蔓延出来，几乎将光明神殿烧毁。

墨莲怔住，脚步骤然停顿，呆呆地看着眼前的一切。发生什么事情了？

火海中隐隐约约有什么东西在动，雪白的鳞片反射着火光，苦苦挣扎在大火中。那不是圣君。墨莲没有动作。而后面追上来的小虎却抛下孟祁天，狂奔上去，全身赤金圣火燃烧，一般的火焰遇到它也得避开。它呜呜叫着，从大火中将一条烧得遍体鳞伤的雪白银龙拖出来，放在安全的地方，过了一会儿又跑进大火中，将一只和它一样浑身烈火的巨兽拉出来。

"嗷呜嗷呜……"小虎对着两只兽哀哀地叫，一会儿用爪子拍拍乌煞的脸，一会儿用鼻子拱拱红烛。

红烛已经气息奄奄，乌煞只是受了伤，依旧很凶猛，张开口道："圣君跑了。"

孟祁天震惊地看着这一切。怎么可能？红烛都伤成这样了？为什么赤金圣虎却一点儿事情都没有？凰北月和赤金圣虎没有缔结本命契约吗？这是天大的笑话，根本不可能！没有缔结契约就想让神兽臣服，这完全是无稽之谈。

"墨莲？"孟祁天正在沉思，猛然看见墨莲飞快地跑进神殿的大火中，吓了一跳。

墨莲根本没有理会孟祁天，径直进了神殿，一直走到圣君的宝座后方。红莲的尸体已经不见了，可他知道宝座后面有结界，能通往一个地方。

不知道是不是因为战斗的破坏，那结界也摇摇欲坠，如同水波一样展现在他眼前。他毫不犹豫地走进去。水光一闪，便到了临淮城外的逍遥王府。

炼药房里很安静，一个人都没有，浓郁的药材气味扑鼻而来，隐隐夹带着鲜血的味道。

墨莲向前走了几步，便看见那巨大的炼药炉后面露出金色的衣袍，而红莲的尸体也躺在药炉的另一侧。

他没有看红莲，朝着那金色的衣袍走过去，慢慢地，一张陌生的温雅面孔出现在眼前。

男子脸上没有血色，眼眸也半闭着，了得的炼药师，让人根本看不出他的年龄。这男子看起来还不到三十岁，轮廓英俊，眉目优雅，嘴角甚至有些温柔的痕迹。他笑起来一定让人觉得如沐春风，一定是翩翩君子。

这样的形象，跟墨莲想象中冷酷的父亲相差太大了。他一时怔在原地，一动不动地看着宋秘，既不敢出声，也不敢再往前一步。

父亲……

陌生又熟悉的感觉从墨莲心中悄悄流过，并没有太多的波动。"父亲"这个词对他来说，更多的只是一个称谓而已，并没有什么特别的地方。他慢慢走过去蹲下，明亮的目光是冰冷的。他伸手掐住宋秘的脖子，微微用力。

宋秘睁开眼睛，淡金色的眸子里没有什么波澜，像是早就料到一样，只是淡淡地看了墨莲一眼，嘴角微扬。

“你利用我。”墨莲沉声说，有着无法遏制的怒气。

宋秘笑了，道：“你要眼睛，我给你眼睛了。”

“我不要她的眼睛！”墨莲怒道，苍白的脸上渐渐升腾起野兽般的暴戾之气，“把眼睛还给她！”

“不可能。”宋秘想也不想，便笑着说，“澈儿，你现在是强者，要得到一个女人，你知道应该怎么办吗？把她抢过来，她无法反抗你，只能顺从。”

墨莲微微一怔，看进那双淡金色的眸子，一瞬间有些被蛊惑的感觉。

宋秘笑了。知子莫若父，他怎么会不明白墨莲的心思呢？他的本性，就是野兽。

“澈儿，你不想要她了吗？”宋秘轻声说，语调柔缓，让人无法拒绝。

墨莲蹙眉，冷冷地喝道：“住口！”

宋秘笑了。

墨莲道：“我不需要这样，我不想伤害她，任何一点儿伤害，我都不想带给她。”

看着他，宋秘眼神逐渐冰冷下来，最后哼了一声：“没出息！”

墨莲骤然收紧手上的力道，狠狠掐住他的脖子，狠声道：“你听不懂我说什么吗？”

“术已经成功，她的眼睛给了你，就还不回去了。”宋秘道，“澈儿，我是为了你好，你何必让自己痛苦呢？她看不见，你就做她的眼睛吧。”

“我不要，她会讨厌我。”想到眼睛被交换的那一刻，凰北月对他厌恶的神情，让他滚，墨莲的心就一阵一阵抽痛，惶恐不安。

宋秘轻轻摇头，道：“真是孽缘。”

脖子被掐住，他呼吸有些困难。刚刚经历过天罚的身体十分虚弱，宋秘此刻无从反抗这个强大得让他都要畏惧三分的儿子。看见墨莲痛苦的神色，宋秘只能说：“我是你父亲，养你这么大，你为了一个女人，要亲手杀了我吗？”

“我不知道父亲是什么。”墨莲冰冷地说，“你只告诉过我，不要忘了自己的身份，我不是人，只是你养的一只兽。”

宋秘轻笑，淡金色的眸子微微一动，金光有些璀璨：“你还记得就好。澈儿，你以为有一个凰北月对你好，你就和以前不一样了吗？我养你，是让你做我的武器，不是来反抗我的。”

“她跟你不一样，跟所有人都不一样。”墨莲固执地说。

“是吗？”宋秘讥讽，“她这么不一样，那她喜欢你吗？她愿意永远跟你在一起吗？”

墨莲呆呆地怔住，忽然说不出话来，脑海之中，只想起今天看到的一切。

他得到了眼睛，找到了她，一眼就认出她来，可是她……

“澈儿，告诉我，你究竟看到了什么？”宋秘微笑，似乎对一切了如指掌。

“什么都没有。”墨莲害怕地说，“什么都没有！”

“不要骗你自己了。”宋秘厉声道，用淡金色的眸子狠狠地盯着他，“墨莲，她根本不喜欢你，也不想和你在一起！她只不过想利用你而已，让你和我反目，她才好对付光耀殿！”

“不是这样！”墨莲大声说，更加用力扼住他的喉咙，“你胡说，胡说！”

“我胡说吗？那你告诉我，你究竟看见了什么？”宋秘不愧是圣君，那声音似乎与生俱来有着某种威严和蛊惑，让人永远没办法逃避和抗拒。

墨莲怔怔地看着他，忽然眼睛里微光一闪，泪水盈满，却没有掉下来。他痛苦地别开脸，低声说：“她……”

“她根本不爱你。”他没有说完的话，宋秘帮他补充完整了。

墨莲眼中的热泪这才滚下来。过去的生命中，他以为永远不会明白泪水的含意，她流眼泪他也不知道那是什么。可是现在，他体会到这苦涩的液体中蕴藏的种种味道。那是怎么都无法回避的心痛。

墨莲的手缓缓松开，最后跌坐在地上，哭得像个小孩子，单纯，无辜，心痛得无法自拔。

宋秘微微叹气，道：“让你变得太聪明，果真不是好事。”

他还是喜欢以前的墨莲，看起来无害，可是充满了兽性。打开第二根无极天锁之后，墨莲变得更加感情用事，充满了太多人的感情，和他希冀的相差太大。他要的不是一个真正的儿子，只是一只为他尽忠的兽而已。这才是他的初衷。

“不要哭，她不喜欢你，不代表你会失去她。有父亲在，你一定会得到她的。”宋秘伸出手，修长的手指轻轻放在他的眉心，带着蛊惑，“澈儿，只要听我的话，她很快就是你的。”

墨莲本能地想摇头。父亲的话，他已经听过一次了，可是因为这样，他让月失去了眼睛。

然而，在宋秘那双金色的眼眸注视下，他却没办法让自己摇头，不能拒绝，只能跟着蛊惑的意念走。

听话，点头，效忠于他。

长公主府。

“王，醒醒啊，醒醒啊……”

“师父，师父！”

“月儿，睁开眼睛看看姨娘啊。”

“娘，你哭什么？她又不是你亲生的，我才是你亲生的啊。”

尖厉刻薄的女声响起来，立刻被一声冷喝打断：“你闭嘴！再叽叽歪歪，我杀了你！”

“你那么凶干什么？你以为你是谁？你也不过是外人而已。凰北月死了，长公主府里能做主的人就是我了。你立刻滚出去！”这嚣张的女人声音，赫然是方姨娘的女儿萧灵。

“灵儿，你住口！”方姨娘忍无可忍，终于狠声说，“你再这么放肆，我也不认你这个女儿了！”

“娘，你就知道帮着外人！”萧灵大怒，“她这样肯定是死了，连气儿都没有了，还能活吗？”

看萧灵肆无忌惮，周围的人都愤怒地瞪着她。萧灵扬眉，道：“怎样？我说错了吗？”

“就算我死了，这家里也轮不到你做主。”忽然，虚弱的声音在安静中响起。

众人一愣，还是阿萨雷动作快，一瞬间就奔到床边，急忙问：“王，是你说话吗？”

耳边声音嘈杂，可床上的人还是慢慢睁开眼睛。迎接她的不是光亮，而是无边的黑暗。

凰北月睁着眼睛，沉默着不说话。

一群人围上来，看见她睁开眼睛，都大喜。方姨娘立刻念念叨叨开始拜神，阿丽雅哭倒在她旁边，刚才还和萧灵吵架的风雅玉也吸着鼻子哭起来。

“师父，你没事了吧？”洛洛走过来，声音沙哑，但是没有哭出来。

“没事。”凰北月安静地说，眼珠转了几下，毫无神采。

洛洛一怔，心里忽然不安起来，道：“师父，你的眼睛……”

他这一说，欣喜的众人这才看向她的眼睛，房间里顿时鸦雀无声。

凰北月道：“只是暂时看不见而已。”

“什么暂时，你分明就是瞎了。”萧灵大声说，害怕别人不知道一样，幸灾乐祸，“人家都说女子封王未必是好事，福气太大你承受不起，是要折寿的！”

“闭嘴！”风雅玉怒了，大步走过去，不客气地把她一推，“你滚出去！”

风雅玉身手还不错，萧灵没有任何武力，被推得直接摔倒在地。她也不爬起来，就坐在地上开始撒泼大哭：“你们欺负人。封王了不起吗？你也是害死樱夜公主和曹公子才换来的这王位，你稀罕到哪里去？尽在这里装模作样！”

她的话字字带血，指在凰北月心里最痛的地方。

凰北月怒道：“把她带出去！我说过不准她再进府里，以后谁再放她进来，都赶出去！”

方姨娘知道她是真被惹怒了，下了狠心要把萧灵赶出去。这也好，省了许多麻烦。这女儿实在不争气，还是去婆家好好待着，不要来惹麻烦的好。

她叫了几个丫头，强行把哭闹不已的萧灵给拖了出去。

“月儿，她向来就这么不懂事，你不要生气。我让人熬了燕窝粥，你吃一些吧。”方姨娘好声好气地说，心里内疚，只想给她赔罪。

凰北月不想拂她的好意，何况自己真的饿了，便点点头。方姨娘高兴，立刻让人送了燕窝粥进来。

阿丽雅接过去，坐在床边一口一口喂给她吃。粥是什么味道她根本吃不出来，只是为了填饱肚子，不得不咽下去。知道她的眼睛是真的看不见了，所以谁也没有再提，默默地看着她吃了一碗粥。

凰北月吃了东西，方姨娘也放心多了，凰北月让她出去忙，这才开始询问最近的事情。

“师父昏迷了三天，一直不省人事，我们都吓死了。”风雅玉鼻音还很重，看来还想哭。

“不过光耀殿已经毁了。”吉克接口说，“小虎把红烛带回来，正在养伤，圣君虽然逃了，但光耀殿基本上被孟祁天接手了，圣君没再回来。”

凰北月面无表情地听着。受过天罚，她相信圣君比她好不了多少。她因为有万兽无疆的保护，所以伤好得快，但圣君不可能这么幸运。

这一战，她失去了吞天红蟒这只封印兽，自己也重伤，不过，能够重创圣君也不错。

“是谁送我回来的？”她面无表情。最后的记忆，是她遇到了昀离，和他交手了几招，之后，就什么都不记得了。

洛洛道：“我在回城的路上发现了你，当时你伤得很重，我便把你送回来，你身边一个人都没有。”

凰北月轻轻抿唇。昀离没有杀她，倒让她觉得很意外。

“你们都出去吧，我要疗伤。”她随便找了一个借口，将所有人都打发出去。

屋子里重新安静下来，她才默默地在心里叫了一声：“魇。”

只有空旷的回音，是自己的声音。凰北月怔住。从醒过来的时候，她就感觉不到魇的存在，和黑水禁牢的关系似乎中断了。这种感觉就像是进入别月山庄，一下子没有魇的存在。那时候她没有失明，感觉没有这样强烈。现在不仅看不见，连魇也消失了，可是万兽无疆还在，她的符源也还在。这一次，昀离是来带走魇的吗？

她和万兽无疆取得联系，默默地调动黑色元气在经脉中游走，发现之前逆流乱闯的元气也恢复正常了，如今正有条不紊地汇聚在符源中，慢慢旋转着。

有人帮她疗过伤，是昀离吗？他竟然会帮她？

在查看身体元气的时候，她忽然觉得一部分火元气顺着经脉往一个方向流去。她皱起眉，这元气是……

她连忙沉下心来，操控着万兽无疆的黑气尾随这火元气而去，逐渐看见一团耀眼的金色隐隐在一张符咒的后方跳跃。

这是封兽符？

凰北月迫不及待地进去。她的意识几乎是立刻就和封兽符取得联系，可以完完整整查看封兽符中的一切情况。

是金鸾神鸟！她几乎不敢相信自己感受到的元气，忙以意识查看。意识和眼睛无关，因此她可以看见封兽符里的任何东西。那静静地躺在符中的，不正是她之前苦苦想要封印的金鸾神鸟吗？

那扶摇进了她的封兽符，受她的元气滋养几天，已经消除了对她的敌意，只是桀骜的本性依旧不改，加上虚弱，便趴在地上一动不动。

凰北月高兴，已经不去计较扶摇的冷漠，只是从意识里退出来，在衣袖里摸到一颗隐隐发烫的金色珠子——这是金鸾神鸟的封印符。

他隔绝开她和魇，却把金鸾神鸟给了她。昀离，他是个永远都让人猜不透的家伙。

连日阴霾，今日总算有了一点儿小小的安慰。她心中苦涩，嘴角却微微扬起来。

咯吱，房间的门被推开，是红烛。她刚从昏迷中醒过来，就迫不及待地来看她。

“主人！”看见凰北月无事，红烛就嘴巴一扁，哭起来，“我真没用，要是可以拖住圣君就好了。”

“不用自责，我们还有机会的。”凰北月手中握紧了金鸾神鸟的封兽符，心中打定了一个主意。

红烛抬起头，眼泪汪汪地说：“可是孟祁天说，圣君把墨莲带走了，可能会打开他身上的四把天锁，到时候一切努力都白费了。”

想到墨莲，就会想到自己的眼睛，凰北月一阵心酸，道：“墨莲被圣君控制了，确实很棘手，我们先去修罗城。”

“主人已经将金鸾神鸟封印了吗？”红烛张开眼睛，目光中透出一点儿希望。

凰北月点点头，道：“你的身体怎么样？”

“没事！”知道有希望，红烛立刻精神百倍。就算有伤又怎么样？她根本不在乎。

凰北月笑笑，还是让她坐好，帮她疏导一下体内的元气。

红烛在她身边，转过红彤彤的小脸，说：“主人，能追随你真好，就好像当年阿爹和昀离那样。”

凰北月的手一顿，忽然说：“我如果死了，你是不是也会像昀离那样化魂，然后失去自我？”

“不会的。”红烛急忙摇头，“主人不会死的。我一定会好好保护主人！”

凰北月轻抿着唇角笑：“我也舍不得死啊，死过一次的感觉太可怕了。”

红烛以为她说的死过一次是这次和圣君一战，差点儿死掉的事情，便笑着说：“主人大难不死，必有后福！”

“但愿如此吧。”凰北月摸着红烛头上的小发辫，心里空落落的。是因为魇突然消失了吗？

将冰灵幻鸟召唤回来，凰北月带上红烛和小灯笼一起出发去修罗城。

小灯笼是结界师，自从上次把她从光耀殿救出来之后，她就一直在养伤，现在伤好了，正好可以帮忙，立刻主动请缨跟着他们去。

结界师很稀少，攻击力不强，但防御绝对是数一数二的。她和红烛都是伤患，带上小灯笼会方便多了。

这一次去修罗城不再是偷偷摸摸潜进去，凰北月直接到山谷外面，让人进去通报。

她这张脸，在修罗城绝对是尽人皆知了。当年阴后下令杀她，还让画师画了画像，每人都要牢牢记住。因此看见她，守卫立刻进去通报。贵客来临，谁敢怠慢？

不多时，就见厉邪亲自带着修罗城的十二魔神出来了。那十二个人个个怪异，本领不同，为首的未央跟她可是新仇旧恨，一见她眼睛就红了。

“凰北月，你还敢来这里，找死吗？”未央大喝。

“我为什么不敢来？”凰北月懒懒地回答，云淡风轻，宠辱不惊，一身黑色长袍衬得她清冷高贵。

未央恶毒地冷笑：“陛下正愁找不到你呢，你倒自己送上门来了。”

凰北月面色微微一沉，转向厉邪，道：“我要见他！”

“我劝你还是离开吧。你我不算有仇，不想看见你死得太惨。”厉邪淡淡一笑，银发如雪，脸上的图腾分外诡异，看着凰北月的眼神分明充满了冰冷的杀意。

“我想我不用你怜悯。”凰北月大步走向前，毫不畏惧，站在厉邪面前，“怎么，不敢让我进去，你心里在害怕什么？”

厉邪轻笑道：“最讨厌像你这样说话直白的人了。”

凰北月也笑道：“我就没想过让你喜欢。”

“厉邪大人，不能让她见陛下！陛下好不容易才平静下来，若是再让她打扰了，岂不坏事？”未央焦急地说。她根本猜不透厉邪的想法，王族魔兽和他们不一样。看厉邪的样子，似乎真的想放凰北月进去。

厉邪却玩味地看着凰北月，伸出手，有些恶意地在她面前挥了一下。

凰北月面色冷酷地一把抓住他的手，冷冷地道：“阁下以为我看不见，就当真是瞎子吗？”

厉邪一怔，还真没想到，她这双眼睛没有半点儿神采，却还是能准确无误地感觉到他的动作，确实很厉害。

厉邪笑笑，将手放下来，道：“进去了可不要后悔。”

“厉邪大人……”

未央还想说什么，被厉邪抬手阻止，命令十二魔神让开一条路，让凰北月走进去。他脸上的表情很玩味，可惜凰北月看不到。

带着红烛和小灯笼往前走了几步，厉邪正想抬手让人关门，忽然后面一阵风吹来，孟祁天的声音也焦急地响起：“不要进去！”

凰北月愣了一下。孟祁天怎么会来？

她对此人还算有好感，虽然聪明虚伪，但和她合作的时候还算诚心诚意，所以听到他的声音，她脚步还是略顿了一下，回过身。

厉邪眼睛一眯，道：“不走了吗？”似乎很想让她进去。

这感觉不对。凰北月皱了皱眉，对红烛挥挥手，让她和小灯笼退出去。

孟祁天驾驭着独角兽下来，片刻来到凰北月身边，低声道：“我怀疑圣君逃到了修罗城，若是真的，厉邪是想诱你进去，然后一举铲除！”

这消息委实有些震撼。先不说光耀殿和修罗城的关系，单是圣君那种骄傲的人，怎么会躲到修罗城来？就算他想躲，风连翼会收他？

可孟祁天说的若是真的，那就大不妙了。心里暗暗叫了一声好险，凰北月退出来，冷冷道：“厉邪阁下，瞒着修罗王和光耀殿圣君勾结，这似乎不是王族魔兽该做的事情。”

“这世上本就没有永远的对立，或者永远的合作，当利益一致的时候，又何必拘泥于礼数？”厉邪道，丝毫不觉得有何不妥。

“看来你们一致的利益，都是要我的命了。”

“我刚才已经提醒过你，让你尽快离开，可惜……”厉邪顿了顿，瞥了一眼碍事的孟祁天，“虽然有人来给你通风报信，不过，似乎晚了一步。”

孟祁天面色一沉，来晚了吗？

凰北月倒是不慌不忙，冷静道：“你联合圣君杀我，风连翼怎么办？断情绝爱不是要他亲手斩断吗？”

"陛下亲手斩断固然彻底一些，不过，倘若你死了，对他来说也是一个了断。"厉邪一边说着话，一边让到一边，而十二魔神则非常默契地把他们包围起来。

未央冷笑。原来厉邪大人是有着这样的打算。

凰北月紧紧抿着唇。十二魔神包围着她，可谁都没有动手的意思，看来只是想困住她，让她走不了。

厉邪是不会自己动手杀她的，否则风连翼知道了，必不会放过他。想要她的命，他可以让别人动手。

孟祁天低声道："我们合力突围出去！"以他的聪明，早就估摸清楚十二魔神中谁的实力强，谁的实力弱，从哪个人突破最容易。

凰北月微微一笑，却问："孟祁天，四把无极天锁都打开之后，墨莲会被兽性主宰吧？"

孟祁天不明白她为何这么问，只能点头，随即想到她看不见，便说："没错，那时他只会认识圣君，听圣君的命令，你……"

"我原本想让他离开光耀殿，做个普通人，看来我终究帮不了他。"凰北月叹气。

孟祁天急道："现在不是说这些的时候，赶快离开这个地方才对。"

"有墨莲在，怎么走得了？"凰北月不紧不慢地说。

她的话音落下，头顶上的光线便忽然暗淡下去，巨大的黑影从天空中掠过。

孟祁天的心一沉，糟糕了！

这样的情况，凰北月一点儿都不意外。她敢来这里，就做好了最坏的打算。

不等她发话，小灯笼已经将结界张开，同时用一根无形的光绳系在凰北月的手上，道："少主，不要走丢了。"

"嗯。"凰北月微微点头，轻声对孟祁天说："你速速离开这里，我还有事情没有办完。"

"你要去哪里？"看见她们的举动，孟祁天不禁担心。此刻已是十面埋伏，他们分开行动是大大不利的。

"放心，他们的目标是我，我会把他们引开的。"凰北月忽然面色严肃，道，"孟祁天，我若没有回去，请好好照顾雅玉。"

"他是我弟弟，照顾他我义不容辞，可是你……"

听到他的承诺，凰北月嘴角微微一扬，猝不及防地抬起手，在他胸口上拍了一下，陡然之间，一股巨大的推力从她的掌心传递过来。

孟祁天一惊，整个人已经被她重重地推出去。随即，结界中的三个人竟然凭空消失了。

"障眼法。"厉邪不屑一顾，伸出手去，地上几片落叶飞卷，像被风吹过一样朝前飞去，却带着凛凛之势。

那树叶卷过的地方，女子细细地闷哼一声，几点鲜血溅落出来。

厉邪微微一笑，道："进去了。"

未央等人一听，不等他下令，立刻顺着那一点儿红红的血迹追进去。

"小灯笼，没事吧？！"红烛关切地问。方才那几片叶子看似轻轻卷过来，实则非常霸道，她和凰北月都闪开了，但小灯笼实力差一点儿，被打中了手臂。

"没事。"小灯笼摇摇头，认真地说，"王族魔兽果然厉害。"

"遇见厉邪，确实需要小心为上。"凰北月沉声说，伸手托了一下小灯笼，"跟着我。"

已经进了修罗城，红烛抬头四处观望，焦急地问："主人，冥究竟藏身在什么地方？要想个办法把他引出来，否则，会被厉邪他们追上的。"

"要引他出来很简单。"面色略带凝重，凰北月抿着苍白的唇，轻声道，"去见风连翼！"

她看不见，只能静下心来，仔细回想了一下修罗城的结构。她来过一次的地方基本上不会忘记，特别是停留在修罗城的那几天，她特意把所有地方都走了一遍，因此，现在不用看她也能准确地去到想去的地方。

身后劲风阵阵，十二魔神不甘心地追在后面。察觉到他们要去的地方，未央不禁大怒道："敢去打扰陛下，找死！"说完，两条巨大的冰蛇嘶吼一声，猛扑到凰北月等人前方，挡住她们的去路。

虽然有结界屏蔽，但那厉邪十分了得，几片叶子一路上都跟着他们，好让未央等人尾随。

凰北月冷冷一哼，忽然手指一张，一颗火红色的珠子掉在地上，砸开。

火焰一蹿，凶猛的火焰巨兽拔地而起，对着身后追来的十二魔神怒吼一声，烈焰滚滚。

"守护魔兽！"

"乌煞大人！"

十二魔神纷纷面色大变，包括未央都停下脚步，抬起头，又是惊恐又是愤怒地看着那火焰魔兽。

"乌煞，你这个修罗城的叛徒！"

乌煞怒瞪着她。在凰北月的封兽符中滋养了那么长时间，它早已渐渐对凰北月臣服，修罗城对它的威慑力几乎已经荡然无存。

它慢慢朝前走了几步。十二魔神不敢和它对抗，毕竟这是守护魔兽啊，四大魔兽之一，他们十二个人合力都不是它的对手。

不甘心地步步后退，未央咬着嘴唇，握紧了手中的剑。

“乌煞。”厉邪的声音轻轻地响起来，如同一阵风，缓缓地吹过乌煞的身边。

怔了一下，似乎感受到某种羁绊，乌煞抬起头，看着那银发如雪、脸上图腾却分外诡异的男人，面带笑容朝自己走过来。它心中有种臣服的感觉。

有乌煞拖住他们的脚步，凰北月终于得到足够的时间，来到修罗城后面那烟波浩渺的湖边。

湖的另一边，草木葱茏，花木扶疏，精致木楼隐在绿叶红花之间。湖上原本飘荡着白色的水雾，此刻水雾却像是被污染了一样，透着丝丝不祥的黑气。

眼珠微微一转，凰北月道：“似乎有些不对劲。”

“冥应该就在这里。”红烛看了一眼那些黑气，便下了判断。

凰北月让小灯笼撤了结界，慢慢走出去。脚踩在湿润的土地上，她悄无声息地绕着湖边，靠近那小木屋。

红烛和小灯笼两个人紧紧跟在她身后，不敢有半点儿怠慢。

她们走到一半，那小木屋的门被打开。漆黑的屋子里，一个人影慢慢地走出来，跟在他身后的是一条笼罩在黑气中的龙。龙头先探出来，转向凰北月，冷冷地看了一眼。那人影在黑气中渐渐显现，面目模糊，形容消瘦，却依然有惊世风华。

他慢慢地抬起眸子，看向凰北月，目光逐渐温柔。他向前一步，道：“月……”他走了一步，却忽然停下来，暗自摇摇头，不再向前。

凰北月听到他的声音，心中微微一动，随即笑道：“你还好吗？”

“你为什么要来这里？”风连翼的声音略显冰冷，他似乎在极力地克制血液里翻滚的嗜血意念。

在修罗城里，他更加难以克制那种强烈的杀意。她的气息如此之近，他想靠近，迫不及待地靠近，可是……靠近之后会发生什么，他也不知道。

“有你的地方，我一定会来。”微微一笑，凰北月眼珠一转，安静宁和，“惩罚魔兽，冥？”

相隔遥远，风连翼看见她的眼睛，心中猛地一沉，忽然什么都不顾，大步从台阶上走下来。冥跟在身后。黑色游龙，比死神身上的煞气还重。

感觉到越来越靠近的强大煞气，凰北月的面色也骤然一沉，对红烛轻轻点头，红烛身影一闪，瞬间便出现在冥的身后。

白色银龙现身，寒冰冷凝，从后面抓住冥的尾巴。这惩罚魔兽一怒，回过头对着红烛张口咬下。红烛也不示弱，在冥张开口的时候，也昂起头，用力一撞，生生地把冥给撞出去，在草地上打了一个滚。冥身上黑气浓烈，邪恶的气息奔腾滚动。

“臭丫头！”冥怒骂一声，直起身子正想进攻，忽然一道光芒闪过，是小灯笼飞快地设置了一个结界，将风连翼给挡住。

哼，这些愚蠢的人类原来是打着这样的主意，把它引开，然后挡住陛下，最后让那叫凰北月的丫头回来对付它吧。

风连翼怔了一下，抬手碰了一下小灯笼的结界。这样的程度对他来说轻而易举就可以破解，可他还是抬头看向凰北月。

凰北月对着他微微一笑，身影晃动，便从眼前消失，下一刻，她已经站在冥的对面。

冥的身体中散发出恐怖的气势。看着站在眼前的人类少女，冥阴冷地喝道：“人类，你在吾的面前，如同蝼蚁一般，吾只要轻轻动手，便可将你捻死！”

凰北月冷冷地瞥着它，不想回应，火神鞭骤然出现在手中。在冥说完话的时候，她一鞭子就往它的脸上抽去。

“该死的人类！”冥被彻底惹怒了，巨大的身体腾空而起，然后急速下坠，身上的黑气散开一些，隐隐露出它身上青光冷冽的鳞片。

藏青色的元气从冥的口中吐出来。红烛喊了一声小心，凰北月已经快速移开，那元气在地上轰出一个巨大的豁口，震得湖里的水都掀起了巨浪。

在半空中踏着冰灵幻鸟的背，凰北月双手分别操纵着火和雷，双双织成网，迎面打向冥。冥巨大的身子一侧，躲闪而过，后面却是红烛不顾一切的撕咬，龙身缠上来，张口就咬住它的脖颈。虽说有黑气保护，然而冥还是感觉到一股剧痛。它不由得大怒，身子摆动，差点儿掉进湖里，身上黑气暴涨，一下子便将红烛给弹出去。

凰北月已经结好印，默默地念咒。六道天元符成形，光芒在她手中一闪，正想推向冥将它困住，身后却突然传来一阵寒意。她天生警觉，眼睛失明后，警觉性就更高！

那寒意还没有靠近，她就飞快地向旁边一闪，几乎是同时，黑色的雷光就在她刚才站立的地方轰开，即使是半空中，那雷光也似乎将空气都榨干了，以至于那边几乎形成一个无法合拢的黑洞。

凰北月后背上顿时冒出冷汗，如此强大的气势，如果她刚才没有闪开的话，此刻恐怕成灰了吧。

“主人快离开那里。”红烛大喊一声，也不再去管冥，飞身而上，将凰北月往旁边一推。

片刻都不停留地，又一团巨大的雷光在她刚才站立的地方炸开。

凰北月双眼空茫，什么都看不见，只是凭感觉判断，她问红烛：“是墨莲吗？”

红烛惊慌地抬起头。果然，几百米的高空之上，巨大的黑色幻灵兽悬浮在半空，翅膀张开，有铺天盖地的趋势。

两个人影站在幻灵兽的身前不远处。

一个身上的金色衣袍飞舞，光芒耀眼，神圣不可侵犯。而另一个穿着一身黑袍，面孔苍白，眼珠淡漠，眼角有一朵盛开了四分之三的桔梗花。黑色的花瓣从眼角下方延伸出去，像一只小手，轻轻托着他的眼眸。

两个人影不疾不徐地从半空中走过来，片刻之后，便停在湖面的上空，垂眸看着下面发生的一切。

脸上的神色立刻慌乱苍白，红烛喃喃地道："是墨莲和圣君。"

有些意外，又像是早就料到，凰北月淡淡地抿唇微笑，要面对的，怎么都逃不了吧。

"又见面了，月儿。"宋秘看着凰北月一笑。

听到他声音的墨莲像是被什么触动一样，慢慢抬起眼睛，茫然地在周围扫视一圈，最后将目光定格在凰北月的身上。

"月……"他喃喃一声，似乎想朝前走一步。

宋秘面色阴冷地抓住他，手指用力握紧。墨莲怔了一下，便停下来。

宋秘这才满意地笑了。他已经取出第三把无极天锁了，几乎失去人性的墨莲对凰北月还有一点儿记忆，那么当四把无极天锁都被取出来的时候，他看见凰北月，还会认出她来吗？

即使看不到他们，听到这样的声音，凰北月也知道今天麻烦大了。

"主人，我拖住他们。"红烛自告奋勇，冷冷看着宋秘，"卑鄙小人！"

红烛怎么挡得住现在的墨莲？凰北月在心里计算。不能这样，让红烛去冒险的话，她会失去红烛的。

沉思之中，忽然听见结界破裂的声音，红烛循声看去，低呼了一声，竟是风连翼轻轻一挥手，就把小灯笼的结界打碎，然后大步走了出来。

惨了，又一个强敌吗？红烛额头上滚下冷汗。然而，出乎她意料的，却是风连翼走出结界之后，不由分说地急速升空，立刻有无形的风刃从四面八方涌向墨莲和宋秘。

宋秘一惊，最后嘴角微扬。有墨莲在，谁也奈何不了他。

两人在南翼国曾是至交，可是现在互相对立，生死不容。

墨莲挡在宋秘面前，身上雷光四溢，将涌过来的风刃全部击碎。他冷漠地看着风连翼，抬起苍白的手，像要掐住某个人的脖子一样伸向风连翼。

风连翼眉心一蹙，身前有无形的风吹过，挡住墨莲的手。然而，墨莲只是感觉到稍微的一点儿阻力，便破开那无形的风，冷狠地抓过来。

这墨莲的实力诡异到这样的地步吗？风连翼不动声色地冷哼，准备真正动手。

然而，一片雪白的衣袖飘过来，另一只苍白的手稳稳地抓住墨莲的手腕，温柔地笑道："墨莲阁下，你的敌人不在这里。"

是厉邪理所当然地挡在修罗王的面前，替他解决一切。

墨莲眸色一沉，似乎有些恼怒，手腕上黑色的雷光闪过。厉邪一下子松开手，手心居然被灼伤了一大片。

吸了一口气，厉邪眼神高深地看着他，笑得不阴不阳："看来，那时候没杀了你，终究是个错误的决定啊。"

有生以来，这是第二次有人能给他造成伤害，第一次是那个叫桔梗的女人。

"厉邪，你我不是有共同的敌人吗？何不先解决了她，再来纠结个人恩怨？"宋秘淡淡地笑着，已经授意墨莲不要对他们进行攻击。

听到他的话，厉邪一笑，风连翼却冷冷道："厉邪，你和他有什么交易？"

"属下这么做，都是为了陛下。"厉邪恭敬地说，对他心存一丝畏惧。

风连翼目光冷厉，狠狠地盯着他。厉邪有些心虚，只好低下头看着下面的战局。

冥对上了凰北月。那个有万兽无疆的女人也不好对付啊！冥的强大，在于惩罚和吞噬的能力，对于战斗，冥还没有乌煞来得擅长。它现在对上凰北月和红烛，除非能成功将她们吞噬，否则想要战胜，还是有些困难的。

凰北月有万兽无疆在手，冥想要吞噬她，哪有那么容易？只见她站在原地，一动不动，双手已经结印，六道天元符成形，却只困住冥的一条尾巴。

而冥在愤怒之余，仰起头嘶吼一声，口中狂喷而出的黑气将她掀翻在地。

风连翼见状，立刻一挥衣袖，旋转的风元气狠狠打在冥的头上。冥吃痛，本欲张口将凰北月吞噬，此刻只能畏惧地后退，抬头看向厉邪。

厉邪微微一眯眼。看来无论如何，想要陛下对凰北月动手，可真是难如登天，他就算到了现在的地步，脑子里和心里依旧还留着一丝理智，来牵制他几乎崩溃的神志。既然如此，那只有借别人的手了。

厉邪面无表情，对着冥微微点头。得他授意，冥便不再和凰北月纠缠，纵使被六道天元符困住尾巴，它亦是气势汹汹，张开口，狂猛的黑气瞬间就把周围弥漫了。

凰北月起初以为这是冥的另一个神秘招式，便带着红烛后退到湖面之上，可是忽然听见黑气之中传来风连翼压抑的痛苦呻吟，她便骤然明白过来。这不是对付她，而是对付风连翼的。

她立刻从纳戒中握住那颗封印着金鸾神鸟的珠子。然而，还没等她有任何动作，头顶便有幻灵兽的嘶鸣响起。她心里一沉，雷神之鞭在半空中扬起，靠着对元气的感知力，和幻灵兽迅速过了一招。

那种强大的气势，凰北月早就领教过，因此一招之后，便立刻快速退开。幻灵兽似乎也无意和她在此战斗，同样退到一边去。一人一兽隔着烟波浩渺的湖面，冷冷对峙。

双方都异常高傲，绝对没有示弱。

幻灵兽低哼一声，忽然一拍翅膀，静静的湖面上掀起滔天巨浪。同时，凰北月也用手拍在地上，地下震动，百米高的浪花瞬间从湖面上升腾起来。

他们各守一边，这湖面上的水像是一块绸布，被人分割，然后掀起来。

凰北月踏着浪花上去，双手合十，带着百米巨浪扑向幻灵兽，浪花中涌动着耀眼的雷光。幻灵兽也猛扑过来。这惊天动地的一招，将整个修罗城都震动了。

浪花相撞，雷电激射，冲天而起，然后变成漫天水花溅落下来。天空滚过惊雷，在水花之中，忽然下起倾盆大雨。

幻灵兽和凰北月擦肩而过。那个瞬间，这只高傲的神兽居然低声对她说了一句话：“快离开这里！”

凰北月一怔。双方已经飞快地交错而过，刚好，它竟让她站在出口的地方。

看来，从一开始作战，幻灵兽便已经想好要怎么做了。它不想墨莲犯错，不想他以后后悔。他是个一无所有的人，幻灵兽不想连那最后一点儿根本不可能实现的奢求，都被他自己打碎。

大雨瞬间就把她身上打湿了，凰北月呆了片刻，握紧封兽符。她要留下，还是走？这是最后一个可以救风连翼的机会，她心里很清楚。他的意志再坚定，也不可能永远撑下去，能到今天，已经是上天格外开恩给她的奇迹了。可是，她打不过墨莲。

事实上，这片刻的时间根本没容她做出决定。巨浪落下，宋秘和墨莲的身影也出现在雨中。

宋秘笑着看向凰北月，抬起手搭在墨莲背上。随着宋秘的手慢慢抬起，一根黑色的棍子慢慢地从墨莲身体中被抽离。墨莲好像很疼，苍白平静的脸逐渐狰狞纠结起来。

随着第四把无极天锁的离开，周围忽然刮起狂烈的风，雨水倾斜，连湖面都翻起一层又一层的大浪。天空逐渐阴沉下来，周围的元气开始剧烈地动荡，像一锅煮沸的水，再也不安分待在锅里，反而顶开了盖子，漫溢出来。

当初在逍遥王府，宋秘取出墨莲身体里第二根无极天锁的时候，凰北月曾感觉到那股巨大的力量差点儿把自己推出去。而现在，这股力量比那时强大了无数倍，好像天地猛然之间颠倒了。

墨莲忽然跪下来，低下头痛苦地嘶叫起来，如同野兽一样，叫声里蕴含着更恐怖的力量。

凰北月双眼失明，在那声音的激荡之下，连耳朵都在一瞬间轰鸣起来，什么都听不见！她心中荡起一阵前所未有的寒意，终于明白墨莲当时被战野围攻，耳力被扰乱之后，为何那么强的他也会败在战野手下，因为看不见、听不见，就好像失去双手一样，什么都做不了。

墨莲慢慢地抬起头，眼角的桔梗花完全开放。黑色的花朵在雨水的浸润之下，开得鲜明妖异。他张开口嘶吼，嘴巴里露出了尖利的獠牙。

“杀了她吧。”宋秘笑着开口，从墨莲的身后慢慢退走。

凰北月听不见。她被刚才一瞬间出现的强大气流掀翻在地。她站起来，耳朵轰鸣，可还是感觉到一股前所未有的凶猛力量忽然出现在她的周围。

这是……

“主人！”红烛猛然从冥的身边抬起头来，惊恐地大喊。

“主人！”冰灵幻鸟的声音一瞬间也在她心中响起。

看不见、听不见，可是心里和灵兽的联系不会断，知道它们在害怕，凰北月双手迅速结印，万兽无疆的黑气瞬间出现在周围。黑气如同一条条拖着尾巴的彗星，嗖嗖嗖，在她周围旋转不停。

她清冷的眉心，火焰云纹、寒冰云纹、雷光云纹，交错闪过。她双手变幻结印，动作快得不可思议，手指之间甚至出现了缓慢的残影。

周围一瞬间安静下来，狂风、巨浪、兽吼……种种声音，全部在这一刻化为休止的音符，好像这个世界关于声音的开关，被人忽然关上了。只有狂风吹得衣摆鼓动起来，冷酷的黑色衣袍上下翻飞，火红的发丝在风中被吹散。

红发如火，她依旧狂傲如昔，沉静的眉眼之间不见一点儿慌乱。哪怕她知道此刻面对的是死境、是绝处，再也没有逢生的机会。

“凰北月，在这个世上你最想得到的是什么？”

脑海中忽然浮现出前世和N并肩站在海边的情景，她们面对着大海，夕阳西斜，远处青山绿水中，耸立着一栋栋白色的建筑。

两个少女都骄傲地抱着双手，脚下踩着松软的沙子，可是整个世界，其实就在她们脚下。

“我想得到天空……”她依稀记得，那时的自己是这样回答的吧。

得到整片天空，她便可以自由翱翔，再也没有任何事物让她从高空坠落。

天空，怕是再也没有机会得到了，不过那时候的心境和梦想，她这一生都不会忘记。

我要自由。

在凰北月的身体周围，一点点的火光、寒冰、雷电逐渐凝聚起来。她宽大的衣袖鼓鼓荡荡。她的双手在胸前形成一个奇怪的手印，手印的中心是那块散发着强大力量的万兽无疆。黑玉上面栩栩如生的兽类忽然活了，一只一只从万兽无疆上跃出，黑气的形态咆哮着，在她身边围成一堵坚不可摧的墙。

千万只灵兽一起出现，咆哮的声音震动四野，景象宏大壮阔。兽群中的黑衣少女面色坚定，口中一直不停地念着咒语。

墨莲的身影遇到这坚固的兽墙也被挡了一下，随即他暴戾凶残的本性便显露出来。他抬起手，黑色的雷电轰然闪过，顷刻之间，无数灵兽在雷电的轰击下化为尘烟消散。

凰北月微微皱眉，手指动了几下，数百只灵兽忽然离开她，冲向冥的方向，嘶吼着一起扑下去。

冥大怒。这种时候，那凰北月还想着要对付它，做梦！

冥张开口，竟然生生地将那数百只灵兽一起吞进肚子里。一颗金灿灿的珠子夹杂在那些灵兽中间，忽然光芒一闪。

宋秘喊了一声："小心！"

然而已经来不及了，只见那颗珠子在进入冥的口中时，忽然光芒大盛，紧接着，一只浑身浴满金色火焰的凤凰便展开翅膀飞出来。金色的星砂铺洒而下，缀满天空。

冥忽然惊恐地睁大双眼。那金鸾神鸟化出原形，不和它战斗，却顺着它张开的大口一瞬间钻进它腹中。

陡然之间，天地异变，冥身上缭绕的黑气化为擎天巨柱，冲入高空。

原本阴沉沉的天空忽然被黑气侵占，然后像是裂开的冰面，出现无数裂缝，缝隙之间坠下红色的光芒。一声巨响之后，红色光芒大盛，像是撑裂了天空，继而混合着倾盆大雨，变成鲜红色的雨水洒落下来。

冥惨叫起来。黑气消失，它身上便只剩下青色的鳞片。红雨洒下之时，金鸾神鸟也在它体内爆开。

金色星砂弥漫在天地之间，而冥和金鸾神鸟的身体却在瞬间消失不见。方才还笼罩着风连翼和厉邪等人的黑雾，也在一瞬间消散无踪。

厉邪扶着风连翼，忽然面色大变。他恼怒地看向凰北月，邪恶凶残地道："臭丫头！"

一口黑色的血从口中喷出，天上的红雨落了几滴在风连翼苍白却妖孽的俊美面孔上，从未有过的安静好像在这一刻来到了他身边。身体中躁动不安的嗜血冲动一下子抽离，风连翼心中瞬间空荡荡的。

风连翼抬起头，眼眸逐渐恢复成淡淡的紫色。

安静了片刻之后，忽然，一股强大的力量扑面而来。就算有厉邪搀扶着，在那一瞬间，风连翼还是差点儿被撞飞出去。

"不要——"众人耳边传来红烛凄厉的哭声，转而化为清越的龙吟，响彻天地之间。

发生什么事了？他有些茫然地顺着龙吟的方向看过去，却看见了他这辈子都不想看见的一幕。他看见他往后的半生里，夜夜都会出现的噩梦——

高耸入云的兽墙被墨莲的一双手撕开。墨莲苍白的手没有片刻停留，从凰北月的心脏穿过去。

平静的脸上慢慢出现一丝细微的痛楚，凰北月保持着双手结印的动作，缓缓地吸了一口气。万兽无疆剧烈地颤动了一下，一条龙从里面钻出来，巨大的脑袋把墨莲顶出去。

墨莲的手从凰北月身体里离开，苍白的手上都是她的血肉，可他犹自不满地怒吼，完全没有感情和人性。瞳孔里映着她的脸，他却根本不知道她是谁。

杀戮！这是墨莲意识里唯一存在的信念。

黑龙将墨莲顶开，他手中依然释放了足以毁灭一切的黑色雷光。雷光延伸出去，从她双手间狠狠地贯穿她的身体。

她结印的双手被强行分开，万兽无疆失去了依托，当啷一声，掉在地上。

墨莲衣袖里的小狐狸也跌落下来。因为周围元气动荡太厉害，它只不过是一阶的灵兽，哪里能承受这种巨大的威压？因此早就昏了过去。

周围力量太强，狐狸的身体连同万兽无疆一起被推到战局之外。

凰北月慢慢地向后退了一步，终于支撑不住，向后跌倒，靠着一块巨大的石头，勉强支撑自己。

“凰北月……”模模糊糊中，她似乎听到有人在叫她。是谁在说话呢？

滴答——

滴答——

滴答——

有水滴的声音，对了，是黑水禁牢吧。

想不到还能再次感应到黑水禁牢里的动静。魇不是走了吗？刚才叫她的人，是魇吗？他陪伴了她这么多年，他们从来没有分开过。他忽然不见了，其实她很想他啊！

“魇……”她在心里默默地喊了一声，眼眶湿润，头顶上红雨纷纷，早就打湿她的脸。可是，雨水是冰冷的，而她的泪水是滚烫的。

黑水禁牢缓缓地出现在心中，她再一次看到了这个强大的封印。可这一次，她没有看到那巨大的眼睛，也没有看到庞大的兽影，只看见一个高瘦的人站在那四十九根铜柱之后。

铜柱上面，一张张符纸开始脱落，那复杂的咒印也一层一层从铜柱上面剥落下来。很快，铜柱上面已经布满了绿色的锈迹，变得斑驳脆弱，就好像她的生命气息一样。

那人影一动不动，站在铜柱之后，甚至都没有往前走一步。她知道，只要他往前一步，这四十九根铜柱就会断裂，他就会出来。

哗啦啦的黑水流向不知名的地方，而摇曳在远处的烛光已经逐渐微弱，慢慢地只剩下一丁点儿火星。

火光终于要熄灭的一刻，那个人影终于慢慢地抬起头。那红色的眸子，不像昀离的那么邪恶，反而妖媚潋滟，透着诱惑之光。

这眸子有些悲伤地看了她一眼。只是一眼而已，她连他的样子都没来得及看清，火光就彻底熄灭了。黑水禁牢里的一切，彻彻底底地消失不见。

天生异变，天火从裂缝中滚落下来，纷纷扬扬的红雨在她的身边淅淅沥沥下个不停，像是某个人在哭一样。黑水禁牢破了，魇出世了，而她……她……

冰冷的石头支撑着她的身体，她微微偏过头，抬手擦了一下自己的眼角。若一开始就知道什么都得不到，还不如什么都不要做。她背负的不仅是北月郡主的身体，还是她的命运。

凰北月的半世匆匆忙忙，却都不是为自己而过。朝生暮死，白驹过隙，她像浮萍一样，只是这个世界的过客而已。

我本飘零人，长活一世，无枝可依，颠沛流离。

嘴角微微弯起，她竟然笑了。随即，泪水滚滚而下，她心里依然说了一句：我，认命！

她这么骄傲倔强的人也不得不认命，是真的万念俱灰了吗？

生命抽离，灵魂也逐渐远去。忽然，一只手坚定地抓住她的手腕。凰北月一愣，睁开眼睛。她分明看不见，此刻却觉得自己再次清清楚楚地看见了现世的高楼大厦，车水马龙。

夜风吹拂，这是整个城市最高的建筑，极目望去，灯火如长龙蔓延到远方。一时之间，她竟然不能适应，回头看了一眼。身后的人冷冷地看着她，那天然的面瘫脸似乎永远都不会有表情。

“N……”

“我所认识的凰北月，从来不会认命！”少女淡淡地开口，语气略带讥讽，“你输了的话，就不配做我的对手。”

少女看向她的目光微微发亮，那是强者对视的目光，霸气、骄傲、疏狂，对任何人都不屑一顾，可这一次，里面竟包含着挑战！

心中忽然涌出无限的能量，凰北月低笑一声，道：“你敢向我挑战？”说着，她反手去抓N的手，却抓了个空。

少女平静地看着她，身影淡去。

“阿凝！”凰北月举步追去。忽然，她眼前白光一闪，那是从空荡荡的黑水禁牢里发出来的光芒。她本能地抬手挡住眼睛，从指缝里看见黑暗中有个人慢慢地转过身来。

不是魇！白色光芒逐渐照到那个人，那年轻的面孔上微微带着一丝笑容，火红色的头发张狂地飞舞。他看见她，脸上的笑容忽然灿烂起来。

"月！"

凰北月怔住。这是轩辕问天？她从未见过他活着的样子。她在赫那拉族见过他的画像，在修罗城见过他的白骨，可他这么活生生地站在她眼前，却是第一次。

这是北月郡主的父亲。她心里同样激起无尽的思念和委屈，她也想再次看见父亲出现啊！

"不要哭，父亲一直都在保护你啊。"轩辕问天笑着说，双手慢慢地抬起，开始结印，"月，如果你出生的时候，我能多看你一会儿就好了，没想到一转眼，你就长这么大了。"

看着他双手结印的动作，凰北月忽然明白过来，原来轩辕问天在她身体里封印了魇，也考虑到了魇可能会逃出来，危及她的生命，因此在黑水禁牢中，他同样封印了自己的魂魄，以便当魇出去之后，由自己来保护她。

凰北月哽咽着，轻轻喊了一声："父亲……"

轩辕问天一怔，眼眶略微湿润，随即点点头，手中的印诀已经完成。他最后看了她一眼，印诀光芒大盛。

凰北月眼前一花，忽然之间意识全无。

万兽无疆上有一丝淡淡的光芒闪过，很不起眼。躺在她身边的小狐狸慢慢地睁开眼睛。它看着眼前的黑玉，呜了一声，那块黑玉忽然化为黑气，从它的眼睛里钻进去。

嗷呜！似乎很疼，小狐狸毛茸茸的耳朵上，红色的皮毛更加鲜艳，冰蓝色的眼眸也更加透彻清亮。随即，它便可怜地呜咽着，再次被强大的力量震撼得昏过去。

凰北月意识里的一切发生得飞快，不过是眨眼的时间。

外面的战斗还在继续，墨莲的吼声如同野兽，震得山河动荡不安。

那条顶住他的黑龙在万兽无疆消失之后，忽然也消失无踪了。失去了阻挡，墨莲再次朝着凰北月猛冲过去。他要撕碎她的身体！即便她靠着石头，已经失去了一切抵抗，无神的双眸里，连最后一点儿清澈的光芒也消失了。

远处有好多人朝这边狂奔过来。

随之而来的，是哭声与大喊声……

红色的雨依旧纷纷落下，地上积了一层红色的雨水。在雨水反射出来的光芒中，一抹鲜红的身影慢慢地出现，宽广的红衣在风中飞舞，衣摆下面赤裸的双脚轻轻点在雨水之上。

那人的黑发如同瀑布一样，从红衣上流泻而下。广袖扬起，一只如同花瓣一样漂亮晶莹的手伸出来，一把红纸伞出现在他手中，挡住漫天的红雨。

他转过头，狭长的红色眼眸妖异邪魅，如同狐狸，却泛着冷光。妖孽的容貌也在朦胧的雨雾中如同莲花般慢慢绽放，最后彻底显现。那是一张完全不似人类的脸，妖娆、阴柔、邪气，却惊艳！他粉色的嘴唇略带不满地抿着，眼角斜斜地瞟过。

墨莲已经近在眼前。

站在远处观战的宋秘陡然看见这一幕，脸上掠过惊恐的神色，开口道："是他！"

然而，此刻宋秘想阻止墨莲已经来不及了。只见那人一只手撑着伞，另一只手漫不经心地抬起，也没看见他是怎么动作的，等看清时，他已经掐住了墨莲的脖子！宋秘心里一紧，再也不看墨莲，转身飞快地消失。

那家伙，重现世间了！

被掐住脖子的墨莲依旧凶猛。他像是被放出笼子的野兽，饿了许久，根本挡不住他的锋芒。

墨莲满是鲜血的手抬起，对着魇狠狠地打去。虽然没有伤到他，却也把他的衣袖扯下来一块。

魇顿时怒了，掐住墨莲的脖子往下一扯，将他狠狠地按在地上，脸埋进泥水中。墨莲嘶吼着挣扎。魇站起来，一只脚踩着他的脊梁，手中骤然出现三根黑色的棍子。古朴的繁密花纹光芒一闪，他眼皮也不抬一下，将棍子狠狠地钉进墨莲的身体里。

凶猛的野兽停止了嘶吼，只是有气无力地呻吟了一声，口中鲜血不停地往外涌。

而这一瞬，四周剧烈动荡的元气也安静下来，天上倾盆而下的红雨逐渐变成绵绵的细雨。墨莲的眼睛被血水洗过，慢慢地出现一丝清明，眼前的一切逐渐清晰。墨莲半张脸埋在泥水中，偏着头，正好看见那个靠着巨石的少女，以及她失去生气的残破身体正缓缓地滑倒下来。

一瞬间，泪水汹涌而出，墨莲的嘴唇颤抖了几下，他伸手向前，慢慢地爬过去。虽然清醒了，可刚才的记忆还在，发生过什么，他脑子里清清楚楚地记得。

"月……"

移开脚的魇冷冷地看着他，也不上前。然后，魇看着凰北月，心中一片空荡荡的感觉。

墨莲爬到凰北月身边，摸摸她的脸，然后咬破手指，开始在她身后的那块巨大的石头上飞快地以鲜血画出无数怪异的符号。

红雨已经变小，可随着那些符号的出现，周围却忽然狂风肆虐。风连翼来到近前，却被魇伸手拦下。风连翼目眦欲裂，魇却不咸不淡地说了一句："那是招魂术。"

风连翼怔住。此时，狂风中出现鬼哭狼嚎一样的声音，像是送葬的队伍，有无数哭声，也有类似于巫师诵念的声音：

魂兮归来！东方不可以讬些。
长人千仞，惟魂是索些。
十日代出，流金铄石些。
彼皆习之，魂往必释些。
魂兮归来！南方不可以止些。
蝮蛇蓁蓁，封狐千里些。
魂兮归来！西方之害，流沙千里些。
彷徉无所倚，广大无所极些。
魂兮归来！北方不可以止些。
增冰峨峨，飞雪千里些。
归来归来！不可以久些。
硃明承夜兮，时不可淹。
皋兰被径兮，斯路渐。
湛湛江水兮，上有枫。
目极千里兮，伤心悲。
魂兮归来，哀江南。

诵念的声音慢慢止息，墨莲的手指在巨石上落下最后一笔。狂风中，巨石上慢慢出现一片黑色阴影。

黑暗中有人影走出来，却看不见样子。

“魂魄离散，汝欲招之，可知乃逆天改命，必遭天谴！”

墨莲将凰北月的身体抱起来，在怀中抱紧，血泪涌下，尽是他心中的痛苦和悔恨。

“不祥之人。”黑暗中的人看着墨莲叹息了一声，问他，“也罢，汝欲以何物来交换？”

墨莲低声道：“一切。”

黑暗中的人默默地叹息一声，随即对后面一招手。风铃的声音由远而近，一个少女的身影也慢慢出现。少女步伐迟疑，略带惶恐，看着外面的一切，茫然不解。

他们……都是谁？

第二十二章 一阶灵兽

风烟尽。

裂开的天空又重新合上，绵绵而下的红雨，不知何时停了。

剧烈动荡的元气终于消失，没有那迫人的威压，那只一阶的小狐狸好不容易恢复了神志，慢慢地睁开眼睛。透过冰蓝色的眼珠，它似乎第一次开始打量这个世界。

地上聚集着红色的雨水，混入泥土中，似乎连土地都是血红的，十分醒目。周围不管是树枝、草丛，还是房屋，全都被红色覆盖着。没有血腥味，可就是莫名地让人觉得心里难过、不安。

意识虽然恢复了，可它脑子里依旧一片混乱，只记得刚才发生过一场大战，而自己好像被什么打中，疼得直接昏了过去。一阶的灵兽，真是太弱了。

它感觉头很重，身体很重，到处都很重。它趴在地上，试图挣扎着动一下，却怎么也动不了。它想抬手找个什么东西扶一下，好站起来，可是努力了半天，抬起来的却是一只……爪子？

啊？它努力地回想一下。它是一只狐狸，是灵兽，确实应该有爪子，可潜意识里，它觉得好像有某种不对劲儿的地方。它看见自己的爪子的时候，很惊讶，就好像这东西根本不应该长在它身上。

“手……”它默默地想着，那究竟是什么东西啊？

“我是一只狐狸……”很快地，它已经完全接受了这个观念：它是灵兽。

它潜意识里觉得自己丢了一个很重要的东西，是什么呢？它一定要想起来。这宝贝好像对它很重要，没有这个宝贝，它可能永远只是个弱者了。

它的头隐隐作痛，究竟丢了什么？对了，好像是一块玉佩！可它是狐狸的话，哪来的玉佩呢？混乱……混乱……还是混乱……

它冰蓝色的眼睛四处看着，咦？那边围着很多人是怎么回事？身体像被什么东西固定在地上，它想动都动不了，只能发出呜呜呜的声音，希望有谁经过的时候，可以帮帮它。

像它们这种生存在灵兽中最末等的一类灵兽，是不该冒险离开森林出来的。它究竟是怎么离开森林，来到这个地方的呢？之前的事情，一点儿都想不起来了，它好失落。

它看向那边人多的地方，看到的全是背影。有个人撑着一把红伞，一身红色的衣服都拖到了地上，长发在风中微微舞动。它看不见他的样子，可他如此风华绝代，想必正面也不会太差吧。

那些人都没有说话，是他第一个开口，声音懒散阴柔，还挺好听的呀！

"名不虚传的招魂术，今天总算见识了。"红衣人略带笑意地道。

"想不到还能看见你重现人间。"

有个冷冷的声音在小狐狸身后响起来，吓了它一跳。小狐狸努力把头抬起来，便看见一个白衣白发的人从自己面前走过去。那人气势凌厉，绝非泛泛之辈。

那人的衣摆还拂过它的脸，脚也差点儿踢到它。它有些不快地瞪着他。

那红衣人听见他的声音，也不转身，只是低笑了一声，轻轻转着红伞，微微侧过脸，细长的眉眼特别妖娆。

小狐狸不禁打了一个寒战，那目光就算没看过来，也有夺人心魄的力量，因为实在太妖、太艳！

红衣人没有说话，那白发男人忽然像被什么重重地打了一下。无形的风吹过，白发男人便后退一步，捂着胸口吐出一口血来。

小狐狸看得高兴，忍不住想拍手叫好。它以为是那红衣人不声不响地动了手，正想赞他一声，忽然看见红衣人轻轻往旁边让了一下，一个霸气的黑衣男子走出来。它的心像被什么触动了一样，陡然间快跳了好几下。

若不是面色有些苍白憔悴，那人还真是风华绝代、倾国倾城……

淡紫色的眼眸潋滟清绝，他看了那白发男人一眼，冷冷地开口道："厉邪，若非因为你是魔兽，有不死之身，今日，我绝不会让你活下来。"

原来那白发男人叫厉邪，这名字一听就不像好人。

小狐狸呆呆地看着那黑衣人，觉得他和那白发人对立的话，他就一定是好人。他长得也像好人，神色间虽然有些锐利的杀气，可是那样的眉、那样的眼，若是仔细凝视着一个人的时候，定会温柔无限吧……

它觉得自己的脸颊隐隐发烫，连忙打断自己的胡思乱想，专心看这些人。

那个叫厉邪的弯下腰，痛苦地吐了一口血，道："属下知错，陛下可任意责罚。"

"哼！"黑衣男子冷冷地拂袖，道，"离我越远越好。"

厉邪一怔，想说话，那人却再也不理他。厉邪转过身，走到一块大石头前，蹲下来，小心翼翼地凝望着。

因是背对着，所以小狐狸也看不见他的样子。

厉邪擦了一下嘴角的血迹，有些不甘心，却还是不敢擅自留下。白发飞舞，忽然化作一点白色的光，厉邪消失不见了。

哇，这就是魔兽，强大的魔兽！这种来去自如的功夫，它什么时候才能学会啊？脑袋里还没有多想，它便看见那块石头前面，一团黑影逐渐变小，隐约有人声传来。

“汝承诺的代价，吾等会来收取。”黑暗中的声音十分低沉，还有些无可奈何，“刘澈，你且记住，你是不祥之人。越是喜欢的人，你越要远离，否则，终究会给她带来灾祸。”

那说话的人似乎也有些不忍，说完之后，叹息一声，便从石头上抽离，慢慢地走出来。黑影每走一步，就变淡一分，走到小狐狸身边时，只剩下一个模模糊糊的影子，几乎看不见了。

那人却像感觉到什么一样，低头看了小狐狸一眼。小狐狸也努力地抬头看着他。目光交会，那人的身影陡然一震。他喃喃说了一句：“原来这才是……”

后面的话没有继续说，他只是摇摇头，说了一句“天意如此”，然后目光柔和地看了小狐狸一眼，轻轻挥动衣袖。一阵舒服的感觉瞬间钻入身体，小狐狸忍不住嘤咛一声，觉得身体里有些地方变化了。

待小狐狸再抬起头，那淡淡的影子早已消失不见。小狐狸怔了一下，感觉到刚才不听使唤、像石头一样沉重的身体竟然变得轻松了。它站起来，伸伸爪，踢踢腿，扭扭腰，抖抖耳朵，把身上湿淋淋的雨水都抖出去。

它想跑过去看看那边发生了什么事，还没行动，就见那个黑衣男子站起来。紧接着，另一个穿黑衣服的少年也站起来。少年身上都是血，看着怪可怕的。

那少年怀中抱着一个人，那人也是满身的血，看起来快要死了。少年转过身来，苍白带血的面孔，以及眼角诡异的桔梗花，让他整个人看起来有些阴沉。

小狐狸本能地往后退了一步。不知道为什么，这个人阴沉归阴沉，可并没有刚才的厉邪，以及那黑衣男子那么凌厉霸气，但它就是莫名地有些害怕，心里凉飕飕的，似乎靠近他，它就会死。

心中有这样的感觉，它就再也不敢上前去，便偷偷躲到草丛后面，看着他一脸恍惚地抱着怀中的少女，一步一步慢慢地走出去。

“墨莲阁下，把她交给我吧。”看他要走，却死死地抱着凰北月不肯松手，风连翼只好出声。

墨莲收紧了手臂，保护性极强，不肯松手。

红衣的魇侧过脸，笑眯眯地看着风连翼：“有我在，你想霸占她是不可能的。现在已经到了这个地步，不如把她送回南翼国，谁也别想独占她，这才公平。”

风连翼冷冷地瞥着他，道：“她只会愿意跟我走。”

“那可不一定。”魇有些自恋地眨眨眼，“先前她不知道我如此美貌，等她见过我，自然会把你忘了。”

风连翼一时无语。这个突然冒出来的人到底是谁？

魇大笑一声，拍拍墨莲的肩膀，道：“臭小子，送她回南翼国长公主府，知道吗？”

墨莲竟然没有反对，点点头。也许他也认为这是最好的办法。现在，他只想让她回家休养，等身体上的伤慢慢养好，她自然会醒过来的。

连墨莲都同意了，魇示威般对风连翼眨眼，笑着离开。

经过草丛的时候，一团白花花的影子窸窸窣窣往后退，魇看了一眼，忽然弯下腰一把抓住那毛茸茸的尾巴，并且眼睛一亮，道：“真是可爱的小狐狸。”

小狐狸心里一慌，冰蓝色的眼睛看了他一眼，忽然飞快地伸出爪子，在他手指上抓了一下。

魇也没想到会有灵兽敢这么大胆地抓他，况且这小狐狸的元气不过一阶，就算是神兽在他面前，也不敢这么大胆。

魇缩回手，手指上冒出一点儿血。他将手指放进嘴巴里轻轻一吮，媚笑道：“你敢抓我？”

他生气了吗？小狐狸步步后退。它只是觉得被抓住尾巴很不爽，所以才会出爪，若知道是他，它也不敢啊！

魇是个超级记仇的家伙，刚从封印里出来，就被一阶的灵兽抓伤，这委实太没面子了。

他忽然坏笑着伸出手，朝小狐狸的脖子抓去。这可怜兮兮的小家伙，欺负起来一定很好玩！可在他的手之前，有一只手的动作更快，先他一步将小狐狸轻轻抓起来，放在手心。之后，风连翼一拢衣袖，转身就走。

他竟如此嚣张？！魇大怒着跳起来，咬牙切齿地说：“风连翼，这狐狸是我先看到的！”

“你别忘了这里是修罗城。”风连翼并不转身，只淡淡地道，言下之意不用多说，聪明的人自然会懂。他是修罗王，支配修罗城的一切，这小狐狸在修罗城，当然是他的，别人有什么资格拿走？

魇哑口无言。在别人家里抢别人的东西，自然是他理亏。

“哼，狐狸归你，凰北月归我！”魇看着他的背影，无礼地宣布，“就这么定了！狐狸你抱走吧，我不跟你抢，以后你也别跟我抢！”说完之后，魇觉得自己捡了一个大便宜，乐呵呵地离开了。

以后的某天，等他想起今日这番话，悔恨得捶胸顿足。啊！早知道应该拼死让小狐狸归他才对！

对他的话，风连翼根本不当一回事。这人莫名其妙冒出来，似人非人，似妖非妖，似魔非魔。从他制住墨莲的动作看来，此人绝对非常厉害，只是此前从未听说过，卡尔塔大陆上有这么一位怪异的高手。

风连翼抱着小狐狸出了修罗城，在外面的林子里将它放下来，用手指碰了一下它毛茸茸的红耳朵，低声道："走吧，不要再来这个地方。"即便修罗城已经没有了惩罚魔兽冥，可这里依旧无情无义，冰冷漠然。

将小狐狸放生后，他起身返回。走了几步，他忽然停下来，微微转过身，潋滟的紫眸里有波光微微一动。

那小家伙儿一步一步跌跌撞撞地跟着他，走两步就摔一跤，显然是刚出生，还没怎么学会走路。

"我未必是好人，你还是去找同类吧。"他低声说，声音里有无限的落寞和忧伤。

小狐狸依旧锲而不舍地跟着他。去找同类？它根本不知道自己是谁，也根本不知道同类在什么地方。外面的森林里太危险，它连觅食都没有学会，若是独自行走，很快便会成为强大灵兽的腹中餐。它不想死得那么早。这人虽说未必是好人，可至少保护过它。

树林里的风微微吹拂着树枝，早春季节，树上刚刚冒出绿芽，一切都显得生机勃勃，充满希望。

他走了几步，终究还是停下来，转过身去，看着那小心翼翼跟着自己的小家伙儿，叹息一声，道："你为何总是跟着我？"

为何？小狐狸也不解，大概是觉得，他比较能给自己安全感吧！就像这春风，微微地吹过来，温柔和煦，没有一点儿杀伤力。它很弱小，只能寻求春风的庇佑，而不敢独自去狂风里闯荡。

况且，这个人长得真好看。

小狐狸抬起冰蓝色的双眼，期盼地看着他，那可怜兮兮的模样，令人心生怜惜，根本舍不得拒绝。

他心中微微一动。不知道多久没有动过恻隐之心的人在这个时候忽然对这只小狐狸产生了某种怜惜。算了，它这么小，出去也很快就会死掉，不如等长大一点儿，再让它离开吧。

他重新走回去，将小狐狸抱起来，轻轻笼在衣袖里，低声道："我不喜欢弱者，所以，你要让自己强大起来。"

小狐狸懵懵懂懂地听着，在他衣袖中用力地点头。它明知道他看不见，还是坚定地下了决心：它不会永远这么弱的！

“陛下，重新抓住叛徒乌煞了，他不承认自己背叛，要面见陛下。”

他们刚走回修罗城，一个漂亮的女人便走过来。说她漂亮，是因为小狐狸还没有看见她青灰色的衣袍下面蜿蜒的蛇尾。等它看见的时候，立刻吓得闭上眼睛，不敢再看。

那女人正是未央，此刻她正悄悄抬头，看了一眼修罗城俊美的王，又羞涩地低下头去。

听说那凰北月死了，从今往后，终于没有人可以牵制陛下的心了。

“随他去吧。”风连翼淡淡地说。乌煞是否背叛过，他根本不在乎。

“未央，我不在的时候，你和厉邪一起守着修罗城吧。”

“是。”未央低头答应，想了想，似乎不对，又匆忙抬起头，问，“陛下，您要去哪里？”

“南翼国。”不等她继续问，轻微的风拂过，风连翼已经消失不见了。

“陛下！”未央恨恨地站在原地，“她都死了，陛下还不肯死心吗？”

“未央尊上，我……我……那个……陛下愿意见我吗？”一个穿着大红袍子、领边绲着俗气的金色毛领的壮实男人跑了上来。他长得不俊，但非常强壮，讨好地看着未央。

未央恨恨地瞪他一眼，道：“见你的头！你这个叛徒，好好去血池地狱关禁闭吧！”未央怒气冲冲地对他说。

乌煞立刻泄了气，继续解释道：“未央尊上，我真的没有背叛……”

“哼！所有人都看见了，你还想抵赖？”未央冷哼道，“叛徒就是叛徒，还归顺那贱女人，真令人羞耻！”

看着未央头也不回地走掉，乌煞憋屈地涨红了脸。周围走来走去的人都看着他，脸上确实带了那么一点儿鄙夷之色。

难道他真的背叛过？真的归顺过那个叫凰北月的女人？

临淮城的春天来得比任何地方都早。这里气候温暖，不过才早春，桃花、杏花、茶花便都开了。城外一片生机勃勃的葱茏景象，城里也是辞旧迎新，到处都挂上红灯笼——快过节了。

长公主府里也好多年没有这么热闹过了，宅院都重新翻修了一遍，流云阁里种上了红色的茶花，又漂亮，又喜庆。

小狐狸蹲在窗户上，一丛茶花在它身后开得正好。暖暖的阳光照在它身上，它懒洋洋地伸了一个懒腰，真是闲适自在的日子啊！

“为何这么久还不醒？招魂术，难道不是让她活过来吗？”严厉的女子声音响起，似乎还略带指责。

说话的人小狐狸也见过，叫千代冬儿，是什么西戎国的国师、圣血宫主，不过现在不是了。

不久之前，西戎国被南翼国吞并，女皇投降，战野太子把女皇和国师都带到临淮城里，皇帝赐了大宅子让她们住。

说起来，这战功，还是里面躺着的此刻生死不明的少女立下的。她才十七岁，不仅拿下西戎国，还灭了东离国，只是手段有些冷血。很多人暗地里说她性格凶残，没有人性，现在她这么不死不活的，也是报应。

皇上还封了她为王，宁亲王，只不过她还没来得及享福，就变成这样了。真是可怜人！

听府中的下人私底下偷偷议论她的身世，连小狐狸都觉得感叹不已，很同情她。希望她早点醒过来，不然那个脸上有桔梗花的少年可要伤心死了。

还有……他也要伤心死了。小狐狸转过冰蓝色的眼眸，看着从房间里走出来的白衣男子。他走到茶花边，那千代冬儿也追出来。

“国不可一日无君，你还是早点回北曜国吧。她若是醒了，想去见你自然会去的。”

风连翼微微一怔，抬手拂过一朵红茶花，道：“我想看着她醒过来。”

“如果她一辈子不醒，你就打算一辈子这么等着吗？”千代冬儿轻轻地抿了抿唇，“如果她醒着，不会希望看见你这样的。”连日来，他已经变得很憔悴了。

小狐狸叹了一声，不想听他们的对话，悄悄地从窗户跳进去，又悄无声息地走到房间里，爬到妆台上蹲着。

床上的少女一点儿动静也没有，只有微弱的呼吸。她一天天消瘦下去，似乎再也不会醒过来。

有那么多人等着她，为什么她就是不醒呢？小狐狸偏头看着她。

忽然，它听到脚步声，转头一看，是墨莲。阴沉沉的少年让它心里发寒，它连忙躲到放胭脂水粉的盒子后面，怯怯地看着他。其实他身上半点儿杀气都没有，但它就是怕他。

墨莲坐在床边，拉起凰北月的手，咬破自己的手指，在她的手心慢慢地画着符咒，从手指一直画到手腕。画好符咒，他默默地念了几句咒语，那鲜血便悄悄地融入她皮肤里，消失不见了。

他这样做，也不是一次两次了。每次画完符咒，他的脸色就会更苍白几分，眼角下的桔梗花也越发地鲜明诡异。

看到他的样子，小狐狸有些害怕，悄悄地缩了一下身体，却一不小心撞倒了一盏烛台。吧嗒一声，烛台掉在地上打碎了。

它浑身的毛立刻竖起来，刚想逃走，墨莲已经抬起头，看见它了。

“是你。”他似乎一眼就认出这是他当日带去送凰北月的那只小狐狸。只不过看见它变得更白的毛发，他微微有些诧异。

墨莲走过来，将它捧起，又重新走回去，将它放在凰北月身边。

这是第一次这么近距离靠近这个少女，小狐狸不由得心慌慌的，心脏扑通扑通直跳，似乎也有些难过。它蜷着尾巴趴在少女的手边，偷偷地伸出爪子碰了一下她的手，然后立刻缩回来。

它脑子里一激灵，触碰她的一刹那，似乎看见有人在哭。

是错觉吗？带着一丝不确定，它再次伸出爪子，碰了一下她的手。这次接触的时间稍微长了一些。它真切地看到了一个缩在角落里哭泣的少女，她那么彷徨、那么恐惧、那么伤心。

它心里骤然酸酸的，毛茸茸的爪子不禁用力。那少女的哭声停了，从角落里抬起头看了它一眼。

“月！”头顶上的墨莲忽然惊呼一声，激动地抓住凰北月的肩膀，“月！”

小狐狸吓了一跳，以为自己闯祸了，慌忙放开爪子，缩到一边去。

“我……”十分虚弱的声音从少女的口中发出来，她剧烈地喘息着，像是做了一个噩梦。

“醒了，你……”墨莲高兴得不能自已，结结巴巴地道，“月，我……对不起……”

“你是谁？”北月郡主怔怔地问了一句，忽然哭起来，“为什么这么黑？东菱，东菱快点灯啊！我怕……”

墨莲怔了一下，眼睛里大颗大颗的泪水往下掉。那热泪全部砸在小狐狸的脑袋上，下雨一样，它慌忙找个地方躲着。

“你……你为什么也哭了？”北月郡主忽然安静下来，听着他压抑的呜咽。她第一次听到男人哭，感觉好奇妙。

这人是谁？为什么会在她身边？他似乎对她没有恶意，很关心她，还在她面前哭了。

“是我……”墨莲低声说。

“你怎么了？”北月郡主不解地道。她好像做了一个很长的梦，梦里什么都没有，等醒过来时，却觉得身上像被撕开一样，疼得不可思议。而这个人，好像比她更痛。

“杀……我……杀了你……”墨莲痛苦地说。

北月郡主不再掉眼泪了，反而微微一笑，善良地说：“哪有？我不是活得好好的吗？”

那是因为招魂术。小狐狸躲在被子里，露出一双眼睛看着他们，心里默默地说。它听他们说过，是因为墨莲的招魂术，才让凰北月活过来，否则她早就死了。

这个人太可怜了，心都被掏出来了，居然还能活下来。不过喜欢她的人都是很厉害的大人物，根本不缺各种灵丹妙药，无论如何总能让她慢慢复原。

北月郡主慢慢抬起手摸索着。摸到墨莲的脸，掌心触到一片泪水，她想缩回手，却被墨莲一把抓住。

北月郡主脸上微微泛起红晕，道：“你是谁？”

墨莲的手微微颤了一下，他哑声道：“刘澈。”

招魂术带回来的魂魄，会丢失之前的记忆。能让她回来，墨莲只觉得无比庆幸，没有感觉到面前的这个人和他心里的那个人相差太多。

他只想给她新的认识，不想让她想起之前的不快。既然她忘了一切，那就什么都不要想起来，包括他的名字。墨莲，他一直恨这个名字所附带的一切。

大概是里面的动静惊动了外面的人，千代冬儿匆匆走进来，看见眼前的一幕，不禁惊喜地说：“终于醒了吗？”

听到她的声音，北月郡主恍惚了一下，随即笑着伸出手：“东菱？是你吗？”

千代冬儿微微一怔，不过想到墨莲说过她也许会忘记过去发生的事情，因此也就释然了。她笑着走过去，道：“是我。”

北月郡主握住她的手，忽然泪水涟涟，一边哭一边说：“我真怕见不到你了，没有母亲，我就只剩下你了。”

“怎么忽然哭了？”千代冬儿显得很意外。这么多年以为她终于坚强了，想不到还是这么爱哭。

“我……”北月郡主哽咽了一下，说不出话来。

小狐狸看着他们见面的感人场景，觉得自己夹在中间有些不方便，因此趁机从被子里溜出来。它抬头看见风连翼不知道何时也走进来了。他站在妆台边，没有靠近，用紫色的眸子深深地看着北月郡主。

不知道是不是看错了，它似乎看见他的眉峰微微蹙了一下，继而目光忽然深邃得不可思议。

他很喜欢北月郡主，为何她终于醒了，他看起来却这么平静？小狐狸不懂。

“你站在那里干什么？不是有话要说吗？”千代冬儿安慰了北月郡主几句，便转头看着一起进来的风连翼。

北月郡主怯怯地问："还有谁吗？"她的眼睛看不见，也感觉不到房间里元气的流动，不知道还有一个人。想到方才哭成那样，还是在不认识的人面前，她不禁有些羞赧，苍白的脸颊微微泛红。

千代冬儿笑道："是风连翼，他……一直等着你醒来。"

她言语中的暧昧，更让北月郡主羞红了脸，。她悄悄地拉了一下千代冬儿的衣袖，低声道："风连翼，可是那个……北曜国的质子？"

千代冬儿看了她一眼，眉头也皱起来，飞快地看向墨莲，似乎在寻求答案。

墨莲道："她，不记得。"

"可……"千代冬儿立刻就想说，可为什么她偏偏只记得风连翼是北曜国的质子呢？

没容她说出口，风连翼已经温柔地开口道："是我。"

北月郡主怔了一下。从前只是听过他的名字，知道他优雅俊美，风华绝代，关于他的种种传闻，一直只存在她的想象中，没想到，今日他竟然亲自来到她面前，这让她很意外。

"谢……谢谢你。"她结结巴巴地开口，有点局促不安，不知道该说什么好。

"应该做的。"他潋滟的紫眸中泛起点点温柔的笑意。

难道就没人发现吗？他那笑容看似温柔亲近，实则保持着一种疏离的礼貌和客气。小狐狸不解地看着他。

"刚才还说有话要说，现在怎么不说了？"千代冬儿瞥了他一眼。想到他在外面还那么焦急，进来之后就能如此平静温柔，她不禁觉得好笑。

"好好养伤。"风连翼微微一笑，"北月郡主，多谢你救了我。"

闻言，千代冬儿忽然皱起眉。他用不着这么生疏吧？

"我救过你吗？"北月郡主脸上尽是茫然之色，"我一点儿都不记得，我居然还能救人……"

"希望你早日康复。以后若是郡主需要帮忙，北曜国和修罗城倾尽全力，都会帮助郡主。"风连翼微微笑着道，优雅迷人，一如从前的九皇子。

"这我怎么受得起？"北月郡主吓了一跳。这承诺也太重了吧！她对修罗城不了解，但她知道北曜国是何等的强大。

"你受得起。"风连翼说完，看向墨莲："墨莲阁下，可以借一步说话吗？"

墨莲点点头，站起来，跟着风连翼走出去。

等等我啊！小狐狸匆忙跑下床。它这么小，太容易被人忽视了。

走出流云阁，风连翼却并没有停下来。他沿着长公主府幽雅的小径一直走，最后走到荒僻无人的地方。

墨莲不知道他要走到哪里去，可没有那么好的耐心陪着他，因此停下步子不走了。

风连翼也停下脚步。从这里刚好能看见长公主府的祠堂，那里一向幽静，除了每天例行打扫，没有人愿意过去。听说五年前，仆人在祠堂的树下挖出一具家丁的尸体，十分恐怖。

祠堂里树木葱茏，枝繁叶茂，一棵大树的枝干从围墙里伸出来，他恍惚地微笑起来。

五年前，他和她是在那里初见的。当晚他夜观天象的时候，看见一道浓浓的黑气陡然从天空出现，汹涌奔腾如万兽出现，飞快地涌入长公主府的祠堂里，他觉得不同寻常，便赶过来看。没想到，他竟然看见那个被外界称为“废物”的北月郡主出手教训下人，那狠辣的手段完全不像一个十二岁的小丫头。

月色之下，她清冷高傲，冷冷地抬眸，一张精致的小脸上充满对他的敌意和不屑。他一眼就看出她的不凡。

“说。”墨莲简短地说。

风连翼一怔，将视线从远处的祠堂移开，看向墨莲，慢慢地道：“招魂术，会出错吗？”

墨莲看他一眼，漆黑的眸子里隐隐有些愤怒。

“我没别的意思。”风连翼淡淡地扬起嘴角，“我只是想知道，是否一个人的魂魄，只能回自己的身体。”

“自然。”墨莲点点头，无须多言。

“那会不会出现，魂魄进错了身体呢？”风连翼还是坚持着。

墨莲怒道：“不会！”

风连翼怔住，良久才点点头，道：“多谢。”

见他失魂落魄，一脸怔忪之色，墨莲也不想多问。既然没什么要问的，那他就走了。

墨莲离开了好久，小狐狸才上气不接下气地跑过来。路太远，它的腿太短，实在跑得太累了！

白衣翩翩的男子一动不动地站着，微风吹着他的衣摆。他看着祠堂的方向，良久都不说一个字。小狐狸差点儿以为他变成石像了，忍不住伸出爪子抓抓他的鞋面，风连翼这才缓缓地低下头。小狐狸用冰蓝色的眼睛迫切地看着他，似乎在对他说：抱我一下啊，抱我一下啊。

风连翼弯下腰，将它抱起来，放在怀中，轻柔地抚摸着它头顶上软软的毛。

“我想跟你讲一个故事。”风连翼怔怔地说，也不管它想不想听，就自顾开口讲起来，“从前有一个王子，他和一个女孩相爱，虽然过程艰难，聚少离多，他们的心却从来没有远离。有一天，王子被巫师诅咒了，女孩为了救他，不惜一切代价，最后牺牲了自己。王子在最后也没有赶到她身边，甚至没有听她说最后一句话。这么没用的王子，是不是根本不值得女孩去救？死的应该是他才对……”

小狐狸偏着头想，不管死的是谁，都不好吧！要是能一起活下来就好了！它想着，忽然有水珠滴在它脑袋上。

又下雨了？它努力地仰起头，只看见他漂亮的下巴上有泪水凝聚，随后眼泪便吧嗒吧嗒地掉下来。

今天它看见两个男人哭了。它用力地蹭了一下他的手心。如果可以的话，它真想抱抱他。

第二十三章
月下化人

草长莺飞，时光流逝，转眼又是一年。

初冬的第一场雪来得漫长而又绵密。连续阴天十天，才看见雪花纷纷扬扬飘下来，转眼之间，徽京城已是白茫茫一片。

北曜国皇宫，大清早，宫女、太监就出来忙着扫雪，他们清理出好大一堆积雪，等着运出去。

“今天陛下还是没上早朝，已经半个月了，大臣们都快急死了吧？”一个宫女小声道。

“嘘，当心被它听到了。”另一个宫女连忙扯扯她的袖子。

她话刚说完，一只雪白的狐狸忽然跳上雪堆，红红的耳朵迎风招展，冰蓝色的狐狸眼懒懒地对着那两个宫女看了一眼，大尾巴一扫，两个宫女脸上都是一脸雪。

“你这……”刚才抱怨的宫女想骂，好歹忍住了。

这狐狸是陛下的宠物，仗着陛下撑腰，平日里耀武扬威的，着实可恨！更可恨的是，这狐狸在宫里几乎无所不在，不管哪里说陛下坏话，总能让它听见。也不知道它究竟哪来那么多分身，前一刻还在议政殿听大臣抱怨陛下不早朝，转眼又出现在后宫听嫔妃抱怨陛下从来不踏入后宫一步。

她们请教过高手，高手说这狐狸不过是一阶灵兽而已，别说分身，连小法术都不会，定是众人胡说。可现在，这狐狸不是神不知鬼不觉地出现了吗？

两个宫女恨恨地看着那小狐狸。一个宫女低声说：“我看它根本不是灵兽，而是传说中的狐妖，专门蛊惑君王。陛下不早朝肯定也是因为它！”

小狐狸抬了一下眼睛，大尾巴胡乱地扫在雪堆上。她们好不容易扫好的雪又乱成一片。

“你这坏蛋，只会捣乱，看我今天不抓住你，狠狠地打你一顿！”被惹怒的宫女开始满院子追着小狐狸跑。

谁也没有看到宫门里，一群人簇拥着皇后娘娘的凤仪进来。地上的乱雪一堆一堆的，走在前面的宫女一不小心踩到雪，滑了一下，差点儿撞到皇后。

“放肆！”引路的太监大喝一声。

那俩宫女知道闯了祸，再也不敢去追狐狸，连忙跪下来请罪。

“宫里岂是你们胡闹的地方？雪天路滑，你们还敢玩忽职守，惊了凤驾，简直该死！来人，拖出去——”

那太监的话没有说完，皇后便微微抬手制止。她美艳的凤目轻轻一转，看见一片狼藉的雪地上有不少狐狸的脚印。

“既是灵兽作乱，你二人自然无可奈何。”皇后宽容地说。

俩宫女连忙感激谢恩。

那太监机灵，知道皇后是对那灵兽不满，但又知道灵兽乃皇上的宠物，自然不好责罚，便清了清嗓子，说：“宫闱重地，容不得半点儿差错。那畜生颇具灵性，可惜野性未除，长久下去恐怕伤了宫中贵人。依皇后娘娘看，是不是……”

“既是畜生，何必与它计较？”皇后似不在意地说。

太监笑道：“皇后娘娘宽怀大度。只不过这乃一阶灵兽，可请召唤师加以驯服，令它乖巧懂事，倒也是一件好事。”

皇后想了想，嘴角便微微扬起笑容，道：“这确实是个好法子。”

得了她的同意，太监便立刻高声喊道：“抓住那狐狸！”

侍卫得令，便纷纷上前。

小狐狸原本听他们一口一个“畜生”，心中便十分不快，现在还听他们说要抓自己，顿时就不爽了。它本来伏在雪堆上，一转眼，身影便消失不见。待再出现的时候，它已经扑到皇后面前。

“保护皇后！”太监、宫女顿时乱作一团。

可那狐狸只是在她面前一闪而过，戏弄似的抓走她发间的金钗，便又消失不见了。鬓发微微散乱，魏嫣然惊怒不已。区区一阶灵兽，胆敢如此戏弄于她！

魏嫣然天生精于媚术，也是召唤师，召唤兽也是十二阶的三尾魅狐，岂容这一阶灵兽在自己面前放肆？她手中结印，正要召唤灵兽，那去捉拿灵兽的侍卫陡然安静下来，片刻之后全部下跪行礼。

魏嫣然一怔，放弃结印，理了理被狐狸弄乱的鬓发。

风连翼一身白衣，和冰雪浑然一体，带着阵阵清冽的寒意，从一棵开得正好的梅花树下转过身。他走了几步，弯下腰将小狐狸抱起来。

这狐狸一年里长大了不少，毛色也越发纯净，耳朵上的红毛更是鲜艳。长长的尾巴从他衣袖上垂下来，它慵懒地靠在他手臂间，转过一双湛蓝却冰冷的眼睛看着皇后。想抓它？有那么容易吗？

“参见皇上。”魏嫣然微微屈膝行礼，半天都等不到皇帝喊平身。她抬眸看去，只见风连翼正低着头轻柔地拂开那狐狸毛上沾染的雪花，像是根本没有看见她一样。

魏嫣然轻轻地咬了一下嘴唇，站起来，几步走上前去，笑着说：“它性子桀骜不驯，只有在陛下面前才会这么乖巧。”

闻言，风连翼抬起眸子看了她一眼。风雪中，那眸中的紫色越发清淡悠远，似乎隔着一段遥远的时光。魏嫣然觉得有些恍惚。

“兽也有人性，你对它好，它是知道的。”风连翼淡淡地说。

魏嫣然道：“陛下仁慈。”

仁慈？这词用在他身上，倒是很新鲜。风连翼勾唇微笑，道：“皇后觉得朕仁慈吗？”

“至少对它来说，陛下不仅仁慈，而且温柔。”魏嫣然说着，脸颊不知不觉地染上一片红晕。

风连翼垂下眸，似没有看见她的羞涩爱慕。修长的手指从小狐狸松软的毛发中穿过，他笑道：“想知道原因吗？”

“陛下若愿意说，嫣然求之不得。”魏嫣然有些受宠若惊地道。

“因为它很简单，不会向朕要求什么。它对朕好，也不要朕回报它。更重要的是，”风连翼顿了顿，紫眸中溢出一点儿温柔的神色，“朕喜欢看它活得自由自在，无拘无束。纵然它不知道天高地厚，朕也希望守护在后面，让它勇敢地走。”说着，他竟温柔地笑了。

小狐狸惊愕，抬起眼睛看着这个人。原来他对它这么好！它心里很感动，却不能说话感谢他，只能用鼻子蹭蹭他的手，表示亲近。

魏嫣然怔住了，脸上温柔淡然的神色一点儿一点儿瓦解。她笑道：“陛下是把它当成另外的人了吧？”

小狐狸顿时怒瞪她。它才不是别人的替身！

风连翼不语。

她说错了话，可纵然知道说错了，她也不怕一错再错。她继续道：“陛下既然这么思念她，为何不自己去南翼国看她？她离你并不远。”

风连翼还是不语，只是俊美的脸上已经没有半点儿柔和之色。他有倾国之貌，此刻却如同寒冰一样冷厉。

魏嫣然继续说：“我听说，南翼国的皇帝准备为她指婚，让她嫁给布吉尔家族的洛洛少爷。你听到这样的消息，为何都能无动于衷？”

“你问得太多了。”风连翼终于冷冷地说了一句，抱着小狐狸转身离去。

“陛下真的喜欢她吗？”魏嫣然却不死心地跟上去。

后面一众宫女、太监眼见帝后争吵，都默默地站着，不敢上前来。

风连翼的脚步越来越快，他白衣翩跹，身影如同天上的雪，消失得很快。

“你根本不喜欢她！”魏嫣然还是忍不住说，声音里带了一丝哽咽，“修罗王果然没有心，对她也不例外。”

泪水慢慢地从眼睛里溢出来，魏嫣然轻轻抬手擦去。她停住步伐，看着风雪中越来越远的他的背影，微微冷笑。

有他的衣袖遮风避雨，小狐狸自然半片雪花都沾染不了。只不过他就惨了，不要随从跟着，一路走回寝宫，头发上和身上都落满了雪花。

他驱走了所有宫人，不要任何人伺候，衣服也不换一件，就执着冰冷的酒壶，开始一杯又一杯不停地喝酒。

小狐狸伏在桌子上看着他。

虽说多年都不在意，但是听到北月郡主要嫁人的消息，他还是忍不住会难过吧。它和魏嫣然一样想不明白，明明他是那么喜欢凰北月，可为何一年来从来不去看望她？知道她要嫁给别人了，他也只会一个人喝闷酒，不打算干涉。这一点儿都不像他。

“酒逢知己千杯少。”风连翼低头笑了笑，语调中颇含寂寞之意，抬起头来，看见小狐狸，顿时眼睛一亮，把它拉过来，“不如你来陪朕喝一杯吧。”

它？小狐狸好奇地看着他斟满一杯酒，递到它面前来。闻着那味道便有些醉，这就是人间所说的琼浆玉液吧，它还从未喝过酒呢。

一半是觉得新奇，一半也是想帮他分忧，小狐狸不禁伸出舌头，在酒杯里舔了一下。

呀，居然这么辣！难喝难喝。如此怪异的味道，怎么会有那么多人喜欢喝？

小狐狸嫌弃地把头偏开，任他笑着怎么劝，都不肯去喝一口，毛茸茸的脸颊隐隐发烫。它挣脱了他的手，从桌子上跳下来，飞快地跑出去了。

风连翼摇头微笑。一只狐狸，他怎么能期望一只什么都不懂的小狐狸为他分忧呢？

一杯又一杯的酒下肚。何以解忧？唯有杜康。果然不错。脑子开始昏昏沉沉的时候，他已经觉得心不是那么痛了，没有如同附骨之疽一样紧紧抓住心脏的剧痛，令他轻松了不少。

他执着酒壶，跌跌撞撞地走出去。今夜有月色，雪刚刚停，院子里堆了厚厚一层雪，白皑皑一片。宫人都被他遣走了，雪地上只有一排脚丫印子，是狐狸的足迹。

他站在廊下，灯影幢幢，映在他紫色的眼眸中，拉出一片眩惑迷离的光芒。柔和的月色照亮了雪地，是难得的圆月。他顺着小狐狸的脚印看过去，迷离的月光带着几分恍惚。

小狐狸躺在一堆白雪上，轻轻抖了抖红色的耳朵，毛茸茸的尾巴在雪地上扫来扫去。只不过舔了一口酒而已，它却像是带着醉意一般，摇晃着脑袋，醉态可掬。

他唇角慢慢浮起一抹淡笑，然而下一秒，那笑容忽然凝固在脸上。他骤然瞪大了双眼。只见那小狐狸在雪中滚了一圈，转过脸来，分明是一张妍丽绝色的少女面庞。

他一定是看错了！他喝了太多酒，产生幻觉也不奇怪，可是天晓得，他看见那张面庞的一瞬间，却宁愿相信那是幻觉，也不肯眨一下眼睛。

小狐狸又滚了一圈，少女的面孔已经不再朦胧，完全显现出来，狐狸的身上，也慢慢伸出纤细如玉的手腕，不盈一握的纤腰，以及雪白修长的双腿。

乌黑的青丝如流水般倾泻出来，披散在光滑雪白的玉背上，如同上等丝绸，耳朵两边的头发，是艳丽的火红色，装点着她如雪一般明澈动人的面孔，越发有种狐媚的妖气和纯净的灵气。

月色下慢慢出现的少女胴体，散发着柔和却炫目的光芒，雪白的皮毛挡住胸前和下身，她在雪地中半侧着身趴着，左手微微抬起，掌心托着一个什么东西，包裹在一团浓郁的黑气中，他根本看不清楚。

精致的小脸慢慢凑到那黑气之前，似乎十分享受，冰蓝色的眼眸微微眯起，黑气从她的眼睛里钻进去，那眼眸逐渐沉淀成漆黑的颜色，明眸动人，越发清澈。

那是……灵兽在月下修炼吗？可她只是灵兽啊。别说只是一阶的灵兽而已，就算是一阶的神兽，她也不可能化成人形的。

那少女的面孔他从未见过，可那眉目不知不觉牵动着他的思绪，让他怔怔地看着，不愿意回神。

忽然，天空中飘过一片乌云，挡住了月光，那少女慢慢睁开眼睛，慵懒地抬头看了一眼天空，嘴角微翘，似乎有些不快，但还是手腕一转，那浓郁的黑气便消失不见。她眼眸中的漆黑一点儿一点儿退却，最终变成淡淡的冰蓝色。

“真快啊，看来不快点努力的话，是出不去了。”少女撇着嘴，懒懒地说着。

月光完全被乌云遮挡，半点儿也不泄漏下来，她轻轻咬了一下粉嫩的红唇。冰肌玉肤在雪地中慢慢淡去，最终钻进那狐狸的皮毛中，在地上滚了一圈，又变成那红耳朵的小狐狸。

别走……

风连翼急急地在心中呼唤，步履踉跄地从廊下走出去。一地积雪被他踩得吱吱作响，三步并作两步走到小狐狸的面前，将它从雪地里抱起来，却发觉这狐狸闭着眼睛，早就沉睡了，一动不动，似乎对外界的事情半点儿都感知不到。

小巧的鼻尖有点儿微红，好像是喝醉了……

是幻觉吗？不可能！感觉如此真实，他知道那少女是存在的，只不过进了狐狸的身体，她是真实的！

“你是谁？你想要什么？我可以帮你。”风连翼轻轻拍了拍小狐狸的脸颊。

这小家伙呜呜地哼了两声，慢慢睁开冰蓝色的眼眸，有些懵懂地看着他，很是迷惑。

“你……”察觉到狐狸的眼中光芒清澈，对方才的事情一无所知，迷迷瞪瞪比他还茫然，风连翼的话便说不出口了。

不是这灵兽吗？心里巨大的失落冲散了酒意，他在冰冷的雪地中抱着小狐狸坐下，轻轻抚摸着它身上柔软的皮毛，忽然笑了。

他是怎么了？看到这样的幻觉，竟然当真了。它只是一只一阶的灵兽而已，他却幻想着它能变成一个人类，缓解一下他心里的剧痛。可笑至极啊……

心里虽然这样想着，可接下来的几个夜晚，他还是每晚都会悄悄跟着小狐狸出去，每当有月色的晚上，他就很希望它能再次变成那个在月光之下修炼的人类少女。只是……除了那一晚，那少女竟然再也没有出现过。

小狐狸只是喜欢月光充沛的晚上，跑到月色下睡觉而已，除此之外，它和一般的灵兽没有任何区别。

那一日，戍守边关的宇文荻回京，匆匆忙忙就进宫。他和风连翼幼年相识，一起在南翼国度过十年质子生涯，感情非同一般，因此才得皇上召见。

御花园里细雪纷飞，亭中点着暖香，放了一张古琴。风连翼坐在琴边，单手慢慢拨动着琴弦。单调的旋律飘出来，是多年前那首《月魄》。

宇文荻在亭子下站了许久，听到琴声停了，才走上去行礼。

戍边一年多，这是宇文荻第一次回来。昔日英俊帅气的年轻人，皮肤已经被边关酷日晒成健康的古铜色，身形健壮结实，走路都虎虎生风，颇有大将之风。

风连翼看着他微微一笑，道：“坐下吧，此处无人，不必多礼。”

宇文荻大胆地看了他一眼，见他面上神色柔和，已经不见了成为修罗王时的冷酷无情，这才放心，也不客气，衣袍一撩，就坐下来。

“方才我进来的时候，看见一只狐狸。”宇文荻皱了一下冷峻的眉峰，“颇有些蹊跷。”

风连翼不动声色地将手从琴弦上移开，道：“哦？哪里蹊跷了？”

宇文荻道：“我看到它的时候，它就在我面前，可一眨眼，它便已经在远处的宫墙之上。它的气息只是一阶的灵兽，何以会有这样的能力？”

“它确实有些与众不同。”风连翼淡淡地笑着，忽然像是开玩笑一样说了一句，“就算看见它化成人形，也不奇怪。”

本是一句玩笑的话，谁知道宇文获竟然神色认真起来，思索了一下，道：“陛下，有些灵兽可以隐藏身上气息，伪装成低等级灵兽。我看那狐狸，似乎没那么简单。”

“你觉得它像什么等级的？”风连翼笑着问。

宇文获严肃地说：“臣戍守边关，荒蛮之地，常有怪异奇事发生。曾听一些老兵说起过，有种灵兽，出没在冰天雪地中，移形换影之术十分了得，有些还能幻化为人形，迷惑落单的士兵……”

风连翼移到琴弦上的手不经意地颤了一下，撩拨了一下琴弦，宇文获立刻抬头，神色里有一丝询问：“陛下？”

“幻化为人形？”紫色的眸子微微一转，风连翼看似不经意地问，“灵兽也可以幻化？”

“没错！”宇文获点头，还是不放心他刚才的反应，“陛下可是看见了什么？”

风连翼不语。那沉默，似是已经默认了。

宇文获霍然站起来，道：“必定是它，九幻赤耳狐！它擅长幻术，靠着吞噬人心成长，此物极其凶险，陛下不该把它留在身边。”

“它跟着朕这么久，从未害过人。”风连翼淡淡地说，神情却非常坚定。

宇文获了解他的脾气，知道劝不住，只能说：“陛下小心，少看它的眼睛。”

话刚刚说完，小狐狸便跳上琴桌，尾巴在琴弦上扫过，发出一阵悦耳的声音。它抬起头，用冰蓝色的眼珠看着宇文获。

宇文获大骇，连忙别过脸去，道：“不能看！”

小狐狸偏偏盯着他的眼睛，不管他转向哪边，立刻就出现在他面前，吓得宇文获差点儿抱头逃跑。风连翼大笑，道：“获，一只狐狸就让你怕成这样，太没出息了。”

宇文获正色道：“此物凶险，陛下不能大意。”

“过来。”风连翼对着小狐狸招招手。它这才放过宇文获，钻进他怀中，懒懒地蜷缩着身体。

宇文获咽了一口口水，小心翼翼地坐下来。

“你这么急着进宫，所为何事？”风连翼轻抚着小狐狸的毛，懒声问。

宇文获这才想起正事，一脸严肃，道：“臣方才听到陛下抚琴，是《月魄》吧。”

风连翼微微一怔，绝色的脸上看不出什么表情。

宇文获继续说：“南翼国皇帝，已经做主将北月郡主许配给洛洛·布吉尔，下个月便完婚，陛下难道不想阻止吗？”

“只要北月郡主幸福，嫁给谁都好。”风连翼淡淡地说。

宇文荻瞪大了眼睛，以为自己听错了，不由得又问一遍：“陛下，那要嫁人的，是凰北月啊。”

“朕知道。”风连翼微笑道，“因为是她，才希望她幸福。”

“你们是不是有什么误会？”宇文荻不敢相信，陛下刚刚才弹了《月魄》，可见他对北月郡主是真的思念成狂。

“没有。”风连翼微微垂下眼眸，淡紫色的眸子隐藏在长长的睫毛下，“荻，帮我送一份贺礼去南翼国。”

“什么贺礼？”宇文荻涩声问，心里很不舒服。

“结盟书，北曜国永世不会侵犯南翼国，另将边关十座城池作为贺礼。”

“陛下！”宇文荻脾气再好，此刻都忍不住跳起来。结盟书尚可接受，那和南翼国接壤的十座城池，地势险峻，历来是北曜国南方的天然屏障，这样送出去，岂不是打开后门任敌人闯进来吗？

风连翼摆摆手，道：“不用多说，朕已经拟好旨意，这是我欠她的。”

宇文荻面色涨得通红，咬牙切齿，半晌才从牙齿缝里挤出几句大胆的话来：“陛下要送贺礼自己去，臣宁死也不做这样的罪人！”

风连翼抬起手，轻轻抚着秀丽的眉骨，嘴角微扬，道：“也罢，朕亲自送去。”

“陛下！”

“朕后日出发，你可跟随一同前去。”不想再听任何劝阻的话，风连翼站起来，怀抱着小狐狸，走下凉亭。一身白衣，飘散在纷纷扬扬的雪花中。

前往南翼国，因是一国之君亲自前往，又带着结盟书，所以到了边境，便看见战野太子亲自率人前来迎接。

俊美冷酷的黑衣男子策马来到风连翼的马车外问候。风连翼一手掀开了车帘，笑道：“有劳太子殿下了，郡主可安好？”

战野脸上明显没有多少高兴之色，看向风连翼的目光也有一些不自然：“她很好。”

匆匆寒暄两句，战野也不再多说，亲自带路，前往临淮城。

半夜宿在一座镇上的富商家中，巧的是，这富商今天也接待了一位要去临淮城的贵客留宿。这客人派头大得很，主人已经去通知是太子和北曜国国君前来，他也不肯出来拜见一下。

战野也不在意，富商设宴，他和风连翼浅酌了几杯之后，便各自回去休息。

深夜，狂风暴雪，窗户被吹得啪啪作响，外面被雪压断了很多枝丫，时不时传来清脆的闷响。

小狐狸趴在床边，半眯着眼睛昏昏欲睡。忽然，一道影子投在窗户上，它猛然抬起头，回头看了一眼熟睡中的风连翼，便跳下床，来到窗边。不用打开窗户，它的身子已经灵活地出去了。

狂风一瞬间袭来，小狐狸闭上眼睛，头顶忽然传来一声闷闷的轻笑。它抬起头，便看见艳丽的红衣迤逦而下，稍微一怔，便被一只手拎着脖子上的皮毛。

“是你这小东西。”魔轻软的声音里带着一丝妩媚，令人心尖儿都在颤抖。

小狐狸一怔，抬起头，便撞上一双妩媚诡异的红色眼睛，顿时全身的毛都竖起来。是当初那个被它抓了一下的可怕强者。他身上有种灭顶的强大气势，是魔兽！

魔将它拎到院子中，扔在雪地里，手指轻轻抚着雪白漂亮的下颌，一只手撑着红伞，雪花半片也无法沾染上他的红衣。

盯着它好一会儿，魔忽然伸出手，重重地在它眉心弹了一下。

“原来是这样。”

小狐狸吃痛，呜了一声昏过去。被狂乱的月色照射之下的狐狸，慢慢地变成一个少女。晶莹如雪的肌肤暴露在风雪中，雪白的狐狸毛明显不够将她全身遮挡起来。她拢着手臂，微微侧过身，冷冷哼了一声。那眼睛，既冷酷又妖媚。

魔饶有兴趣地看着她：“你是被封印了，还是寄宿在狐狸身体中？”

“我为何要告诉你？”少女冷冷地说，黑发在风中狂舞。

“因为……”魔扬起唇角，邪邪地笑了，“你不想穿衣服吗？”他目光放肆地打量着她美好晶莹的身体，口中啧啧赞叹，目光里的欲望也不加掩藏地显露出来。

少女冷冷地抿着唇，终究还是说：“封印。给我衣服！”

魔手腕一翻，一件白色的大氅出现在手中。少女抬手去拿，他却闪开了，笑道：“没礼貌，至少你应该告诉我名字吧。”

冰肌雪肤在寒冷的狂风和大雪中，白得好像和雪花融为一体。尽管身子让人看了，也不见她脸上有半点儿羞涩，只是一片清冷。

不过身为女子，不着一缕地在一个男子面前，终究有些不妥。

可名字……她皱着眉想了想：“我没有名字。”

她没有说谎，恢复意识没有多长时间，她也一直在回想自己的名字，可惜，因为封印的作用，她什么都记不起来。只知道，如果能破开封印，重塑身体，她或许可以记起自己是谁。

“怎么可能？”魔不信。

“不信就算了。”少女冷哼一声。

魔看着她冷酷的表情，她不像在说谎。

“没有名字的话，我给你一个名字。”魔笑着蹲下来，将大氅慢慢裹在她纤弱的身体上，“月。”

少女微微皱起秀丽的眉，道：“为何？”

魇抬头看了看半掩在乌云中的月亮，笑容中透出几分酸涩，道：“不好听吗？”

“不好！”她不客气地说，也随着他的目光抬起头看向月亮，看了一会儿便说，“叫月夜！”

魇一怔，问道：“为何？”

“我喜欢！”她将魇推开，拢着大氅站起来。

她低下头，看着他红衣赤足站在雪中，便问：“你为何不穿鞋？反而撑着伞呢？”

魇凝着眉沉默了一会儿，像是在认真思考。过了半天，他才慢慢地开口，道：“你不觉得我这样很帅吗？”

她失笑，摇头道：“不觉得。”

魇转过身，背对着她在雪地里走了几步，留下几个脚印。他轻声道：“撑伞的人，总是希望伞下有人和他并肩而立。”

她偏头看着他。真是奇怪的人。

“喂。”魇侧过脸来，用妖邪的红色眼眸看着她，“你上次抓了我，我还记得，你打算怎么赔罪？”

雪白的大氅衬着她绝色的面孔，她傲然而立，冷冷地说：“我现在不过是一缕魂魄，并无躯体，你若想要我以身相许的话，恐怕要失望了。”

魇哈哈大笑起来：“你竟知道我想要什么。”

她一怔。她也只不过是随口一说而已，没想到还真说中了。

“待我将来冲破了封印出来，可以为你办一件事。”少女抿着唇说。宁可得罪君子，也不能得罪小人。她知道眼前这个妖媚诡异的红衣男子，绝对不是什么君子。

“什么事都肯答应吗？”魇暧昧地眨眨眼睛，目光瞟着她大氅下面的身体，伸出舌尖，轻轻地舔了一下自己的嘴唇。

她冷哼一声，道：“无耻之徒！”

“我无耻？”魇哼了一声，戏谑地笑道，“是谁出现在我面前，一件衣服也不穿，明摆着勾引我的？”

“你想太多了。”她扯了一下大氅，面无表情地说。

“呵呵，我知道女人一向口是心非。”魇邪佞地看着她笑，“记住了，你答应要帮我做一件事情。”红衣一晃，他便消失在风雪中。

她在风雪中站了一会儿，便转身回房。

推开房门，她赤着双脚慢慢走到床边，借着一点儿微弱的烛光，低头看着床上熟睡的人。为何执意跟在他身边，一点儿都不想离开？此人于她，似乎有种隐隐约约熟悉的感觉。

正出神地看着，床上的人忽然睁开眼睛，一片炫惑的紫色光芒瞬间满溢在黑暗中。烛光晃荡，他却静静地看着她，半晌都不眨眼睛。

她怔了一下，随即转身想走。风连翼飞快出手，抓住她举着烛台的手腕，声音低哑地道："别走！"他的语气里有种一触即碎的小心翼翼。

她慢慢地转过头，看了他一眼，冷冷地道："谢谢你照顾我。"

"你是谁？"

"叫我月夜吧。"

抓着自己的手忽然用力，她微微蹙了一下眉。手腕有些痛，不过她没有说话，只是面无表情地看着他。

风连翼低声问："你是……"

"我不是狐妖，也不是九幻赤耳狐，我只是被封印在狐狸体内的一缕魂魄。"

"魂魄……"他低声自语，紫眸里隐隐带着一抹痛楚之色，"那你，有没有见过一个叫'北月'的魂？"

她皱眉。她虽是魂魄，可从未在阴间游荡过，更没有见过其他魂魄。

"没有。"她冷冷地说，看了一眼被他抓住的手腕，终于说，"魂魄也会疼的。"

风连翼怔了一下，慢慢地松开手。

她轻轻抚着手腕。此刻，窗外隐隐有乌云飘过，月光逐渐暗淡，她的面孔也在一时之间虚幻起来。没有月光，她就会消失。

"你要走了吗？"风连翼问道。

她点点头，往后退了一步。

"下次你什么时候才会再出来？"他淡紫色的眸子迫切地看着她。

她忍不住多看了他两眼，道："我没有灵体，出来只会损害魂魄，所以我尽量不出现。"

上一次是小狐狸喝了酒，那夜的月光也分外明亮，她就借机出来看看这个世界是什么样子的。而这一次，她是被那只魔兽强行拉出来的。

"原来如此。"他略微有些失望，不过随即也淡淡地笑了，"如果你修炼是为了得到灵体的话，说不定我能帮你。"

"你对谁都这么好吗？"

风连翼一怔，摇摇头，道："没有。"

"那你也不用对我太好。"她冷淡地道，"我们不熟。"说完，她的身影完全在大氅中消失。大氅掉在地上，里面窸窣动了两下，一只雪白的小狐狸跑出来，摇摇尾巴，亲昵地靠在风连翼的身边。

他一阵怅然。如果不是这件大氅，他恐怕会以为刚才的一切都是做梦。

“月夜……”他唇边慢慢浮现出苦涩的笑意。如果不是巧合，该有多好……

小狐狸身体里的封印，只不过是个十平方米左右的狭小空间，黑暗、安静，除了悬浮在空气中那块源源不断散发着黑色气息滋养着她的黑玉，里面没有任何东西。

她不知道自己是谁，睁开眼睛的时候，就已经在这个地方。究竟待了多久，她也不知道。她唯一能够确定的，是自己只是一缕孤单的魂魄，靠着那块黑玉的滋养，才勉强存留下来。成为魂魄之前，她是谁呢？这些问题，她根本想不明白。没有一个稍微清晰的线索让她展开，她所能做的，只是用心修炼，以求早日挣脱这小狐狸身体中的封印，重塑灵体出去。

黑玉中的气息缓缓地从她眼珠里钻进去，黑暗中，一双冰蓝色的眼眸清冷淡漠，却十分慑人。

最近，她似乎慢慢在通过意识看见一个五色旋转的旋涡：红色为火元气，白色为冰元气，淡蓝色为雷元气，褐色为土元气，淡绿为风元气。

嘴角有若隐若现的笑意，好像上一次便是这个旋涡出现之后，她才能机缘巧合地在月光下离开小狐狸的身体，出现在外界。这旋涡，对她一定很重要。

她打起精神，再也不胡思乱想，盘腿坐下，开始专心修炼。她心中渴望光明，不愿意永世被拘禁在这片黑暗的地方。

风连翼抵达临淮城的这一天，也是雨雪纷纷，格外寒冷。城中百姓都出来欢迎他，道路两边全是人，此起彼伏的欢呼声，让在封印中的凰北月也不得安宁。

听说北曜国的皇帝风连翼，幼年时曾在南翼国做过十年的质子。因为他德行温厚，颇得人心，再加上长得风华绝代，回北曜国登基之后，也没有侵犯过南翼国，反而在对东离国的那一战中，和南翼国一起合兵，所以百姓对他印象良好是自然的。

凰北月无法专心修炼，就夺了小狐狸的意识，借着它的身体，趴在车窗边看看外面人山人海的景象。这座城市、这条路、沿街的商铺、佣兵市场、宏伟的学院，对她来说，似乎有种隐隐约约熟悉的感觉。她默默地看着。

风连翼看见小狐狸突然沉默，想着它平时也是活泼好动的，此刻不高兴难道是饿了？或者坐车累了？他伸手想将它抱过来，那小狐狸却前所未有地警觉，回过头来，冰蓝色的眸子冷冷地看了他一眼。

风连翼一怔，伸出的手停住，有些尴尬。不过随即，他温柔地笑了。

“月夜。”他低声开口道。自从那天见过之后，她就再也没有出现了。这冷冷的目光，让他有种熟悉的感觉，不是来自小狐狸，绝对是那个月下修行的少女。

凰北月见他将手缩回去，才慢慢地转过头，继续看着外面。她可不是那狐狸，喜欢缩在人怀里撒娇取暖，况且他还是个男子。

“这里是临淮城，南翼国的都城。”她似乎对外面的东西感兴趣，而且有点儿迷茫地偏着头，风连翼便体贴地轻声为她解说。他的声音低沉柔和，凰北月没有拒绝他的好意，专心地听着。

“那里是灵央学院，整个卡尔塔大陆上数一数二的学府。学院中最高的那座建筑，是第七塔。你喜欢的话，我明天带你进去看看。”

凰北月忽然一僵，似乎想到什么，想要从窗户跳出去。

外面人太多，她这么小的个头儿，跳出去会被踩伤。恰好这时，有几个过于热情的百姓涌上来，护卫虽然极力挡着，但马车还是被撞了一下。

眼看着她小小的身体就要掉出去，风连翼手疾眼快地将她捞过来。马车晃动，他重心不稳，手肘在马车上撞了一下，不过好在她安然无恙。

凰北月在他怀里抬起头，看见他微不可察地皱了一下眉，心中也有些过意不去，想了想，终究是干涩地以灵魂之力说了一句：“谢谢。”

“小心一点儿。”他低头看了她一眼，知道她此刻不是小狐狸，而是月夜，便慢慢地松开手，不再抱着她。

涌上来的百姓已经被制止，马车再次安稳地前行。凰北月跳上窗户，看着外面逐渐远去的第七塔，半晌才说：“我说过了，别对我太好，我跟你不熟。”

风连翼微微一怔，随即抬起手，轻轻抚了一下下颌，道：“你是灵魂，可它是肉身，它受伤的话，我会心疼的。”

原来他只不过是担心小狐狸！凰北月冷冷地哼了一声，道：“放心，我也要借它的灵体，所以不会让它受伤！”说完，狐狸尾巴轻轻一翘，便直接从窗户跳出去了。

“你……”风连翼连忙凑到窗口，只见那小狐狸跳出去之后，身子灵活地在几个人肩膀上借力，然后潇洒地跳到不远处的屋顶上。小狐狸转过身来，淡淡地瞟了他一眼，似有些炫耀和示威的意思，然后飞快地离开了。

这小家伙儿……他不禁低笑。

他这一笑，外面围观的百姓顿时失神，短暂的鸦雀无声之后，铺天盖地的尖叫声和惊呼声如同浪潮，震得临淮城的天空都不安稳了。

听着后面的尖叫声，凰北月也不禁停下脚步，回身看了一眼。那种绝色之人，世间确实少见。他一笑，千军万马也会顷刻间沦陷，何况是普通人呢？

她甩了甩脑袋，把脑海中的杂念甩掉。她只不过是一缕魂魄而已，想这么多干什么？他心中早就有人了，跟她一点儿关系都没有……

不知道为什么，这样想着，她心里竟会隐隐约约觉得失落。这一定是小狐狸的心情，她只是被感染了而已，只要不控制小狐狸的意识，她自然就不会有这样的感觉。

她收回目光，在几座建筑物上几个跳跃，动作灵活，速度飞快，朝着灵央学院的第七塔而去。

她刚才经过第七塔的时候，心中似乎感受到了某种召唤，和那块黑玉有关。她不知道是什么，但是一定要去查看清楚。

几个起落之间，她已经来到灵央学院外面，那气势磅礴的建筑，隐隐透出祥瑞和庄严的气息，门口巨大的黑色牌坊，更是散发着无尽的威压和充沛的元气。小狐狸这种低等级的灵兽，根本就无法靠近。

眼珠子灵动地一转，她就绕过正门，直接来到后面七塔森林的边缘。这里没有那漆黑的牌坊作为屏障，要进去就容易多了。不过七塔森林里也是凶险万分，对现在的小狐狸来说，只要三阶以上的灵兽，都会对它造成伤害。

在森林的外围来来去去走了几圈，凰北月还是深深地吸了一口气，尽量隐藏身上的气息，飞快地进去。她不停地在森林里奔跑，身旁有些植物带着锐利的尖刺和剧毒，不小心沾上就不得了了。她尽量小心翼翼，不敢走太阴暗的地方，但这样一来，身形就不得不暴露。好在森林里昏暗，周围是死一般的寂静，没有灵兽出没……

她脑海中刚闪过这样的想法，忽然，一股无比强大的气息就陡然出现在森林中。凰北月吓了一跳。这浑厚的元气是在一瞬间出现的，之前没有半点儿预兆。

糟糕了！这元气如此强大，恐怕是十阶以上的灵兽。

根据元气的感知，那是冰属性。通常冰属性的灵兽领域性非常强，一旦察觉自己的领地被入侵，绝对会大发雷霆，而闯入者只有一个下场——死！她可不想拿好不容易才保留下来的一缕魂魄开玩笑。

没有多停留，凰北月非常果断地转身，飞快地离开。她的速度很快，那强大的元气更快，强悍的冰属性如同惊涛骇浪一样从后面扑来。心脏提到嗓子眼儿上，她头也不敢回，只能没命地往前跑。

吼吼吼——

突如其来的凶猛咆哮声在耳边响起，异常愤怒。

整片天空都灰暗了，树上悬挂着的冰霜开始大片大片往下落。她一边跑一边躲避着落下的寒冰，呼哧呼哧喘着气。小狐狸的体力已经快到极限了。

无尽的狂风夹杂着暴雪从她身后传来，很快，整片森林都冻结起来。冰晶封闭了大树，倒映着湛蓝的颜色。她终于知道为何刚才一路进来，到处都静悄悄的，连灵兽的影子也看不见了，想来，是这只凶猛强大的灵兽盘踞在这里，那些弱小的灵兽早就逃了。

狂猛的风暴几乎要将身体吹飞，凰北月沉着气，爪子紧紧地扣着地面。

一双翡翠般的绿色眼睛出现在上空，巨大的冰雪之翼铺展开来，纷纷扬扬的雪花不断落下。属于超级灵兽的强大威压笼罩下来，她站立的地面，出现一道一道的裂缝。

凰北月目瞪口呆，只抬头看了一眼，就差点儿呼吸不顺。

这是……

灵兽冰翼一展，尖锐的冰凌铺天盖地砸下来，凰北月再也不敢乱想，只专心逃命。

那冰鸾鸟左冲右突，撞到了无数巨大的树，怒气冲冲，似乎一定要将这个胆敢闯入它领地的小家伙儿杀死。

小狐狸身体太小，元气根本不足。凰北月很快感到筋疲力尽，呼哧呼哧地喘息着。再跑下去，恐怕没被那灵兽杀了，她会先累死。

难道她要从封印里出来，以灵魂之力逃脱吗？她的灵魂确实比小狐狸强上许多倍，但是……她苦苦地修炼这么久，好不容易才看到一丁点儿希望，若是被这冰鸾鸟给破了，那她死也不会甘心的，而且……此刻月亮被挡住，她想出来很难。

她正想着，身后一股浓烈的寒冰之气袭来，背上的寒毛立刻竖起。她在心中默默地念诀，正待将魂魄释放出来，千钧一发之际，一抹夭红的影子忽然从她眼前飘过。还没等她看清楚，那身后迫人而来的强大冰元气已经飞快地停止，并且离开了一大段距离。

第二十四章
灵央七塔

“冰，这样欺负小朋友，不好吧？”那夭红的影子缓缓地落定在凰北月的身边，略带阴柔的声音随之响起。

这声音……

这不正是那晚出现过的撑伞的红衣妖男吗？他们还真是有缘，总是能碰见……

凰北月稍微松了一口气，雪白的身体慢慢转过来，纯白的皮毛上沾了不少血迹，因为带着毒性，所以火辣辣地疼。不过此时，她也顾不上那一点儿疼了，因为她终于看见了刚才一直追杀自己的强大灵兽。冰蓝色的双眸渐渐睁大，小狐狸的眼睛里映着一只雪色撩人、晶莹美丽、巨大的冰鸾鸟，那身上冰雪凝成的羽翼，垂落在地上，光芒虽然略微暗淡，可是丝毫都不影响它那高傲的气质。

那冰鸾鸟仰着头颅，瞥了红衣男子一眼。对方明显比它强太多，可那双翡翠般的绿色眼眸中，也没有半点儿惧色。

“多管闲事！”它冷冷地说了一句。

魇媚声笑道：“我这叫仗义。这么可爱的小狐狸，你怎么忍心对它下手呢？”说着，魇俯身下去，夭红的衣袖如同流云一般垂下来，落在小狐狸眼前。他对着它蛊惑地一笑，然后将它抱起来。

“疼不疼？”他心疼地摸摸小狐狸的毛，肉麻的样子让人有些发寒。

凰北月瞥了一眼他这副欠揍的样子，原本想说一句谢谢，却怎么都说不出来。

小狐狸冷若冰霜。魇忍不住笑起来，用手指戳了戳小狐狸的脸，道：“不逗你了，别生气好不好？”

凰北月干脆转过脸，再也不想看此人一眼……

魇也无所谓，笑过之后，便看向那冰鸾鸟，道：“冰灵幻鸟，你何必弄得自己如此下场？”

"吾一生只忠于一人。"冰灵幻鸟傲气地说。

凰北月抬头看着它。这就是传说中的冰灵幻鸟，灵兽之中的最强者，实力不下于神兽。它这么厉害，刚才自己能从它手下逃命，真是太幸运了！

"你该忠于的人，在长公主府等着你。"魇轻声说。

"那不是她！"冰灵幻鸟忽然愤怒地低吼一声，但也没有对这变态的魔兽出手的意思，只是鼻子中冷冷一哼，转过身，"吾相信她总有一天会再回来！这一天，不管多久，吾都会等待。"

凰北月微微一怔，透过小狐狸的双眼，看着那美丽高傲的冰灵幻鸟张开翅膀，缓缓地消失在茂密的森林中。

"冰灵幻鸟的主人？"待它走了之后，凰北月才喃喃地开口，"它的主人还活着吗？去了哪里？"

她会判断冰灵幻鸟的主人还活着，是因为她很清楚，召唤兽和召唤师之间的契约关系，召唤师死亡的话，召唤兽也不可能活着。

"她？"魇停顿了好久，似乎在斟酌用词，"她也许还活着吧。"

"她一定还活着。"凰北月斩钉截铁地说。

魇低下头，失神片刻，然后才小心翼翼地问："你……你怎么知道？"

"因为冰灵幻鸟活着啊！他们结契了的话，她就不可能死。"凰北月理所当然地说。这是正常人都会想到的吧！

巨大的失落感涌上来，魇看了她一会儿，才笑道："原来你是这样想的。"

"我想得不对吗？"

"对，但也不对。"魇一只手撑着伞，抱着她从林子里走过。

凰北月等了好久，他才说："她和冰灵幻鸟，并没有结契。"

凰北月瞪大了一双蓝色的狐狸眼，道："怎么可能？"

"所有人都不相信，可确实如此，只有我才知道。"魇美丽的唇角慢慢地露出一丝苦涩的笑意，"所以，别人也都这么想。"

"那冰灵幻鸟……"

"它啊……一年前，原本温顺、忠于北月郡主的冰灵幻鸟突然狂性大发，谁也拦不住。北月郡主也无可奈何，根本压制不了它身上强大的元气，所以……"

"它是被困在这里的。"凰北月聪明地接口，心里莫名其妙地流过一阵酸涩之意，"它真可怜。"

这只是灵央学院后方的一片树林，并不大，像冰灵幻鸟那样的超级灵兽，性子高傲又孤僻，是不会选择在这种人类稠密的地方居住的。除非是周围有结界或者禁制，让它不得不留在这里。

魔赞许地摸摸她的脑袋，笑道：“没错，它是被苍河院长和战野太子合力封印在此地的。否则，以它凶残狂傲的本性，不知会闹出多大的事情来。”

“北月郡主依然在，可冰灵幻鸟不肯臣服，真是怪事！”凰北月喃喃地说。

“是啊，连我这么了解她，也想不明白，她忽然之间就不是她了。”魔摇头轻笑，垂下眸，细长的眼眸中盈着妖孽般的笑意，“你似乎对冰灵幻鸟很感兴趣？”

凰北月面色冷下来，道：“它刚才差点儿杀了我。”

魔大笑，不可一世地道：“弱者就是这样。”

凰北月不说话。魔带着她穿过树林，径直走向第七塔。奇怪了，难道他也是碰巧要去第七塔的？

第七塔周围有强大的禁制包围，但魔还是毫不费力就进去了。对他来说，这个世界上没有什么地方是进不去的。

进了塔内，魔手指轻轻一弹，一抹红色的光便悬浮在头顶上，空间立刻被照亮。

“伤得不轻哟。”魔看了看小狐狸身上的伤，大大小小全是被树枝割的，很多地方都带着剧毒，因此皮毛上出现一团一团的黑色。

他看了两眼，便掩着唇低笑起来。

凰北月恼怒地瞪他一眼，道：“很好笑吗？”

“也不是特别好笑。”魔依然笑呵呵的，不过还是拿出疗伤的药，温柔地帮她涂抹在伤口上。他手指修长，带着温凉之意，每一次抚摸，都有种若有若无的暧昧之感。

凰北月皱着眉，半晌才说：“你来这里干什么？”

“见一个人。”魔丝毫也不隐瞒。

忽然，他眼中光芒一闪，笑道：“你穿好衣服了？”

“什么？”

还没等凰北月反应过来，他已经在她额头上轻轻一弹，小狐狸的身体渐渐虚无，少女的身影却慢慢显露出来，漂亮的线条，雪白的肌肤，在灯光下别有一番青涩却诱惑的风情。封印里，除了黑玉，什么都没有，她出来自然一丝不挂。

“无耻之徒！”凰北月冷冷地怒喝，清丽的面孔冷得想杀人。

魔虽然大笑，但并没有放肆地多看，解了身上夭红的外袍，披在她身上，靠近她的耳畔，轻轻地呵气，道：“让我对着一只狐狸动手动脚、心猿意马，也太变态了吧？”

“滚开！”凰北月一把将他推开，自己拢着外袍站起来。长长的衣摆拖在地上，对她来说，无疑是累赘。她手一挥，指尖闪过一道雷光，拖在地上多余的衣摆便被她生生地切割下来。

“原来是雷属性！”魔笑着赞赏道。她那一手虽然不高明，可是动作很帅气。

少了累赘的外袍，他依旧是一身红，只不过长身玉立，身材修长，很有翩翩公子的贵气感，只可惜笑容有点儿讨厌。

凰北月别过脸，不再多说，转身朝塔内的楼梯走去。

“你要去见人就去吧，我们就此别过。”说完，她头也不回地走了，不想和他继续废话。

黑漆漆的楼梯好像一直通往地狱，漫无边际地往下延伸。楼梯的两边，墙壁斑驳，每隔一段距离就有一盏微弱的油灯亮着，除了能模糊地看见脚下的楼梯之外，再也没有多余的光亮。

凰北月小心翼翼地走下去。她感觉到的那种召唤就在这楼梯的下面，时断时续，隐隐约约，但是一直都存在。来都来到这里了，躲过了冰灵幻鸟，就算知道下面有危险，她也要去看看。

她走了一小段，感觉身后的脚步声越来越重，来人似是怕她听不到一样。凰北月没好气地说：“你跟着我干什么？”

她终于开口了，魇便雀跃地回应道：“只有这一条路，许你走就不许我走？”

“你不是要去见谁吗？”

“巧得很，他就在下面。”魇指了指蜿蜒的楼梯最下方，然后笑了，“看来你我有缘得很。”

“孽缘。”凰北月不冷不热地吐出两个字。

魇一怔，随即哈哈大笑起来，越发肆无忌惮地跟在她后面。

不多时，他们渐渐到了楼梯底部，周围的空气也越来越热，一道巨大的黑色石门沉重地横亘在眼前，古朴庄重，灼热的气息便是从石门的后方传来。

凰北月擦了擦额头上的汗水，皱眉说：“这地方……”

“让我来。”魇笑了一声，从她身后绕过来，在石门上摸索了片刻，便听到石门下方传来沉重的铰链声。

借着魇身边悬浮的红光，她才看清楚门上有两个石孔，里面的铰链就是机关。她方才也是第一时间就觉得有机关，不知道这怪异的灵感是怎么出现的。

石门才打开一条缝隙，扑面而来的灼热就让凰北月飞快地后退一步。她的灵魂之力毕竟不够强，如此热浪她有些承受不了。

魇动作很快地将她拉到身后，不经意地说了一句：“跟在我后面。”

冰冷的心瞬间一暖，她微微别过脸，轻咳一声，跟着他走进去。灼灼燃烧的烈火，鼓动而起的风……一切都好像地狱里一样，卷起来的火舌似乎要将一切都吞没。滚滚的岩浆从远处奔流而来，又流向远处。

凰北月没想到第七塔下面镇压着这么大一座活火山，若是火山喷发，整座临淮城都会被吞噬吧！凰北月目瞪口呆地看着，被热气蒸腾得眼睛都快睁不开了。

魇轻轻地挥手，一个结界便将两人笼罩起来。结界中的温度一瞬间下降，丝丝冰凉之意渗透出来，凰北月悄悄地松了一口气。

若是孤身一人，她肯定不会选择进来，因为太热了，她的灵魂根本支撑不住。心中又多了一分对魇的感激之情，不过她不会说出口便是，免得他太得意。

魇回过身，抓住她的手，笑道："你要去哪里？我先送你过去。"

凰北月别开脸，冷冷地道："一直往前走便是。"

"没问题。"魇笑着，手指轻轻地捏了一个诀。顿时，炽热的火焰上盛开了一朵朵夭红的花，每一朵都比碗口还大，盛放在浓烈的火焰之上，别有一番惊心动魄的视觉冲击。

十里夭红，葳蕤摇曳，香风四溢。

魇拉着她的手，轻轻跃上花开的地方，足尖仿佛踩在实地上。而花开的地方，半点儿灼热的感觉都没有，他们如履平地，走得安稳又安心。

目光的尽头，都是盛开的夭红花朵，凰北月心里对这个人更加好奇。她知道他是强者，可没想到，他会强到这么……变态！

她一看这种大型幻术，便知道魇不是一般的强者，就算九星召唤师，也不一定有这样的实力，而且这不仅仅是幻术。幻术不过是欺骗人的眼睛和意识而已，而这术明显可以抵御强大的火焰之海。这样的实力，恐怕只有天阶召唤师才能与之抗衡吧？

他究竟是谁？卡尔塔大陆上，竟然会存在这样的强者！虽然不喜这人放荡不羁的性格，但对他的实力，凰北月却再也不敢小觑了。

"在想什么呢？"察觉到她在发呆，魇漫不经心地笑着回头看了她一眼。

"没什么。"凰北月摇摇头，心中不禁生出一种挫败的情绪。她现在只是一缕魂，何时会有灵体都不知道，而又到何时才能达到他这样的水平呢？

"没什么的话，就笑一个给我看看啊！"魇逗她。

凰北月冷着脸说："我不会笑。"

"那叫一声宝贝儿来听听吧。"

"你信不信我变成狐狸咬你？"

魇眨眨眼睛，想起一年前第一次看见她，就被她的爪子狠狠地抓了一下，不禁笑出声，手指放进口中含了一下，说："可以让你'咬'另外一个地方。"

凰北月的面色瞬间就阴沉下来。

"哈哈哈——"魇贱贱地大笑起来，"想歪了吧？"

凰北月的嘴角狠狠地抽搐。若不是在这危险的火海之上，或许她真的立刻扑上去咬他。

两道红色的影子在火海之上飞花逐浪，踏着一地血色夭红逐渐远去。

凰北月不断地深入火海之中，逐渐能感觉到封印中的那块黑玉正散发出强烈的气息，回应着不远处的召唤。那究竟是什么东西？

黑玉如同心脏一般，在封印里快速跳动。扑通扑通！黑玉每跳一下，凰北月的灵魂似乎也跟着跳动一下，躁动不安。

火海中偶尔翻过一个巨大的浪花，他们稳稳地避开，片刻之后，便看见另外一道石门，魇带着她停下来。

这是什么地方？她抬头看了看四周，反正她感应到的就在这附近，不如跟着魇一起看看。

石门上有禁制，但对魇来说，哪有挡得住他的禁制？他手指轻轻拂动几下，禁制便解开，石门缓缓地打开。魇拉了她一下，飞快地闪身进去。魇撤去了身周的结界。这石门里面却是温度冰凉。只是一门之隔，这温差也太大了吧！

魇看了她一眼，见她四处张望，便摸着她的手说："想不到，魂魄的手也如此嫩滑，真好摸。"

凰北月立刻抽出自己的手，狠狠瞪了他一眼，大步往前走。

魇笑着跟在后面。

她走了没几步，便看见前方火光一闪。凰北月心想，难道前面还有火海不成？她仔细一看，却是两簇火焰一前一后飞出来。

"不用怕，这是火灵。"魇笑着解释，对着火灵一招手，两簇火焰便转身带着他们往前走去。

凰北月小心翼翼地跟着，走了许久，忽然前面的火灵像被什么弹开一样，蓦然后退，火焰腾起，差点儿烧到他们。

魇抬起手将两只火灵打散，便听到从不知多么幽深的地方传来一个低沉冷喑的声音："你来干什么？"那声音里可以说是半点儿感情都没有。

眉心微微蹙了一下，魇收起满脸妖孽惑人的笑，道："不想看你步我的后尘，所以特意来帮你。"

"不用你帮。"里面那人无情地拒绝了，"滚出去！"

魇不紧不慢地往前走，道："昀离，你现在根本不会明白，变成像我一样有多痛苦。我帮你并非为了你，只是不想凰北月再步轩辕问天的后尘。"

"哼……"里面那人显然不屑一顾，冷哼一声，忽然道，"你带了谁一起来？"

凰北月双手一紧，里面的那人，强大之处丝毫不亚于魇，从进来她就感觉到灵魂上沉重的压迫力量，所以不敢贸然动作。

此刻听那人一问，她忽然感觉到一股冷飕飕的感觉从后背爬上来，心中一紧。

魇搂过她的肩膀，轻轻地拍了拍，道："是一只小狐狸而已。"

"小狐狸？"里面的声音听起来越发沉重阴冷，似乎在慢慢靠近，"它的灵魂，好像有些……"

"一个无关之人而已，你何必在意？"

魇对她轻轻一挥手，凰北月点点头，立刻转身往外跑。

"它去哪里？"紧接着，那人道："等一下！"

"昀离！"魇身影一晃，便扑进黑暗中。

他们说了什么，凰北月已经听不到了。她飞快地跑，跑得上气不接下气，才敢停下脚步，撑着膝盖重重地喘息。她狠狠地咽了一口口水，呼吸也渐渐平缓了，才直起身来，看了周围一眼。

刚才没头苍蝇一样乱跑，她也没有看路。这里地形复杂，像迷宫一样，到现在她也不知道究竟跑到了哪里。她正茫无头绪的时候，忽然，封印里的黑玉重重地跳动了一下，震得她的灵魂都感觉到一丝丝痛楚。

这是……那莫名的召唤力的源头？一定不会有错的！

凰北月喜上眉梢，连忙顺着那感应的力量快步往前走。

这地下，除了刚才所见的两只火灵，半个人影都没有。周围静悄悄的，都是黑色的岩石，暗沉沉，鬼影森森的。作为一只魂魄，她自然不会怕什么鬼，因此从墙壁上拿下一盏油灯，照着路往前走。

不多时，前方隐约可见火光，而且越来越亮。她扔了油灯，快步跑上去。

那是一间空旷巨大的石室，周围的石墙平整光滑，只是被火烧得通红，墙壁上隐约可见几道符咒一样的东西，隐隐闪现着光芒。

石室的中心是一方非常大的池子，没有水，盛满了火焰。这火焰比起外面火焰之海里的更加炽烈数倍，稍微沾上一点儿，恐怕都会被烧成灰烬吧！而且更加不可思议的是，在那火海的中间有一块石板浮浮沉沉的，石板周围的烈焰形成一个牢笼。牢笼里，一条通体银白、鳞片漂亮得如同冰晶一样的银龙盘着身体，缩在石板上。

火焰偶尔会溅上它的身体，立刻将之烧出一个洞，渗出几滴血。它疼得身体抖了一下，脑袋耷拉着，眼皮也重重地垂着，好像非常疲惫。

这是……传说中的神兽吧？虽然它看起来很虚弱，可那种浑厚强大的气息稳稳地压制着它，而黑玉感应到的召唤力，便是从这银龙身上传来的。

见那银龙受伤，那种莫名其妙很熟悉又很牵挂的感觉，让凰北月心中亦有些隐隐作痛。

似乎察觉到有陌生的气息靠近，那银龙耷拉着的眼皮轻轻抬了一下，见是个穿着红衣的陌生少女，它便继续懒懒地耷拉下眼皮。

"你是谁？"凰北月忍不住问。

银龙并不答话，缩在浮浮沉沉的石板上面，奄奄一息。

“我和昀离，并不认识，我是无意中闯进来的。”凰北月抱着手臂，淡淡地说。

昀离这个名字，她也是刚才听魇叫过一次，似乎是那个黑暗中阴沉的人。

银龙再次抬起眼皮，看了她一眼，慢慢地开口说：“能够闯进这里的人，一定很强。”

“我虽然不强，不过和我一起来的那个人很厉害。”

“厉害？我见过更厉害的。”那银龙冷冷地笑了一声，“小丫头，赶紧离开这里吧，惊动了那个家伙，对你没好处。”

凰北月低头想了一下。封印中的黑玉跳动得很快，似乎格外兴奋。她看了一眼四周，不可能是别的，一定是那条银龙。

“我要怎么做才能救你？”凰北月稍微想了一下，开口问。

“救我？”那银龙摇着头，不带半点儿希望地笑了笑，“除非你有万兽无疆。”

“万兽无疆？”凰北月蹙起秀眉，这似乎是她第一次听说这个东西，“是什么？”

“算了，说了你也不会懂。”

万兽无疆随着那次大战消失了，主人也变成那么懦弱的样子，冰灵幻鸟也背叛了，没有万兽无疆，就不可能救它们。

看着银龙绝望的样子，凰北月紧紧地咬着下唇，刚想开口，忽然尚算平静的火海翻腾了一下，一朵大浪翻腾起来，溅起几点火花，烫得银龙皱起眉头。

凰北月上前一步，那银龙却立刻道：“他来了！你还不赶快离开？！”

是那个气息恐怖的人！凰北月狠狠地一咬嘴唇，非常有自知之明。她知道自己绝对不可能敌过那人，立刻转过身，沿着来时的路飞快地离开。

片刻之后，一个浑身黑袍的人慢慢地从通红的墙壁间走出来，那俊美的容貌却难掩一丝暴戾凶残的气息，血红的眼睛更为他增添了几分邪恶。他冷冷地在四周扫了一圈，道：“刚才是谁在这里？”

“不知道。”银龙冷冷地说。

红眸男人看了它一眼，口气略带讥讽地道：“红烛，怀抱希望比绝望更痛苦吧？”

“与你无关，你这个叛徒！”红烛低喝一声，忽然头一撞，想从那燃烧的烈火牢笼中闯出来，却只落得再次被滚烫的烈焰烧得剧痛无比的下场。

“叛徒？”红眸男子半点儿也不在意，嘴角隐隐浮现出一抹嗜血的笑，“你若继续效忠她，最后也只会落得跟我一样的下场。念在族中凋零，只剩你我，我才会帮你。”

“谁要你帮我？”红烛眨眨眼睛，泪水涌出来，可是顷刻之间就被那灼热的烈焰给蒸发了，“你这个大坏蛋，你害了主人，我才不要你帮我呢！阿爹当初就不应该相信你！”

不管它怎么说，眗离都只是冷冷地看着它，似乎看透一切的红眸中只透出冰冷的嘲讽之意。

“只要受七七四十九遍惩罚之火的煅烧，你就能脱离和万兽无疆的联系，从而恢复自由。”眗离冷冷地开口，“不过，要看你能不能承受了。”

“我说过我不想脱离！”红烛大声说。

眗离像根本没有听到它说什么一样，自顾道：“现在已经受了三十九遍，还有十遍。”

随着他话音落下，飘荡的黑袍衣袖中骤然钻出无数烈焰，烈焰以迅雷不及掩耳之势扑向红烛。顿时，平静的空间里陡然响起撕心裂肺的惨叫。

耀眼的火光之中，眗离血色的双眼被映得熠熠生辉。他怔怔地看着，口中一遍一遍地喃喃念道：“她死了，她……死了……”

凰北月在黑暗中狂奔，前路什么的都看不清楚，也不知道前面突然出现了一个人。她没有看清楚，一头就撞了上去，瞬间两眼狂冒金星。

“跟我走。”黑暗中的人有悦耳的嗓音，一手揽住她的腰，便飞身往外而去。

凰北月重重地喘息了几声，才问：“他……他究竟是什么等级的高手？”

“魔兽。”浓浓的黑暗中，周围的油灯全部熄灭了，她看不清楚他的脸，只能感觉到他说话的声音异常沉重，一点儿都不像他之前放浪肆意的性格。

凰北月稍微怔了一下，才猛地咽下一口口水，心有余悸地道：“魔……魔兽……”

“别去惹他。”魇低声警告她，“这个时候的他，非常危险。”

凰北月在黑暗中点点头，道：“我知道了。”

两个人从迷宫中飞快地出来，穿过波涛汹涌的火焰之海，终于到达石门之外。

凰北月一手撑着楼梯上的木质扶栏，一手抹着额头上的汗水，低声说了一句：“这次多谢你了，我会记住的。”

魇轻笑了一声，道：“你还没告诉我，你来这里是为了什么？”

“没什么。”凰北月舔了一下被火焰烘烤得有些干裂的嘴唇，慢慢抬起头，看着他带笑的双眼。这么仔细一看，她才发现他的眼眸中微微有一点儿红色，那红色妖魅得如同迷雾重重的悬崖边盛开的血色红莲一般。红眸，真是少见的眸色啊！

凰北月别过脸，抓了抓耳朵边的那缕红色头发，嗫嚅着说：“那个，我想问你一件事。”

“说。”魇偏头看着她，越看越觉得可爱，简直移不开眼睛了。

“你知道……万兽无疆是什么东西吗？”

她的话音刚落下，魇的面色就变了。原本妖孽的笑容一瞬间烟消云散，他冷如寒霜地道："你问这个干什么？"

凰北月一怔。万兽无疆是禁忌，连问都不能问吗？

"你怎么知道万兽无疆的？谁告诉你的？"魇忽然靠近她，眼底的夭红慢慢扩大，隐约带了一丝森寒之气。

"哼，这是什么神奇的东西？我问问都不可以吗？"她眼眸中闪现着冰冷的寒芒，看着魇。

"万兽无疆与你无关，想要活得久一些，就不要多问。"魇冷冷地说完，上前去拉她的手，"我送你出去。"

"不必！"她不客气地甩开他的手，倔强的脾气一上来，她也绝对不会低头服软。她大步走上台阶，身影很快就没入黑暗中。

魇站在第七塔高处的窗户旁，看着那小小的身影奔跑在黑暗的森林中。她也不笨，刚才知道了冰灵幻鸟所在的方向，此刻就朝着另一个方向跑去，避免再遇到那只凶残的冰鸾鸟。

看着她奔跑的方向，前方是灵央学院中剩余的六座高塔，呈一个不对称的三角形。那里是藏书阁和藏宝阁，另外几座塔却是长年荒废，禁止出入。

那六座塔的分布似乎有些奇怪。魇眯着眼睛看着，随着凰北月的身影越来越靠近那六座塔，心中也逐渐生出一丝不安之感。

不能过去！魇想阻止，可距离有点儿远。他刚想动作，忽然，天空中的一声凤鸣震彻黑夜，巨大的冰之羽翼瞬间在天空中铺展开来，晶莹的雪色光芒把天空都照亮了。

冰灵幻鸟！奔跑中的凰北月忽然停下步子，震惊地抬起头，和天空中那双巨大的翡翠色眼眸对视了一眼。

细雪纷纷落下，这一人一兽短暂地对看了一眼，时间却似乎骤然之间停顿下来。

冰之羽翼在空中一顿，凰北月也同样呆住。

她黑色的发丝被冰灵幻鸟带起的风狂乱地吹起，挡住半边脸颊，耳边两束火红的长发从眼前轻轻拂过，冰蓝的眼眸中忽然闪现出一抹绝艳的红光。

冰灵幻鸟微微一怔，翡翠色的双瞳忽然变得如同墨玉一般，色彩浓郁而深邃。

这是电光石火的一瞬，平常人眨眼的工夫都不到。可那如同时间停止流动一样的感觉，大概只有这一人一兽能感应出吧。

"笨蛋，快跑啊！"魇的声音忽然从远处传来，通过强大的元气，如同惊雷一般在凰北月的头顶炸开。

她愣了一下，顷刻之间转身，片刻都不停留地拔腿就跑。

冰灵幻鸟也在她开始逃跑之后，羽翼一拍，飞快地追上去。狂风骤起，细雪变成暴雪从天空中落下。

魔的身影何等快速，眨眼之间已经出现在冰灵幻鸟身后。这冰灵幻鸟虽然厉害，不过要制伏它，对魔来说根本是小事一件。因此，他只是抬起一只手，指尖轻转，无数残影形成，暴雪中，盛开一朵又一朵的妖艳红花。花瓣还没有完全盛放，却悄无声息地飞向冰灵幻鸟。

然而，令他没有想到的是，凰北月飞快地跑进那六座塔形成的三角阵之中时，身影忽然凭空消失，而紧随其后的冰灵幻鸟也在飞进去之后，生生地从魔的面前消失了。

大雪中飞舞的红花却没有消失，而是安然无恙地飞进去，撞在一座塔上，立刻紧附其上，朵朵盛放。

魔呆住了。他这辈子遇到无数怪异的事情，却从未如此震惊。

“小丫头……”他喃喃地喊了一声，身影倏然飞过去。和那些红花一样，他飞进六座塔的三角阵之中，而凰北月和冰灵幻鸟连个影子都不见。

这怎么可能？且不说凰北月，单是那冰灵幻鸟，身形如此巨大，若是使用幻术隐藏了身体，也不可能逃过他的眼睛。

可是周围只有该死的平静，就连雪花落下来时，那静谧的声音似乎也在耳边回响。

天空中飘着纷纷扬扬的雪花，却不见她的影子。

“月夜！”魔大喊一声。

魔话音落下，整座灵央学院都在震动，七座塔摇晃震颤，似乎要倾倒一般。

此处发生异变，灵央学院中几位长老自然在第一时间就感应到了。

魔话音落下，便看见前方一点灰白的影子从大雪中出现。片刻之间，苍河院长已经出现在三角阵之外。

花白的胡须在风中飘扬，苍河院长仙风道骨，宛如天上谪仙下凡。苍河院长摸着胡须看了一眼三角阵，却陡然看见那夭红的身影，朵朵红花在他身周匆匆地盛开，凋谢，又盛开……

左手的红伞慢慢撑开，魔的眼底是一片诡异的夭红。他缓缓地抬眸，冷冷地看着苍河院长，妖邪之气盈满了双眼。

苍河院长呼吸陡然一滞，差点儿从自己的召唤兽背上掉下来。他飞快地后退了一大段距离，手中出现一把黑色长剑，警觉地看着魔，道：“是你！你居然又出现了。”

“她去了哪里？”魔手中的红伞轻轻一旋，无数飞花扑向苍河院长。

苍河院长大惊失色，连忙不顾一切地在身周布置数道结界。可那些夭红的花像是在戏耍他一样，飞到他近前一米之外便停止不动了，阵阵幽香从花瓣中散发出来。

“我要杀你，就跟踩死一只蚂蚁那么简单。”魔冷冷地开口，“说出她在哪里，我就放你一马！”

“你说的是谁？”苍河院长狠狠地咽了一口口水。他到底是经历过大风大浪的人，如此年纪了，自然比一般人更加镇定。

“刚才我的人进了这三角阵就消失不见了。”魇凶狠地瞪着他。这苍河老头儿要是敢说一个糊弄他的字，他今天一定会让这老头儿死无葬身之地。

闻言，苍河院长也是大惊失色，那样子看起来比魇还要震惊几分。他连忙掐指一算，脸上的表情既震惊，又欣喜，又忐忑。

“七塔之阵居然被打开了！”苍河院长重重地拍了一下手，此刻也顾不得眼前这人是凶残的魔兽，只是高兴地说，“魇阁下，请跟老夫来。”

魇不怕苍河院长耍花招。在他面前，什么花招都是多余的，因此，他无所畏惧地跟了上去。

途中，南宫长老等十几位灵央学院的长老都赶来了，看见魇先是吃了一惊，不过听了苍河院长几句话之后，个个脸上都是又惊又喜又忧的表情。

“院长，难道是……”南宫长老已经抑制不住心中的惊喜之情。

“此事尚未定论，先去看看再说。”苍河院长比较谨慎，回头看了一眼脸色难看至极的魇，不敢再耽搁，连忙带着众人绕过七塔森林，走向后方的几座建筑。

掩映在茂密树林里的这些连绵低矮的建筑，是院长以及几位长老平日修炼和休息的地方，有禁制阻挡，所以学生一般看不见也进不来。

其中一幢平顶房面积特别大，呈规整的圆形，屋顶微微隆起，像一个巨大的蒙古包。

这房屋周围没有门也没有窗户，整体都是用巨大的青色石块垒砌而成的。每一块石头中间连薄如蝉翼的刀锋都无法插进去，严丝合缝，密贴匀整。

在房屋的四周，每隔几步便有一个同样形状只不过小了无数倍的小型蒙古包，所在的位置都不相同，看似杂乱无章，像是随意放置，然而魇一眼看去，便知道这些小型蒙古包实则是护卫中间那座建筑的阵法！

有如此庞大的阵形，这阵法破解起来一定很难。

只见苍河院长走向前去，对着东方拜了拜，然后宽广的衣袖便如同被狂风吹起一样，鼓了起来。他左右手同时出现两个奇异的宝器，分别安插在离他最近的两个小蒙古包的顶端，双手飞快结印，口中念诵着复杂的咒语。

天上的乌云瞬间汇聚过来，大雪不知不觉地停了。咒语念完的瞬间，苍河院长大喊一声：“启！”

轰隆隆——

天上猛然降下黑色的惊雷，破开乌云。惊雷打在那屋顶上，一道门便在雷光中缓缓出现。

魇轻微挑了一下眉梢，果然是厉害的阵法。

打开那扇门，苍河院长已经是气喘吁吁，满头大汗，脸上也呈现一丝灰白之色，然而神情之间却难掩喜悦。

“七塔之阵真的被打开了。”苍河院长声音洪亮，大笑了三声。

其余几位长老也都纷纷捋着胡须笑起来。寒冷的冬天，这些人却都一副如沐春风的样子，多年的心愿终于了却了啊！

魇懒得去看他们，足尖一点，谁也没有看见他动作，再看之时，他已经出现在那道雷光环绕的大门之外了。

“我们也快进去！”南宫长老喊了一声，当先追上去。苍河院长紧随其后。

一行人破开雷光，进入一个漆黑无边的巨大空间，除了门口那黑色的雷光偶尔闪现一丝光芒，里面是死一般的沉静和漆黑，半点儿光亮都没有。

魇身边忽然悬浮起夭红的光芒，目光在周围轻轻扫了一圈，不禁皱眉。这地方，似乎有点儿熟悉啊！

那些黑暗中隐约可见的一块又一块巨大的石碑，借着光芒，他稍微能看见上面铭刻着的东西，全是精妙绝世的功法和技能。每一块石碑上，都有一只被镇压的凶猛石兽，虽然是石兽，但那虎视眈眈的目光依然令进来的几人汗毛直竖。

一眼望去，无边的黑暗之中是无数块林立的石碑，无数头凶猛的石兽。

“这是万兽宫！不会错了，真的是万兽宫啊！”南宫长老激动的声音响起来，在这无边的广阔空间里来来去去地回荡着。

一同进来的十几位长老都以本体元气点燃火光，迫不及待地分散到各个石碑前，如饥似渴地研究上面铭刻的精妙绝学。

苍河院长一脸喜色地搓着双手，也想去看看那些石碑，却被魇一把抓住。

“老头儿，我的人在哪里？”黑暗之中，他夭红的眸子越发诡异。

苍河院长神色一肃，道：“说起来，那个人，老夫也想见一见呢！能够打开七塔之阵的人，必定是惊世骇俗的人物啊！我一定奏请陛下，重重封赏！”

对于他这些赞赏、承诺的话，魇半点儿兴趣也没有，只拎着他，让他带路去找月夜。

能够打开七塔之阵的人，一定很了不起吗？那只小狐狸，不过一阶而已。

他们在一块又一块的石碑中穿梭而过，前面终于出现一块空地，空地的中央有一块比所有石碑都高大威严的石碑，一眼看不到顶，穿过重重黑暗，不知道延伸到什么地方去了。

那石碑上有一条巨龙盘旋而下。巨龙栩栩如生，作势要扑过来。

饶是苍河院长这样经历过大风大浪的老者，也被吓了一跳，以为真是一条凶猛的远古巨兽扑过来了。待看清楚了那也不过是石兽，他才松了一口气，有些尴尬地呵呵笑了两声，道："这龙，看起来很像灵尊大人，只是这颜色……"

苍河院长走近了去看，以手中大放光明的明珠照着。那条龙身上的鳞片尽是如同鲜血一样的红色，一片一片，红得惊心动魄，恍若真是鲜血染成。

即便是石兽，这条龙身上也散发出阵阵森寒之意，让人不知不觉地心生敬畏。

"魇阁下，这碑文上面的文字太多，老夫要上去看看。"苍河院长心情激动地说着，转过头，却看见那邪佞的人，此刻只是一脸恍惚地看着那巨大的石碑，似乎陷入了悠长的回忆之中。

石碑的事情很重要，苍河院长也不想多管闲事。这魔兽要深思，就让他深思去吧！苍河院长身子一跃，飞快地向上飞去，很快就消失在黑暗中。

魇怔了一会儿，才慢慢移步，走到那巨大的石碑前，伸出手，轻轻地抚着上面铭刻的功法，目光慢慢向下，然后蹲下来。在石碑的底部，被灰尘漫过的地方，隐隐约约有一行小字。不同于铭刻石碑那文字的大气庄重，那一小行字很是飞扬隽雅。

魇将灰尘拂开，手指有一丝细微的颤抖。终于，文字渐渐露出来，他将光芒拉低，仔细地看过去。

"希望有一天，能和你在这片天空之下重逢。"身后响起了少女微哑的声音，而她说的，正是他眼前看到的。

希望有一天，能和你在这片天空之下重逢。

石碑上写着这样的一行字，年代久远，可丝毫没有随风褪去的意思，仿佛在前一刻刚刚被留下，有种近在眼前的鲜明感觉。

魇低着头，一直看着那一行小字，半晌都回不过神。凰北月走过去，拍了一下他的肩膀，道："喂，这里是什么地方？怎样才能出去？"

"这里？"魇抬起头张望了一眼四周，"这里是……怪不得我觉得如此眼熟。"

凰北月皱了一下眉，听着那恍惚的声音，好像他在做梦一样，就不再去问他。她绕着这巨大的石碑走了一圈，摸摸上面的文字，心里有些灵犀光芒闪过。

这些铭文都是绝妙的武学，无比复杂，精深晦涩，一般人根本就看不懂，可她为什么竟有种隐隐约约的熟悉感呢？进来之后，那封印里的黑玉就莫名其妙地沉寂下来，半点儿动静都没有，而那黑玉本身所散发出来的元气，比之前更加充沛浓郁。这其中恐怕有些什么干系，她想不明白，但也没打算去问魇。

目前，那黑玉是她可以凝聚灵体的关键，她怕有差错，还是尽量保密吧。

此刻，黑玉散发出来的元气正适合她修炼，这么让魂魄出来太浪费了，凰北月便道："一会儿把我带出去，可以吗？"

魔漫不经心地点点头，大概也根本没听到她的请求吧。

不过，说什么他也不会把她扔在这里就是了。凰北月这么想着，身影就慢慢幻化，身上的红色衣袍掉在地上，一只雪白的狐狸从衣服里钻出来，依偎在魔的身边。

魔看着石碑，怔怔地出神许久，一动不动，像石雕一样。眼底的夭红在缓慢地流转，他似乎和石碑上那条红色的巨龙面对面，可是双方都异常沉默。

许久之后，苍河院长才从上方下来，满头大汗，脸色比刚才更加苍白难看。

“魔阁下，这块石碑太神奇了，老夫飞了那么久，竟然也无法到达它的顶端。”苍河院长气喘吁吁地摇头叹息。

魔冷冷地瞥了他一眼，轻狂地道：“尔等凡人，自然没有看见的资格。”

苍河院长面色一凝，但想到对方恐怖的身份，也不敢和他顶嘴，忍了一肚子气，微微抱拳，道：“魔阁下不是要找人吗？找到了吗？”

“找到了。”魔弯腰把小狐狸抱起来，轻柔地摸了摸它身上雪白的皮毛。

对于那个能打开七塔之阵的人，苍河院长也是无比好奇，早就想看看是什么样的人了。因此，他听到魔的话，就本能地去看他的身后。可魔的身后除了那一块块林立的石碑，哪里还有别的人？

苍河院长把目光拉回来，看着魔气定神闲地抚着怀中的小狐狸。刚才进来的时候，似乎没有这只狐狸，难道……

“能打开我南翼国至宝七塔之阵的，难不成竟是这小畜生？”苍河院长失声道，百年修为都无法在此刻维持他良好的风度。

听到他如此轻慢的称呼，魔冷冷地哼了一声，道：“一口一个畜生，你们这些老不死的多年钻研，竟还比不上这小畜生，岂不是连畜生都不如？有何脸面在此说话？”

被他一呛，苍河院长也觉得方才说话有失分寸，不过那也是因为太过吃惊。此刻，他连忙笑着赔罪：“这灵物不知是何方神圣？魔阁下方便的话，能否让老夫一看？”苍河院长谨慎地问。

“不方便！”魔根本不晓得什么是通情达理，这些老头子让他不高兴，他自然也不会让他们高兴。何况他如此喜欢这小狐狸，岂会让这些糟老头儿随意触碰？

他抱着小狐狸转身，大步走向出口。对这万兽宫里无数精妙高深的功法，他根本就不屑一顾。

“院长，七塔之阵打开之后，对我南翼国而言，真是如虎添翼啊！”远处的几位长老大声说起来。

南宫长老以瞬移之形过来，低声道：“那契约之人可找到了？”

“这件事出去再说。”苍河院长面色凝重地道。

那魔可真是个万分棘手的人物啊！

第二十五章 契约之人

魇怀抱着小狐狸的魇出现在驿馆的院子里，如同红云一样飘散而下，轻飘飘的，没有引起任何人的注意。此刻，他的神情有些恍惚。他并不像那个说说笑笑、总是不正经的魇，因此凰北月也没有多打扰他。在万兽宫里，他看到的那一行字，想必对他有什么影响吧！

凰北月道了一声谢，刚想跑进屋里去，魇却想起了什么，忽然问："对了，冰灵幻鸟跟你一起消失在七塔之阵中，你进去之后见过它吗？"

"没有。"凰北月冷淡地说，"它想杀了我，我躲它都来不及呢！"

"难道它竟趁机跑了不成？"魇喃喃地道。

"它被封印在那里，找到机会自然要跑。"凰北月抖了抖身上的狐狸毛，道，"进去之时，我昏过去了，等醒来的时候，你们就进来了，而那冰灵幻鸟，我没有见过。"

"它跑了，倒是个麻烦。"魇皱着眉说，身影在空气中淡了下去。

看见他离开，小狐狸才松了一口气，慢慢地转身走回去，一边走，一边在心里暗暗地说："你可不要给我惹麻烦啊！"

"当然不会。"不知道是从哪里响起的声音，带着丝丝冷意近在耳畔。小狐狸打了一个寒战，抬头看看四周，雪花纷纷，根本就看不到有什么啊！

冰灵幻鸟究竟躲到哪里去了？

临淮城毕竟是帝都，这驿馆修建得十分奢华大气。几座假山后面，池水结了冰，冰面上反射着回廊下的灯光，十分漂亮璀璨。

小狐狸沿着弯弯曲曲的回廊走着，听到一阵悠悠的琴声。琴声婉转缠绵，不知道饱含了多少思念与愁绪。

风连翼的琴技绝对能在卡尔塔大陆上排上名次，假如他不做皇帝，倒可以去当一位琴师，一定能名扬天下。

今日他弹这支曲子，好像除了浓浓的相思之情，还有点儿别的什么。

小狐狸停下步子，偏着头细细地听了一下，琴声里似乎……还有种若有若无的期待。他在期待什么呢？不会是期待有人能听懂他琴声里的感情，然后循着琴声而来，细细品味，然后两人成为知己吧……

小狐狸正这么想着，回廊后面果然有窸窣的脚步声传来。

侍女小心翼翼地说："郡主小心一点儿，地上雪滑。"

"没事的，你们不用扶着我，我自己能走过去。"那清越动人的女子声音，没有一点儿攻击力。

"可是……"侍女犹豫着道。

那说话的少女已经挣开侍女的手，慢慢地走过来。

小狐狸正发呆，听到声音回过头，只见一个人已经快走到她面前，却像根本没有看见她一样，一脚就要踏下来。还是凰北月动作快，立刻操控着小狐狸的意识，飞快地闪到墙角去，才避免被脚踩到。

真是没礼貌的人啊！小狐狸心里抱怨着。凰北月抬起头，看了少女一眼，心中微微一动，小声道："北月郡主。"

虽然隔了一年多没见，但凰北月还是一眼就认出来了。这北月郡主今年也十八岁了，出落得越发清丽脱俗、美丽动人，小小的瓜子脸，五官精致柔和，典型的婉约秀丽的美人儿。

若这五官能大气一点儿、凌厉一点儿，相信她会更好看吧！凰北月心里莫名其妙生出这样的想法，不禁苦笑两声。她是嫉妒吧？别人有灵体，而她只是一缕魂。

北月郡主双眼看不见，所以刚才才会差点儿踩了小狐狸。她天性善良，若是能看见，早就避开了。

凰北月心里倒是多了几分宽容与怜惜之情，跟在她后面，慢慢地走向琴声传来的方向。

风连翼抚琴的地方，在别院中的一丛花架之下。这个季节自然没有花，也没有碧绿的藤蔓，风雪中只有几根枯萎的枝条在凄凉地摇曳。

花架下面，抚琴的人一身白衣，任风雪再大，也似毫无所觉。他微微垂眸看着琴弦，睫毛下掩映着一双惊世绝艳的紫色眼眸，神情过于专注，有人靠近都没有察觉。

看他的样子，好像已经融入到琴声中去了，陷在琴声所带出的幻境中，关于过去的一切似乎一幕幕重现。他宁可这样沉浸在梦中，也不愿意醒过来。

北月郡主从回廊上走下去，没有数清楚台阶，最后一层的时候一脚踩空，所幸阶梯很矮，所以她也只是踉跄了一下，发出一声惊叫。

琴声戛然而止，铮的一声，一根琴弦崩断，断弦狠狠地划过他的手指，顷刻间一串血珠飞溅在一旁的雪地上。风连翼抬起头，恍惚地看着眼前的少女，紫色的眸子慢慢睁大，像是连呼吸都忘记了，久久地盯着她。难道他方才所想，都变成真实的了吗？她回来了？

他微微张口，一个“月”字堪堪要出口，却听到北月郡主腼腆地说：“对不起，惊了你的琴声。”忐忑不安的声音响起，她像个做错事的孩子一样，脸颊微微泛红。

风连翼眨了眨眼睛，一颗心瞬间沉到重重冰层之下。原来不是她。

他一向修养良好，心里再怎么波涛汹涌，面上也是一片平静，让人看不出他的任何情绪。带着失望的心情，风连翼还是站起来，唇边微微带笑，道：“郡主请坐。”他半句也不提被她惊扰了琴声的事情，风度翩翩，令人折服。

倒是北月郡主有些不好意思地低着头说：“我……我只是路过这里，听到你的琴声，所以想进来听一听。”

“有郡主聆听，真是三生有幸。”风连翼优雅地笑着，“可惜今日琴弦断了，改日再为郡主弹奏一曲吧。”

“真的吗？”北月郡主欣喜地说，转念一想此话有些任性，便忙说，“陛下诸事繁忙，怎好打扰？今日能听到这支曲子，北月已经觉得心满意足了。”

风连翼低下头，见指尖还滴着血。他也不在意，只是问道：“郡主也懂音律吗？”

北月郡主心内忧伤，摇摇头，道：“不懂。母亲会吹箫，幼年时也曾教过我，可惜我笨，怎么都学不会。后来母亲走了，就再也没人教我了。”

风连翼坦然地看着她。虽然人还是这个人，可他知道，这个人不是那个人。

北月郡主和月一点儿都不相似，如果今天站在这里的是他的月，月一定不会说出这番话。她骄傲、清冷，自尊心很强，是不会容许自己软弱可怜的一面让别人看到的，就算她身世再可怜，幼年过得再痛苦，心中对母亲再思念，她也不会在外人面前说出口，让别人可怜她。就算有伤口，她也会躲起来一个人慢慢舔舐，不会让任何人看见。她那强悍自傲又孤独的个性，任何人都比不了。

他对月太了解了，所以人人都会认错她，唯独他不会。当初，只要一个眼神，他就知道那不是她。

“郡主身份尊贵，学这些也不过是娱乐罢了，无关紧要。”风连翼笑着说。

见他如此温柔，半点儿也没有看不起她的意思，北月郡主羞涩地笑了，低声说：“此次来，还要感谢陛下。您送的贺礼，太贵重了。”

“郡主应得的。”

“是因为我曾经救过你吗？”北月郡主忽然抬起头，双眼空茫，看不见他，也就不会害怕，“你为了报恩，所以……”

"并非如此。"风连翼的声音越发柔和，"你足以和这些贺礼匹配。"

北月郡主一怔，眼中忽然泪光一闪，大颗大颗的泪水便滚下来："你为什么对我这么好？"

"因为……"风连翼忽然说不出口。因为月曾经占了你的身体，她没办法还你的恩情，那就他来还。月……不喜欢欠任何人东西。

凰北月抬头看着他们。那北月郡主忽然哭了，吓了她一跳。她连忙跳开，怕被泪水砸到。

"不要哭。"风连翼抬起手，轻轻地拍了拍她的肩膀。月为你扫清了一切障碍，除掉了一切敌人，不会想看见你哭的。

北月郡主吸吸鼻子，有些不好意思地红了脸，匆匆地说："谢谢你，我走了。"

"我送你出去。"

"不用了。"北月郡主摇摇头。

跟着她来的侍女就候在廊下，风连翼见了，也就不再坚持，看着侍女搀扶着她，将她带走。

终于送走了这爱哭的郡主，凰北月跳上琴桌，看了一眼琴弦上的血迹，正想开口说话，没想到风连翼却先开口了："出来吧。"

还有谁在？凰北月震惊地抬起头，果然看见回廊的阴影中，一个黑衣少年慢慢地走出来。少年的面色苍白如雪，眼角的黑色桔梗花拢着花瓣，好像在沉睡一样。

一看见这个人，她心里就一阵发麻，连忙闪身躲到瑶琴后面，偷偷露出脑袋看着那少年。每次看到他，她总会觉得很害怕，不知道上辈子自己是不是被他杀死的，真可怕！

飞雪中，两个人面对面站着，风连翼面上的笑意已经敛去，墨莲也是面无表情。

"她已经要嫁人了，你还跟着她干什么？回光耀殿去吧。"冷风吹来，风连翼的声音也如这风中的雪一样，冰冷无情。这个人，杀了月，令她魂魄消失，若说风连翼心里不恨他，怎么可能？

墨莲怔了一下，然后慢慢地开口道："她，不一样。"

"她性格变了，可她还是北月郡主。"风连翼看了他一眼，"墨莲，是你把她带回来的。"

墨莲苍白的嘴唇微微一动，隐忍的表情有几分痛苦："为什么消失了？月……"

"因为你杀了她。"风连翼没有感情地说，心中也是一阵剧痛。她消失了，从这个世界上彻彻底底地消失了。

他这句话，让墨莲极力隐忍着痛苦的面孔彻底破碎了，巨大的痛感和恐惧感蔓延上来，让他苍白的脸变得扭曲。他抬手抚着眼睛，像是要挡住从这双眼睛里爬出来的能将他拉入地狱的痛苦。

凰北月就站在他们身后看着这一幕，心里是说不出的复杂滋味。她觉得风连翼过于残忍了，那个所谓的消失的凰北月，是他们都很在乎的人啊！

风连翼会痛，墨莲也会痛。

可她随即想到，那凰北月是被墨莲杀死的，是他亲手令她消失在这个世界上，让风连翼永失所爱，就不难理解他这种冷血残忍了。如果是她的话，也会不惜一切杀了墨莲报仇吧！虽然这个可怕的少年不是那么容易就能被杀死的。

不想看到他痛苦悔恨的表情，风连翼只是冷冷看了他一眼，便拂袖而去。之后，他走进房间，将门关上。

等等我啊！躲在瑶琴后面的凰北月心中无力地呐喊。把她和这个恐怖的少年留在一块儿也太可怕了吧！

凰北月在瑶琴后面走来走去，小狐狸身上的毛都要竖起来了。

她正忐忑害怕中，那叫墨莲的少年手中忽然闪过一道黑色的雷光，然后迅速对着他自己的脑袋拍去。

他不是想自杀吧？凰北月大惊之下，什么都顾不得，大喊一声："等一下！"然后毛茸茸的身体便扑向墨莲，撞在他的手肘上。那黑色的雷光凶险地擦着他一边脸颊过去，打入了花架中。顷刻间，整座花架都破碎了，变成一地飞灰。

而小狐狸后背上的毛，也因为距离那雷光太近，而被生生地烧了一片。皮肉嗞了一声，烧红了一大片，疼得小狐狸龇牙咧嘴。靠近这危险的少年，果然容易受伤啊！

墨莲怔了一下，没想到会突然出现这么一只小狐狸来阻止他。原本，他心中被无尽的恐惧和悔恨占满，只想一死了之，此刻心里的恐惧忽然如潮水一样退去。

他呆呆地看向那小狐狸。这是他当年捡到的那只？

看着它受伤的后背，墨莲眼中也出现一抹心疼，小心地捧起它，喃喃地说了一句："对不起。"

这三个字一下子从小狐狸的耳朵里传入了封印中的凰北月耳中。她盘腿坐着，忽然觉得身体里某个部位瞬间涌上一股酸涩的感觉。

这对不起三个字，带着这个少年满满的歉疚感和自责感啊！

"没……没事。"她控制着小狐狸的意识，一下子就能感觉到后背上火辣辣的痛，因此咬着牙，艰难地说。

听到狐狸居然开口了，墨莲更是吃惊，道："你……"

凰北月觉得，若是可以的话，此刻化为魂魄形态给他看看也无所谓，只可惜今夜不知为何，一直都没有看到月光。在没有月光的情况下，除非有魇那样的高手帮助，否则她决计是出不来的。

“我是封印在狐狸身体里的魂魄，看到你想自杀，忍不住劝一劝。你有什么事情非要那么想不开呢？”她三两句话带过自己的事情，转到他身上。

墨莲一听，沉默了好久，才说：“我……不是好人。”

凰北月笑道：“巧了，我也不是好人。”

平时，遇见一个自杀的人，跟她无关，她根本不会管，但这少年……她看见他总会感到一种愧疚之情。

墨莲摇摇头，道：“不一样。”

“听着，不管犯了多大的错，就算全世界都不原谅你，还是有人会觉得你是最好的。”凰北月忍着背上火辣辣的痛，笑着说。

墨莲苍白的脸上微微出现了一抹恍惚的神色，会有人觉得他是最好的吗？会无所顾忌地觉得他是最好的人，大概只有红莲吧？

他低下头看着这小狐狸。比起一年前，它长大了一点儿，那双澄澈的蓝色眼眸如同镜子一样映着他的身影。以前，他怎么没有发现它是一只会说话的狐狸呢？

墨莲看了一眼它背上的伤，连忙在纳戒中翻找疗伤的药。

“不用了。”墨莲身后响起清冷的声音。

风连翼不知道何时从房里出来，冒着风雪走过来，瞥了小狐狸一眼，看见她背上的伤，不觉目光一沉。

墨莲局促地看着他。这狐狸是风连翼一直养着的，本来漂亮的皮毛被自己伤成这样……

风连翼没有生气，只是将小狐狸抱起来，淡淡地说了一句：“墨莲阁下请回吧。”

“药……”墨莲想了想，还是伸出手，掌心躺着一个绿色的药瓶。

风连翼步子一缓。凰北月抬头看着他形状优美的下颌，很怕他高傲的性子会让他无视那少年的一番好意，再次拂袖而去。

不过还好，他只是微微顿了一下，还是伸出手拿起那药瓶，虽然没有道谢，不过这举动也足够让想要补偿的墨莲有了一些安慰，至少他接受了自己的好意。

凰北月被风连翼抱回房间。他一言不发地坐下来，把墨莲给的药放在一边，拿出自己的药来帮她涂在伤口上。

背上的伤口传来一阵凉凉的感觉，舒服得小狐狸眼睛都眯起来，十分享受。

“没事的话，不要靠近他。”涂好药之后，风连翼才淡淡地说了一句。

“为何？”凰北月借着小狐狸的口问道。

“不想看见你受伤。”他微微蹙眉，紫色的眸中带着关心之意。

凰北月转过头来，直直地看着他，道：“你是不是很恨那个人啊？”

“问这些干什么？”他面无表情地收拾着药瓶和纱布等杂物，漫不经心地说。

“我一直听着你的琴声，知道你一辈子都不可能忘记她，那自然也不可能忘记杀了她的人。”狐狸尾巴翘了一下，凰北月笑着说。

风连翼微微扬了一下嘴角，道：“你虽然聪明，可这次猜错了。”

凰北月睁大双眼，道：“不可能！”

“对墨莲，与其说恨，不如说是同情。他会杀了北月，是因为被人控制了。他清醒的时候，用自己的一切将北月的魂魄招回来，只可惜出了一点儿错……”

“招魂术？”听到这个词，凰北月明显震惊了一下，搜寻了一下自己少得可怜的记忆，“听说这术，是要用自己的来生和余下的寿命去交换的，那么墨莲他……”

风连翼点点头，声音低沉地道：“所以，我一直在说服自己，不要去恨他。”

“可怜的人。”凰北月默默地说了一句，偏着头，将脸搁在风连翼的腿上，冰蓝色的眼眸看着他微微侧着的脸，“风连翼，我一直不明白，像你这样喜欢着一个人，究竟是什么感觉？会不会太累了？”

风连翼失笑道：“累？她在的时候，我恨不得时间永远停下来。”

“那她不在的时候呢？”凰北月贸然问出口，忽然看见他淡紫色的眼底闪现一抹剧痛之色，才惊觉自己似乎说错了话。

她正想补救，却听到他慢慢地开口道：“我经常问自己，为什么没有她的世界，我还能活下来？”他用手轻轻抚着小狐狸脑袋上柔软的毛发，声音低得只有他和她才能听见。

身在封印中的凰北月，忽然感觉到那并不存在的心脏狠狠地抽痛了一下。

深夜完全寂静下来，风连翼以为她睡着了，自己也回房间去休息。小狐狸趴了一会儿，才悄悄从窗户潜出去，来到外面。

飞雪连天，寒风呼啸。

背上的伤口被冷风一吹，又开始疼，凰北月不禁骂道：“臭鸟，你叫我出来干吗？”

“吾不叫臭鸟。”大雪中，忽然传来冰灵幻鸟那略带不满的声音。

凰北月哼了一声，道：“我管你叫什么，有什么事快说，冷死我了。”原来狐狸少了皮毛，御寒能力这么差。

风雪中，一双翡翠色的眼眸缓缓出现，冰灵幻鸟警告地说：“那修罗王是吾主人的人，你少打他的主意！”

凰北月本来冷得发抖，加上伤口又疼，早就不耐烦了，听它这么一说，差点儿跳起来，大声说：“笑话！谁要打他的主意？你少胡说了！他就是长得好看而已，我是那种以貌取人的人吗？”她一连说了这么长一串，颇有些欲盖弥彰的味道。

冰灵幻鸟冷眼看着她，犀利地说：“我就说说而已，你那么激动干吗？”

“你……”如果不是没有月光，她早就从封印里出来和它对峙了。这傻鸟要不要这么有灵性？

冰灵幻鸟看了她一眼，雪色的身影慢慢在风雪中出现，停在她面前：“今天多谢你救了我。”

“早知道不救了。”凰北月嘀咕，有点儿小孩子赌气的感觉。

冰灵幻鸟看着她的目光不禁多了几分柔和，想到今天在七塔之阵中的一切，更是有种莫名的感觉，令它说什么都想跟着这个陌生的魂魄。说起今天发生的一切，它想起来都觉得惊心动魄。

它和凰北月一起进了七塔之阵中的万兽宫。由于不是正常的途径，它和她强行闯进那么强大的结界中，立刻就受到结界的攻击。可奇怪的是，那结界只攻击它，对那少女不仅不攻击，反而在它进去追着她动手的时候，主动保护了那少女，接下来就是对它往死里攻击。

冰灵幻鸟虽然强大，可那万兽宫不是寻常之地。那石碑上的无数灵兽，就像别月山庄里那些石兽一样，看着只是石头，可会活过来，比一般灵兽更加凶猛。

当时有数十只灵兽在黑暗中追杀它，冰灵幻鸟除了逃命，根本就顾不上那少女。

以它的实力，还可以勉强对付一下那些灵兽，后来却忽然出现两只实力强悍的神兽，一冰一火，生生将它堵在一个角落里，眼看就要对它下手。千钧一发之际，那少女红色的身影如同闪电出现在它面前，纤细的双臂张开，身上涌出一股淡薄的黑色元气，一瞬间那强大的力量在万兽宫中震动游荡，如同千军万马一样势不可当。

两只神兽一怔，冰灵幻鸟也震惊了。

这黑色的元气，这其中蕴含的熟悉感觉……似乎是，曾经让自己俯首称臣的强大力量。然而那熟悉的感觉只是一闪而过，淡薄的黑色元气也只是涌出来那么一眨眼的工夫，就消失不见了。

耳朵边响起凰北月气急败坏的声音：“你这臭鸟，还愣着干什么？跑啊你！喂喂，别忘了带上我啊。”

至今它都想不明白，这丫头当时为何要救它。分明前一刻它都是想杀她的，不过等反应过来的时候，它已经按照她所说的，抓起她，飞快地逃进一间密室中，这才躲过被群兽攻击的危险。

想起在万兽宫的一切，凰北月依旧后悔得想撞墙。她也不明白，当时自己究竟是如何地抽风，才会舍生忘死地去救这只臭鸟？！

还好救了它之后，它还有几分良心，没有继续攻击她，否则她死不瞑目啊！

一只狐狸和一只冰鸾鸟默默地在风雪中对视了几秒之后，凰北月终于忍不住问：

“臭鸟，你叫我出来，不会就是为了警告我不要打你主人的男人的主意吧？”

如果它回答是的话，那她以后再也不会听它的话出来了。

“唔……”冰灵幻鸟想了想，“这是其中一个原因。”它从来不说假话。

凰北月转身，翘着尾巴一边走一边骂骂咧咧。冰灵幻鸟爪子一伸，就把她拎过来。

“喂喂，你想干吗？我可是你的救命恩人啊！”凰北月大喊。她是实力不济才会让这臭鸟欺负！

冰灵幻鸟不想欺负她，只是拎着她转了一个方向，让自己庞大的身躯挡着呼呼吹来的寒风，把她放在自己面前，身体形成一个天然的墙壁保护着她，不让她继续被冷风吹。

看她受了伤瑟瑟发抖的模样，冰灵幻鸟头一次发现自己也这么善良。

凰北月也呆了一下，才体察到它的好意，不自在地轻咳一声，说：“就算你这样做，还是欠我一个人情哦。”

冰灵幻鸟的目光又柔和了一些。在万兽宫中，那种强大的力量，如同凰北月在时一样，肯定是它的错觉。他们相处多年，它从来没有见过凰北月这么孩子气和单纯天真的一面，像个小孩一样。

凰北月强大自信，承受着别人想象不到的重担，是没有机会这么孩子气地和它闹脾气的。不过，若是凰北月也能这样，那也很好啊！至少说明，她再也不用活得那么辛苦了。

被冰灵幻鸟那巨大的翡翠色眼睛盯着，凰北月顿时觉得浑身汗毛直竖，力量弱的一方在力量强的一方面前，总会不由自主感到高下之分。她不是盲目自大的人，自然知道她和这臭鸟之间的差距。因此，她后退一步，悄悄地警觉起来。

察觉到她的气息忽然之间有些凌厉，冰灵幻鸟连忙咳了一声，道：“我只想问你一件事。”

“何事？”凰北月转了一下冰蓝色的眸子，警觉地问。

冰灵幻鸟道：“在万兽宫的时候，你救我之时，身上曾有一股黑色的元气……”

“没有这种东西！”不待冰灵幻鸟说完，凰北月已经大声说，同时魂魄的警觉比刚才更甚。

这臭鸟居然想问那块黑玉的事情！那黑玉是她的护身法宝，谁也不知道那东西的存在。有这玉在封印中，提供给自己源源不断的力量，她才能重新得到灵体。

见她如此大的反应，冰灵幻鸟心中更是疑惑，追着她问：“当时我看到了，你想否认也没用。”

“你肯定看错了。”目光瞬间冷淡下来，凰北月也站起来，准备离开这里。

冰灵幻鸟的一只翅膀伸出去，挡住她的路：“就算我看错了，七塔之阵还会看错吗？”

凰北月转过眼睛，冷冷地盯着它。

冰灵幻鸟道：“我方才偷偷听了苍河院长和几位长老的谈话，能够打开七塔之阵的人，必定是当年一位神秘人留下的契约之人，就是你。我之前也不明白，那些石兽为何不攻击你，反而保护你。万兽宫之外，还有一个地方也有类似的石兽，当年吾主人可以驾驭里面的石兽，便是因为那黑色的元气。”

“你这么说的话，我和你主人还会有关系不成？”凰北月冷笑道。

“虽说不一定有关系，但那黑气，除了她不会有第二个人有。你老实说，你究竟是谁？”冰灵幻鸟步步紧逼。

“我要是知道我是谁就好了。”凰北月烦躁地说。

“那你认不认识一个叫轩辕问天的人？”

“第一次听说。”

“万兽无疆呢？”

“不……”话没有说完，凰北月立刻抬起头，“什么东西？”

“万兽无疆！”冰灵幻鸟说，同时看着她的眼睛，“你知道万兽无疆？”

凰北月疑惑地道：“这究竟是什么东西？之前有一条龙，也跟我说过万兽无疆。”

“你说的龙，是什么样子？”

“白色的，很漂亮……”

“是红烛！”冰灵幻鸟肯定地说。自从凰北月消失之后，红烛也跟着不见了。他们几只兽之中，只有红烛和凰北月缔结过本命契约，若它也消失了，那就证明凰北月也不存在了。

“那究竟是什么东西啊？”凰北月不明白了。

“万兽无疆是……”冰灵幻鸟刚刚开口，忽然头顶一棵树上的积雪哗啦啦砸了下来，紧接着，四周的风便狂暴起来。小狐狸的身体小，差点儿被刮走，幸亏冰灵幻鸟及时拉了小狐狸一把。

“有人来了。”冰灵幻鸟十分严肃地低声说。它是凰北月的召唤兽，此刻不能让人发现，因此一把将小狐狸丢在廊上，身影慢慢隐没在风雪中。

凰北月摔得晕头转向，好不容易爬起来，一股强悍无比的威压便从远处而来，迅速到了近前。小狐狸等级太低，立刻被这恐怖的威压震得趴在地上，一动也不能动。

那是……什么啊？

天空中的雪忽然向两边分开了，一白一红两个人影便从大雪中出现。

当先的一人白发白衣，如雪的长发在风中狂舞，有种危险的美感。他面孔上绘满了诡异的图腾，暗紫色的眸子冷冷地扫了一眼四周，根本没在小狐狸身上停留，便移开了。

白衣飘荡在风中，他一步踏在院中的雪地上。他的脚踏上去，厚厚的积雪上竟然没有半点儿痕迹。他身后一人穿着一件艳丽的红色袍子，领边绲着一圈金色的狐毛。那人身材高大强壮，一步踏在雪地上，周围积雪立刻飞溅起来。

“南翼国居然也下这么大的雪。”那红袍壮男说了一句，然后目光一转，就看到了小狐狸，立刻两眼放光，“哟，有只狐狸，看来今夜能吃烤狐狸了。皮毛也不错，可以做衣服！”

烤狐狸？！凰北月一听，立刻勉强支起双腿，朝风连翼所在的房间跑。

这两个人强大的威压，不是她能对付的，得赶紧找靠山啊！

可在魔兽的威压下，一只小狐狸就算有凰北月的魂魄支撑也跑不快。很快，那壮男一步跨过来，抓住小狐狸脖颈上的毛发，将小狐狸拎起来。

“背上居然烧煳了。”男子有些嫌弃地说着，另一只手伸过来，打算剥皮。

凰北月吓得魂飞魄散。

“哎哟喂！”忽然一声惨叫传来，他的手立刻松开。小狐狸掉下来，可是没有落地，而是被一阵风接住，稳稳地落在地上。

凰北月心里一定，抬起头，只见房门口有个隐约朦胧的影子，看着是一只凤凰的样子。影子孤傲地站着，冷冷地瞥着这边发生的事情。

“敢坏大爷的好事？”那红袍壮男大叫起来。

“乌煞。”身后的白衣男子警告地喊了他一声，然后慢慢走上来，居然对着那影子礼貌地抱拳微笑：“影凰阁下，多日不见。”

那叫影凰的影子高傲得根本没看他们，只对着凰北月轻轻地招了招手，挥了挥翅膀。

他救了自己，而且全无恶意，看起来和这两个强大的危险人物也不是一伙的，凰北月立刻就跑过去。

影凰打开房间的门，让她先进去，然后自己也尾随进去，又将门关上，从始至终都没有说过一句话，更没给那两人一个眼神。

凰北月不禁崇拜地看着他。可他一进来就消失不见了，化成一阵风，轻轻拂过寝室里的帘子。

帘子后面传来风连翼低沉的声音：“月，进来。”

她走进去，看他侧身躺着，一只手肘撑着枕头，对她伸出手。她很自然地跳进他怀中，蜷起身体，汲取他身上的温暖。

“冷不冷？”他关切地问了一句，用手拂掉她脑袋上沾着的冰雪。

凰北月摇摇头，想了一下，问道：“你一直都醒着吗？”

“刚刚醒。”他柔声说。

“那你刚才听到外面有人说话了吗？”她有些不确定。刚才外面风雪那么大，他应该听不到她和冰灵幻鸟在说话吧。

他看了她一眼，摇摇头。凰北月稍微放心，不希望他知道那黑玉的事情。

“陛下。”外面那白衣白发的人的声音穿透风雪传进来。

风连翼随手在旁边布置了结界，外面一切声音便被阻挡了。他将被子拉过来，盖在她身上，柔声道：“睡吧，不会有人打扰你。”

凰北月伏在被褥里，自然觉得十分温暖，声音也有点儿闷：“他们是什么人？为什么而来？”

“他们是修罗城的人，此行恐怕是与灵央学院的七塔有关吧，听说契约之人出现了。”风连翼对她是有问必答，半点儿都不隐瞒。

“契约之人？”凰北月再次皱眉。

风连翼道：“能打开七塔之阵进入万兽宫的人，就是身负契约的人，可以继承万兽宫里那一卷完整的天罚，以及……”他声音顿了顿，还是说，“万兽无疆。”

凰北月的眼眸瞬间紧缩起来，又是万兽无疆！

风连翼笑着摸了一下她的头，道：“你对万兽无疆似乎格外感兴趣。”

“那当然，这么厉害的宝贝，谁没兴趣啊？”凰北月在封印中默默地抬起头，盯着那块黑漆漆的古玉，心里有种莫名的触动，似乎抓住了什么，却又不能确定那究竟是什么。

看着看着，小狐狸开始犯困，闭上眼睛睡着了。封印里的凰北月也慢慢地沉睡了。

风连翼轻轻地把她往自己怀中抱紧，小心翼翼，如同怕打碎了这唯一的珍宝。

虽然有结界阻挡，可外面呼啸的风声里，厉邪和乌煞说话的声音都能清晰地传入他耳中。他是风属性高手，只要有风，所有的一切他都了如指掌。

她方才在外面和冰灵幻鸟所说的话，他怎么会没有听见呢？

昏暗的烛光中，他紫色眼眸中光影重重，忽而深，忽而浅，如同一幅浓雾深深的水墨画作一般，隐约朦胧，总是让人看不透。

“你知道吗？冰灵幻鸟性子孤傲，比神兽还执着。它一生，只会向一人臣服……”如同叹息的声音在黑暗中缓缓响起，他伸出手，爱怜地抚摸着小狐狸红红的毛茸茸的耳朵，指尖微不可察地轻颤。

厉邪和乌煞在风雪中站了一个晚上。天亮的时候，大雪慢慢地停了。乌煞抱着手臂在雪地里走来走去。

“厉邪大人，你说这事情该怎么办吧？陛下根本不愿意见我们啊！”

厉邪沉默不语。

乌煞又说："那影凰就是个尾巴影子，天天跟着陛下，虽说是'五灵'之一的风灵兽，不过我不放在眼里。要不解决了它，我们直接见陛下，如何？"

厉邪深紫色的眼眸阴森森地看了他一眼："你要再敢给我惹麻烦，我也将你打入血池地狱。"

乌煞一听，后背上凉飕飕的，不敢再多说了。乌煞闷了一会儿，终究忍不住，小声说："一只狐狸也比咱们有地位……"

"那可不是普通的狐狸。"厉邪唇角微微一扬，"我若没看错的话，那狐狸是封印体，封印体里的人才是关键。"

"哦，原来封印了一个人，怪不得！"他昨天想烤狐狸吃，那影凰就立刻出现了，想必那封印体里的人对陛下一定很重要。

"会选择一只一阶灵兽作为封印体，一定是在迫不得已的情况下。那里面究竟封印着谁呢？"厉邪蹙眉思索。

乌煞哈哈大笑道："总不会封印着凰北月吧？哈哈哈哈——"

厉邪转过头看了他一眼，道："我们走。"

"去哪儿啊？"乌煞不理解这种聪明人说走就走的行为，"我们还等着见陛下呢，没见着怎么就走啊？"

"陛下不会见我们。"厉邪已经转身，"在这里等，只会让陛下生气。"

乌煞一听会让陛下生气，连忙跟上他："厉邪大人，我们到底去哪儿？"

"灵央学院。"

"去那儿干什么？"契约之人没有找到，他们去了也没用啊！

厉邪阴冷地说："守株待兔。"

乌煞听得一头雾水。

第二十六章 驭兽而战

第二天宫中设宴，款待远道而来的各国使臣，凰北月本想等着冰灵幻鸟联系她，可这鸟昨晚一走就不知所终了，她只好跟着风连翼进宫来。

北曜国皇帝此次前来诚意十足，那些大臣、权贵自然愿意和他结交，何况风连翼曾在南翼国做了十年质子，和一些权贵还是旧识，几番交谈，他风雅的气度再次倾倒无数人。

凰北月觉得听他们说话太无聊，就悄悄地从人群里钻出来，在御花园中溜达溜达。她是风连翼带来的灵兽，只有一阶，所以自然没有人拦着她。

御花园一边的梅花林里，妃嫔和官宦女眷在交谈。北月郡主也在，被众人围着。因她不仅是惠文长公主的女儿，还有宁亲王的封号，加上很快便要和天下第一大家族——布吉尔家族的继承人成亲，这身份，在南翼国，恐怕也只有皇后才能与她比肩，因此那些人哪有不赶快来巴结奉承的道理。

北月郡主生性温和，性格也腼腆乖巧，一直微笑着，就算周围七嘴八舌在争吵什么事情，她也不生气，也不嫌烦，那修养和气度让凰北月很是佩服。

她趴在一块青石上，百无聊赖地看着那边。耳边响起奇怪的声音，好像是爪子在石头上摩挲，她不禁抬起头，只见一个黄澄澄的圆脑袋奋力地爬上来，又细又小又短的四肢紧紧地攀着石头的边缘，只差一点儿就爬上来了。它脑袋上绿色的根茎晃了两下，是不是表示很开心？

凰北月冷冷地看着这圆球。它似乎也察觉到她可怕的目光，不禁努力地将圆脑袋抬起来，两只水灵灵的大眼睛里映出小狐狸的脸，怔了一下。

这是什么玩意儿啊？凰北月看着这长得像土豆儿一样的东西。

那土豆儿也在打量她，从头到尾巴，然后在她背上被烧焦了毛的地方停了一下，哈哈大笑起来。

那土豆儿在嘲笑她？凰北月心里不爽。

小狐狸心里也不爽了。这世道，连一颗土豆儿都敢嘲笑它了？

小狐狸毛茸茸的尾巴从后面卷上来，对着那土豆儿一扫。土豆儿吱呀一声，圆滚滚的身子就从大青石上滚下去。它一路滚，一路吱一声呀一声，最后滚到地上，又滚了一圈，撞到一块石头才停下来。

这土豆儿还真是圆啊！凰北月高兴了，幸灾乐祸地看着它。

那小土豆儿翻身爬起来，看了她一眼，嘴巴一扁，没出息地哇哇大哭起来，然后一瘸一拐地转过身，跑了。

它也没跑远。凰北月看着它跑到那边亭台下面，指手画脚地说了一通什么，还一直指着她的方向，明显是在告状。

那土豆儿还有同类？不会是一堆土豆儿吧？想着土豆儿大军朝自己杀来的场景，凰北月就觉得好笑。不过下一秒，她脸上的笑容彻底僵住了。

因为那土豆儿告状之后，一只浑身赤金色的老虎便猛然从亭台后面站起来。老虎嗷了一声，凶猛地朝凰北月奔来。

那……那么大个儿的土豆儿？凰北月立刻站起来想逃。可那老虎的速度更快，一眨眼就到了她面前，挡住她的去路。

猛虎的脸近近地凑在她面前，大眼睛凶狠地瞪着她，那身上散发出来的是神兽的气息啊！小狐狸腿一软，就要倒下，还是凰北月极力支撑着它。这老虎虽凶，可瞪了她半天都不动手，看她这么小这么弱，它怎么也不好意思出手吧？

凰北月和它对视了一眼。她看这神兽目光纯净，倒不像那些凶猛之物，因此胆子就更大了一点儿。互相瞪了三秒钟，小狐狸干脆伸出爪子，在老虎脸上抓了一下。

“呜……”老虎立刻后退。

凰北月也趁机从青石上一跃而下，飞快地逃跑。

老虎知道着了道儿，哪里能不生气？一只一阶的灵兽也敢欺负它，太嚣张了！它嗷嗷大叫着追上去。

巨大的动静自然惊动了那边的一干女眷。那些女子大多是普通人，一看见这凶猛的神兽，吓得纷纷躲避奔逃。

听到声音的北月郡主脸色也白了，摸索着走上前，大声道：“小虎……小虎，不要胡闹，会吓到人的！”

可是她的话，对它半点儿威慑的作用都没有，那老虎根本充耳不闻，依旧死命地追着小狐狸要报仇。

这一狐一虎的追逐，闹得御花园鸡飞狗跳，惊动了战野太子和洛洛。战野一看，二话不说便召唤出紫焰火麒麟。紫色的火焰一闪，紫焰火麒麟就挡在小虎面前。

洛洛也伸手快速地将小狐狸从地上抱起来，笑道：“这小家伙儿吓坏了吧？”

在封印中笑得前俯后仰的凰北月一听，抬头看着这笑容灿烂的少年，不禁一怔，笑声渐渐停止了。

紫焰火麒麟拦住了满脸委屈之色的小虎。

战野走过去，沉声开口道：“不是说过，不准欺负人的吗？”

小虎恨恨地瞪了那狐狸一眼，是那只一阶灵兽欺负它才对！

吱吱也跑上来，爬上小虎的背，吱吱呀呀地对战野告状。可惜它的话，谁也听不懂。

对这两只兽，战野太子的态度明显宽和许多。御花园被闹毁了，他也没有半点儿责怪的意思，只是拍拍小虎，道：“那只是一阶的灵兽而已，你就算打赢了也算不了什么。”

小虎想想也是，虽然不甘心，还是带着吱吱转身走了。

吱吱在小虎背上，还对着那狐狸张牙舞爪，应该是扬言下次要报仇吧！

凰北月饶有兴趣地看着它们，一只神兽和一个土豆儿，这组合真奇怪。

战野去边关迎接风连翼，所以对那小狐狸自然是认识的，刚才也因为看见是它，知道它是风连翼喜爱的宠物，所以才召唤了紫焰火麒麟出来阻挡，不让它受一点儿伤害。

“它是北曜王的宠物，我送去给他吧。”战野从洛洛怀中接过小狐狸，看见它背上烧焦的伤，面色微微一变，“小虎太不懂事了。”

凰北月听他这么说，怕他冤枉了那老虎。她一向光明磊落，不会做背后栽赃的事情，因此，慢悠悠地开口道：“这伤口至少是昨天的了，太子殿下难道看不出来？”

她本不想说话惹麻烦，一阶的灵兽开口说话太惊人。声音一出，战野就愣了一下，手一松，小狐狸差点儿掉在地上，还好洛洛天生机灵，反应极快地接住了。

“灵兽居然也会说话。”洛洛笑着说，托着小狐狸仔细地看着，“你怎么会说话？”

小狐狸甩了一下尾巴，凰北月不说话，它自然也不能开口。

北月郡主在侍女的搀扶下走过来，略带歉意地道：“对不起，小虎和吱吱太任性了，我没有好好管住它们。”

“不怪你。”战野看见她，淡淡地一笑，像对自己的亲妹妹一样充满关切之意。

洛洛有些不自然地抓抓后脑勺，道：“我……我把狐狸送去给北曜王。”说完，他赶紧抱着小狐狸逃跑。

“他很讨厌我吗？每次看见我就跑了。”北月郡主失落地说。

“你们快要成亲了，他只是不好意思罢了。”战野安慰她，“北月，你忘了之前很多事情，等你想起来就会明白，洛洛他其实很喜欢你。”

“真的吗？”话虽然这么说，可她还是觉得无比茫然。

洛洛抱着小狐狸跑出御花园，才松了一口气。

凰北月抬头看着他，笑道：“你是洛洛·布吉尔？那么漂亮的新娘子，你为何看见她就跑？你不喜欢她？”

又听到这小狐狸开口说话，洛洛又是惊奇又是高兴，道：“我哪会不喜欢她？喜欢得不得了。”

“哦？”凰北月摇着狐狸尾巴，道。

“她是我师父，没有她，就没有今天的我。我一想到要和她成亲，高兴得夜里都睡不着觉，只是……”洛洛顿了一下，眼中闪过一抹怀念之色，“若她能像以前一样，该有多好。”

凰北月道：“我明白了，你是觉得她变了，所以嫌弃她了？”

“不是！”洛洛匆忙辩解，英俊的脸上透出一抹激动的红晕，“她变成什么样，我都不会嫌弃她。她小时候被人欺负，我没能在她身边保护她，现在正好轮到我保护她了。”

凰北月听着这少年真诚质朴的话语，心里微微一动，道：“能嫁给你，北月郡主会幸福的。”

洛洛不好意思地傻笑起来。

一阵寒冷的风吹过来，带着几片雪花，洛洛咦了一声：“下雪了？”

可是只有那几片雪花飘过去，天空是清澈的，哪里有下雪的迹象？

凰北月眯了一下眼睛，知道这是冰灵幻鸟在叫她。她能感应到那特殊的气息，那臭鸟总算来找她了。

“放我下来！”凰北月忽然出声。

洛洛不解地道：“我送你……”

洛洛的话还没有说完，一个锦衣少年气冲冲地走过来。少年一边走一边低着头，好像在擦眼泪。少年也没看路，撞了洛洛一下。洛洛手一松，凰北月趁机跳下去，一溜烟儿就跑得不见了。

“子曜！”洛洛看着那少年背影喊了一声，再看怀里，咦，那小狐狸去哪里了？

“随他去吧。”

风连翼从他身边走过，不过这“随他去”，不知道是指子曜还是指那小狐狸。他对洛洛礼貌地一笑，就走了。

子曜是北曜国的十一皇子，这一次风连翼亲自前来，是想把他带回去吧。

凰北月循着冰灵幻鸟的气息，越过宫墙，一路狂奔，最后气喘吁吁地来到灵央学院后面的七塔森林中。又是这个地方！想起上次被那臭鸟追杀的经历，她此刻都觉得心有余悸。

冰灵幻鸟缓缓地从几棵树后面出现，庞大的身体缩小一点儿，站在凰北月面前。

“这次叫我出来，又想干什么？”

也许是有求于她，冰灵幻鸟收敛起狂性，温和地对她说：“你上次见到红烛的地方，可以带我去吗？”

“你是说那条银白色的龙？”凰北月想起那无边无际的火海，表情就有些扭曲。

冰灵幻鸟点点头，道：“我想救她出来。”

凰北月嗤笑道：“没有万兽无疆，怎么救她？”

冰灵幻鸟正色道：“我不会让你白白帮忙的。你这次帮了我，万兽宫里你垂涎的那样东西，我可以帮你得到。”

“喀喀！”凰北月一本正经地咳嗽了两声，“什么东西？我怎么不知道啊！”

看她心虚的样子，冰灵幻鸟目光柔和地道：“你当初看到她时就羡慕得不得了，一缕魂魄，最想要的，就是一个灵体吧？”

“这个……”凰北月苦涩地笑了一声。他们当初在万兽宫为了躲避那两只神兽，曾经闯进一间密室，后来进去的魇和苍河院长都没有发现那个地方。

那是一间石室，里面什么都没有，只有一个女子……

“怎么样？”冰灵幻鸟知道她心动了，赶紧追问。

“我可以帮你。不过，我们进去之后，如果救不了她，就赶紧出来，不要冒险。”

“当然，我自己无所谓，但不会拿你的性命开玩笑。”冰灵幻鸟柔声对她说，翅膀微微伸出来，想碰碰她的脸颊。

凰北月想闪开，虽然是小狐狸的身体，但也不想被一只臭鸟调戏。

就在这时候，一声戏谑般的轻笑却从身后的林子里响起来。

“果然是你……凰北月！”地上的雪忽然飞扬起来，雪白色的身影从雪中慢慢地走出来。瞬间，白衣和白发一同在空气中飞舞。

凰北月和冰灵幻鸟齐齐一吓，还没反应过来，那扑面而来的风雪就宛如刀锋一样割着脸颊过去。

冰灵幻鸟的身影一瞬间闪过来，翅膀拢起，将凰北月包围起来，然后飞快地带着她离开。

“哈哈哈！想逃到哪里去啊，小冰鸟？”粗犷的笑声在林子里回荡，乌煞高大健壮的身体猛然出现，周身凶猛的烈火燃烧，将冰灵幻鸟的退路挡住了。

“乌煞！”看见这红袍男人，冰灵幻鸟便冷冷地哼了一声，“叛徒！”

乌煞愣了一下，随即大怒道：“你才是叛徒呢！”

冰灵幻鸟高傲，哪里会屑于和他斗嘴？冰灵幻鸟冷冷地瞥他一眼，便护着凰北月，不再开口说话了。

“真是忠心的冰灵幻鸟啊！”厉邪跟着过来，一步一步地靠近，“真是想不到，当日那一战，你居然还活下来了。”

凰北月紧紧地贴着冰灵幻鸟的翅膀，被那强大的魔兽威压压制得动都动不了。

魔兽太强大了！这种气息，根本就不是灵兽能够承受的。小狐狸的身体太弱，凰北月已经觉得一阵一阵想吐的感觉涌了上来。

冰灵幻鸟已经收起身上的极寒之气，才没有冻伤她。可是一阶的小狐狸，身体还是有些抵挡不了这样的气息。小狐狸嘴唇哆嗦着，道：“他们……他们在说什么啊？”

“没什么，不要听。你冷吗？我立刻就带你离开这里。”冰灵幻鸟低声对她说。

凰北月点点头。她冷，冷得身上的皮毛都覆盖着一层薄薄的冰。和等级强大的灵兽如此近距离地靠着，就是这样的结果。小狐狸冷得不能思考，在封印里的凰北月也着急得不得了。要是小狐狸冻死了，她也魂飞魄散了。

这两个人，到底出现在这里干什么？！

随着厉邪一步步逼近，冰灵幻鸟的两只翅膀都拢起来，身体周围的雪花慢慢地旋转起来，将它包围。

脸上爬满了诡异图腾的厉邪冷笑一声，道：“燃烧自身冰元气为代价，形成旋涡，从而通过旋涡里的断层逃离，真是高明的术。只可惜你始终是灵兽，在我面前班门弄斧，可不是好事啊！”

冰灵幻鸟翡翠色的眼瞳骤然一凝，厉邪不愧是修罗城的王族魔兽，一眼就看透了自己的术！不过纵使这样，它也不会放弃。

雪花旋转的旋涡飞速扩大，一瞬间连乌煞站立的地方，火焰都稍微弱了一些。

“想不到这冰鸟还有这么厉害的一手！”乌煞赞许地说，也没有半点儿退缩的意思。

“哼，这样的术会透支太多本体元气，破了你的术，看你怎么逃！”厉邪冷冷地说完，一只手竟然毫无所惧地探进那风雪旋涡中搅了几下，像是在寻找什么东西，最后一把抓住，手上用力，狠狠地往外一扯。

冰灵幻鸟忽然发出一声低沉的嘶鸣。一瞬间，旋涡破碎，飞雪四溅，它的身体重重地跌落出去，一连撞倒了数棵树。但它护着小狐狸的那只翅膀，依旧紧紧地拢着。

厉邪走上前去，伸手要从它翅膀里将小狐狸给拎出来。冰灵幻鸟另一只翅膀立刻飞快地抬起，尖锐的冰凌瞬间爬满了厉邪的身体。厉邪眉头一皱，自己没有动手，反倒是乌煞抢上前来，抓住冰灵幻鸟那只翅膀，将它狠狠地往外一摔。

“冰鸟，遇到两只魔兽，你以为你会有胜算？”乌煞不屑地仰起头，哈哈大笑。

厉邪面无表情，左手的剑猝不及防地刺进冰灵幻鸟护着小狐狸的那只翅膀。

冰灵幻鸟大吃一惊，害怕那剑伤到凰北月，因此，翅膀微微松开。厉邪如鬼影一样，闪到它面前，提着小狐狸的尾巴，将小狐狸给拖了出来。

小狐狸身上都结了冰，冻得没有知觉，耷拉着脑袋，任由厉邪提着，在空中一晃一晃的。

“放开她！”冰灵幻鸟大怒，想飞身而起，然而一只翅膀被乌煞死死地压制着，根本挣扎不起来。

深紫色的眸子扫了它一眼，厉邪笑道：“听说冰灵幻鸟一生只会忠心于一个主人，不管她变成什么样子，你都会找到她。”

“她不是！”

“是不是不由你来说，契约自然会告诉我真相。”厉邪说完，便不再多看冰灵幻鸟，拎着小狐狸，身影一晃，便消失了。

乌煞大惊道：“厉邪大人，你去哪里啊？等等我！”

“他去七塔之阵了！”不知道哪儿来的力气，冰灵幻鸟一下子挣开了乌煞的压制，扑棱着翅膀，飞快地朝七塔之阵赶去。

乌煞呆了一下，也连忙跟上去。

六座塔形成一个三角阵，角的方向正对着第七塔，形成拱卫之势。

七座塔的塔尖各不相同，从上往下看，只看塔尖的话，便会发现那是一个复杂的阵形符号。

厉邪走到七座塔的阵形中间站定，嘴角微扬。

“你究竟想干什么？”封印里的凰北月终于开口问道。

厉邪笑了一下，将小狐狸拎起来，一只手按在小狐狸的脑袋上，轻声道：“把你的力量借给我。”

他话音落下，凰北月便觉得一向平静的封印中忽然狂风大作，黑玉上面散发出来的黑气如同风暴一样，狂躁地在封印中四处乱撞。

一时天翻地覆，凰北月在封印中没有任何地方可以依附，身子东倒西歪，忽然觉得剧痛无比，那些被她吸收进去的黑气从眼睛里钻出来。

“啊……”惨叫声在七塔中响起。

厉邪抬起手，掌心里凝着一抹黑气。他凭空在空气中画出了诡异的符号，周围的空气一荡，空间好像扭曲了一下。

脸上的笑容慢慢扩大，厉邪道：“果然是你！没了黑水禁牢的压制，契约之人的灵魂之力才刚刚显现吧？”

凰北月根本听不懂他在说什么，只觉得头痛欲裂。连灵魂都疼成这样，要是有灵体，她不是要疼死了？

“厉邪大人！”乌煞和冰灵幻鸟齐齐地追上来，看见那七塔之阵的周围，空间扭曲，一丝细微的黑气在那扭曲的脉络之间游走，而厉邪拎着小狐狸就站在中间，那情形十分诡异。

乌煞和冰灵幻鸟都想过去，然而那空间骤然一晃，厉邪和小狐狸的身影便消失了。乌煞和冰灵幻鸟扑到七塔之阵的中心，一切都恢复正常，和那天的情况一模一样。

冰灵幻鸟觉得心中震惊。那天，它也是这样，和凰北月一起消失在这里的！难道他们进了万兽宫？

“厉邪大人？”乌煞不明就里，在一座座石塔之间奔跑寻找，可是什么鬼影子都看不到。

去找苍河院长吧！冰灵幻鸟暗暗打定了主意，一拍翅膀，也消失在原地。

乌煞大喊道：“喂喂，冰鸟，怎么连你都走了？我怎么办啊？”

万兽宫中，雪色的光芒忽然一闪，厉邪的身影便出现在石碑群中。黑暗之中，厉邪随手一挥，一簇簇的光芒便出现在他们周围。

小狐狸挣扎了一下，被他扔在地上，重重一摔，一个少女的身影便显现出来。

厉邪也不看她，随手扔了一件黑色的披风在地上，便走向那些石碑，一座一座石碑慢慢看着。

凰北月手脚麻利地穿上披风，从地上站起来，跟在他身后：“你到底是谁？”

“我是谁？”厉邪并不转身，只是冷笑道，“你应该问，你自己是谁吧？”

“我叫月夜！”

“月夜？”厉邪玩味地念着这个名字，“这是你的化名之一吧，凰北月？”

凰北月怔了一下，随即怒道：“北月郡主如今好好地在宫里，阁下，你的脑子不好使的话，最好多敲几下。”

厉邪步子停住，抬手抚过一块石碑，慢慢地转身，道：“轩辕问天当真厉害，活着的时候把全天下耍得团团转，死了竟也还能照样耍弄当世高手，我不得不佩服他。”

“你说的话，我一个字都听不懂！”凰北月双手环抱于胸前，冰蓝色的双眸清冷无波。

厉邪轻笑道：“你不需要懂。轩辕问天留下的契约指引我找到你，然后……杀了你。”

凰北月猛地后退一步，冷声道：“我和你无冤无仇，你为何要杀我？”

“我说了，你不需要懂！”厉邪抬起左手，雪白色的长剑上面光芒流转，剑尖慢慢向下，对准了凰北月的心脏，“你死之后，万兽无疆归我。”

凰北月面色剧变。她面对的可是一只强大的魔兽啊！以如今的能力，她见到冰灵幻鸟都只有逃命的份儿，这魔兽就更不用说了。她想也没想，立刻转身就跑。

她赤着双足，在冰凉的地板上狂奔，恐惧的喘息声在石碑群中四处回荡乱撞。厉邪倾身追上来。她跑不了的！

剑锋的光芒在黑暗中一闪，忽然，黑暗深处响起一声愤怒的咆哮。

厉邪一怔，眼前一花，数十头黑色灵兽便朝他猛扑而来。眼眸中的紫色骤然转浓，他果然没有猜错，她是契约之人，而且还身怀万兽无疆。否则，她怎么驱使得了这些被封印的灵兽为她而战？

凰北月，当日杀不了你，今天在此处，你可没有那么好的运气了！他就不相信，轩辕问天能一次又一次地救她！

灵兽果然出现了！

凰北月听到身后的兽吼便大喜。那一次，她也是被冰灵幻鸟追杀，关键时刻那些石碑上的石兽都一一复活了，出来保护她。

她停止奔跑，转过身，正好一只黑色的神兽飞到她面前。神兽面对她时，态度十分温顺，伏下身，凰北月顺势跳上去。这神兽一下子飞起来。石碑群的上空，黑漆漆的一片，她偶尔能看见厉邪的剑光如同雪花一样，在黑暗中一闪而过。

凰北月眸色一沉，道：“杀了他！所有的灵兽和神兽都出来，无论如何杀了那家伙！”她清冷的声音在黑暗中如同一道耀目的闪电，飞快地掠过无边的黑暗。

空旷的空间里，来来回回荡着她的声音。眸中的冰蓝之色逐渐被泼墨一般的乌黑取代，她的目光中暗藏冰冷的杀气。

厉邪斩下一只灵兽的脑袋，抬起头来，冷冷地看着她。

两人目光相撞，凰北月傲然一笑，道：“你以为人人都是弱者，任你宰杀？”

“说对了，在我眼中，你就是弱者！”

“是吗？”冷然的笑一点儿一点儿在她眼眸中扩大。

厉邪微微一怔，声音低沉地道：“没有人告诉你吗？你冷笑的时候，就是凰北月。”

“世上只有一个凰北月，而我，不是！”她从神兽背上站起来，一只手上带着一抹淡淡的黑色元气。

这黑气一出，黑暗深处传来更多的咆哮声，似乎有无数的野兽正穿过无边的黑暗朝这边狂奔而来。

黑暗的万兽宫里，一座座石碑都在震颤。石碑之上，原本寂静了数百年的石兽，像是听到了召唤，全都睁开眼睛，身体动了一下，抖落了满身灰尘，纷纷离开石碑，站在凰北月的一方，虎视眈眈地对着厉邪。

站在最前面的一排，全是四阶以上的神兽。它们在黑暗中禁锢太久，双眼中都是迫不及待的嗜血之光。

一只魔兽？很好，撕碎了他，他的血肉，可以任他们吞噬！

如此庞大的阵势，连凰北月都吓了一跳。她没有想过自己只是一缕灵魂，却有如此巨大的能力，能够同时召唤这么多的兽。

她看着手中慢慢涌动的黑气，是那块黑玉的作用吗？那黑玉究竟是什么东西？在这么多灵兽和神兽的注视之下，那厉邪居然还敢提着剑冲上来，他当真是不怕死吗？

凰北月冷眸一眯，那神兽带着她往高处飞，其余的灵兽瞬间如同潮水一般淹没了厉邪。她屏住呼吸看着，心脏怦怦直跳。整个黑暗的万兽宫中，除了一声声嘶吼的兽鸣，只有她的心跳声最清晰。他就这么被打败了？

凰北月静静地等了十秒钟，忽然，万兽宫中一阵天摇地动。

凰北月一怔，然后面色大变，大喊一声："退！"

脚下的神兽也不怠慢，立刻后退十几米远。而就在一瞬间，从无数灵兽中爆闪出一道白色的风刃，顿时惨叫声连天，震得下面一座座石碑都发出嗡鸣声。

数百只石兽被震飞，中间赫然露出一个豁口，银白色的发丝飞散而出，发丝之间夹杂着点点血迹，不知道是那些灵兽的，还是他的。

手中的剑被一只神兽狠狠地咬住，厉邪眉头一皱，手腕顺势一转，拍在剑柄上。白色的宝剑瞬间直插入那神兽的口腔，惨叫声和鲜血一同飞溅出来。

厉邪身周风声猎猎，竟让一般的灵兽都近不了身。他飞身而起，冷厉的眼眸直直地盯着凰北月。厉邪不愧是魔兽，拥有这么恐怖的战斗力，就算群兽围攻，也奈何不了他。凰北月面上的神色变了几次。

厉邪的速度飞快，在空中踏着几只不怕死冲上来的灵兽身体，几个腾挪之间，他已经到了凰北月面前。脚下的神兽怒吼一声，口中喷出火焰，一瞬间半片天空都映红了。

厉邪在火焰中艰难地抬手阻挡，烈烈的火光燃烧，他的眸子依旧冷厉，充满杀气，不杀她不罢休。

凰北月想趁机离开，可是那烈火之中忽然有一股无形的风绳钻出来，如同爪子一般，狠狠地抓住那神兽的爪子，一下子就将神兽摔出去。

凰北月一下子没站稳，从神兽背上摔下来，在半空中翻滚了一下，凭借着迅捷的身手，还是安稳地落在一块高高的石碑顶上。

正好厉邪从火焰中出来，失去了武器，也猛然冲向她。她知道躲不过这么迅猛的动作，干脆双拳紧握，双手交叉，在他一掌拍过来的时候，用手臂狠狠一挡，化开那巨大的力道。

她的手臂隐隐作痛，脚下的石碑也猛然向下陷进了半尺。幸好她是魂魄，灵体的话恐怕手已经断了吧。

凰北月一咬牙，足尖一点，向上跃起，身子在空中凌厉地一转，一只脚狠狠地踢向厉邪的面门。厉邪向后一仰，闪开她的一脚。然而，凰北月更快地变换身形，从侧面翻转，一掌狠狠地拍在厉邪的腰腹上。

他微微蹙眉。这一掌没带多少元气，可居然也让他非常疼。一个这么弱的凰北月也能对他造成伤害？厉邪的怒气彻底被挑起来。这该死的女人！

他身上的风元气飞快地旋转，只在眨眼之间，那风元气已经如同利刃一般，稍稍靠近都会被割得刺痛不已。凰北月不敢硬碰，连忙抽身而退。但厉邪岂会那么容易让她占了便宜就走？他手一伸，指甲根根尖利森寒，一把抓住她的腿，指尖深深地陷入腿腹中，瞬时间钻心刺骨的痛楚袭遍她的全身。

不可能！她是魂魄，不是肉身，怎么会感到血肉被撕裂一样的疼呢？

她回身一看，厉邪的指甲根根如同刀锋，光芒阴寒，隐隐透出几分冷白。

连灵魂也能撕裂的能力……凰北月大惊失色，双腿使劲儿蹬他，指尖一簇雷光闪耀而过，砍向厉邪的手。

厉邪眼睛也不眨一下，轻轻抬手化解，继而第二只手也抓上来。

糟了！要是让他抓到身上，非得撕得她魂魄尽碎不可。她使了劲儿想逃，结果厉邪的爪子还是一把就抓上来，用力扣住她的腰，指甲深深一陷，身子也顺势上来，完全将她抓住。

凰北月心里又急又怒，额头上冷汗直冒，眼睛里瞬间被浓郁的黑气浸染。她咬紧牙关，一只手狠狠拍在厉邪的胸口。

“哼！”嘴角微微一扬，厉邪不屑地哼了一声，“就你现在的实力……”话还没有说完，他忽然感觉被拍中的胸口如同裂开一样，剧痛不已。他低头一看，那地方的衣服竟然被烧开一个大洞，而胸膛的肌肤上，虽然没有深入血肉的伤口，却有一块小面积的烧伤，上面腾着一簇黑色的火焰。

凰北月眼中的光芒又冷又狠。她手掌成爪，要继续抓下去，非得将他心脏挖出来不可！

看着她手掌中略微带着的一点儿黑色元气，厉邪骤然松开抓住她的手。凰北月飞起一脚，踢中他的小腹，自己借着这股力，在黑暗中向后滑出去老远。眼看她就要跌落在石碑群里，一只神兽猛地飞来，接住她的身体，高飞起来。

这一连串的举动可谓彻底激怒了厉邪这只强大的魔兽。他也没想到，只剩下被封印的魂魄的凰北月，居然还会这么难对付！他站在一座石碑上，光芒忽明忽暗地映照着他布满图腾的面孔，显得诡异深沉。

他微微抬起左手，刚才被群兽夺走的剑缓缓在手中成形，流畅的剑身上闪过寒冷的锋芒。

凰北月面色凝重。她已是强弩之末，能支撑这么久已然是个奇迹。靠着她天生迅速狠辣的格斗手法，加上厉邪也没有武器，而且没有和她以元气对抗，否则，她根本没有机会碰到他。

凰北月狠狠地咽了一口口水，看着厉邪重新握住宝剑，她也狠狠地握紧手。

万兽宫里群兽嘶吼着、咆哮着，全聚集到她身边，站在她的身后，和她一起面对敌人。

厉邪冷冷地看她一眼，道："凰北月，死在这里，没有任何人会知道。"

灵魂被打散，消失无踪，谁会发现她呢？呵呵呵……

他左手的剑一点儿一点儿抬了起来，每抬高一寸，凰北月的心就跳得快一分，面庞也越来越苍白。

死？她不想死！她已经死过一次了，此刻只是一缕魂魄，为什么还有人要杀她？！强烈的恐惧和恨意交织在心中，她眼中的黑气越来越盛，越来越浓，身上慢慢溢出了黑色元气，一丝属于强者的霸道气息流露出来，陌生的狠戾气息盈在她眼瞳中。嗜血的气息瞬间在黑暗的万兽宫中扩散开来，群兽的嘶吼更加激烈和兴奋。

厉邪微微一怔。这种感觉……魔性？邪气？不管是什么，只要将她斩杀在此处便可以了。

厉邪什么也不想，剑锋上光芒闪过，正要劈下，万兽宫里忽然震了一下，一个巨大的豁口在上方被打开，刺目的光线如同万千利刃一般渗透进来。

在黑暗中待的时间太长，厉邪本能地抬起手挡在眼前。这个动作还没有完成，他便感觉一股无比强大的风元气扑向自己。他心中一沉，一时之间竟然没有闪躲，生生地受了那一击。膝盖一软，单膝跪在地上，宝剑一转，剑尖支撑在地上，嘴角缓缓溢出一丝血。

"厉邪大人！"乌煞雷吼一样的声音骤然响起，要冲进来，然而迟疑了一下，恭敬地站到一边。

厉邪抬头看着那被打开的豁口，嘴角慢慢出现一抹苦涩的笑意。终究还是没成功啊。今日他错过了这个杀凰北月的机会，以后恐怕更难了。

那一片金光之中，雪白的衣袍慢慢出现，一张绝色倾城的面孔出现在厉邪的视线中。男子冷淡疏离，没有看他一眼，只是缓缓抬起头，将目光定格在黑暗的深处。

那些灵兽似乎天生就害怕光线，豁口一被打开，它们就嗷呜着步步后退。微弱的光芒一点儿一点儿从它们身上褪去，像一件华裳缓缓地被剥落。

站在神兽背上的少女披着黑色斗篷，漆黑的眸子充满危险地瞪着他们，是全然的防备和警戒姿势，如临大敌。危险的黑色元气一直不停地旋转着。

风连翼定定地看着她，淡紫色的眼眸中有光芒在微微闪烁，轻抿的嘴唇微微张开，似乎有一个名字就要脱口而出。然而，这一瞬间，那神兽背上的少女却猛然转身，目光充满戾气。

“月！”风连翼忍不住开口。

那少女只是微微一顿，一句话也不说，便飞快地隐没在黑暗中。只是短短的一瞬间，整座群兽咆哮的万兽宫便重新归于寂静，那些石兽似乎从来没有复活过，依旧栩栩如生地停留在石碑之上。

风连翼不甘心，想追上去看看究竟发生了什么事。那丫头不会躲着他的！

“陛下！”厉邪沉声道，“别去追。”

风连翼冷厉的目光忽然转向他。厉邪自知再次违背修罗王的意愿，自己做了不该做的事情，修罗王若要怪罪，将他囚禁在血池地狱也不为过。但是事关重大，那丫头的魂魄此刻异常凶猛，和平时不一样。

“她只是被封印的魂魄，你为何要杀她？”风连翼从他身边走过，口气淡漠冰冷。

厉邪低下头，微微苦笑。为何？

风连翼没有在他身边停留，飞快地走入黑暗中。

石碑林立，每一块石碑上面都镌刻着上乘术法，有一只灵兽守护。越是厉害的术法，守护的灵兽就越强大，甚至慢慢地出现了神兽。

风连翼对这些术法视若无睹，只循着一抹特殊的气息慢慢往里面走。

万兽宫的中心，有红色的龙族神兽守护的巨大石碑前，凰北月孱弱的身体裹在黑色披风中，手指狠狠地抓着石碑，似乎在极力忍受钻心蚀骨的剧痛。低沉的闷哼从她喉咙间逸出来，一缕一缕的黑气从瞳孔中缓缓地流泻。她的魂魄之力在慢慢地减弱。

风连翼怔怔地看了她一会儿，然后举步走过去。

凰北月听到后面的脚步声，立刻转过身，防备地看着靠近的人：“不要过来！”

风连翼两手摊开，手中一簇火光慢慢上升，照亮他的面孔。他轻声说：“别怕，是我。”

凰北月还是满眼戒备之色，身体不断地往石碑内侧缩去，有些虚弱地低声说：“别过来。”

风连翼脚步站定，看着她，道：“你怎么了？”

“我很难受。”

“我可以帮你。”

凰北月摇摇头，面色灰白，身体里溢出黑气，瞳孔里那浓浓的黑色看上去分外诡异。她能看到封印里，因为刚才勉力对付比自己强了那么多倍的王族魔兽，而让那块黑玉有些松动。那黑玉原本牢牢地悬浮在半空中，此刻却摇摇欲坠，像要掉下来一样。

“你别靠近我，我怕我会伤害你。”

“我不怕。”脚步重新迈动，风连翼快步走到她身边，手臂一张，将她抱在怀中，手指转动，风元气形成的屏障就包裹在她身体周围。

淡淡的绿色在屏障之上流动，可以疗伤的风元气在他手中显得更加强大。

流动的绿色元气柔和地包裹着她，那些从她身体中溢出来的黑气逐渐被压制，然后慢慢地退回她身体中。她眼睛里浓黑的颜色也渐渐被洗去，慢慢地露出原本清冽透彻的冰蓝色。

丝丝缕缕的舒服感觉钻入经脉中，凰北月的面色慢慢地黯然下来，她靠着他的胸膛，只觉得无比安心。

风连翼轻轻地抚着她柔软的发丝，嘴角的笑意稍微加深，只是嘴唇略微有些苍白。

那黑色的元气果然很厉害，只要沾上，他的元气就会被源源不断地吸走。他只能不断地损失自身的元气，才能将黑气堵回去。

这股力量过于凶猛霸道，恐怕是因为凰北月的灵魂之力太弱，所以才会被黑气给侵蚀了吧！她现在的能力，不能和这黑气有牵扯，否则很容易失去自我。

凰北月感到身体终于好受一些，呼吸渐渐平缓，才低声说：“我也不知道是怎么了，刚才突然好想杀人。”

“没事了。”风连翼轻声说，“魂魄很弱，不像灵体，经不起侵蚀。在你得到灵体之前，不要再动用那股黑气。”

凰北月点点头。有了这一次教训，她以后自然会小心。只要别再遇上厉邪那种等级、非要置她于死地的魔兽就好。

想到这里，凰北月也不禁问：“那家伙为什么要杀我？难道我从前和他有仇？”

“没有。”风连翼摇摇头，道，“放心，他以后不会杀你了。”

凰北月抬起一只手，轻轻摸着自己的额头，清丽的小脸上是一片茫然之色，喃喃道：“有时候，我真想知道，我究竟是谁？成为魂魄之前，我是什么？”她脑海中浮现出“凰北月”这个名字，以及北月郡主那张虽然双眼失明，却依旧秀丽可人的面孔。她心中微微有些触动。

厉邪方才的话，在她耳边一遍又一遍地回响。她轻轻咬着嘴唇，心里的感觉复杂难明，而靠着风连翼，更让她觉得心跳的速度忽然飞快。

“我究竟是谁？”

“你是谁很重要吗？”风连翼低声笑着问。

“很重要！”

“对我来说，你是谁一点儿都不重要，只要你活得高兴，不就什么都好了吗？”

听着他温柔的言语，凰北月忽然怔了一下，继而脸颊飞快地烧红起来，心弦像被一只手轻轻地撩拨过去，低沉的回音在胸腔中震荡不休。

这话要是让冰灵幻鸟听见了，可不太好，那臭鸟会以为她又在打它主人的男人的主意！

而且，意识到他们此刻紧紧相拥的姿势，凰北月连忙挣开他，理了理头发坐好，笑了笑，说：“谢谢你！”她心想，还好，这种时候冰灵幻鸟不在。

谁知道这想法刚刚闪过脑海中，一抹冰雪之色便映入眼中，凰北月抬起头，霎时间目瞪口呆。那安安稳稳站在前面一块石碑上、昂着高傲的头颅、一身冰羽灿然生辉、翡翠色眼瞳正冷冷地瞧着他们的冰鸟，不正是她前一秒还担心会出现的冰灵幻鸟吗？！

凰北月一惊之下，不知道是不是真的因为做了亏心事，有点儿心虚，或者是受了伤之后灵魂之力再难支撑人类的形态，哧溜一声，少女的身影陡然消失，变成小小的一团，缩在披风底下。

风连翼失笑。连冰灵幻鸟眸中的神色也带了几分柔和。

凰北月闷在披风里，想了想，不对啊，他只是帮她疗伤而已，又没做什么，她为何要这么心虚？而且，这心虚来得莫名其妙啊，她压根儿就没有什么非分之想！

想到这里，凰北月就不再躲着，干脆从披风下面钻出来，瞥了一眼冰灵幻鸟：“你怎么来了？”

“这地方只许你来不成？”冰灵幻鸟高傲地说，之后，便展翅飞起来，“别忘了答应我的事情！”它扔下这句话，就消失得无影无踪。

“你答应了它什么事情？”风连翼将小狐狸抱起来。

“也没什么。”凰北月嘀咕了一句。

风连翼关切地看了她一眼，道：“你现在只是个魂魄，不要轻易去冒险，魂魄若是散了，就彻彻底底没有救了。”

凰北月深吸一口气。这道理，她比谁都明白，只是为了得到灵体，总要付出些代价的！

凰北月一觉睡醒，窗外月明星稀，雪地上映着月光，分外明亮。

凰北月从窗户跑出去。月下修炼，对她是最好的。

她百无聊赖地在雪地中打了一个滚儿，借着月光幻化出人形来，趁着现在有空，去第七塔附近看看吧！要下去救那条叫红烛的白龙，她总要先做些准备。

风连翼为她准备的衣服，是一套简单利落的夜行装，非常便于行动。穿上后，她从驿馆的墙头翻出去，乘着月色在大街小巷行走。

此时，大街上寂静无声，一个人都没有，猫狗都睡了，整座城池显得空旷深远。

凰北月站在通往灵央学院的那条路上，深吸了一口气。她脚下没有影子，魂魄是不会有影子的。心情有些抑郁，她甩甩头想继续走。忽然，长街的尽头，一个长长的影子缓缓地走过来。

凰北月一怔，想不到夜猫子不止她一个。出于好奇，身影微微一闪，她便站在一幢建筑物的后面，从隔挡的木板缝隙中看着那影子越走越近。

那是个少女的身影，穿着火红色的衣服。一个人半夜行走，胆子这么大，看来应该也是一名高手吧。!

月光微微偏斜，终于照在少女的脸上，精致秀丽的五官，细细的柳叶眉，水灵清澈的眼睛，鼻梁高挺，嘴唇像花瓣一样粉嫩晶莹，小脸有些瘦，眉眼之间有冷傲疏狂之感。

“北月郡主？”凰北月不禁低声惊呼，看见那张脸的瞬间还真是吃了一惊。这么晚了，她怎么会一个人出来？

临淮城虽然是帝都，不过任何光明的地方都会有黑暗相伴，况且她身份如此特殊，被有心之人盯上，岂不是糟了吗？

看她那样子，神情有些恍惚，一个人在大街上晃荡，想必是受了什么委屈吧。

凰北月咬咬牙。她虽没有多好的心肠，不过想到这北月郡主是风连翼的旧识，他对自己那么好，若她受伤了，想必他会很难过吧？自己受人恩惠，总不能白白受了。想到这里，她便从房屋后面走出去，扬起笑脸喊了一声：“北月郡主！”

那少女慢慢抬起头，连眼皮也是慢慢抬起来的，整个动作缓慢得有些诡异。因为离得近了一些，凰北月才得以看见她的面色竟然这么苍白。

“你怎么了？”凰北月惊呼，心中忽然闪过一种怪异的感觉。

不对！刚才这北月郡主是用眼睛看着她的吧？北月郡主分明双眼失明，怎么可能看着她？她脑海中电光石火一闪。这女子和北月郡主长得如此相似，可看那眉眼之间的张狂之色，绝不是那个温婉柔和的少女！

忽然想通，她知道认错了人，而且此刻还有些危险。她立刻想后退，可是一阵劲风已经十分迅速地朝着她的面门袭来。

那少女竟然一句话也不说，忽然出手，而且动作极快。凰北月动作迅速，身子一侧，闪开要害部位，可也被她在肩膀上狠狠地打了一掌。

这手劲儿也太变态了吧！她咬着牙，立刻后退。那少女也没有追上来继续打的意思，只是站在原地冷冷地盯着她，粉嫩的唇瓣抿着，一句话也不说。

“我就算认错人了，阁下也不用出手这么狠吧？”凰北月冷哼，摇了一下肩膀，立刻疼得龇牙咧嘴。借着小狐狸幻化出来的身体，也是会疼的啊！

那少女对她的话全然无动于衷，只是盯着她喃喃地问：“他在哪里？”

“什么他？”见她神色不对，凰北月心里的不爽压下去一些。难不成这是个半夜出来晃荡的疯子？

“澈儿。”念着这个名字的时候，少女那冷若冰霜的面孔便多了几分柔和。

澈儿？凰北月搜索了一下记忆，好像不认识这个人。她看这少女有些可怜，恍恍惚惚的，应该是脑子不清醒，也就不计较她刚才打了自己一掌，只是说：“这么晚了，你要找的人恐怕睡了，你为什么不天亮的时候再出去找呢？”

少女微微偏着小脸，表情有几分可怜，道：“他不想见我。”

“既然不想见你，那你找他有什么用？他肯定不会见你啊！”她这样子，莫非是受了情伤？

“可我想见他。他什么都不懂，一个人会迷路的。”少女低声喃喃地说着，然后朝凰北月走来，“他在哪里？快告诉我他在哪里？”

“我……我不知道啊……”看着她有些痴狂的表情，凰北月不禁咽了一口口水。少女的靠近，带着几分危险，凰北月不自觉地提高警惕，做好了随时离开的准备。

那少女只是朝着凰北月走了四五步，身子便忽然像被什么控制了一样，骤然停下来。她眼中闪过一抹痛苦，像有个可怜的人在里面挣扎。

“帮我找到他！”少女眼中滚下两颗豆大的泪珠，然后迅速转过身，身子在屋顶上几个起落便不见了，速度快得不可思议。

凰北月怔了一会儿，想到她临去前的那个眼神：绝望，痛苦，挣扎，渴望，思念……一个人，怎么会有那么复杂的目光呢？

“帮我找到他！”

那个叫澈儿的人，她上哪儿去找啊？心中有些怅然和失落，凰北月慢慢地朝灵央学院的方向走去。她心里一直想着这件事，越想越觉得不对劲儿。那分明是北月郡主的脸。世上有相似之人，但一模一样的人并不多见吧，就算是孪生子，也会有细微的差别。可那个少女，除了神情上的微妙差异，她真没看出半点儿不同于北月郡主的地方。她对自己的观察力还是很有信心的，若非那少女的眼睛和神情不对劲，连她都发现不了。

灵央学院的第七塔已经隐隐在望。

肩膀上被人轻轻拍了一下，凰北月以为是那少女又折回来了，猛然回头，眼前只有一张放大了的妖娆笑脸。她吓得一愣，那笑脸的主人却伸出手捏住她的两边脸颊，呵呵笑道：“不要用这么迷恋的表情盯着我嘛，我会害羞的呀。”

凰北月额头上黑线直冒，这人还有没有一点儿节操？

她抬手把他的手打开，揉揉自己的脸颊，问道：“你怎么在这里？”

“刚刚看见了一个熟人，追来这里，他却不见了。谁知道又碰上你了。”夭红色的衣摆翩跹地飞舞下来，魇慢慢在她面前站定，抬起手，打开一把红色的伞，撑在两人头顶。

“别挡着我的月光！”凰北月从伞下走出去，双手环抱于胸前，戏谑地看着他，“你居然还有熟人？”

在她的印象里，魇是个异常孤僻的家伙，除了第七塔下面那火海里诡异的魔兽，她还从未见他和其他人交流亲近过。他从来独来独往，性情孤傲。

魇叹息地笑道：“总有那么一两个吧。”

凰北月嘿嘿一笑，八卦地问：“那你遇见的是男人还是女人啊？”

“你猜。”魇看着她，妩媚的眼波流转，那一点儿暗红显得特别妖异。

凰北月看得一怔，然后摸了摸身上的鸡皮疙瘩。他真是烟视媚行，一般人无福消受。

“反正不会是好人！”凰北月低声说了一句，不想和他站在这里说话，朝着灵央学院的后方走去。

魇跟上来，追着她说：“是个绝色美人儿。”

“哦，是吗？”凰北月淡淡地说，脑子里还想着刚才看见的和北月郡主一模一样的少女。

“喂喂，你这么无所谓的表情，感觉我还没有白菜值钱呢！”魇不满地瞪着她的背影，这丫头……

凰北月认真地转过头看着他：“白菜能吃，你能吗？”

“白菜有我好看吗？”魇大叫，差点儿没上去掐她的脖子。

凰北月笑了，眼睛微微弯起，像两枚精致的月牙：“白菜是甜的。”

“我……我也是甜的……”魇没底气地道。

“哦？是吗？有多甜？”凰北月扬起嘴角，月光之下，露出两颗小小的虎牙，那锋利的尖儿如同獠牙一样，闪过细微的光芒，有些嗜血的感觉。

魇看得心里一阵紧缩，心脏怦怦直跳，竟然觉得有些无法直视月下那张精致的小脸。她还真是……美得耀眼！

见他忽然不说话了，凰北月便问：“你认识一个叫‘澈儿’的人吗？”

“嗯？”魇看着她柔美粉嫩的嘴唇，有些无法回神。

红伞下的男子面容美艳，造物主的神奇，有时候真令人佩服。

凰北月抬手捶了一下他的肩膀。魇这才回神，半点儿不觉得尴尬，反而笑道：“你问什么？”

“我刚才看见北月郡主，可那不是她。”

凰北月寻思一下自己的话，恐怕会让人听不懂，正想解释，魇却呵呵地笑起来：“果然是他！”阴冷的笑容挂在脸上，他似乎什么都明白了。

她还什么都没说呢，他居然就懂了！她第一次对魇产生佩服的感觉。

“那个女的让我帮她找一个叫澈儿的人，我上哪儿去找啊？”凰北月不禁觉得郁闷了。

“这种事情不用放在心上。走，我带你去一个好玩儿的地方。”魇只是随意地笑笑，对刚才的事情半点儿都不在意，拉起凰北月的手要走。

凰北月甩开他，道：“我现在没工夫玩儿，我要去灵央学院。”

“你要进万兽宫？”魇微微一挑眉，脸上的神色瞬间有些不自然。

凰北月聪明，他表情的变化没有刻意隐藏，她自然看得一清二楚，问道：“那地方不能进吗？”

“不……”魇犹豫着说，“月夜，你是第一个进万兽宫的人，有没有发现什么特别的东西，比如……一个人？”

凰北月心里一紧，猛然想起和冰灵幻鸟一起逃进密室的时候看见的那个绝色女子。难道那女子有什么特别吗？连魇都在意的话……凰北月脑子里飞快地转过无数个念头，心中打算了一下，便说：“那是个封印之地，有人的话，应该是被封印在里面吧？”

“不是封印。”魇摇摇头，声音忽然变得很低沉，“她应该已经死了。”

“死人怎么会在万兽宫里？”凰北月笑着问。

魇抬起手摸了摸她的头发，笑道：“有些事情机缘巧合，你不会明白的。”

“你不说我当然不明白。”凰北月噘起嘴，将他的手打开，“你对我这么隐瞒，看来是不拿我当朋友，既然这样的话，就此别过，以后也别来往了。”她转过身，赌气地走了。

魇哭笑不得。这丫头，真是任性啊！

魇三步并作两步追上去，几步就到了她面前，抓住她的手，道：“事情太复杂了，牵扯上百年，我怕一时说不完，不是有意瞒着你。”

“那你拣着重要的说好了。”凰北月嘻嘻一笑。为了引他说出自己想听的，凰北月不惜牺牲手的清白，任他抓着。

“重要的……”

“比如你刚刚说的，万兽宫里的人啊！”

“她叫轩辕谨，一百多年前，卡尔塔大陆上没有人能与她为敌。”魇拉着她的手，在月光铺满的街道上缓缓行走。他凝着眉，很少看见他如此正常凝重的神色。

轩辕谨？这个名字她从未听说过，只不过轩辕这个姓氏似乎非常特别，而且前几天，她听那个叫厉邪的家伙也提起过一个姓轩辕的人，似乎是叫……轩辕问天？

“你上次不是问过我万兽无疆的事情？”魇微微一笑，自顾说下去，“谨儿，就是万兽无疆的创造之人。”

凰北月心中一惊，脑海中蓦然浮现出那个女子的面庞。她看起来不会超过二十岁，竟然这么厉害……

“她是个疯狂的天才，一生只醉心于各种各样强大的术法。她天生就能召唤五种属性的元气，因此大着胆子研究万兽无疆。那些日夜晨昏，都是我陪伴着她。老天没有辜负她的苦心，万兽无疆终于成功，第一个试验之人，便是她自己……”

凰北月听得睁大双眼。虽然她还不明白万兽无疆究竟是什么，但是听魇的口气，那一定是个足以毁天灭地的东西。

他只是轻描淡写的几句话，但那过程绝对苦不堪言。万兽无疆被研究出来的时候，也必定是天地失色。

“万兽无疆能传承下来，就表示她真的成功了，对吗？”

魇恍惚地笑了一下，点点头，道：“算是成功了吧，只是当时的谨儿，她也没有想到在她死后，万兽无疆会有如此巨大的反噬之力……”

“反噬？”凰北月不懂。

“那次在第七塔下面，那只叫昀离的魔兽，还记得吗？”

凰北月点头。那可是印象深刻啊！她虽没亲眼看见，但那恐怖的气息，一辈子都不会忘记的！

“他原本是神兽。”魇轻描淡写地说了一句。

凰北月的脚步骤然停下来。她抬起头，逆着月光，看着红伞之下魇微微带笑的面孔，那并不存在的心脏忽然猛烈地震颤了一下。

“这就是万兽无疆的反噬？”

魇轻轻地点头。

“未免太恐怖了，从神兽变为魔兽，那是……”

魇轻笑，只是由神入魔的话，还不算恐怖，更恐怖的，是失去自我。

魇眸中至今还有未散的戾气，只不过他算是很幸运。当年轩辕问天把他封印在凰北月的身体中，那丫头后来变得很强大，直接压制了他邪肆的魔性。封印符在一天天变化，他出来时，才能找回曾经失去的自我。若封印体换成别人，或是换成如今的北月郡主，他恐怕还要搅得世间再动荡一次。

“那轩辕谨既然那么强大，为何那么年轻就死了？万兽无疆这么强大的东西，她应该再多花一些时间研究。她是天才，一定有破解之法的！”凰北月激动地说。

魇道：“她是难产而死……”说罢，魇微微带着一抹夭红的眼睛忽然凝了一下，偏头道，“你怎么知道她很年轻？”

他那暗红的眸子、质问的语气，凌厉如刀。凰北月噎了一下，暗道糟糕，一激动就露馅儿了！

“这个，我只是猜测而已。”凰北月镇定地说。

魔明显不信，忽然迈步朝她走过来。凰北月连忙转身，肩膀却被他重重地按住。魔带着一丝怒气的声音从她身后传来：“你见过她了，是不是？”

“我没有！”

“你说谎！”魔狠狠地说，“万兽宫里，我找遍了，都没有她的踪影。你说，你究竟在哪里发现她的？”

“你都发现不了她，我怎么能发现她？我又不认识她！”凰北月挣脱不了，心思一转，道，“其实她根本不想见你！”

魔一怔，道：“她不可能还活着！”

趁着他这一怔的工夫，凰北月拼命挣脱他，铆足了劲儿向前狂奔。

知道上了她的当，魔也有些生气。见她跑了，他衣袖忽然飞扬起来，夭红的花朵从袖口中钻出来，追着她。

凰北月满头大汗，后面有花瓣迫近的风声。她忽然身子一矮，向后仰去，那些花瓣贴着她的面颊飞出去。她松了一口气，站起来，转向另一个方向。

魔冷冷地看着她，飞向前的花朵又转了方向朝她追去。这丫头怎么会是他的对手？他不想伤害她，只要她说出谨儿的下落！

眼看着花瓣就要缠上凰北月，忽然，数支冰锥从天空中砸下来，将那些花朵给钉在地上。

凰北月抬头一看，大喜道：“臭鸟，你来得正好！”

冰灵幻鸟瞥了她一眼，用爪子抓住她的手臂，一展翅，就飞得高入云端。

凰北月大声笑起来。

魔怔怔地站在原地，看着一魂一鸟消失的方向，半晌才喃喃地说：“冰灵幻鸟……”

冰灵幻鸟一路飞到城外，隐去了气息，带着凰北月藏身在一个山洞中。

凰北月将刚才从魔那里打听到的事情告诉冰灵幻鸟。它听着，半晌都不言语。凰北月问：“红烛也是被万兽无疆反噬的吧？”

冰灵幻鸟没有说话，就表示没有否认。凰北月沉默了，如果是这样的话，救红烛出来也未必是好事吧？

“想不到万兽无疆竟是这种东西，就算它力量再强大，也应该毁掉。”凰北月抱着膝盖，脸颊贴在膝盖上面。从洞口照进来的月光洒在她身上，有一层薄薄的光晕，让她的眼睛看起来更多了几分梦幻的神采。

冰灵幻鸟道："灵尊将红烛抓住，以惩罚之火灼烧它七七四十九遍，红烛若能全部承受，就可以焚毁神兽和万兽无疆之间的契约。"

"那不是更好！"凰北月眼睛一亮，原来那只魔兽关着红烛，是想救它。

"可是没人能够承受四十九遍惩罚之火的煅烧，那是灼烧灵魂的烈焰啊！四十九遍之后，灵魂也会烧成灰的。"冰灵幻鸟沉声说，"灵尊，他只不过是想试验而已。"

灵魂也烧成灰……凰北月面色微微苍白了一瞬，而后艰难地说："要是他们一开始就没和万兽无疆缔结契约就好了。"

冰灵幻鸟冷笑着摇摇头，道："不可能！他们一族，是万兽无疆选定的契约兽，因为强大的力量，正好和万兽无疆匹配。"

凰北月握了一下拳头，道："说来说去，还是这万兽无疆惹的祸。那个轩辕谨研究出这种东西，怎么能不管反噬之力啊？"

"现在说这些也没用了，既然我们在万兽宫里发现的那人是轩辕谨，那我们现在就再去一趟万兽宫吧！"

"你是说……"

"那轩辕谨虽然死了，可她的身体强大，你若是能得到她的灵体，去救红烛，希望就更大一些了。"

凰北月嘿嘿一笑，道："臭鸟，你跟我想到一块儿去了。"

她站起来，走到洞口。月光铺洒在身上，她一只手搭在冰灵幻鸟的翅膀上，一只手指着远处高耸的灵央七塔。皎洁的月光在她手指上形成一个小小的光圈，轻轻地旋闪而过。

她抬起头，爽朗地说："我一定会摆脱封印出来的。"

冰灵幻鸟仰起头。清辉满天，它有种回到了过去，和那个潇洒飞扬的少女并肩作战的时光……

第二十七章 黑玉之主

有了上次和厉邪一起进入万兽宫的经历，凰北月这一次懂得利用黑玉上面的元气将七塔之阵打开。她和冰灵幻鸟的身体瞬间消失在七塔中间，片刻之后，便身处黑暗的万兽宫。

冰灵幻鸟身上的雪色光芒可以照出一片光亮，一魂一鸟走在石碑中间。

凰北月闭上眼睛，脑海中清晰地闪现那次和冰灵幻鸟进来时走过的路。几座石碑非常有规律地排布。第一次的时候，她是受到黑玉中元气的指引，而这一次，她完全记住了应该怎么走。

凰北月站在一座并不起眼的石碑前，伸出手，把石碑顶端镇守的三尾狐狸转了一个方向。那座石碑便朝旁边移开，露出一扇七尺高的门。

“这狐狸跟我长得确实很像啊！”凰北月不忘对那狐狸一笑。第一次来到这里的时候，慌乱中她就是看见了这只狐狸，觉得和封印了自己的小狐狸长得很像，摸了一下，才会发现这道暗门。

她走进密室，冰灵幻鸟也变小了跟进来。

这间密室不大，但是地上摆着一些炼药器材，一些珍贵的经卷也随意散落着。除了这些，密室中还有一张寒玉床，丝丝缕缕的寒气从上面渗透出来。那个容貌绝艳的女子就躺在上面，穿戴不华丽，可是干净整齐，发髻简单地绾着，没有任何珠宝首饰，脸上薄薄地擦了一层胭脂，肤色看起来便红润一些。

长长的睫毛在升腾而起的寒气中微微轻颤，她看起来像是睡着了，随时都会睁开眼睛。她的鼻子秀气小巧，可是笔直秀挺。她唇色嫣红，唇角轻抿，一看便知是性格强势霸道的人。

就算死去多年，此时的她依然有种慑人的威力，让人对着那漂亮绝色的脸蛋，也绝对生不出丝毫邪恶的念头。

凰北月看着她。冰灵幻鸟想走上去碰她一下，却被凰北月抬手拦住。

冰灵幻鸟不解。凰北月微微皱眉，谨慎地说："不要轻举妄动，你看上面。"

她的手指了指寒玉床的上方。正对着轩辕谨的脸颊上方，有一面光洁的铜镜，历经多年，镜面依旧清晰明澈，映着轩辕谨如玉的容颜。

"轩辕谨是个天才，对武学和神器感兴趣，实力强大，试问这样一个女子，会像普通女子一样自恋爱美吗？就算死前也要照着镜子？"

听着凰北月的话，冰灵幻鸟也恍然大悟，暗暗佩服她的洞察力。它如果刚才大意，恐怕后果很严重。看着那上方的镜子，冰灵幻鸟也分外不解，道："那究竟是干什么的？"

凰北月从地上捡了一块药材扔过去，药材刚刚到达镜子的照射范围，忽然刺啦一声，灰尘都没有剩下。

凰北月狠狠地咽了一口口水，看看冰灵幻鸟，道："这镜子应该也是轩辕谨的手笔，此人真是奇才。"

"有这个镜子在，怎么接近她？"

"我们从下面移动她。"凰北月指了指寒玉床的下面。这寒玉很特殊，比精铁还硬，所以她犹豫了一下。

冰灵幻鸟道："我试试。"

冰灵幻鸟翅膀上的寒冰元气渗透出去，如同利刃一样从寒玉床的侧面割下。它用了最大的力量，寒玉床上却只留下一道浅浅的印记。

凰北月看了一眼，走过去，说："继续。"

冰灵幻鸟没有犹豫，又一次用锋利的冰元气切割上去。与此同时，凰北月抬起手，指尖微微一动，黑色的元气流泻出来。

封印中的黑玉跳动了一下，好像尘封已久的灵兽要冲破禁锢冲出来。凰北月头上立刻流下冷汗。

黑气和冰灵幻鸟的冰元气交汇在一起，共同切割在寒玉床上。火星迸出，那坚硬的寒玉立刻露出一道深深的口子。

冰灵幻鸟震惊地看着她，这熟悉的黑色元气……

"愣着干什么？继续啊！"凰北月擦了一下额头上的汗水，对冰灵幻鸟说。

冰灵幻鸟连忙收回自己的思绪，和她合力，继续切割那寒玉床。

半个时辰之后，那完整的寒玉床底部便被生生切走了一块，形成一个可以容纳一人钻进去的空间。

"我进去看看。"凰北月眼睛一闭，变成一只小狐狸，钻进寒玉床中。丝丝冰凉的感觉在身上蔓延，她不禁打了一个寒战，毛茸茸的身子在里面转了一圈，然后抬头看去。

木板？她触目所见的竟然是一块普通的红木。凰北月不禁一怔，寒玉床里为何要放一块红木呢？还没等她想清楚，那红木上面忽然长出许多枝丫，飞快地发芽生长，眨眼之间，就变成手臂粗细的藤蔓。她知道为何要放红木板了。

凰北月连忙后退，四条腿都迈开，狂奔出来，可那藤蔓速度更快，嗖地伸出来缠住她的小腹，一下子就把她拽进去。

那不过半尺见方的空间，她要是变成人身，连身子都转不过来。这一切不过转瞬的工夫。藤蔓在她小腹上越缠越紧，缠得她几乎喘不过气来。

外面的冰灵幻鸟早就听见了动静，连忙上前来救她。

然而令人想不到的是，那原本只照着寒玉床上的轩辕谨的镜子，照射的范围忽然扩大，竟然将整张寒玉床都笼罩起来。

冰灵幻鸟一靠近，身上的寒冰立刻被融化了一大半。它不得不退回去，震惊地看着床底下的小狐狸。

“好疼！”凰北月大喊一声。藤蔓几乎把身体夹断，数根藤蔓一起上来，缠着她身体四肢，连气都喘不过来。

浮光森林的索命藤和这个一比根本什么都算不上。藤蔓上面带着毒液，顺着尖刺流进身体中，小狐狸顿时觉得眼前昏暗，什么都看不见。

好一个轩辕谨！不愧是曾经的绝世高手，就算死了这么多年，依旧这么厉害！封印中的凰北月咬着牙，心中暗暗地想，莫非今次要舍弃小狐狸的身体？可是她的封印又该安放在哪里？

电光石火间，脑子里闪过很多念头，凰北月看向封印之中的黑玉。为何在这种危险的时候，这黑玉却无动于衷呢？它似乎就是眼睁睁地看着她被轩辕谨困死在这一方小小的天地中。

“你既然和我是一体的，为何要坐视不理？”她冷冷地对这黑玉说了一句，忽然感觉到身上藤蔓的束缚松了许多。她一愣，难道骂了之后真的有效果？

隐隐约约闻到花香的味道，小狐狸竭力睁开眼睛，发现那紧紧束缚着自己的藤蔓此刻开满了红花，硕大的花儿朵朵绽放，花瓣繁复堆叠，十分漂亮。

这是……

一只手伸过来扯开藤蔓，将她抱出来，飞快地退开，然后撞在墙壁上，单膝跪下来。

“笨蛋！”头顶上传来一声愤怒的骂声，却带着微不可察的关切。

凰北月惊愕，竟然是魇……心里骤然流过一阵暖意。

她和他相识不久，他却救了自己好几次。而这次，她差点儿小命就不保了。

她不由得心生愧疚，低声说了一句：“谢谢。”

魔放开她，将她交给冰灵幻鸟，口气冷淡地说：“你们离开吧，不要再打她的主意了。”

她心里一紧，知道魔是什么意思。她是想借用轩辕谨的身体，这样强大而适合的灵体，是她迫切渴求的，没有灵体，她再怎么努力，实力都很微薄。

“我也是迫不得已。”凰北月艰难地抬头，模模糊糊的视线里，只看见魔的背影。

一身夭红色的衣袍，因为救她，被那面诡异的镜子生生地切下来一块，他肩膀上隐约露出血肉。她觉得更加愧疚，想说对不起。魔却淡淡地说：“我明白你的心情，是谨儿的话，她也会这么想。”

人类的本性都是自私的，他们是兽，也同样了解。

若今天凰北月想要的身体不是谨儿，是另外一个人，他会毫不犹豫地帮忙。只是谨儿，他们曾经有过契约，她死后，他不希望任何人来打扰她。她活着的时候，已经很辛苦了。

毒性慢慢在小狐狸的身体里蔓延，凰北月调动元气，帮它驱毒。犹豫了一会儿，她还是说：“世界上那么多人，我也不知道为什么想选她。第一次见到她，就觉得她和我关系不一样，我想，也许是冥冥中注定，让我这缕魂魄找到归宿。”

听到她的话，原本背对着她默默不发一言的魔忽然一怔，然后转过身来看着她。

“你和谨儿……”他的目光慢慢地移向凰北月和她身后的冰灵幻鸟。

冰灵幻鸟高傲，被他盯着也不动声色，只用一只翅膀卷起小狐狸，带着她一起离开。

魔怔怔地看着他们，竟然没有出手阻止。

到了外面，二人惊险地呼了一口气。冰灵幻鸟将她送回驿馆中，便也离开了。

凰北月一直觉得纳闷，那黑玉之前一直都会保护她，危急关头就算她没有意念，黑玉也会主动给她力量，为何刚才在轩辕谨的寒玉床底下，那黑玉却始终无动于衷呢？

身在封印中，凰北月看着那块悬浮在半空中的黑玉，手掌几次握紧了，又松开。

“你究竟是什么东西？既然之前为我所用，为何要背叛我？”她声音冰冷而愤怒地询问。然而回答她的，终究只是无言的沉默。

空荡荡的声音在封印之中回荡，窒息的沉默和安静让她心里第一次生出愤慨和孤独的情绪。我究竟是谁？为何会被封印在这里？她胸口起伏了几下。黑玉是她最后的依靠，如果连黑玉都失去的话，她对茫茫前路就完全失望了。

她心绪难平，翻来覆去睡了一会儿，迷迷糊糊中，有人在耳边呼唤她的名字。

“月夜，月夜，月……”稍微犹豫了一下，似乎知道她睡着了，那低沉的声音再次响起，“月……”

是谁？她猛然睁开双眼，猝不及防地看到一张带着惊讶之色的俊美面孔。他紫色的眼眸波光潋滟。

凰北月看了他半晌，然后开口说：“你找我吗？”

“你受了伤。”

“刚才出了点儿事。”

“我帮你疗伤。”不等她拒绝，他已经动手召唤出风元气，淡淡的碧绿色元气轻轻将她笼罩起来。

透过那些元气，凰北月看着他绝色的眉眼。他潋滟的目光如同柔柔的水光，让人一不小心就会陷进去。

她挥开那些复杂的思绪，清清嗓子，说：“我自从有记忆时就跟着你，如果我想不起我的以前，你就是我最熟悉的人了。”

风连翼微微一笑，柔声道：“怎么了？”

“我很喜欢这个世界，舍不得离开。”声音微微压低，凰北月垂下眼眸，说。

风连翼的手颤了一下。他却极力保持平静的语气，问道：“你怎么会离开呢？”

凰北月抬起头，冰蓝色的双眸闪动着璀璨的光芒：“我不敢对其他人说，但我相信你。”

风连翼看着她，温和平静的双眸让她觉得心里的防备都卸下来。

“我的封印里有个东西，一直支撑着我的魂魄，如果没有它，我一定会死！可是它不听我的话，所以我想把它拿出来。”

风连翼一怔，还是异常柔和地说：“看你的样子，似乎已经有办法了。”

“可以说是有，但也没有完全的把握。”凰北月皱着眉，收起笑容，脸庞上凝着让人心疼的沉重，“我想请你帮一个忙。”

“你只需要说便是。”风连翼笑得很温柔。她开口请求他帮忙，这种举动让他觉得无比愉悦，这证明她相信自己。

“我想你身为北曜国的皇帝，势力庞大，手下一定有很厉害的炼药师，我需要一枚特殊的丹药……”凰北月笑了笑，终于鼓起勇气说。

“炼药师倒是不愁，你说说是什么丹药吧。”看着她忐忑的表情，风连翼不禁笑起来。

凰北月摸摸鼻子，说：“说是特殊，是因为我也只是瞥过一眼。那是传说中的玄级丹药，名为‘七破丹’。”

她也是进了轩辕谨的密室之后，在那些散落在地的经卷中偶然看到的，其中一卷被翻得很破，显然是轩辕谨经常翻阅的。连轩辕谨都反复琢磨、没有炼出的丹药，她还真不敢指望有人能够炼出来。

果然，风连翼听完，沉吟了半晌，问道："我从未听过七破丹，这是什么丹药？"

"七破丹，顾名思义，能够破开让人痛苦的七情六欲，重塑灵体，可是就连创造这种丹药的人，也没有炼制成功。"凰北月的声音渐渐小了下去。

"你可有药方？"风连翼也是第一次听说这种丹药。重塑灵体，那不是要依靠丹药创造出一个人来？这种逆天的行为，真的可能吗？

"我记下来了。"凰北月连忙转身找纸笔。她一向过目不忘，这种能力连她自己都觉得惊讶。

风连翼拿了纸笔给她。凰北月握着毛笔，低头在纸上唰唰地写起来，一气呵成，一点儿停顿都没有。

她写好之后，将墨迹吹干，递给他。他仔细地看，越看越觉得震惊，好半天才说："太高深复杂了，创造这种丹药的人一定是个疯子吧？"

"疯子？"凰北月笑了笑，想起魇所说的万兽无疆，便点点头，道，"没错，那人绝对是个疯子！她创造了很多稀奇古怪的东西！"

"哦，我为何没有听说过？她是谁？"风连翼也不禁感兴趣了。世上有如此奇才，他不可能不知道。

"她叫轩辕谨。"魇说过她是一百多年前的绝世高手，世间应该有流传关于她的一切吧？

可没想到，风连翼听到这个名字，只是疑惑地摇摇头。他从未听说过此人。姓轩辕的，只有当年的轩辕问天，他略知一二，不知道这轩辕谨和轩辕问天又是什么关系？

凰北月略感意外。这种高手，他怎么可能没有听说过？她想了想，说："你没听说过她的名字，那你一定听说过'万兽无疆'吧？"

她怎么都没想到，听到"万兽无疆"四个字，风连翼的反应会那么大，几乎一瞬间，他带笑的表情就僵住，俊美的面孔上瞬间苍白无色，手中捏着的药方也轻飘飘地掉在地上。

凰北月吓了一跳，忙问："你怎么了？"

风连翼怔怔地摇摇头，然后竟然不顾礼仪一把握住她的手，道："万兽无疆和她有什么关系？"

"她是创造了万兽无疆的人啊！"凰北月被他的举动吓到了。

他的神情忽然充满巨大的失望，原来轩辕谨是那么久远之前的人了！

只要和他心中的那人有关的一点点儿联系，都能让他彻底失了分寸。风连翼慢慢松开手，嘴角掠过一丝苦笑，俯身将那药方捡起来，苦涩地说："原来是这样。"

凰北月见他这么失魂落魄，心情也有点儿压抑，但她对万兽无疆更好奇，便问：

“其实我一直想问，万兽无疆究竟是个什么东西？”

“也没什么，只是一块黑玉罢了。”风连翼不在意地说，尽量忽略心中骤然涌起的痛楚。

他说了之后，凰北月却半晌都没有动静。他不禁抬起头来看她，却只发现她一张小脸上满是怅然之色。

“月夜？”

“哦，原来这样啊。”被他唤回神，她立刻笑着说。只是一块黑玉而已！她怎么都想不到，原来大名鼎鼎的万兽无疆只是一块黑玉。黑玉……若是这样的话，很多事情的发生，就有合理的解释了。

她面色如常，没有半分和往常不一样的地方。她本就是擅长隐藏情绪的人，就算不记得从前，也依然得心应手。风连翼自然没看出她深藏的情绪，他自己也有些思绪混乱。

“‘七破丹’的事情，请你费心了。”凰北月笑着说。

“无妨，这种等级的丹药非同寻常，需要好的药炉，我们去找一个好药炉吧。”风连翼笑着对她伸出手。

凰北月一看外面的天色，月色正好。今天没有下雪，天空看起来分外安静。

“这么晚了，你先休息吧。”她还能闻到他身上有一股淡淡的酒味。在宴会上，他应该也喝了不少吧？

“我睡不着，正好出去走走，你呢？”

凰北月扬起笑脸，道：“我也睡不着。”

月色下，一白一黑两道影子飞快地消失在驿馆中。

逍遥王府。

安静的王府常年无人居住，府中原本就人丁稀少，自从逍遥王宋秘神秘消失，皇上就下令封了逍遥王府，解散了家中原有的人，因此现在这偌大的宅院里更是空无一人。

院中花草无人打理修剪，因此长得乱七八糟，荒草都把小路淹没了，几根四季常青的树枝丫斜伸出来，在月光下影子重重，有种别样的阴森诡异。

几只野猫躲到院子里来。大概是天寒地冻，人气又少，因此猫儿冷得直叫，诡异的声音更令人身上寒毛直竖。

院子里的积雪无人打扫，隐约可见几个脚印，一直通往王府的后院。

后院一直以来都是王府的禁地，因为那里有逍遥王的炼药房。

风中，两道影子缓缓地出现，站在围墙之上。白衣翩然飞起，如同谪仙临世。他轻轻地松开手，怀中的黑衣少女跳出来，左右看了一眼。

“这么大的宅院，怎么就荒芜了？”

“以前这里是逍遥王府。逍遥王宋秘是卡尔塔大陆上数一数二的炼药师。”风连翼微笑着解释。

“炼药师！”凰北月眼睛一亮。大陆上数一数二的炼药师，或许会对七破丹有所了解吧！

她像只出笼的鸟儿，飞快地跳下围墙。听说炼药师都有怪癖，看这周围这么荒芜，想必那宋秘也是个非常古怪的人吧！

“小心一点儿。”风连翼飞快地跟过来，从后面抓住她的手，“这里到处都是结界。”

“结界？”凰北月抬起头来，以她现在的实力，自然看不到强者布下的结界，只觉得周围都是一样的。

“他躲在这里没让任何人发现，自然少不了结界的功劳。”风连翼说着，轻轻一挥衣袖，无形的风便聚在一起，形成一道细微的风能量，在宅院的四周乱蹿。

忽然，风能量停下来，像撞上什么东西一样，停滞不前了。

“就是那里。”风连翼走过去，双手缓慢地结印，虽说动作缓慢，但是以凰北月的眼力，竟然看不清楚。

印诀打在那无形的地方，他便一步踏进去，转身对凰北月招招手。

凰北月也跟进去。明明是同一座院子，可进来之后，她才发现里面的一切都整洁干净，地上的雪已经打扫干净，看起来像是有人经常居住一样。

浓浓的草药香味在下过雪的冰冷空气中若有若无地飘入鼻端。

“想必宋秘不在。”风连翼低声说。

两人走到一间封闭的房间外，轻轻地推开门，往里一看，里面除了各种各样的药材，以及一座非常大的黑色药炉，什么都没有。

凰北月干脆推开门走进去，小声说：“你确定一个人都没有吗？”

“应该错不了。”风属性的人对元气波动特别敏感，而像他这样的高手，只要有活人的呼吸，他都能感觉到。

凰北月摸着那黑色药炉，感叹道：“这药炉的材料，恐怕不一般，光是这么摸一摸，都觉得有浑厚的元气在抵触我的手。”说着，她就绕着那黑色药炉走了一圈。转到背面的时候，忽然看到一个粗壮的木桶，木桶里有个少女闭着眼睛浸泡在里面，她吓得低呼一声。

风连翼连忙走过来，道：“怎么了？”

“你不是说没人吗？”凰北月拍着胸口，道。等到看清了那木桶中的少女时，她面上神色忽然一凝。

风连翼看见那少女时，也同样怔住，压抑在心底的思念和爱恋汹涌而出，差点儿让他冲口而出喊出一个名字来。

然而，那不是她，只是一模一样的面孔而已。

“我见过她！”凰北月看着那木桶里的美丽少女，笃定地说。

风连翼微笑道：“她不是北月郡主。”

“我知道她不是北月郡主！”想起那天临去之前，这少女悲伤的表情，凰北月情不自禁地走过去，伸手在她脸颊上轻轻拍了一下。

触手冰冷！凰北月心里忽然涌出不好的预感。她胆子大，连忙将手放在她鼻息下面，之后面色一变，道：“她死了。”

风连翼却像是一点儿都不觉得意外。

“我不久之前才看见她，她还活得好好的。”凰北月咬着嘴唇，声音里带着几分痛惜之感。她不认识这少女，可想起那天她的痴恋忧伤，却觉得心里像堵着什么一样，是谁杀了她？

“她早就死了。”风连翼走过来，看着木桶里的水，是泛着一缕淡红色的黑水。以他的眼光来看，里面放了无数珍贵药材，全部都是保存肉体，使之鲜活如生的灵药。看来宋秘为了保护她的肉身，下了很多功夫啊！

“想不到昔日的红莲尊上，会是这样一个结局。”风连翼感叹一声，并没有过多地放在心上。只是因为她和北月相似的容貌，所以他才这么感慨。

“你认识她？”凰北月诧异地抬起头。

风连翼笑了笑，没有回答她，只是径直绕过那木桶，走到后面一间放置珍贵药材的房间。

逍遥王在的时候，这些地方都有强大的结界保护，而且很少有小偷会来打一个超级炼药师的主意。毕竟，被高手满世界追杀，也不是太愉快的感受。

风连翼从一个个方格中走过，最后终于站定，抬起手，轻轻抚摸着方格里的一样东西。

凰北月走过去一看，发现那竟是一只金色的药炉。药炉通体金光闪耀，光芒却不刺眼，只有一个西瓜大小。药炉身上用暗黑色的云纹绘制着大朵大朵盛开的莲花，一眼看上去，那莲花似乎是鲜活的，花瓣重叠，一股异香扑面而来。

风连翼低头看着那药炉，目光有些柔和，似乎想起了甜蜜的往事。这是他们第一次真正交手的见证吧！

“这是净莲炎火鼎，药炉之中的宝器，只要是炼药师，都对它垂涎三尺。”风连翼将净莲炎火鼎交给凰北月，“七破丹那种等级的丹药，用一般的药炉，成功概率太低，而一部分药材，我们浪费不起。”

凰北月不禁觉得佩服他，想不到这么珍贵的宝器都能被他找到。

两人低头看着净莲炎火鼎，忽然，四周的空气一瞬间变得凝滞紧张起来。

察觉到不对劲，凰北月立刻抬头，只见他们进来时没有关上的门外，一个面色苍白的少年站在那里，一脸意外地看着他们。

竟然有人这么靠近，而他们两个一点儿都没有察觉！

凰北月顿时将净莲炎火鼎藏在身后。她只是魂魄，没有灵体，因此没有纳戒，只能用这么笨的方法。

风连翼却不紧不慢地笑起来，悦耳的声音回荡在弥漫着草药香气的房间里："这是昔日圣君的地方，墨莲阁下似乎和光耀殿永远断不了关系。"

墨莲一听，面色惶然，立刻摇头说："没有！"

刚才门外光线不甚明亮，没有看得特别清楚，此时听到声音，凰北月才认出来，那少年不正是不久前差点儿在她面前自杀的少年吗？此人十分厉害，不可小觑，如果他也是为了净莲炎火鼎而来，那今次恐怕要开战了！凰北月紧张地看着他。

墨莲慌乱得不知道该如何解释，目光一转，便看见风连翼身后的凰北月。他微微怔了一下，竟然忘了要和风连翼解释，只呆呆地看着她，目光带着几分迷茫和惶惑。

"我，见过，你？"

一个简单的句子被他拆分成好几个字说出来，语气还十分平缓。凰北月迷惑了一下，才逐渐明白他想说的是："我见过你？"

真难得上次他只是看见了小狐狸，而自己尚且躲在封印中，居然还能被认出来。凰北月不由得心情大好，道："前几天刚见过，红耳朵的小狐狸！"

墨莲看了她半晌，似乎在极力分辨她那张脸，看见她耳边两缕红色的头发，便喃喃地说："是你。"

什么叫"是你"？！这种失望的口气是怎么回事？！亏她还满腔热血，差点儿变成一口老血喷出来，真是热脸贴上了冷屁股！

风连翼回头看了她一眼，对她伸出手，温柔地说："我们走吧。"

凰北月点点头，跟上他，顺便将净莲炎火鼎交给他，让他放进纳戒中。关乎她的灵体，她怎么能不小心一点儿？

经过那木桶边的时候，凰北月停了一下，看着那少女毫无生气的面容，心下不忍，不禁说："把她埋了吧，就算灵体能保存一万年，也要入土为安。"

"别碰！"墨莲喊了一声，大步走过来，挡住凰北月正要去将红莲捞起来的手。

凰北月哼了一声，道："人已经死了，还想怎么样？"

墨莲显然不擅长吵架斗气，碰到个伶牙俐齿的人，就彻底败退。若是以前，敢阻挡他的人只有死路一条。可如今的墨莲已经决心改过，不想做光耀殿的杀人机器，即便有嗜血的念头闪过，他也会强压下去。

他不想再杀人，这双手，再也不会沾上任何人的鲜血。

他害怕鲜血的灼热，那会让他想起当初刺穿月心脏的那一刻……

被凰北月这么一呛，他先是一怒，然后极力隐忍到脸都红了，低声说："她，没死！"

"她已经没有气息了。"少女那样子，明眼人一看，就知道是死了的。

风连翼沉吟片刻，而后拉了拉她的手，道："既然他这么说，也许她真的活着。我们走吧。"

凰北月没想到连风连翼都相信。那明明是一个死人，他却相信对方还活着，让她这个作为魂魄、痛苦不已的人情何以堪？不过，她倒是对一些秘术有点儿印象，比如利用死尸来行不法之事。

"死去的人最好入土为安，强行留下，只会是祸害，要遭天谴的！"凰北月冷冷地说。她是可怜那个少女，明明死了，却连黄土掩埋都没有。

然而，她的话让墨莲的面色瞬间苍白僵硬。他的脸上本来就没有血色，此刻似乎还隐隐泛出一丝微微的青色，让他看起来越发阴森可怖。

凰北月不知道说错了什么话，看着他那样子，心里也不禁发毛。

风连翼却有些感慨地看着墨莲，淡淡地说："既然你觉得红莲还活着，那我们就不碰她了。月夜说话直接，你不要想太多。"

"天……谴。"墨莲喃喃地说着，自嘲地一笑，那笑容比哭还难看，透着一种悲凉的感觉。

凰北月见他这样，也不敢多说什么，连忙跟上风连翼的脚步。

然而，凰北月与墨莲擦肩而过的时候，这面色阴郁的少年却忽然出手抓住她的肩膀，歇斯底里地大吼道："天谴？我不怕！来啊！为什么我受了天谴，上天还是要把她带走？！"

谁也没想到他会突然发疯，凰北月直接愣住了，肩膀差点儿让他捏碎，只觉一阵钻心的疼。

他平时说话都不连贯，此时愤怒难当，竟然一连串说出这么完整的话来。

凰北月一怔，忙着挣开他，道："你说什么，我听不懂！"

风连翼一闪身过来，抓住墨莲的手，沉声道："放手！"

墨莲愤恨地甩开他的手，依旧直直盯着凰北月的眼睛。

她从来没有见过这么清澈漂亮的一双眼，在他苍白得近乎失去生气的脸上，那双眼睛漂亮得过分，也显得格格不入，好像是不属于他的东西，却被生生地安在他的脸上。

他举动太过疯狂，似乎失去了理智。风连翼紫眸一沉，不再留情，抓住他的手，凌厉的风元气汹涌而出。墨莲凶残地转过眼，怒吼一声，放开凰北月的肩膀，另一只手成拳，狠狠地砸在风连翼的脸上。

风连翼躲闪及时，一偏头躲过那拳头，然而再看墨莲的时候，那双清澈的眼眸中却盈满了悲愤的杀气。

凰北月大惊失色。她也没想到刚才一句话竟会闯出这么大的祸。

墨莲身手强悍得不可思议，而风连翼也不遑多让，这两个绝世高手要是在这里打起来，那动静恐怕要将整座临淮城都惊动了。

“住手！”她刚好站在墨莲身边，抬手抓住他的衣角，想阻止。

然而，疯狂中的墨莲却根本不管她是谁，反手一甩，将她瘦弱的身子甩出去。一扇木窗被撞破，她闷哼一声，跌倒在外面的雪地中。

“月！”风连翼变了脸色，没想到墨莲也对她出手。他只担心着她，根本不顾墨莲，一转身，白色的身影便消失在原地，眨眼之间，出现在凰北月身边。

“没事吧？”风连翼将她扶起来，担心地擦去她嘴角的一丝血迹。

墨莲怔了一下，忽然看向窗外的少女，有些不可置信地低头看了一眼自己的手，面色越发苍白。他跟出去，一抬头却迎上风连翼冷厉、暗藏杀机的双眸。

周围的风开始动荡，这是修罗王的恐怖怒气。

墨莲知道自己做错了事情，便打算无论如何都不还手。

“修罗王，可否看在在下的面子上，暂缓动手呢？”温和带笑的声音在院子外面响起来。片刻之后，一个青衣长衫的男子缓缓地走进来，笑容满面，温和谦恭，可那样的笑容会让人觉得虚伪，就算他长了一张英俊的脸，依然让人喜欢不起来。

风连翼转过脸看了他一眼，似乎有什么触动，周围的风果然再次安静了下来。

“多谢了。”来人笑着说，眼睛一瞥，看见风连翼怀中的凰北月，目光不禁高深起来，“这一位是……”

“与你们无关。”一把将凰北月拦腰抱起来，风连翼冷冷地说。

见他要走，来人便好心地让出院子里的路，笑吟吟地看着他们。凰北月从他身边经过时，他带笑的表情忽然微微怔了一下，竟伸出手拦住他们。

“她是魂魄？”那人一双眼睛直勾勾地朝凰北月看过来，似乎觉得不可思议。

风连翼微微瞥了他一眼，道：“孟祁天阁下执掌光耀殿之后，连修罗城的事情也要插手了？”

“不敢。”名为孟祁天的男人十分谦恭地说，“不过，她若一直以魂魄的身份在外飘荡，总有一天会被那些人发现的。”

“那些人？”风连翼微微蹙眉。

凰北月也抬起头看着孟祁天，心中闪过一阵不安之感。这人究竟知道些什么？他似乎……知道很多东西！

孟祁天认真地看了凰北月一眼，然后抬起头看向墨莲，道："那些人，用民间的话来说，便是地狱的阴司吧。不过，他们也是人。"

墨莲一怔，蓦然想起当初施展招魂术的时候，他看见的出现在黑暗中的人，什么样子都看不清楚，似乎只是一个影子而已。

当时在场的人，谁也没看见那黑影，只有施术者和受术者才能看见。

孟祁天这么说，是想提醒他。

"真是奇怪，为何她能例外？人死之后，一个时辰之内，魂魄就会被那些人带走，而她……"孟祁天看着凰北月。这少女看起来并不像刚刚死去的魂魄，而且，她怎么会有身体？一般的魂魄只是个虚幻的影子而已。

被孟祁天看得浑身不自在，凰北月从风连翼的怀中抬起眸子，冷冷地瞥着孟祁天。虽然很想从这个男人这里探听一些关于那些人的事情，可惜对这个人，她觉得有种莫名的危险感。她哼了一声，道："魂魄又如何？天生万物俱有魂魄，难道还有人不允许魂魄留存于世吗？"

"姑娘说得有理，不过在下只是提醒一声，希望姑娘小心为上，少在外面露面，以免被那些人盯上。"孟祁天笑容满面地道。

虽然他是善意的提醒，但凰北月就是生不出感激的心情。她看了他一眼，便不再说话。

风连翼带着她从院子里掠出来，瞬间到了十几米之外。

"那个人是谁？"凰北月皱着眉问，对他说的话还是存着三分疑惑。

"他是孟祁天，从前的光耀殿圣君说过，这个世上没有孟祁天不知道的事情。"

凰北月轻轻抿着唇，沉默了一会儿，又问道："那你觉得，他刚才说的话，有几分真实性？这个世上真的有人控制着魂魄吗？"

"十分。"风连翼并不多想，便脱口而出。

凰北月震惊地看着，攀着他肩膀的手微微一颤，道："为何？"

"我曾亲眼见过招魂术，施术者和那些人签订契约，让已经离体的魂魄重新回来。"

凰北月沉默着，狠狠握了一下拳头。这么说，孟祁天说的话就是真的，那她就必须赶快得到灵体，否则，真的会被那些人抓走。

凰北月打定了主意，便说："七破丹的事情，麻烦你了。"

"不用客气。"风连翼微笑，知道她心里所想，"除了七破丹，你还需要什么吗？"

“锁魂钟。”凰北月道，“不过这件东西我会想办法取来，不用麻烦你。”

“真的吗？”锁魂钟是神器，不知道她上哪儿去得到。

“这点本事我还是有的。”凰北月自信地说。

她是魂魄，对于魂魄来说，锁魂钟这种带着灵魂之力的神器，他们的感应是最准确的。自从见到北月郡主的第一眼，她心里就在打这个主意了。

只可惜，当时没有从万兽宫里得到七破丹的消息，否则，她早就动手了！

因为魇的阻拦，她已经不想再去打那轩辕谨的主意了，虽然对那强大的身体充满兴趣，然而，她不想让魇伤心。

长公主府。

北月郡主的婚期临近，整座府邸都忙得不可开交，光是各种嫁妆已经摆满了院子，宫里赏赐的东西也源源不断地被送来。如此风光的出嫁，就算真正的公主，也没有这样铺张的排场。

随着来来往往的人，谁也没有注意到，一只小狐狸悄悄地溜进府中，直奔北月郡主的流云阁。

“三妹妹，你这镯子真好看，这样的翡翠，如今也不多见了，一定是皇上赏赐的吧？”一个尖厉的女声充满艳羡地说。

“是前几天安国公夫人送的。”声音柔柔的，说话的便是北月郡主。

“安国公夫人倒是大方，我还从来没有过这么贵重的首饰呢！等妹妹出嫁的时候，怕寒酸了，让妹妹脸面也不好看。”

北月郡主道：“这镯子多漂亮我也看不见，姐姐要是喜欢的话，就送给姐姐吧。”

“妹妹你真是太好了。”那女子开心地笑起来，连忙将那只帝王绿的翡翠镯子戴上手腕，欣喜地左右看着。

北月郡主慢慢端起茶杯，面带微笑，对着这盛气凌人的姐姐，似乎还有几分惧意。

“可是……”萧灵看着镯子，又不太高兴了，“有这么好的镯子，那我该配什么衣服呢？还有珠宝首饰，都配不上。唉，看来我是没有福气拥有这么好的镯子了。”

听她这样说，旁边几个丫鬟脸上都露出几分鄙夷的表情，可北月郡主还是好脾气地说：“我那里还有几块不错的布料，首饰也有一些没戴过的，大姐姐不嫌弃的话，去挑几样吧，就当是妹妹的一点儿心意。”

萧灵一听，立刻眉开眼笑地道：“三妹妹，还是你最好了。咦，你手上这只戒指很漂亮……”萧灵说着，便弯下身去，要拿北月郡主手上的一只翡翠戒指。

北月郡主一向温顺，这时候却像被烫了手一样，慌忙将手移开，小心地用另一只手护着戒指。

萧灵冷哼一声，道：“三妹妹这是什么好东西，竟连看一下都不给？”

“我……”北月郡主一下子涨红了脸，却不知道该如何反驳，只是死死地抓住那戒指，一言不发。

“萧大小姐，那是郡主的纳戒。你该知道，纳戒对一个召唤师来说，是很重要的吧？”一个秀丽的少女从屋子里走出来，手中拿着许多上等的布料。

萧灵想到以前的凰北月驾驭冰灵幻鸟，威风八面，如今虽然没有那气势，但曾经的恐惧也没有消退，因此还是敛了三分脾气，笑道：“我也就是觉得好看，想看看而已，不知道那是三妹妹的纳戒。”

这秀丽的少女名叫阿丽雅。她和她的几个族兄一起住在王府中，保护北月郡主。这些人都是高手，萧灵也不敢轻易得罪，因此有台阶，自然就顺着下了。

阿丽雅走过来，将几匹布料并一个首饰盒子交给萧灵的丫鬟，冷冷地说：“这些布料和首饰都是最好的，就当是郡主赏给大小姐的吧。”

“阿丽雅……”北月郡主低低叫了一声，懦弱地说，“不得对大姐姐无礼。”

萧灵本来被阿丽雅几句话弄得很难堪，但又不敢发作，听到北月郡主的话，就抬着下巴，尖刻地说：“我和三妹妹是姐妹，她的东西就是我的东西，哪里轮得到外人说话？”

“是，阿丽雅说错了。”秀丽的少女低着头说：“郡主，里面还有事，我先告退了。”

北月郡主点点头。

阿丽雅一转身跑进去，眼睛就红了。

阿丽雅跑来的方向正是小狐狸藏身的地方。她擦着眼泪，没有看到脚下的花盆，绊了一下，差点儿摔倒，低下头一看，就正好和小狐狸的眼睛对上。

二人都是一怔，凰北月是来偷东西的，被发现自然不好，因此一怔之后，立刻转身就跑。

阿丽雅正奇怪哪儿来的小狐狸，看见它跑得这么机灵，心想再怎么样也不能惊扰了郡主，于是快步追上去。

“别跑！”她一路追出流云阁，那小狐狸跑进了后花园，正好阿萨雷和吉克并肩走过来。阿丽雅连忙喊：“哥，抓住那小狐狸！”

阿萨雷也早就看见小狐狸了。他生性爱玩，因此不用阿丽雅开口，早就双腿如风，迅速到了小狐狸面前。小狐狸根本躲不过这风属性的高手，被一把抓住！

“哈哈，红耳狐狸，真是可爱！”阿萨雷将小狐狸举起来，看着它的脸，笑道：“阿丽雅，你不是一直想要温顺的灵宠吗？这小狐狸才一阶，很容易驯服。”

“它刚才躲在郡主的院子里。”阿丽雅一脸不开心地走过去。

“嗨，一只一阶狐狸而已，担心什么？”阿萨雷笑着挠挠小狐狸的脖子。

一般动物都喜欢被这么爱抚，可惜这小狐狸异常冷淡，不仅没有半点儿反应，还非常冷漠地看着阿萨雷。

阿萨雷抓抓头。这样的灵宠可不讨人喜欢啊！

吉克严肃地说：“虽然是一阶灵兽，也不能大意。”说着，他走过来将小狐狸拎过去，仔细看了看。它确实只是一阶灵兽，除了那红耳朵和蓝眼睛，没什么特别的地方，他这才稍稍放心。

阿丽雅在后花园的一张石凳上坐下来，苦恼地说：“那萧灵也太嚣张了，王怎么会处处忍让她呢？”

“她们是姐妹，关系不一样，就像你是我妹妹啊！”阿萨雷安慰地摸摸她的头发。

“可也不能那样忍气吞声啊！”阿丽雅狠狠捶了一下自己的大腿，“凭什么萧灵要什么，王就一定要给！”

“唉……”阿萨雷只能叹气。这些事情都是王的家事，他们是外人，自然没有资格过问。况且，王也对他们说过了，不能对萧灵无礼，她好歹也是长公主府的庶女。

真是郁闷，从前跟着王的时候，他们何曾过过这么窝囊的日子？难道他们冒着生命危险，千里迢迢从浮光森林出来，就是为了在长公主府当奴才不成？当初要征服世界的梦想呢？当初那个能够带领他们一统天下、傲视群雄的王又在哪里呢？

三个人并排坐下来，一起仰着头看着碧蓝的天空，都觉得前途渺茫，根本不知道该往哪个方向走。

小狐狸蹲在吉克的怀中，也跟着他们一起看看天。封印里的凰北月觉得无聊透顶。要不是不想暴露身份引人怀疑，坏了她的大事，她岂会这么容易让他们抓住？不过还好，她知道了北月郡主手上有一枚纳戒。上一次她感觉到锁魂钟的气息，便是从北月郡主身上散发出来的，想必就在那枚纳戒里吧！她应该想个什么办法，将纳戒偷出来，然后从里面拿出锁魂钟呢？这倒是有些困难，因为打开纳戒，必须要纳戒主人的灵魂之力才办得到……

“真不明白王现在到底在想什么？就算失去之前的记忆，她也不可能连实力都忘了吧？”阿丽雅又不满地说。

“也许王不是忘记实力，是根本不知道她曾经那么强。”阿萨雷喃喃地说。

阿丽雅点点头，赞同地说：“我也这么想。吉克大哥，咱们想个办法，让王知道她以前是什么样的吧。”

“说得容易，这办法怎么想？”吉克闷闷地说。连冰灵幻鸟都不见了，剩下小虎和吱吱，根本没和王签订过契约，现在像两只宠物一样养在长公主府里。

阿萨雷生性机灵，鬼点子最多，偏头想了想，立刻道：“有了！王之前的武器——

雪影战刀！”

“雪影战刀藏在王的纳戒里，必须靠王的灵魂之力才能打开，哪有那么容易啊？！”阿丽雅立刻说。

“先偷出纳戒来，咱们找千代冬儿想想办法。她最近和孟祁天走得近，那家伙什么都知道，兴许有办法。”阿萨雷狡猾地笑着说。

阿丽雅也笑起来。

吉克想了想，也觉得可行，点点头，问：“谁去偷？”

阿丽雅道：“王对那枚纳戒非常重视，今天连萧灵都不让碰。”

“那就……”吉克皱眉深思。

“哈哈，我有办法！”阿萨雷忽然笑起来，从吉克怀里把小狐狸拎过来。

小狐狸挣扎了两下，看着阿萨雷脸上奸猾的笑容，忽然背后一阵凉意。

“阿丽雅，驭兽诀！”

“要和它缔结契约吗？”阿丽雅犹疑着道。

“当然不。它才一阶而已，太弱了，你和它缔结本命契约不划算，只要驭兽诀第一层，和它做交易，偷来王的纳戒，报酬是一颗碧晶果！对一阶灵兽来说，碧晶果搞不好能让它的实力整整提升一倍呢。”

“原来是这样，还是哥哥聪明！”阿丽雅笑起来，不等吉克做出反应，已经念动这个时代每个召唤师都会的驭兽诀第一层。

凰北月从封印里看着这三个天真的家伙……算了，反正都是要去偷北月郡主的纳戒，要是他们阻挠就麻烦了。眼下，她不如将计就计，假装和他们讲条件吧。

片刻之后，小狐狸便乖巧地点点头。

阿丽雅脸上瞬间堆满了笑容，道：“成功了。”

“好，快去吧。”阿萨雷将小狐狸放在地上。

小狐狸故意扬了扬尾巴，才不紧不慢地走向流云阁。

里应外合，为了方便行动，阿丽雅自然得利用自己的一点儿职权，将流云阁里的丫鬟都调出去。

此刻萧灵已经走了。北月郡主一向身子弱，便在内屋的榻上睡着了，身上盖着一整张的白色雪貂皮，衬托着她小巧的面容，让人心中生出几分怜惜之情。

小狐狸轻手轻脚地跳到榻上，走到北月郡主搁在枕头上的手边，伸出爪子，正想去碰。忽然，熟睡的北月郡主嘤咛了一声，哑着声音说：“你……是不是很讨厌我？”

这声音一出，连凰北月都吓了一跳，身子僵着，一动也不敢动。

“战野哥哥……”北月郡主微微偏过头来，闭着的眼睛里慢慢地溢出一点儿水光。她在梦中呜咽了一声，终究没有醒过来。

原来只是说梦话，吓死她了！凰北月稍微松了一口气，连忙快速用小狐狸的爪子轻轻钩住北月郡主手指上的纳戒。她的手指细细的，纳戒很容易就被取下来。

凰北月转身想走，想了想，又回过头对着熟睡中的北月郡主低声说："你这么好，怎么可能有人讨厌你？"她说完，衔着戒指飞快地从榻上跳下去。

她转过内室的屏风时，一个巨大的土豆儿忽然迎面狂奔进来。那土豆儿路也没看，兴冲冲地，手里不知拿着一个什么。

凰北月根本来不及闪躲，就和那大土豆儿撞在一起。她立刻被撞得从地板上滑出去，而那土豆儿直接滴溜溜滚到门外，两眼金星狂冒，傻愣愣地坐起来，揉着脸，还不知道发生了什么事。真是个笨蛋！

凰北月立刻爬起来。还好纳戒被她紧紧衔在口中没有丢，她便赶快跑出去。

路过那又呆又傻的土豆儿身边时，凰北月的狐狸尾巴一扫，又将它扫得滚出去，然后笑着跑走。

那土豆儿被她这么一扫，爬起来，终于明白发生什么事了，身上摔得很疼，又很不甘心这么被欺负，于是它很丢脸地哇哇大哭着，追着凰北月出去了。

一边张嘴大哭，一边迈着短腿狂追——这织梦兽竟然在这种时候忘记了自己的老本行。它要是用幻术把凰北月困住，她肯定就跑不了。

看见那土豆儿追上来，凰北月不由得心里大骂：臭土豆儿，敢坏她的好事！

被它这么狂追，她哪里有机会把锁魂钟拿出来？算了，拿着整只纳戒跑吧。

这纳戒一看就是高阶的，里面的空间能够储存一座城池，巨大无比，也不知道锁魂钟被放在里面的什么地方，要是能看看里面就好了。这么好的纳戒，里面一定都是宝贝吧？

她这么想着，忽然封印里的意识被什么吸了一下，眼前微微一暗，等睁开眼睛的时候，意识里就出现了一个看不到尽头的大空间。

一排排柜子立在两边，柜子上摆放着各种各样的武器、药材、经卷……

她自从有意识以来，还从未一次性看见这么多奇珍异宝呢。她目瞪口呆地看着眼前的一切。这里，难道就是那枚纳戒里面的空间？

怎么可能啊？任何一枚纳戒，在被主人买下的时候，就会和主人的本体魂魄签下契约，只有主人的灵魂之力才能打开。这分明就是北月郡主的纳戒，她怎么可能看见里面？虽然心里这么想着，但她还是抱着试一试的念头，默默地想着锁魂钟。果然眼前一转，一只巨大的钟便出现在眼前。黑色的钟身泛着青灰色的光芒，古朴大气的花纹描绘出一种庄严肃穆的感觉。

凰北月以灵魂的力量感知到锁魂钟，只觉更有一种不可思议的吸引力。她大喜过望，真是踏破铁鞋无觅处，得来全不费工夫！

“她出来了。”阿丽雅几个早就在流云阁外面守着，看见小狐狸出来就一拥而上。

王的纳戒事关重大，他们也不能对一只小狐狸太过放心。

“吱吱，你出来捣什么乱？”看见尾随在小狐狸后面哇哇大哭的吱吱，阿萨雷不禁眉头一皱。

好在赫那拉族的十几个人都被叫出来了，此刻大伙儿正团团将小狐狸和吱吱围在中间。

吱吱看见自己人，就指着小狐狸，吱呀吱呀对阿萨雷说话，说了什么大概只有它才懂了。

看它张着嘴哭得那么伤心，阿萨雷和阿丽雅对看一眼，只能说：“去找小虎玩儿吧，我们干正事儿呢。”

被无视的吱吱瘪着嘴，居然大胆地一把揪住小狐狸的大尾巴，抓着就是不松手。

其他人也无可奈何。

凰北月心里暗暗对这土豆儿咬牙切齿。要不是它一路大哭着追来，将阿丽雅他们也引过来，她早就带着纳戒离开了。

臭土豆儿，以后把你切成土豆丝儿。凰北月转过头，狠狠瞪了吱吱一眼，心想纳戒可以给他们，但她要带着锁魂钟走。

先把锁魂钟拿出来再说！心里只是这么一想，她正暗暗盘算应该怎么偷偷藏起那么大的锁魂钟，令人意外的事情就发生了。

只见那枚纳戒上闪过细微的光芒，然后一只古朴的钟忽然出现在小狐狸的身边。

凰北月吓了一跳，吱吱更是吓得吱呀一声，抱着脑袋飞快地逃到阿丽雅的怀中躲着。

而将她围起来的赫那拉族众人，更是个个目瞪口呆，瞪大了双眼看着她。

凰北月额头上冒出一滴大汗，默默地看了一眼那锁魂钟巨大的个头儿。这要怎么才能神不知鬼不觉地把它带走？

“哥……”阿丽雅呆呆地开口，“这是……王的锁魂钟吧？”

阿萨雷道：“这从哪儿跑出来的啊？”

一群人面面相觑，然后一起将目光转向小狐狸。小狐狸嘴巴里衔着纳戒，此刻正张着一双碧蓝色的眼睛，淡漠地看着他们。

吉克沉声说：“这里人太多了，不宜打草惊蛇，带上它走！”说完就大步走过去，抱起小狐狸。其他人扛起锁魂钟，一群厉害的召唤师，转眼之间便消失在长公主府的后院。

第二十八章 灵兽认主

临淮城南边一座别院，是当年凰北月肃清了萧家人之后买下的，从未住进来过，只是请了一对老夫妻帮忙打扫。

后来修罗城那一战，招魂术之后凰北月消失，剩下北月郡主回来，对从前的事情一概不知，待阿萨雷、吉克等人也陌生得很。虽然她让他们留在长公主府，但也像对待客人一样客气。

这些年轻气盛的少年一腔热血，都是心怀天下之人，自然过不惯那种养尊处优的优渥生活，因此便带着凰北月之前给他们的钥匙来此处居住。

这别院十分精致，因为后院有一座四层的小楼，建得十分高。屋顶被开辟了出来，从白色晶石蒙上的一个圆形缺口中，可以看见明月高悬。

此前的主人十分风雅，因后院这座高楼的特殊风景，便给这高楼取名为“锁月楼”。

自从阿萨雷等人住进来之后，老夫妻也只帮忙打扫做饭。一群粗莽之人自然没有那么风雅，他们闲时去佣兵市场做些任务，赚取佣金，这样便不用靠长公主府的接济过日子。只不过，他们每天还是轮流派人去长公主府，保护北月郡主。

锁月楼之上，门窗紧闭，门口有两个人把守，剩余的人都围成一个圈盘腿坐下，静默无声地看着被围在中间软垫上的慵懒小狐狸。

除了吱吱抽抽搭搭的哭泣声，这房间里静悄悄的，没有任何人开口说话。

“这些人想干吗？”凰北月在心里默默地想着。十几双眼睛，都快把她身上看出无数个洞来了。

北月郡主的纳戒和那只锁魂钟就放在她的面前。

认真地看了小狐狸很久之后，好动的阿萨雷终于忍不住开口说：“吉克大哥，这真的是一阶的灵兽吗？”

半晌之后，吉克才点点头，严肃地说：“没错！”

“那刚才……”阿萨雷抓着后脑勺打着哈哈，“是我看花眼了吗？哈哈哈。”

“我也看到了。”阿丽雅抱着吱吱，低声说了一句，“纳戒上有光……”

“我也看见了。”

“还有我，我也看到了。确实是光！”

“还有我！”

“还有我！”

一时之间，房间里在场的几个人纷纷开口。

吉克摸着手指上的纳戒，默默地想了一会儿，忽然意念一动，自己的纳戒上也闪过一道细细的光芒，然后一柄战锤就出现在他手中。

看见他的举动，众人也纷纷从自己的纳戒中拿出东西来。虽然拿出来的物品各有不同，然而用意念开启纳戒的时候，纳戒上都会有细细的不十分起眼的光芒闪过。

“这光芒，就是证明本体的灵魂之力触动了纳戒上的契约，才能打开纳戒，这是每一枚纳戒的共性吧。”阿萨雷说着，也抚摸着自己的纳戒。

“也就是说，如果不是本体的灵魂之力，是无法和契约达成共识的。”阿丽雅接口道。

吉克的目光在他们每个人的脸上扫视一遍。最后，他说：“你们所有人都看到是这只狐狸打开了王的纳戒？”

众人一起点头，然后，十几双眼睛又齐刷刷看向小狐狸。

凰北月郁闷。她确实看到了纳戒的里面，也拿出了锁魂钟，不过，这不能证明什么吧？每一样东西在发明的时候，都会附带着一定概率的漏洞吧？纳戒这种东西，有漏洞太正常了。

“哥，你觉得这狐狸和王是不是有点儿像啊？”阿丽雅看着小狐狸，痴痴地说。

“王才没有长一张狐狸的脸呢！”阿萨雷说。

阿丽雅嘟起小嘴，道：“我又没说是脸像，你看它的眼睛，那种冷漠的眼神。”

虽然众人随着她说的都去看了小狐狸的眼睛，可最后也只觉得这只狐狸也许就是天生冷漠而已。

阿丽雅吸吸鼻子，和怀中的吱吱一起呜咽起来：“如果它是王的话，一定不会不认识我们的，呜呜呜……”

吱吱听到她哭，觉得好像找到同类一样，也张嘴哇哇大哭起来。

“你们两个烦不烦？”阿萨雷眼睛一瞪，抱着双臂气鼓鼓地坐着。

吉克道：“不知道有没有可能出现相似的两个魂魄？这件事有点儿复杂了。”

“相似的魂魄？吉克大哥，这种事情想想也不可能吧！若是灵体一样还能解释，灵魂怎么可能一样呢？”阿萨雷摇着头说。

吉克一脸严肃地站起来，说：“我要去找孟祁天阁下问问，你们看好这只狐狸。”

“我跟你一起去。”阿萨雷也站起来。

其他人自然负责把守锁月楼。这小狐狸只是一阶灵兽，倒没有什么需要太担心的。

吉克点点头，两人一起出去了。其余人也都出去各处守着。每一个人的心情都有些复杂，沉重却带着一点儿雀跃。如果是王的魂魄回来了，那就太好了！

阿丽雅和吱吱哭了一会儿，吱吱从袖珍小包包里拿出小小的手帕擦着眼泪和鼻涕，还爬上阿丽雅的肩膀帮她也擦擦眼睛。

这举动让小狐狸嗤笑起来。这土豆儿的样子真是傻！

被她嘲笑，吱吱哼了一声，赌气地偏过头，肚子里咕噜一声，饿得直叫。

它想起方才本来是拿着一块甜甜的莲子糕去北月郡主的房里，准备躲开小虎一个人偷吃的，结果撞上了凰北月，莲子糕也不知道飞到哪里去了。

“饿了吧？你在这里看着它，它要是乱跑，就用幻术吓它。我去做糕点给你吃。”阿丽雅把吱吱放在地板上，站起来出去了。

知道很快就有吃的，吱吱就开心了，笑呵呵地坐在软垫上，脑子里幻想着阿丽雅做的各种各样的美味糕点，差点儿没流出口水。

它没有注意到此刻月亮慢慢地升上来，月光从屋顶上那透明的晶石里渗透进来，正好照在小狐狸的身上。

冰蓝色的眼眸微微眯起，小狐狸抬头看了一眼那透明的晶石。这应该是某种特殊的材料吧，竟然可以将月光过滤得如此纯净，半点儿杂质都没有，简直就是月之精华。

守卫的人都在外面，她悄悄地将爪子伸向纳戒，熟门熟路地拿出一套黑色的长袍，然后，月光下，少女的身影缓缓地出现。

沉浸在幻想中的吱吱并没有发现有什么异常，等它忽然觉得头顶上的月光完全被挡住之后，才愣怔着回过神，然而，早已被凰北月手疾眼快地捂住嘴巴，发不出半点儿声音。

“嘿嘿。”凰北月冷笑一声，“撞在我手里，先把你剥了皮，红烧了！”

吱吱立刻吓得眼泪吧嗒吧嗒地往下掉，可怜兮兮地看着她。

那样子不禁让人心软，凰北月揪住它脑袋上那根绿色的茎，道：“你是织梦兽，我知道你的能力，别想耍花样！”

吱吱忙点头。凰北月这才放开捂住它嘴巴的手。

锁月楼周围都是守卫，想要逃出去不容易，凰北月想了一会儿，便低头看着吱吱，道：“听说织梦兽可以编织任何幻境，只要世上曾经发生过的，你都能令它重现？”

受制于人，吱吱自然不敢说谎，老实地点点头。虽说能令过去重现，但一缕魂魄的从前，它看不到，因为她没有灵体，无法以血为媒介。高深的织梦术，必须以血为媒。

凰北月也没有刁难它，只是问：“从前的北月郡主，是什么样子的？”

吱吱刚刚才哭过的眼睛转瞬间又红了。

“不准哭，展开幻术让我看看！”凰北月喝道。

吱吱立刻闭嘴不敢哭，抬起小手指了指被她揪住的脑袋上的绿茎。

凰北月不怕它算计。这里这些人，她心里很清楚，他们不会伤害她。他们只是想弄清楚一些事情，而她正好也有些疑惑要解开。

吱吱也是个老实的家伙儿，她松开手后，也没有展开幻术困住她，而是在原地走了两步，然后坐在软垫上，脑袋上面的绿茎轻轻地颤抖起来。

空气中传来一阵波动，如同涟漪层层扩散开来，一直达到凰北月身边。她一怔，像是走进了一间充满阳光的房间。她抬起头，眼前是一个身形纤瘦却高挑冷傲的少女背影，火红色的头发张扬在风中，有种说不出的惊心动魄。

“凰北月……”她喃喃开口。

那少女忽然转过身来，发丝舞动之间，只见一张诡异狰狞的面具，抬起的手中是一柄缓缓成形的雪白战刀。

那红发的少女也看着她，透过面具的目光先是冷酷无情的，然后冷光一点儿一点儿融解，眼里变成三分笑意。

少女慢慢地抬手，将脸上的面具取下来，露出一张精致大气的面孔。少女带着笑容，眼眸依然慑人，微微上扬的唇角显示出一个超级强者的自信和雍容。

虽是和北月郡主一模一样的面孔，可连她都看得出来，这红发的少女绝对不是那个懦弱宽和的郡主。她是一个让人一见便会生出仰慕之情的少女。那自信的笑容，如同天上的阳光一样刺眼。

凰北月不禁眯起眼睛，抬手挡着眼前的光。不知为何，她忽然觉得眼眶发胀，有些酸涩的感觉要冲出来。

取下面具的少女怔怔地看着她，因为是幻境，她也没有开口说话。

两人只是短暂地对视了一会儿，幻境便结束了。凰北月一瞬间回到现实，锁月楼的房间里似乎格外冷。吱吱抖了抖脑袋上的绿茎，神情怪异地看着她，一双眼睛贼亮贼亮的。

凰北月没有看它，从地上捡起纳戒，然后站起来，用意念看了看纳戒中的武器，果然看到幻境里少女用的那把雪白的战刀！

吱吱也跟着她站起来，两只大眼睛扑闪扑闪的，怎么看都……很狗腿！

“看什么？你可以出去了，这里没你的事了。”她将锁魂钟一并收入纳戒中。这纳戒里好东西那么多，她打算中饱私囊了。

吱吱也不阻止，反而看见她走动，便跳上去抱着她的腿，紧紧抱着不撒手。

“你干吗？”凰北月皱眉，弯腰去扯它，可是怎么都扯不开，不禁恼怒地道，“我打你了！”

吱吱闭上眼睛，抱着她的双腿，死都不松手。

这土豆儿想干吗？凰北月看着它，眼睛一转，道：“我要从这里离开，你若是一直抱着我的腿，我就把你一起弄出去，到时候没有那些人保护你，可别怪我欺负你！”

吱吱用力点头，还愉快地吱呀了两声。

它莫不是傻了？凰北月撇了撇嘴，道：“好吧，既然这样，你用幻术帮我离开这里吧。”

吱吱二话不说，脑袋上的绿茎一晃，门外便接二连三地传来扑通的声音，是有人倒下来了。

凰北月拉开门出去，发现周围把守的人全七歪八倒地在走廊上呼呼大睡。

她心里一喜。这土豆儿傻得真是时候！她也不耽搁，一手抓起吱吱，飞快地从锁月楼上跳下去。这宅院里本来就没有什么人，此刻静悄悄的，她从围墙翻出去也没有人察觉。

等阿丽雅端着做好的糕点上去的时候，就只看见廊下十几个呼呼大睡的人，而那小狐狸，还有吱吱，都不见了。

手里的托盘一下子掉在地上，糕点碎了一地，眼泪瞬间涌出来，阿丽雅转身奔出去。

“阿丽雅！”刚好出去找人的吉克和阿萨雷也回来了，两人身后跟着一男一女，分别是孟祁天和千代冬儿。

“哥，它们不见了！”阿丽雅连忙迎上去，一边哭一边说。

阿萨雷大惊失色地道：“怎么可能？不是让吱吱用幻术……”

“吱吱也不见了！”

这下连吉克都不能镇定了。吱吱是织梦兽，幻术强大无比，那一阶的小狐狸怎么可能逃走，还连同吱吱也一起绑走了？

他们三个说话的时候，孟祁天身影一动，已经踩着一阵风到了锁月楼四层之前关着凰北月和吱吱的地方。他目光扫视一圈，看见只是睡在地上而没有性命之忧的赫那拉族勇士，便微微摇头一笑。

“吱吱不会有事，是它帮着那小狐狸逃走的。”

“怎么可能？！”阿萨雷也一溜烟儿奔上了四楼，看到廊下的人，连忙一一去查看。

“他们都没事，只是中了幻术睡着了而已。”孟祁天笑着说，“织梦兽能看到人隐藏在内心的东西，也许它发现了什么。”

听他这么一说，吉克和阿萨雷飞快地对视一眼，互相明白了心中所想。

“把他们叫醒，都出去寻找那小狐狸。不管什么地方，一定要找到！”吉克沉声吩咐：“孟祁天阁下，这次害你白走一趟了。”

“我和凰北月有过命之交，这算得了什么？”孟祁天温和地一笑，再次乘风从锁月楼上下来，“既然无事，我们就告辞了。”

他走向千代冬儿，她却冷冷地说：“你先走，我还有事。”

孟祁天看着她，也不勉强，只是笑道：“别忘了考虑我刚才说的事情。”

千代冬儿面色并不好看，但还是点点头说：“我会考虑的。”

孟祁天笑着离去。

阿萨雷和阿丽雅忙着将睡着的人叫醒。所有人醒来后都迷迷糊糊的，根本不知道发生了什么事情。

千代冬儿看了他们一眼，便问吉克：“那是一只红耳朵的小狐狸？”

“没错！”吉克点点头，凝重地说，“万一它跑进迷雾森林里，找它可就困难了。”

“不用到迷雾森林，我知道它在哪里，跟我走吧。”千代冬儿扔下话，转身就走。

吉克虽然不知道她怎么打算，不过对千代冬儿，他们还是信任的，毕竟当年王对她也从不怀疑。

因此，阿萨雷和阿丽雅便带着赫那拉族一干勇士在夜间往驿馆的方向去了。

未到深夜，驿馆中灯火通明，房间里所有的灯火都亮着。

风连翼坐在桌边，桌上摆满了各种各样的经卷，全是关于炼药的。他手中拿了一本已经泛黄的旧书，在灯下认真地翻看，一边看，一边用笔做批注。他这样的人，认真起来，更有种不可侵犯的威严，让人不敢轻易打扰。

灯火在他脸上照下一片阴影。他昨晚只浅浅地睡了一会儿，一大早就起床，看书看到现在，连午饭和晚饭都只是草草吃完。此刻他眼睑下方有一片淡淡的青灰色。

七破丹的炼制十分复杂，别说他这种年轻的炼药师，恐怕连独孤药圣重新出现，都要费一番心思。过程复杂，所需要的药材更是复杂，不过好在有庞大的修罗城和北曜国做后盾，寻找药材的事情，倒不必太担心。

风连翼抬手揉了揉酸痛的额角。

窗外夜空中，数十道光芒从驿馆的上空一闪而过，毫无意外地被暗中保护王的修罗城高手拦住。

“让他们过来。”抬眼看清了来人，风连翼便开口道，放下手中的书卷站起来。

阿萨雷第一个冲进来，什么礼数都没有，脱口就问："那狐狸在哪里？"

风连翼微微蹙眉，冷淡地看着他们，并未开口。

千代冬儿走上来，道："那狐狸盗走了北月郡主的纳戒，还带走了织梦兽。"

"那又如何？"对自己的人，他一向是过分放纵，就算做错了事，也不会责罚，自然更不会让别人责罚。

看他毫不在乎的态度，千代冬儿不禁急了，道："纳戒是郡主的！风连翼，你也欺郡主如今实力太弱吗？"

风连翼面上微微闪过一丝黯然，道："它只是胡闹而已，过后自然会把纳戒送还给郡主。"

"它现在在何处？我们想见见它。"千代冬儿对那小狐狸十分好奇，它居然能打开郡主的纳戒啊！

"我也不知。"风连翼淡淡地说。

"修罗王，事情紧急，我们有很重要的事情要问它，麻烦你行个方便。"吉克的性格到底要沉稳一些，连忙上前来，抱拳说。

他们是从前凰北月的旧部，风连翼也不会给他们难堪，便说："它真的没有回来。"

阿萨雷小声对吉克说："它能打开纳戒，就算把纳戒还回来，我们也不知道是不是少了东西，毕竟王的纳戒里可全是宝贝！"

吉克正想让他少安毋躁，风连翼锐利的目光忽然扫视过来："你说什么？"

他冰冷的语气，如同直透心间的利刃。

众人都吓了一跳。阿萨雷莫名地说："狐狸是你养的，难道你不知道它的灵魂很特别吗？"

千代冬儿也严肃地说："它能打开郡主的纳戒，还让吱吱也自愿帮着它逃跑。"

不待他们说完，风连翼的身影已经飞快地消失，屋子里只剩下一阵微微的冷风。

"跟着他！"吉克大喊一声，连忙率领众人跟出去。

千代冬儿刚要走，蓦然瞥见桌上放着的书卷。她忍不住心中好奇，拿起一本来看了看。

"重塑灵体！"

她一本本翻看着，被风连翼做过批注的地方，全是和灵体有关的。手中的书啪的一声掉在桌子上，她忽然明白了什么，眼中的泪水瞬间夺眶而出。

没有光亮的屋子里，门窗紧紧地关着，窗户被黑色的布帘蒙得严严实实，一点儿光亮都透不进来。

伸手不见五指的黑暗，这样的人生，原本才和他贴切。

屋子里的少年趴在桌上，半梦半醒间，忽然觉得眼角湿湿的。他拉过衣袖擦了擦，又继续睡。

紧闭的门忽然被推开，一瞬间，无数月光都涌进来。他一下子转过身去，背对着光芒。

“滚！”他低吼了一声。

门口的人轻轻地将门关上，慢慢走进来，道：“墨莲，她给你眼睛，不是让你用来逃避光明的。”

背影一僵，墨莲闭着眼睛，闷闷地说：“我，不走。”

“我来，不是劝你跟我回光耀殿的。”来人慢慢地走进来，黑暗中视物有些困难，因此，他走了两步，便停下来。

墨莲背对着他，一动不动。

“我来，是想告诉你，她还活着。”

墨莲立刻直起身，清亮的目光骤然转过来，直直地看着他：“她在哪儿？”

“风连翼的小狐狸，那个叫月夜的魂魄。”

墨莲站起来，不由分说就要出去。

“墨莲，你若想得到她，就要和修罗城为敌。你唯有回到光耀殿，才能对抗那些人。那么，你为了她，是不是愿意再做‘墨莲’？”

“愿意！”他没有任何犹豫地回答道。说完之后，少年便迅速消失了。

打开的门外，月光照进来，呼呼的风也倒灌进来。

孟祁天在桌边坐下来，单手撑着下颌，偏头微微一笑。

第七塔之上，夭红的身影缓缓地从顶端的窗口出现，抬头看看天空。

一片乌云飘过来，将头顶的月亮挡住，冷风肆虐。看来，很快又要下雪了。

魇靠着窗台，一张脸妖气横生，眉眼间盈着淡淡的忧愁，真让人心疼。

忽然，下面的树林里传来一阵窸窸窣窣的声音，然后一个少女愤恨的声音响起来：“哇靠！”

“月夜？”魇的脸上隐隐现出笑容，身影很快便消失在窗口。

那身影再出现时，已经笑吟吟地从地上抱起一只小狐狸，又看了一眼地上的黑色长袍，笑道：“没了月光，变回原形了吧？”

“哼！”凰北月冷哼一声。她本来跑得好好的，月光忽然消失了，猝不及防就变回来，害她摔了一大跤。

魇摸着她头顶的柔软毛发，爱不释手地道：“唉，真舍不得把你变成人，这样多可爱呀。”

凰北月抬起爪子挡住他的手，冷冷地道：“放我下来。”

“不放。”魇厚脸皮地笑道。反正她只是狐狸，他想怎么蹂躏就怎么蹂躏。

凰北月的脸都黑了，这家伙……

魇开心地笑着。忽然，脚下的衣摆被一只小手抓住，使劲儿摇晃了两下。他低下头，微微诧异地道：“吱吱？”

他倒是认得吱吱，可惜吱吱不认得他。他从封印里出来的时候，吱吱不在，也没有见过他。

小小的织梦兽摇着他的衣摆，对他咧开嘴巴傻笑。

凰北月抚额。这笨土豆儿，赶紧用幻术把他镇住啊！

魇蹲下去，伸出修长白皙的手指捏住吱吱的脸，将它拎起来。吱吱疼得眼泪汪汪，可怜兮兮地瞧着他。魇看了它两眼，便把它一把扔出去：“走开走开，我一点儿都不喜欢织梦兽。”

“喂，土豆儿也会疼的！”凰北月不禁大怒。好歹这土豆儿还帮过她，不能眼看它这么被欺负吧！

魇嘿嘿一笑，道：“我疼你就行了嘛。”

凰北月抿着唇，冰蓝色的眼睛看了他一眼。

魇微微挑了一下眉，心里好像被什么撞了一下，暗暗地想：这样的眼神，跟她何等相似？

看着看着，他忽然觉得眼前一恍惚，脑袋开始放空，等意识到防备太低，居然着了织梦兽的道儿时，已经来不及了……

吱吱从地上爬起来，快步走过来踢了他一脚给自己报仇。

凰北月赞赏地笑了一声，从魇的怀里跳出来，道：“让他把我变回人形。”

吱吱立刻抖动脑袋上的绿茎，只见魇慢慢地抬起手，在小狐狸的额头中间弹了一下，毛茸茸的小狐狸就变成人类少女的样子。

凰北月重新将黑袍穿起，抱起吱吱，道：“他很厉害，我们恐怕困不了他太久，先走！”

吱吱点点头，绿茎一抖，只见呆呆坐着的魇忽然趴在地上，一边哭一边大喊：“我是坏人，哇哇哇，我是坏人！”

吱吱满意地看着自己的“杰作”，这才肯乖乖跟着凰北月走。

凰北月哭笑不得。这土豆儿就祈祷以后再也不要遇见魇吧，否则这个记仇还小肚鸡肠的男人，真会把它切成土豆丝的。

她感觉到有好多强大的气息往这边来了，并且速度飞快，越来越近。难道都是为了北月郡主的纳戒而来?

凰北月本想到万兽宫里去躲一躲，现在看来，那地方恐怕不安全。灵央学院那几个老家伙已经能够打开那封印了。

她想了想，还是转过身飞快地进入第七塔中。

第七塔下面的火焰之海，火元气很强盛，可以隐藏她身上的气息，正好是个藏身的好地方。

魇领着她来过一次，因此，她已经是熟门熟路了。她打开那扇巨大的石门，一瞬间炽烈的火焰就扑面而来。

凰北月勉强站了一会儿，胡乱从北月郡主的纳戒中翻找到一根冰灵幻鸟身上的冰羽。她连忙拿在手中，顿时，寒冰元气便渗透出来，围绕在她身周，灼热感逐渐散去。

她连忙关上门，擦了一把额头上的汗水，快步往前走。

她一个人也不想横渡火海，只想在这里躲上一段时间，想个办法将锁魂钟藏起来就够了。

她带着吱吱在火海边找了一个凹陷进去的地方，一起躲着。有冰羽在，火焰不是那么炽热，但吱吱还是热得满头大汗。它的小手帕已经可以拧出水了，那硕大的脑门擦一次就好多汗水。

凰北月不禁觉得好笑。若说浑身冒汗是什么样子，她之前无法想象，现在看着吱吱就完全懂了。

她在纳戒中翻了一个冰块堆在吱吱周围，它舒服地叹息一声，跷着腿。

她又拿了一些干粮给它吃，然后才专心在纳戒中翻找，希望可以找到另一枚低阶的纳戒，让她暂时放置锁魂钟。她对那些稀世珍宝都暂时没有兴趣，也不去打那个主意。

火浪翻滚的火海中，忽然一个巨大的浪花翻出来，火星四溅，凰北月连忙带着吱吱往后缩了一些。谁知那巨浪翻滚得越来越快，越来越汹涌，如同暴雨中的大海一样。

在火海的深处，似乎有什么东西在不停地翻滚，挣扎。

他们紧紧地贴在石壁上，一动也不敢动。

难道里面那只魔兽发现他们的踪迹了？她正这么想着，一声怒吼忽然从火海的深处传来。凰北月的心脏猛地一跳，她握紧了冰羽，准备立刻离开这里。

可是，那一声怒吼之后，火海中便逐渐回荡起一声比一声微弱的呜呜，好像精疲力尽的野兽已经支撑不住了。

她心下安定了一些，眼睛一眨不眨地盯着火海。如果是那只魔兽的话，它现在恐怕正在由神入魔的过程中挣扎吧。

她微微有些茫然，下一秒，整颗心都提起来，冰蓝色的双眸被火焰映得一片赤红。只见一条黑色的巨龙猛地从火海中挣扎出来，那庞大的身躯之上，黑色的鳞片闪现着冰冷的寒芒，似乎极力忍耐着某种痛苦，没在火焰中的身体疯狂挣扎摆动。

溅起来的火星漫天飞舞，火海上方有无数蓝蝙蝠被这黑龙惊动，扑棱棱争先恐后地飞下来，被那火星溅上，全都燃烧起来。

一时之间，整个火海的上空都回荡着一声声的惨叫和黑龙的低吼。浓浓的烧焦味也弥漫在空气中。

凰北月一看情况不好，正想逃，惊慌失措的蓝蝙蝠似乎感觉到了这边的冰羽上散发出来的冰凉之意，纷纷往这边逃来。那一只只蓝蝙蝠都是十阶灵兽，虽然实力很弱，可是胜在数量众多，对付起来很麻烦。

那是些嗜血的灵兽，要被它们尝到鲜血的滋味，恐怕猎物在眨眼之间就成一具骷髅了。因此，凰北月丝毫不敢大意，一把将吱吱扯到身后，然后不由分说调动了封印中黑玉的力量，一丝丝黑气瞬间透体而出。

黑气中蕴含的强大力量不是一般的灵兽能抵抗的，那毁天灭地的气势形成一股淡淡的黑色能量，以她藏身的凹洞为中心，瞬间扩散出来。

一个微弱的能量罩初具规模，那些靠近的蓝蝙蝠还没靠近这能量罩，就纷纷止步，慌乱地徘徊，最后被那溅起的火星烧成灰烬。很快，这一片区的蓝蝙蝠都消失了，只有远处一些好不容易逃过一劫的蓝蝙蝠争先恐后地逃命。

凰北月咽了一口口水。她没有灵体，不能储存元气，因此调动了一次黑玉元气之后便觉得精疲力尽，无法再使力了。

那黑龙没有发现她吧？看着依旧在火海中挣扎翻腾、痛苦不已的黑龙，凰北月不禁沉默了，心下有些担忧。

火海中的波涛慢慢变小了，那黑龙的挣扎也逐渐停歇，它气喘吁吁地垂着头，身躯摆动，慢慢游了一小段距离。

它终于要走了……

这一口气还没有完全松下来，那黑龙却忽然转过身，看向凰北月所在的方向。

悬着的心脏立刻紧紧地提到嗓子眼儿，一滴冷汗从她额头流淌下来。

硕大的龙头慢慢地靠过来，一对赤红色的眼睛像两只巨大的铜铃，紧紧地盯着她。黑龙太过庞大，整个脑袋将她上方的视线完全挡住，她纤瘦的身影映在那红色的眼眸中，显得更加势单力薄。身后的吱吱紧紧地抓着她的衣服，害怕得瑟瑟发抖。

凰北月紧紧地握着拳头，大气也不敢喘一下。

黑龙看着她，她也看着黑龙，双方瞪视了大概两秒。她身上已经完全被汗水沾湿，黑龙的靠近，让周围的空气越发如同灼烧起来。

终于，那黑龙慢慢地眨了一下铜铃般的眼睛，巨大的龙首缓缓地垂下来。她蓦然以黑气护着身体，紧紧地咬着牙关。

一声沉闷的巨响传来，黑龙的脑袋重重地砸在凹洞前面的空地上，周围的墙壁都摇晃了好几下，几块碎石头掉下来，砸在它脑袋上，它也一动不动。

呼哧呼哧——

疲惫、虚弱的黑龙发出沉重的鼻息声。

它的鼻子就在凰北月的脚边，那炽热的呼吸烧得她一动也不敢动。一时之间，她只能怔怔地看着那黑龙。它的脑袋砸在空地上，剩余的庞大身躯都浸泡在猛烈的岩浆之中。它这个样子，没有半点儿攻击性，反而很弱，很需要人保护。

凰北月盯着它好半天，发现它只是不停地喘息，红色的眼睛里透出一种沧桑的光芒。她看着看着，大概是知道它此刻元气受损，不会伤人，因此，她胆子也大起来，慢慢地伸出手去，将落在它耳朵边的一块碎石拿下来。它头上的鳞片冰凉得惊人，她一碰到就立刻缩回手。

这里热成这样，它身上怎么能这么冷呢?

黑龙深深地喘息了一下，微微抬起眼皮，看着她。它眼眸里的赤红色缓缓地消退一些，一抹漆黑的颜色从眼底深处涌上来。

“你……”它张开嘴巴，却只说出这一个字，呼吸沉重而缓慢。

它身上的鳞片一片片从身上剥落，浸泡在火海中的身躯慢慢缩小，最后在一片淡淡的火焰光芒中，那条黑龙变成一个黑衣男子，倒在地上。

整个过程凰北月都睁大眼睛看着，一动也不敢动。

吱吱从她身后探出半个脑袋，大眼睛眨啊眨的，看了那男子两眼，忽然没了戒心一样，慢慢走出来。

“别靠近他！”看见吱吱走过去，凰北月连忙说。这人身上的危险气息太重，她现在都不敢将身体周围的黑色元气散去。

可是这一次，吱吱异常胆大，没有听她的话，反而走到那男子的脸颊旁边，用小手轻轻地摸了摸他的脸。

“吱呀吱呀……”吱吱对着那男子开口。那怪异的语言，让凰北月皱起眉头。

那男子看了它一眼，好像也没有恶意，只是在听完它的话之后，努力地抬起眼来，深深地看着凰北月。

那复杂的目光吓了她一跳，身上的黑气已经支撑不住，看他没有恶意，她就大胆地撤去了。

“我们井水不犯河水，你没对我动手，我自然不会乘人之危。”凰北月咽了一口口水，看着他，终究觉得不忍心。北月郡主的纳戒中有很多丹药，她找了一会儿，拿出许多药瓶，一瓶一瓶打开查看。

看着她熟练地从纳戒中拿出东西，那黑衣男子看向她的目光便渐渐多了一分柔和。

“月……”男子嘴唇掀动，沙哑的喉咙里却只吐出一个单调的字符来。

“我叫月夜。”忙乱中的凰北月低着头回应了一句，随即想到什么，便停止了手上的动作，紧紧握着一只药瓶，慢慢地抬起头来，“你也认识那个凰北月吧？”

他微微点头。一个简单的动作，他做起来也无比艰难。

凰北月没再说什么，将药瓶里的丹药倒出一颗来，然后拿了些水，喂他吃下去。

“抱歉，我不懂丹药，不过她纳戒里对灵药的分类很清楚，绿色的瓶子装的都是疗伤药。”凰北月低声说道。

四周都是火海，空气仿佛燃烧起来，冰羽虽然能挡住一部分火元气，然而长久支撑，还是不太舒服。只是这么一会儿，她额头上也渗出大颗大颗的汗水。

吱吱就更不用说了，圆滚滚的身体几乎湿透。它不停地用小手帕擦汗，然后拧干手帕，又继续擦汗。

凰北月看着他的样子，觉得一时半会儿也好不了，可不能长久留在这里。

“我带你离开这儿。”凰北月说着，上前去搀扶他起来，也不知道带他出去会不会出事。

昀离靠在她肩膀上，手指微微动了一下，一艘小船便远远地从火海那边驶过来了。

吱吱老远地看见了，就跑到火海边挥着小手帕欢呼。

小船缓缓地靠岸，凰北月连忙扶着昀离上去。吱吱跳上船头，坐稳了，小船便飘飘摇摇地驶向火海深处。

他靠在她肩膀上，这个离心脏最近的位置，却没有她的心跳。昀离心中一阵刺痛，手慢慢移到她的手掌之上。

冰凉的掌心吓了她一跳，她不禁低下头来，带着几分忐忑看着他。

“对不起……”他微微张开口，沙哑的喉咙里却说出这三个字。

凰北月一怔，随即笑道：“言重了，不过是举手之劳而已。”

“咳咳咳……”昀离低下头，猛地开始咳嗽，然后喷出一口鲜血。

凰北月吃了一惊，连忙拍着他的背，继续拿出丹药喂给他吃。

小船很快到达上次她和魇一起来到的那扇黑色石门前。这次不用他们敲门，似乎感应到来人的气息，石门自动打开。

凰北月几乎是半扛半拖着他沉重的身体，走过弯弯曲曲的通道，将他送到尽头一间黑漆漆的房间里。

吱吱跳到桌子上点亮了灯，微弱的光芒照着整间屋子。

凰北月将他平放在床上，才气喘吁吁地坐下来擦汗。

“他不会死吧？听说魔兽，特别是高阶魔兽的生命力几乎是永生的，根本就不会死。”看着那张苍白无色的脸，凰北月不禁在心里嘀咕。

他深深地吸了几口气，忽然睁开黑色的双眼，不知道从哪里来的力气，一把抓住她的手，道："杀了我！"

"你别太丧气，你的伤会好的。"凰北月只当他是受不了伤痛的折磨，才会这么消沉寻死。

"月……"他闭上眼，艰难地说，"现在不动手，以后……就来不及了……"

凰北月一怔，随即缩回自己的手，道："你现在已经是魔兽了？"

他困难地点头。

"那我杀不了你。"凰北月无奈地说。她能理解他话语中的悲痛和无奈，但她现在只是魂魄。

"魔兽是永生之躯，要杀死是不可能的，只能选择封印。你这么强大，我根本封印不了。我现在的能力，顶多就是人类四阶召唤师的实力，况且我还不会封印术。"她皱着眉。帮不了他，解不了他的痛苦，她也没办法。

似乎从吱吱那里已经知道了关于她现在的一切，因此他便不再多言，只是漆黑的瞳孔中微微闪现着一抹对天意的嘲弄。

天意……

"你从小就很特别，问天对你寄予厚望，他做不到的，也许你能做到。"这俊美的男人苍白的嘴角微微扬起，脸上慢慢露出一抹笑容，"也许你能……"昀离慢慢地说着，漆黑的瞳孔深处，一丝细微的红色却非常凶猛地挣扎上来。

他紧紧地蹙着眉，极力压制那一丝邪恶的红色。可是不管怎么压制，瞳孔中隐隐的血红色终究还是蔓延上来，飞快地覆盖他眼底的黑色。

昀离抿着唇，缓慢地闭上眼睛，用手轻轻地推了她一下。

凰北月明白，这是让她离开的意思。

从他的房间出来，站在长长的通道中，凰北月深深地舒了一口气，摸摸吱吱的脑袋，道："土豆儿，给他一场美梦吧。"

"吱吱。"吱吱抬起头，不满地申辩。它叫吱吱，不叫土豆儿。

"快。"凰北月拍拍它。吱吱只好嘟着嘴巴，抖动着脑袋上的绿茎。

"在他成魔之前，让他最后看一次，他最眷恋的东西、最爱的人。"

昀离闭上眼睛，沉入幻境之中。从前的一幕幕再次浮现出来，和那个人并肩作战，笑看天下，一起上天入地，大杀四方。

"哈哈哈哈……"他至今还记得问天的笑声，自信张狂，放纵不羁，"昀离，你看，这一片大陆如此广阔。总有一天，我要让四海归一，让这天下再也没有战乱痛苦。我会带着我的妻子、孩儿，和你再次站在这里，俯瞰天下！"

昀离黑衣黑袍，立于风中，笑容中隐隐可见对他的信任，一心一意的信任。

他们能做到，一定能！若不是问天死得那么早……

纷纷乱乱的梦境，都是前尘中他最快意潇洒的日子。

幻境逐渐凄凉，逐渐凋零，落叶纷飞，那一年的秋天显得格外冷清。他的眼角已经微微湿润。仿佛为了不让他看见伤心的事情，这凄凉的幻境很快就过去，最后定格在开满桃花、雾气弥漫的浮光森林……

“师父！”红发少女从远处飞奔而来，分花拂柳，人面桃花。

他冷淡地立于桃花之下，而她朝着他飞扑过来。

“师父，别打我的脸！”

“你笑得太灿烂了。”

“笑得灿烂也有错？”

“有。”

这世上所有的人，永远无法拒绝两样东西：生命，以及阳光。

她笑得太灿烂，如同阳光，他想拒绝，可惜力不从心，那光芒如入无人之境，刺痛了他的心。

明知道得不到啊……可是，又该怎么拒绝？

所以，你错了，北月。

他湿润的眼角凝结的泪水，终于潸然而落。

原来漫长的一生，就是这样而已。

凰北月在昏暗的通道里狂奔，安静的周围，只能听到自己的脚步声和心跳声。

胸腔里有些酸涩的感觉，她尽力将之驱赶出去，不去深想。

为昀离织了幻境之后，吱吱前所未有地沉默和安分，一动不动地抱着凰北月的手臂，时不时地吸一下鼻子。

逐渐地，通道尽头有耀眼的灼热火光扑来，凰北月加快脚步，跑出通道，出现在那四面墙壁都被烧得通红的房间里。眼前依然是那浮浮沉沉的火焰池，中间一块方块摇曳着，里面的银龙被包裹在火焰的牢笼中。

凰北月深深地喘了几口气，抬起头来，才发现火焰池的另一边，冰灵幻鸟正站在那里，此刻正用一双翡翠色的双眸打量着她。

“臭鸟，你也来了啊！”凰北月有些吃惊。冰灵幻鸟的冰元气正好克制这里强大的火元气，它能进来也不奇怪。

透过火焰牢笼，她可以看见里面那条银龙比上一次看见的时候更加虚弱，它庞大的身躯瘦了一圈，此刻只留下一双眼睛，还微微地半睁开。

“就是她。”冰灵幻鸟冷冷地说了一句。

那银龙本来恹恹的，听它一说立刻睁大了双眼，身体也挣扎着想要起来，可惜被周围的火焰烫得只能缩回去。

“别动！”凰北月连忙出声阻止，然后大步走到冰灵幻鸟的身边：“万兽无疆在我身上。”

翡翠色的眼瞳中闪过一丝惊讶，冰灵幻鸟说：“万兽无疆的力量，加上我的冰元气，可以扑灭上面的火，但要红烛在里面配合，可它现在……”

红烛躺在火焰牢笼中，奄奄一息，身上原本漂亮的银白色鳞片此刻失去了光泽，变得灰暗沉闷，唯一剩下的，只有那双眼睛里微微的一点儿光芒。

凰北月蹲下去，看着红烛的眼睛，表情慢慢地严肃起来，道：“听好了，我冒着生命危险来救的，绝不是一个废物！明白吗？”

红烛想点头，但没有力气，眼睛瞬间湿润。

“哭什么？！”凰北月冷冷地说，“没出息！”

红烛立刻不哭了，吸吸鼻子，好像被骂的小孩子一样看着她。

冰灵幻鸟在她身后微微地笑了。吱吱不知道什么时候跑到它脑袋上，揪着小手帕开始掉眼泪，被冰灵幻鸟提着一条腿给拎下来。

凰北月回身。冰灵幻鸟将翅膀放下来，让她踩着，坐在自己背上。

冰灵幻鸟身上的极寒之气立刻冻得她打了一个寒战。

冰灵幻鸟振翅飞起来，冰雪凝成的身体在火焰池上空盘旋了一圈，然后凰北月从纳戒中拎出那把雪色光芒耀眼的雪影战刀。她轻轻地抚摸着宽阔的刀身，一股极强的冰元气顺着手掌钻进身体中。

如果是平时，这样强大的冰元气一定会伤到她，可是，这雪影战刀上的冰元气对她非常温顺。她嘴角微微一扬，一把刀也认得她灵魂上的印记吗？这种有着强烈归属感的心情，忽然让她觉得心底深处涌出异常强大的力量。

封印中的黑玉和钻进身体的冰元气产生了感应，那长年安静的黑玉如同心脏一样快速跳动起来。

万兽无疆、神兽红烛，以及凰北月的魂魄，这三者刚好是一个完整的契约。

之前在她的灵魂封印中，只能散发出微弱元气的黑玉，忽然之间变得无比强大。凶悍的力量汹涌而出，连冰灵幻鸟感应到那种力量，都不禁微微一怔。

凰北月也觉得无比惊奇，但是此刻没有多想，只是让黑色元气顺着手臂流溢出来，全部灌注在雪影战刀之上。雪色的刀身上面，转瞬充盈着浓郁的黑气，变成一把真正的黑色战刀。她手腕一沉，随着黑气的灌入，这雪影战刀似乎变得比之前更加沉重了几分。凰北月握紧了刀柄，垂眸看了一眼被困在火焰牢笼中的红烛。

银龙也看着她，目光中充满了坚定的力量。她抿起唇，忽然扬起手，雪影战刀缓缓抬起，黑气在空气中留下了数道残影，形成一股扇形元气。她骤然一声低喝，雪影战刀转瞬落下。

与此同时，红烛也在火焰牢笼中用力一吼，无数冰元气从身体中涌出来，将火焰形成的空间全部填满。

冰元气撑满了火焰牢笼，从外面看，那牢笼好像一个充气过度的皮球，正被里面的力量用力绽开。

牢笼中不安定的元气将那火焰的表面鼓得东一块西一块。凰北月看准了最薄弱的一方，才将雪影战刀砍下去。黑色元气和那火焰激烈地碰撞在一起，四周烧得通红的墙壁也忽然剧烈地摇晃起来。

一时间天崩地裂!

头顶上砸下几块巨石，冰灵幻鸟带着凰北月往旁边一闪。只见那巨石落在火池中，溅起了数米高的火焰浪花，一瞬间将红烛所在的牢笼给挡住了。

凰北月好不容易躲过溅起的火焰，连忙去看那牢笼。

成功了吗？她万分紧张地看着前面，时间就在僵滞一般的气氛中悄悄过去了一秒。四周的晃荡还没有停止，那通红的墙壁似乎要倾倒下来。就在这时，那被巨石溅起的浪花忽然慢慢落下来，火焰池上下摇晃，一瞬间，那关着红烛的火焰牢笼被推上了浪花的顶端，熊熊火焰，依旧炽热地燃烧着。

凰北月的心几乎立刻就沉到谷底去了。难道，果真没有打破那牢笼吗？

咔嚓——

就在她垂头丧气的时候，忽然一阵冰块碎裂的声音传来，开始只是细微的一声，慢慢地，接二连三的碎裂声在静默的空气中响起。

咔嚓咔嚓——

凰北月蓦然抬头，只见那火焰牢笼的中心，隐约可见一道长长的裂缝，而那冰元气正艰难地努力着从裂缝中挣脱出来。

“吱呀吱呀！”不等凰北月做出反应，吱吱已经欢快地拍着手大叫起来。

破了！那强大的魔兽昀离布下的火焰牢笼，真的破了。

凰北月喜不自胜，让冰灵幻鸟飞快地赶过去，雪影战刀再次一张，黑元气和寒冰元气凝结着，将裂开的牢笼彻底打碎。

无数冰碴飞溅而出，凰北月根本无暇去躲避这些，三两下挡开眼前的冰碴，跳到那块浮在火焰池中的方块上。

一个满身伤痕的少女躺在上面，微微喘息着，身上砸落了无数冰碴，她也不知道疼。

“主人……”看见从冰灵幻鸟背上跳下来的少女，红烛努力地说出两个字来，泪水再也忍不住决堤而出。

“没事了。”凰北月将她扶起来，轻轻搂在怀中，拍了拍她的背。

红烛吸着鼻子，脸上的表情像是要哭，也像是要笑。

整整一年，她以为真的是永远离别了，她要么化魂由神入魔，要么被灵尊的惩罚之火折磨致死。她从来都不敢奢望，还能再见到主人。

凰北月看着红烛怎么也止不住的泪水，只能叹息一声，努力将她搬上冰灵幻鸟的背，道：“出去再哭吧。”这里太危险了。

火焰牢笼被破开之后，这里四面烧得通红的墙壁都摇摇欲坠。整个火焰池中也升起越来越高的浪花，这空间似乎要被火焰彻底吞噬了。凰北月面色凝重地看着这一切。

冰灵幻鸟飞得高高的，寻找可以出去的路。

要从昀离带她进来那条路离开肯定是不行了，如此大的动静，恐怕会惊动那边无数的火灵，搞不好还会将昀离惊醒。

“从那儿。”红烛虚弱地抬起手，指着前方一堵墙壁。

冰灵幻鸟立刻飞过去。

凰北月对着墙壁上的花纹仔细看了一会儿，手中的雪影战刀抬起又落下，顺着花纹的纹路砍下去。那墙壁震动了一下，然后缓缓地打开一道三人宽的缝隙。

冰灵幻鸟毫不迟疑地侧过身子，以十分高难度的飞行姿势冲了出去。

幸好凰北月的战刀就撑在它背上那坚硬的寒冰羽毛中，红烛又被她抱着，吱吱滚下来，正好滚进她怀中，否则他们掉进火海中，恐怕瞬间就蒸发成空气了。

“臭鸟，这么危险你不会先说一声吗？”凰北月不禁怒道。

冰灵幻鸟却没有回应，只是翡翠色的眼眸中闪过一抹愉快的笑意。

以他们之间合作多年的默契，就算她没了记忆，刚才那也是自然而然的反应，还用它开口废话吗？

出了那通红的门，他们便直接来到外面翻腾的火海之上。

比起他们刚刚进去的时候，这火海上面的浪花似乎更加汹涌，他们必须飞得很高，才能躲过火焰巨浪的侵袭。

而在火海上方黑暗的顶端，寄居着无数蓝蝙蝠。蓝蝙蝠似乎感应到红烛身上鲜血的气息，全部扑棱棱地飞下来。

“找死！”凰北月面色一沉，刚想拔起雪影战刀，吱吱却先一步跳到她肩膀上，脑袋上的绿茎微微抖动。

那些原本凶残地追逐着他们的蓝蝙蝠，忽然傻了吧唧地全部掉转方向，整齐划一地脑袋朝着下面的火海，然后一起冲进火焰之海中。

无数蓝蝙蝠在火海中自杀，这场面蔚为壮观，连凰北月看了，也不禁惊叹。

吱吱高兴得手舞足蹈。

凰北月忽然发现，这家伙没用的时候彻底是个讨厌的土豆儿，有用的时候还挺让人喜欢的。

没有了蓝蝙蝠的威胁，他们便在极度的高温中飞出火焰之海，满头大汗地回到第七塔的内部。

将那扇石门牢牢地关上，冰灵幻鸟直接带着他们飞上最高的那一层。

“主人，上面的元气似乎……”红烛虽然虚弱，但在他们几个之中，依旧是等级最高、实力最强的，远远地，就感觉到许多不同寻常的元气。

冰灵幻鸟天性警觉，听到她开口立刻放慢速度，在黑暗中盘旋着，等着凰北月做决定。

魂魄的感知力也是很强的，加上万兽无疆对各种强大的元气极其敏感，因此凰北月稍微闭上眼睛，立刻就面色大变。

第七塔的上方，有许多股不一样的强大元气交杂在一起，隐隐地波动，渊渟岳峙一般，虽然不动，可是依旧很骇人。

“把身上的气息都隐藏起来。”凰北月沉声说，然后尽力压制身体中万兽无疆的元气。

可纵使这样做了，他们刚才出现之时，再微弱的元气都已经泄漏了出去，因此，上面那几股强大的元气都顿了一下，然后纷纷往他们的方向赶过来。

“糟了！”凰北月凝眉道，随手往旁边一指，“去那里。”

那边是第七塔的墙壁，根本没有藏身的地方，冰灵幻鸟虽然不懂她想干什么，但还是以最快的速度飞过去。

凰北月靠近墙壁的时候，手腕忽然一动，从纳戒里拿出几张画好并且封印了元气的符纸。她虽然不知道这符咒到底是什么，但她知道北月郡主那样的人，不会在纳戒中放一些乱七八糟没用的东西——她这枚纳戒中全是宝贝！各种各样的珍贵药材、高阶灵药、武器、神器，还有那些诡异的符咒。

符咒上面各有不同的花纹和咒文，她拿出的这几张符咒，上面画着十六枚火焰云纹，云纹的中心是复杂的咒文，咒文的中心是一个“爆”字。

她想，这“爆”应该是爆炸的“爆”吧？不管怎么样，试试就知道了，毕竟现在这种情况，这是唯一的出路了。

她飞快地将符纸重重地按在墙壁上，想了想，手指上凝聚了一抹黑玉的元气，点在符咒上，只见那符咒上面的火焰云纹和咒文，如同活过来一样，纷纷往那个“爆”字的中心涌去。

瞬间，所有的云纹和咒文都消失了，只剩下中间的“爆”字一闪，凰北月立刻让冰灵幻鸟飞快离开。

冰灵幻鸟的速度何等之快，在她一声吩咐之后立刻就离开了十几米远。

轰隆一声，等他们转头去看的时候，只见刚才贴着符纸的地方，火焰交织，烟尘弥漫，砖石碎落的声音此起彼伏。

一丝丝月光从烟尘之中渗透进来，朦胧地照出凰北月欣喜的脸庞。

“成功了！这符纸太牛了吧，简直就是原子弹啊！”

来不及高兴多久，那几股强大的元气已经离他们很近了。凰北月再也笑不出来，让冰灵幻鸟赶快离开。

他们从那被炸开的墙壁中钻出去之后，被那巨大的爆炸声吸引而来的几股强大的元气也随之出现。

夭红的身影最先出现，他轻轻拨了一下肩上的发丝，笑得妖孽横生。

“符咒之术，看来果真没错了。”

一黑一白两道身影也在下一秒出现。

白衣翩翩，风连翼脸上扬起温和的笑容，道：“这一年，没白养。”

魇立刻跳起来，转过身指着他，怒道：“别忘了是我发现她的，你只不过捡了一个现成便宜而已。”

“你说过狐狸归我，你不跟我抢。”风连翼不紧不慢地说。

魇赖皮地一闭眼睛，道：“我忘了，我失忆了！”

两人说话的时候，那黑衣少年却沉默着一言不发。少年慢慢地走到那被炸开的墙壁边缘，看着外面的月色。

皎皎的月辉照在他苍白的脸上，黑色的桔梗花花瓣轻轻拢着，如同沉睡中的恶魔。他轻轻拂过墙壁上面被炸开的碎砖块，上面还留着炽热的温度。

这种炽热，好像活着的人身上，皮肤温暖的温度。少年的指尖开始颤抖起来。

魇大步走过来，不客气地将墨莲推开，笑看着外面，道：“哎，今晚的月色如此明亮，真该携佳人赏雪赏月，共度良辰美景。”说完，红衣一飘，他便第一个追出去。

风连翼也走上来，本也想出去，看到怔忪出神的墨莲，还是忍不住说：“她还在，至少证明你的努力没有白费。”说完这一句，他再也不愿意多说什么。

对墨莲的宽容，不过是因为在乎月，所以他也会在乎她在乎的人，珍惜她的感受，维护她的情谊。

他喜欢她，就会喜欢她重视的一切。

墨莲看着消失在月色中的白衣身影，心里涌上来一片酸痛，犹豫了一下。他究竟该不该追出去？他是不祥之人，越是喜欢的人，他越要远离，否则……

他一动不动地站在黑暗中，过了好久，他才慢慢往后退，步步退入黑暗中，离那照进来的白月光越来越远……

锁月楼。

深夜寂静，半点儿声息都没有，阿萨雷他们出去了没有回来，因此整座府里便是死一般的安静。

年老的夫妻已经安睡了，凰北月也不打算打扰任何人，只想找个安全一点儿的地方帮红烛疗伤，想来想去，只有这里了。

根据吱吱和那些人熟识的情况，他们应该是站在自己这一方的。

凰北月在锁月楼中将红烛安顿下来，让冰灵幻鸟在周围张开结界。冰灵幻鸟是隐藏气息的老手，这点儿事情自然不在话下。

她将纳戒中最好的灵药都拿出来了，帮红烛处理伤口、敷药、喂她吃药，然后以万兽无疆的黑色元气，慢慢温养她身体中被惩罚之火烧断的经脉。

过程有些痛苦，但红烛还是咬着枕头强忍着，一声也不吭。

凰北月也是忙得满头大汗，丝毫都不敢松懈。

终于一切都做完了，她想安顿红烛去睡，忽然楼梯上传来噔噔噔噔跑动的声音。她以为被人发现了行踪，正想去拎雪影战刀，然而，一个硕大的金色身影却忽然朝着她扑过来。

凰北月忘记了旧事，对危险的天生敏感还是存在的，一看那庞然大物，哪里敢接？立刻就闪身让开。地上有水，她不小心滑了一下，还是摔倒了。

那金色身影扑到地上，嗷呜了一声，不甘心地翻滚了一圈，还是搂住凰北月，放在脖子下亲昵地蹭。

这身上一股子馊味儿。凰北月抬手抵住那硕大的蹭下来的脑袋，抬头一看，竟然是当初在宫里帮吱吱来找她报仇的那只神兽——赤金圣虎！

这是凰北月的神兽，也就是说……

“小虎也来了。”看见赤金圣虎的出现，本来打算休息的红烛也不禁笑起来。她看向吱吱，道：“是你通知它的吗？”

吱吱连忙点头，俨然一副“好哥们儿有福同享有难同当”的模样。

凰北月从小虎的怀抱里挣脱出来，抓抓被蹭乱的头发，道：“你这么热情，我受不了。”

小虎蹲在她面前，吐着舌头，像只求骨头的小狗一样。

凰北月愣了一下，居然下意识地去纳戒里翻找骨头。结果骨头没找到，找到几块酱牛肉，她就拿出来，给它吃了。小虎一口咬住，狼吞虎咽。

吱吱从地上捡起它吃掉下来的肉渣儿，也津津有味地啃起来。

“主人果然记得小虎最喜欢酱牛肉了。”红烛笑眯眯地说。

有吗？凰北月偏头想。她只是下意识地拿出了酱牛肉。

吃完东西，小虎守着红烛睡着之后，凰北月便带着冰灵幻鸟去外面。

寒风吹拂在脸颊上，凰北月将锁魂钟交给冰灵幻鸟保管。

“我对从前一无所知，但这种状态不会持续太久。”凰北月低声说，“冰，我会回来的。”

冰灵幻鸟飞向高空，逆风而行，展翅高飞。

吾一生只忠心于一人，不管你变成什么样子。

第二十九章
永宁公主

后宫的树上结满了霜花。

凤仪宫从前是皇后的寝宫，风光无限，可是现在门庭冷落，无人问津。两扇拱门紧紧地关着，门前只点了一盏灯笼照路，连个守卫的人都没有。

一年前皇后就遣散了成群的宫女太监，一心在宫中修身养性，与青灯黄卷为伴，为死去的樱夜公主诵经祈福。

宋秘轻轻落在宫中。大殿前的空地上都是积雪和落叶，他淡淡扫视了一眼，便向后伸出手。

一个少女缓缓地走上来，将手交给他，温婉地低下头，跟着他走进大殿前，也不敲门，直接推开殿门走进去。

吱呀，沉重的木门不知道多久没有被打开过了，一推开就发出朽坏的声音。

一个老嬷嬷立刻冲出来，抬着扫帚，对着他们。

“你们是何人？胆敢擅闯皇后娘娘的寝宫！”

宋秘抬起手将那扫帚推开，温和地一笑，道：“进去通报皇后，逍遥王宋秘求见。”

“逍遥王……”那老嬷嬷呆呆看了他一会儿，连忙扔了扫帚进去通报。

宋秘拉着少女跟在老嬷嬷身后。

那老嬷嬷进去说了许久，出来之后带着一脸难过之色，对他摇摇头，道：“逍遥王请回吧，皇后娘娘不见客。”

“本王带着永宁公主前来，皇后娘娘也不想见吗？”宋秘似是料到了皇后的反应，扬声说。

老嬷嬷一愣，随即看向他身后的少女，不禁皱眉。

“樱夜已殇，本宫不想听见任何人提起她。”寝殿之中，响起皇后略带怒气的声音。

果然听到永宁公主，她一定会有反应的。宋秘带着那少女绕过老嬷嬷，直接走进去，道："已殇的是淮北曹家的曹樱夜，本王带来的，是你的亲生女儿，真正的永宁公主。"

"胡言乱语！"皇后一声怒喝，不知道砸了什么东西，"宋秘，你如今是宫廷的通缉要犯，只要本宫一句话，你就走不出去了！"

"这一点，本王自然不怀疑。"宋秘不紧不慢地笑道，"不过，皇后娘娘不会这么做。"

"哼，就凭你带了一个来路不明的女孩，本宫就会放过你吗？"皇后冷笑道。

宋秘掀开寝殿的帘子，在不甚明亮的灯火中看向跪在佛龛前面的皇后。她一身素净的粗布麻衣，乌黑的青丝用布带绑着，美丽的脸上没有任何脂粉，苍白消瘦，早已没有从前的明艳风光。

她冷冷地抬起头，凤目中盈着冰冷的怒气。

宋秘微微抬手，将佛龛上面的灯火都点亮。一时之间，明亮的火光让皇后不太适应。她已经习惯了安静和黑夜，突如其来的光明会摧毁她好不容易沉静下来的心。她抬起手挡了一下眼前的光。

宋秘牵着那少女的手，慢慢走到灯光之下。少女跪在蒲团之上，背微微弯着，乌黑的发丝散落在肩膀两侧。

"红莲，抬起头来。"宋秘低声命令。

少女慢慢地将苍白的脸颊抬起来，眉目柔顺，五官精致，看起来安静而婉约，乌黑的发丝缓缓从脸颊两侧散落。

皇后蓦然睁大眼睛，惊呼一声，然后猛地后退，恐惧而愤怒地看着红莲。

"出去，滚出去！"

红莲有些不知所措地抬起头，看了看她，没有动作。

宋秘微笑地按着她的肩膀，对皇后道："她不是凰北月，是你的女儿。"

"我的女儿是樱夜！"皇后歇斯底里地大喊，"宋秘，你还不滚，本宫就叫人来了！"

宋秘看了她一眼，道："还记得月牙簪吗？"

皇后一惊，继而浑身颤抖，嘴唇哆哆嗦嗦，道："别说了……"

"公主出生的时候，稳婆抱公主洗澡，战野太子年幼贪玩，不小心将烧红的月牙簪印在公主的手臂上。"宋秘一边说着，一边将红莲左手的衣袖挽起来，让红莲将手臂露出来，给皇后看。

摇摇曳曳的烛光中，红莲的手臂洁白如玉，她肩膀以下的手臂上，一个弯弯的月牙烙印爬在肌肤上。那月牙独一无二，月牙的中心是一瓣盛开的樱花。

“我没记错的话，月牙簪是皇后娘娘出嫁之时，王妃给皇后的陪嫁品，是王妃的传家之物，在世上独一无二。”

皇后看着红莲手臂上的月牙印记，手忍不住颤抖，牙关一直打战，一个完整的句子都说不出来。

宋秘却微笑着继续说：“当年公主烫伤，稳婆吓得魂飞魄散，立刻抱着公主去找御医，可惜半路上莫名其妙被人杀了，待宫女找到公主的时候，公主在哇哇大哭。”

皇后睫毛一颤，泪水滚落下来。

宋秘道：“抱回来的公主手臂上没有烫伤，因为当年杀了稳婆、把公主调包的人，是我。”

“为什么？！”皇后深吸一口气，终于歇斯底里地大喊出来。瘦弱的身子里忽然涌现出强大的力量，她猛地从地上弹起来，扑向宋秘。

眼前身影一闪，红莲毫不犹豫地挡在宋秘身前，脸上被皇后的指甲狠狠地抓出一道血痕。她面无表情地看着皇后，像个失去了生气的玩偶，也不知道疼，只知道护着身后的人。

皇后看着她，终于步步后退，最后倒在蒲团上，放声大哭起来：“我恨你们，我恨你们！”皇后一边哭一边疯狂地说，“我纵然做错了事，尽管报复在我身上，为何要连累我的女儿？我虽然恨惠文，可我从来没有苛待过凰北月！”

宋秘站在烛光的阴影之外，面色忽明忽暗，带着几分神秘。

“其实算起来，你也没有做错任何事。你只是死心塌地地喜欢着一个永远不会喜欢你的人，为他失去了一切。”

皇后俯在蒲团上，哭得悲恸欲绝。

“所以，我把红莲还给你。”宋秘轻声说，“因你我都是一样的人。”说完，宋秘转身想走。

红莲也想跟着他离开，他却说：“红莲，你留下，她是你的母亲。”

“我不认识她。”红莲的声音细小得如同蚊子嗡鸣一样。

“你从小就离开她，自然不认识，不过慢慢地就熟悉了，记住我教你的事情。”

红莲点点头，目送着他的背影消失，之后才转过身，一言不发地看着皇后大哭。

“皇后娘娘，请别伤心了。”伺候在这里的老嬷嬷也抹着眼泪劝道。

皇后微微抽搐着肩膀，然后慢慢抬起头，看着红莲的面孔。老天啊！这样一张脸，是对她的惩罚吗？

红莲也默默地看着她，犹豫了一下，谨慎地喊了一声：“母亲。”

皇后微微一怔，忽然无法接受地别开脸，假装没有听到。不！不是这样的，她的樱夜，她的女儿是樱夜啊！从小承欢膝下、讨她欢心的孩子，分明是樱夜！

老嬷嬷看着皇后这样子，也不禁觉得心疼，可是月牙簪的印记是谁也仿造不了的，这活脱脱的证据，谁也无法抹除啊！

公主被烫伤一事，只有稳婆和战野太子知道，如今稳婆已死，战野太子当年年纪太小根本不可能记事，现在只有月牙簪是唯一的证据了。

“皇后……”

“去请太子殿下来！”

老嬷嬷知道皇后是有主意了，连忙起身出去。

皇后慢慢地坐起来，擦干脸上的泪水，调整了一下悲痛的心情，看向红莲：“你名叫红莲？”

红莲慢慢地摇头，道：“红莲，只是一个称号。”

“那你究竟叫什么名字？”

红莲摇摇头。她不记得自己的名字。

“算了，就叫红莲吧。”皇后态度有些冷淡。当年为樱夜取名字的时候，她连续想了好几个夜晚，兴致勃勃的，可现在提不起半点儿精神来，是她老了，还是……

红莲怔忪地点头，道：“死掉的曹樱夜，是淮北侯曹云雄的妹妹曹纨的女儿。”

曹纨……皇后隐约记起这么一个人来。那年是樱夜满百日宫中设宴，正好曹云雄在京城，便带着曹纨进宫。那是个明眸善睐、端庄娴雅的女人，略微有些病态，身子不大好。

曹纨很喜欢樱夜，一直抱着她不肯松手，还默默地垂泪。

“瞧我，今天是公主殿下大喜的日子，我怎么哭了？”依稀记得当时樱夜被乳娘抱走的时候，曹纨用手帕擦着眼角的泪水，低声说。

因有淮北侯在场，谁也没多说什么。那一晚风有些大，曹纨身体不好，便早早被送回去，自此之后再也没有见过。两年后，便听闻淮北侯府办丧事，一问，原来是淮北侯的妹妹去世了。她年纪轻轻，风华正茂，却走得这么匆忙无辜。

那时候，樱夜还跟在战野身后哭鼻子呢！

“原来是她……”皇后喃喃地说，“红莲，以后不要再提起樱夜。”

“知道了。”红莲点点头。

皇后扶着佛龛想站起来，红莲见了想过去扶她，手刚碰到皇后的手臂，就被皇后避开。

“不用扶。”大概是看到少女有些苍白的面庞，皇后终究是心软了。

红莲低着头跟在她身后，转过屏风，走到寝殿中。皇后在软榻上坐下，也吩咐红莲在一旁的凳子上坐了。

不一会儿，战野就匆匆赶来了。

皇后在深宫里幽居了一年，很少见人，一听她传唤，战野以为发生了大事，连衣服都没有换一件，便顶盔掼甲而来，走路也虎虎生风。

“母后！”战野掀开帘子，急急地叫道。

寝殿之中此刻已经点亮了灯，战野看见皇后的同时，也看见了红莲。一时之间心里被狠狠撞了一下，他僵在门帘处。

红莲抬起头看了他一眼，对他似乎有几分熟悉。

“她叫红莲。”皇后知道他看见这女子，必定是惊愕非常，毕竟那张脸和北月郡主简直是一模一样。

“儿臣知道。”战野回过神来，一向喜怒不形于色的表情里也染上了几分怒意，“她为何会在这里，母后，她是……”

“她是你妹妹。”

她是杀死樱夜的人……战野即将脱口而出的话，再也说不出来。他万分震惊地看着皇后，然后用颤抖的手指指向红莲：“她？不可能！”

“战野，你听母后说……”皇后站起来走到他面前，轻轻握住他的手。

战野道：“母后，她是光耀殿的红莲！她凶残成性，杀人无数……”

“红莲，你先出去。”皇后按住战野的手，知道他心情激动，无法接受一个突然出现的妹妹。

红莲很听话地走出去，将帘子放下来，让他们母子放心地说话。

皇后细细地将事情告诉战野，当年如何留下了月牙簪烙印，如何被调包，樱夜又是谁。

战野听着，恍恍惚惚地坐下来，脸上一贯的冷静淡漠之色再也维持不了，眼周悄悄地红了一圈。

“我妹妹，只有樱夜一个。”纵然听完了一切，战野还是坚持说。

皇后抱着他，也哭得很伤心：“樱夜那么好，母后也只愿她是我女儿。她从小聪明懂事，人人都说她像我……”

站在帘子外的红莲默默地听着里面的对话，半晌才慢慢地走开，走到外面吹着冷风。樱夜公主，她真的那么好吗？

冷风呼呼地吹着，她身体单薄，身上也只穿着薄薄的衣服，却一点儿都不觉得冷。身后有声音传来，红莲连忙转身。看见战野刚好走出来，她脸上连忙堆起笑容，一声“兄长”刚要喊出口，战野却像没看见她一样，直直地离开了。

红莲怔了一下，忽然扬声道：“太子殿下！”

战野脚步顿了一下，背对着她，冷冷地问：“何事？”

“你我始终是一母所生，血缘深厚，纵然过去有诸多不快，也该冰释前嫌了吧？”红莲说道。

“血缘？”战野轻嗤一声，“红莲阁下，过去的事情我永远不会忘，而今你我的关系虽然近了一层，只是，这是帝王家，手足相残之事屡见不鲜，至亲兄妹，也不一定比外人亲。”

红莲冷笑道：“比不上外人，你可是指凰北月？”

“不要拿她来比！”战野冷冷地回头，目光犀利寒冷，带着杀气。

红莲微微一笑，道：“现在的凰北月，我自然不会和她比。可若是以前的凰北月又回来了，我或许会想和她比一比。”

战野听出她话里有话，猛然转身，道：“你什么意思？”

“兄长想知道的话，请好好爱护我这个妹妹吧，不要让父皇和母后担心。”红莲脸上慢慢绽放出一抹笑容，屈膝行礼，然后从他身边走开。

战野冷冷地凝着眉，看着她的背影，紧紧地握起拳头。

紫焰火麒麟慢慢出现，站在战野的身边。

“她说的话，是什么意思？”战野忍不住在心里和紫焰火麒麟交谈。

紫焰火麒麟道：“冰灵幻鸟一生只忠于一人，不离不弃，不死不休，它臣服于凰北月，必定不会半途反悔。”

“但一年前，它离开了北月。”战野喃喃地说。

“不仅如此，它还差点儿攻击了北月郡主，幸而被殿下和苍河院长及时阻拦，一同封印在七塔森林中。”紫焰火麒麟慢慢地说着。

战野沉默了下来。冰灵幻鸟绝对不会攻击主人，除非……

紫焰火麒麟闭上眼睛，沉思了一会儿，忽然双眸睁开，带着几分惊讶道：“殿下，冰灵幻鸟就在附近！”

“怎么可能？！”战野也吃了一惊。当初他和苍河院长合力封印，那冰灵幻鸟决计是出不来的。而皇宫，距离七塔森林，可是很远的。

“不会错的，一定是它。”紫焰火麒麟严肃地说，“还有一股很强大的力量也出现了！”

“去看看！”战野毫不犹豫地跳上紫焰火麒麟的背，紫色的火焰腾空而起，瞬间消失不见。

月明星稀，沉沉的夜色中，一道夭红的光芒如同流星从夜幕中掠过，转瞬到了城外。

“哈哈哈，好不容易甩了风连翼，这下谁还能拦住我？”

夭红的影子中，一把巨大的黑色镰刀转了一圈，镰刀上带着鲜血。

“那家伙，真变态！”

魇大声笑着，伸手在空气中轻轻划了一圈，笑道：“原来躲在那里！”说完，身形陡然加快，闪电一般直接掠过天空消失了。

“主人，追上来的是魇！”夜色的山坳中，冰灵幻鸟穿过一片茂密的林子，忍不住道。

凰北月抱着双臂，皱眉道：“不能被他追上！”

“可是……”冰灵幻鸟有些为难地道。魇那种程度的强者，速度快到变态，要和他比，它真有点儿力不从心啊！

凰北月也深知这个道理，所以眉头皱得更紧，心里默默地盘算着办法。

她正绞尽脑汁地想着，忽然，前方一片炽热的紫色火焰闪了一下，紧接着，一头浑身燃烧着紫色火焰的巨兽出现在他们面前。

“紫焰火麒麟！”冰灵幻鸟一下子愣住，随即高高地飞起，垂首看着下方。

凰北月也被那紫色的火焰闪了一下，不禁闭上眼睛，半晌才缓缓地睁开。

紫火闪耀之间，身穿盔甲的男子慢慢地走出来，高高地仰起头，看着冰灵幻鸟背上的少女。

“北月？”几乎不敢相信眼前看到的，一向淡漠的战野既震惊，又感动，居然缓缓地笑起来了。

凰北月一怔，看着他没有说话。她不知道应该说什么，现在的自己根本不认识他。

“哈哈哈，抓到你了！”头顶上传来疯狂妖孽的笑声，黑色的镰刀如同弯月，瞬间划过天边，乌黑的弧度在冰灵幻鸟前面形成一道屏障。

冰灵幻鸟叹气，果然被追上了！

凰北月抬起头。魇瞳孔中出现一抹妖艳的红色，看得她眉头微微皱起。她手掌一压冰灵幻鸟的背，它便急速下坠，落在地上。而身后一道红色流光也紧紧跟着她，落在她的前面。

“嘿嘿。”魇邪佞地笑着，巨大的镰刀在手中轻松自如地转动着，妖孽的面孔在月色下显出几分阴柔之色。

战野此前从未见过魇，不知道他的来路，但看这样的行动速度，知道他必定是高手，紫色的火焰从身前绕过，将凰北月拦住。

“你先走。”战野沉声说。

凰北月笑道：“战野太子不用担心，我和这人有些私人恩怨，但不涉及性命。”

“多管闲事的臭小子！”魇一声怒喝，镰刀一转，锋利的刀锋便忽然延长，转瞬间就到了战野面前。

“住手！”凰北月大喝一声。

战野闪躲的速度飞快，紫焰一闪，人就站在数米之外的树干上，目光冷冷地盯着魇。

“清理”走了碍手碍脚的人，魇就不再理会，反而笑眯眯地走向凰北月。

“你关了我十七年，我出来之时就想找你报仇，没想到让你给逃了。”

“你想找我怎么报仇？”凰北月临危不乱地看着他。

魇伸出舌尖轻轻舔了一下下唇，道：“让你也尝尝被关的滋味，最好了。”

“可惜我不喜欢被关。”

“跟着我，由不得你选择！”

“是吗？”凰北月一挑眉，忽然笑起来，低头看着自己的手指，“你知道吱吱和小虎去哪里了吗？”

魇本想说没兴趣知道，不过一想到这丫头的奸诈狡猾，必定不会平白无故问出这么一句话来，因此一时之间心里倒有些忐忑不安了。

“哼，它们去哪里了？”

凰北月抬起头，看着他嘿嘿一笑，道：“去了万兽宫，我可是很想得到轩辕谨的灵体呢！”

魇的眉峰明显地蹙了一下。不过，他还是说：“你动不了她的。”

“动不了我就毁得一干二净，反正不是我的东西，我才不在乎呢！”

“你这没良心的臭丫头！”魇气得跳脚，“她好歹是你奶奶，你居然这么狠毒！”

凰北月吃了一惊，不过，还是说：“我没办法了。它们两个都不是我的契约兽，不知道现在怎么样了。”

“你给我等着，我不会放过你！”魇咬牙切齿地说了一句，然后不再管她，急匆匆地离开了。

凰北月笑得弯下腰。

战野走过来，道：“你让吱吱和小虎去干什么坏事了？”

“哪有什么坏事？它们现在好好地在锁月楼睡觉呢！”凰北月笑着转过身，冰蓝色的眸子在月光下扑闪扑闪，如同流萤飞舞。

战野看得一怔，有些不自然地偏过脸去，道：“你还好吧？”

“很好啊！”凰北月看着他，心中闪过一抹淡淡的歉意，低下头，一时无言。

安静的月色中，紫焰火麒麟和冰灵幻鸟隔着一段距离对视，从对方的眼中都看到一丝无奈。

两只超级灵兽默默相对，沉默不语的年轻人却一直这么站着。

“戏天。”过了半晌，战野才叫出这个名字。无论如何，他们曾经是朋友。

凰北月愣了一下，才反应过来叫的是她。对于过去的事情，她完全没有印象。

凰北月懵懂地点点头，笑道：“这个名字，我都忘了。”

闻言，战野苦笑着，目光从她的脸庞上缓缓地扫过，道：“你现在一个人必定诸多不便，我或许可以帮你。”

“你确实可以帮我一个……忙。”凰北月想起了什么，笑着说。

“你尽管说就好了。”听到她说需要帮忙，战野立刻精神抖擞。他之前想帮她，可她太强大了，他一直都没有机会。

凰北月摸摸鼻子，有些不好意思地说：“听说南翼国的国库中有一只千年玄紫灵龟……”

“我明天带来给你，你住在什么地方？”战野想也不想就说。

凰北月慌忙摇手，道：“我只想要它身上一小块剥落下来的龟壳。千年玄紫灵龟是南翼国的镇国之宝，可以保佑南翼国万世昌隆，不能随便移动。”

千年玄紫灵龟安置在临淮城的龙脉顶端，这老龟虽说不是神兽，但是活了几千年的祥瑞之物，南翼国皇室对其几乎是顶礼膜拜，要是被战野拿出来了，那他立刻就成南翼国的罪人了。

战野微笑道：“好。”

“我就在城东的锁月楼，你来的时候，别被人跟踪。”搞定了七破丹中其中一味极品药材，凰北月高兴地抱拳，“多谢了。”

“你我之间还需要说谢谢吗？”战野说完，忽然觉得这样说有些暧昧之意，她是女孩子，未免唐突，便补充道，“我的意思是说，朋友之间不需要客气。”

“我明白！”她天性豪爽，其实也没有多想，被他一说才觉得有些羞涩，不过也哈哈一笑，轻而易举地掩饰过去了。

战野看着她的笑脸，心里微微一动，便道：“戏天，你曾经跟我说过，你想要一个家，若是此刻还没有找到，就到我那里去吧，我会……好好照顾你。”

看着他真诚的表情，心里忽然涌上一股莫名的酸涩，凰北月道：“谢谢你，但……”

“只要你愿意，那里随时都欢迎你来。”战野先她一步说。不管你变成谁，我想照顾你的心永远不会变。

凰北月点点头。对她来说，现在是第一次和战野交谈，熟悉的陌生人，没有生分的感觉，但是也没有太多的话可说，因此两人只是说了几句之后，便分开各自离去。

冰灵幻鸟在锁月楼上空盘旋了一圈，凰北月回头看了一眼驿馆的方向，心里生出一种不舍的情绪。

“要去和他告别吗？”冰灵幻鸟低声问道。到底是跟着她时间最长的灵兽，她的心思，它也很清楚。

凰北月低下头，轻轻叹了一声，道：“不想给他惹麻烦，况且他应该明白我想干什么。”

对于风连翼，她心里就是莫名其妙地很放心。就算对他了解不深，她也觉得自己可以相信他、依靠他。

“果真不去吗？”冰灵幻鸟又说，觉得她心里应该很想去吧。

“嗯，别打草惊蛇了，我们走吧。”凰北月不再犹豫，当机立断地说，拍了拍冰灵幻鸟的背，让它直接飞入锁月楼中。

锁月楼中，除了红烛、吱吱和小虎，赫那拉族的一干人等也都到齐了。他们全是吱吱悄无声息召回来的，没有惊动任何人。十几个人在一起，却一点儿声音都没有，深夜也没人觉得有困意。

红烛早已和阿萨雷他们熟识，看着他们这样干等也不是办法，便说：“吉克大哥，主人也许今晚不回来了，你们要不要先休息？”

“嗯……”吉克点点头，却好像根本没听见一样，依旧呆呆地看着门口，几乎把门都看穿了。其余人也是一动不动。

红烛叹气，还真是劝不住。

大半夜的，那对老夫妻也被惊醒了，知道是吉克他们回来，还没睡觉，便做了夜宵送上来。

“小姐，刚才老身在外面看见一只白狐，长得可爱，小姐倒可以养起来，解解闷儿。”那满脸皱纹的老妇慈和地对阿丽雅说。

阿丽雅刚想摇头，红烛立刻说：“白狐？难道是……”

她话还没说完，阿萨雷已经跳起来，旋风一样冲出去了。吉克等人也一瞬间走得没影儿了。

老妇吓了一跳，道：“这……这是……”

“大娘，您去休息吧，这里没您的事了。”红烛笑着对她说。

老妇点点头。有小虎这种猛兽在，老妇也不太喜欢待在这里。

红烛慢慢站起来，扶着墙壁走出去。

锁月楼很高，她站在横栏边往下看，只见吉克他们十几人围着一只雪白的小狐狸，惊喜地叫着“主人”。那狐狸吓得缩成一团，尾巴裹着身体，一动也不敢动。

“他们在干吗？”众人头顶上出现一阵冰寒之气，凰北月的声音也随之响起来。

红烛抬起头，看见冰灵幻鸟落在屋顶，一身黑衣的凰北月利落地跳下来，动作和当年的凰北月一模一样。

红烛扑哧一声笑出来，道：“主人，你太坏了。”

“我？”凰北月抱着手臂，表示很无辜，“我什么也没做啊！”

红烛偏头笑着，笑着笑着，眼圈就红了：“他们都很想念主人，不管您变成什么样子，都誓死效忠，绝不改变。”

凰北月看着下面的人，忽然一只手撑住扶栏，身子一跃，就从三层高楼上纵身跃下去。

红烛吓了一跳，但惊呼还没有跳出嗓子，就变成微笑，溢在唇角。

在凰北月跃出去的瞬间，冰灵幻鸟也展翅飞下，爪子轻轻抓住凰北月的肩膀，让她安安稳稳地落在地上。

主人和冰灵幻鸟，还是这么默契啊！

第三十章
乌拉西法

阿萨雷等人也感觉到了身后骤起的寒风，不禁回头，正好看见那个从天而降的黑衣少女。

巨大的冰灵幻鸟在她身后展开翅膀，雪色光芒一瞬间照亮了夜空，翅膀开合之间带起巨大的风，吹得院子里草木摇动，积雪纷纷从树上落下。

那只小白狐吓得趁机埋进雪堆里，瑟瑟发抖。

阿萨雷呆了一瞬，喃喃地说："这是谁家的俏丫头啊？"

凰北月微笑。冰灵幻鸟离开她的肩膀，飞到高处的锁月楼上，骄傲地蹲在屋檐上，呈守护的姿态站在她的身后。

"不会是咱们家的吧？"阿萨雷转过头，对着目瞪口呆的吉克说，却换来吉克一个拳头砸在脑袋上。

呜呜呜！

吉克上前一步，单膝跪下来，左手横在胸口，恭敬地说："欢迎您归来，遮夜之王！"

后面传来齐刷刷下跪的声音，连嬉皮笑脸的阿萨雷也收起了玩笑的表情，无比认真，无比严肃。

"王，欢迎回家。"阿萨雷大声说。

家？凰北月感到一阵迷茫，想起之前战野太子的话。她以前很想要一个家吗？

看着这一张张年轻热血的脸庞、那一双双眼睛里闪烁着真诚的光芒，她心里忽然生出一阵感动。家，也许她之前把家的定义给弄错了吧？以前的她一定是个冷酷固执的家伙，所以才没发现，自己一直都有家。以前，她一直往前看，大步向前，从来不知道停下看看周围。以前，她一直错了。

她身后吹来阵阵冷风，片片雪花从天空中落下。她抬头看看天空，明月依旧高悬，柔和的月光照在她年轻的脸上，一片雪花轻轻地落在她的眉梢。

阿丽雅道："王，您变了很多。"

凰北月笑着说："外貌确实一点儿都不像了。"

阿丽雅摇摇头，道："我是说，现在的您看起来，笑容很轻松。"

凰北月一怔，不自觉地抬起头，摸了摸自己的脸。

"大概是因为我现在只是月夜，和其他人无关。"

"没错，王只是我们的遮夜王，与其他人都不相干！"阿萨雷高兴地说。

众人纷纷大笑。

"都起来。"凰北月声音豪迈地说，"我们要连夜离开临淮城。"

"是！"分隔那么长时间，也不需要过多的时间磨合，他们自然而然就知道跟随她，这已经是改不了的习惯，已经在心中慢慢形成默契了。煽情的语言更不需多说，只要一声大笑，彼此都懂。

他们匆忙离开临淮城，跟谁都没有告别，回望着夜色中的城池，如同一只沉睡中的庞然巨兽，黑影重重，灯火稀疏。

凰北月抱着吱吱，表情严肃而认真。

等着我……

谁也不知道，在他们离开之后，不到半个时辰，两团黑色的影子忽然出现在锁月楼中。没有身躯，只有一团黑漆漆的影子拖曳在地上。此刻，月亮已经慢慢落下，两道影子被拉得巨大得恐怖，额头上巨大的角如同两把锋利的刀刃。

"气息又消失了！"愤怒的声音传来。

"好不容易才追到这里，难道又让她跑了？"另一个愤怒的声音响起。

"她跑不了的！雷王大人说，他已在她的魂魄上留了印记，这印记永远都无法抹除！"

"雷王大人真是多此一举，既然发现她，就该立刻拿下，居然还放她一马，现在让我们受累。"

"别说了，这可是黑夜，说不定雷王大人的卫兵就在附近。"

另一个人立刻噤声了，不敢再多说，显然对他们口中的"雷王"非常忌惮。

两道影子在锁月楼游移了一圈，巨细无遗地搜索，可是没有半点儿线索。两道影子再次会合。

"消失了！"

"彻底消失了！"

"这该如何是好？"

“该如何是好？”

“不要学我说话！”

“那，要回去请示雷王大人吗？”

“这么久一无所获地回去，一定会被惩罚的。”

“雷王大人的惩罚……”一个黑影猛地吞了一口口水，“还是我们自己找吧，这气息还新鲜，相信她走不了多远，一定能追上。”

“一追上她，立刻把她封印！乌拉，你带着封印令吗？”

“当然带着！”名为乌拉的影子摩拳擦掌地说，“怎么可能有逃出我们司幽境的魂魄？”

“那就好，走吧。”

两道影子消失在锁月楼中。

一直被埋在雪堆中的小狐狸，等他们走了之后许久才慢慢将脑袋探出来，看了一眼他们消失的方向，然后飞快地从雪堆中爬出来，抖落了身上的雪花，同样飞快地从墙角离开。

“不死树只是一种传说，我们在浮光森林生活了好多年，从未听说过。”阿丽雅和凰北月并肩而行，向她说着浮光森林里的种种事情。

炼制七破丹，她所需要的最重要的一种药材，是一种名为“不死树”的树根。当时风连翼看到药方的时候，也皱着眉说不死树只是一种传说，根本不存在。但凰北月不相信。既然轩辕谨能创造七破丹，并写下药方，那不死树就绝对不可能是传说。

“王，为何这么匆忙就离开临淮城呢？”阿丽雅有些不解地道。虽说她担心身份被人发现，可是那几个人对王都没有恶意，王用不着这么急着离开。

听到阿丽雅的问题，凰北月轻轻地抿了抿唇，道：“我只是有种不好的预感，留在那里会有危险。”否则，她也不想这么快就离开。

她和冰灵幻鸟回去的路上，在半空中俯瞰临淮城的时候，似乎看见有巨大的影子从城池的边缘飞快地掠过。可是天空没有任何飞行灵兽，冰灵幻鸟也没有察觉到同类的气息。那些影子十分诡异，匆匆忙忙地掠过，转瞬就消失不见。

她忽然想起孟祁天曾经说过的执掌魂魄的那些人，因此不敢大意，还是选择赶快离开。

看着她凝重的面色，阿丽雅便不再多问，一心一意地和阿萨雷等人观察着浮光森林各处，看看有无不死树的踪影。

片刻之后，红烛骑着小虎过来，怀里抱着吱吱，抬头笑着说：“小时候听阿爹说过，他是在浮光森林出生的，那地方很特别。既然阿爹继承了万兽无疆，那他和主人所说的那位轩辕谨前辈，肯定有联系，不如我们找到阿爹出生的地方，说不定会有线索。”

“对！”凰北月立刻赞同地拍手，“轩辕谨和轩辕问天，绝对有联系。红烛，你知道那地方在哪里吗？”

“听阿爹说，是在浮光森林的西南方，不过听说那地方不好找。”红烛皱起眉。

“我有办法！”凰北月笑了笑，让阿萨雷他们在前面休息做饭，她则找了一个安静的地方盘腿坐下，闭上眼睛，让意识回到封印中。

黑沉沉的封印里，万兽无疆悬在半空中，源源不断地散发着黑气。

凰北月抬起手将这块神奇的黑玉抓在手中。

“给我带路吧，万兽无疆。”她低声说，“让我解开谜团，重塑灵体，带着你一起重回人间。你也想念外面的空气了吧？”

仿佛回应她一样，黑玉之上的元气陡然强盛起来，表面上雕刻的一只只灵兽似乎活了过来。黑玉动了一下，然后一只黑色的鹰从黑气中飞出来，在她眼前一晃，便飞出身体之外。

凰北月猛然睁开眼睛，果然看见那黑色的鹰就停留在她前面的一根树枝上，翅膀拢着，目光朝着西南方向远远地看过去。

凰北月微微一笑，站起来，走到黑鹰的下方，抬起头道：“无论如何，你不能抛弃和你缔结契约的魂魄，是不是，万兽无疆？”

那黑鹰低下头冷冷瞥了她一眼，然后移开目光，展开翅膀飞入森林中。

凰北月脸上露出浅浅的笑容，打算叫众人继续赶路。

就在这时，飞在前面的黑鹰忽然长鸣一声，然后飞快地扑入凰北月的身体中。

一阵剧痛传来，突如其来的撞击让凰北月的脸色瞬间苍白了一下，她差点儿维持不住人身。

“怎么回事？”红烛就在周围，立刻和小虎一起过来。

凰北月捂着胸口，过了好久才找回声音，咬着牙道：“走，有危险！”

红烛面色一变。周围没有半点儿不对劲，她一点儿都没有察觉到有强大的气息靠近啊！若是连她都察觉不了的气息，那恐怕只有像魇那种等级的魔兽了。

凰北月胸口闷痛，说话艰难，也就不多解释，招了招手，让他们各自召唤出灵兽，以最快的速度离开。

冰灵幻鸟从高空飞下来，本来身后跟着一群浮光，可在靠近他们一段距离的时候，忽然像是受了极大的惊吓一样，纷纷掉头逃跑了。

凰北月脸色更难看了。看来，对方真的是非常强大的敌人！

她正想跳上冰灵幻鸟的背，忽然两道巨大的黑色影子从两边的大树上飞快地蔓延下来。硕大的影子如同降临的夜幕，瞬间把火把的光芒都遮蔽了。

看见这些影子，所有人都下意识地抬头看向头顶。他们以为是某种强大的飞行兽类，可是头顶什么都没有。

“怎么回事？”吉克沉声道。

阿萨雷大声喊道：“这究竟是什么鬼东西啊？”

几句话之间，那黑色的影子已经如流水一般，飞快地漫延到他们身边。

凰北月一看见这些影子，全身的力气就恍若被抽空了，面色苍白得可怕。

“主人，快走！”红烛大喊一声。因为她发现，那些黑色的影子虽然来势汹汹，但是对周围的人都视若无睹，唯独冲着凰北月而去。

魂魄的气息对这些黑影来说，就好像饿极的人忽然看到一只鲜美可口的烤羊，他们会不顾一切地冲上来。

凰北月也早就注意到他们只冲着自己来，因此二话不说，跳上冰灵幻鸟的背，飞快地向前飞去。

那两道影子从左右两侧而来，本来呈合围之势，要将凰北月包围，但哪里想到她速度这么快，一瞬间就飞走了。于是，他们双双撞在一起，疼得哎哟了一声。

看到这出乎意料的场景，阿萨雷先是一愣，然后立刻像旋风一样，飞快地扑向那两道影子。

旋风之中，有隐隐的锋利刀光闪现。

看见他的举动，其他人也毫不犹豫冲上去。吉克手中的大锤重重地砸在两道影子之上。可是很神奇的，那两道影子居然真的是影子。不管什么武器砸上去，统统都打了空，两道影子却飞快分开，退到两边树上。

“不理他们，去追那个魂魄。”

“哼，一会儿再来找你们。”

两道影子说完，继续飞快地朝凰北月离开的方向追去。

“乌拉，封印令！”

“没问题。她跑不了的。”欢呼一声，名为乌拉的影子立刻将速度提升了一倍不止。

影子居然会说话？拿着武器的阿萨雷等人面面相觑，都为刚才的一幕而感到大惑不解。他们也算见过世面的，可还从来没有听说过会说话的影子啊！

红烛骑着小虎，已经先一步追了上去。她看着那些影子，一张小脸也绷得紧紧的。不寻常，这些黑影绝对不寻常！他们是冲着主人来的，难不成，真的有执掌魂魄的人存在吗？

“小虎，跑快一点儿！”红烛着急地催促着。

忽然，前面传来一阵大笑，是那个叫乌拉的影子发出来的。

"抓到她了！哈哈哈哈，缚住了！西法，你快一点儿啊。"

"来了！"

红烛心里一沉，主人要是被这些神秘的影子抓走了，该怎么办？

冰灵幻鸟发出愤怒的吼声，一时之间，周围的空气都仿佛凝结起来，从它身上散发出来的极寒之气，令周围的树叶瞬间结了一层寒冰。

"好冷！"乌拉大喊一声，有些惧怕。

"封印令给我！"西法说道，然后影子加快速度上前，黑色的影子抓住了凰北月的另外一只脚。

"该死！"凰北月低声咒骂了一句。这影子果真是没有实体的，被抓住脚半点儿感觉都没有，可就是不能动。

"嘿嘿，你跑不了的。"西法笑道。

那影子分成绳索一样，一根根地将她的双脚捆起来。凰北月心里又惊又怒，但头脑竟然奇迹般变得十分冷静，脑子高速运转。越是危险的时候，她越不能慌张。

她抿着唇，飞快地看向四周，小脸上是一片肃然的表情。

浮光森林里没有光，到处都是暗沉沉一片，只有偶尔飘过的浮光带来一丝丝的光亮，因此黑影在这里并不十分明显，但也并非看不见。

没有光的情况下，影子还能存在，这只能说明两点：第一，这根本就不是真正的影子，而是一种障眼法，或者幻术；第二，这影子的本体必定在附近操控。

凰北月眸中闪过一抹冷厉的光芒，那抹淡淡的冰蓝色，越发有种惊心动魄的清澈之感。

被那冰冷的目光一看，名为西法的影子似乎也怔了一下。影子之中忽然出现一抹金色的光芒，也骤然顿了一下。

凰北月看着那黑漆漆不断变幻的影子，低声冷笑道："不管你们是谁，想抓我，可没那么容易！"

西法看着这少女清丽冷漠的面孔，冷哼一声，道："看我封印了你再说。"

"哎……"凰北月面无表情地看着慢慢朝自己笼罩过来的黑色影子，清秀的小脸上闪过一丝微微的笑意，手指抬起，没有任何元气，也没有她最擅长的黑色元气。

纤细的指尖只是轻轻地指着一个方向，她口中冷冷地道："红烛，那里。"

"什……什么？"西法大吃一惊地道。

赤金圣虎的烈焰飞速靠近，然后又转向另外一个方向。

"哇哇哇，干什么？别过去啊！"乌拉看着小虎冲去的方向，哇哇大叫起来。

“笨蛋，闭嘴！”西法忍不住说。

凰北月唇角微微一扬，笑道：“看来，猜对了。”

红烛在半路上已经从小虎的背上跳下来，站在一边，抬起眼睛，看着小虎庞大的身躯猛地向上跃起，扑到一棵树的树干上。

那树上立刻传来两声惨叫。无数落叶哗啦啦落下来，落叶飘零，如同下雪一般。

“呜哇哇，好可怕啊！”

落叶之间，两个头上长着牛一样的犄角、眼大脸小、身材也矮小的家伙从高高的树干上摔下来。

与此同时，捆住凰北月双脚的黑影如同大海退潮一般，转瞬消失得无影无踪。

凰北月站起来，走到那两个家伙面前。

阿萨雷他们也赶了上来，一看地上的两个牛角人，都觉得不可思议，道：“他们似乎不是人类，也不是兽类吧？”

凰北月不客气地踢了一下其中一人的屁股。那人疼得跳起来，听声音是乌拉。

“大胆人类，竟然敢对我乌拉大人无礼，看我教训你！”乌拉不怕死地大叫，却缩在西法的身边不敢动手。

“乌拉大人？”凰北月忍着想笑的冲动，看着这滑稽的小人儿，活脱脱像个小恶魔。

乌拉努力地仰起脑袋，才能看见凰北月的下巴，但依然底气十足。

“哼，我们可是被称为司幽境‘战斗小王子’的乌拉西法大人！人类若得罪我们，我们就将他们的魂魄收走。”

“哦？原来你们这么厉害。”凰北月挑眉，对众人比了一个不要说话的动作，然后慢慢蹲下来，冰蓝色的眼珠里带了一丝丝笑意，“那么，这么厉害的乌拉和西法大人，一定没有什么弱点吧？”

那叫西法的家伙抬起头，想先一步开口，却被红烛悄悄捂住嘴巴。

而那乌拉根本就是个直肠子，被奉承一句，整个人就已经开始飘飘然了，听到凰北月的问题，想也不想就说：“当然有！西法怕火烧！乌拉怕冰冻！”

“那太好了。”凰北月重重地一拍手，和这样的家伙交流，就是不费劲儿。

西法深感无语地看了乌拉一眼，低下头去。这笨蛋……

阿萨雷等人偷偷笑起来。这叫乌拉的家伙，脑袋也太秀逗了吧？刚才看那黑影分明很厉害，根本无法想象是这样一个脱线的家伙啊……

乌拉还不明白自己说错了什么，看着凰北月，天真地问：“现在是不是很害怕了？害怕就放了我们！”

“我们都是热情好客的人，既然你们来了，我们就送一份大礼给你们。”凰北月站起来，撩了一下衣袍下摆，转过身，对冰灵幻鸟使了一个眼色。

“什么礼物？你怎么就走了？”乌拉看着她的背影，大喊道。

下一秒，冰灵幻鸟已经站在他面前，强烈的寒冰元气当头笼罩下来，吓得乌拉连忙躲到西法的背后。

“西法，冰来了，怎么办？”

“你这笨蛋，给我滚开！”西法生气地说。要不是他笨，怎么会这么容易就让人抓住把柄？人类果然如同大人们所说的那样，无比狡猾！

小虎用爪子拍了一下西法的脸，爪子上带着一簇赤金圣火，烧得西法一瞬间跳得老高。

“呜哇，好冷好冷啊！”

“烫死了。”

此起彼伏的惨叫声在浮光森林里回荡着。

凰北月在一棵大树的斜枝上坐着，靠着树干，悠闲地看着下面。

“主人，你看他们究竟是什么人？”红烛在她身边，也是一脸疑惑之色。就算从前轩辕问天教了她很多东西，但她依然对这些人一无所知。

“他们刚才提到一个地方，”凰北月稍微顿了一下，冰蓝色的眸子轻轻一转，“司幽境。”

“我从未听说过。”红烛摇摇头，“还有连阿爹也不知道的地方吗？”

“世间之大，无奇不有。况且司幽境和他没有牵扯，他才没有提及吧。”凰北月只能这么想。

当然，也可能是司幽境太过神秘，神秘到连轩辕谨和轩辕问天都无法窥知的地步。那样的话，恐怕就很棘手了。那必定是一股隐藏在暗处，超越了光耀殿和修罗城的更加强大恐怖的力量。

他们掌管魂魄，管理生死轮回，几乎存在于神话之中。

“王，他肯招了。”过了一会儿，阿萨雷拎着被冻成半个冰球的乌拉过来。

冰灵幻鸟下手真黑，让乌拉全身到处都冻，就是脑袋不冻，让他保持着清醒，还知道大叫求饶，但是又最痛苦。

凰北月垂下眸，冷冷地瞥着树下跪着的乌拉。

“把你知道的都说出来，我就给你解冻。”

乌拉哗啦啦地流着泪，一边哭一边说：“我们是奉雷王大人的命令，出来抓捕一个叫凰北月的逃逸魂魄。”

“雷王是谁？”

"是司幽境五位元素王之一，掌管魂魄和人世的交接。"乌拉一双眼睛骨碌碌地转着，被冻得牙齿打战，说话都不利索了，"大……大人，雷王大人很厉害，要是让他知道你们……"

"我杀了你们，毁尸灭迹，他还能知道？"凰北月眼角微微上挑，口气中有几分疏冷之意。

乌拉一哆嗦，声音颤抖地道："我……我们也有魂魄……"

"当然，为了防止你们的魂魄回去告状，我会把你们封印起来。封印令呢？"凰北月伸出手。

"我不会将封印令交给你们的，除非……除非你放了我们！"

"阶下之囚没有资格讲条件。"凰北月招招手，让吉克把西法带上来。

西法被小虎烧得全身黑漆漆的，只剩下一双眼睛还亮着，此刻已经歪倒在地上，动弹不得了。

"西法，呜呜呜……"看见西法这么悲惨，乌拉立刻扑上去大哭。

"封印令。"凰北月重新说了一遍，语气中已经透出烦躁之意。

乌拉不敢迟疑，立刻从西法身上搜了封印令出来，恭敬地递给她。

红烛将封印令拿上来。那是一块金色的令牌，两边镶着黑色的花边，中间空出来的地方有一缕青烟一样的标记。

这封印令边缘的花纹，似乎有点儿熟悉……乌拉脑袋单纯，不会作假，因此她相信令牌百分百是真的。这一缕青烟，难道就是被封印进去的魂魄吗？凰北月伸出一根手指想摸摸看那青烟有没有动静。

"不要碰！"乌拉忽然大喊起来，"会把魂魄放出来的。"

果然是魂魄！凰北月收回手，将封印令放在掌心，一下一下地敲打着，道："现在可以说，司幽境究竟是个什么地方了？是……冥界？"

"是！"西法艰难地吐出一个字来。

乌拉却哈哈大笑起来，眼角都笑出泪来了："冥界？哈哈哈，冥界？"

西法无奈地闭上眼睛，笨蛋……

凰北月自然知道刚才西法是想掩饰，只不过乌拉太笨，根本不擅长说谎。

她目光转向乌拉。既然不是冥界，那她就放心多了，怪力乱神、神魔鬼怪，皆虚幻又不可思议，那才是最难对付的。

不过，如果对方只是一股强大的势力，那就另当别论。

"快说，不然再冻你一次！"凰北月冷喝道。

乌拉立刻停止大笑，结结巴巴地说："根……根本没有冥界，司幽境只是拘捕魂魄，让魂魄和他们结契或诅咒，从而为自己所用。"

“魂魄虚无缥缈，你们怎么知道和他们结契？”

“这……这不归我们管。”乌拉眨眨眼睛，确实是一无所知。

凰北月换了个问题，道：“你们真的能涉及轮回？”

“夜王陛下无所不能！”乌拉大声说。

夜王？又是一个神秘人物。只不过，此刻凰北月没有兴趣知道夜王是谁。

“那告诉我，世上每天都有这么多人死去，你们怎么能知道谁的魂魄在哪儿？”

“一般人的魂魄自然不难，但一些召唤师、炼药师等强者的魂魄……”乌拉口无遮拦地说着。

西法忽然跳起来，不顾一切地捂住他的嘴巴，道：“笨蛋，不准再说了！你想背叛司幽境，被雷王大人惩罚吗？”

乌拉立刻打了一个寒战，眼睛里透出非常畏惧的光芒。

他差点儿就说到重点了！凰北月心下一狠，清丽的脸蛋上骤然出现一抹浓烈的杀气，猛地从树枝上站起来。

“哼，你们雷王的惩罚厉害，我的惩罚就不厉害吗？”说完，她对冰灵幻鸟一招手。巨大的冰之羽翼立刻展开，将脑袋上所有光芒都遮挡住。

乌拉一张脸顿时无比苍白，想起刚才被极寒之气反复冰冻的滋味，浑身就禁不住颤抖。雷王大人很可怕，这少女也很可怕啊！

“不准说！”西法凶狠地命令，死命捂着他的嘴巴不松手。

小虎从后面走上来，一爪子将西法拍出去，继续用烈火烧他。小虎将火候掌控得很好，就是无止境地痛，但西法也死不了。

乌拉听着西法越来越凄惨的叫声，面色也越来越苍白，最后哇一声大哭起来：“我说，我说，不要冻我！”

凰北月对冰灵幻鸟使了一个眼色。它从后面过来，乌拉被它巨大的脚掌踩在脚底下。

“只要你说的话里，有半个字让我觉得是假话，立刻让你成冰雕！”凰北月狠狠地说。

“真话，我说的绝对是真话。”乌拉吓得身子颤抖得跟筛糠一样。

“整个卡尔塔大陆上有那么多强者，不管是修习武道、召唤术、炼药术、幻术，他们的灵魂力量都非常强大，并不是那么容易就让你们抓捕的吧？你们凭什么能抓他们？”凰北月冷冷地问。不知道为什么，她虽然对过去没有半点儿记忆，但是一想到这些，就觉得莫名有些慌张和不可思议。

乌拉流着眼泪说：“我们……我们有契约，和每一个强者的契约。”

“契约？”凰北月一怔。连吉克和阿萨雷都莫名地互看一眼。

红烛忽然捂住嘴巴，缓缓地睁大清澈的双眼，从指缝里漏出一声震惊的低呼。

凰北月看向她，知道肯定事关重大，便对乌拉冷喝道："快说！"

乌拉忙道："佣兵公会。卡尔塔大陆上的强者，从走上修行道路的那一天，就要在佣兵公会中宣誓效忠，和契约之阵结契……"

听完他的话，包括凰北月在内的所有人都怔住了，每个人脸上的神色都千变万化，无比凝重。

要走上强者的路，就必须成为佣兵，和契约之阵结契，效忠佣兵王令，这几乎是卡尔塔大陆上，所有正常的强者都要走的路，除了一些暗黑佣兵，但他们也逃不过势力庞大的佣兵追杀。

此刻，所有人心里都不约而同地生出一股寒意，从脚底直达头顶，冷彻心扉。

谁会想到，看似是庇护佣兵的公会，实则是在他们死后奴役他们的邪恶力量呢？

第三十一章
土豆王子

凰北月让冰灵幻鸟和小虎看着他们，带着众人走到另外一边去商量。

“主人，我们是不是要走一趟司幽境了？”红烛笑着问道。虽然那地方很神秘，但跟着主人，她永远无所畏惧。

凰北月点点头，道：“我们对司幽境一无所知，所以需要时间计划一下。这两个家伙不一定会带路，但要从他们口中尽量弄清楚司幽境的情况。这件事，交给阿萨雷去办。”

“王就放心吧，严刑逼供这种事情，我最喜欢了。”阿萨雷摩拳擦掌地说。

凰北月笑了，道：“我们接下来继续去寻找不死树，应该离这里不远了。”

吉克点点头，准备去吩咐众人尽快上路。

忽然，阿丽雅喊了一句：“怎么没看见吱吱？”

众人这才反应过来，似乎这么长一段时间都没有看见吱吱。以往这种时候，它一定会在旁边活蹦乱跳啊！

“它一直在小虎脑袋上，恐怕是路上掉下去了。”红烛焦急地说。

“回去找！”凰北月立刻说。

一行人带上两个囚犯，沿着来路返回去，顺道点燃了火把，照着黝黑的道路。

三两只浮光在周围飞舞，此刻，这些吸血的怪物让人觉得格外心慌。

“那是什么？”走在最前面的阿萨雷忽然停下来，举高了火把。火光照到一棵树上，只见许多索命藤缠绕之下，一个圆圆的东西挂在上面。

“是吱吱！”红烛眼力好，一眼就看出来，手指一弹，火把就飞上去，果然照出吱吱那圆鼓鼓的身体。

它被无数索命藤缠着，那些索命藤也缠住它脑袋上的绿茎，因此它无法施展幻术，只能那么被吊在半空。不过奇异的是，这些索命藤居然没有把它缠紧，要它的命，只是那么缠着就一动不动了。

吱吱吊在那里，哭得眼睛都肿了，但没人来救它，于是它就……睡着了。

呼哧呼哧——它的肚子一起一伏，嘴巴一张一合，每次嘴巴张开，口水就流出来，然后嘴巴合起，口水又流回去……

“睡得好香甜啊！”阿萨雷忍不住说。

凰北月也是松了好大一口气，手心都是汗水，笑道：“把它弄下来，好好抽它一顿，出出气！”它差点儿把大家都吓死了。

“好嘞。”阿萨雷得令，飞快地跳上树枝去。

他正想动手，忽然四只犄角努力地挤上来，是乌拉和西法两个小矮人。

“王子殿下？”西法吃惊地喊道。

“王子殿下！”乌拉大声地重复。

呼哧呼哧——

回应他们的，只有香甜的呼噜声。

其余人却一脸怪异地看向他们，然后顺着他们的目光看向吊在半空中、口水流到肚皮上的吱吱。哈？他们都听错了吧？

凰北月冷静地抱着手臂，面色如寒霜一般，冷冷地道：“你们喊它什么？”

“王子殿下！”乌拉转过头，两只手掌向上，伸向吱吱的方向，而脸却转过来对着凰北月，“这是我们尊贵的王子殿下！”

“它是织梦兽。”凰北月不为所动地说。

“当然，这是殿下的初生状态。”乌拉兴奋地说。

凰北月失笑道：“你们夜王生了一颗土豆儿？”

乌拉和西法面色齐齐沉了下来，道：“不准侮辱我们的王子殿下！”

“主人，”红烛悄悄地拉了拉凰北月的衣袖，“如果他们说的是真的，对我们倒是好事一件。”

“我知道。”凰北月的眼中早已经闪过精明的光芒。看来，一直待在她身边的这颗成事不足败事有余的土豆儿，还是个稀罕宝贝！

那些索命藤，在吱吱睡觉的时候，似乎也沉睡着，但是阿萨雷一靠近，无数枝条便突然活了，枝条顶端的叶片打开，露出一张张小小的诡异脸庞，充满敌意地看着胆敢靠近的阿萨雷。离他最近的枝条已经飞速地缠过去，开始攻击。

阿萨雷的速度何等之快，他岂会让这些索命藤给缠住？几下腾挪，他已经到了另一边的枝干上。他看着逐渐苏醒、露出一张张脸颊的索命藤，也不禁皱起眉。

吱吱就吊在无数索命藤中间，依旧呼呼大睡，什么事情都不知道。

这些索命藤虽然让人头疼，但对阿萨雷来说，根本不是什么大问题，一个人就能解决。但是吱吱就在它们中间，他不敢有丝毫的大意。

阿萨雷只好停下来，看向凰北月，等着她定夺。

“王子殿下！”乌拉忧心忡忡地看着吱吱，伸手拉了一把西法，道：“快想办法救王子殿下！”

“你等着，我去！”西法昂首大步走向前，忽然蹲下来，只有三根手指的右手重重地按在地面，嘴巴里不知道念了什么咒语，忽然，黑暗的影子从他的手心快速扩散出来。

原来他们操纵黑影，是这样子的。亲眼目睹了这种神奇的术法，凰北月心下也觉得有几分佩服，能够随意支配黑暗的一族，让人不得不忌惮啊！

看见他的举动，阿萨雷连忙看向凰北月，见她对自己微微点点头，便了然。他身影飞快一转，从树枝上消失，来到凰北月身边。

“王，他行吗？”阿萨雷担心地说，那些索命藤实在太难缠了。

“相信连索命藤都无法束缚影子吧。”凰北月淡淡地说着，眼睛一眨不眨地盯着西法。

那影子飞快地从树枝上爬上去。那些索命藤起初看见了，都发出愤怒的尖叫，一根根前赴后继地撞向那黑影。可惜，影子怎么可能被缠住？

“哼！”西法不屑地冷哼一声。

黑影瞬间把整棵爬满索命藤的树都笼罩起来。索命藤似乎也察觉到了不对劲儿，集体抬起头来，看着笼罩下来的漫漫黑暗，一时间鸦雀无声。

等黑影完全压制了它们时，便听见索命藤纷纷惊叫，开始四散逃跑。

“敢对王子殿下无礼，谁也逃不了！”西法狠狠地道，黑影早就幻化成一只只细小的手臂，扼住索命藤脑袋下的部位。每一根索命藤都被扼住要害，谁也逃不脱。

咔嚓咔嚓，不断有刺耳的声音响起，是索命藤的脑袋被活活扭了下来。没了脑袋的索命藤如同蛇一样挣扎翻滚，很快就没了声息。偌大的浮光森林中，又恢复了死一般的沉寂。

没了索命藤的束缚，吱吱脑袋上的绿茎也被松开，沉睡中的圆球从半空中掉下来。阿丽雅正想上前去接，可那黑影的速度比她更快，黑影聚拢，变成一只大手，轻轻地托住吱吱的身体。

“太好了，西法真厉害！”看见这一幕，乌拉开心地笑起来。

这么大的动静，吱吱睡得再熟，此刻也醒过来了，但是完全不知道发生了什么事，揉着眼睛，还抽泣了一声，然后就看到了周围所有的人。

“吱呀！”吱吱盈满泪水的眼睛前一刻还非常伤心，后一刻立刻光芒璀璨。

“王子殿下……”西法抬起头来，额头上凝聚着厚厚一层汗水，将犄角中间的一撮头发都完全浸湿了。但是，看见吱吱平安无事地睁开眼睛，西法脸上还是露出了恭敬而庆幸的笑容。

他正想表达自己无上的敬意，以及能够在人世找到它，自己是多么的荣幸。可是，由于西法的身高刚好在他凝聚起来的那一团黑色的影子之下，导致只有土豆儿那么大一丁点儿的吱吱根本就看不见他。

吱吱只看见凰北月等人，自然高兴不已，一蹦就从黑影上跳下去，扑到凰北月的脚边，抱着她的小腿吱呀吱呀不知所云。

被晾在一边的西法有些伤心地转过身看着它。

“王子殿下，在下乌拉，从司幽境来，迎接您回去。”乌拉连忙跑过来献媚。

吱吱一看见这长着巨大牛角、一张脸又非常丑的小矮人，吓得立刻钻到凰北月的衣摆底下，好笑地用她的衣摆蒙住眼睛，似乎这样那可怕的小矮人就消失不见了一样。

它真是掩耳盗铃！众人都被它的举动逗得笑起来。

红烛弯下腰将吱吱抱起来，轻轻拍了拍它的脑袋，然后抬起头，对着西法和乌拉微微一笑，道：“你们看到了吧，吱吱是我们的人，和司幽境无关。”

“你们一定是对王子殿下做了什么。”乌拉高高地仰起头，指着他们说。

凰北月冷冷瞥了他一眼，不欲多说，微微招手，让众人继续上路，不用理会这两个小矮人。

现在抓住他们已是无用了，因为他们有了更大的筹码，不愁将来去不了司幽境。

看见他们想走，西法就急了，收了黑影，快步走上来，道：“阁下请留步！”

“该说的我们已经说了，相信你们也明白我们想要什么吧？”凰北月没有转头，只是口气冷淡地说。

西法和乌拉对视了一眼，乌拉眼睛里明显都是焦虑、冲动之色。

西法一咬牙，道：“阁下的要求我们答应，我们随时都能带阁下去司幽境，甚至见陛下，但请将王子殿下交给我们。”

“我最不喜欢别人跟我讲条件。”凰北月嘴角一扬，知道成功钓上这两个矮人了。

“阁下究竟想怎么样？”西法怒道。

凰北月这才停下脚步，转过头，似笑非笑地看着西法。

“我有三个条件，夜王若能答应，我就把贵王子安然无恙地送回去，否则……”她伸出一根手指，轻轻点在吱吱的脸颊上。

吱吱以为她在跟它玩，于是抱住她的手指，亲昵地用脸颊在上面蹭着。

凰北月微微一怔，也不自觉地微笑了一下，用手指轻轻摸了一下吱吱的脸，目光柔和。

西法知道她的那个动作是表示威胁，如果不能满足她的三个条件，那她会对王子殿下不利。

“阁下的条件，说出来吧。”西法认真地说。只要她的条件不太苛刻，陛下为了王子，也会答应的。

闻言，凰北月微微一笑，道：“第一，我要夜王的三滴血；第二，我要两个人的魂魄；第三，我要夜王的一个人情。”三个条件很快就说完，凰北月微笑着看向面色难看的西法。

“条件很简单噢。”乌拉单纯地说道。

“对无所不能的夜王来说，确实都是举手之劳。”

“阁下的那个人情……”西法皱皱眉，前两个条件还可以接受，但后面那一个……

“放心吧，这个人情绝对是在夜王能做到的范围内。”凰北月道。既然诚意谈条件，她自然不会过分。

西法看了看吱吱，咬着牙想了一会儿，道：“阁下的条件，在下不能私下做主，需回司幽境请示陛下。”

“你去吧，吱吱在我这里很安全。”凰北月潇洒地挥手，“不过，我只给你三天时间。三天之后，我们离开浮光森林，就不谈条件了。”

“放心，三天内在下一定回来！”西法精神一振，始终觉得不放心，因此将乌拉拽到一边，低声吩咐了他几句。

乌拉昂首挺胸地答应道：“你去吧，王子殿下由我来保护！”

看着他这样子，西法根本就放心不了，不过乌拉留下，可以跟着这些人，不至于再丢了王子殿下。

没时间多想，西法吩咐完，对着吱吱恭敬地行了一个礼，然后就飞快地离开。

吱吱偏着头，不解地看向红烛。

红烛笑着说：“吱吱，没想到你来头不小嘛！”

吱吱点点头，指指浮光森林，画了一个大圈，意思是说：这里都是它的地盘！

“单纯真好。”红烛将它放在小虎的背上，只见小虎耷拉着脑袋，似乎不太高兴。

听懂了要将吱吱送回司幽境的话，从小和吱吱一起长大的小虎确实不会太高兴吧。但是……有家的人，能回家最好，不像他们，想要一个家都那么难。

处理了西法的事情，他们继续上路，去寻找不死之树。

关于吱吱的身世，虽然谁都没有问，但乌拉还是吧啦吧啦说了一大堆。

原来，吱吱出生时司幽境曾有一次大动荡，夜王为了保护刚出生的孩子，将他的魂魄封印在一只幼年织梦兽的身体中。

凰北月等人围坐在一起，正在看着吉克画出来的关于浮光森林的一幅简陋的地图，上面大概标出了浮光森林里的大部分地势和环境。但就算赫那拉族中的老人，也不可能走遍整个浮光森林，何况他们这些年轻人，所以地图上大部分地方都是空白的。

凰北月的手指点在西南方向。那里标着一个峡谷，还有一座巨大的瀑布，除此之外什么都没有了。

她凝着眉，一只手撑着脸颊，目光在地图上流转，慢慢地沉思着。从他们所在的位置计算，到不死树所在的那片峡谷已经不远了，最多还有一个时辰的路程。奇怪的是，万兽无疆带着他们走到这里之后，就停止不前了，因此他们不得不停下来等待。

她的灵魂慢慢回到封印中，默默地看着安静的万兽无疆。和平常不一样，今天的黑玉格外安静，身上也只散发出淡淡如雾的黑色元气。

“你究竟在犹豫什么？”凰北月不解地看着它。已经走到这个地步，它却忽然停下来，太不正常了。

若不是知道这是轩辕谨创造出来的东西，无比强大，不会无缘无故这么沉寂被动，她早就不顾一切地上路了。

可是沉默的黑玉永远无法开口回答她。它能给她强大的力量，一切人人艳羡的东西，它甚至有人性、会思考，但它始终不能开口表达。

一人一玉就这么默默地对视了半个时辰。凰北月也失去了耐心。不死树就在不远处，她怎么能在此止步不前呢？

“你如果再没有动静，我就不再问你，自己出发了。”凰北月沉声说。

黑玉微微搏动了一下，那黑气依然淡薄如雾。

凰北月皱了皱眉，清秀的脸上慢慢浮现出一股坚决之色。

“只要能活过来，我永远不会放弃！”她看着万兽无疆，一个字一个字地说完，然后便转过身，再也不看它，离开封印，慢慢地睁开眼睛。

阿萨雷一直盯着她看，此刻连忙问：“王，怎么办？”

凰北月慢慢地抬起眼眸，目光扫过这一张张年轻期待的脸庞。

“兵分两路，阿萨雷、吉克，你们带着人原地不动，在此等候接应。红烛、冰跟着我进去！”

“不行！”吉克立刻站起来反对。其余人也不同意，纷纷摇头。

“王，都走到这里了，为什么要分开？”阿萨雷声音最大，最不情愿。

“你们留在这里，等着接应我们！”凰北月沉声说，声音里是不容拒绝的威严之意。

吉克一怔，年轻刚毅的脸上闪过一抹受伤的神色：“王不想我们涉险吗？可是我们共同走到了今天，把命都交给了您，谁还怕危险？”

“进去确实危险，但我并不是舍弃你们。”凰北月叹了一声，走过去拍拍吉克的肩膀，“现在的我，受伤出来后，不能没有人保护。”

她冰蓝色的眸子轻轻地往吱吱的方向扫了一眼。吉克立刻恍然大悟。寻找不死树很危险，但是，来自司幽境的威胁同样很可怕。

西法去请示夜王，相信很快就会带着司幽境的人来，到时候，会有更可怕的高手等着他们。虽然吱吱绝对是他们一边的，但难保那些诡异的人不会有什么特殊手段，他们要保存一部分的实力，留待对付司幽境。

吉克一瞬间明白了凰北月的用意，憨厚的脸庞立刻涨红了，有些愧疚于刚才的不信任。不管怎么变，王都不会抛弃他们啊！

“王请放心地进去吧，外面交给我们了。”吉克认真地说。

凰北月微微一笑，明白了就好。

“小虎，吱吱交给你保护，不能大意知道吗？”凰北月蹲下来，温柔地拍拍小虎的脑袋。

小虎眸中有淡淡的金色，身上金色的毛发也越发亮眼。最近一段时间，小虎似乎掉毛很严重，但是新毛发长得很快，而且新长出来的毛发全都金灿灿的，非常耀眼。难道，小虎开始成年了？她有些欣慰地摸着它的耳朵。

小虎也不舍地看着她，将脑袋搭在她肩膀上，呜了一声。

凰北月笑道：“我保证，这次绝对不会再丢下你离开。”

吱吱趴在小虎背上，睁大眼睛看着她。

凰北月也摸了摸它的脸，然后站起来，面色恢复了冷酷，眼眸坚定有神，和红烛一起跳上冰灵幻鸟的背，飞快地消失在暗沉沉的森林中。

第三十二章 不死之树

他们在身上涂满雀丝草的汁液，避过无数浮光和一些嗅觉灵敏的灵兽，越是靠近不死树所在的峡谷，周围出没的兽类就越强大。

逐渐地，几股强大的威压越靠越近。红烛隐藏了气息，尽量不以本体强大的元气去挑战这里的神兽。毕竟，若是一群神兽一起攻击，对他们来说恐怕是个很大的灾难。

凰北月面色凝重地看着周围，浮光聚集在高处的树枝里，那莹莹的光芒如同月光一样洒下来，映着冰灵幻鸟身上的雪色光芒，交相辉映中，形成无数晶莹的光芒，在四周隐隐约约闪现。

安静了许久的万兽无疆忽然从她身体中涌出无数黑气，形成一道壁障，挡在他们前面的路上。

冰灵幻鸟的翅膀张开，停在半空中一动不动。

“让开！”凰北月冷冷地开口，已经走到这里，没有任何人能够阻止她了。

可是，对她的话，万兽无疆连半点儿动静都不给，弥漫的黑气固执地阻挡着他们。凰北月猛然从冰灵幻鸟背上站起来，紧紧地抿着嘴唇。

红烛连忙拉住她，道：“主人，它是想告诉我们里面很危险，让我们不要进去。”

“好不容易才来到这里。”凰北月轻轻咬了一下嘴唇，垂在身侧的拳头紧紧地握起来。

“红烛也绝对不后退一步。”红烛仰起小脸，坚决地说，“不过，此刻主人需要和万兽无疆磨合，如果你们都这么固执，就算找到了不死之树，也不能合力带着树根出来。”

磨合……凰北月心里微微一动。长久以来，她也想和这块黑玉好好磨合，但她不是之前力量强大的凰北月，黑玉有时候根本不会听从她的指挥，因为她没有足够的力量压制它。

她现在是唯一和万兽无疆有契约的人，所以它必须保护她。如果有危及她性命的事情，万兽无疆一定会极力阻止她去冒险。

因此不用多想她也知道，通往不死树的路上有多么凶险。司幽境的人不知道什么时候会赶来，也许此刻已经在路上了。磨合？她现在哪有时间和万兽无疆好好磨合？

脑海之中闪过一个冰冷的念头，凰北月也不由自主地为自己捏了一把汗。可任她想破了脑袋，此刻也没有第二种既快速又有效的办法了。无论如何，这疯狂的念头忽然在她心中固执地萦绕着，如同魔障附身一样，怎么都挥之不去。

反正横竖都要冒险，不如就试一试吧！她在心中喃喃地说着。如果能够成功的话，那以后恐怕可以省下许多麻烦了。

她脑海中做着激烈的斗争，面色也越来越冷凝，清丽的小脸上慢慢地露出绝对冷酷的表情，下巴微微仰起，那冰冷的弧度让一旁的红烛也不禁心里悄悄打鼓。

一种熟悉的感觉，似乎正慢慢回来。

对面，那弥漫在前方的黑色元气慢慢地凝聚，越来越黑，最终变成了一道漆黑的墙壁，完全挡住了他们前行的道路。

头顶树枝上的浮光感受到万兽无疆的力量，立刻就惊慌地逃走了。周围几股不远的强大元气，也在万兽无疆散发出元气的时候，慢慢地远离他们。

正好！她嘴角微微扬起，精巧的嘴唇边，那一抹笑容透着彻骨的寒冷。

凰北月和万兽无疆对峙，相隔不过十几米，这短短的距离，两边气势都高涨，有种一触即发的危机感。

冰蓝色的瞳孔瞥着对面的黑气，凰北月手指微动，戴在手指上的纳戒忽然光芒微微一闪，一把雪色晶莹的战刀便出现在手中。

雪影战刀一出现，红烛和冰灵幻鸟同时一怔。

“主人？”红烛不禁看向她，见她脸上那冷冷的杀意，心里忽然明白了什么。主人不会是……

还没容红烛彻底想明白，凰北月已经低声对冰灵幻鸟喝道：“冲过去！”

对她的命令，冰灵幻鸟一向都不会质疑，就算前面是刀山火海，也毫不犹豫地冲。

疾风掠过，寒霜飞散，一瞬间，冰冷的元气四散在空气中。

雪影战刀上，晶莹的流光从刀刃上飞快闪过，冷寒的光芒瞬间照亮了那双冰蓝色的眼眸。

凰北月紧紧地盯着那横亘不动的黑色元气，慢慢伸出另外一只手，白皙修长的手掌柔若无骨，然而手指张开，却充满了张力，用力握住雪影战刀。

凰北月双手一起握住刀柄，森白的寒气顺着手指流入雪影战刀。

微光闪过，悄悄翻腾的寒气却释放出一股凶悍的气息，冰灵幻鸟一怔，眼眸慢慢睁大。这股气息，如此熟悉。

红烛身体里骤然间升腾起一股极度兴奋的力量，惊喜地看着凰北月。雪色光芒映照之下，凰北月青丝飞舞，耳边一缕红色的发丝艳红如火。

在冰灵幻鸟寒气的带动之下，周围空气的温度瞬间降低了无数倍。那横亘在前方的黑色元气，忽然像是被触动了，竟然有些人性化地慢慢后退了一些。

少女的脸庞上隐隐带着一抹冰冷却狂傲的笑意。

忽然间，在距离黑色元气只有十几步之遥的时候，凰北月毫不犹豫地举起雪影战刀。带着寒气的刀身在空气中拉出一道漫长的残影，如同有实质一般，紧紧地跟随在凰北月的身后。

凰北月发丝全部飞扬起来，冰蓝色的眸子中映着冰雪的光芒，更深处却是令人心惊的、完全浓郁的漆黑。她咬着牙，任由元气疯狂地从身体中抽离出来，越来越微弱地支撑着她人类的形态。

生死输赢，全在这一击之间。

随着她举起战刀，然后慢慢地砍落下去，周围的空气仿佛被一股极大的力量震得稍微扭曲了一下。虽然在惊心动魄的一刻没有人注意到，但那一下空间的扭曲，却是真实存在的。

万寿无疆自然也不会示弱，一瞬间黑色元气爆起，形成一只巨大的手掌，从上空往下拍来。周围巨大的树被狂风吹得连根拔起，而后连连倒下。

冰灵幻鸟逆着狂风，却依然悍不畏死地迎上去。

凰北月狠狠地一咬牙，足尖狠狠地一踏，在冰灵幻鸟的背上爆出一团冰花，整个人借力跃起来。她抬起头，见巨大的黑色手掌凶猛地压下来，于是冷冷地牵起嘴角，雪影战刀也凶悍地迎上去。

白色冰寒之气猛然撞上那似乎坚不可摧的黑色元气，不断从凰北月魂魄内被抽走。黑白两股元气，起初撞在一起难分难舍，之后逐渐压缩，形成一个旋转的巨大圆球。

在压缩之中，凰北月的面色也越来越难看。她闷哼一声，冰蓝色的眼眸被黑色占据，完全变成一片漆黑。

“主人！”红烛大叫一声，想冲上去救援，却被冰灵幻鸟毫不留情地张开翅膀拦住。

此刻，正是凰北月的灵魂和万兽无疆进行磨合交战之时，外人千万不可打扰，否则功亏一篑，这苦头就白白吃了。

红烛也明白这个道理，因此只是咬着嘴唇，紧紧地握着拳头，担心地看着。

半空中，凰北月咬着牙，倔强固执地紧紧盯着那黑色元气。她心里很清楚，这是非常冒险的行为，自己这般举动，无疑是对万兽无疆的挑战，若它奋起反抗，以她的灵魂力量一定抵抗不住。

她在赌！

既然有契约，万兽无疆就是绝对忠心于她的。只不过，对于此时的她，这块强大的黑玉也会生出一丝丝叛逆之心，服从于比自己弱太多的主人，是任何一个强者都不能接受的。她此刻就是在赌，赌自己能不能将它这一丝叛逆之心给完全压制下去。

她豁出去了，赌上了所有！她，天生就是赌徒。她什么都没有，唯一的赌资，就是她的命。

她嘴唇苍白，元气极度透支，万兽无疆的力量却丝毫都没有减弱，依旧强盛得不可思议。可即便这样，也无法动摇她的心，她心里的执念更深、更强、更庞大。

自从她睁开眼睛，第一次看到这个世界的时候，一切就是陌生的。所有的人、事，她都不知道。对前世是超级杀手的她来说，这种感觉无疑是最煎熬的。她嘴上从来不说，可心里很介意。天性不允许她这么弱，哪怕只有一丁点儿机会，她也会牢牢把握，不惜一切代价去换取想得到的。

被黑气逐渐压缩得只剩下一点儿的白色寒冰元气，忽然从黑气中渗透出来。凰北月眼眸猛然睁大，眸中浓郁的黑色逐渐被她驱走，慢慢被一丝清澈的冰蓝色所取代。飞舞的黑发瞬间如同带着生命力在狂舞，她耳边的一缕鲜红夹杂其中，分外鲜明。

强大的灵魂力量从深处慢慢蔓延出来，万兽无疆陡然一怔，然后慢慢地开始一步步退却。虽然不甘心被这样压迫，但是来自凰北月灵魂深处的力量，带着契约的气息，让它不得不臣服。

轰的一声巨响，黑气四散开来，凰北月也被那强力的爆炸给轰得倒退出去，从半空中飞落。

冰灵幻鸟振翅飞起，从她身子下掠过，接住她，绕着倒下的大树盘旋了一圈，然后停在一根倒下的粗大树干上。

四周弥漫的黑气如同太阳出来之前的雾气一样，慢慢地烟消云散。狂暴的风慢慢消止，震撼人心的力量也随之消失。万兽无疆重新在封印中，正常地散发出滋养着她魂魄的黑色元气。

凰北月伏在冰灵幻鸟的背上，深深地喘了几口气。她看着手背上隐隐出现的狐狸毛，不禁庆幸地一笑，差一点儿就变成狐狸了……

“主人，你看那边！”刚才的一战惊心动魄，红烛聚精会神地去看，根本没注意到四周。此刻战斗停下来，四周静悄悄的，她才隐约听到瀑布的水流声从他们的西边传来。

倒掉的高大树木将原本遮蔽在茂盛枝叶中的一些景象呈现了出来。淡淡的白色水雾从远处弥漫过来，在树林中慢慢飘散着，如同晨间的雾气。

凰北月慢慢地坐起来，举目看去。远处，光线昏暗，除了那淡淡的白色水雾，她什么都看不见，但是耳边依然能够听见一丝瀑布的水流声。

近了！看来他们已经身处那片峡谷的边缘。

凰北月将吉克画的地图拿出来一看——瀑布就在峡谷的东边，距离他们现在所在的地方，已经不远了。

刚才和万兽无疆一番对峙，她消耗了大量的元气。为了防止变成狐狸，她还是在原地休息了一个时辰，才让冰灵幻鸟继续上路。

万兽无疆静静地悬浮在封印中，对她的举动没有再干涉，只是散发出更多的黑色元气，在封印中四散游走。

冰灵幻鸟慢慢地飞进峡谷，瀑布的声音震耳欲聋地传来。

这峡谷有十个足球场那么大，从中间深深地凹陷下去，两边的峭壁上长满各种粗壮繁密的巨树，一些藤蔓植物缠绕在枝叶之间，从树上高高地垂挂下来。

瀑布在东边，飞流直下，激起水花无数，所有的水汇聚在峡谷底部，不知流向什么地方。

哗啦啦！因为峡谷四面的回音，水流的声音便如万马奔腾。

这里光线不暗，因为水下有一种莹莹如玉的石头，整洁平滑地铺着，散发出柔和的光芒，映着水光，便像是天然的发光体，将整个峡谷都照亮。

水雾在峡谷中弥漫，视线受到了阻碍。冰灵幻鸟小心翼翼地靠近瀑布，才隐约看见水雾之中慢慢出现一棵苍天巨树。

绿荫如盖，枝条弯垂，繁密的枝叶间开了几朵如同脸盆大小的鲜红色的花。

这一整棵树就长在峡谷的中心，盘根错节，水底那些黑色的老根清晰可见，一条一条，牢牢地扎在水中。

飞鸟绝迹，灵兽无踪，连浮光也不敢轻易地飞过来。靠近峡谷的时候，他们觉得已经有种强大的气息，在警告胆敢闯进来的人。属于不死之树的神圣和强大，不容许任何污秽之物靠近。

凰北月悄悄地抬手，敲了一下冰灵幻鸟的背，让它不要继续靠近。而后，她慢慢地转到瀑布的边缘，利用瀑布的声音和水汽来隔绝他们身上的元气。

她隐隐约约觉得这地方不简单，这里不该这么安静……

红烛四处看了看，找了一个气息薄弱些的地方，悄悄地释放一些元气，将瀑布的水帘打开。冰灵幻鸟立刻飞快地冲进去。红烛也立刻将元气收起，半点儿都不泄漏出来。

瀑布里面有个不大不小的山洞，石桌、石椅竟然都齐全，地上有火堆的痕迹，火堆上架着一口锅，里面是几乎硬成石头的米粥。如此浓厚的生活气息，说明之前有人在这里生活过。

红烛拿出一小块发光石，照了一下山洞周围，忽然笑道：“这里恐怕就是阿爹出生的地方。”

凰北月点点头。她刚才也想到了。轩辕问天就是在这里出生的。

红烛将那些碗筷用具一一拿起来看，想象着阿爹在此生活的情景，觉得不亦乐乎。

忽然，凰北月抢了她手中的发光石，飞快地放进纳戒中，周围瞬间就暗了下来。红烛的心一下子提起来，她压低声音问：“主人？怎么了？”

“嘘……”凰北月将手放在唇边，轻轻地道，然后对红烛一招手，两人慢慢走到洞外的水帘边。

此处的水帘是最薄弱的，隐隐约约能够看见外面。水底下波光盈盈，光芒闪动，让水雾中的人也能看清不死之树的情况。

只见那安静的树枝忽然晃动了一下，而后便传来沙沙沙的声音，似乎有什么东西绕着巨树的枝干爬了下来。凰北月和红烛都屏气凝神地看着，大气也不敢喘。

片刻之后，她们终于看见一条浑身漆黑的巨蟒从树枝上爬下来。巨蟒硕大的三角形脑袋上，只有一只碧色的眼睛，碧色的眼眸中却隐约有一朵红花的影子。

“碧睛红花蛇王！”红烛忍不住低呼一声，连忙捂住嘴巴，却难以掩饰她的震惊。

凰北月不禁看向她。碧睛红花蛇王，这名字一听就是个棘手的家伙。

看着红烛的神色慢慢变得难看，凰北月更加确定那大家伙不好对付。

“碧睛红花蛇王是十二阶的神兽，”红烛尽量压低声音，道，“性情十分凶残，是神兽中最强的存在。战斗力惊人，若神兽中的王族不出现，它们就是王者！”

凰北月听得眉头皱紧。如果守护不死树的是这样一只神兽，那她想拿到不死树的树根，就更加困难了。

两人屏着气息，悄悄往外看。那碧睛红花蛇王是从树上下来喝水的，三角形的脑袋上，一片片黑色的鳞片如同坚硬的玄铁，闪着冷硬的光泽，坚不可摧。

它将嘴巴凑进水中，眯起碧色的眼睛，慢条斯理地喝了一口。忽然，喝水的动作一顿，它骤然转过头，碧色的眼眸直直地看向瀑布之后。它眼眸中的红花诡异地开了一下，继而盛大的怒气充斥在那双眼睛里。

被发现了！凰北月瞬间惊出一身冷汗，想不明白她们隐藏得这么好，半点儿气息都没有泄漏，这碧睛红花蛇王是怎么发现她们的？

不过想归想，凰北月行动上却半点儿都不含糊，立刻站起来，拽着红烛迅速后退。

那碧睛红花蛇王在不死之树下面嘶鸣了一声，整座峡谷都被那一声嘶鸣震得摇晃起来。水流越发汹涌，她们只听见外面传来更加巨大的浪花翻腾之声。

“它过来了。”红烛大声道，抬头一看这狭窄的空间，不禁心慌意乱。这简直是瓮中捉鳖，她们根本无路可退。想到接下来的后果，红烛不禁满身冷汗。

凰北月却一只手挡着她，背贴着墙壁一动不动，面色阴冷。

随着红烛的话音落下，一道巨大的撞击声猛然在外面响起，那被水帘挡住的山洞立刻坍塌了一半。

头顶上的巨石轰隆隆地砸下来，整座峡谷都在这巨大的撞击中颤抖着，发出一阵阵震破耳膜的回音。瀑布中的水一瞬间倒灌进来，凰北月也在这一瞬拉住红烛，对冰灵幻鸟一招手。

冰雪在眼前一闪而过，冰灵幻鸟的爪子抓住她和红烛飞快地掠出山洞。

那碧睛红花蛇王漆黑的庞大身躯就在洞口，那一撞之下，让它稍微撞歪了一些，半个脑袋都陷进山壁中。此刻，它愤怒地摆动着身躯，要从山壁中挣脱出来。

她的计算果然一分都不差！凰北月心中暗暗庆幸，若是刚才算错了一点儿，恐怕二人都会被狠狠地撞成肉泥。

它身上一片片坚硬的鳞片上覆盖着寒重的冰元气，而一般的招式根本就不能伤它半分。

凰北月从它身边飞快掠过的时候，瞥了一眼，便觉得一阵惊悚，头痛不已。

目前，她根本不能和这家伙硬拼。这么变态的防御能力，就算十个九星召唤师一起攻击它身上的同一块鳞片，也不会有半点儿效果。

要速战速决，就得先拖延碧睛红花蛇王，她去取了不死之树的树根之后，立刻拼命逃走。只要能逃出浮光森林，他们就有胜算。其他的什么事情，此刻她统统都不考虑了。

凰北月飞快地将自己的计划说出来，在轰鸣的水流声中，她的声音有些飘。但红烛还是听清楚了，不禁面色大变，道：“主人，这样太危险了。”

“除了这样，没有别的办法了。”凰北月无奈地说。

碧睛红花蛇王的战斗力和防御力都是绝对强大的，面对这样的对手，她们如果没有足够的准备，和它战斗根本就是找死。可是，如果她们这一次无功而返，下一次想再这么悄悄靠近它，就不可能了。

已经没有时间考虑了，凰北月松开抓住冰灵幻鸟爪子的手，飞快地从高空中落下。雪影战刀出现在手中，她用力向后一挥，一股冰元气被带起，推着她的身体前行，准确地落在不死之树的枝叶下方。

只要一段树根就可以了，凰北月并不贪心，也没有时间去打量不死之树究竟长什么样子。她看准了水中的一段黑色树根，快速地用雪影战刀砍下去。

当——

锋利的雪影战刀居然被反弹回来，她的虎口隐隐作痛，竟如同砍在精钢上一样。那树根上半点儿痕迹都没有留下，那可是用上了她此刻最大的力量啊！凰北月觉得不可思议地看着那树根。

忽然，留在不死之树周围的那一段碧睛红花蛇王的黑色身体动了一下，狠狠地朝她撞过来。

“主人小心！”红烛在上方大喊一声。

可是已经脱离了山壁的碧睛红花蛇王发现了半空中那胆敢挑战它威严的入侵者，不禁怒火中烧。

“此乃吾的地盘，擅闯者死！”

轰隆隆的声音回荡在峡谷中，碧睛红花蛇王掉过头，张开巨口，便朝着冰灵幻鸟和红烛咬去。而移动间，它庞大的身躯也差点儿将凰北月压成肉泥。

不过，凰北月反应飞快，迅速向上一跃。雪影战刀钩住上方的一根枝丫，她借势翻身爬上了不死之树。

呼哧——

似乎有人类的喘息声在耳边回响，凰北月不禁一怔。这里难道还有人生存不成？她回过头一看，却见那枝繁叶茂之中，一朵脸盆大的红花就在她脑袋后方。花瓣原本轻轻合着，因为她的靠近，那花瓣慢慢张开，一股奇异的香气散发出来。

出于本能，凰北月几乎立刻屏住呼吸，自然地往后退去。即便她反应已经很快，还是吸进了一点儿香味，脑袋立刻便有些沉沉的感觉。

她心下大呼糟糕。这红花有迷幻人心的作用，幻术一向神秘得不可思议，她不能太靠近。她正想退出去，可忽然看见那红色的花朵盛开了，花瓣中间，竟然有一张苍白诡异的人脸睁开眼睛。那眼睛直勾勾地看着她，鲜红的舌头伸出来，慢慢地舔着嘴巴。

这是食人花！这个念头刚刚闪过，那花朵中的人便忽然伸长了舌头，似要将她卷进去。凰北月飞快地向后一翻，从树枝上滚下，跌落在一块坚硬的板子上。

她手上忽然感到一股刺骨的冰冷，低下头一看，顿时吓得魂飞魄散。她跌落的地方，居然是碧睛红花蛇王的身躯。

这一下震动立刻惊动了正和冰灵幻鸟他们纠缠的碧睛红花蛇王。它动作顿了一下，然后慢慢地回过头，那只碧绿色的眼眸缓缓地映出一个黑衣少女的影子。

“人类？”碧睛红花蛇王微微一怔。这么多年，还从未有人类能够闯进这里。等等，不对，她不是人类！她身上半点儿人类的气息都没有，如果有，它不可能察觉不到。

“死灵？”碧瞳之中红花隐现。

死灵便是魂魄，在神兽的口中，只是称呼不一样而已。

“既是死灵，却没有被司幽境带走，吾还是第一次见。你一定有不同之处吧？”碧睛红花蛇王阴森地笑起来，盘旋的身躯慢慢地转动，硕大的脑袋从上方压下，缓缓地靠近凰北月。

凰北月手持雪影战刀，抬眸冷冷地迎视着那碧色的眼眸。

身后的食人花不屈不挠地追出来，却被碧睛红花蛇王的气息所慑，看了它一眼之后，便缩回去，不敢再动。

眼前的巨兽气息强大，胜过她无数倍，可是面对它，凰北月依旧沉静镇定，半点儿惧意都没有。

这倒让碧睛红花蛇王越来越感兴趣了。这么多年来，它没有见过人的样子，想不到，这世上还有这样大胆的人，面对着它，依然能保持如此镇定的模样。

一般的死灵会有这么强悍的定力吗？这少女活着的时候，必定是惊动一方的强者。想不到它退隐的百年，卡尔塔大陆上居然出现了这么一位年纪轻轻却登峰造极的强者！可惜，她死得太早了。

“嘿嘿……”这碧睛红花蛇王看着凰北月，竟然笑起来，那笑声似乎带了一点儿幸灾乐祸的味道。所有年轻的天才，都是让老天嫉妒的。风光一时又如何？她能永远风光？迟早会陨落的，就像……

“主人！”半空之中，一条银白色的巨龙忽然穿过水雾，猛冲下来。

强大的神兽气息令碧睛红花蛇王都无法忽视，它转过头看了一眼，不禁觉得吃惊。

“王族？”虽是怔了一下，但碧睛红花蛇王很快就冷哼一声，“凭你的火候，在吾面前又能如何？”说着，它重新蜷起身子，身上的鳞片片片张开，上面的火元气全都化为白色的寒冰，在红烛撞过来的瞬间，寒冰从鳞片上浮起，突然像一件甲胄一样，将红烛笼罩起来。

“小心！”凰北月惊呼一声，雪影战刀一转，趁着它鳞片翻起，冰元气全部离体的瞬间，刀锋直直地从它血肉之中刺进去，活生生将一整块鳞片给切了下来。

嗷——碧睛红花蛇王发出一声尖锐的愤怒咆哮，大怒不已。它竟然忽视了这小小的死灵！

“你敢偷袭吾！”再也不去管红烛，碧睛红花蛇王陡然转过头，三角形的脑袋狠狠地撞下来。

凰北月一击得手，早就不指望能第二次伤害到它，因此拔出雪影战刀，凌空跳入水中，蜻蜓点水一般翻上了树枝。

碧睛红花蛇王速度奇快无比，那么巨大的脑袋，似乎根本不受空气阻力的影响，眨眼之间便擦着凰北月的身体，狠狠地撞向了地面。

轰隆！霎时间水花溅起老高。水底冰莹的石块都被撞碎，一些盘踞在石头中的树根被它生生撞断。

先前凰北月用雪影战刀实验过，那树根简直如精铁一样，根本砍不断，可是现在被碧睛红花蛇王一撞，它竟然断了。可以想象，碧睛红花蛇王的脑袋以及那撞击的力量，有多么强大了。

凰北月狠狠地咽了一口口水。这怪兽也太变态了吧！

不过正好，她刚才还苦恼着应该怎么才能砍下不死之树的树根带走，现在不用愁了。现成的几段树根就漂在她旁边的水中，她伸出手，想捞起从旁流过的一段，忽然一道锋利的冰刃擦着她的手臂过去。她动作飞快地闪开，但手臂还是被狠狠擦了一下，疼得她龇牙咧嘴。

碧睛红花蛇王抬起头，碧色的眼睛里红花一闪，整棵不死之树便开始冻结成冰。

凰北月一惊，连忙离开那巨树。而对方明显就是在逼迫她离开，见她一跳下来，三根冰钉便射过去。那速度和角度让她根本无从闪躲，而且它不打算取她的性命，因此那冰钉没有对着她的要害，只是朝着膝盖而去。

凰北月躲过两根，却还是被第三根狠狠地从膝盖中穿过去。她虽是魂魄，也疼得倒吸一口凉气。

碧睛红花蛇王气势汹汹地对着她张开嘴巴。那钉在膝盖上的冰钉忽然带起一阵吸力，凰北月身子一倒，便被吸过去。原来是陷阱！

她眼看着距离碧睛红花蛇王的嘴巴越来越近，它口中那如一扇巨门一样的嗓子眼似乎正敞开着。被吸进去不知道会怎么样，但是，她不喜欢进别人的嘴巴。纳戒上光芒一闪，一条火红的鞭子出现在手中，她向后一甩，鞭子缠住了不死之树的枝丫，定住她的身体。

碧睛红花蛇王没想到她居然还有一样宝物，定睛一看，不禁越发兴味盎然，道："火神鞭！"

凰北月没有理会它，一手紧紧抓住火神鞭，另一只手抬起雪影战刀。她眉心一皱，黑色的元气顺着手臂流向雪影战刀，顿时，黑色的元气在刀身上绽放起来。

浓郁的黑悄无声息地暴涨开来，一点儿风都没有带起，轻飘飘的，宛如一阵普通的黑烟。

然而，就是这样虚无缥缈的状态，却让碧睛红花蛇王浑身的鳞片都倒竖起来。它盛开着红花的碧色眼眸中，忽然掠过一抹惊恐和震惊的光芒。怎么可能？

漆黑的元气随着凰北月手起刀落，狠狠地斩下来，忽然形成一柄巨大的黑色战刀，从碧睛红花蛇王的头顶斩落。顿时，平静的空气猛然震动了一下。

漆黑巨大的刀身在虚空之上雄浑挥舞，空气也随着这巨大的力量而起了阵阵涟漪，周围的水流瞬间全被推开，向两边堆高，形成一个完整的四面水牢。

碧睛红花蛇王那布满坚硬鳞片的脸上遍布震撼与不敢相信之色。

"万兽无疆！"它口干舌燥地咽了一口唾沫，一股战栗的感觉从内心蔓延开来。说完之后，它那庞大的身躯也不敢停留在此处，瞬间飞快地离开了好远。

实际上，那一柄黑色元气形成的战刀，对碧睛红花蛇王来说，还不能造成多大的伤害。毕竟，这少女只是个死灵，而且本体元气很弱，无法发挥出万兽无疆那庞大恐怖的力量。然而，面对这曾经让自己生存在噩梦中的黑色元气，碧睛红花蛇王心中仍旧不知不觉生出恐怖之感。它不敢托大，也不敢靠近。

这死灵少女，从第一眼看见，它就知道她绝非一般人。

碧睛红花蛇王闪开。万兽无疆凝聚的黑色巨剑来不及收势，猛然砸在水中，十几米高的水浪冲天而起，水雾弥漫。

水雾中，那隐隐约约的黑色气息依旧让碧睛红花蛇王倒吸一口凉气。不愧是万兽无疆！不过，它也看清楚了，这少女所能发挥的万兽无疆的力量，到此时已是极致。它眼中闪过一道锋利的寒芒，现在的它，可不是随随便便就能被糊弄的。

它心里忽然生出一个大胆的念头，那万兽无疆以前让它无可奈何，但现在可不一定了！这死灵少女根本没有本事守护万兽无疆，那么，它就把万兽无疆抢过来，据为己有！

它也想看看那万兽无疆究竟有多强大的力量。这么想着，碧睛红花蛇王便再次凶猛地扑过去。可是，它眼前空荡荡的，除了不断落下的水花，根本就没有那黑衣少女的影子。

碧睛红花蛇王抬头一看，只见半空中，原本应该被它困住的那条银龙也消失不见了。远处一抹雪白色的影子渐行渐远，已经逐渐飞到峡谷的上空去了。

该死！怎么可能这么轻易就让你们逃掉？碧睛红花蛇王大怒，布满坚硬鳞片的黑色身躯上忽然张开两道宽阔的鳍，如同翅膀，从头顶直达身体的中部。粗壮的躯体鼓胀而起，它慢慢往后缩了一下，继而如同一道雷光，猛地向高空射去。

它奇快无比的速度，简直骇人听闻。空气似乎被它的速度给生生撕开了一道裂口，开始震动。

第三十三章
雷王驾到

“它追上来了。”红烛往后看了一眼，忽然面色大变，太快了！那速度实在太快了！

凰北月将一段从水中捞起来的不死之树的树根放进纳戒中，回过头，同样面色苍白，冷汗噌噌冒出来。

冰灵幻鸟的速度已经是极致了，风声就在耳边，几乎变成凌厉的刀刃，割得皮肤一阵阵生疼。可是，碧睛红花蛇王那么巨大的身体，眨眼之间和他们便只有很短的距离了。

凰北月狠狠地将膝盖中的冰刃拔出来，握紧雪影战刀站起来，又从纳戒中摸出最后一道元符。凰北月留下的元符所剩不多了，这一道是寒冰元符，威力如何她从来没有实验过。开玩笑，这么珍贵的元符，纳戒中不过几张，她哪里舍得随便做实验？只有在战斗中逼不得已时，她才会拿出来。

此刻千钧一发，她也不犹豫，手指上流过黑色元气。她将元气抹在元符上，便脱手扔出去。

元符中的冰雪云纹快速收缩，云纹中一个“阵”字光芒一闪，霎时间，半空中忽然凝聚出冰元气，一道森白的冰元气屏障铺展在空气中。

那猛冲而上的碧睛红花蛇王看见这突然出现的元气屏障，也没有片刻停留，依旧如洪水猛兽一样冲上来。

凰北月则让冰灵幻鸟有多快飞多快，立刻远离。

他们抽身而退的一瞬间，那元气屏障中忽然有无数冰刃爆射而出。

哗啦啦——

密集的冰刃如同蝗虫过境，瞬间将碧睛红花蛇王的庞大身躯淹没。

周围的水汽因这元气屏障而形成浓厚的水雾，让人几乎看不见那庞大的黑色巨蛇。

那碧睛红花蛇王身体上的鳞片十分坚硬，就算寒冰元符也无法穿透，防御力太恐怖。这密集的攻击只能暂时阻挡它，为凰北月他们争取一些离开的时间，但不会有多少时间，他们一定要离开这片峡谷。

狂风在耳边呼啸，她这辈子都没跑过这么快。虽然狼狈，但拿到了不死之树的树根，她还是觉得这一切都是值得的。

“别想跑！”身后狂怒的碧睛红花蛇王已经破开那寒冰元符的重重冰刃攻击，三角形的脑袋凶猛地冲出来。

凰北月一直观察着后方，突然看见碧睛红花蛇王的身躯时，也吓了一跳，心中对那元符的威力越发佩服了。

那碧睛红花蛇王身上的鳞片竟然有几片被生生地掀开，露出血肉。此刻，那庞大的蛇身上全是大大小小的伤口，流血不止。

碧睛红花蛇王被彻底惹怒，区区一个死灵，居然这样挑战它十二阶神兽的威严！它张开巨大的嘴巴，瞬间就到了近前，锋利的獠牙闪过寒光，张口咬下。

凰北月飞身而起，用力挥出雪影战刀，迅猛的寒冰汹涌而去。然而，那碧睛红花蛇王根本视她如无物，依旧来势汹汹。

红烛手中的印诀飞快地变幻，顷刻间两条寒冰巨龙飞扑出去，一左一右咬住碧睛红花蛇王脖子上鳞片被掀开的血肉。

嗷——

碧睛红花蛇王一声怒吼，那两条冰龙立刻粉碎成无数冰碴儿。

太强了！它雄浑的气势如千钧压顶，让人根本无从抵抗，那盛开着红花的碧色眼眸中闪现着阴冷毒辣的光芒。

这一次它再也不会手软，要连同这个死灵少女一同杀死，它狠狠张口咬下来。

凰北月的眸子瞬间睁大。这一下，她当真是避无可避。

庞大的阴影当头笼罩下来，巨蛇口中散发出的腥臭之气也扑面而来。那巨大的嘴巴几乎笼罩了半个峡谷，冰灵幻鸟与它的脑袋相比，如同一只飞扑的小鸟，根本无法逃出这强大的五指山。

呼吸差一点儿就停止，红烛紧紧抓住凰北月的手臂，身前不断有寒冰元气变化凝固，可是很快就被碧睛红花蛇王的强大气息给震碎。

就算是王族，面对这战斗力绝对一等一的碧睛红花蛇王，也感觉到一丝力不从心。若是以前就好了。按以前她们和万兽无疆形成的契约关系，对付碧睛红花蛇王根本不会这么狼狈！

腥风阵阵，吹得头发狂乱地飞舞，红烛本能地将身体靠向凰北月，挡住她。

凰北月手疾眼快地抱住红烛，身子一旋，扑倒在冰灵幻鸟的背上。

咔嚓，碧睛红花蛇王的巨口轰然咬下，锋利的牙齿狠狠咬在冰灵幻鸟的尾巴上。冰灵幻鸟寒冰凝成的尾巴立刻被咬断了。

冰灵幻鸟闷哼一声，依旧片刻不停，拼命扇动翅膀往前飞。

那一咬之下，动作太大，差点儿将他们震下去。幸亏凰北月死死地抓住冰灵幻鸟身上的羽毛，才惊险地定住。

凰北月脸色苍白，抬头去看那碧睛红花蛇王，只见它吐掉口中的冰碴儿，昂起三角形的头颅，目光中布满愤怒和不甘之色。

“人类，吾不会放过你的！”

震耳欲聋的声音在峡谷中反反复复地回荡，然而，它止步在刚才的地方，再也不往前一步。虽然它极力挣扎，想往前冲，但那庞大的身躯就是没有办法往前挪动半分。

这是怎么回事？惊魂未定的凰北月狠狠地咽了一口口水，透过蒙蒙的白雾，不可置信地看着那双碧色的愤怒眼眸，那凌厉的杀气仿佛有实质一样，要将她千刀万剐。

为何它止步不前了？这其中的原因她一点儿都想不明白，混乱的脑海还被方才惊心动魄的战斗牢牢地占据着。她至今都不敢相信，他们已经从那变态的神兽杀气之下逃脱了……

“主人，它怎么了？”红烛看着它，也是百思不得其解，不过语气中那种终于松了一口气的感觉还是很明显。

“似乎是被困住了。”凰北月擦了一把脸上的汗水，爬到冰灵幻鸟的尾部，远远地眺望着那碧睛红花蛇王。它依旧怒火冲天地瞪着他们，似乎随时都会突然冲过来。

白色的水雾中，它漆黑的身体绷得直直的，尾部一直延伸下去。不难想象，它一定是被困在不死之树的周围，只有峡谷这么大的方圆之地可以活动，超出这段距离，它就无可奈何了。

还好刚才他们选择了不顾一切地逃跑，还真是误打误撞，命悬一线。

那闪现着仇恨的眼睛在白茫茫的水雾中慢慢迷糊，最后终于不见。可那眼神和嗜血的恨意，深深地印在了她的心里。

红烛往远处看了一眼，果然如凰北月所说的那样，那碧睛红花蛇王虽然极力地想过来，身后却有一股力量紧紧地束缚着它的身体，让它只能眼睁睁看着他们逃走。

“活该！”红烛开心地拍着手。刚才一场战斗，可让她吃了不少苦头呢！

“小心一点儿，我们虽然逃过了碧睛红花蛇王，但森林里还有很多强大的神兽，刚才一场恶战，恐怕把它们都吸引到附近来了。”

凰北月元气耗尽，万兽无疆也无力支撑，红烛为了挣脱碧睛红花蛇王那寒冰甲胄，也透支过度，而冰灵幻鸟尾部受了伤，平衡感已经严重被影响，这种时候他们要是再遇到强大的神兽，会很不利。

听了她的话，红烛凝重地点点头，不敢再大意。她周身散发出属于神兽王族的强大气息，逼退那些胆敢靠近的兽类。

凰北月则靠在冰灵幻鸟的尾部，查看着被碧睛红花蛇王咬掉的尾巴。

冰灵幻鸟身上没有鲜血，但被咬开的部位隐隐有森白的元气泄漏出来。凰北月仔细一看，发现那也如鲜血一般，只是没有颜色而已。

灵兽的身体本就是一个巨大的元气储存体，特别是“五灵”，它们就是五种属性的元气所凝聚的精魂所在。

冰之冰灵幻鸟、火之紫焰火麒麟、风之影凰，虽没有跨入神兽的行列，可是比起一些神兽要强大许多，因为它们本就是纯净强大的元气精华。它们身体中的元气像是人类身体里的血液，如果慢慢流干，它们最终也会力竭而死。

因此，凰北月看到冰灵幻鸟的尾部正慢慢地泄漏元气，面色也在一瞬间变得十分苍白。

“找个地方休息一下。”她立刻说。

“不用！”飞行中的冰灵幻鸟冷冷地说，速度飞快，瞬间就越过峡谷，飞入幽暗诡秘的浮光森林中。

高大的树木枝叶掩映之中，从它尾部泄漏出来的寒冰元气丝丝飘荡在空气中，凡是沾染到的树枝，全都在一瞬间冻结成坚冰。

凰北月看着元气泄漏得越来越严重，面色也越来越难看。最终，再也无法保持沉默，凰北月以命令的口吻低喝一声：“停下来！”

冰灵幻鸟一怔，却依然倔强地前行。

凰北月冷酷地抿起唇，冰蓝色的眼眸中已经隐隐闪现着怒气。

看着这一人一兽都如此倔强不肯服软，红烛顿时左右为难。她看看凰北月冷酷的表情，心里一阵忐忑，还是转向冰灵幻鸟，道：“冰，已经离开峡谷了，先停一下休整吧，主人也很需要休息啊。”红烛好言好语地说，希望冰灵幻鸟不要这么执拗。

冰灵幻鸟是怕主人有危险，坚决不肯因自己的一点儿伤就停下来，可凰北月也是担心它的伤势。二者可真是一模一样的高傲倔强，让人没办法。

似乎感受到凰北月身上的怒气，冰灵幻鸟也不想真正让她生气，因此飞了一段距离，感觉到周围没有危险的气息，就慢慢降落在一棵树下。

凰北月一言不发地从纳戒中拿出各种各样的灵药，一股脑儿全扔给红烛，然后自己走到一边，抱着手臂盘腿坐下来。

红烛可爱地吐吐舌头，抬头看了冰灵幻鸟一眼，悄悄地说：“看你惹的好事！”

冰灵幻鸟收拢翅膀，默默地坐着，让红烛给它疗伤。它虽是寒冰之身，可依然会痛，被碧睛红花蛇王咬断尾巴的一刹那，剧痛差点儿让它无法支撑飞行。但想到背上的人，一切痛苦它都能忍下来，它不想让她处于危险之中。

听着背后红烛上药的动静，凰北月才逐渐安心。她不善言辞，许多话说不出口。但是……如果没有并肩作战的你，我该怎么办？这种话她没有办法说出口。凰北月有自己的固执和坚持。她以前就是冷血冷情的人，在遇到冰灵幻鸟之前，她根本不能体会同伴的意义。

因为师父培养她的方式，就是让她成为一匹孤独的狼。伤口，自己舔舐；寂寞，自己承担。他们这样的人，不配拥有任何感情。因为不管哪一种感情，在他们染满鲜血的手里，都是一种亵渎，所以，他们必须学会忍受孤独。别人出生就学会爱，而他们出生，是为了遗忘爱，一切的爱，只有冰冷的孤独，才是与生俱来的。

但是……她现在不想这样。

一个没有吃过糖的人，不会知道糖的味道是甜的，可一旦尝过那种甜蜜的滋味后，她会开始想念、开始贪恋、开始忘不了……所以，此刻的她已经不能习惯一个人作战的孤独。有了同伴之后，她可以放心地把后背留给对方。

凰北月低着头，一言不发地看着手中的不死之树的树根。那一段黑黝黝的根部，和普通的树根没有什么区别。但是，一种连她自己都没有发现的神奇力量却通过树枝慢慢地在她身体中蔓延开来……她已经无意识地想起前世的很多事情。

师父的教导、孤独的成长、黑夜中的独行、冷血的杀人……这些记忆不知不觉在她脑海中开始拼凑，逐渐成形，好像从来都没有消失过。它们出现的时候，波澜不惊，没有引起她太大的惊讶之感。

忽然间，周围树林里传来一阵阵诡异的呼吸声。

凰北月的背脊瞬间挺直。她慢慢地抬起头，扫视了一圈周围，发现竟然在不知不觉间，周围多出了许多虎视眈眈的目光。对方在窥视着他们。

一只虚弱的神兽、一只重伤的超级灵兽，还有一个元气不太强大的人类，这简直是最好的打劫对象。

那些长年盘踞在浮光森林中、没有自己的领地、四处乱蹿的兽类，如同人类世界里的土匪，遇见肥羊，自然要狠狠地宰。一双双诡异的眼睛闪着垂涎的光芒，神兽和超级灵兽的兽核，对它们来说都是最好的修炼圣品。

冰灵幻鸟抬起头，愤怒地嘶鸣了一声，强悍的冰元气震动一下，周围的温度瞬间下降。那些窥视的灵兽纷纷退了一步。随即它们就发现，冰灵幻鸟也只是虚张声势而已。它受了那么重的伤，根本不能战斗。因此，它们又慢慢地靠过去。

凰北月握着不死之树的树根站起来，手指轻轻地抚着纳戒，冰蓝色的眸子透出一丝丝危险的光芒。真是山中无老虎，猴子称大王！什么时候，连这些小小的灵兽也敢到她面前放肆了？

她身体中骤然涌出的森寒杀气让那些灵兽不自觉地怔了一下，前行的脚步犹豫地停了下来。

那个人类是怎么回事？方才它们还觉得她只是个普通人，身上元气很微弱，可现在那种强大的灵魂之力是怎么回事？

是了，能够带着一只神兽和一只超级灵兽走进浮光森林深处的，怎么可能是普通人呢？若是一位隐藏气息的强者，它们倒是没有胆量去招惹。只不过……说不定也只是虚张声势呢？

这么犹豫纠结着，那些灵兽就在不远不近的地方徘徊着，不离开，也不靠近。

凰北月冷冷地看着它们。灵兽也同样很狡猾，周围这么多灵兽，若是群起而攻之，倒是不好对付。她要想个办法将它们引开。

万兽无疆在封印中静静地挥洒着元气，凰北月脑海中灵光一闪，想用万兽无疆的气息将它们逼退。

她正这么想着，头顶陡然出现一阵迫人的巨大压力，如同千斤巨石，瞬间坠落下来。凰北月面色一变，立刻退到一边。轰轰烈烈的压力形成一阵风，将森林中的树木吹得狂乱摇摆起来。

红烛和冰灵幻鸟一同抬起头来，也是满脸震惊之色。难道这附近除了碧睛红花蛇王，还有一只更强大的神兽不成？

一般来说，这绝对不可能！一山不容二虎，神兽的领域性可是非常强烈的。

“哈哈哈！长久不出来，浮光森林还是老样子啊！路在哪里都找不到！”豪迈的大笑从头顶上传来，宛如惊雷从天空中滚过。

随着这雷鸣般的声音出现，头顶上那几千年以来茂密不见阳光的树枝被一股无形的力量轰开一道巨大的豁口。然后，一个宝蓝色的人影便从天而降。

笑声轰鸣，惊雷、闪电从炸开的豁口中蔓延进来，一瞬间，那些聚集在周围的灵兽，无一幸免地被惊雷劈中。

在一片惨叫声中，阵阵刺鼻的烧焦味在空气中弥漫开来。

凰北月站在红烛身边，由红烛在周围张开一个结界，才避过那惊雷的袭击，幸免于难。

那人影重重地落在地上，一时间地动山摇。他满脸胡楂，脸庞刚正，目光如电，一副凶悍的样子。那人随手挥了挥累赘的衣袖，摸着下巴上的胡楂，咦了一声，将精明的目光转向凰北月等人。

“还有活口？”从上空感受到此处元气聚集，他以为是一群碍事的灵兽，不想被影响了心情，于是降落之前先清理了它们。他没想到，居然还有活口留下来。他的实力不至于倒退这么多吧？

“尔等何人？”这人身材高大，比一般人高出许多，有两米左右，结实魁梧，站在那里如同一座铁塔。他不动声色，却有一股天生的威严，令人畏惧。

凰北月的面色冷若冰霜。她慢慢地从红烛的结界中走出来，道：“浮光森林里，各行其道，互不相干，阁下出手，似乎太霸道了些。”

“哈哈哈……”那人仰头大笑，竟也不生气，手指着她，“你这丫头说话有意思。本王还从未见过有人敢这么对本王说话！”

凰北月冷哼一声，目光淡淡地瞥过这高壮的人，心思慢慢地转动。他自称王，实力又如此强大，看来来头不小。

“我等与阁下井水不犯河水，就此别过吧。”她冷冷地说完，转身扶起红烛。

那人却伸出手臂，轻而易举地将她们挡住，哈哈一笑，道：“丫头，别忙着走，本王有事要问问你们。”

凰北月抿着唇，道：“何事？”

“你们从外面进来之时，有没有遇到一支二十几人的队伍？里面的人都是高手，有几个像你这么漂亮的姑娘，还有一只赤金圣虎，以及织梦兽。”那人问得诚心诚意。

一听他这么问，红烛立刻抬起头。凰北月不动声色地捏了一下红烛的手臂，示意她不要开口。

“你说有赤金圣虎的队伍？我们倒是见过，两三天前才和他们分别。”凰北月淡淡地说。

“哦？那织梦兽当真在？”那人立刻问。

凰北月道：“织梦兽确实在，不过他们不让我们靠近。对了，那队伍里还有个怪模怪样的人，头上长着牛角，我从未见过那种人，因此印象格外深刻。”

“那绝对是了！”那人哈哈大笑着一拍手，似乎非常兴奋，“丫头，带我去找他们！”

“我们不顺路。”凰北月冷冷地说，心中对此人的身份已经渐渐猜到了，“况且我们不知道你是谁，浮光森林中处处凶险，我是刀口舔血的佣兵，不敢大意。”

“嗨，本王堂堂司幽境的雷王，难不成还会害你一个小丫头？”那人声音洪亮地说。

司幽境雷王！红烛已经震惊得满脸呆滞。凰北月心中也是翻江倒海。居然是雷王亲自来了！刚才他一出现展现的实力，实在太过恐怖！

对付这样的人，不出阴招都不行。凰北月有些无耻地想着，面上却一片淡然，道：“司幽境，我从未听说过，阁下还是请报上名字吧。”

“名字？”那人抓抓脑袋，瞪大了铜铃般的眼睛，“这玩意儿我都快忘了，本王叫雷怒。哈哈，丫头，你也该报上你的名字吧？”

“在下戏天。”凰北月随口说。

听她报出这个名字，冰灵幻鸟那冷淡的翡翠色眸子里瞬间布满复杂震撼的光芒。它有些恍惚地抬起头看着她。戏天……这个尘封在记忆中的名字，又一次从她口中被说出来了。

“戏天，唔，好名字！”雷怒看着这冷傲清丽的丫头，嘿嘿一笑，“丫头配得上这名字！”

见他完全没有对自己起疑，凰北月也不禁疑惑，何以雷王看不出她只是一缕魂魄呢？当初乌拉和西法可是一见她就知道她是魂魄，她差点儿让他们给封印了。

这雷王，比起乌拉西法来，自然更强大。为什么他半点儿反应都没有，似乎还觉得，她是一个正常的人类？难道是因为……不死之树？

她查看了一下纳戒中的不死之树，那平淡无奇的一段树根，似乎也没什么特别之处。算了，没有被雷王发现自然是好事，不过她天性谨慎，自然要防患于未然。

“雷怒阁下，在大陆上，为保证佣兵的安全和利益，他们直接受雇于雇主的时候，会和雇主立下一个契约。”凰北月双手环抱于胸，淡淡地开口。

“还有契约？”雷怒不禁叹气，真是够麻烦的！

“其实也很简单。”凰北月微微一笑，“只要雷怒阁下在此起誓，我帮你找到那些人之后，你不得攻击我、伤害我，并且要立刻放我走。”

“这个容易！”雷怒毫不犹豫地举起手，飞快地画出一个契约阵，按照她的要求起誓。

见他这么爽快，凰北月也将手按在契约阵上，狡黠地一笑，道：“雷怒阁下若违背契约，那便自动成为我的仆人，奉我的命令为尊！”

雷怒一怔，随即哈哈大笑，道：“狡猾的丫头！本王是那等言而无信之人吗？你未免太小心了！”

“没办法，出来混总是要小心的。雷怒阁下同意吗？”

“同意同意，本王绝对不会出尔反尔！”雷怒将手按在契约阵上，光芒一闪，和她一起完成了契约。

等和阿萨雷他们会合之后，你会不会出尔反尔，可就不好说了。凰北月在心里默默地说。契约完成，她就放心了。

看她这么三言两语就把司幽境的雷王给阴了，红烛和冰灵幻鸟双双表示无语，心中暗暗发笑：她真是太阴险了！

一切准备就绪之后，凰北月和雷怒就先上路，让红烛留下来继续帮冰灵幻鸟疗伤。有了雷王的契约，凰北月自然无所畏惧。

“你那两个同伴留下，不会有事吧？”路上，雷怒得以和这样一个小美人儿同行，自然高兴不已。

“他们已经习惯了。”凰北月简短地说，并不想和他过多交谈，“阁下请尽量收敛身上的元气，否则打草惊蛇，会被他们逃走的。”

雷怒依言将身上骇人的强大气息收敛起来，可这样一来，周围许多浮光便都聚集过来，时不时地骚扰一下，让他烦不胜烦。

“它们怎么不去烦你？”雷怒见凰北月那边一只浮光都不靠近，不禁大吃一惊。

浮光森林，他多年前曾经来过，这些浮光对元气极其敏感，只要有元气波动，它们就会靠近，因为数量太多，因此一些高手都不敢小觑它们。

凰北月等他被烦得几乎发怒，才随手扔了一个油布包给他。

雷怒接过去打开，一股腥臭的味道霎时扑面而来，熏得他头昏脑涨，连忙闭气，道：“这是什么东西？”

“不想被骚扰就涂在身上，觉得臭的话，也可以扔掉。”凰北月冷冷地说，一眼都不看他。

雷怒一怔，忽然发现这油布包打开之后，那些浮光似乎都纷纷远离了，好像很讨厌这味道一样。

“嘿，你这丫头，有这等好东西都不提前拿出来！”雷怒连忙将油布包里的土黄色汁液涂在身上，又抬起衣袖闻了闻，立刻被熏得胃里翻江倒海。

凰北月没有回答他，见他果真将汁液涂在身上，嘴角悄悄露出一个讥诮的笑容。

雷怒涂好汁液，三两步赶上来，在她身边闻了闻，疑惑地道：“丫头，为何你身上没有这等臭味儿？”

“这气味儿很快就会散掉，只有浮光才能闻到。”凰北月说着，远离他一些。那种腥臭的味道，连她都受不了。

“原来是这样！”雷怒高兴地说，“本王多年不出来，想不到竟连浮光森林里也有了破解之法，这世情的变化当真快速。”

“你们那司幽境也是个与世隔绝的地方了。”凰北月略有些讥讽地说。

雷怒假装听不懂她话语中的讥诮，哈哈一笑，道：“多年以前，司幽境的人还是在大陆上出没的，后来……”

他的语气逐渐沉重起来，凰北月不禁偏头看着他。

“万兽无疆出现，逆世之人也应运而生，司幽境保持了上千年的传统，她偏要挑战，无数魂魄守护的契约之阵，她也想挑战。她当真搅得天下大乱，夜王陛下也心力交瘁。”雷怒一边说着，一边叹气。

凰北月微微抬起清澈的眼眸，道：“可她还是失败了，真可惜……”

“嘿嘿，也不全然算是失败。”雷怒无奈地摇着头轻笑，显得有些忧愁，“至少她也搅得司幽境再不能出现在人世的阳光之下。”

凰北月诧异地看向他。雷怒叹息着笑了一声，便再也不肯多说，个中无奈和心酸，外人是不会明白的。

知道封印中这块黑玉百年前曾经叱咤风云，凰北月心里也稍觉安慰，至少死过一次之后，万兽无疆还是在她手里！

营地中。

篝火边，小虎慵懒地半闭着眼睛休息，吱吱靠着它的肚皮呼呼大睡。阿丽雅低着头，仔细地缝着一件衣裳。其余的人都在周围警戒，半点儿松懈都不敢有。

那叫乌拉的小矮人被绑在一边。经过这几天的教训，他也认清了局势，此刻王子殿下是对方那边的，不会帮他，因此他唯有闭嘴，不敢多言。

“吉克大哥，王都去了两天了，还没有一点儿消息，我们要不要派人去打探打探？”

篝火边，阿萨雷和吉克并肩走过来。阿丽雅连忙端着茶水过去给他们喝。

吉克坐下来，端了一碗茶水，道：“王吩咐过在此等候，我们不要轻举妄动。”

“可去得也太久了。”阿萨雷忍不住嘀咕一句，眼睛瞟向那贼兮兮的小矮人乌拉，“王临走时说过，司幽境的人随时会来，我们要小心提防。”

“四周都是我们的人，而且小虎在吱吱身边，没那么容易让他们得逞的。”吉克很放心。王说过，不管怎么样，吱吱就是王牌！王牌在手，还有什么需要担心的呢？

两人在篝火边喝了半碗茶，忽然前面有人喊道：“吉克大哥，有人朝这边来了！”

他们立刻放下碗，飞快地跳起来，赶过去。

一群浮光往这边飞过来，慢悠悠的，像是闻到了不喜欢的味道一样，飞到他们这里，发现同样有雀丝草的味道，便掉头往另一个方向飞去。

吉克和阿萨雷立刻互看了一眼，飞快地交换了一个眼神。

毫不夸张地说，在浮光森林中知道运用雀丝草来驱散浮光的，只有他们赫那拉族的人！所以说，此刻朝这边过来的，说不定是自己人。难道是族中的人来这边狩猎？那也不可能。虽然族人有雀丝草，但是浮光森林中处处凶险，不但有浮光，还有各种灵兽、神兽，以及一些攻击性很强的植物。赫那拉族人出来狩猎的时候，一般是一群人出动，雀丝草的味道浓烈得让浮光纷纷避之不及，不可能动静这么小。

难道是王回来了？阿萨雷脸上现出惊喜之色，显然和吉克想到一块儿去了。

太好了！阿萨雷速度飞快，正想迎上去，吉克却伸出手，将他拦住。

“先别急！”吉克严肃地说，“如果是王回来，应该会先传消息给我们，不可能这样不动声色地靠近。”

阿萨雷一下子冷静下来，想了想，点点头。其余人也很赞同。

“说得对。王是谨慎小心的人，她做事一定都有她的用意。”

“吉克大哥，那我们该怎么办？”

吉克想了想，道：“一会儿不管看见什么，谁都不许露出惊讶的神色，见机行事！”

他们跟随凰北月多年，对她那诡异多变、酷爱冒险的性格，也有些了解，也习惯于配合她。因此，众人都点点头，道：“没问题！”

不多时，他们果然看见一大一小、一蓝一黑两道身影飞快地从树林那边掠过来。由于那速度太快，许多人都没有看清楚来人的样子，那两道身影便先后到了他们近前。

“到了。”冷冷的女子声音如同从寒霜中滤过一样，丝丝寒意入骨。

她慢慢地抬起头，淡淡地瞥了一眼吉克等人。对方十几个人，也都默契地不动声色地看着她。彼此之间合作无间，完全信任。

雷怒自然没有看出什么破绽来，只是慢慢踱步到吉克面前，那高大的身材可以让他随意俯视所有人。

“就是他们吗？”雷怒摩拳擦掌地说，“戏天阁下，你果然没有骗我。”

凰北月道：“骗你做什么？那织梦兽就在里面，你可以去看看确认一下。”

“说得对！”雷怒根本无视吉克等人。在他眼里，这些小人物根本不够他打，因此，他随手一拨，就把吉克和阿萨雷推开，然后迈着大步走进去。

凰北月站在他身后，眸中闪过一丝冷意，对吉克他们微微一点头。

这些人都不问为什么，心里自然懂。

阿萨雷追上去，大喝道：“站住！你是什么人？”

“本王是什么人，还不配你来问！”雷怒狂傲地说，“王子殿下在何处？”

“哼，原来是冲着吱吱来的。”吉克冷笑一声，道，“之前那个叫西法的家伙，可是答应过我们，回去会禀告你们的夜王。夜王能满足我们的条件，我们自然会将贵王子放回去。”

雷怒不屑地冷哼道：“条件？就凭你们这些跳梁小丑，也配跟夜王陛下谈条件？”

“阁下的意思是，夜王不肯答应我们的条件？”吉克抱着手臂，微微使了一个眼色。十多个赫那拉族的勇士便将雷怒围起来。

雷怒眉毛一竖，瞥着这几个人，一脸不屑。

“识相的快把王子殿下交出来！今天本王心情好，不想大开杀戒！”

“不满足我们的条件，贵王子就只好暂时寄居在我们这里了。”吉克不卑不亢地说。

这人身上的气息实在太强大，宛如泰山压顶一样，让所有人心头都沉甸甸的，忐忑不安。

“敬酒不吃吃罚酒！”雷怒也不想浪费时间，一脚迈出去，双手在身侧握成拳，以洪钟般的声音道，“丫头，你退后一点儿，以免一会儿不小心伤了你！”

那个契约，他可是没有忘记。他不想白白当别人的仆人。

“呵呵……”他身后传来银铃般的笑声，“雷怒阁下，三思为上啊！”

雷怒一怔，不禁回过头瞧了她一眼，只见刚才和他一路赶来的冷冰冰的少女，此刻却斜倚着一棵树，微微垂着脸，笑得有几分慵懒和狡猾，如同狐狸一样。

雷怒心底立刻闪过不好的预感，想起方才种种，大呼糟糕。

许久没见美丽姑娘，他竟然连防备心都减弱了。可他还是有点儿不相信，毕竟这丫头可是真正地把他带到这儿来了。

“戏天丫头，你那话是什么意思？”

凰北月懒懒地抬眸，瞥了他一眼，笑道：“幸好对司幽境的人没有抱太大的希望，否则，我这次可是亏大了。”她慢慢地站起来，走到雷怒身边，抱着手臂，对他微微一笑。

“你……”她一句话犹如醍醐灌顶，雷怒哪里还有不明白的，他确确实实是被算计了，“狡猾的丫头！”他抬起手，习惯性地对着凰北月的脑袋拍去。

“王！”

“小心！”

吉克等人惊骇地大叫起来。

凰北月抱着手臂站在原地一动不动，嘴角还带着一丝浅浅的笑意，泰山崩于前而面不改色，如此的气魄和胆量不是人人都有的。

愤怒中的雷怒脑海中也忽然闪过一丝清明，狠狠地打了一个寒战，手掌距离她的脑袋只有短短的距离时，连忙缩回来。

“哼！”他重重地哼了一声，果然之前的一切都是有预谋的！这丫头，未免太奸诈了！

凰北月看着他，不紧不慢地道：“看来，夜王是真的不打算和我谈条件，这样的话……”

阿丽雅抱着吱吱走出来，身边跟着刚刚睡醒的形态凶猛的小虎。

“王子殿下！”雷怒一看见吱吱，果然惊呼一声。

吱吱也刚睡醒，什么都不知道，揉着眼睛，睡眼惺忪地看着他。

“雷王大人，雷王大人！”看见吱吱被抱走，那乌拉感受到了雷王的强大气息，心中一喜，立刻上蹿下跳地开始大喊。

负责看守他的人给了他一脚，道："叫什么叫？！"

乌拉呜咽了一声，跳起来老高，便果真看见了雷王，还有那个叫月夜的魂魄。

雷怒也抬头看了一眼，毫不意外，被抓住的一定是乌拉。

"那丫头！"乌拉大声说，"那丫头是雷王大人当日放走的魂魄！"

多话！凰北月冷冷地抬眸，目光一寒，那负责看守乌拉的人立刻将他的嘴巴堵上，让乌拉再也说不了话。

雷怒却别有深意地上下打量着凰北月。看不出来，这丫头竟然是魂魄，何以他竟一点儿气息都没有察觉到呢？当初放走那魂魄的虽不是他，但他也难辞其咎。

"是你的话，本王也顺便收了，省得以后麻烦。"雷怒一甩衣袖，再次朝凰北月走去。

凰北月抱着手臂，淡淡地看着他。

雷怒道："契约中约定本王不能伤你，但没说不能封印你。"

"没错。"凰北月点点头，一丝笑容出现在唇角。

"看来你还算识相。"雷怒手中光芒一闪，一道金色的令牌出现在掌心。封印这一个小小的魂魄，还不需要费什么事儿。

凰北月微笑着看他，忽然眸子里闪过冷冷的光芒，道："阁下不动手，那在下就得罪了！"

面上一阵疾风掠过，黑色的人影已经到了近前，雷怒一怔，手中的金色封印令已经被凰北月一把抢在手中。

怎么可能？！那快如疾风的速度，连他都防不胜防。雷怒大吃一惊，刚正的面孔上布满了震撼和难以置信之色。他低头看着自己的手，宽大的手掌在微微地颤抖。有生以来，他还是第一次遇到这样的强敌！这区区一个魂魄，竟有这么强大的实力吗？

雷怒虽然粗犷豪爽，平日的作风也是豪放不羁，似乎对什么都不在乎，但好歹他也不笨，脑子里飞快地转过几个念头，立刻就想到这丫头给他身上涂的那种气味腥臭的汁液。

"臭丫头，你敢对本王下毒！"雷怒狂吼一声，如同咆哮的狮子。

凰北月拿着封印令，侧身看着他，微笑道："不愧是雷王，这么快就发现了，只可惜还是晚了。"

"你好大的胆子！"雷怒双手猛地张开，深蓝色的雷光瞬间凝聚在他的手掌之上。雷光的边缘包裹着一层淡金色的光膜，尖锐的电弧看起来无坚不摧。

他双手握成拳头，大声咆哮，狂暴的怒气几乎让他忘了一切，一心只愤怒地想着：他难得信任一个小丫头，没想到竟然会被欺骗！

凰北月看着他拳头上的光芒，心里一沉，立刻将雪影战刀握在手中。

这雷王确实很强大，她下那么重的药，他竟还有如此强悍的元气泄漏出来。

她一向不是什么善良之辈，既然要算计雷怒，就从头到尾算计得毫不含糊。她给他雀丝草的汁液，看似好心，可她给的是加了料的。她提醒过他可以扔掉，奈何他太自负，对自己的直觉也太信任了。

凰北月纳戒里的毒药，岂是一般之物？

第三十四章 佳期如梦

雷怒站在原地，一拳挥出去，拳头上的雷光脱手飞出，飞到一半时便凭空涨大了无数倍，狠狠地砸向凰北月。

她足尖一点，从原地飞跃而起，可是那雷光竟然像长了眼睛一样，掉了个方向，依旧直追她的后背。

狠狠一咬牙，凰北月干脆停下来，双手张开，黑色的元气从指尖迅速涌出来。那雷光冲过来，一下子就冲进了黑色的元气之中。

雷怒陡然觉得一阵吃力，眉头微微一皱。那雷光入了黑气，就仿佛泥牛入海，艰难地搅动着，不能深入也不能退出。

他的本体元气像被一只无形的手狠狠抓住，用力地被拽往黑气中。

不好，这黑气太诡异了！

雷怒不敢大意，立刻切断和那雷光的联系，收回手，退后几步，怒目瞪向凰北月。

“丫头，你究竟是谁？”卡尔塔大陆上有这等程度的高手，他不可能不知道。

一般的高手有契约在身，不可能逃过司幽境的眼睛，难不成，她是暗黑佣兵？

雷怒的一击毕竟不是寻常招式，以万兽无疆的力量去阻挡，也很吃力。

不过表面上，她自然云淡风轻，微微一笑：“我是谁，有机会自然会让你知道。”

她手中盈盈流转着那诡异莫名的黑色元气，让雷怒颇为忌惮。他看了一眼一旁被阿丽雅抱在怀中观战的吱吱，只得压下满心的怒气。

这些人他未必放在眼里，包括这个叫戏天的丫头，虽然诡异，但是他若真心下杀手，也不是解决不了她。但此刻有和她的契约在前，又有王子殿下在他们手中为质，雷怒不得不压下怒气，转而和她谈条件。

“丫头，你提出的三个条件，都可以商量。”

“是吗？”凰北月慢慢抬起手，将黑气收回，修长的手指懒散地敲着手臂，她笑得有些冷，“可惜我现在不想谈条件了，雷怒阁下请回吧。”

“你这丫头，怎可出尔反尔？！”雷怒大怒道。

凰北月冷笑道：“出尔反尔的可不是我！”

雷怒老脸一红，想到确实是自己出尔反尔在先，便隐忍着道：“就算本王有错，可你这丫头也骗了我，算扯平了吧。”

“话我已经说明白了，我不喜欢说第二遍。”凰北月瞥了他一眼，一甩衣袖，便走到阿丽雅面前，接过吱吱，径直走到火堆前坐下。

吉克等人看了雷怒一眼，也学凰北月淡定地回去坐下，该干什么就干什么，完全不把他放在眼里。

雷怒气得脸色铁青，在他们营地外面走来走去，抓抓脑袋，摸摸胡子，最后不得不厚着脸皮走进去，道：“丫头，你说一句话，到底怎样你才肯谈条件？”

凰北月轻轻地抚摸着吱吱的脑袋，似乎没看见他，只是淡定地喝茶。

吱吱抱着她的手指，亲昵地只管蹭，一副没出息的样子。

雷怒看得眼睛都红了，几番欲言又止，但是生生地忍下了。

他这种暴脾气的人能这么隐忍，已经是非常罕见，连那乌拉都看得惊奇不已。

凰北月见他似乎忍到极限了，他的眼角都在狠狠地抽搐，面皮涨成了青紫色。她再继续戏耍他，恐怕要惹得这雄狮发怒。

“贵王子在我身边多年，帮了不少忙，看在吱吱的面子上，姑且再给阁下一个机会吧。”黑衣少女微微抬起头，带着一脸无害的笑容。

陌生人若不注意，真会被她这笑容骗了，以为她多么善良。接触过她的人才知道，她那无害的笑容底下藏着多么阴冷狡猾的暗芒。

听到终于可以谈条件了，雷怒正色道：“丫头只管说，要本王怎么办？”

凰北月屈着手指，轻轻抵着脸颊，身子慵懒地靠着一块巨石，另一只手漫不经心地摸着吱吱的脑袋。

这里虽是荒郊野外，高林密布，可她身上散发出来的尊贵气息，让她如同宫殿里的王者一样，透着让人臣服的力量。

“我只是一缕魂魄，不过心存贪念，想要重塑灵体，这过程凶险，恐遭不测，所以希望阁下纡尊降贵，给我做一段时间的保镖，待我重塑灵体成功之时，自然会履行诺言，重新和阁下谈条件。”

雷怒一怔，随即道：“重塑灵体可不是闹着玩儿的，丫头你……”

凰北月微微抬手，制止他继续往下说，口气坚决地道：“我心意已决，阁下不必多言，只说答不答应。”

“答应你又何妨？”雷怒无奈地看着自己的手心。刚才和她结下契约的时候，就注定他已经输了。方才已经对她动过手，契约生效，他必须要做她的仆人。其实这条件也不算什么条件，这丫头还算厚道。

有了契约，她就不怕雷怒反悔，或在她重塑灵体的关键时刻对她下手。凰北月一向谨慎，从一开始设计就预想到后来的无数变故，决计让堂堂雷王也无路可逃。

比算计，谁比得过她？凰北月眼中闪过一抹狡黠之色，微笑道："既然阁下答应，那三个条件就能谈了。第一个条件，夜王的血，请三天之后，让人准时送到我的手中。"

"本王亲自去取。"雷怒道。

"不。"凰北月摇摇头，"阁下要保护我，这种小事，让那个饭桶去就好了。"她随手指了指被五花大绑的乌拉。

雷怒皱眉道："陛下的血不是小事，他恐怕……"

"夜王的血，和贵王子的命，哪个更重要一些呢？"凰北月偏头问。

雷怒看了一眼在她手中的吱吱，便不再多言。他大步走到乌拉面前，蹲下去，对乌拉低声吩咐了几句。

乌拉满脸惊恐之色，不断地摇头，道："雷王大人，小的死都不敢啊！"

"不敢立刻就让你死！"雷怒一巴掌拍在他脑袋上，怒喝道，"这次再敢坏事，本王决不饶你！"雷怒说着，指尖闪过雷光，轻而易举地解开了乌拉身上的束缚，又将他拎起来，用力往外一扔。

随着一声惨叫中，乌拉变成一个小黑点从树林中消失了。

凰北月低着头，嘴角不经意闪过一抹得胜的笑容。

璀璨的星光映照在她清丽绝伦的面孔上，她冰蓝色的眼眸中倒映出点点星芒，如同璀璨的宝石骤然落入人间。

凰北月枕着手臂，在长出青草的山坡上悠哉地躺着。晚风拂过，带着远处冰雪消融的沁凉味道。

初春了，又一年过去了。

整整七年，在这个世界，她已经逐渐和原本的世界彻底挥别。

这七年来发生的一切，比她过去十几年的生活经历还要丰富。各种悲欢喜乐、生离死别，她都尝试了。比起刚来到这里时的排斥和想念以前的世界，她现在已经完全习惯了这个世界。凰北月，已经不属于那个时代了。

回想七年来发生的种种，她真觉得时光匆匆，宛如白驹过隙。

"人生天地间，忽如远行客。"她喃喃地念道，语气略带怅然和唏嘘。

"小小年纪，这么惆怅作甚？"雷王忽然从天而降，高大的身影站在她身边，双手插着腰，看着远方，声如洪钟，“本王如你这般年纪的时候，正轰轰烈烈地闯荡世界，天不怕地不怕，根本不知道何为忧愁！”

凰北月微笑。他也有年少轻狂，不知天高地厚的时候啊？

“你这大个子懂什么？”二人身后传来红烛清脆的声音，“我主人从前的风光辉煌，你是没见过！”

雷怒回头看着那小小的丫头，笑道：“如何风光了？”

红烛抱着双手，骄傲地说：“凭一人之力弄垮光耀殿，搅乱修罗城，你可有这样的风光？”

“哦？”雷怒仔细一回忆，恍然一拍手，“原来是她！不像，真不像！”他仔仔细细地看着凰北月的面孔。星光下，那是一张绝色而略带妖娆的面容，和印象中北月郡主的精致秀丽相去甚远。不过，他总觉得北月郡主眉眼之间缺少一种大气尊贵，而现在，他在这个黑衣少女的眉眼之间找回了那些属于强者的散慢、疏狂、霸气、自信。

“鹿涯那家伙，真不该把你放走！”雷怒说得捶胸顿足，悔恨不已。

凰北月微微抬起眼睛看着他，道：“鹿涯，可是当日墨莲施展招魂术时，出现的那个黑影？”

雷怒点点头，道：“没错，他是司幽境的大祭司，招魂那天本该是本王出马，可是临时出了一点儿小事……”

听他言语中有些羞赧之意，凰北月怎么会不明白定是他犯了错，但不敢承认，因此和那叫鹿涯的人一起把事情隐瞒下来。

她回想当日，自己在小狐狸身体内睁开眼睛，有了意识的第一瞬间，看见的人便是那叫鹿涯的黑影。

他虽然发现了她，可并没有将她带走。这一点，她也思考了很久，终究不明白鹿涯是什么用意。

“他帮了我，以后我倒是要好好感谢他。”凰北月淡淡地将目光移开，继续看着头顶的星光。

雷怒看了她一眼，然后嘿嘿一笑，便离开这山坡。

红烛看着他离开，觉得有些疑惑，走到凰北月身边坐下来，道：“主人，这雷怒可以相信吗？”

“非我族类，其心必异。不管怎么样，对他还是小心一些为好。”凰北月思索着雷怒临走前那嘿嘿一笑，他似乎别有深意。

红烛点点头，随即眼睛闪闪发亮地道：“主人，你是不是，呃……”

“是。”红烛欲言又止，还没有问出口，凰北月已经知道她想问什么，并且给了她肯定的答案。

红烛心里一热，眼眶也一酸，但是一回头，看见冰灵幻鸟和小虎他们一起走上山坡，便转过头去，赶紧擦了擦眼睛。她不想丢脸。

凰北月微微一笑，随即手指一动，从纳戒中拿出那段不死之树的树根，放在眼前端详着。

这看似普通的树根，确实有非同一般的力量。轩辕谨以此树的树根入药，果然是有她的道理。自从接触了这段树根，脑海中那些被尘封的记忆像是死灰复燃一般，重新成长起来。她记起了以前，关于前世，以及在这里七年的一切。没有任何预兆，这些记忆就像潮水一样，一下子涌进来，来得突然，她接受得却并不意外。这本来就是属于她的东西，只不过失而复得而已。

不死之树的树根、千年玄紫灵龟的龟壳，有了这两种至关重要的药材，剩下的三味药，风连翼自会想办法。

等拿到了夜王的血，他就可以开始炼药了。

凰北月从未见识过风连翼炼药，不过七年之前，他炼制的两枚洗髓丹，对洛洛和东菱的改造那么巨大，让他们从一个普通人一跃成为七星以上的强者。由此可见，他的炼药术绝对非同一般。

有他帮忙，凰北月相信七破丹并不难炼成，而她重塑灵体的日子，似乎不远了。

小虎默默地走到她身边坐下来，吱吱站在它的头顶，冰灵幻鸟飞到它们旁边的一块石头上停下，流光羽翼，交融着星光，在身边拉出一片炫惑的光芒。

山坡下面，吉克他们围着篝火在烤肉喝酒，欢声笑语飘向天空。

久违的同伴，他们再一次重逢了。

布吉尔拍卖场刚刚进行了一场天价拍卖，由北疆雪域运送来的一块七窍玲珑冰魄卖出了二十亿金币的天价，那唯一一个出价的神秘人，开口就把价钱翻了十几倍，让后面的人再也不敢开口。

开玩笑，七窍玲珑冰魄虽然珍贵难得，但此物可以说是鸡肋，虽然珍贵，可惜使用上却没有多大的惊喜，只是可以补充冰属性召唤师的元气而已。

元气，只要勤劳就可以修炼，哪个召唤师会急功近利花二十亿金币去买一枚七窍玲珑冰魄？有几个人烧得起这闲钱？

“我看八成是哪个国家的大贵族，闲着没事儿经常出现在拍卖场，专门买一些珍贵却没用的东西回去放着玩儿呢！”

“啧啧，这也太阔了！二十亿啊，足足是一支军队两年的军费啊！谁家养了这么一个败家子？”

“你们这是嫉妒吧？在拍卖场里，什么大钱没见识过？当年，冰灵幻鸟的一根羽毛也卖出一亿多的天价呢！”

“那是冰灵幻鸟，能比吗？”

“就是，七窍玲珑冰魄买回去，就是个摆设而已，哪值二十亿啊？”

拍卖会结束，一些人一边往外走，一边忍不住议论刚才那人一掷二十亿的豪举，心里是各种各样的滋味。

出口的墙壁旁，身材高大威武的宇文获抱着手立在那里，听着这些人的议论，忍不住眉毛跳了几下。

“败家子”这几个字飘到耳朵里，他差点儿就扑上去杀人，太放肆了！

待人走得差不多了，他才走进拍卖场的后面。拍卖结束后，中标者一般都会在后面的贵宾房中领取自己拍下的宝贝，顺便付钱。

此刻，贵宾房中，布吉尔拍卖行的首席拍卖师蕾莉丝殷勤地捧着一个托盘，扭着婀娜多姿的身体，一步一步慢慢走到一个半张脸掩在面具之下的年轻男人面前。

蕾莉丝身上穿着红色的紧身皮衣，露出不盈一握的纤腰，乳房呼之欲出，火辣的身材让任何男人看见都忍不住生出几分绮念，加上那美丽迷人的脸蛋，她几乎就是布吉尔拍卖场中的活招牌。

很少有男人能抵挡她主动的诱惑，可是这个戴面具的男子，只是将目光放在她手中的托盘上。待她走近时，他便伸手去拿托盘中的锦盒，根本没有看她一眼。

蕾莉丝心中不免有些失落和不满，挑逗地将手微微一抬，酥软着嗓音道：“这七窍玲珑冰魄虽说珍贵，但在很多人手中发挥不了效用，奴家倒知道一个秘方，可以发挥这冰魄最大的威力，不知道公子感不感兴趣？”

在卡尔塔大陆上，一切功法和对宝器药材的运用，都是强者趋之若鹜的，没有人能抵抗那诱惑。就算坐在这里的是一名高阶炼药师，听到她的话，也必然会动心。

蕾莉丝对自己很有自信。她在布吉尔拍卖行这么多年，各种各样的人都见过，自认凭自己的美貌和聪明，没什么人不能征服。

但那男子半点儿都不为所动，眸子固执地看着托盘里的锦盒。

“我要这块冰魄只有一个用途而已，其余的功用，就算它能逆天，我也不感兴趣。”说着，他已经站起来，玄青色的长袍透出一种难以靠近的冷酷，以及让人惧怕的威严。

蕾莉丝不禁后退一步，再去看自己手中的托盘，发现那锦盒早就不见了。而那男子修长的手指拈着锦盒，将其放进纳戒中，整个动作行云流水，让同样身为召唤师的蕾莉丝半点儿都没有察觉。

这绝世美人儿生平第一次被人这样无视，顿时觉得被羞辱了，心中愤怒，便道：“阁下好大的脾气，似乎半点儿不将我们布吉尔家族放在眼里！”她搬出布吉尔家族，就是要让他有所顾忌，虽不能证明什么，但好歹为自己挽回一点儿面子。

谁知这人听到布吉尔家族也没半点儿动静，云淡风轻地往外走。

“你站住！”蕾莉丝不禁喝道，美丽的脸都涨红了。

这时，贵宾房的门忽然被推开，年轻俊朗的尊贵男子大步走进来，有些着急的样子。蕾莉丝一见他，立刻喜上眉梢，以为终于找到为自己找回面子的人了。

“洛洛少爷！”蕾莉丝婀娜地迎上去，媚眼一抛，娇柔地说，“这人……”

“蕾莉丝，你先出去。”洛洛不容置疑地开口。多年磨砺，他也早就不是当年害羞懦弱的少年了。

能独当一面的布吉尔家族继承人，那威严岂是开玩笑的？蕾莉丝脸上的笑容瞬间僵住。洛洛少爷亲自来了，可见这神秘面具人的身份定然不同寻常……知道自己可能得罪了大人物，蕾莉丝当然赶在那人发脾气之前赶快离开，以免惹祸上身。

听见门被关上的声音，洛洛才收起威严的表情，激动地抬起头，看着那面具人，神情中带着一些期待。可是，在看见那人英挺的身材，以及半张面具之下隐约可见的鼻翼和唇角后，他面上的期待便如同燃尽的烛火一样，一寸一寸地微弱下去。

“原来不是……”他低下头，有些失望地喃喃着。

方才听手下的人来禀报说，拍卖行里来了一位戴面具的神秘人，出手十分阔绰，买下一块七窍玲珑冰魄。这样的作风和手笔，听人形容，和当年的师父何等相似！洛洛以为，她再次出现了，因此匆忙赶来……可惜，这一次他又失望了。

其实，他本来不应该抱有期望的。此刻，她好好地在长公主府，准备出嫁，成为他的妻子，她怎么可能又以戏天的身份再次出现呢？

“拍卖行中有人不懂规矩，让阁下见笑了。”洛洛很快就收拾好情绪，对神秘男子略带歉意地说。

不用多说，肯定是蕾莉丝失礼了。布吉尔家族一向愿意结交强者，和他们做朋友，比做敌人好多了。

“无妨，小事而已。”

洛洛笑道：“蕾莉丝得罪了阁下，为了赔罪，此次阁下拍下的七窍玲珑冰魄，布吉尔家族分文不取，请阁下不要推辞。”

那人的嘴角微扬，隐约带着宠溺的弧度：“就算你不收，有人也不会同意，她一向不喜欢欠人东西，让人头疼得很。”

洛洛一怔，还想再说什么，贵宾房的门再次被推开。

这一次出现在门外的是一脸严肃的宇文荻。

大概没想到洛洛会在里面，所以打开门看见洛洛的一瞬间，宇文荻也愣了一下。这下子身份暴露了。

“你……”洛洛呆了一下，随即看着面具人大笑起来，“我当是谁有这么大的手笔，原来竟是北曜王！哈哈，失礼失礼！”

风连翼取下面具，脸上露出淡淡的笑容，一时让人失神。

“只是来随便看看而已。”他淡淡地说，并无意在此多留，因此客气地点点头，便要离开。

洛洛送他出去。拍卖场人多，洛洛怕惹人注意，因此特意带着他从后面离开。

“那七窍玲珑冰魄说来也没多大作用，你破费这么多，不会只想拿回去玩儿吧？”洛洛开玩笑似的问。

“确实有些别的作用。”风连翼淡淡地说着，忽然停下脚步，抬起眼眸看着前方。

一个青衣的俏丽女子慢慢地从墙角处走出来，刚好挡着他们的路。

“千代阁下？”洛洛也看见她，正是千代冬儿。

千代冬儿却没有看洛洛，只冷冷地看着风连翼，道：“果然只有你才会花那么多钱买下七窍玲珑冰魄。”

“今日没空，过几天再和千代阁下谈吧。”风连翼微微皱了一下眉。他没那么多时间浪费，因此也不想和千代冬儿多浪费口舌。

风连翼的衣袖微微一动，风骤然而起。

“别走！”千代冬儿面色一变，大步走上来。只是短短一瞬，刚才还站在她面前的人，已消失得无影无踪。

“风连翼，重塑灵体是禁术，从来没有人成功过！”千代冬儿对着虚空大喊一声，恨恨地在原地跺脚。

洛洛看着他们，听到她的话时，心中微微一动，脱口问道：“什么是重塑灵体？”

千代冬儿咬着牙，半晌才看了他一眼，然后慢慢地说：“没什么。”

“你……”

“你和郡主很快就要成亲了，恭喜你。”千代冬儿平静地说，“不要想太多，好好对待她。”

洛洛怔怔地点头，心里却微微感觉到一种苦涩，看到千代冬儿也准备走了，便说：“郡主总是问……东菱什么时候回去？”

千代冬儿脚步一顿，叹息了一声，道：“告诉她，东菱不会回去了，因为她再也不需要东菱保护她，这世上也不会有东菱了。”说完，她也飞快地离开了。

初春的风依旧带着丝丝寒气。

洛洛出神地站了一会儿，也准备离开。忽然，一个布吉尔家的佣兵急匆匆地走进来，一见他就冲过来。

“洛洛少爷，咱们从浮光森林出来的佣兵团被人劫了！”

“什么？”洛洛诧异地抬头。他长这么大，还是头一次听说他们布吉尔家族的佣兵团也会被人劫。

布吉尔家族在卡尔塔大陆上根深蒂固，势力庞大，每次派去浮光森林的佣兵团都有强者带领，而且每个佣兵的实力至少都在六阶以上，哪个不长眼的敢对他们下手？

“那人很厉害，卓鹤团长根本不是他的对手。”

“你是说只有一人？”洛洛觉得更惊奇了，转身大步往外走，脸上一片寒霜。

“对，是一个非常高大的男人，我们刚出浮光森林，就在迷雾森林里遇上他。”

“我去看看是什么样的高手！”少年的声音带着少有的怒气。

迷雾森林。

“哈哈哈，就凭你们这几个人，也配做本王的对手？”声如洪钟的笑声在树林中响起，一瞬间惊飞了无数飞禽。

森林里，佣兵团的二十多人横七竖八地倒在地上哀号。周围有被雷光击过的痕迹，树木都断了，地上寸草不生，连长年弥漫的雾气都散了许多，一阵阵皮肉烧焦的味道弥漫在空气中。

“你……你究竟是什么人？！竟敢劫布吉尔家族的佣兵团，你是不是活腻了？！”一个躺在地上、身上的衣服被烧掉一半的中年人艰难地说。

“什么布吉尔家族？本王不管！识相的就把紫幻帝龙涎交出来！今日本王不想大开杀戒。”一个高大威武的身影从树上跳下来，顿时一阵地动山摇。

强大的威压辐射开来，在这些倒地的佣兵心底形成绝对的威胁，实力如此强大，究竟是什么人？

那中年人不经意地护着手中的纳戒，道：“什么紫幻帝龙涎？阁下是不是搞错了？！”

“想骗本王，没那么容易！紫幻帝龙涎的味道，本王老远就闻到，一路追着过来的。你若不交出来，本王就先拿你开刀！”

高大的身躯走向那中年人，他手中忽然爆闪出一团雷光，隐隐地照着那中年人惊恐的表情。

“你……你……”中年人眼看着雷光离自己越来越近，恐怖的气焰压得空气都紧缩了，让人透不过气来。

中年人死死地护着纳戒。这紫幻帝龙涎是族长派他们出来寻找的，据说要炼制让北月郡主复明的丹药。紫幻帝龙涎是最重要的一味药材，要是丢了，族长怪罪是小，让皇上知道了，那可就……

“嘿嘿，死都不肯交出来，那就只能杀了你，本王自己抢了。”雷光骤然光芒大放，眼看着就要波及那中年人身上。

忽然，一个身影如同猎豹一样敏捷地闪过，一柄带着青色光芒的剑和雷光撞在一起，然后猛然向后退去，顺便也带走了重伤的中年人。

“洛洛少爷！”几个重伤在地的佣兵一看见这青色剑光闪过，便都高兴地大喊起来，一个个仿佛恢复了活力。

那高大的人怔了一下，看向自己手中的雷光。虽然没有损害，但在他雷光下能全身而退的人，毕竟只是少数。

他抬头看着前方那一身华贵衣着、握着宝剑的少年身影，心里再次一惊：想不到，几年没出来，卡尔塔大陆上竟出现了这么多少年高手。他们这些老辈，看来是真的老了啊！

“卓鹤团长，没事吧？”洛洛将那名叫卓鹤的中年人扶坐在一棵树下，喂他吃了一颗疗伤的丹药，关切地问道。

“少爷，我没事。那人很厉害，您不要和他硬拼……”

“敢欺负我们布吉尔家的人，他在卡尔塔大陆上能逃到哪里去？”

洛洛慢慢地抬起头，俊秀的面孔上有一层愤怒的阴影，看得卓鹤心里一沉，连一向平易近人的洛洛少爷也生气了，看来事关北月郡主，果然大意不得！

“哟，小子，口气不小呀！”那高大的人耳力非常了得，听见洛洛的话，也不生气，反而大笑起来。

洛洛握着剑站起来，抬头迎视着对方的目光，冷冷地道：“阁下是谁？报上名来。”

“名？”那人摸着下巴，“怎么来了这里，人人都问我的名字呢？名字……”

“雷怒，我才一眨眼，你就不安分地开始闯祸了。”清冷的女子声音远远地从树林深处的迷雾中传来。

陡然听到这个声音，洛洛拿剑的手忽然一颤。继而，他猛然抬头，急切地搜寻说话人的影子。

“哪叫闯祸呀？本王这是为你好呢！”那高大威武的人，正是司幽境的雷怒。他哈哈大笑着抬起头。他的实力在洛洛和凰北月之上，他一抬头自然就准确地看见她的所在。

深灰色的迷雾中，一根树枝斜斜地伸出来，一个纤秀的身影忽然出现在树枝上，悠哉地坐着，一条修长的腿在空中一晃一晃的。

迷雾后，少女抬起一双略带冰冷的蓝眸，瞥了雷怒一眼，然后便看向那目光炽热的少年。少女不禁一怔。洛洛……她忽然觉得一阵头疼，布吉尔家族的人，还是未来的继承人，这还不叫闯祸吗？

“这就是闯祸。”凰北月冰冷而简短地说，听那口气，完全想置身事外，不想干涉，“等你在卡尔塔大陆上被到处追杀的时候，我可不会帮你。”

雷怒粗黑的眉毛一挑，看来还真惹上了不好惹的人物啊！他抬手抓抓脑袋，这可如何是好？夜王陛下严禁司幽境的人出来，特别告诫他们禁止得罪大陆上的强者，要是让夜王陛下知道了，可就……

他寻思了一阵，还是得找凰北月帮忙。他抢紫幻帝龙涎，原本就是为了帮她啊！她一个人置身事外，未免太不厚道了吧？

“嘿嘿，丫头，既然咱俩都结了契约，我是你的仆人，我出事，你不能坐视不管吧？”雷怒嘿嘿笑着说。

“既然知道是我的仆人，那你应该清楚，是你为我服务，而不是我帮你收拾烂摊子。”凰北月说完，慢慢地站起来，转身想走。其实是因为看见洛洛在这里，她不方便插手，所以决定尽快离开，以免接下来麻烦。

“等一下！”忽然，洛洛不再管雷怒，转而穿过迷雾，追着凰北月的身影而去。

雷怒一愣，随即哈哈大笑道：“丫头，这次可不是我拖你下水啊，实在是这少年人太有眼光了，一眼就看出应该找你算账！”

这家伙！

凰北月飞快地跃过几根树枝，忽然停下来，转过身看着追上来的洛洛。

洛洛气喘吁吁地跑上来，俊秀的脸上有一抹浅浅的红晕。他深深地吸了几口气，才抬起头看着树枝上的凰北月。

“阁下……”

凰北月冰蓝色的眸子缓缓地扫过他的面孔，褪去了少年的青涩，他俊朗的面孔逐渐棱角分明，渐渐显现出布吉尔家族族长冷峻果决的一面。

凰北月脸上露出欣慰的笑意，轻轻嗯了一声。

洛洛迫切地看着她，有些薄薄的雾气在林子里飘散，那面孔始终看不真切，但是，熟悉的感觉却越来越强烈。

“我是不是见过你？”

“这个嘛……”凰北月淡淡地笑着说，“洛洛少爷觉得呢？”

“你很像一个人。”他深黑的眼眸牢牢地锁定那薄雾中的身影，眸中闪现着激动的光芒，“我……可以看看你吗？”

“可以啊！”凰北月居然很干脆地答应了，手轻轻一挥，那些弥漫在周围的迷雾瞬间就被驱散了。

他看见一张秀丽的面孔正笑盈盈地对着他，那眉眼之间特有的冷酷、自信让人觉得她几乎无所不能。

洛洛的呼吸几乎停止。他嘴唇微微张开，半晌都说不出一个字。

“戏天丫头，你又在打什么鬼主意？这少年似乎认识你啊！”从后面赶上来的雷怒爽朗地笑着说。

再次听到“戏天”这两个字，洛洛忽然红了眼眶，喉咙里一哽，似乎有话要脱口而出。凰北月却比他先一步开口，慵懒地笑着说：“我也认识他呢。”

“哦？”雷怒好奇的目光在他们两人之间来回游移。半晌之后，他似乎明白了什么，长长地唔了一声。

“看来你丢了灵体，只剩下魂魄，以前的老熟人都不知道啊！”

“这还不是你惹的祸！”凰北月淡淡地瞥了雷怒一眼。当初他若没有犯错，将真正的凰北月给招回来，她岂会变成漂泊无依的魂魄？

雷怒摸摸鼻子，自知理亏。如今这一切，恐怕正是惩罚他当初犯的错，才让他这么悲催地变成她的仆人。

洛洛听着他们两人说话，脑海中所有的疑惑都慢慢解开了。

“师父……”他哽咽着说，“是你吗？”

凰北月垂下眸子，深深地看了他一眼。七年的成长，洛洛·布吉尔依旧如当初一样单纯直接，以她为目标，去追逐梦想。这份感情从来都没有改变过，但是……不该是这样的。他即将背负起来的，是一座巨大的隐形帝国，是盘亘在卡尔塔大陆上的一头巨兽。对他来说，单纯的感情是不被允许存在的。

“洛洛，”她慢慢地开口，声音有些干涩，“知道当初我为何要收你为徒吗？”

“因为和父亲的约定。”看向她的目光有些黯然和自卑，但洛洛还是定定地看着她，因为抑制不住的激动，他的俊脸微微泛红。

凰北月微笑着摇摇头，道：“你知道，任何人的决定都无法左右我。”

她顿了一下，森林里的风微微吹起她耳边一缕红色的头发，发丝拂过眼角，如同湖面上荡开的涟漪。

“我知道，你将来一定会成为战野身边最值得信任和倚仗的伙伴，布吉尔家族和南翼国会永远共存亡。”

洛洛怔了一下，随即坚定地点头，道：“如果这是师父希望的，我一定替师父达成心愿。”

“我希望的……”凰北月喃喃地说，“洛洛，你不能一直看着我的背影。”

似乎被说中了心事，洛洛抿着唇，有些羞愧地低下头，面颊上掩饰不住的一抹绯红泄露了他内心的情感。

“师父一直在前面。”洛洛心口微微发痛，难过地说，“如果不看着师父的背影，我就……走不下去。”他紧紧地握着手中的剑。

他能握起这把剑，是因为她。

如今，还有谁会记得七年前那个布吉尔家族的废物少爷？谁会知道当年大夫说他活不过十七岁？只有他自己记得，若是当年没有她，洛洛·布吉尔一定会在十七岁陨落。没有她，他不可能站在这里看着这一切。

师父……前方若是黑暗，是你让我用力奔跑，而渐行渐近的光芒中，我看到的，只有你的背影啊！

凰北月看着他激动的神情，轻声叹息道："那是因为你从来没有回过头去看。"

"我不用看！"洛洛猛然抬起头，眼眸中光芒大盛，手指轻抚纳戒，一个精美的紫色玉瓶出现在手中，"这是师父要的紫幻帝龙涎，我知道，它一定和师父重塑灵体有关。风连翼在布吉尔拍卖行买下七窍玲珑冰魄也是为了师父。只要能让师父回来，我洛洛·布吉尔愿意做任何事。"

凰北月看着他手中的紫色玉瓶，不经意地皱了一下眉。任何事？包括舍弃北月郡主吗？

雷怒却惊喜地大笑起来，旋风一样从洛洛手中拿了那玉瓶，道："乖乖，我费那么大的劲儿都没得到，丫头你几句话就搞来了，好本事！"

凰北月没有理会他，只是深深地吸了一口气，目光渐渐地凝重起来。

"吱呀吱呀。"

脚边传来吱吱的声音，凰北月低头一看，是吱吱跟着她来了。她弯下腰，将它抱起来。

洛洛看见吱吱更高兴了。吱吱和小虎从长公主府消失了很多天，原来它们已经找到师父了。

"师父……"

"刚才我问你知不知道我为何收你为徒。洛洛，一直以来，在我心里，你像亲人一样，我不会做半点儿伤害你的事情。"

洛洛笑着点点头，道："师父在我心里，永远是……"脸颊上的绯红有些鲜艳，他想了想，还是改口说，"最特别的。"

凰北月看了他一眼，终究拍了拍吱吱的头，再抬起头时，那双冰蓝色的眼眸中隐隐闪现着一抹坚定的冷酷之色。

洛洛看得一怔，心跳仿佛有些失速。他怔忪地看着凰北月，她嘴角的弧度，以及她轻轻拍着吱吱脑袋的动作。

洛洛似乎明白了什么，慢慢后退一步，摇着头，喃喃地说："师父，你……你不能这么做……"

"我是为了你好。"凰北月冷酷地开口道。

黑衣在树上飞扬，冰寒的气息逐渐主宰周围的空气。忽然，那黑衣在树枝上消失，再次出现时，她已经到了洛洛面前。一只手轻轻搭在他肩膀上，她侧着脸，在他耳边低语："我永远都不会伤害你。"

她疏冷的气息带着一股雾气的苍凉味道，慢慢地沁入鼻端，洛洛呼吸一滞，陡然间想把这股靠近他的气息推开，远远地推开，可是他……舍不得。双手微微颤抖着，他握剑的手竟然无法抬起来。

"师父……"他哽咽的声音在喉咙中堵着，"这是我的东西。"

搭在他肩膀上的手忽然收紧，将他抱在怀中，凰北月觉得有些歉意地闭上眼睛："傻孩子，如果一个人永远挡在你的前面，你就永远都长不大。你应该是一棵参天巨树，而不是阴影下面珍贵的草。"

吱吱在她的手臂之间抬起头来，大眼睛眨巴了两下，水汪汪的眸子里忽然映出一幅月下舞剑的影像。

少年挥动手中的剑，精准认真，却没有力量。一个黑衣斗篷人走上去，握着他的手，以同样的剑式走了几招，剑锋上的寒芒在月光中形成令人胆寒的残影。

力量从那简单的一招一式中迸发而出，丝丝寒意入骨，冰冷的杀气似乎能冻结周围的空气。少年脸上带着惊愕和仰慕，脸颊上的绯红被月光晕染得朦胧而浓烈。

黑衣人指点完便松开手，退到一边，继续冷冷地抱着手观看。斗篷之下，他根本看不见她的脸，然而那双迫人的眼眸却隐然可见。

吱吱偏着头，这是它以幻术看见的洛洛·布吉尔的记忆，是他记忆中最深刻的一段。这些记忆很快就会消失。

吱吱脑袋上的绿色根茎轻轻地抖动起来。洛洛在凰北月怀中越来越无力，而他眼睛里的泪水也终于滑落。

"师父，师父，如果我不是洛洛·布吉尔，是不是就能做你身边的一株草？"

凰北月抿着唇，冷酷无情地说："如果你不是洛洛·布吉尔，我们根本不会认识。"

残酷、冷血，这是她一贯的本性。如果注定要绝望，那就不应该留下一丁点儿希望。这个世界的法则永远是这么残酷。她心里闪过一抹微微的酸楚，但很快就被强行压制下去。

听了她的话，洛洛慢慢地笑了，对一切了然的笑，看开了，明白了……

"师父，我喜欢你，很爱很爱你，如果有下辈子，能不能让我做你身边的一株草？我只要能看到你就好了。"

"下辈子再遇到我的话，你是有多倒霉啊？"凰北月居然开起了玩笑，眼睛里也染上了一点儿潮湿的泪意。

她松开手，让洛洛的身体慢慢倒在树林里松软的落叶上。他的眼睛缓缓地闭上，最后一瞬间看见的便是从后面飞来的冰灵幻鸟，慢慢地停在凰北月头顶的树枝上。

他用这最后一眼牢牢地记住她，一如记住当年驾驭着冰灵幻鸟出现在临淮城中的红发魔女——戏天。

周围忽然安静下来，轻柔的风将雾气吹过来，雾气重新朦朦胧胧地聚集在周围。

凰北月低头看了洛洛一眼，然后拍拍吱吱的脑袋，道："做得很好。"

吱吱坐在她的手心吸吸鼻子，用小手指擦了一下眼角。主人为什么总让它做这种事情？偷看别人的记忆，并不是特别愉快的经历。

"丫头，你这是……"雷怒走过来，围着洛洛转了一圈，确定洛洛没有死，才不解地开口问。

"只是让他忘记一些并不高兴的事情，对他来说是好事。"凰北月淡淡地说。

雷怒呆了一下，沉吟了半晌，才对凰北月道："虽说是为他好，但丫头你也太冷血了吧？"

"被司幽境的人这么说，究竟是夸我呢，还是骂我呀？"

"当然是夸你啦。"雷怒哈哈大笑，"说实话，本王就佩服你这样的人。这才是成大事的气度啊！"

凰北月看着他大笑的表情，冷冷地扬起唇角，扫了一眼他手中的紫色玉瓶："这紫幻帝龙涎是他找来为北月郡主复明所用的药材，留给他吧。"

"这……"雷怒当宝贝一样护着那紫玉瓶，"可是，你重塑灵体之时，这紫幻帝龙涎也能辅助你凝练经脉骨骼，是千年难遇的灵药啊！"

凰北月抿着唇，注视着他手中的紫玉瓶。过了一会儿，她才开口道："那就留一半儿吧。"

"嘿嘿，一半儿就一半儿，总没白白浪费工夫。"雷怒高兴地从自己的纳戒中拿出另一个紫玉瓶，打开玉塞，顿时，一股淡淡的紫色气体便从瓶子里钻出来。

淡淡的香味很快在树林中弥漫，那紫色气体中蕴含着一股十分精纯的风属性气息。

雷怒将紫幻帝龙涎分成两份，一滴都没有浪费，这才将原先的瓶子塞进昏迷的洛洛手中。

"这少年人不错，本王最欣赏真诚的人。唔……本王这里有把剑，送给你，当是换这半瓶紫幻帝龙涎吧。"

雷怒的纳戒上光芒一闪，紫青宝剑便静静地躺在洛洛身边。

凰北月看着他的举动，却没有说什么，心里倒是暗暗对这雷王有几分敬佩。

洛洛抢紫幻帝龙涎是为了她，但他也不占洛洛的便宜，反而以宝器交换，如此坦荡，以后和他做朋友倒是很好。

做完这一切，雷怒便抬手结了一个结界，然后抬头看了凰北月一眼。

凰北月拍拍吱吱，道："让布吉尔家的人过来吧。"说完，她便转身跳上冰灵幻鸟的背，和雷怒一同离开，只剩下在迷雾重重的树林中沉睡的少年。

过去的梦，在少年的沉睡中，如雾气一样逐渐消散无踪。

第三十五章 不破不立

深夜，无星无月，临淮城驿馆。

一点诡异的红色光芒从驿馆的围墙上飘出来，顷刻便消失不见。黑暗中守卫的黑色骑兵还来不及发现不对，一切就已经过去了。

整座临淮城都陷入了沉睡，唯独驿馆中一间房里还彻夜亮着火光。整间房被特殊的结界包围着，屋子里忽然爆起诡异的红光，忽而沉寂下来。

方才那一阵红光就是不小心从结界中漏出去的。红光太盛，隐隐带着杀气，一簇簇光芒在房间中游走，宛如利刃。

嗞——

一截白色的衣摆被一道红光狠狠地割下来，落在地上。便是在这时，那红光仿佛疯了一样暴涨起来，凶猛地撞击着结界的边缘。

“还是不听话啊。”轻轻的叹息声在红光中响起，片刻之后，一只修长的手从红光中伸出来，掌心有一朵白色的莲花缓缓盛开。

花开之处，阵阵微风从花瓣中飞旋而出，将那一道一道的红光缠住，然后迅速挤压。红光凶猛，白色的风却强制，双方缠斗之下，结界颤抖摇晃，似乎下一刻就会粉碎。终于，还是那白色的风占了上风，成功地将红光压进一座表面金莲绽放的炼药炉中。

那修长的手在药炉上结了一个印，便将那些红光封在药炉中，任凭它们撞击挣扎都出不来。风连翼擦了擦额头上细密的汗，垂下的眸子微微抬起，轻轻瞥向窗外，脸上缓缓露出一丝笑容。

“进来吧。”他随手将结界撤去。

窗户被推开，一个黑衣少女坐在窗台上，夜风吹着她黑色的衣摆。她侧过脸来，表情沉沉地道：“真的很难吗？”

“一般而已。”他宠溺地笑着，对她轻轻招手。

少女很听话地跳下窗台，走到他身边。

“如果真的不可能，不用难为自己。”凰北月在他对面坐下，看着那座净莲炎火鼎，轻轻地说道。

他们已经找齐了所有药材，包括夜王的血，正按照轩辕谨的药方炼制七破丹。可惜那些药材的药性过于凶猛，加上夜王的血，简直有毁天灭地的能量。那种力量太可怕了，连雷怒都远远地避开，不敢靠近。

西法和乌拉一起送来夜王的血的时候，也带了夜王的一句话：“七破丹能重塑灵体又如何？如此逆天而行的事情，她敢做，不怕遭天谴吗？”

天谴？她不信神鬼佛妖，只信一切奇迹都由自己来创造！因此，她听后只是一笑置之。人生在世，若瞻前顾后，战战兢兢，那又有什么意义呢？

七破丹能成，她自然高兴不已。不能成，她也不会怨天尤人。

“一定能成的。”在她出神的片刻，风连翼也看着她，微微笑道，“我所认识的凰北月，从来不会这样皱眉。记得吗？你曾经为我逆过天，我也能为你逆一次。”

凰北月瞥了他一眼，冰蓝色的眸子轻轻流转，潋滟动人。

风连翼一怔，忽然倾身向前，一只手轻轻地抬起她的下颌。

“北月……”

头顶上的阴影缓缓地笼罩下来，凰北月抬着头，眸子里逐渐映出他俊美得让人惊叹的面孔。唇角的笑容慢慢扩大，她轻轻转了一下眼眸，低声道：“现在恐怕不适合。”

“闭上眼睛。”他诱惑的声音轻轻拂在她耳边，那低沉的嗓音让她的心也微微颤了一下。

“呃……还是你闭上眼睛吧。”凰北月无奈地说。

风连翼当真将眼睛闭上，脸颊慢慢凑上去，角度和位置都算得无比精确，一下吻在她粉嫩的唇上。

他柔软温暖的唇轻轻落下的时候，一阵悦耳的笑声忽然响起来。风连翼怔了一下，随即满脸苦涩，慢慢将眼睛睁开，看着眼前……一脸无辜、睁着眼睛看着他的小狐狸。

“呵呵呵……”封印中传来凰北月的阵阵笑声，略带一点儿俏皮，“如何，什么感觉？”

风连翼牙痒痒地说：“毛茸茸的。”

“哈哈哈……”这次的笑声是从窗外传来的，得意而张扬，还有一点儿好事得手的快意。

早就察觉到有不寻常的气息靠近，因此风连翼也没有太惊讶，只是将小狐狸抱进怀中，然后漫不经心地抬起头。

淡淡的花香掠过，夭红的衣摆出现在窗台上，乌黑的青丝几乎散落在地上，屋子里的灯火映得那一张妖孽的脸魅惑横生，他狭长的眸子像狐狸一样眯起来。

“哪有那么容易让你得手？”

显然是刚刚沐浴过，他发丝上还带着一点儿水珠，衣襟微微敞着，隐约露出陶瓷般白皙细腻的肌肤。美人儿魇这么说话的时候，那口气真像是主人千方百计终于逮到了偷鱼吃的猫，表情还有点儿贱贱的。

凰北月无奈地在封印中摇头。今夜没有月光，她全靠着魇的术法支撑才能维持人身，谁想到他来得这么及时，下手这么黑。他让风连翼不能得手就罢了，居然还让他把纯洁的吻献给一只小狐狸。

此刻，这表面温柔优雅、实则内心无比狡猾的男人，不知道在想什么。

风连翼微微垂着眸，浓密的睫毛下掩映的一双潋滟紫眸，平静无波，不输给任何人的倾国绝色也在灯光下泛着一抹朦胧的迷幻色彩。

凰北月心里一沉，隐约有些不妙的预感。

窗外忽然有风吹起来，摇晃着院子里的树枝，刚长出的绿叶哗哗作响。

正笑着的魇抬起头来，看了窗外一眼，狭长的眸子中，暗红色的光芒微微一闪。似乎有什么东西正从远处慢慢接近……但是，似乎没有什么危险性。魇眯着眼睛，一动不动，用眼角的余光瞥了一眼面无表情的风连翼。

“喂……”魇刚想开口，却看见风连翼忽然抬起手，一道流水一样的光芒从他手中闪过，然后慢慢扩大，形成一面镜子一样的光幕。

结界？他这突然的举动让魇觉得很莫名。魇狐狸似的眼睛慢慢睁大，夜晚的风一下一下轻拂着他的黑发。

凰北月抬着头，从小狐狸的眼睛里，忽然看见风连翼抿着的唇角微微扬了一下。

在结界形成的一瞬间，窗外的风骤然变得强烈，魇一身红衣完全被吹乱了。

“哈哈，就算你能操控世上所有的风，我又岂会……”魇的大笑声忽然淹没在骤然而来的黑色狂风中。

砰——

急剧涌来的黑色狂风狠狠地撞在结界上，一阵烟尘弥漫之后，风势竟然慢慢消散了。

凰北月目瞪口呆地看着眼前发生的事情，半晌才回过神来。

“呃……这是……”凰北月看着那些慢慢沉淀下去的黑色烟尘，眼角忍不住抽搐了一下。

“宫里运出来的草木灰而已。”风连翼轻松地说，那口气明显有些报仇之后的畅快。

果然……

"咯咯，咯咯……"

待灰尘散去，魇一身狼狈地走出来。他刚刚沐浴完，原本清新妖艳得像朵刚开放的红玫瑰，现在……只能是十万兵马摧残踩踏而过的路边野花了。

魇狠狠地擦了一下满是脏污灰尘的脸蛋，恨恨地指着风连翼，道："你耍诈！"

风连翼宠爱地抱着小狐狸，隔着那结界宛如水波一样的光芒，道："兵不厌诈。"

"你想打架是不是？哼，没有厉邪在，今天我非宰了你不可！"魇身上骤然杀气腾腾，眼睛都气红了。

风连翼淡淡地往他身后看了一眼，笑道："厉邪来了。"

魇大概是被气昏头了，智商在一向冷静的风连翼面前那是直线下降。他居然还真信了，回头一看，身后空无一人，才知道上当了。

风连翼大笑道："都说了兵不厌诈。"

"你这个奸诈狡猾的家伙，我一定不会让小北月跟着你学坏。"魇扑上来，那结界在他眼中根本什么都不算，轻易就被打破了。

然而，风属性实力已经达到顶峰的风连翼，那速度岂是一般人能够比的？

魇还没靠近，风连翼已经带着凰北月到了窗边。

他白衣飘飘，飘逸出尘，一地烟灰半点儿也没浮动起来。他操控着风，那些风又岂会让灰尘沾染他纯白的衣角？

看着这两人胡闹，凰北月在封印中抱着手臂直叹息。

一个都一把年纪了，虽说神兽根本没有老去这种概念，但年龄摆在那里已经是不争的事实。而另一个，好歹是一国之君，冷酷无情是出了名的，现在居然在这里玩小孩子的把戏。一个黑心使坏，一个阴险报复，然后二人翻了脸，居然像小孩打架一样你追我赶。

脑袋后面飘过数道黑线，凰北月看不下去了，只好开口说："你们不累吗？"

风连翼微笑，他倒是不累。

反观魇就不舒畅了，他满身灰尘，哪里还有以往的绝代风华？

"哼，我早就知道你这个臭丫头没良心！自从离开了我，你更是越来越没良心了。"听着凰北月那凉凉的声音，魇居然痛心疾首地说。

"先把我弄出来。"

"不！"魇干脆地拒绝了。反正今晚没月亮，她只能求他，这么好的机会一定要让她好好求求他。

"不？"

"不！"

“真不？”

“绝对不！”

“那好吧，我原本有些话一直想对你说，但之前被封印，我不知道自己是谁，所以没有想起来。现在我好不容易想起来了，那些一直埋藏在心里、想亲口对你说的话。”凰北月颇为惋惜地摇着头。

“什么话？”魇紧紧地盯着她，眼睛一瞬间亮起来，满心期待。

“我现在不想说了。”凰北月凉凉地说。

魇凑过去，脸上带着点儿讨好的笑，道：“说嘛说嘛。”

“不想说！”

魇紧紧地抿着唇，看了她一会儿，那双清澈的狐狸眼眸中闪着狡黠的光芒，有着和以前一模一样的算计和精明。

“臭丫头果然一点儿都没有变……”魇嘟囔着，双手开始慢慢结印，类似月光的光芒在他指尖一闪而过，他的手轻轻点在小狐狸的额头上。

小狐狸的身体虚幻地开始变形，少女的身体慢慢出现，洁白的肌肤，修长的双腿……

魇愣了一下，忽然心中一动，想仔细去看，然而似乎早就料到会如此的风连翼一扬手中的披风，将缓缓出现的少女身躯包裹起来。

“哼！”面色铁青的魇重重地哼了一声，便宜没占到，连看也不让看。

凰北月靠在风连翼怀里，呵呵直笑。

魇一把将她拉起来，醋意满天飞地道：“说吧，你有什么话要对我说？”

凰北月轻轻地瞥了他一眼，正想开口说两句戏谑的话气气他，忽然，风连翼站起来，表情一瞬间有些凝重。

“怎么了？”凰北月看见他这样的表情，心里一沉。

风连翼眉心微微一蹙，一种奇异的感觉在心中生出。他来不及解释什么，只是大步走向房间中那座一直隐隐闪现着红光的净莲炎火鼎。

见状，凰北月也下意识地想跟过去，却被魇伸手拦住：“你站在这里别动。”

连魇的语气也骤然之间低沉严肃下来，凰北月不禁大为吃惊。灵魂状态下，她的实力相对较弱，对一些强大的气息是感觉不出来的。但风连翼和魇这样的强者，基本上极其敏感，任何一点儿元气的波动，都逃不过他们的感知。

有了魇的警告，她也就站在原地没有动。这种时候，她自然不敢有丝毫大意。

魇挡在她的前方。风连翼则慢慢走到净莲炎火鼎旁边，看着那隐隐闪动着似乎随时都会突破出来的红光，面色越来越沉。风连翼将手放在鼎上。作为炼药师，可以查看药炉里的一切动静。

只要闭上眼睛，通过神识的感知，他便能知道此刻里面发生了什么。他的神识穿透一片炫目的红光，那红光漫长得如同没有边际一样。明明净莲炎火鼎中也只是小小的空间，可是那红光所制造出来的强大领域，让他的神识足足游走了将近一分钟，才抵达红光中心。

风连翼不禁微微颤了一下，低声咦了一声。

“你究竟看到了什么？”魇耐心不多，因为他也能感觉到，那净莲炎火鼎中的不可思议的强大力量，是连他都不能小觑的。

风连翼抬起头，放在药炉上的手微微抬起，紧接着，便一言不发地开始双手结印。那奇异变幻的手势快得让人目不暇接，但凰北月认得出那是炼药师的专属手印。

那手印，似乎表示着……炼药即将成功？她脸上突然闪过一抹喜意，难道刚才感觉到的不同寻常，便是因为七破丹要炼成了？

那手印，魇也看懂了，脸上同样出现了不可思议的表情。他微微皱了一下眉，又摇摇头，喃喃地道：“怎么可能……”

听着他不敢置信的声音，凰北月笑着说：“轩辕谨那样的天才都没能炼成七破丹，可我们成功了，你很惊讶是不是？”

“七破丹根本是不可能存在的，谨儿当初……”

“她当初少了夜王的血，虽然我不知道那血究竟有什么作用，不过，看到七破丹炼成，就证明司幽境的人没有骗我。”

“夜王？你是说夜王萧阑？”魇怔了一下，忽然笑道，“世间奇药她都试过，唯独忘了萧阑。”

“轩辕谨是真正的天才。”凰北月也不得不佩服地道。她天性冷酷高傲，很少这么推崇一个人。轩辕谨是她这辈子除了师父，最敬佩的人。

魇沉默不语。不知道他的沉默，是因为赞同她的话，还是不赞同呢？

二人谁也没有说话。突然之间，一股强大的推力扩散在空气中，让没有防备的魇和凰北月同时退了好几步。凰北月直接撞在墙上，才得以停下脚步。

屋子中骤然红光大盛。刺眼的光芒让人连眼睛都睁不开，无穷无尽的巨大力量在屋子里游走，桌椅杯盏全被这股力量给碾压成粉末。

凰北月抬手挡在眼前，看见眼前的一幕，不禁面色苍白。她立刻就与万兽无疆取得联系。

风连翼的白色衣袂在那强盛的红色光芒中十分醒目，猎猎飞扬的广袖间，他修长的手指飞快地变动着印诀，随着指尖行云流水般地滑动，一枚血红色的丹药便缓缓从净莲炎火鼎中升腾起来。通体血红、如同万千人的鲜血凝聚成的带着煞气的光芒在丹药周围时隐时现。

凰北月站在窗边，忽然感觉外面原本阴沉的天色，此刻更是乌云密布，雷声和闪电在乌云中穿梭闪耀。

沉静的夜晚，在一瞬间山雨欲来。寒冷的风从远处呼啸而来，天地变色，山河动摇。

这就是七破丹炼成之后的情景吗？连天地都能被影响？怪不得夜王说这是逆天而为！

强大的压力迫在胸口，让身为灵魂的凰北月十分难受。但是此刻的她，脸上带着一丝若隐若现的笑意。

那光芒虽然刺眼，魇却没有闭上眼睛。红芒凛凛之中，他脸上尽是不可思议的震撼之色。七破丹，这就是谨儿当年费尽心机、穷尽一生也没有炼制出来的丹药？

丹药飘浮在半空中，血红的表面慢慢形成一道道纵横的沟壑，似乎是某种复杂的图腾。

然而，没有等他看清楚，那些沟壑忽然加深，丹药的表面也发出嗞嗞的爆响之声。

不断变幻着手印的风连翼脸色越来越苍白，额头上慢慢渗出豆大的汗珠。

红芒大盛，那飘浮在半空的丹药忽然发出一声巨响，然后轰然碎裂。

凰北月大惊失色，脸上的表情完全僵住。

“不要！”凰北月大喊一声，似乎不敢相信眼前看到的，大步冲上去。如同长久以来坚信的东西忽然之间倒塌了一样，那一刻，她的心情几乎跌落谷底了。

“别过去！”风连翼紧紧地抓住她。前方是刺目的红光，什么都看不见，凶险难测，她如今只是一缕魂魄，不能冒险。

“我……”她微微张了张口，有话想说出来，但终究还是什么都没有说。

风连翼看着她。今生今世，他恐怕都忘不了她现在的表情，那么复杂，不像难过，也不像失望，就是有种深深的令他心碎的窒息感。

“对不起。”风连翼轻轻地揽过她纤弱的身体，低声说，一缕血丝从唇角溢出来，苍白的唇有些挫败地抿着。

凰北月轻轻地摇头，目光定定地凝视着那红光的方向，表情却慢慢地轻松了。

破了也好，至少可以不用再提心吊胆地期待了。知道是一场空，总比抱着虚无缥缈的希望来得好一些。她淡淡地靠在风连翼肩膀上微笑。

“你不怕鬼吧？”此时此刻，她竟然有心情开玩笑，不知道是内心太强大，还是故意装坚强。

“我倒是不怕，就是不知道北曜国那些老家伙怕不怕。”风连翼也低声附和着。

“那该怎么办？”

“反正我不为王，他们怕不怕，也无所谓了。”

两人一起笑起来。

“这种时候，不用废话这么多吧。”魇的声音冷冷地传来，带着一股酸味儿。

凰北月深吸一口气，抬起头来，一脸轻松地道：“现在……”

她刚说出两个字，冰蓝色的眼眸忽然睁大，几乎在同时，那红光之中仿佛伸出一只手，紧紧地抓住她的腰，用力一拽。

“月！”风连翼大惊，手上一空，她便被拽进那刺眼的红光里。他毫不犹豫也立刻跟进去，雪白的衣服瞬间就被无垠的红色淹没了。

这变故来得太突然，魇反应过来的时候，眼前早就没有凰北月和风连翼的影子。

“该死！”魇低声咒骂，霎时间，妖孽的脸上全是凛凛的杀气，眼底红芒一闪，身影消失在原地。

那红光比玄金的绳索还要坚韧，紧紧地勒在腰腹上，几乎让人喘不过气来。

凰北月早就拿出雪影战刀狠狠地砍着那红光，无奈那红光根本不知道疼，拽着她前行了很久，才被她砍下来。骤然失去红光的束缚，凰北月的身体在地上滑了好远才停下来。

她抬起头，发现自己身处净莲炎火鼎的旁边。她没想到刚才被拖行了那么久，才不过走了这么短短的几步路而已。

此刻的净莲炎火鼎中依旧闪烁着红光。她慢慢地站起来走过去，周围那些红光并没有阻挡。她伸出手，以灵魂之力查看了鼎中的情况。

“怎么会……”她喃喃地说着，不敢置信地再次仔细去看。不是她眼花看错，净莲炎火鼎中还有一枚红色的丹药悬浮着。那艳丽的红色表面依旧出现了许多裂纹，而且随着时间的推移，那些裂纹也逐渐增多、扩大……

周围并不热，但是看着那慢慢龟裂的丹药，凰北月额头上还是渗出了汗水，紧张的情绪像一只手紧紧扼住她的咽喉。

不要裂！情急之下，她陡然调动万兽无疆的元气，以炼药师的手印将黑气慢慢推入净莲炎火鼎中。那些红光明显在排斥黑气。然而，万兽无疆天生霸道，无孔不入，逐渐地，丝丝缕缕的黑气依旧渗入红光之中。

看着黑气如同经脉一般在红光中缓缓地流动，然后向那枚红色丹药靠拢，凰北月额头上的汗水也越来越多。终于，黑气将丹药包围起来，那些龟裂果然停止了，原本裂开的缝隙此刻在慢慢地自我修补。

片刻之后，外层的红色如同老旧的油漆一样，从丹药上剥落下来，一抹耀眼的金色光芒逐渐显露出来。繁复的花纹流转在金色的表面，一种将灵魂吸引进去的力量如同召唤一样，对她发出邀请。

净莲炎火鼎中的红色光芒慢慢地被金光驱散，最后连一直围绕在周围的红光也消失了。凰北月伸出手，单手结印，那金色的丹药便从鼎中飞出来，躺在她的手心。

“这才是真正的七破丹。”凰北月低声喃喃。然而，丹药接触到掌心的一瞬间，她脑海中也飞快地闪过一个画面。她猛然睁大双眼，呼吸一滞。

那画面中只有一张模糊的脸，那张脸上，一双暗红色的眼眸缓缓睁开，平静的眼底没有任何情绪，只有无边的邪恶与冰冷。

凰北月顿时觉得浑身冰冷，手脚麻木。因为那张脸，她认得，她曾经与它朝夕相伴过五年。

“昀离……”她浑身颤抖，立刻站起来。

此刻红光已经快要散尽，她环顾一圈，却没有看见风连翼和魇。按理说，他们应该就在周围，只是被那红光制造的结界挡住，所以她看不见他们而已。

凰北月紧紧地握着七破丹，朝着记忆中窗户的方向走去。

七破丹在手，那红光遇到她都自动分开，因此她几步就走到窗边，再回头去看，周围红光已经散尽，房间也恢复了原貌。净莲炎火鼎放在地板上，静悄悄的，像是什么都没有发生过。风连翼和魇都不见了。

凰北月站在窗边，忽然一阵狂风吹来，将打开的窗扇一下子吹得重重地砸过来，又弹开。脚下站立的土地似乎狠狠地震颤了一下，凰北月瞬间觉得身上的温度被这阵狂风给带走了。她身子一晃，已经站在院子中。她抬起头看着深夜的天空。不再是黑沉沉的夜幕，此时此刻的天空像是一张被野兽慢慢撕开的皮肤，触目惊心的裂缝之中，如同鲜血一样的东西慢慢流出来。

这样的情景，似曾相识。

当初她身死，而魇从封印中出来的时候，天地异变，天空也出现了裂缝，开始下起血红色的雨水。而现在，从那裂缝中流下来的不是红雨，而是真正的鲜血。

此刻，昀离的戾气和魔性比魇从封印里出来时更强了无数倍吧。

“丫头，这是怎么回事？”雷怒顶着狂风飞快地出现在她面前，必须大声说话，才不会让声音被风吹走。

“魔兽。”

雷怒看着她说话的唇形，半天才猜出她说的是什么，愣了一下，随即面色陡然变得很难看。他猛然抬起头，看着这诡异的天空。

“和那时候一模一样……”雷怒喃喃地说，“轩辕谨又回来了？”

“不是轩辕谨，不过也是因她而起。”凰北月笑了一笑，道，“雷怒，当年祸乱卡尔塔大陆的那只魔兽魇，你们司幽境对付他时，如何？”

雷怒郑重地摇摇头，道：“不是我妄自菲薄，夜王陛下遇上轩辕谨，也不一定会输，可是遇上魇……”

“这次应该庆幸，魇没有站在昀离那一边。”凰北月一边说着，一边迈步往外走。

雷怒追上来，问道：“丫头，去哪里？”

凰北月微微摊开手心，炫目的金光一闪而过。

雷怒大吃一惊，道：“这是……”

“七破丹。”

“成功了？”雷怒吃惊得好比一口吞了无数块石头。

这七破丹炼成的概率，比遇到魇那种魔兽还低吧？这女娃子，难道连老天都偏着她不成？

“雷怒阁下，不要忘了我们的契约，你可要保护我。”凰北月瞥了他一眼，提醒他不要忘了之前的契约。

“本王自然不会忘，可是七破丹才刚炼成，你不会现在就要开始重塑灵体吧？”

“没有时间犹豫。”凰北月紧紧地握了一下手中的丹药，想到消失的风连翼和魇，现在由不得她怀疑七破丹究竟能不能帮她成功重塑灵体。她也不敢去考虑这丹药究竟会带来什么样的后果。

现在的凰北月，只有一条路可以走，那就是拿性命去冒险！

“丫头，这可不是能开玩笑的时候啊！”雷怒还是提醒她。

凰北月一边走，一边微笑道：“我看起来像在开玩笑吗？”

雷怒沉默了。她这么坚决的表情，自然不像是在开玩笑，可正因为这样，才更让人担心啊！虽说这丫头奸诈狡猾阴了他，不过相处下来，他还是挺喜欢这丫头的真性情。

“我要找个安全的地方重塑灵体，麻烦你帮我守着。”凰北月已经召唤冰灵幻鸟和红烛过来。

临淮城里，最安全的地方莫过于别月山庄。轩辕问天留下的强大结界，相信无人能闯。

“这个没问题！”雷怒抱着双手，道。他很想看看这个丫头能创造出多大的奇迹。看来，一直以来，在这个世界运行的规则，很快就会被这个年纪轻轻的丫头打破了。

凰北月驾驭着冰灵幻鸟飞过临淮城的上空。

这突生的天变惊动，不知道是从哪里开的头，城中原本万籁俱寂，可是此刻许多人家的灯火都点上了。

不少百姓纷纷从自己家中走出来，老老少少挨在一起，对着那诡异的天空指指点点。

巡逻于黑暗中的骑兵抬头看了看天空，便立刻将这个消息传进宫中。

天生异变，诡异莫名，看来，有大事要发生了！

凰北月抿着唇，看着城中的一切，一言不发，然后，那双在黑暗中若隐若现的蓝色眸子却越来越坚定。

“主人，是昀离，入魔了……”红烛看着那奇异的天空，脸色苍白地低声说着。她心里比任何人都害怕。因为当年，她曾经见过入魔后的魇带来了怎样恐怖的灾难。

昀离的魔性似乎更重。不知道为何，红烛的心里第一次出现这种不安和恐惧。当年的魇，只是邪恶，破坏力极强。而如今的昀离，隐隐约约却有种透入骨髓的阴森之感。她所感觉到的这一切，都不敢对凰北月说出口。当务之急，是凰北月能重塑灵体，否则，昀离还没有灭，下一个入魔的就是自己。

而凰北月比任何时候都镇定，清丽的脸上看不到半点儿慌乱的表情，好像一切尽在她的掌握之中。

狂风呼啸，似乎只是瞬间，眼前的红光便消失了，风连翼泛着淡淡紫色的眼眸微微一眯，然后慢慢睁开。出现在他眼前的，不是熟悉的房间，而是一处陡峭的悬崖绝壁。

黑暗的夜色中，被撕裂的天空流淌而下的红色鲜血，似乎都流入了这里的悬崖。

风连翼站立的地方，是整个悬崖最高的位置。四面八方吹来寒风，猎猎作响，他雪白的衣袍上下翻飞，脚下的万丈深渊中传来某种凄厉的嘶鸣声。

他面无表情地看着周围的一切，慢慢向前走了半步，几颗石子从脚底下哗啦啦地滚落进深渊，那声音一直持续着，没有落地的声音，只是越来越微弱，直到听不见。下面果真是万丈深渊！而这里，似乎除了他，便没有任何人了。

他看着天空和悬崖，嘴角扬起冷淡的弧度，轻轻地道：“南翼国地处南方，地势一贯平坦，这样陡峭的山壁，倒是第一次看见。”

空荡荡的风在周围肆虐地呼啸，他的声音也随之消失在风中。

那样低的声音，在这样的大风中本就不容易被听见，他却还说得这么低沉缓慢、淡定自若。

“我早就说过他很聪明，一般人骗不了他的。”阴柔的声音在风中响起来。

风连翼嘴角微微一扬。果然如他猜想的那样，他不可能在瞬间就被人带到千里之外。若有这样的能力，日行千里，毫无所觉，除非是天上的神仙。可惜，这世上没有神。所以，他现在是身处幻境之中，逼真而危险的幻境。

他抬起头看向声音传来的方向。那地方有一抹红色的衣袂翩然掠过，然后一个妖孽般的男人便面色难看地走了出来。风连翼微微一扬眉，倒不紧不慢地笑了。

“你居然还笑得出来？”魇冷冷地看了他一眼，道，“魔兽的‘杀境’，你知道有多厉害吗？”

“厉害又如何，都已经进来了。”风连翼淡淡地说。这份淡然倒不是伪装的，他一向都这么冷静。

魇却气得跳脚，大声道：“被困在里面三天出不去的话，不是被里面凶险的陷阱所杀，就是化成血水，从天上的缝隙里流出去。你居然不怕？”

“月不在这里。”风连翼抬起头淡淡一笑，忽然说了一句。

气急败坏的魇怔了一下，随即沉默下来，又道：“最讨厌你这种虚情假意的人……”

“因为是魂魄，所以杀境无法将她一起摄进来。”风连翼并不理会他说的话，自顾看着周围，道。

“嗯。”魇点点头。在这么凶险的地方，他第一次皱着眉深思，非常非常认真地深思。

风连翼以为魇在思考如何从这里出去，毕竟，当年的魇也曾经如同昀离一样，由神入魔。那么，魇对杀境应该很了解吧？

可是，魇思索了半晌，忽然抬起头，那张妖孽的脸上，表情无比纠结。

“喂！”他对着风连翼的背影喊了一声。

风连翼转身看着他。魇别扭了一下，说：“有个问题，我一直不明白。”

风连翼不说话，观察着周围每一个细微的变化，等着魇继续说。

魇撇着嘴，道：“喂，你到底有没有在听？”

“嗯。”风连翼懒懒地应了一声，衣袖中一缕风元气慢慢地溢出来，流入杀境。可是元气刚刚触碰到杀境中的空气，他的手便像被蜜蜂蜇了一下，陡然一疼，风元气立刻尽数缩回来。

风连翼觉得不可思议地看着虚无的空气，果真很厉害！

他耳边，魇的声音还兀自响着：“论外貌，我也不比你差；论实力，你大概比不上我；要说了解她，我天天跟她在一起。我就想不明白了，她到底为啥会喜欢你？”

经历了一次失败之后，风连翼还打算继续想办法弄清楚这杀境。听到魇的话，他不禁摇头叹息道：“现在不是想这些的时候吧？”

“我现在想知道！”魇固执地道，“为什么？！”

风连翼转过身，沿着峭壁慢慢往前走，想去看看前面的情况。

魇不依不饶地跟着他，道：“快说！你告诉我原因，我就告诉你怎么出去。”

这一句话终于稍微打动了风连翼，不过，他向前走的步子依旧没有停。风连翼只是淡淡地开口道：“这么简单的道理你都不明白？”

简单？魇一怔。他可是想破了脑袋都没想明白啊！

“到底为什么？”魇眼巴巴地看着他的背影。

风连翼嘴角微扬，凉凉地一笑，道：“人兽有别。”

轰隆——

好像一道闪电从天上劈下来，正好就砸在魇的头顶上，他整个人瞬间呆住。

人兽有别！这四个字如同横亘在他眼前的一座大山，令他望而生怯。可怜的魇默默地立在寒风中，半晌才擦了擦眼角，道：“这不公平！”

他正想去找风连翼理论理论，凭啥出身决定一切，这不是摆明了欺负人吗？可是，他一抬眼，周围狂风呼啸，悬崖边已空无一人。

“人呢？喂，讨厌鬼！”魇大步往前走了几步，一直到悬崖的边缘，都没有看见人。

魇身上不禁冒起一阵寒意。难道风连翼掉下悬崖了？还被昀离那家伙悄悄解决了？这么一想，他又高兴地摸着下巴，道：“死得好，这样就没有绊脚石了。”

在他奇葩的思维中，为凰北月心目中的男人悄悄排了一个名次：第一是风连翼，臭丫头最喜欢的人；第二毫无疑问绝对是他；第三是战野；第四是昀离；第五是洛洛·布吉尔；最后才勉勉强强让那个小浑蛋墨莲垫底。

所以，风连翼死掉的话，那他就自动上升为第一位了。这么一想，魇就嘿嘿一笑，手中开始结印。就像风连翼所想的那样，他确实对杀境很了解。

忽然，有冷冷的杀气从他身后传来。魇飞快地往旁边一闪，一条红色火焰凝成的细软鞭子便从他身边狠狠地抽过去。一阵劲风被带起来，冷冷地拂过魇暗红色的眼眸。四周依旧空无一人。

“昀离，在我面前不用这么装神弄鬼吧？”魇冷冷一哼。虽然他看不到昀离，不过昀离看得到他就行了。

“你变弱了。”狂风中，略显低沉冷漠的声音缓缓响起，让人觉得森寒透骨。

“那是因为我不想和你打！”魇懒懒地说。

“你居然甘愿让黑水禁牢转化为封兽符，消磨了你的戾气。”昀离的声音带着浓浓的嘲讽。

魇不屑地冷哼道：“我喜欢，怎么样？”

“你这样说，是表示日后要与我为敌？”

“你若敢伤害凰北月，本大人不介意让你的话应验。”

“狂妄之徒！”昀离冷冷地说。

魇哈哈大笑，片刻之后冷眼看向悬崖边缘的一个位置，道：“昀离，从前的你，胆敢这样对我说话吗？”

“可惜你已非从前的你，我亦非从前的我。”

“看来想挽救你是不可能了。”魇微微叹息。

“从前我不知道，原来入魔之后是如此畅快淋漓，之前我不该苦苦压抑，反倒让自己失去了最想要的。”

杀境中没有昀离的身影，但魔知道，悬崖那个方向，一定就是他所在的位置。

魔的手指微微一动，巨大的镰刀忽然出现在手中，红色的刀身上闪过嗜血的寒芒。镰刀如同天上的弯月，一瞬击出。只听见轰然碎裂的声音，那悬崖便被生生地削去了半边。

尘土飞扬，镰刀重新回到魔的手中。他握着刀身，脸上的表情非常难看。

“哈哈！”昀离冷冷地笑出声来，“魔，我刚才就说过，你变弱了。”

高手之间的过招往往不需要华丽的招式、长久的打斗，有时候一招一式就可以分出胜负，因为他们比的不再是招式和力量，而是……气势！

魔一击之后就再也不动手，巨大的镰刀悬浮在身后，如同残缺的弯月。

昀离沉默了半晌，才缓缓地说：“想和我一较高下，就再变回以前的你吧。魔，你是我最期待的对手！”

随着他的话音落下，周围呼啸的风忽然如同被一只无形的手操控着，全部转向魔站立的地方。风中隐约可见的鲜红火焰，像是恶魔口中吐出的舌头，期待着鲜血的浇注。

魔一动不动地站着，身上夭红的衣袍只是微微随着狂风上下翻飞。他从来没有露出过如此镇定的表情，如同老僧入定，似乎根本没有看见那充满杀气的狂风朝他卷过来。

风中看不见的昀离咦了一声，随即便看见魔身边红花曼舞，如同春临大地，百花绽放。

在这如地狱一样的地方，幽暗中开出朵朵红花，碧绿的藤蔓缠绕在风中，飞快地生长抽条。绿叶舒卷开来，花苞缓缓绽放。红花绿叶，一瞬开满天地。狂卷而来的风冲入花朵之间，火焰之舌舔过的地方，绿叶枯萎，红花凋零。

空气中弥漫着焦煳的味道。然而，鲜花绽放的速度出乎意料。

魔定定地站着，袍袖之下的手指微微一动。然后，他抬起眼眸。就在这时，一簇火焰骤然穿破朵朵红花，直取他的眉心。他没有动，袍袖之下的双手操控着漫天红花，若收势，周围更多的火焰便会潮水般涌入。

千钧一发之际，一阵微风轻轻拂过，紧接着，无形的风忽然从魔身后冒出来，将那直直而来的火焰挡下。那火焰十分强悍，撞在风中，竟然还凶悍地朝前推入，然后才慢慢停下来。

“我以为你死了呢。”口气有点儿惋惜，魔摇着头说。

“不劳挂心。”

风连翼的身影缓缓地出现在魔身前，白色的衣袖飞舞，隐约露出袖中的手指，每一根都鲜血淋漓。

“想不到，你的实力隐藏得这么深。”看见他能挡下那火焰，魔却轻松地笑着说，“不过，在杀境中动用元气，是死路一条。”

“不动用元气的话，也是死路一条。”风连翼淡淡地说。按目前的处境来看，他们似乎往前往后都是死。

“不一定。”魔张开双手，碧绿的藤蔓从地下钻出来，见风就长，眨眼工夫，便形成坚固的藩篱，红花朵朵盛开。

风连翼收回元气，看着周围。隔绝了杀境中的狂风，这周围陡然间安静多了。

魔坐下来，抬手擦了一下额头，似乎很疲惫的样子。

“难道连你都出不去？”风连翼看见他颓败的样子，冷静的表情中也有一丝诧异。

“没办法。”魔苦涩地笑着，“我在黑水禁牢里被关了十七年啊！”

闻言，风连翼也就不再说什么，随便找了个地方坐下来，竟然开始闭目休养。

魔原本期待着风连翼像无头苍蝇一样乱转，正好丢丢脸让自己看看，但没想到他这么冷静，魔不由得大为失望。

“你刚才消失，是去了什么地方？”他不开口，魔只好开口道。

“悬崖下面。”

“你去那下面干什么？”魔撇着嘴，想起刚才以为他死了，自己还幸灾乐祸了好久，现在看见他好端端地活着，心里不免一阵不爽。

“每隔半刻钟，周围的风都会涌向悬崖下面，而后重新从另一个方向出现。”风连翼淡淡地道。刚才他去悬崖下面，却并没有发现什么特别的地方，这让他有些疑惑。

“嘿嘿！”魔那张妖孽的脸上慢慢浮现出一抹邪恶的笑容，“没想到，你这么聪明。”

“过奖。”并没有将魔的话放在心上，风连翼继续思考种种可能性。

“别想了！”魔悠闲地靠着一朵盛开的硕大红花，“就算让你抓到关键，你也出不去，耐心地等吧。”

“等？”

魔脸上微微地浮起笑容，道：“不要低估了那臭丫头，她不但聪明，还奸诈狡猾，昀离也不一定阴得过她。”

“可是七破丹……”

除了凰北月，谁也没有见过七破丹真正炼成，所以，风连翼的担心，同样让魔紧紧地皱着眉头。

臭丫头，你可不要让我失望啊！

第三十六章 重塑灵体

在别月山庄那强大的结界笼罩之下，整座山谷都寂静无声。

凰北月将带来的人分布在山庄各处守卫，只留下红烛和小灯笼守在自己身边。

雷怒守在正门口，只要有人闯进来，他第一个就会知道，并且出手应对。

对这个地方，雷怒也是叹为观止。人死之后，还能维持如此强大的结界，那轩辕问天是有多天才?

凰北月则专心地待在山庄的暗道中，准备重塑灵体。

暗道的四面墙壁都是用特殊材料做成的，不会将元气泄漏出去，因此当时红莲和墨莲闯进来，才会对藏在暗道中的红烛等人毫无所觉。

重塑灵体这样逆天的行为，肯定会惊动天地元气，若没有暗道的屏蔽，很可能在没有成功之时，就将昀离引来。

凰北月盘腿在石室中坐下，从纳戒中将之前准备好的一切道具拿出来：锁魂钟、紫幻帝龙涎，以及最重要的七破丹，还有一些零零碎碎的东西。七破丹只有一枚，她没有试验的机会，因此格外小心。

她和红烛对视了一眼，后者面色凝重地点点头，然后化身为银白色的巨龙，盘旋在周围。

寒冷的元气立刻充斥在石室周围，像是漫天迷雾倾洒下来。

小灯笼则在旁边张开一道淡绿色的结界。绿色的元气渗透进红烛的冰元气中，萦绕在凰北月的身体周围。

“这是补充元气的结界，少主尽管放心，在里面不用担心元气耗尽。”小灯笼谨慎地说。

凰北月微微点头，然后深吸一口气，双手慢慢地结印。金芒璀璨的七破丹慢慢飘浮起来，稳稳地停留在她心脏的位置。手指飞快地翻动，动作如行云流水，她半点儿都不见慌乱。紧要关头，她往往能冷静下来。

那结印的动作，是按照轩辕谨药方上所说，凰北月已经默默地在心中练习过无数次。她闭上眼睛，神识回到封印中。然后，她抬起头，看着虚空中的万兽无疆。

“开始了。”她幽幽地说。

似乎感受到她坚定的决心和对重生的渴望，万兽无疆回应给她的是无数的浓郁黑气。那些黑气从封印中钻出来，瞬间将七破丹包围起来。

凰北月微微扬起唇角，合作这么多年，万兽无疆也懂得她的心思了。

微笑之间，她维持着的人类形体忽然消失，变成雪白的小狐狸，蜷成一团躺在地上。

她的突然消失，让红烛吓了一跳。待看见万兽无疆的元气依旧包裹着七破丹，一切都有条不紊的时候，红烛才压下心中的担忧，默默地看着小狐狸的一举一动。

浓郁的黑气翻滚着，七破丹那耀眼的金色光芒怎么都掩饰不住。

那黑气像是一双灵巧的手，慢慢将丹药表面复杂的图腾磨去，露出浑圆的没有半点儿斑杂的丹药表面。

黑气连接着小狐狸冰蓝色的眼睛，只见小狐狸懒洋洋地张开眼睛，一瞬间，金色的光芒便顺着黑气慢慢流进它的眼睛里。

此时，身在黑暗的封印中的凰北月，蓦然睁开了双眼。刺眼的金芒涌进来，她下意识地抬手挡住眼前，随即有生以来第一次看见这狭小的封印中的一切。四面的墙壁上贴满了符纸，那符纸上复杂的符文全是以鲜血写成。

就算没有人告诉她，她也知道，那些鲜血一定是轩辕问天的。他当时究竟是在怎样的情况下，以自己的血画出这么多符纸？他是为自己留一条后路，还是……专门为了这个他从未见过的孩子准备的？

那时候，他已经预知往后凰北月的路途不会平坦。因为轩辕问天和惠文长公主，所以凰北月周围都是敌人。正是如此，他才步步算计，为她留下这最后一个栖身之所。

“北月，若是可以，爹爹很希望陪你长大，希望看着你从一个小婴儿，慢慢长成一个漂亮的姑娘。你会变成一个倔强又叛逆的孩子，也会被很多男孩子喜欢，这一定让爹爹很头疼，却又很高兴。不过爹爹唯一能保证的，是一定不让人欺负你，因为爹爹是天底下最强大的人，会永远站在你身后保护你。

“北月，你不要走爹爹的路，不要想着成为强者，你只要高高兴兴做个普通人就好，你所要的一切爹爹都为你准备好。你会快乐地长大，会有个很好的男人来娶你，爱你一生。万兽无疆，我将它扔得远远的，你这一生都不会接触到，不用背负爹爹的命运，你应该脱离这个诅咒。

“北月，如果你能听到这些话，那说明……我一定没有陪着你长大，我……是不是很没用啊？虽然答应得好好的，但统统没有做到，我毁了和刚出生的你做的约定，毁了你的童年和一生，我……对不起……”

这些声音忽然在耳边响起，猝不及防地，让凰北月呆了一下。听完后，她的眼睛却慢慢地湿润起来。

那个孤独死在玄冰狱的骷髅形象，忽然和那天她所看见的红发男人重合起来，她眼睛里的泪水再也忍不住地滚落而下。

“没有对不起，你做不到的，我帮你做到。”

“为了感谢救命之恩，你给不了北月郡主的幸福，我给她。”

“终我凰北月一生，必定让她一世无忧！”

封印的空间中，一张张鲜血书写的符纸开始哗啦啦作响，金色的光芒和黑气的元气在这狭小的空间中流窜飞舞。

风骤然大了起来，墙壁上的符纸全被吹乱，纷纷剥离了墙壁，在空气中曼舞。

凰北月张开双眼，有些怔忪地摸了一下眼角，手指一颤。

泪水……她是魂魄，竟然会有泪水？异样的感觉忽然闪过脑海，然而，没有等她多想，那空中飞舞的符纸忽然燃烧起来，一张接着一张，烈烈的火焰忽然被金色光芒包围了。

太过刺眼的光芒一下子让凰北月闭起眼睛，她的身体也像被什么撕开一样，剧烈地痛起来。

“啊——”一声凄厉的惨叫从她喉咙里逸出来。

她一向坚强，耐力极强，可以说，就算被砍断四肢，她都不会发出这样的惨叫。可是，这突如其来的剧痛非比寻常，像是支配着痛楚的那根神经被人剁成了碎片。惨叫声持续了很久，叫得人灵魂深处都震颤了。

“主人！”听到声音，红烛忽然大喊一声，本能地冲到小狐狸面前。

只见那雪白的小狐狸已经奄奄一息地蜷缩在地上，原本冰蓝色的双眼此刻布满血丝，眼角隐隐有血泪流出来。

红烛心里咯噔一声，顿时脸色苍白。她看不到封印里的情况，急得团团转。

“怎么办？怎么办？”

若此刻面对的是强敌，就算昀离亲自来了，她也会毫不犹豫地冲上去，可现在她面对的是根本看不见的敌人。

“姐姐，冷静一点儿，主人自有分寸的！”小灯笼大喊。刚才那一声惨叫，也吓得她脸色苍白。

“可……”

红烛还想说什么，一股强大的推力蓦然间从小狐狸身上涌出，是它根本不能抵挡的。它的身体一瞬间就被推出去，狠狠地撞在墙壁上。

一簇血红色的光芒飞出来，那光芒来得快去得也快，等消散之时，一个少女的身体便静静地躺在地上，气息全无。

少女身上全是血，头发披散，根本看不清模样，只能看见她的双手结成一个奇怪的印诀，放在胸口。手印中，是那块散发着淡淡黑色元气的万兽无疆。

红烛和小灯笼齐齐一震，都说不出话来。

"这分明是个死人啊！"红烛一下子扑过去，手足无措。那少女身上都是血，她也不知道应该碰哪里。

红烛急得像热锅上的蚂蚁，看着这样的情形，她完全不知道应该怎么办，眼泪吧嗒吧嗒地往下掉。

"哭什么，锁魂钟！"一个沙哑却依旧冷厉的声音从小狐狸的身体中传来。

红烛一怔，随即喜上眉梢，这才想起之前主人已经交代过，让自己在外面护法，待看见灵体形成之时，便用锁魂钟将她的魂魄从小狐狸身体中摄出来。

因为万兽无疆一旦离开了封印，凰北月就没有办法自由支配自己的魂魄，必须依靠别人帮忙。刚才红烛一时慌乱，只想着怎么出来个死人，就把这么重要的事情给忘了。

红烛连忙擦干泪水，吸着鼻子拿起锁魂钟，照着之前凰北月教她的印诀，将锁魂钟倒转。手印和口诀一同催动，那古朴的大钟便嗡的一声将小狐狸的身体笼罩起来。

小狐狸发出呜呜呜的声音，似乎十分害怕，不过很快这声音便沉寂了。

锁魂钟上面光芒一闪，红烛小心翼翼地将钟抬起来，然后转向那血淋淋的少女所在的方向。

金色的光芒柔和地在钟身上隐隐闪烁，那枚七破丹缓缓地破碎，最后变成细碎的金沙，从锁魂钟里流到少女身上。莹莹的光芒笼罩着她，一层又一层，如同带着魔力，少女身上的筋脉骨骼逐渐被勾勒出来。

红烛看着这奇异的一幕，心脏怦怦直跳，眼皮也不听话地一直跳。

这是在重塑灵体吗？似乎比她想象中更加顺利一些……

红烛微微蹙着秀丽的眉。这种时候，她本该感觉高兴才对，可不知道为何，心中却隐隐有种不祥的感觉。

她心头的阴影才刚刚掠过，外面便一阵天摇地动，巨大的爆炸声响起，暗道中石头剥落，似乎要倒塌了。

糟糕了！这么大的动静，肯定是昀离闯进来了！入魔之后的他无比凶残，实力深不可测，非常可怕。

别月山庄的结界是当初轩辕问天留下的，而昀离曾是他的召唤兽，对他的一切术法了若指掌，加上他如今恐怖的实力，想破这个结界也没什么困难。他来势汹汹，一定是察觉到这里元气的异动，知道是主人开始重塑灵体了。

昀离，你连最后一丝温情都泯灭了吗？

红烛焦急地看着地上的少女，经脉的融合在顺利进行，可是看这情况，应该需要一段时间才能完成。

外面的震动越来越剧烈，要是昀离在此时闯进来，一切就完了。

红烛深知这地方已经不安全，不能继续逗留。因此，待锁魂钟的金光散尽之后，她便立刻让小灯笼将结界缩小为一层淡淡的碧绿色光膜，以光膜覆着凰北月的身体，然后用大氅将她包起，背在自己背上。她们又收拾了地上的一切东西，从暗道的另一头离开。

她和小灯笼从小就生活在别月山庄，对这里一切的暗道地形都很熟悉，只要暂时避开昀离，争取到时间重塑灵体就可以。

她们一前一后在暗道中奔跑，身后的震动从剧烈到寂静无声，一场战斗，似乎结束了。

好快的速度，连身为司幽境雷王的雷怒都不能多拖延昀离一会儿吗？

暗道之外，乱石横飞，房屋倒塌，树木折断，残余的雷光还在四处不肯屈服地嗞嗞作响。

“浑蛋！”一堆乱石中，雷怒奄奄一息地躺着，鲜血顺着嘴角流下来。

而其他赫那拉族的人更是散落在各处，或死或伤。

雷怒抬头看了一眼高悬在结界中的月亮，那迷离的月色之下，有个漆黑的身影隐在浓浓的阴云中。虽然看不见模样，但那身影上绝对的肃杀之气让周围的空气都仿佛被抽空了，一种前所未有的强大威压笼罩在上空。

看着浓雾中的人，雷怒心里也是震惊不已。这么多年来，他还是第一次遇上这般强大到变态的对手。就算夜王陛下亲自出马，恐怕也不是这个人的对手吧！

那丫头正重塑灵体，也不知道有没有成功？刚才似乎出现一阵急剧的元气波动，以他强大的灵魂感知力，能够察觉到这山庄里的元气全聚集到了暗道里。

那种逆天的行为，相信比起这个人造成的震动，也不遑多让吧。

雷怒抬起颤抖的手，擦着嘴角不断流下的鲜血，冷哼一声。虽然输了，不过他没有露出半点儿颓丧的表情。

昀离看着底下的一片狼藉，都是些苦苦挣扎、奄奄一息的生命。他不喜欢一次性将人杀死，而是喜欢看着他们在生死边缘痛苦地挣扎。

魔兽，天生凶残邪恶，冷血无情。

黑色的雾气中，那衣袍微微一动，紧接着，一个让人心寒的阴森声音便缓缓响起：

“她在哪里？”那声音忽远忽近，忽而低沉，忽而尖锐，诡异得让人头皮发麻。

听着这个声音，雷怒嘿嘿一笑，道：“痛快！再跟本王打一场吧。”

“找死。”

随着阴森的声音响起，黑雾中，一根细细的红色鞭子甩了出来。仔细一看，这鞭子竟是火焰凝成的，而且，不是一般的火焰！

雷怒怒目一瞪，拼着重伤的身体，猛然向旁边一滚。

轰隆一声，巨石破碎，地面裂开，那细细的鞭子轻描淡写地甩下来，却几乎将地面打出一个窟窿来。

强悍的元气将雷怒的身体也掀翻，他一连在乱石上滚了好几圈，才被甩到远处。他嘴巴一张，夹杂着破碎内脏的鲜血便喷了出来。

雷怒伸手捂着胸口，面孔苍白痛苦，头抵着一块巨大的石头，才勉强能支撑着抬起来。

“她在哪里？”黑雾中的人居然很有耐心地又问了一遍。

染血破裂的嘴角扬起来，雷怒还是嘿嘿地笑道：“丫头，本王可不是……言而无信的人啊……”

他的话彻底将那人激怒，红色的细鞭再一次从黑雾中甩出来。

雷怒怔怔地看着，双眼大睁，脸上却是一副毫不在意的洒脱表情。

败给这么厉害的对手，他也死而无憾了。况且此刻，他根本没有闪躲的力气……

眼看着那细鞭离自己越来越近，眼睛里映着那一抹细细的红色，雷怒想笑，忽然之间，他的瞳孔中却映出一个灰色的影子。

如同扑食的雄鹰一样，那影子猛然而下，抓住他便闪电一样挪开。

几乎就在他们离开的一瞬间，红色的细鞭轰然而下，比刚才更加凶横，整片地面几乎被掀起来。一个巨大的深坑出现，滚滚的烟尘冒起来。

然而，黑雾中的人只是微微皱起眉，不悦地低哼一声。

那灰色的影子一直抱着雷怒离开了很远，才在一段倒塌的墙壁上停下来，略显瘦弱的身体包裹在灰色的袍子里，袍子的帽檐拉得很低，挡住了他的脸。

刚才动作太大，扯动了雷怒的伤口，他龇着牙抬头，道：“你怎么来了？”

“不来，你就死了。”

“嘿嘿，人生在世，哪能不死啊？”雷怒倒是爽朗地说。

那人不再理会他，慢慢地转过身，从帽檐下面抬起头来，露出半张苍白的脸。他对着那黑雾中的人道：“在下司幽境，鹿涯。”

他平静的声音却让黑雾中的人微微一怔，那人并没有多做理会。细细的红色鞭子，依旧在一片浓郁的雾气中若隐若现。

鹿涯也并不生气，依旧说："阁下的实力，当世无双，夜王陛下不想和阁下为敌，希望阁下能手下留情，从此，司幽境和阁下自然互不干涉。"

这种平淡却不失礼貌的语气让人很难拒绝，可是黑雾中的昀离恍若未闻。他只是声音低沉地又问了一遍："她在哪里？"

雷怒哼了一声。无论如何，有契约在，他死都不会松口。

鹿涯却轻叹了一声，低声道："看来，不说出那丫头所在，今日你我都要葬身于此。"

"你可别……"

雷怒刚想说话，却见鹿涯微微抬起手，指向暗道方向的后方。

果真，那黑雾中的人便不再理会他们，眨眼便消失在他们眼前。

雷怒怔了一会儿，忽然大怒，一掌拍在鹿涯的肩膀上："臭小子！"

鹿涯微微一闪。重伤的雷怒想打他自然是不可能的，他轻而易举就能闪开。

"我奉夜王陛下命令，来带你和王子殿下回去，我只知道奉命行事。"鹿涯不咸不淡地说，"况且当初放走那丫头已经是个错误，不如趁此机会回收她的魂魄。"

"本王答应过要保护她！"雷怒吼道。

"那是你，我可没答应。"鹿涯淡淡地说，帽檐下面一双细长冰冷的眼眸往周围扫视了一圈，终于定在树林中一座石兽的背后。

鹿涯微微一笑，道："看来这次终于能把王子殿下安全带回去了。"他完全无视雷怒一双燃着火焰的眼睛正狠狠地瞪着他。

"臭小子，扶本王过去！"雷怒吼道。

鹿涯道："我不扶，雷王大人若是能自己过去，那便去好了。"

"臭小子，你反了不成？！"雷怒没想到这个一向温和的人会有胆子和自己唱反调，因此一时震惊得声音都在颤抖。

"大人，身为大祭司，在司幽境，我和你是平起平坐的，哪里有反不反的说法？"鹿涯淡淡地道。知道昀离离开了，这里暂时安全，他便慢慢地走到刚才所看的树林之后。

巨大的石兽矗立在眼前，张开双翼，似乎随时都会活过来攻击他。鹿涯却知道，这石兽里早已没有灵魂，只不过是一具躯壳被封印在这个地方而已。因此，他没有丝毫害怕地绕过石兽。

果不其然，一头浑身金色的老虎正对着他的方向龇着牙，虎目凶狠地瞪着他。

那老虎的身后，一个少女背靠着石兽，怀中紧紧地护着一团嫩黄的小东西。

刚才外面一场激战，明显将这一人两兽吓住了。此刻看见他出现，那老虎低吼了一声。

鹿涯微微一愣，帽檐下苍白的脸上浮起一丝笑容：“赤金圣虎，四阶的神兽，若是完全进化为成年，倒有点儿棘手。”

他细长的眼睛里泛着一丝冷笑，伸出修长却苍白瘦弱的手。那手指灵活地转动着，雷火忽然冲出来，让小虎的身体狠狠地撞向一边。

看他一出手就如此厉害，那少女抬起头来，满脸震惊。同时拥有雷属性和火属性的高手？在卡尔塔大陆上，除了墨莲，她还是第一次看见有双重属性的人。当然，凰北月那种利用万兽无疆连五种元气都可以操控的人除外。

这少女正是阿丽雅。看见这不凡的出手，就知道此人不是寻常之辈，她立刻抱紧怀中的吱吱，转身就跑。

“天真的丫头。”鹿涯冷冷地一笑，身影陡然一晃，一步跨上去，从后面狠狠地抓住阿丽雅的肩膀。

少女闷哼一声，终究不得不停下脚步。

鹿涯探出手去，正想抓她怀中的吱吱，忽然看见那织梦兽的脑袋上，绿色的根茎抖动起来。他脸色一变，却没有后退，只将那灰色的袍子一扬，挡在眼前。

虽然动作已经很快，但他还是觉得脑海中一阵晕眩。他心中暗暗地道：想不到王子殿下的幻术这么厉害，幸好自己有夜王陛下钦赐的七重灰锦战衣防身，否则恐怕难以抵挡王子殿下的幻术。

此刻，他只是感到一瞬间的晕眩，紧紧抓住阿丽雅肩膀的手并没有松开。

吱吱大惊，抬起头来，圆溜溜的眼睛里满是不可置信。不管它脑袋上的绿茎怎么抖动，这个人就是不按照它操控的幻术行事。

“王子殿下，不要任性了，跟属下回去吧。”鹿涯抬起头来，帽檐下的一双细长眼睛微微眯起来。

“吱呀吱呀！”吱吱吓得大叫，紧紧地抓着阿丽雅的衣服不肯松手。

然而，鹿涯只是稍微用力，便将阿丽雅完全推开，而吱吱也被他抱起来。

细细的小手小脚在空中乱舞，吱吱眼睛通红，大颗大颗的泪水从眼眶里滚下来。

嗷呜！身后猛虎咆哮，猝不及防地咬上鹿涯的手臂。

吱吱眼睛一亮，看到了救星，立刻朝小虎伸出手去。

鹿涯微微吃痛，眉心一拧，另一只手从衣袖中伸出来，拍在小虎脑袋上。雷火交织，小虎低低地呜了一声，渐渐松开口，瘫倒在地，身体微微抽搐。

“小虎，小虎！”阿丽雅爬过来，搂着小虎的脖子低声哭起来。

吱吱完全呆住，大大的眼睛里有泪光闪动，映着小虎瘫软下去的身体。

鹿涯不想在别人身上浪费时间，于是小心翼翼地捧着吱吱转身离去。

吱吱大哭着攀住鹿涯的手臂，巴巴地看着小虎，目光灼灼，似乎在说：站起来啊，站起来救我……

小虎的脑袋歪倒在阿丽雅怀中。少女抱着它放声大哭。她抬眼看着大战过后的萧条景象，不禁更加悲伤。

王、兄长、同伴，现在都生死不明，吱吱也被带走了，小虎也……

而此时在暗道中，红烛步伐很快，片刻之后，已经到了暗道的尽头。她和小灯笼都知道，从这里出去，就到了迷雾的边缘，可以轻而易举地离开别月山庄。

小灯笼的结界一直维持在凰北月身上，淡淡的绿色光芒将元气源源不断地补充进凰北月的身体。

在奔跑的晃动中，那恍若死人一般一动不动的少女身体似乎渐渐有了温度。包裹在金光中的灵魂力量像是一团火焰，渐渐地融入少女的体内，将她冰冷的身体烘暖。

红烛心中喜悦，一边奔跑一边开心地说："主人，重塑灵体真的成功了，往后不用住在封印里了。"

"姐姐，小心脚下啊！"小灯笼忙在后面说。这暗道后段，当初修建的时候情况太急，有点儿不平。

她刚说完，红烛还真的绊了一下，险险地要摔倒。小灯笼早就防备着，手疾眼快地冲上去，托住凰北月的身体。虚惊一场，红烛也是吓得满身冷汗。

"咯咯……"一声轻微的咳嗽从一动不动的少女的口中逸出来。

红烛和小灯笼同时一怔。小灯笼连忙将火把移过来，照着凰北月的面孔。只见那张满是鲜血的脸上此刻全是痛苦的表情。她的皮肤底下，隐约能见经脉在杂乱无章地鼓动乱蹿。她狠狠地咬着嘴唇，似乎在忍着什么极其痛苦的煎熬。

"主人！"红烛担心地看着她。锁魂钟什么的都用上了，接下来还能怎么办?

凰北月的一只手猛地抬起来，抓住红烛的手臂。虽然一阵吃痛，但红烛还是猛然想起纳戒中还有半瓶紫幻帝龙涎。那东西虽然和重塑灵体无关，但雷怒说过，在重塑的过程中可能会发生意外，紫幻帝龙涎可以护着她的身体，不被乱蹿的元气冲坏。

因此，红烛立刻将盛着紫幻帝龙涎的瓶子拿出来，拧开瓶盖，将那紫色的液体慢慢倒入凰北月口中。

紫幻帝龙涎一入口，便慢慢朝凰北月的经脉扩散而去。她皮肤下躁动的经脉慢慢地安静下来，开始正常地融合、凝聚……

手中的瓶子掉在地上，红烛擦了擦额头上的汗水，悄悄松了一口气。她抬起头和小灯笼相视一笑。

两人都差点儿被吓得魂飞魄散。

"我先出去看看，咱们到外面去找个地方，安安静静地等主人苏醒吧。"小灯笼笑着站起来。

她以结界感知到，现在的凰北月虽然没有睁开眼睛，可是她那脉搏、那心跳，确实如同活人一样鲜活跳动着，尽管还有些微弱，但毕竟是成功了啊！

红烛点点头，将凰北月抱在怀中，将大氅拉严实了，暖着她的身体。她现在是灵体，不再是魂魄，不怕冷了。

小灯笼走到暗道的尽头，摸到墙壁上的机关，将一扇石门打开。外面的光线一点儿一点儿照进来。

小灯笼脸上刚刚出现的一点儿笑容，却被骤然出现的阴影笼罩了。小灯笼一怔，随即脖子便被一双冰冷的手狠狠地扼住。

一股前所未有的强大威压撞在心头，低头看着沉睡中的凰北月的红烛猛然抬起头来，红烛脸上的表情像破碎的瓷器一样，正一点儿一点儿慢慢地瓦解。

“昀……”

她口中只来得及吐出一个字，一个黑衣男子便慢慢地走进暗道。虽然没有风，他身上的衣摆却微微飘动着，不像是布料，倒像是形成了实质的黑色元气。

强大的魔气从他身上散发出来，黑色的发丝披散在肩膀后面，在火把的光芒之下，他的面孔若隐若现。那一双妖异的红色眼眸，诡异得让所有人都能看见。

红烛的心脏骤然停止了跳动。这样强大的威压，就算是她，也觉得无比吃力。她只能抱紧尚未苏醒的凰北月。

“你不要伤害她……”红烛低声说。

昀离站在入口处，挡着所有的光线。他将碍事的小灯笼扔出去，目光诡异地盯着红烛，道：“吾族之人，为何要守护人类？”

“她……她是我的……契约者。”红烛小心翼翼地说，尽量以身子挡着，不让他看到她怀里的人。

听到红烛的话，昀离眯起眼睛，像是受到极大的侮辱一样，冷冷地道：“身为王族，竟将血统糟蹋至此，和低贱的人类结契！”

“你曾经也……”被他的话激怒，红烛下意识地抬头反驳。

曾经的他，也和人类结了契啊！他们是心甘情愿，哪里有什么低贱不低贱的？

当她抬起头看见那双阴冷诡异的红色眼眸时，将想要说的话生生地咽了下去。她差点儿忘了，此刻的昀离，早已不是那高贵的王族神兽，而是……一只堕落的、由神入魔的魔兽。

可是天性中的高贵，以及他与生俱来的骄傲，让他入魔也忘不了自己曾经身为王族的煊赫荣耀。因此，他依然固守着王族的虚幻头衔。

红烛鼻子一酸，眼睛里凝了一层泪水。这真的是他们一族的宿命吗？

“把那个人类交给我。”他面无表情地看着一脸悲伤的红烛，寂静无波的心没有半点儿触动。永恒的冰冷，心似乎被九尺寒冰深深地封印着。

红烛连忙摇头，紧紧地抱着凰北月：“不可以。她好不容易才回来的！”

“交给我。”昀离冷冷地重复了一遍，待看见红烛依旧固执地不松手时，身上散发出耐心耗尽的怒气。

“找死！”从齿缝中冰冷地吐出两个字，他只微微动了一根手指，细细的火焰鞭子便在指尖凝成。

红烛狠狠地咬着牙，以自己的身体护住凰北月，默默地念动口诀，冰元气逐渐在身体周围结成厚实的防护罩。

昀离轻蔑地看着那防护罩，眼睛也不眨一下，看似漫不经心地一甩那细细的鞭子。难以想象那么纤细的一根火焰鞭子，上面会凝聚着那么强大可怕的力量。只听见轰隆一声巨响，红烛的防护罩竟是被细鞭从中间破开，之后那力道并没有消减，准确地朝着红烛的背打去。

风声猎猎，那细鞭行过之处，空气恍若被分割开来，发出刺耳的爆响之声。

若是被抽中，就算不死，也会重伤难治吧！就算她是神兽，真的能承受这一鞭吗？

红烛已经无暇去考虑太多，保护主人，是阿爹从小教导她的，她已经学会，因此无论如何都改不了。红烛闭上眼睛，就算一死，又有何惧？！

猎猎的破空之声距离她越来越近，她背上的发丝都被掀起来，根根断碎。灼热的感觉几乎就贴着她的背，然而又在瞬间停住了。

没错，是停住了！距离她的背只有一手宽的时候，灼热骤然停住。尽管如此，她身上的衣服还是被烧开一片。红烛慢慢地睁开眼睛，狠狠地咽了一口口水，有些僵硬地抬起头，却只看见一只手从她腰间探出去，在那千钧一发之际，准确地握住了那差点儿要了她半条命的鞭子。

昀离一怔，血红的眸子里闪过一抹震撼之色，但转瞬即逝。

他看向那只沾染着鲜血的小手。那么秀雅的手，若是轻拈绣花针，将是何等养眼？可是，她偏偏抓住了一根火焰凝成的鞭子！

鞭子上强大的火元气竟然没有顷刻将那小巧的柔荑焚烧成灰，确实令人很诧异。

接下来的一幕，才是令他真正惊讶的。

那只小巧的手微微转了一下，将细鞭绕在手背上，竟是出乎他意料地猛然一扯，似乎在那纤细的手臂中，蕴藏着让人大吃一惊的力量。

细鞭连接在昀离的手指上，不动如山的他竟被那纤细的手臂给拽得抬起手，脚步稍稍向前迈了半步。

对方如此赤裸裸地挑衅他的力量，却让这个冷酷邪恶的男人微微扬起嘴角，那危险和兴趣并存的弧度，带着惊心动魄的美感。

“你，好大的胆子！”

“死过一次的人，已经不知道害怕为何物！”

怀中，一个沙哑的声音闷闷地响起来，吓了红烛一跳。她连忙直起身来，脸上惊喜交加。

凰北月淡淡地看了她一眼，对她微微点头，然后拢着大氅慢慢坐起来，一双掩映在浓密睫毛中的清冷眸子斜斜地瞥着昀离。

骤然看见那双眼睛，昀离的目光有一瞬间的茫然，然而，他很快就冷冷地说：“能接我一招，你是何人？”

凰北月一怔，随即想到也不知自己如今的面容是什么样子，他觉得陌生，也是应该的。

“区区在下，何足挂齿？”嘴角的冷笑若隐若现，她慢慢松开手，手心的几缕黑色元气随之散去。

昀离也收回那细细的软鞭，血红的眸子在暗道里缓缓地扫视了一圈，似乎在寻找什么东西。

凰北月偏头看着他，心中一动，便问：“阁下找人？”

“一个女人。”昀离冷冷地说，目光疑惑地在凰北月的脸上扫过。

此时的她，脸上都是污血，五官依旧精致秀丽，蛾眉淡扫，眼眸清澈漆黑，鼻梁小巧挺立，粉嫩的红唇轻轻一抿，倒让他有些熟悉的感觉。但是，这和他记忆中的少女的模样，相去甚远。

他在认认真真地打量她，她也镇定自若地任他随意看，不见半点儿心虚和慌乱。

变成魔兽之后，他心里的温情会消失，自我意识也会被魔性吞噬。现在的昀离，虽然依旧犀利强悍，可他对凰北月的记忆和感觉，已经模糊得无法辨认。

由于魇在她身体中被封印了十七年，因此对于魔兽的一些事情，她还是很了解的。此刻，她便不慌不乱地任他看。

若是以前，就算她重塑灵体变成另外一个人，相信昀离也会毫不犹豫地认出她。但现在的昀离不会，他已经失去自我了。

见昀离眼眸中闪过一丝黯然之色，凰北月缓缓地说：“阁下要找的人，似乎不在这里。”

昀离一怔，缓缓地将目光从她身上收回来，慢慢回忆着。她已经死了，凰北月死了，只剩下魂魄，被封印在一只雪白的狐狸身体中。对了，狐狸！他应该去找那只狐狸才对，找到狐狸，就能找到她。

他血红的眸子里布满凶狠的光芒：“这里有一只狐狸！”

“狐狸？”凰北月心里一动。难道是小狐狸？

“她在哪里？”他一直在找，找了这么久，居然都没有找到。这种执念和一次又一次的失望，已经让他的耐心完全消失。

凰北月眼睛微微一转。在小狐狸身体中封印了这么久，她自然不想看到小狐狸落在他手中。那可怕的杀气，不用说也知道，他找到小狐狸是想干什么。

“我没有见过它，兴许它已经离开这里了。”凰北月镇定地说。若能将他从这里引开自然好，毕竟小狐狸就在她们身后，刚才一起被红烛从密室里带出来了。

不过，破开封印之后，小狐狸很虚弱，因此一直在沉睡，半点儿动静都没有。

然而，让她没有想到的是，她刚刚才说完，身后忽然被什么蹭了一下，一声很低的呜呜声响了起来。

昀离的目光十分犀利地扫过来。顿时，凰北月心里一沉。昀离的身影已经诡异地出现在她身边。他一眼就看见了躲在她身后、正缓缓醒过来的一脸茫然的小狐狸。

这下糟了！凰北月心里暗暗惊呼一声。若是时间再多一些，她可以和小狐狸结契，让它成为自己的契约兽，便能立即让它藏在灵兽空间中。

眼下，她才刚刚醒过来，根本没有那么多时间……

昀离没有像她想象的那样，立刻对小狐狸下手。他目光微微下沉，然后手指一动，凭借一股吸力将小狐狸吸起来，然后将它抓在手心里。

小狐狸刚刚醒来，还迷迷瞪瞪的，完全不知道发生了什么，只是被吓了一跳，发出可怜的呜呜声。

凰北月面色冷沉，手一抬，忽然身上的经脉一阵剧痛。她皱着眉，抬到半空的手颤了一下。

而昀离已经面无表情地抓着小狐狸飘到了暗道入口处。

“放开它！”一声厉喝冷冷地响起，凰北月一只手按在墙壁上，凝结的冰雪顺着墙壁一直延伸到昀离面前。

他看也没看一眼，似是无意和她打斗，一心只在那小狐狸身上。他一拂衣袖，转身离去。在他身后，那暗道的墙壁却轰然倒塌。整个暗道入口，顷刻间就被巨石给掩埋了。

红烛抬起手将眼前的灰尘给拂开，狠狠地道：“如今的昀离，要对付他很困难！”

凰北月捂着胸口，低声说：“我身体里经脉乱得很，符源也没有凝聚完整，先出去和阿萨雷他们会合。”

“主人，不如先在这里休息一会儿。昀离刚走，不会这么快回来的。”红烛看她满身血的样子，有些不放心。

凰北月却摇头道：“刚才一场大战，不知道阿萨雷他们怎么样了。”

作为领导者，她不可能放任同伴的生死不管。她不是冷血的领导者，她有统御能力，也有情有义，因此阿萨雷他们才会一直忠心耿耿跟随着她，从无背叛！

有种人，天生就有令人信服的人格魅力，就如她这样。

红烛扶起她，将倒塌的入口打通，在外面的石堆里找到小灯笼。

所幸昀离没有下杀手！他今天似乎没有杀意，虽不知道是什么原因，但已经让她们觉得很庆幸了。

战斗之后的别月山庄一片凌乱，上次凰北月和圣君在这里一战，山庄已经毁了一大半，现在更是完全变成一堆废墟。

她们走到原先山庄前门的地方，看着战斗后的一片狼藉，凰北月觉得心中惋惜。这本该是轩辕问天和惠文长公主长相厮守的地方，本该是个平和安宁、与世无争的地方，可是她一次又一次将战火带到这里来。

对于对她有恩的轩辕问天，凰北月心中有着说不出来的歉意。

别月山庄原本就不大，她们一出现，自然被人看到了。

没有受重伤的人负责巡视着周围，老远就看见红烛搀扶着一个少女过来，那些人便一怔。

红烛抬起头，见是熟悉的面孔，便对他们道："吉克和阿萨雷在什么地方？"

那人看见红烛倒是认得，只是看见那陌生的少女，却有些迟疑，心中莫名地忐忑。

凰北月脸上扯出一个笑容来，道："看什么，带我去见他们。"

她说话，如同有神奇的魔法，那人只觉得心里一肃，本能地不想去违抗这少女的意思。那人点点头，就带着她们走向林子里。他一边走一边想着：这人说话的口气，真像是……至于更深处，那人却不敢多想了。

片刻之后，她就看到林子里横七竖八地躺着好几个人，哼哼唧唧的声音在林子中此起彼伏。

一个少女的身影在那些人之间来来回回地忙碌。她满头大汗，周围却没有一个人可以帮她。

看见这情况，凰北月立刻皱起眉头，目光一扫，没有看见雷怒的影子，似乎还少了点儿什么……

"阿丽雅！"

红烛扬声一喊，那忙碌的少女立刻转过头来，眼眶红红地看着她们。再看见凰北月的时候，阿丽雅的嘴唇微微一颤，她不敢说话。

凰北月看了阿丽雅一眼，然后，漆黑的眸子便转向她的身后那静静地躺在地上没有声息的老虎。

她心里立刻咯噔一声。看见地上那么多重伤之人，她已经非常难过，然而看见那老虎时，她几乎无法抑制住激动的情绪，立刻走上前去。

“发生什么事了？”

阿丽雅怔怔地看着她，目光惊慌，不知所措。她忙看向红烛求助，在看见红烛确定的眼神之后，她才哇的一声大哭起来。

“不要哭，发生了什么，都告诉我。”见她哭得这么伤心，凰北月的口气也软了下来。她轻轻地拍着这个年轻女孩的背，温柔地说。

阿丽雅一边哭着，一边将发生的事情简洁地说了一遍。

凰北月一边听着，一边冷冷地抿着唇。

昀离伤了这么多人，本该让她恨得咬牙切齿，此刻，她反倒要感激昀离虽然下了狠手，但好歹都留着他们一条命，而雷怒也算履行了和她之间的契约。唯一让她愤怒的，是那个打伤了小虎、带走吱吱的鹿涯！

纳戒中有不少丹药，她拿出来让阿丽雅分给众人，而后才慢慢蹲下来，看着躺在地上紧紧闭着眼睛的小虎。

她轻轻抚摸着小虎的脑袋。对于小虎，她的感情和对别人很不一样。小虎是她亲自接生的，刚出生就跟着她，这种感情任何人都比不上。她心里甚至将小虎当成自己的兄弟。

似乎感觉到她手上的温暖，小虎慢慢地睁开眼睛。混浊的眸子中映出她的面孔，小虎微微一怔。

“是我。”凰北月低声说。

“呜……”听到她的声音，小虎像个被欺负的小孩子一样，将脸颊靠在她的手心里，寻求依靠。

凰北月怜爱地摸着它，手心微微溢出元气。她查看着小虎身体的伤势，越是查看，她心里就越难过。她紧紧地抿着唇，一言不发。

红烛看着她的表情，就知道小虎的伤势一定很严重，否则，一向自信的主人怎么会突然沉默下去，什么话也不说了呢？

红烛的猜测没有错，小虎的颅骨被震碎了，从脑袋下去，重要的经脉和内脏都受了损伤。

成年之前的神兽很脆弱，稍不注意便会夭折。神兽稀少，就算能够顺利出生，也不一定能在危险重重的世界里平安成长，除非从出生起就有强者庇护。

若是小虎的母亲没有去世，它也许会在母亲的庇护下平安长大，可惜……

她的情绪，小虎似乎感觉到了，它用混浊的眼睛看着她，也不再撒娇了，只是静静地依靠着她。

红烛的眼睛红了，她对小虎也有很深的感情。

红烛道：“主人不要难过，一定会有办法救小虎的。”

“嗯。”凰北月点点头，“有办法的。”

红烛愣了一下，才看向她。听她的话，她好像已经有办法了？

凰北月微微一笑，眼底有着一贯的清冷与自信：“小虎，和我结契吧。”

她的声音很低，只有在旁边的小虎和红烛等人听到。红烛面色一喜，道：“对！召唤师和召唤兽的命运是相连的，只要召唤师活着，召唤兽就不会死！”

她真笨，刚才就知道伤心哭泣，怎么没有想到这样简单的办法呢？她看向凰北月的目光不知不觉带着崇拜。不管什么时候，主人总是最冷静的那一个。什么都会乱，主人的心绝对不会乱！

闻言，小虎微微有些沉寂的双眼也在瞬间亮了起来。渐渐熄灭的生命之灯，恍若被一双神秘的手加入了救命的灯油，重新亮了。

凰北月微笑着，身体忽然被一团青色的火焰包裹起来。那淡淡的火看似温和，温度也不高，附在她身体表面，就像一层光膜，但是，火焰之中蕴含的能量连红烛都不敢靠近。

红烛有些诧异，随即又欣喜，她很明白，这种青色的火焰是召唤师在缔结本命契约的时候，用来书写契约文的工具，越是强大的召唤师，这青色火焰中的能量就越巨大。看着凰北月身上的火焰，明显已经达到让神兽都畏惧的地步。

青色火焰在指尖蹿起，凰北月低下头，飞快地在地上画出复杂的契约图案。图案中心闪着光芒的六芒星，特别神圣。

契约书写完成，青色火焰的光芒突然向上跃起，瞬间大盛，燃着火把的林子里忽然间像是回到了白昼。

一旁养伤的众人也被这火焰惊动了。刚刚吃下丹药，众人都恢复了意识，纷纷诧异地看过来。

“那是……”被阿丽雅扶坐起来的阿萨雷目瞪口呆地看着那青色光芒，眼中隐隐闪现着激动的水光。

那少女沐浴在光芒中，在他们看过去的一瞬间，她满头黑发在青色的光芒里变成耀眼的火红色。

“是本命契约的生命之光。”吉克在一旁喃喃地说，看向那少女的目光逐渐柔和，“遮夜之王……她终于回来了。”

“太好了！”阿萨雷重重地一拍手，不小心牵动了伤口，立刻疼得龇牙咧嘴，五官扭曲。

“王为了救小虎，要和小虎结契了。”阿丽雅紧张地抓紧阿萨雷的手臂，重塑灵体之后的王似乎比以前更加睿智冷静。

感受着青色光芒中透出来的强大气息，看着她书写契约时行云流水的动作，以及那熟悉的、几乎代表遮夜之王的红色发丝，他们才敢相信：王是真的回来了！

光芒飞旋，在树林中拉出一片青色的虚幻光幕，游走的光芒笼罩在凰北月和小虎之间。她微微一笑，手掌中的光芒如同灰烬，缓缓散去。她将手伸过去，按住小虎毛茸茸的爪子。

二者的手在契约图案的上方，她用刀轻轻一划，他们的手指各自被划开一道细小的伤口，两滴血同时滴落在契约图案之上。

“以吾之鲜血起誓，吾遵从契约之意，顺于火灵神之命，于此生此世，与汝之命运生生相系，不死不休！火之守护者啊，倾听吾之宣告，请准许契约成立！”少女的声音，轻轻落在一片青芒中。

契约图案上面凝聚了两滴血，鲜血逐渐与契约融合，最后爆发出强烈的青芒。

生命之光如此强盛，代表本命契约成立！凰北月脸上缓缓露出释然的笑容。

她重塑灵体后，气息微弱，所以本命契约完成之后，小虎不必被她身上强大的气息冲击。若是在她强盛的时候，恐怕小虎还要受一番罪。

随着本命契约的成立，她的意识也瞬间和小虎的意识连接起来。她身上的气息开始源源不断流入小虎身上，开始修复它受伤的地方。有万兽无疆的元气，修复的速度很快。

“主人，谢谢你！”她意识中响起一个男孩子的特殊声音，像是变声期的小男孩。

凰北月微微一怔，随即明白过来，这声音是小虎的！第一次听小虎说话，她感到有些新奇，笑道：“还是第一次听你说话，你似乎快要长大了啊！”

“嗯……”小虎有些腼腆地说，“和主人结契后，我的能力会因为主人的实力而提升不少，等伤好之后，我就能成年了。”

“那就好，好好养伤吧。”

“主人……”小虎稍微犹豫了一下，有些失落地说，“对不起，吱吱……”

“养好伤，我们就去司幽境找吱吱！”

小虎一下子来了精神，道：“好！”

那个叫鹿涯的人当初放了她一马，不过一码归一码，她不会因为这样，就不计较他伤害小虎的仇。

凰北月一拂衣袖，将小虎收进灵兽空间，然后慢慢地睁开眼睛，擦了擦额头上的汗。接下来，她还有很多事情要做。

消失的风连翼和魇，也不知道在哪里……

【典藏版】

② 黑水禁牢

【下册】

路非·著

青岛出版集团 | 青岛出版社

图书在版编目（CIP）数据

黑水禁牢. 下 / 路非著. — 青岛：青岛出版社，2022.8
（风逆天下：典藏版；2）
ISBN 978-7-5552-9236-4

I. ①黑… II. ①路… III. ①言情小说—中国—当代 IV. ①I247. 5

中国版本图书馆CIP数据核字（2022）第026567号

FENG NI TIANXIA〔DIANCANGBAN〕2 HEISHUI JINLAO（XIA）

书　　名　风逆天下〔典藏版〕2 黑水禁牢（下）
作　　者　路　非
出版发行　青岛出版社
社　　址　青岛市崂山区海尔路182号
本社网址　http://www.qdpub.com
邮购电话　18613853563　0532-68068091
责任编辑　龚雅琴
特约编辑　孙红彦
校　　对　耿道川
装帧设计　小　贾
照　　排　孙顾芳
印　　刷　三河市良远印务有限公司
出版日期　2022年8月第1版　2022年8月第1次印刷
开　　本　16开（700mm×980mm）
印　　张　134
字　　数　1668千
书　　号　ISBN 978-7-5552-9236-4
定　　价　260.00元（全8册）

编校印装质量、盗版监督服务电话　4006532017　0532-68068050

第二十一章 如意算盘

喵呜一声，天雪猫浑身透着浓重的寒冰之气，扑向了凰北月。

萧韵不是发疯了吧？一个小小的三星召唤师，竟敢在这里和她玩黑吃黑？她今天和林子成比试时展示出来的实力，萧韵没看到？不然她怎么会这么无脑地来挑战自己？除非有人指使她，给自己设陷阱。

萧启元那个老匹夫！

凰北月向后旋身，来到一棵大树后面，目光在幽静的树林中扫了一圈。萧启元一定是躲在某个地方看她的招式！

想看她的招式？哪有那么容易！她在地上抓了一把石头，借助一棵又一棵大树来躲避。任萧韵怎么攻击，她就是不现身。

天雪猫是冰属性的猫类，有些狂暴，一声又一声吼着，庞大的身子像是要把大树都撞断了。

凰北月拿起石子，暗暗灌注了元气，对准天雪猫的眼睛一弹。随即，树林里响起一声惨叫。她的飞镖绝技，可是连师父都称赞过。

萧韵见自己最心爱的召唤兽被打中了眼睛，鲜血直流，顿时心疼又愤怒地道：“凰北月，躲着算什么本事？出来跟我打啊！”

凰北月冷笑，跟你打？你也配？

凰北月不说话，一颗石子又从指间弹出去，这一次瞄准的不是天雪猫，而是萧韵。

“啊！”萧韵惨叫一声，趴在天雪猫的背上，捂着自己受伤的耳朵。若不是她躲得快，那颗石子就打中她的眼睛了。该死的凰北月，到底躲在什么地方？

萧韵一眼看过去，都是高大的树木，枝叶茂密，枝干粗壮。

凰北月每次弹出石子，就身形诡异地从一棵树转移到另一棵树的后面，让人根本察觉不到她躲在哪里。

一颗又一颗石子弹出去，又狠又准，萧韵躲在天雪猫的背上倒是还好，可怜天雪猫被打得嗷嗷惨叫。

萧韵在明，凰北月在暗，这种情况本来就对萧韵不利，而萧韵三星召唤师的实力根本连凰北月一根手指都比不上，她怎么可能讨到好处。

“韵儿。”突然，一道苍老的声音响起，然后是一阵气势震天的豹子吼声。

一股热风随着豹子的吼声席卷过来，树叶哗啦啦作响。

“爷爷！”萧韵听见这个声音，心中一喜。爷爷要出手了，看凰北月还能嚣张到哪里去？

一头通体黑亮、脚底燃烧着烈焰的豹子慢慢地从树林深处走出来，豹子背上坐着一位神色威严的白发老人。他微微闭着眼睛，气势端沉，颇有高手风范。

萧启元只是一个刚突破了八星的召唤师，但是他的召唤兽烈火豹是一头十二阶的灵兽，火属性，以速度见长，攻击力也非常惊人，因此，一般的九星召唤师遇到他，都要吃点儿亏。上次宫宴中的那位九星召唤师司马归燕，都不敢轻易招惹萧家这只老狐狸。

萧韵看见他，立刻从天雪猫背上跳下来，捂着受伤流血的耳朵，走到他的身边：“爷爷，那丫头不知道躲在什么地方，我还被她暗算了，真是卑鄙！”

萧启元点点头，从衣袖中拿出一枚药丸给她，沉声开口：“放水中碾碎了，涂在伤口上，不会留下疤痕。”

“谢谢爷爷！”萧韵立刻开心地接过去。女孩子最注重的就是外貌，耳朵上有一点儿瑕疵，她都接受不了。

“你先回去吧，这里的事情交给我。”

“是，爷爷！”萧韵从小就听萧启元的话，不敢有半点儿违抗，虽然她很想看凰北月被爷爷收拾的场面，不过，也不用急在这一时。

萧韵带上天雪猫，很快离开了树林。

萧启元骑着烈火豹，慢慢向前走了几步，半闭的眼睛睁开，苍老却威严的声音响起：“北月，出来吧。”

“我以为老爷子不来了，正打算走呢！”凰北月慢慢地从一棵树后面走出来，一颗石子在手中上下抛着，她淡淡地笑着抬起头，看了萧启元一眼。

萧启元道：“你该称呼我一声爷爷。”

“是吗？我记得小时候老爷子说过，我不是萧家的女儿，不准和哥哥姐姐他们一样，称呼您为‘爷爷’。”凰北月清澈的眸中闪过一丝冷光。

“那么多年前的事情，你还记得。”萧启元也不见生气，就是语速慢了点儿。

“北月不敢忘，前日之耻，今日之忧，后日之患，统统不会忘！”

萧启元抬起头，终于完全睁开眼睛，仔仔细细地看了一眼凰北月。这丫头才十二岁，可是站在那里，一身高贵清冷，和当年的惠文长公主真是一个模子刻出来的。

这丫头跟小时候见过的不一样了。那天在宫宴上见到她，他就觉得她哪里不一样了，今日比试场上，这丫头的表现证实了他心中的想法。凰北月已经不像小时候那么懦弱胆小、不成大器，今日一战，她英姿勃勃，高高在上，那气势，睥睨一切高手啊！

她今天对付林子成时展现出来的实力，恐怕已经在黄金战士级别了，连他都要正视了，毕竟她才十二岁。

“北月，拥有实力的人才能受人重视，你以前顶着个废物的名头，自然没人正视你，如今不一样了，你的实力足以让我们萧家好好培养你。”

凰北月微微偏了一下头，眉头蹙起来：“培养？”

萧启元点点头，道：“只要你说出你的本事是谁教的、你师父是谁，爷爷保证，萧家的功法秘籍统统会传给你。”

凰北月抬起眼眸，心里划过一声冷笑。原来如此，要培养她不过是个借口，真正的目的是想知道她的师父是谁，知道她那一身本事是跟谁学的。萧启元啊萧启元，你还真是一只老狐狸，算盘打得这么响，不怕崩坏了？

“萧家的功法秘籍？有我师父的好吗？”凰北月淡淡地开口，乌黑的眼睛眨了眨，有着少女的天真。

萧启元看见她的样子，心道，这丫头终究是个丫头，天真不懂事，她这话只是想在萧家和她师父之间比较一下吧？

萧家是南翼国的大家族，历代收藏了不少功法秘籍，还有宝器丹药，财富也很可观。她的师父不可能是大门派的高手，只可能是隐逸不出的高人，而那样的人通常是闲云野鹤，即使有好东西，能比得上萧家？

萧启元慢慢地开口道：“想必你也看到了林子成的剑诀‘烈焰狂吼’，有好的剑诀，实力也会跟着提升几成。你现在已经是黄金战士级别了，但是，还没有剑诀吧？”

剑诀，是武道修炼的功法，到了高级战士级别，就可以修炼剑诀了。卡尔塔大陆流传着不少剑诀，可是真正厉害的，都被高手或者大家族私藏了。

凰北月确实到现在都没有见过剑诀。她想修炼的又不是武道，剑诀对她来说诱惑力不是特别大，不过，她对萧家藏着的好东西，还是有几分兴趣的。

这么多年，萧家从长公主府得到了不少好处，哼，岂是给你白拿的？！

“师父还没有传我剑诀。”凰北月淡淡地说。

萧启元眼中闪过一抹不易察觉的冷笑，果然，她的师父只是一位高人，不然，她的实力都到了黄金战士级别，早该传她剑诀了。

“我这里有一卷高级剑诀《炎火斩》，你本体元气若是火属性，倒是可以让你修炼。”

本体元气是与生俱来的，凰北月体内的元气都被黑水禁牢吸收了，她现在吸收的都是没有属性的纯净元气，因此，她可以召唤冰属性的冰灵幻鸟，同样，火属性的灵兽她也能压制，自然，火属性的剑诀她也是可以修炼的。

萧启元从纳戒中拿出火属性的剑诀《炎火斩》，衣袖一挥，抛给了她。

火属性的剑诀上面，火元气隐隐浮动着。她翻开剑诀，扫了一眼上面的内容：“只有上卷？”

萧启元道：“以你现在的实力，还修炼不了下卷，等你上卷修炼得差不多了，我便把下卷给你。”

剑诀只有一半的话，根本无法修炼，这萧启元明显是把她当成不懂事的小孩子戏耍。

凰北月把剑诀扔回去，说：“老爷子还是留着自己用吧，我用不着。”

萧启元脸色一沉，道：“《炎火斩》可是高级剑诀，你还嫌弃？”

高级剑诀又怎么样？就算是神级剑诀，只有一半也没用，当她是傻子呢？

“老爷子，无功不受禄，这么高级的剑诀，我怎么能要？”

“哼，你就是不想说出你师父是谁吗？”萧启元冷哼一声，明显被她固执的态度弄火了。

凰北月冷冷地看向他：“我师父是谁，跟老爷子没有关系吧？别忘了，老爷子你说过，我不是萧家的人！”

“你……”萧启元正想发怒，转念一想，自己跟个十二岁的黄毛丫头生气未免失了身份，于是慢慢地说，“凰北月，你可知道，卡尔塔大陆强者云集，走出南翼国，还有更大更广阔的世界？”

凰北月点点头，道：“当然知道。”

萧启元看了她一眼，心中不屑，一个黄毛丫头能知道什么？

“你既然知道，就该明白，不管多么厉害的高手，在卡尔塔大陆都不能称王称霸，只有依靠强大的家族，才有在大陆横行的资本。”

"强大的家族……"凰北月皱了皱清秀的眉，认真地思考着，"只有布吉尔家族和北曜国的宇文家族，才能在卡尔塔大陆横行吧？这样的家族也不是随便可以投靠的。"

萧启元被狠狠地一噎。布吉尔家族和宇文家族是整个卡尔塔大陆数一数二的强大家族，萧家和这两个家族一比，就真的连个屁都不是了。

这丫头是不是故意的？

萧启元一脸寒霜，冷哼道："布吉尔家族和宇文家族只承认家族内部成员，自然不可能让外人去投靠，但是，其他大家族对高手是非常看重的。"

"老爷子说的，难道是萧家？"凰北月轻轻笑了一声，"萧家年轻一辈中，大哥哥和二姐姐算是拔尖儿的人物了，可是如今也自身难保。本家那边，除了老爷子，几位高手都名不见经传，这种家族怎么能在卡尔塔大陆横行呢？"

她的话已经说到这个份儿上了，萧启元还听不懂其中嘲讽的意味的话，就白活这么一大把年纪了。萧启元不禁大怒，这丫头，从头到尾都在戏耍他。

"凰北月，你以为凭你如今的实力，就可以在我面前放肆吗？！"萧启元怒喝一声，烈火豹也跟着他发出一声愤怒的低吼。

凰北月冷冷地看着他，清丽无双的小脸上是浓浓的嘲讽："区区八星召唤师、十二阶灵兽，你以为我会放在眼里？"

萧启元满头白发突然张扬起来，怒不可遏："凰北月！"

"老爷子还是称我一声'北月郡主'为好！这称呼要慢慢习惯过来，以免将来人多的时候你叫错了，又怪本郡主不给你面子！"

"好一个不知天高地厚的丫头！"萧启元目眦欲裂，气得满脸涨红，"今天老夫就在这里杀了你！"

"杀我？谁杀谁还不知道呢！"凰北月冷冷地舔了一下唇角。七塔树林里寂静无人，她杀了萧启元这个老头子，神不知鬼不觉，阴险一点儿，还可以顺便嫁祸给灵尊。

她正想着，萧启元大喝一声，烈火豹也狂吼一声。它身上肌肉绷紧，黑色的表皮凸起，獠牙露出来，眼睛瞪成了一对铜铃。

萧启元苍老的手一指凰北月，喝道："撕碎她！"

凰北月不屑地看了他一眼。这老头真会做梦！

她下巴一抬，召唤声还没有发出来，一道赤红色的流光忽然从树林深处甩过来，细细的好像鞭子一样，猛地抽在狂猛向前奔跑的烈火豹身上。

嗷……烈火豹惨叫一声，被抽得摔出去老远。萧启元也从烈火豹背上摔下来，不过他是修炼多年的高手，心性坚定，自然不可能就这么失去斗志。他立刻站起来，环顾四周。

“哪位高手？请现身一见！”

“见我，你也配？”那懒懒的声音高高在上又冷厉低沉，听得人心里一寒。

凰北月眉头一蹙，这家伙……

“老夫处理家务事，请问阁下为何要干涉？”萧启元也不傻，刚才那流光抽过来，他已经感受到了浑厚强大的气势，对方绝对是一位实力超过他无数倍的高手。他再有理，这个时候也不敢放肆。

他已经是八星召唤师了，就算眼前站着的是一位强大如太子战野般拥有紫焰火麒麟的九星召唤师，也不可能一鞭子就把他和烈火豹抽出那么远去。对方到底是什么等级的高手？

他想，大概是高人在此休息被打扰了，才会对他出手。这些高人很厉害，但轻易不会杀人，否则刚才那一下，已经把他送进地狱了。

“家务事？”那人冷冷地哼了一声，道，“我的弟子，也是你能随便欺负的？”

弟子？萧启元张大了嘴巴，一副吃了大便还要硬吞下去的表情，一张老脸涨红，又慢慢惨白了。

弟子？凰北月是这位连他都估计不出等级的高手的弟子？！

萧启元的手颤抖了，嘴巴也颤抖了，他舌头打着结，结结巴巴地说：“阁……阁下误会了……北月郡主乃是老朽的孙女，因她近日实力突飞猛进，老朽只是想试探一下，并非想要伤害她！”

他说完后，林子里静了几秒钟，赤红色的流光又猛地抽了出来，角度刁钻毒辣，挟带着万钧之力。

萧启元是一个作战经验非常丰富的人，迅速躲闪，但还是被赤红色的流光抽得倒飞出去。

“噗……”一口鲜血喷出来，萧启元连还手的机会都没有，便蜷缩在树下，全身好像被火烤一样，痉挛颤抖着。

烈火豹一看自己的契约者居然被打得这么惨，龇着牙冲着流光抽来的方向低吼。萧启元想出声召唤烈火豹回空间，可是还没等他的声音发出来，林子深处，又一道赤红的流光抽了出来，气势凛凛。

烈火豹被抽飞出去，惨叫一声，呜咽着趴在地上，像小狗一样。

萧启元不禁目瞪口呆。天哪，这是什么实力？太恐怖了吧？

他内心恐惧不已。他刚才说要杀了凰北月，想必那位高人听到了，才会下这么重的手。萧启元知道自己必须赶快离开，否则这条老命不保。

凰北月看见他眼珠子在转，就知道这老家伙想逃。

“想走？没那么容易！”

她刚喊了一声，萧启元便将烈火豹收进灵兽空间中。然后，他周身燃起一团火焰，腾空而起，瞬间消失不见了。

凰北月恨恨地盯着萧启元消失的地方，居然让那老狐狸跑了，便宜他了！

“他以自燃为代价逃离，势必会受很重的伤。”一道冷寒的声音缓缓靠近。

凰北月回过头，看着慢慢从幽静的林子里走出来的黑衣男子。男子淡漠疏离，却眉目如画，有倾国之色。

“如果你不出手，我就杀了他了。”凰北月冷冷地看了他一眼。上次被他抽花了脸，这个仇，她还记着呢！

“现在杀了他对你没好处，饶他一命，他也不敢掀什么风浪。”灵尊冷淡地开口。

凰北月斜眼看着他，多管闲事还有理了？

“你不用白费力气，你做什么我都不会拜你为师。”

灵尊看了她一眼，道：“你不想知道那块黑玉的秘密了吗？”

“我想知道，可我不想拜你为师。”所有事情都得分清楚，不是诱惑她就可以达到目的的。

灵尊目光冷暗地道：“那你想救太子吗？”说着，他手掌抬起，一团火焰在他掌心燃烧着。

惩罚之火！凰北月的眼眸被那团火焰照亮了，无比璀璨。

灵尊看着她的样子，微微蹙了一下眉，陡然收起惩罚之火，转身便走。

“我给你三天时间考虑，考虑清楚了就来第七塔找我。”冷淡的声音随着黑色身影一起消失在幽深的林中。

三天，刚好是吞天红蟒的毒发作的最后期限，三天之后，蛇毒一定会侵入五脏六腑，就算有惩罚之火，战野也未必能保住性命。

凰北月静静地想了一会儿。这世上，难道除了惩罚之火，就没有其他办法可以解吞天红蟒的毒吗？

“凰北月，其实答应他，也没什么不好的吧？”魇慢慢地开口。

“确实没什么不好，不过，拜一个我讨厌的人为师，感觉总是不太好。”何况，她认定的师父，从来只有一个。

魔想了想，有些奸诈地说：“你大可以假意拜他为师，虚与委蛇一番，解了太子战野的毒，再得到黑玉的秘密，一举多得，其实你也没损失什么。”

听了魔的话，凰北月扯了扯嘴角，道：“我也是这么想的。”

“哼，小小年纪，如此阴险诡诈！”魔冷哼一声，对她的行为十分不屑。

“你不也一样？”凰北月挑挑眉。

这个世界上，哪有那么多光明磊落的人？只要她心里坦荡荡，没有害好人，她才不觉得愧疚。

凰北月慢慢踱步回到比试场。

此时，太学和武道院的比试已经全部结束了，她和樱夜公主都胜了，只有洛洛输了，两胜一负，这恐怕是太学历年来最辉煌的一次成绩了。郭院士开心得跟个孩子似的，太学的学生们也都开心不已。

凰北月扫了一眼看台，布吉尔家族的人已经走了，想来是洛洛比试输了，觉得丢了面子，不好意思继续待下去。

樱夜公主和战野也离开了，此时看台上的人，她也不想结识，因此也不想多留，打算回家去研究解毒的方法。

回去的路上，凰北月抱着手臂坐在马车里，想着刚才萧启元说的话。

没错，在卡尔塔大陆，就算是再强的高手，没有强大的势力作为依靠，也不可能横着走。

她倒不是想在这个世界横行霸道，只是随着实力越来越强，面对的敌人也会越来越强，她一个人总有应付不了的时候。

布吉尔家族、北曜国的宇文家族，还有神秘的从未露过面的光耀殿、修罗城，这些强大的势力，她一个都惹不起。

她细细思考着，她要一步一步组建自己的势力，将来有一天，她真的得罪了某个强大势力，背后就能有支持她的力量。

凰北月一向喜欢独来独往，不喜欢依靠任何人，但是这个时代不一样，这是个茹毛饮血、各国争霸、动荡不安的时代，这个时代需要英雄，但绝对不是一个人的英雄。人人都能凭着实力争霸，为什么她不行呢？

第二十二章
整顿家风

萧家的人还在灵央学院观看比赛。萧仲琪和萧韵的比试还没完，他们一时不会回来。

凰北月在比试场上大放异彩、连败尚书府两位高手的消息还没有传回来，因此府中的人什么都不知道。

凰北月走过后花园，准备回流云阁，不想从荷花池那边传来了琴姨娘的声音：“你但凡争气一点儿，我也不会生气！你看看你这没用的样子，什么都做不好，跟凰北月那废物有什么两样？”

“琴姨，我一直是按照你说的去做的啊！可我没什么天赋，我娘也不是什么名门闺秀，哪有大家族的贵公子会看上我？”

这抽抽咽咽的人是萧灵，想必被琴姨娘骂了很久，委屈得不得了。

凰北月本来没想多管闲事。这萧灵也不是好东西，让她们狗咬狗，她更高兴，可是琴姨娘一口一个她凰北月是废物让她很恼火。

凰北月拉了一下裙角，大步走过去。她现在可不是废物，琴姨娘要找死的话，尽管放马过来好了。

“哼，天赋？凰北月也没有。她娘不在多少年了，她怎么有本事勾搭了一个又一个？你就这么没用？！”荷花池旁的假山后面，琴姨娘指着萧灵，刻薄地骂着。

丫鬟佩香无奈地看着琴姨娘，一抬头看见凰北月走过来，面上顿时一喜，道：“三姑娘，怎么这么早就回来了？”佩香有眼色，看得出凰北月今时不同往日，连忙第一个问安。

“比试完了，我自然就回来了，没想到一进门就听到琴姨说话这么不中听。”凰北月冷淡的目光扫过琴姨娘的脸。

琴姨娘一怔。萧仲琪犯了错，被安国公府处处针对打压，性命堪忧，还要靠着凰北月才能勉强有几天安稳日子。琴姨娘慢慢地收敛起嚣张的气焰，脸上勉强挤了一丝笑容出来，道："三姑娘怪早的，今日的比试如何了？我想三姑娘是文雅之人，不喜欢那些打打杀杀的，输了也没关系。"

"谁说我输了？琴姨为何要咒我？"凰北月面色一肃，语气瞬间冷下来。

"三姑娘没输吗？"琴姨娘意外地说。难道今年苍河院长和评委们都有意放水，让这个废物赢了？

"听琴姨的意思，倒是很希望我输了？"凰北月阴沉着面色，"琴姨这两年在府中过着无人拘束的日子，果然是变得目中无人了！"

琴姨娘本来就是个脾气不好的人，一直隐忍着凰北月也是因为自己的儿子，现在听到这废物竟如此无礼地跟自己说话，心里的火气一下就冲上来了："三姑娘这话什么意思？这府中大事小情均由老爷做主，我们自有老爷拘束，三姑娘说这话，是把老爷摆在什么位置？"

她不说这话还好，一说，立刻让凰北月抓住了把柄。

"老爷做主？"凰北月冷笑一声，"我看这府里是要翻天了！敕造长公主府，什么时候轮到萧家的人做主了？"

琴姨娘被她冷厉的声音吓得呆了片刻才回过神来，像看陌生人一样看着凰北月。

"这……长公主离世多年，府中诸事自然应该由老爷做主！"琴姨娘说得理直气壮，丝毫不觉得哪里不对。

"我还没死呢！萧家的人就敢在长公主府指手画脚了，我看今日不好好整顿一下家风，南翼国皇室的尊严恐怕就荡然无存了！"凰北月的面上瞬间布满乌云，阴沉得可怕。

琴姨娘被她身上吓人的冰冷气势逼得后退了好几步，心底不知道怎么的升起一股寒意，不过很快她就反应过来，眼前站着的分明是个废物，真是见鬼了，她怎么会被一个废物吓成这样？

"凰北月，你今天是不是吃错药了？你别以为我有求于你，你就敢骑在我头上，你不过是个……"

啪！琴姨娘愤怒的话还没说完，一个巴掌就重重地甩在了她的脸上。琴姨娘被打得跌了出去，撞在假山上，又一头栽进了荷花池中。

"夫人！"丫鬟们连忙过去救人。

"夫人？琴姨好面子，这么快就成了长公主府的夫人了，可喜可贺啊！"凰北月面色阴冷得可怕，强大的气场之下，那几个丫鬟都不敢再说话，纷纷低着头。

琴姨娘被冷水冻得牙齿直打战："你……你今天反了！你们愣着干什么？把这个丫头抓起来！今天不好好用点儿手段，以后哪里还有我们的立足之地？！"

几个家丁听了，凶神恶煞地走过来。

凰北月目光冷冷地一瞥，一群不知死活的东西！

"佩香，把老张的马鞭拿来。"凰北月冷冷开口道。

老张是刚才送她回来的马夫，现在就在门外。

佩香答应一声，立刻出去拿了马鞭回来交给她。

走在最前面一个高大威猛的家丁眼神凶狠地看了凰北月一眼，道："三姑娘，你最近可是嚣张得很哪！"

啪！凰北月眼中冷光一闪，马鞭狠狠地抽了出去。她这次可没手下留情。这几个人平时仗着琴姨娘的威势，没钱喝酒赌博就来找她的麻烦，长公主留下的不少东西都是被这几个畜生抢走的。最不能原谅的是，他们欺负过苦苦保护凰北月的东菱。心中的恨意一起，她可不在乎眼前是一条人命，对她来说，这只是一个畜生，该死！

一鞭子抽出去，那家丁半点儿反抗的能力都没有，倒飞出去，高大的身体重重地撞在假山上，撞飞了几块假山上的石头，一大口血喷了出来。

家丁的身体还没从假山上掉下来，凰北月已经走过去，又狠狠地抽了他两鞭子，鲜血哗哗地流了出来。

惨叫了两声，高大得像牛一样的家丁死死地挂在假山上，浑身流着血。那样子太过恐怖凄惨，吓得丫鬟们纷纷大叫道："杀人了！杀人了！"

凰北月回过头，冷冷的目光一扫，惊叫声立刻全都停止了。所有人都紧紧地闭着嘴巴，大气都不敢出。

那些刚才还想上前来收拾凰北月的家丁，此刻个个面如土色。他们看着她，就像看着地狱里的死神一样，肃杀冷酷，令人胆寒。

凰北月慢慢地迈开步子，每走一步，那些人就纷纷后退一步，齐刷刷的，仿佛她的气息一旦靠近了，他们就会跟着遭殃，变成那个惨死的人。

凰北月走到荷花池边时，琴姨娘已经被丫鬟拉上来。此刻，几个女人缩成一团，浑身颤抖，看了一眼凰北月手中的鞭子。鲜血还在一滴一滴地流下来，她走过的地方，拖了一道长长的血痕。琴姨娘怯懦地往丫鬟身后缩，有生以来，她第一次觉得如此恐惧。

凰北月在她们面前站定，微微垂下眸子，目光冷酷地盯着琴姨娘，道："谁准你上来的？"

琴姨娘和丫鬟们吓了一跳，什么都不敢说，纷纷跳进荷花池中，在冰冷的水中泡着。

凰北月长这么大，从来没见跋扈嚣张的琴姨娘这么狼狈过，只觉得无比痛快。

“是谁在那儿吵吵闹闹的？吵了雪夫人的休息！”这时，几个漂亮的丫鬟簇拥着午睡过后的雪姨娘慢慢走了过来。

雪姨娘也没料到凰北月这么早就回来了，抬头看见凰北月，她先是呆了一下，然后看见泡在冰冷的荷花池中的琴姨娘，她大吃了一惊，再看见凰北月身后那个被活活抽死、鲜血淋漓地挂在假山上的家丁，她脚步顿住了。

雪姨娘身边的丫鬟惊叫起来：“死人……死人啊！快、快去报官，家里死人了！”

佩香看了一眼凰北月，见她冷冷地抿着唇不打算说话，便大声道：“吵吵嚷嚷的干什么？这家养的奴才死一两个算什么？报哪门子的官？哪个官府敢管？！”

这个时代，每个贵族家里都有家养的奴才，世世代代为奴。这种家奴的死活，官府是管不了的，就好像是私养的牲畜一样，生生死死都是主人家决定，和外人无关。

看见凰北月手中带血的鞭子，雪姨娘的脸色顿时变得苍白难看，心里也升起一股寒意，直透骨髓。

凰北月看了她一眼，冷冷地笑了笑，一步一步慢慢地朝她走了过去。

雪姨娘被她身上血腥又凛然的气势吓得步步后退，可她的动作到底没有凰北月的快，几步之后，凰北月就来到了她面前。

“三……三姑娘，这是怎么了？”雪姨娘结结巴巴地问道，心跳得跟打鼓似的。

“今日比试太累，恐怕要请雪夫人帮个忙了。”凰北月散漫地开口，手中的鞭子忽然抬了起来。

“你想干什么？”雪姨娘大喊一声，脸上露出惊恐的表情，胸口急剧起伏，身子要靠丫鬟扶着才能站稳。

凰北月偏着头，戏谑地笑了笑，道：“雪夫人怕什么？”她特意加重了“雪夫人”三个字，听在雪姨娘的耳朵里，更觉得骨头都凉了。

“三姑娘说笑了，怎么能称我‘夫人’呢？！都是这些小蹄子不懂事，名不正言不顺的，三姑娘还是叫我姨娘吧！”雪姨娘可不是琴姨娘那种没脑子的人，知道识时务。

雪姨娘声音颤抖，凰北月知道她吓得够呛，把鞭子塞进她怀中，鲜血顿时染红了她的衣裳，衬得她脸色倒是雪白。

雪姨娘咽了一口口水，勉强出声道："三姑娘要做什么？"

"刚才说了，请姨娘帮个忙。"凰北月淡淡地道，"拿着。"

雪姨娘深吸一口气，狠狠地咬了一下嘴唇，颤抖地伸出手，在带血的鞭子上碰了一下，便立刻缩了回去，道："三姑娘，我……我见不得血。"

"拿着！"凰北月冷喝一声，满脸肃杀。

雪姨娘心里一颤，连忙伸手捧着那带血的鞭子。

凰北月退开一步，淡淡地看了一眼泡在荷花池中的琴姨娘等人，慢悠悠地说："烦请雪姨帮忙看着，琴姨不知礼数，口出恶言，本郡主罚她在荷花池里泡着反省，没本郡主的命令，谁也不准让她出来。"

雪姨娘点点头，道："郡主吩咐了，自然照办。"

虽然她又害怕又愤怒，可现在府中没有一个主人，萧韵、萧仲琪都不在，她若是态度强硬，少不得落个和琴姨娘一样的下场，岂不是更惨？

这带血的鞭子和假山上的尸体已经足够威慑在场的众人了，凰北月比地狱修罗更让人害怕，她的命令谁敢不听？

凰北月满意地点点头，不再去看雪姨娘和琴姨娘，转身走出了花园。

瑟瑟发抖的萧灵大气都不敢出，窝囊地缩在一边。

佩香看了一会儿后追上了凰北月："三姑娘今日可真是威风，我看琴姨娘和雪姨娘都吓坏了，以后绝对不敢像以前一样了。"

"佩香，"凰北月问，"我交代你的事情，做得怎么样了？"

"三姑娘放心，奴婢这些天顺藤摸瓜，得到了不少消息。"佩香见自己可以立功，立刻说，"府里的钱财账簿、库房等等都是周管家在打理，周管家从前是惠文长公主指派的人，后来被琴姨娘收买了，就帮琴姨娘管着清河郡的账。琴姨娘也不傻，每年清河郡的税收交上来后，她都会私藏一笔，让周管家偷偷动了手脚，旁人想查也查不到。我估摸着，雪姨娘大概也这样。"

凰北月点点头。做假账这种事情，她见得多了，倒是没什么稀奇，只是那个周管家，以前很受长公主器重，居然也被琴姨娘收买了，未免叫人寒心。

不过也正常，对长公主忠心的旧人都被逼走了，剩下的大多是被收买了，否则以长公主生前的威望，凰北月怎么会被人欺负成这样？

凰北月淡淡地说："账本上既然都做了手脚，自然看不出什么来，不过琴姨娘和雪姨娘多年贪污，恐怕库房不小啊！"

佩香道："钱财的话，办一张兰姆卡存进去也查不到，金银玉器、古董之类的藏进纳戒中，就更找不到了！”

“兰姆卡……”凰北月想了一会儿，忽然笑起来，“南翼国最大的钱庄，可是布吉尔家族的？”

佩香道：“何止是南翼国，整个卡尔塔大陆最大的钱庄，都是布吉尔家族的！”

凰北月眼中闪过一抹精光。是布吉尔家族的话，她倒是可以想想办法。

院子里安静无声，血淋淋的尸体挂在假山上，死不瞑目地盯着所有人，让人大气都不敢出。

琴姨娘和雪姨娘，一个泡在冷水里，一个捧着鞭子站在岸边，两人积怨多年，此时更是互相瞪着，谁也不想对方好过。

日近午时，外面才传来喧闹的声音，应该是灵央学院的比试结束了，萧远程等人都回来了。

府里发生的事情，早就有小厮添油加醋地跑去禀报了，顿时，吵闹的声音更大了。

萧远程愤怒的声音远远传来：“反了吗？她眼里还有没有我这个爹？！”

琴姨娘一听这声音，立刻靠在丫鬟身上大哭起来，那叫一个伤心欲绝。要是她妆容精致、衣裳华丽，还能有几分风情，现在这满身污泥、头发散乱的，只能吓人了。

“娘！”萧仲琪第一个冲了进来。看见荷花池里的一幕，他顿时目眦欲裂、火冒三丈，跳进荷花池里把琴姨娘救了上来。

“老爷，你要给我做主啊！”琴姨娘上了岸，向萧远程哭诉。

她本以为她这么一哭，萧远程一定会怒发冲冠，让人把凰北月揪出来狠狠教训一顿，没想到她哭了半天，萧远程虽然满脸怒意，却沉默不语，怎么回事？

“娘，你先别哭了。”萧仲琪咬着牙说，声音里带着说不出的憋屈。

“琪儿，发生什么事了？”琴姨娘不解，怎么连自己最骄傲的儿子都这么奇怪？

萧仲琪抬头看了看挂在假山上惨死的家丁，禁不住打了一个寒战，三言两语把今天在灵央学院发生的事情说给了琴姨娘听。

“敬王妃……”琴姨娘捂着嘴巴。听说那林婉仪也是个厉害角色，实力和她引以为傲的儿子是不分伯仲的。

“没有敬王妃了！”萧远程忽然冷冷地一喝，“今日敬王大怒，说那样歹毒阴险的女子，他断然不会娶！”

琴姨娘吃了一惊，心里发凉，但是随即一想，林婉仪做不成敬王妃，对她倒是有点儿好处。她毕竟出身丞相府，知道自己的父亲一向和林尚书不和，林尚书的女儿做不成敬王妃，不是正合她意吗？

“看来尚书府有的忙了。”琴姨娘翘着嘴角笑了。

萧远程冷冷地一哼，道：“你这是什么样子？还高兴了是不是？”

“老爷，那凰北月赢了林婉仪，也不过是靠运气罢了。林婉仪是尚书府的人，跟咱们家也不和啊！她做不了敬王妃，咱们不应该高兴吗？”琴姨娘不服气地说。

“无知妇人！”萧远程大喝，“你知道什么？运气？一次、两次都是运气，第三次呢？哪有那么好的运气？！”

“什么第三次？”

萧仲琪偏过头，皱着眉，声音发涩地道：“今天凰北月还赢了林子成，那林子成也离死不远了！”

“嘶……”周围站着的丫鬟、仆人，都不由自主地倒吸了一口凉气。

雪姨娘手中带血的鞭子被萧韵拿走了，手还在抖着，听到这话，她忽然一愣，紧接着也不管说话的是萧仲琪，转过头问：“听说林子成快要升入黄金战士级别了，他是不是轻敌了？”说这话的时候，雪姨娘听到了自己的心脏咚咚咚疯狂跳动的声音。

萧韵低声道：“不是轻敌，林子成使出全力，甚至用了剑诀，最后还是被那丫头羞辱了一顿之后，重伤了……”

“啊……”雪姨娘捂着心口，发出一声呻吟，“怎么可能？她明明是个……”

“不是了，她不是废物了！”琴姨娘瞪着眼睛，看到那挂在假山上的尸体，想到刚才凰北月杀人的一幕，凶狠残忍，她眼前一黑，倒在了萧仲琪怀里。

“娘！”萧仲琪大喊一声，连忙抱起琴姨娘，对萧远程说：“父亲，我先送我娘去休息。”

“去吧！”萧远程也非常烦躁，一点儿都不想看到聒噪无知的琴姨娘。这种女人，只有在房中才有点儿乐趣，面对大事的时候，就是一个草包。

琴姨娘和萧仲琪走了之后，萧远程才有些无奈地说：“那丫头怎么会这么厉害？”

萧韵想起今天在七塔的树林中，爷爷亲自出手收拾凰北月，不知道收拾得怎么样了。

“娘，凰北月有没有受伤？”

“受伤？”雪姨娘颇为不解，想了想，摇头道，“我看她挺好的。韵儿，怎么了？”

“没受伤？怎么可能？”难道爷爷是因为忌惮太子也在灵央学院，所以没对凰北月出手吗？哼，便宜她了！

萧韵咬着嘴唇说：“她如今这么嚣张，不给点儿教训，怕是以后要翻天了！”

“可不是吗？”雪姨娘非常有心机地看了一眼萧远程，道，“她说了，这长公主府做主的人是她，萧家的人没有资格掌管这府院，连老爷……都不放在眼里。”

萧远程本来就怒火攻心，一听这话，火气更是噌噌噌地往上冒，道：“哼，我就知道她是个狼心狗肺的丫头，白白把她养这么大！”

“娘这么多年对她也不错，可是她今天是怎么对娘的？娘身子弱，哪能经得起这种惊吓？！”萧韵越说越气，“我看这件事，还要请爷爷出面！”

“对！韵儿，你去找你爷爷，请他老人家来主持家事！”

萧韵一听，心里暗暗高兴，连父亲都这么决定了，凰北月的好日子也算到头了！她连忙叫来自己的丫鬟夏妮，让夏妮去萧家请老爷子来。哼，有长辈管理家事，皇上和太后再怎样都不好干涉。

第二十三章 谁敢惹我

看见夏妮出去，佩香也连忙赶去流云阁报告。

萧家老爷子，可不是好惹的人。

“三姑娘，要不要奴婢偷偷派人把夏妮那小蹄子给……”佩香心狠，做了一个抹脖子的动作。

凰北月眸中闪过一丝讥讽的笑。她理了理裙子，道：“要请老爷子，哪能让二姐姐一个人请？东菱，你也去，说我请老爷子来府中做客，请老爷子务必赏个脸！”

“三姑娘……”佩香不解，三姑娘这又是唱的哪出？主动请老爷子来，那不是请了一尊佛爷吗？老爷子绝对是向着二小姐的，万一……

佩香不是凰北月的心腹，当然不会明白她在想什么。东菱却是一想就明白了，答应一声，立刻出了门。

萧韵派了人去请萧家老爷子，这消息传出去，府中的丫鬟、仆从都安静下来，静静等着老爷子来，到时肯定会有一场好戏看。

凰北月一个人闲着，便拿出《百炼经卷》研究各种各样的解毒方法，稍微有用的，她都要试一下。

此时，碧水院。

“爷爷说不能来？为何？”萧韵急切的声音响起来。

夏妮道：“老爷子说身体不舒服，要在府中休养，还说我们长公主府的事情，他不想过问，让老爷自己想办法。”

“胡说！”萧韵一拍桌子站起来，“爷爷怎么会说这样的话？定是你这丫头没有把事情说明白！”

夏妮连忙跪在地上，道：“二姑娘，奴婢冤枉啊！奴婢虽然是个笨嘴笨舌的，但几句话还是会说的。这是老爷子的原话，奴婢一个字都不敢漏地跟二姑娘说了，请二姑娘明察。”

萧韵咬着牙，深深吸了几口气，才慢慢坐回去，口中喃喃地道：“没道理啊，爷爷怎么会不来呢？”

今天在灵央学院，爷爷让她去找凰北月，爷爷可是很认真地告诉过她，如果凰北月能乖乖听话为他所用，那便留着，如果不懂事的话，他绝对不留情。如今凰北月这么嚣张，爷爷怎么还能忍下去?

萧韵正暗暗想着，外面的丫鬟忽然进来禀报说：“小姐，外面小厮来报，老爷子来了！”

“爷爷来了？”萧韵一下子站起来，喜上眉梢。她就知道，爷爷一定会对付凰北月。

萧韵狠狠地瞪了夏妮一眼，道：“你这丫头一定是偷懒了，看我今晚怎么收拾你！走，去迎接爷爷！”

夏妮哭丧着脸，无比委屈。她是真的把话带到了啊！并且听了老爷子的吩咐才回来传话的。老爷子明明说过不来的，怎么这会儿又来了?

萧启元是被人用轿子抬着来的，身上披着厚厚的狐裘，裹得严严实实的，还戴着一顶貂皮帽子，把花白的头发都遮住了。

除了四个抬轿子的小厮，萧启元还带了几个一看就知道身手不凡的人，两个男人、一个女人，满脸戒备地看了一眼长公主府后才敢进来。

“爷爷！”萧韵已经先一步迎了出去，欢天喜地、脆生生地喊了一声，“我还以为您老人家不来了，以为您不疼韵儿了。”

萧启元从轿子里出来，往萧韵身后看了一眼，目光中带着浓浓的警戒意味。

萧韵不解地问：“爷爷，您看什么？”

“北月郡主住在哪里？”萧启元没有理会她，直接问道。

萧韵心里一喜，爷爷果然是来找凰北月麻烦的。不过，他们找上门去，岂不显得没面子？还是让爷爷先去前厅喝茶，她让人把凰北月抓来更好。

“爷爷，前厅已经备了您喜欢的茶，不如先去……”

她的话还没有说完，萧启元已经不耐烦了，随手抓了一个丫鬟过来：“带路！”

丫鬟吓了一跳。这位是萧家老爷子，她哪里敢违抗，连忙带路去凰北月住的流云阁。

“爷爷？！”萧韵一脸茫然，爷爷也不用这么急吧?

“韵儿！”跟出来的雪姨娘一把抓住萧韵的手，带着一脸不安。

“娘，你怎么了？你身子不舒服就回去休息，我要去看爷爷怎么收拾凰北月！”

雪姨娘瞪了她一眼，暗暗叹息，到底是小孩子啊，平时再聪明，关键时刻也会犯糊涂。

“傻丫头，你没听见刚才你爷爷怎么称呼那丫头吗？”雪姨娘急切地说，生怕萧韵不听她的话直接跑了。

萧韵一愣，仔细地回想了一下：“叫……北……”她那张娇俏的脸庞顿时一片惨白。

“雪姨，二妹妹，你们还在这里做什么？听说老爷子来了，去收拾凰北月了！”萧灵咋咋呼呼的声音响了起来。

雪姨娘和萧韵对视一眼，这个草包！

“大姐姐先去，我一会儿就来。”萧韵转头瞥了萧灵一眼，见她脸上满是幸灾乐祸的表情，不禁暗暗同情她。

“那我先走了。”萧灵拉着裙摆，带着丫鬟，急匆匆地去流云阁了。

“韵儿，我们也去看看。”雪姨娘拉了一下萧韵的手，跟在萧灵身后。

流云阁。

东菱先萧启元一步进了院子，正好看见凰北月换了一身百蝶穿花的浅红色绣裙走出来，发上插着金凤步摇，很有大家闺秀的风范。

凰北月笑问：“那老东西来了？”

“他敢不来吗？”东菱掩着嘴轻笑。

想起萧启元一听说北月郡主派人来了那惊慌的样子，她就好想笑。

凰北月挑了一下秀眉。果然，那老东西也不过如此，灵尊给他那一场惊吓，估计他这辈子都忘不了吧？！

“北月郡主，老朽带了礼物前来拜访！”一道苍老却洪亮的声音响起来。

凰北月淡淡地弯起唇角，对东菱说：“请老爷子进来。”

“是。”东菱站在门口，脆声道，“老爷子请进，郡主备好了茶等着老爷子呢。”

萧启元抬头看了一眼房门。掩着帘子，什么都看不见，他哪里敢进去？万一凰北月设了什么圈套，他就白白死在里面了。

他今天来，一方面是怕不给北月郡主面子，惹那位高人生气；另一方面也是想和北月郡主套套近乎，讨好讨好她，让她在那位高人面前美言几句，饶过他。

萧启元抬头看着东菱，笑道：“东菱姑娘，烦请跟郡主说一声，老朽身子不好，进屋恐怕污了郡主闺房，还是在院子里说说话便好。”

“老爷子面子大，说什么就是什么，奴婢这就进去请郡主出来。”东菱笑着转身进去了。

她这话说得萧启元背上又是一层冷汗。他本意是想请凰北月出来，在院子里喝喝茶说说话也没什么不好的，让东菱这么一说，倒好像是他倚老卖老，自己不进去，非要让北月郡主出来似的。

片刻后，凰北月扶着东菱的手出来了。她的玉手微微敛着长长的裙摆，脸上挂着淡淡的笑容，气质优雅，天生贵族。

“难得老爷子肯赏脸前来，北月没有出来迎接，真是失礼了。”凰北月屈了屈膝，行了一个闺阁小姐拜见长辈的礼。

萧启元不敢受她这个礼，连忙让开，抱拳弯腰行礼：“郡主说哪里话，应该是老朽向郡主行礼才是。”

凰北月抬了抬手，道：“老爷子是长辈，快快免礼，别折杀了北月。”

萧启元擦擦汗，站起身来，后面跟着的三个高手连忙把带来的礼物送上来。那是三个锦盒，第一个锦盒里放着的是《炎火斩》的全部秘籍，第二个锦盒里是一枚通体晶莹的丹药，第三个锦盒里是一柄削铁如泥的黑色匕首。

“这点薄礼，请郡主笑纳。”萧启元小心翼翼地观察着凰北月看到这些宝物时的神色。

这几样东西，都是了不得的宝物，都是有钱也买不到的。凰北月是最近才变强的，否则之前也不会任由萧家人欺负。既然是最近才变强的，肯定没见过多少宝物。她看见这几样东西，想必会高兴吧？

可是，凰北月淡淡地扫了一眼，也没见惊讶和欣喜，只是唇角优雅地扬了扬，说：“多谢老爷子。东菱，把礼物收起来吧！”

东菱上前捧了盒子进屋放好，然后端着茶点出来，放在院子中的石桌上。

“老爷子请坐。”凰北月抬抬手，自己先走过去坐下了。

萧启元坐下后，不禁有些汗颜，暗想，想必那位高人有更加稀罕的宝物，否则凰北月这样一个小丫头，怎么可能这么淡定？

凰北月敛着衣袖拿起茶壶，倒了一杯茶给萧启元。

她扫了一眼站着的三个高手，他们虽然只是普通随从的打扮，但是从气息上可以感觉出来，他们的实力和萧启元不相上下。这老狐狸竟是有备而来，他怕什么？

怕她对他动手？他也太抬举他自己了。在长公主府里杀了他，岂不是玷污了长公主仁善的名声？

"这几位，不如也坐下来喝杯茶吧。"凰北月淡淡地笑着，把茶杯摆开，一一倒满了茶水。

那三个人互相看了一眼，长得还算漂亮的女高手说："郡主抬举了，我等身份低微，怎么敢跟郡主同坐喝茶？"

凰北月径自端起一杯茶递向她："一杯茶而已。"

女高手犹豫着要不要接，如果接了，就一定要喝下去，可如果茶里有什么古怪的话……

"这位贵客，难道连这点面子都不肯赏给我们郡主吗？"东菱在旁边微笑着说。

"萧月，怎么可以在郡主面前这么无礼？"萧启元皱了一下眉，严肃地对女高手说。

萧月犹豫了一下，伸出双手，道："多谢郡主。"

她双手接住茶杯，却怎么都拿不过来，好像茶杯深深地嵌在岩石中一样。萧月心思微微一动，北月郡主好大的手劲儿啊！这是想试探一下萧家的实力吗？

据萧启元说，凰北月实力不俗，背后还有高人撑腰。可萧家也不能在她面前丢盔弃甲。萧月手上也暗暗用力，她的实力已经达到黄金战士级别，如果凰北月和她等级差不多的话，她今天也不会太丢脸。

可是，她才使劲儿，便有一股霸道至极的灼热力量从茶杯传递过来，钻进她的经脉，往她内脏深处钻去。

萧月无比恐惧，惨叫一声松开手，茶杯掉在地上摔得粉碎，里面一滴水都没有，早就蒸发干了，可以想象钻入萧月经脉中的灼热力量有多么凶猛霸道。

另外两个高手连忙扶住萧月，却不敢多言。

这是给萧家的下马威吗？！

萧启元也吃了一惊，不过他很快就反应过来。萧月是黄金战士，凰北月这么容易就让她吃了亏，岂不是……

他的心顿时凉了半截，立刻站起来冲萧月呵斥道："不长眼的！郡主赏你茶喝，你怎么如此不小心，还不快给郡主赔罪！"

萧月死死按着剧痛的手臂。她也知道个中利害，萧启元这是给她找了一个台阶，不让事态扩大，就算憋屈的是自己，她也认了。

"是我不小心，还好没伤了郡主，请郡主责罚。"

“小事而已，贵客不必自责。”凰北月淡淡地说，又端起一杯茶水递给她，“还是请贵客用茶吧。”

萧月见凰北月又递茶过来，胆战心惊地看了一眼萧启元，见萧启元微微点头，她这才去接那杯茶。

这一次没有受到刁难，接过茶来一口喝了，萧月勉强笑道：“郡主的茶真是好茶，多谢郡主！”

另外两个人看到萧月的遭遇，也不等凰北月亲自递过来，走过去拿起茶杯一饮而尽，同声道：“多谢郡主！”

这萧家的人，果然很识相！凰北月淡淡地笑了笑。

这时，院子外忽然响起了萧灵的声音：“爷爷，这丫头坏得很，您可千万不要手下留情！”

凰北月抬头看了萧启元一眼，道：“老爷子今次来，莫非是来收拾谁的？”

“怎么会？那丫头不懂事，让郡主见笑了。”萧启元连忙胆战心惊地说，然后冲那两个男人使了个眼色。

那两人立刻走出去，把萧灵拦在了半路上。

“你们干什么？”萧灵不知好歹地大声说。她刚才在外面听到惨叫声和茶杯破碎的声音，心想一定是凰北月被收拾得很惨了，于是赶着进来看。

其中一个男人突然伸出手掐住萧灵的脖子，冷冷地说：“北月郡主在此，也容得你放肆？！”

萧灵瞪大了眼睛，喉咙里咯咯了几声，被人掐着脖子提起来。她双脚乱踢，脸色发青。

随后赶来的雪姨娘和萧韵看见了也大吃一惊。这捏着萧灵脖子的男人是萧家很厉害的一个高手，叫萧尉，他怎么会对萧灵动手？

萧韵平时虽然很讨厌萧灵，可萧灵到底也是萧家的人，凰北月让萧家的人吃苦头，她一点儿都不乐意：“萧尉大哥，大姐姐就算犯了天大的错，也是萧家的人啊，请你手下留情。”

萧尉看了萧韵一眼。虽然他和萧韵交情不错，可这时候不能听萧韵的，他在等着凰北月发话。

凰北月慢悠悠地喝了半杯茶，这才抬起头来，好像才看见萧灵被掐着脖子一样，吃惊地说：“大姐姐做错了什么？贵客怎么如此生气？”

萧启元冷着一张脸，充满威严地说：“我们萧家家教甚严，你们虽不住在主家，可也不能没了规矩！这世上有君臣之道、尊卑之分、纲常伦理，你们父亲都没有教你们吗？”

之后，他转身对凰北月说：“萧家家教不严，让郡主见笑了。”

“哪里，老爷子的为人没的说，母亲在世时经常夸赞。我看几位哥哥和姐姐在外面失了礼数，多半也是因为没有老爷子教导。我看不如这样吧，老爷子就搬来长公主府长住，一来呢可以让北月尽尽孝道，二来也可以好好教教几位兄弟姐妹。老爷子意下如何？”

萧启元一听，后背立刻冷汗直冒。让他搬来长公主府长住，怎么可能？那不等于是活在凰北月的眼皮子底下吗？

“郡主美意，老朽谢过了。老朽如今年纪大了，也管教不了这些孩子。不过老朽觉得北月郡主倒是有长公主殿下的风范，长公主教导出来的人毕竟是不同的，大气沉稳，让老朽很是感佩。不如，这些孩子就交给郡主来教养好了。”

萧韵听到这话，脸色白了几分，连忙说：“爷爷，怎么可以……”

“放肆！”萧启元喝道，“郡主面前，有你说话的份儿吗？”

萧韵委屈地闭上了嘴巴，泪水在眼眶里打着转儿，不甘地咬着下唇。

凰北月淡淡地瞥了萧韵一眼，慢悠悠地说：“老爷子这样说，北月不胜惶恐。几位兄弟姐妹个性鲜明，又有天赋，北月年纪轻轻，怎么管得动他们？”

萧启元立刻道：“郡主放手管便是，他们若不听话，郡主只管差人来回我。”

凰北月眼中闪过一抹浅浅的笑意，看了一眼萧韵，笑道：“老爷子既然这样说了，那北月就恭敬不如从命了。”

萧启元总算松了一口气，挥挥手让萧韵等人都离开。他这才低声对凰北月说：“郡主，今天多有得罪，不知那位高人……”

“他啊？他老人家性情古怪，最不喜欢别人满口胡言。今天老爷子犯了他的大忌，才会被惩罚，以后小心一点儿便是。他老人家轻易不会出来的。”

“是……是，多谢郡主指点。”萧启元抹了一把头上的冷汗，又悄悄地说，“不知道那位高人尊姓大名？”

凰北月的目光有些冷淡，开口道：“他老人家最不喜欢别人刨根问底。”

萧启元心里一紧，连忙说：“老朽懂了。烦请郡主在那位高人面前多美言几句，老朽从前是有眼不识泰山，往后再也不会了！”

“老爷子，你我虽然不亲近，但是好歹有血缘，我怎么会见死不救？”凰北月笑着说。

“多谢郡主，多谢郡主。”萧启元立刻弯腰作揖，脸上的愁苦之色终于淡了。

凰北月用手撑了一下额头，东菱立刻说：“老爷子，郡主身体不太好，已经乏了，请老爷子见谅。”

“郡主早些歇息，老朽告辞了。”萧启元早就想走了，只是凰北月没有发话，他不敢。

萧启元刚从流云阁出去，便碰到了匆匆赶来的萧远程。萧启元一看见这个不争气的儿子心里就来气。如果不是这臭小子当年不争气，为了往上爬，非要娶惠文长公主，也不会生下凰北月这个孽障，现在害得他也不得安宁！

“父亲，”萧远程走上前来，“那丫头，您是不是……”

啪！他的话还没说完，萧启元就抬起手狠狠给了他一巴掌：“不长眼的东西，你也不看看你住在哪里？嘴巴上还不知道检点！”

萧远程被打得迷迷瞪瞪的，完全不明白他老爹什么意思，无奈之下只好看向一向很懂老爷子心思的萧月。

萧月抱着剧痛的手臂，脸色苍白地道：“表哥，北月郡主不好惹，连我们都要看她脸色行事，你这脑子，怎么就不放聪明一点儿？”

萧远程愣住了。什么？老爷子也要看那丫头的脸色行事？这怎么可能？那丫头区区一个战士，连召唤师都不是，老爷子如此厉害的人物，还会怕她？

萧月一看他的表情，就知道他在想什么，冷冷地道：“北月郡主师从何人你可知道？”

“这，我不知，她何时变得这么厉害我也不知。”

“不知！不知！你都知道什么？！”萧启元怒喝，声音不敢太大，害怕会被凰北月听见。

萧月道：“表哥，北月郡主的师父很厉害，我看整个卡尔塔大陆，没几个人敢惹。”

萧远程一脸菜色，支吾道：“有那么厉害吗？”

萧月鄙视地冷哼一声：“我看，除了光耀殿和修罗城，没人敢惹那种级别的高手。表哥，你可要小心了，我们萧家从今往后绝对不会和北月郡主作对，你若不识相，我们可跟你划清界限了。”

“父亲，您的意思是，我以后要看那丫头的脸色行事？”萧远程一听，不爽地道。

萧启元眼神冷冷地瞥着他：“不然，你想如何？”

萧远程一时间也没别的办法。他已经安排人要对凰北月动手了，就出了萧仲琪的事情，被安国公府盯得那么紧，那几个高手不能派出去，因此到现在都没有行动。

看现在的情况，他必须要早做决定了，他可不想再过长公主在世时的日子，在府中处处受人压制。

“父亲的意思，我明白了。”萧远程恭恭敬敬地说，“父亲早些回去休息吧！这府里的事情，您就不用操心了。”

“希望我真的可以不用操心！”萧启元也没看他，带着自己的人离开了。

萧远程看了一眼流云阁，想起刚才萧月的话。他也不敢独自进去，心里盘算着怎么对付凰北月。

第二十四章
一家之主

流云阁。

“小姐，没想到连老爷子都怕成那样！”东菱捂着嘴笑道。

凰北月眯了眯眼睛，道：“他怕的不是我，是我身后的人。”

东菱的笑容收起来，道：“那位前辈……真的那么厉害吗？”

“他厉害不厉害我不管，只是，既然有他给我做挡箭牌和后盾，我以后做事也没那么多顾忌了。”凰北月捏着茶杯，冷冷地勾起唇角，“萧启元已经发话了，我要是不好好收拾萧家的人，岂不是要让他失望？”

东菱面露喜色，道：“东菱等这一天，等好久了。”

凰北月站起来，把手交给东菱扶着，慢慢地说：“走吧！咱们去前厅见见父亲大人，还有各位姨娘。”

沿路，丫鬟、仆从见了她们，都跟见了鬼似的，面露惊恐，纷纷退让到一边站着，大气也不敢喘。

刚才有人看到了老爷子对她的态度，连身为八星召唤师的老爷子对她都毕恭毕敬，一口一个“北月郡主”，他们这些下人还怎么敢放肆？

这事一传十、十传百，很快就在长公主府中传开了。人人都知道老爷子发了话，让北月郡主好好管教萧家的人。有了老爷子公然的支持，从今往后，这长公主府做主的人就是北月郡主了。

这些丫鬟、仆从都是会看眼色、见风使舵的，现如今，什么雪姨娘、琴姨娘，算什么？就算是老爷，也只是入赘的驸马，不是长公主府真正当家做主的人。

从前欺负过凰北月的人，此时个个自危、汗毛直竖，仿佛世界末日来了一样。

走到花园中，凰北月忽然停下来。

东菱冲站在假山旁边的一个丫鬟说：“佩玉姐姐，麻烦你传个话给你家琴姨娘，郡主请她来前厅喝茶，顺便将雪姨娘和老爷也请来。”

那个叫佩玉的丫鬟眼睛都不敢抬起来，慌手慌脚地站着，听了东菱的话，立刻点头道：“是、是，奴婢这就去。”

这假山是凰北月用鞭子抽死人的地方，这些人本来就对这里心怀恐惧，现在凰北月站在这里，那种感觉自然又是不一样的。

前厅中，凰北月坐下后，立刻有丫鬟端上了热茶和点心，战战兢兢地，端着托盘的手都在颤抖。

凰北月用手背撑着半边脸，微微垂着眼皮，另一只手端起茶杯来。

东菱连忙伸手，小声说：“小姐，这茶……”

“不会有事。”她以前接受过各种毒素训练，如果茶水里有问题，她早就察觉到了，何况，被惩罚之火烧过后，她的身体几乎是百毒不侵了。

凰北月慢慢地喝了半盏茶后，琴姨娘带着萧仲琪和萧柔来了。今天在荷花池里泡了半天，琴姨娘的身体虽然洗干净了，被惊吓之后的萎靡之色却还是很明显。她扶着萧仲琪的手，脸上冷汗直流，看起来真的生病了。

凰北月垂着眼眸慢慢吹着茶末，装作没看见，就让琴姨娘撑着这副病体站了好一会儿。

萧仲琪脸上的怒色越来越盛，渐渐沉不住气了，正待开口，却看见萧远程和雪姨娘一起进来了，萧韵等人跟在后面。

最后走进来的是萧灵的母亲方姨娘。方姨娘穿得很素净，常年吃斋礼佛，与世无争，平时也不大出来，只有逢年过节时出来露个脸便回去，听说身子不好，但是性格温和恬淡，不知道怎么会生出萧灵这样的女儿。

有次凰北月被欺负，躲到方姨娘的翠竹苑里，方姨娘给她拿了吃的，还保护过她好几次，念着这份恩情，她对付萧灵的时候，也会留几分情面。

萧远程一进门，看见凰北月坐在主位上，面色有些不豫，但也不敢说什么。

众人都入了座，丫鬟上了茶，凰北月才慢慢说：“刚才我跟琴姨也说过了，父亲和各位姨娘这几年管理家务事辛苦了，如今父亲年事已高、子女成群，也该和姨娘们一起享清福了……”

她话还没有说完，萧远程就沉不住气了，道：“北月，你年纪还小，就想独揽大权吗？”

凰北月放下茶杯，眨了眨眼睛，一副天真无邪的少女姿态，笑着问：“父亲这话怎么说？”

萧远程道：“家中大小事务，这么多年都是你姨娘们在管理，就算要放权，也该遵循长幼之序，让你哥哥和姐姐们来接管。”

“长幼之序？”凰北月的目光在众位少爷、小姐脸上一一扫过，笑道，“敢问父亲，这些哥哥姐姐中，还有谁是我母亲所生？谁才是公主府嫡女？”

萧仲琪、萧韵等人，脸上都露出了愤怒的表情。

萧远程脸色难看，怒道：“咱们府只有长幼之分，哪有什么尊卑、嫡庶之分？”

凰北月眼中冷光微闪，没有动气，只是手指慢慢地在描金的茶杯口上划过。

她这片刻的沉默，让满腹怒气等着凰北月反驳自己的萧远程心里越发没底。她不说话到底是什么意思？是同意他说的还是怎么的？这丫头真是越来越不懂礼数了！

玩心理战术，凰北月可是个中高手。她一沉默，别说是萧远程，厅里哪个人不是内心忐忑不安地等着她发话。

可是，大家只能看见她的表情越发冷淡从容，粉红的唇瓣微微抿着，也不知道她是在生气还是在盘算着什么。

就在人人都沉默的时候，雪姨娘突然道：“三姑娘什么意思？倒是说句话呀！”

她这话刚说出口，凰北月的手指就微微一动，茶杯从桌子上滚下来，掉在地上摔了个粉碎。

所有人都吓了一跳。

凰北月站起来，脸上淡然的表情瞬间消失了，变得有些凌厉，她纤细的手指伸出来，朝雪姨娘一指，道：“东菱，掌嘴！”

“是！”东菱应声，大步走过去，站在雪姨娘身边的萧韵还没有反应过来，东菱就一巴掌狠狠甩在了雪姨娘脸上。比上次雪姨娘打她的时候还狠，东菱一巴掌打得雪姨娘嘴角流血，一下就蒙了。

“臭丫头，你活腻了！”萧韵反应过来后，扬起手，掌心凝聚了元气，这一掌若打下去，东菱铁定是没命的。

“反了不成？！”凰北月干脆将桌子上的茶壶连同盆栽一起扫在地上，摔得粉碎。

萧韵心脏狠狠一跳，抬起的手立刻缩了回去，然后一想自己怎么这么窝囊，便道：“凰北月，你这是什么意思？我娘犯了什么错，你竟要指使丫鬟打她？！”

凰北月不怒反笑：“好啊，我看这府里真的是没有尊卑之分了。父亲纵容得好啊！整个帝都，谁家的姨娘敢对嫡小姐大呼小叫？别说雪姨如今只是个姨娘，就算你扶她做了正室夫人，长公主府也还没有变成萧府呢！我凰北月还活着，你们就想翻天不成？”

萧韵瞪着眼睛，道：“你……你就算贵为郡主，可父亲还在这里，你但凡懂点儿孝道，也不会对父亲如此无礼。”

好啊，抬出父女之情来压她！孝道是什么东西？别笑死人了，萧远程也配？

“二姐姐还记得我是郡主，那你记不记得我姓什么？自古以来，先君臣后父子，三纲五常，你可是不懂？”

萧韵被怼得一愣，硬着头皮说：“这是在家里，可不是在朝堂上！”

“二姐姐的意思是，在家里就可以目无君上、不尊君臣之道？你可知道这话传出去，是多大的罪？二姐姐，不懂孝道的是你吧？你是想害死父亲？”

雪姨娘连忙拉住萧韵。这么大的罪名扣下来，她们可承受不起，今天这委屈只能白白受了。

“三姑娘别生气，是我太鲁莽了，说话不当。三姑娘做得对，是该掌嘴。”雪姨娘半边脸肿着，委屈地看了一眼萧远程，眼眶微微发红。

凰北月笑道：“姨娘既然认错，我也不好罚太重，掌嘴三下便好。东菱已经掌了一嘴，剩下的，让夏妮来吧！”

她这明面上是故意放水，让夏妮打，肯定不会打得太重，可让一个丫鬟打自己的主子，却是更加深重的屈辱。

夏妮立刻跪在地上，道：“奴婢不敢！”

“没用的东西，府里养你做什么，连主子的话都不听了？！”凰北月面色一寒，“拖下去，打十板子！”

外面探头探脑的家丁们对视了一眼，知道今时不同往日，北月郡主已经立威，又有老爷子撑腰，谁敢违抗她的命令，立刻进来拉了夏妮出去打。

院子里传来惨叫声，丫鬟们个个脸色惨白，知道这北月郡主是个说一不二的厉害角色。

凰北月淡淡瞥了一眼雪姨娘，道：“夏春，你来吧。”

“是。”有了夏妮这个前车之鉴，夏春半点儿不敢犹豫，走上前来对雪姨娘道：“姨娘，奴婢奉命行事，您可千万别怪罪。”说完，左右开弓，两个巴掌毫不含糊地甩了下去。

萧韵紧紧地握着拳头。

雪姨娘咬紧牙关，打完了，顶着肿胀的脸，站起来冲凰北月行了个礼：“多谢三姑娘留情。”

“姨娘记着教训就好。”凰北月淡淡地说，不再看她，而是看向萧远程：“刚才北月提的事情，父亲考虑得如何？”

萧远程鼻子里发出重重的一哼，道：“这件事，等你再长大些再说吧，如今不合适！”

凰北月把玩着裙摆上的流苏，道：“父亲是怕我管不好长公主府？”

“你年纪小，自然有考虑不周全的地方。”

“父亲的担心也不是没道理，我人小没经验，但是总有一天长公主府得由我执掌，所以有些东西，该学该看还是得趁早，我看今日就让周管家把府中账本拿来，我先过目，然后慢慢学习吧。”

“这……”

“父亲不用担心，我一定会虚心学习，绝不耍性子。”凰北月打断了萧远程的话，那模样，活脱脱一个懂事知礼的孝顺女儿。

萧远程无话可说，心里盘算着赶紧把这么多年累积的财产都转移了。这丫头第一次看账本，她能看出什么来？周管家也不是吃素的。

凰北月让东菱出去传话，让周管家把府中的账本都拿过来。

周管家是个人精，看见琴姨娘和雪姨娘的惨状，还有萧远程的无奈，便派人去拿了。他做账一向仔细，一个十二岁的黄毛丫头也看不出什么来。

账本还没有拿来，凰北月又悄悄对东菱吩咐了几句，东菱笑着出去了，没人知道她想做什么，也没人敢跟出去。

很快，账本拿来了，周管家亲自捧给凰北月。高高一摞的账本，看着就头疼。

凰北月拿起一本，随手翻了几页。她虽然没有瞧过古代的账本，但是好歹智商也是天才级别的，在现代为了完成任务，对经济学也有涉猎，所以这账本看了几眼便懂了。

周管家果然是个精细人，账面上做得滴水不漏，怪不得琴姨娘要收买他做心腹了。

啧啧……她一边喝着茶，一边慢慢看账本。

前厅中，许多双眼睛盯着她，等着她发话，可她就是一言不发，好像真的在认真看账本。

忽然，东菱在外面喊了一声：“就放在这里吧。”

众人皆是一怔，不知道发生了什么事，纷纷扭头往外看，只见东菱让人抬了几个大箱子放在院子里。那些箱子都用大锁锁着，里面不知道装着什么东西。

周管家回头一看，顿时脸色大变，快步走出去道：“你、你们干什么？这是我的东西，为何要抬出来？”

东菱挑着眉，看着那几个大箱子：“周管家的东西未免太多了些。恕我说句难听的，听说咱们府库中一直不充盈，怀疑是有人中饱私囊了，周管家如果光明磊落，那就带个头，让大家瞧瞧你的东西！”

“你……你胡说！我又没有中饱私囊，凭什么搜我的东西？”周管家梗着脖子，死活不让搜。

东菱道：“有没有，一看便知！周管家，一会儿郡主还要让你带人去搜其他人的屋子，你若不能服众，谁让你搜？”

周管家脸色苍白，冷汗涔涔而下，偷偷看了一眼琴姨娘和萧远程。

“这么多箱子都抬出来了，若不搜一下，恐怕大家都会不服气。”说完，凰北月抬起眸子，目光冷冷地从众人身上扫过。

接触到她冰冷目光的所有人都纷纷后退，狠狠咽了一口口水。

“各位觉得，搜，还是不搜？”她端起茶杯，慢悠悠地开口询问。

丫鬟、仆从们互看了一眼，都慑于凰北月那不怒自威的气势，纷纷点头。

“搜……搜！”

“搜了管家，我们才服气！”

“就是，一定要搜！”

…………

萧远程真想一掌拍在桌子上，把这些见风就倒的狗奴才都拖出去宰了。

可是，看到这样的局面，萧远程也不禁心中慌乱。那些箱子里装着的都是长公主府收藏的好东西，他看着不错，就拿出来，一部分自己留下，一部分让周管家保管。他这两天要到处走走关系，给上司送送礼，巩固一下自己在军中的地位。那些东西要是被搜出来了，他让周管家做假账的事情不就败露了吗？

不过，凰北月想搜也没那么容易，那些箱子的钥匙他都亲自保管，那些锁和大铁箱，是贵族们专门用来藏东西的，轻易打不开。

想到这里，萧远程放心了不少，悄悄冲周管家使了一个眼色。

周管家会意，说：“郡主，不是小的不让您搜，只是这箱子的钥匙前几天丢了，这箱子恐怕打不开，不如以后再搜吧，反正这箱子又不会跑了。”

“打不开了……”凰北月慢慢拨弄着杯子里的茶叶，突然笑了，从纳戒里拿出一把黑色的匕首，“这是老爷子刚才送我的寒铁匕首，听说削铁如泥，用这个不知道能不能把锁打开。东菱，你去试一试。”

“是。”东菱走上前来拿匕首。

萧远程猛地站起来，道：“不可！”

凰北月抬头问道：“为何不可？弄坏了锁，我再赔一把更好的给周管家便是。”

萧远程脸色难看，双手紧紧地握成拳，骨骼咯咯作响。

凰北月看着他的样子，冷笑道：“东菱，开箱吧。”

没容萧远程想好该怎么办，凰北月已经下了令。

东菱动作快，绕过周管家，手起刀落，一把锁就重重地落在了地上。

周管家一看，连忙扑上去，整个身子死死地压在箱子上。

“周管家，你这是做什么？这箱子里，难道是什么见不得人的东西？”东菱偏着头问。

周管家死命地摇头道：“没有！什么都没有！”

凰北月走到门口，伸手一指，说：“愣着干什么？还不快把周管家扶起来？”

几个家丁一听凰北月的命令，下意识地上前，把八爪鱼一样死死抓着箱子的周管家拉了起来。

东菱伸手揭开箱盖，顿时，金灿灿的光芒扑面而来，里面竟是满满的一箱子金器，上面镶嵌着各色宝石，那光芒几乎炫花了人的眼睛。

周管家顿时面如死灰，瘫软在了地上。

东菱接着把所有箱子都打开了，每打开一口，周围都会传来倒吸凉气的声音。那些箱子里，金银器具、古董字画、玉器、珊瑚、珠宝等等，琳琅满目。

萧远程大步走出去，一脚将周管家踹翻：“大胆奴才，你一家老小我都给你养着，你竟敢做出这种事，看我不杀了你！”

凰北月不禁冷笑出声。这萧远程也不算蠢，用周管家一家老小来威胁，把罪责都推脱了，只是，哪有那么容易？

她慢慢地从前厅走到廊下，东菱立刻上前扶着她的手。

前厅里坐着的人不知道她要干什么，都跟了出来。

凰北月居高临下地盯着周管家，忽然朝琴姨娘身边一个丫鬟招招手：“佩玉，过来。”

周管家吓得浑身发抖，佩玉是他唯一的女儿，北月郡主这是想……

佩玉战战兢兢地挪着步子过来，早就吓得面无人色，还没走到凰北月面前，就扑通一声跪倒在了地上。

佩香上前将她拖到院子里，扔在周管家身边。

这父女俩浑身抖得跟筛糠一样。周管家不住地向萧远程和琴姨娘求助，可是人赃俱在，此时谁都想明哲保身，谁敢管他？

凰北月站在台阶上，冷冷地开口："佩玉打三十大板，送去边关充军妓！周管家打一百板子，请廷尉寺耿忠大人亲自审问！"

廷尉寺的耿忠是惠文长公主的旧部，为人刚正不阿，所有权贵都怕他，周管家交由他审理，那还不查个水落石出？

"郡主，求郡主饶命！小的什么都说、什么都说，只求郡主放过佩玉，她是无辜的啊！"周管家知道大势已去，萧远程和琴姨娘又想撇清关系，让他们父女俩做替罪羔羊，他死不足惜，可想到女儿要充军妓，如何还忍得住？

"还是周管家识时务。"凰北月轻笑一声，"贪污的事情只要说出来，我可以饶过佩玉。"

周管家慢慢爬起来，颤抖的手指向萧远程："这些东西，是老爷要我用赝品从府库里替换出来的，一部分要去当铺换成金币，一部分要转送给帝都的官员……"

"胡言乱语！"萧远程大喝一声，"你这大胆的狗奴才，竟敢诬赖我，看我不杀了你！"

萧远程大掌抬起，凝聚着元气的掌心眼看就要拍向周管家。凰北月从发上拔了一根簪子下来打过去，力道不重，却也疼得萧远程立刻把手缩了回去。

萧远程面色涨红，捂着发疼的手腕，恶狠狠地说："这信口雌黄的狗奴才，还是尽早打死的好，免得毁了我们府的名声。"

"老爷，小的这么多年忠心耿耿为您做事，出了事您不出手帮忙也就算了，竟还想杀人灭口？"周管家怒道。

"你再胡说，信不信我现在就杀了你？！"

周管家道："老爷不用威胁，事情败露，老爷竟然翻脸不认人，我也不用藏着掖着，这么多府库中的珍宝，如果没有老爷的钥匙，我如何取得出来？"

周管家咄咄逼人的几句话，惹得萧远程气急败坏、目眦欲裂："你、你这是栽赃！"

"哼，栽赃？老爷贵为驸马，我一个小小的管家为何要栽赃你？这府库的钥匙一直是你拿着，只有你打得开府库，没有你，这些珍宝怎么运得出来？"

"你……"萧远程说不出话来。

凰北月挺直了背脊，忽然冷冷地出声道："够了，都住口。"

周管家闭了嘴。

萧远程也心虚地闭嘴，想了想又说："北月，父亲我……"

“够了，不用解释，这件事我自会彻查清楚，父亲把府库的钥匙给我吧，我打开看看，究竟少了多少东西。”

“这个钥匙，没在我身上……”

凰北月转过身，眸子里寒芒闪动：“父亲，当着这么多人的面，身为女儿，我不能落你的面子，可我身为嫡女，母亲不在，我理应接管府院。身为一家之主，那府库自然应由我掌管，从今天开始，就不劳父亲操心了。”每一句话、每一个字都冷冰冰的，透着让人心寒的怒气。

一家之主？！这四个字像雷一样劈在萧远程脑袋上，他又是愤恨，又是羞辱。堂堂七尺男儿，他在家中却没有做主的权力，一个十二岁的小女孩反倒对他冷言冷语，指手画脚！交出府库的钥匙，就等于把府中的权力都交出去了，他怎么甘心？

“你年纪小，要那钥匙做什么？万一遇到歹人，三言两语骗了去，岂不是……”

“荒唐！”凰北月怒喝，手指着那几个箱子，“看看那些是什么？人证物证都在，我只要请廷尉寺仔细调查，什么事情调查不出来？你还想遮掩？我年纪小，可眼睛没瞎！父亲，你好生叫人失望啊！”

“家里的事情，何必惊动廷尉寺？”萧远程一听要请廷尉寺调查，立马慌了。

南翼国律例严苛，刑罚更重。南翼国历代皇帝都痛恨贪墨舞弊之事，不管是官场国事还是府院家事，抓住了，报上廷尉寺，那就是严惩不贷。

“若父亲肯悔过认错，念在父女之情，我如何会去惊动廷尉寺来抓父亲？可如今……”

“老爷！”琴姨娘惊恐地低声喊了一句，害怕得身子颤抖。

这件事要是惊动了廷尉寺，他们可一个都逃不了啊！

萧远程也知道这件事情的利害，此时的凰北月可不是以前那个好拿捏的，要是以前那个废物，大可以抓起来关进流云阁，让她永远别想出来，可是今天在灵央学院亲眼目睹了她对付林婉仪和林子成，加上又在家里杀了一个家丁立威，萧启元也亲自来示好，现在有谁敢动她？老实说，长公主府的府库已经是一个空壳子了，里面的珍宝大都是赝品，守着做什么？

想罢，萧远程叹了一口气，慢慢从怀中把钥匙拿出来，递给了凰北月。

凰北月接过去握在手里，慢慢地说：“东菱，好好审问周管家，之前还偷运出去多少珍宝财物，还有长公主府这么多年的税收款项，也都如实报上来。”

之后，她转头看向雪姨娘，道：“我记得，这些年长公主封地密阳的账册，一直是雪姨娘在管理吧？”

雪姨娘面色一僵，怎么这么快就问封地的账了？真是快刀斩乱麻，一点儿都不拖泥带水。

“是，一直是我管着。”雪姨娘涩声说。密阳的账她管着，清河郡的账琴姨娘管着，这事府中人人都知道，她想赖都赖不掉。

“想必雪姨娘把密阳的账管得很好，让夏春去取了账本来，我瞧瞧吧。”

雪姨娘倒是不慌不乱，吩咐夏春去取账本。她一向是个精细的人，账本的事情，从来不假手他人，都是亲力亲为，因此也不怕凰北月审问周管家，自己会被连累。

夏春取了账本来，交给凰北月。

凰北月翻开瞥了一眼，也不多看。她知道雪姨娘是什么人，不会这么轻易让她拿了把柄，因此不在这里多费口舌，让东菱带上周管家和佩玉回了流云阁。

周管家已经完全对萧远程寒心失望，便将这么多年，他怎么帮萧远程和琴姨娘做假账，怎么将府库中的珍宝用赝品替换了偷偷运出去，以及琴姨娘贪墨的清河郡大笔税收用去了哪里，等等，都一五一十招了。

东菱审问完了，将周管家和佩玉一起关在偏房里，然后进去回禀凰北月。

凰北月听了，淡淡地笑道：“周管家是个识时务的人，琴姨娘找他倒是找对了人，只不过正因为周管家太聪明了，琴姨娘今晚恐怕是睡不着了。”

“她哪里会睡得着？周管家被抓了，恐怕她闭眼都不敢了！”东菱也笑道。

凰北月想了想，说：“萧远程不是害怕他做的丑事被传出去吗？你去找个家丁，把这件事好好宣扬宣扬，最好闹得满城皆知。”

“是，小姐！”东菱高高兴兴地出去了。

屋子里安静下来，凰北月拿起《百炼经卷》翻看，想着等天黑出去一趟，去找布吉尔家族的洛洛。

第二十五章 师父在上

寂静无人的深夜，鬼魅般的身影从幽暗的巷子里闪过，朝着城外布吉尔家族的城堡而去。

月光下，少年舞剑的身影显得有些瘦弱，手中的剑对着木人几次攻击，却怎么都发挥不出最佳实力，他脸上渐渐浮现想要放弃的神色。

“少爷，手上再用点儿力就好了。”站在少年身边的教练连忙给他打气。

“我已经用力了。”少年嘟着嘴大喊一声。

教练顿时不敢说话了。

少年一剑刺向木人，却想着今天在灵央学院的比试场上，北月郡主以元气将马鞭绷直，刺入林子成胸口的那一剑。她是怎么发挥出威力的？为什么看着很简单的一个动作，他学起来却这么吃力，怎么都不得要领呢？手里的剑好像不听使唤！

洛洛气馁烦躁地想把剑扔了，一道黑影忽然鬼魅一样出现在他身后，握住他拿剑的手，带着他将剑往后一甩，再往前刺去。

这一剑和刚才他刺出的那一剑，招式一样，可他就是觉得不一样了。一剑刺中后，他觉得眼前站着的如果是林子成，他也能不费力地一剑刺中他。

“看清楚你手中的剑，这是杀人的剑！”洛洛身后传来低哑而冰冷的声音。

洛洛的身子微微一颤，耳根一下就红了，一团火瞬间烧到了脸上。

“不要分心，再看一次。”冷冽的声音像春日解冻的湖水一样，冷，却优雅动听。

洛洛的手再次被那双小而细嫩的手握住，普通的剑招，居然一下子就将木人的心脏刺穿了。

“厉害！”洛洛惊呼一声。

手上一松，身后的人退开了，他心里一阵失望，连忙转身，眼前陡然一道寒光闪过，一把剑已经到了他眼前。

"哇！"洛洛大叫了一声，连忙抬起自己的剑来抵挡，却被狼狈地击退了一步。

教练被突然出现的黑影吓到，一瞬之后，才发现少爷已经和人动起手来了。

"你是什么人？"教练大喊一声，拔了剑，立刻冲过来。

"别过来，这是我朋友。"洛洛一边举剑抵挡，一边大喊。

教练呆住了。少爷的朋友？这一身黑斗篷，难道是传闻中的戏天？

凰北月清冷的声音带着几分笑意："跟我过几招，就用我刚才教你的。"

"好！"洛洛点点头，回想起她刚才的动作，立刻有了信心。

"看清楚你手中的剑，这是杀人的剑！"

对，这是杀人的剑，不是耍着玩儿的。

洛洛低喝一声，剑势比刚才快了不少，手上的力道也重了好几倍。

"好，再快一点儿，不要乱，冷静！"凰北月一边跟他过招，一边气息平稳地指导着。

她的剑引导着洛洛的剑，或快或慢，忽左忽右，兵器相撞发出铿锵的声音，激起了短暂的火花。

洛洛刚开始有些慌乱，慢慢地被她引导着跟上了节奏，一招一式都像她一样轻快利落。

教练在一旁看得目瞪口呆，眼睛完全跟不上那黑色身影，只偶尔看见从斗篷底下露出来的一缕红色头发，如同火焰一样在月光下燃烧。

厉害，果真很厉害！

这样简单的动作，却完全能够看出这位戏天阁下的修为有多么深厚，没有任何华丽的招式，但是每一剑下去，绝对是直取人的性命。

观战的教练都感觉热血沸腾，更别说是对战中的洛洛了。他的手在每一次和凰北月的剑相撞的时候都被震得发麻，这发麻的感觉却让他无比兴奋，这辈子都没有过的兴奋。

战斗，这才是真正的战斗！

以前那些教练跟他对打，完全是小孩子在玩游戏，没有激烈的拼杀，没有战胜的决心，花样再怎么多，都是一场儿戏。

洛洛拼尽全力，额头上汗水密布，硬是在凰北月的剑下撑了十几个回合，手中的剑才被挑飞了。

凰北月将剑抛回武器架上，飞身跳到屋顶。黑色斗篷飞扬，她朝洛洛招招手：

“上来。”

“嗯！”洛洛答应一声。

他当然不可能像她那样直接潇洒地跳上去，只能从旁边的梯子爬上去，慢慢走到凰北月身边。

晚风吹拂，洛洛被汗水浸湿的头发轻轻飘动。他转过头看着这个神秘高手的侧影，眼中尽是崇拜之意。

“戏天大人，原来你除了是一位召唤师，还是一位武道高手。”

“高手？不，我只是尊重我手中的剑而已。”凰北月淡淡地说。

尊重手中的剑……洛洛听得有些痴迷，对这位神秘高手更是佩服得五体投地。

“戏天大人，你……”洛洛犹豫着开口，脸上浮起一抹红晕，没再接着说下去。

凰北月转过头，斗篷下的眼中带着笑意：“你想说什么？”

“没……”洛洛有些颓然地在屋顶坐下来，殷红的唇轻轻咬着，“我今天在灵央学院的比试中，输了……”

“输赢是人生常事，淡然看待便是。”

洛洛佩服她的豁达，可是，只有高手才能豁达，像他这样，如果豁达的话，那就是没出息了！

“戏天大人可听说过长公主府的北月郡主？”洛洛抬头仰望着她。

凰北月的心脏一跳，她知道并不是洛洛认出了自己，只不过听到别人提起自己另一个身份，还是难免有些不自然。

“听说过。”凰北月想起自己的来意，接着说，“惠文长公主是我的恩人，我来南翼国也是为了报恩。”

洛洛第一次听戏天跟他说心事，一下子觉得距离拉近了几分，心里的阴霾也被这份欣喜冲淡了。她跟他说这样私密的事情，是说明她信任他吗？她这样冷淡的性格，跟别人一定不会说这些。

洛洛高兴得一下子忘了输了比试的事情，问道：“那，你想怎么报恩呢？惠文长公主仙逝多年，你恐怕只能报答在北月郡主身上了。”

凰北月点点头，和洛洛这样单纯没心机的人交流最放松了，自己不用拐弯抹角，他自然会说。

“听说长公主府不安宁，也许我可以帮她肃清一下。”

俊脸顿时严肃起来，洛洛好像和她同仇敌忾一样，道：“萧家那些人，我都不喜欢！北月郡主时常被他们欺负，我、我如果有能力，也要把他们收拾一顿！”

凰北月的嘴角微微扬起，道："打人的话，我倒是可以帮忙，只可惜打人解决不了问题。"

"对，只打一顿太便宜了！"洛洛点点头，忽然想起什么，手脚并用地爬起来，将一张俊脸凑过去，"你知不知道，长公主府的人把财产偷偷转移出来，换成金币存起来了？"

凰北月吃了一惊，没想到洛洛居然会主动跟她说起这些。

她轻咳一声，问道："你怎么会知道这些？"

"我看见过好几次。萧家那几个姨娘到我们布吉尔的钱庄，钱庄伙计都说她们是大客户。我当时不明白，我们钱庄的大客户存在钱庄里的金币至少要十亿，一般府里的姨娘怎么会有这么多钱？"洛洛如实说。

他对戏天一点儿也不隐瞒，觉得没有隐瞒的必要。这些虽然是钱庄里的秘密，但是他觉得戏天把他当朋友，他没道理不帮她，何况说出这些事情还可以帮到北月郡主，他乐意说。

洛洛的心里一点儿都没有商业机密这种概念，他心思单纯，只有朋友和朋友之间的情谊，没有利益。

凰北月对他如此真诚相待的情谊很是感动。她做杀手时，刺杀过各种各样的人，包括许多商业精英。她深知商业秘密的重要性，如果不是真把她当朋友，洛洛不会告诉她这些。

"长公主府的人，我倒是都见过，看着骄狂跋扈了些，却没想到他们居然这么大胆，天子脚下、帝都城内，都敢贪墨私藏。"

"嗯……贪墨是重罪，不如我明天就去找廷尉寺的人，把他们都抓起来，严加审问！"洛洛道。

凰北月摇了摇头，道："这事先不用惊动廷尉寺，以免打草惊蛇。"

"戏天大人说该怎么做，我全部照办。"洛洛眨眨眼睛，一脸兴奋的表情。

这小子仗义直爽，她喜欢！当然，她不会做让洛洛为难的事情，只要有确凿的证据，她就能玩死琴姨娘和雪姨娘等人。

她交代了洛洛几件事，心情大好，果然有大家族做靠山，可以省去很多麻烦。

"洛洛少爷，快下来吧！老爷来了。"教练站在屋下压低声音道。

洛洛眉头一蹙，一张灿烂的笑脸一下就垮了下来。

凰北月猜他突然这么丧气，应该是今天在灵央学院输了比试。一直被传为废物的凰北月都赢了，身为男子汉的洛洛少不得要觉得失落。

看了一眼洛洛，凰北月伸手在他肩膀上拍了一下，道："别苦着脸，今天你跟我过招，不是很厉害吗？”

“我哪有厉害？我知道，那是你故意让我的。”洛洛偷偷瞄着她斗篷下的一缕红发，有点儿腼腆。不过被她夸了一句，他还是很高兴的。

“我说过，我尊重我的剑，剑在手中，便绝不拿它开玩笑。”

洛洛心脏狂跳起来，刚要欣喜地说什么，屋下就响起了赛斯族长的声音：“原来是戏天阁下在此，失礼了。洛洛，你那是什么待客之道，为什么要把客人带到屋顶上去？没礼貌！”

洛洛一脸委屈。

凰北月道：“族长不要错怪洛洛少爷，是我自己上来的。从贵府的屋顶，可以看见整个临淮城。”

布吉尔家族城堡所在的地势非常高，可以俯瞰整座帝都，风景确实很不错。

她拉着洛洛的手，从屋顶飘下来，宛如一片流云。

这样的身手，让见多识广的赛斯族长都暗暗称奇。戏天果然不是一般人。

“洛洛，你先进去，父亲和戏天阁下说几句话。”赛斯打发洛洛离开。

洛洛虽然不情愿，可父亲的话不敢违背，他还是走了。

“赛斯族长有话直说吧。”凰北月走到武器架旁边，看着一把把兵器说。

赛斯族长也不拐弯抹角，直接问：“戏天阁下和洛洛接触几次，觉得他天赋如何？”

凰北月一怔，赛斯这是什么意思？他自己的儿子，他最清楚不是吗？问她干什么？

“洛洛少爷天资聪颖，勤奋好学。”凰北月中肯地说。

说到天赋，洛洛确实欠缺了一些，但是他刚才跟她比剑的时候，她看出来他很聪明、灵活、不呆板，见招拆招，已经是常人比不了的。

赛斯抚着下巴上的短须哈哈大笑起来：“戏天阁下太客气了。”

“你若以为我是因为客气才说这话，未免侮辱洛洛了。”凰北月冷冷地说。

“不……不，”赛斯连忙摇头，颇有些欣慰地说，“我只是很高兴，戏天阁下对洛洛能有如此高的评价。”

凰北月看了他一眼，没再说话。

赛斯也不再继续这个话题，道：“戏天阁下这样的高手，不知是出自哪个家族？”

“我孤身一人。”凰北月看了赛斯一眼，已经察觉出他的意图。他想拉拢自己。

布吉尔家族是卡尔塔大陆数一数二的强大家族，不少绝世高手都会选择投靠他们。

赛斯摸着胡须寻思着道："阁下很厉害，可阁下是否想过，在卡尔塔大陆，一个人始终是势单力薄？"

凰北月一只手撑着下巴，转过头来，淡淡地问："族长的意思我明白了。"

赛斯笑起来，倒没有觉得不好意思："明人不说暗话，还是戏天阁下爽快。"

"赛斯族长也是爽快人，直说吧。"

赛斯背负着双手，往前走了几步，重重地叹了一口气，道："我一直希望培养洛洛为继承人，可是，他的兴趣始终不在家族的事业上，一心只想成为强者。无奈之下，我请了不少高手教导他，可是他天赋有限……"说着，赛斯转过身，眼中闪过一抹光亮，"刚才听教练说了阁下对洛洛的教导，我想，如果阁下能收洛洛为徒……"

"这是赛斯族长开出来的条件？"

"不，绝不是！"赛斯坚决地说，"我只是希望。戏天阁下能加入布吉尔家族，是我们家族万分的荣幸，我又怎么会开条件呢？"

凰北月轻轻抿着唇，斗篷下的面容没人看得清，但是她身上散发出来的清冷气息，仍让赛斯族长的心悬着。

赛斯族长静静地等了片刻，凰北月才慢慢开口："我不会加入布吉尔家族。"

赛斯族长脸上毫不掩饰地浮现了失望之色，但他好歹是经历了大风大浪的人，只是微微苦笑了一下，便惋惜地说："尊重阁下的意思。"

"不过，我很希望和布吉尔家族是合作互利的关系。"凰北月语气清淡，却让人难以抗拒，"当然，和洛洛的事情，不是合作。"

赛斯听着，凰北月前一句说合作，他想着没问题，毕竟一个高手加入布吉尔家族，不正是合作互利的关系吗？他们需要高手的威望和能力巩固家族势力，高手们希望布吉尔家族的强大势力让他们在大陆上站稳脚跟。只是加入了家族后，以后在外行事，便要以家族为重，有一部分的桎梏。如果只是合作关系的话，戏天是戏天，布吉尔家族是布吉尔家族，互不干涉，有需要的时候便互相帮一下，这种关系倒也不错。

赛斯正准备答应，又听到凰北月的后一句话，怔了一下后，他的脸上露出了欣喜之色。

"戏天阁下的意思是，你愿意收洛洛为徒？"

"做我徒弟可不是那么简单的，吃的苦头要比别人多十倍，赛斯族长回去问了洛洛少爷的意思后再说吧。”凰北月面无表情地说。

“不用问了，我愿意，我当然愿意！吃苦算什么？我最喜欢吃苦了。”洛洛忽然从院子外面跳进来，大声说。

凰北月的嘴角微微勾起来。洛洛的态度，和她当年拜师的时候可是一模一样。吃苦算什么？只要能变得强大，她就喜欢吃苦。

赛斯族长呵呵笑着，有些纵容地瞪了洛洛一眼：“大人说话，你怎么在外面听墙根？没礼貌！还不快跟戏天阁下，哦，跟你师父道歉？”

洛洛大大的眼睛眨了两下，看着凰北月，满眼都是惊喜：“师父在上，弟子知错了！”

赛斯族长摸着短须笑道：“今日夜深，太仓促，明日我就准备盛大的拜师仪式，让洛洛正式拜阁下为师。”

“仪式就算了吧！洛洛叫我一声师父，我就会教导他。”拜师仪式也就是个过程，没什么意思，况且这件事情动静太大，对洛洛也没什么好处。要知道站得越高的人，越有人想把他狠狠摔下来，洛洛年纪还小又单纯，这种伤害他还承受不住。

赛斯族长也想到了这一点，便点点头，对洛洛说：“洛洛，给你师父磕个头、敬杯茶，礼数总是要有的。”

“是。”洛洛跪下来磕了三个头，仆人立刻把热茶送到他手中，他双手举起递给凰北月，“师父请喝茶！”

凰北月微笑着接过来，用袖口掩着喝了一口：“起来吧！你拜师，我没什么送你的，刚才那几招剑法，我演示一遍完整的，你好好看着。”

“多谢师父！”洛洛无比兴奋地道。

第一天拜师，就可以学到戏天大人的剑法，他怎么能不高兴？

赛斯欣慰地笑看着两人，朝旁边的下人挥挥手，他自己也悄悄离开，把这里交给这对师徒。

月光之下，黑色身影行云流水般，动作虽慢，剑光却变成一张无形的网，剑剑是杀招。

洛洛目不转睛地看着，生怕一不小心就错过了什么。他调动全副心神，认真记着这套看似简单却非常实用的剑法。

“看清楚了吗？”剑法演练完，凰北月把剑扔给洛洛。

洛洛连忙点头道：“看清楚了！”

果然是个聪明的孩子。

“好好练，我明天再来。”

“是，师父慢走。”

洛洛的话刚说完，天空中便飞来一只巨大的冰灵幻鸟。凰北月跳上去，一阵寒风吹过，一人一鸟已经到了远处。

洛洛崇拜地看着远处，道：“师父真厉害！”

他也想成为师父那样的人，总有一天，他会和师父一起在这片天空下翱翔。

手中的剑舞起，皎洁的月光照在剑上，一抹清寒的光芒闪过，正好映在洛洛漆黑的眸子里，他的目光异常坚定。

第二十六章 十倍奉还

冰灵幻鸟庞大的身躯从天空中掠过。

远远地，凰北月看见长公主府，一团火光冒起。浓烟滚滚，她定睛一看，那不正是流云阁的方向吗？心里蓦然一紧，她立刻驾驭着冰灵幻鸟，朝流云阁闪电般飞去。

东菱还在流云阁，周管家和佩玉也在里面关着，放火的人应该是以为她也在里面，所以一不做二不休，干脆一把火烧了了事！烧掉证据，还可以嫁祸给安国公府的人，毒，果然很毒！

“着火了，快救火啊！”

“救火啊！快打水来！救火啊……”

……

长公主府已经乱成一片。

这火烧得太快，丫鬟、家丁们都不敢进去，只能在外围用水泼一下，一点儿作用都没有。

长公主府外面的人也被惊动了，安国公府的人目瞪口呆地看着，周围百姓都从家里跑出来围观。

萧远程和几位姨娘都起来了，但都不敢靠近，只站在离火远的地方，指挥着下人去救火。

“可怜的三姑娘，这火怎么就烧起来了呢？”琴姨娘假惺惺地抹着眼泪，衬着她那张惨白的脸，还真有几分凄惨的感觉。

“我看这是报应，那种不懂孝道、不敬长辈、无情无义的人，这是老天给她的惩罚！”萧灵见火烧得越来越旺，恨不得上去再添两把柴。

“灵儿！”方姨娘拉了她一下，“你别胡言乱语，她是你妹妹啊！”

“什么妹妹？我可没有那样的妹妹！”萧灵一把甩开方姨娘的手。

身子柔弱的方姨娘被甩得摔倒在地，她抬起头，目光凄然地看了一眼自己的女儿，低声说：“都是一个血脉的，怎么就这么不一样？”

不想这话被耳朵尖的萧远程听到了，他转过身一脚踢在她的肩膀上：“你这贱人说什么？！”

方姨娘捂着肩膀，疼得冷汗直冒，低声说：“老爷，我……”

她话还没说完，周围吵吵闹闹的声音忽然变成了惊呼。

“看、看，那是什么？”

“过来了，朝这边过来了。好庞大啊。”

“是冰灵幻鸟，戏天大人的冰灵幻鸟！”有人惊呼道，然后所有人都跟着惊呼起来。

被火光映红的天空，冰灵幻鸟由远而近，巨大的翅膀一扇，大火便朝着院子里的人扑来，萧远程和几位姨娘立刻仓皇地后退逃跑。倒在地上的方姨娘被踩了好几脚，没人过来扶她。这时，凶猛的大火已经把院子里的树木都烧着了。

方姨娘从地上爬起来，分不清方向地乱跑，等感觉火越烧越旺时，她才发现自己竟然是朝着流云阁的方向跑的。

四周惊呼声不断，方姨娘刚想掉头跑，却忽然感觉到一阵冰凉，紧接着，冰灵幻鸟扑进了大火燃烧的流云阁中。

方姨娘目瞪口呆地看着前方，火势因为冰灵幻鸟的到来而有所减弱，她清楚地看见那个从冰灵幻鸟背上跳下来的少女，身上的黑色斗篷滑下来一截，露出火红色的长头发，以及……方姨娘忍不住惊呼一声。

冰灵幻鸟转过头来，巨大的眼睛看了她一眼。方姨娘吓得腿都软了，正想转身逃跑，却被冰灵幻鸟伸出的爪子抓了过去。

凰北月回头一看，见是方姨娘，稍微放了心。

“三……三姑娘……”方姨娘结结巴巴地说。

冰灵幻鸟身上散发出的极寒冷气，即便身处大火中，也让她全身发寒。

凰北月已经断了和万兽无疆的联系，头发变回了漆黑色，容貌倒是没有多大变化，只是红色头发的凰北月，看起来更加大气凌厉一些，而黑色头发的凰北月要柔婉清丽一些。

二者虽然不同，但也只是气质上的不同，外貌却是一眼就能认出来的，所以这么久了，凰北月还是坚持以戏天的身份出现时披着黑色的斗篷。

此刻身处大火中，她跟方姨娘不好说什么，吩咐冰灵幻鸟不要伤害方姨娘后，她便快步走进了房中。

浓烟滚滚，房间里一个人都没有，东菱呢？

对了，她出门的时候吩咐东菱要好好看着周管家，以免让人寻了机会进来对周管家下手。那丫头性子耿直，肯定是看见着火了，没有顾着自己逃命，而是去找周管家了。

想到这里，凰北月飞快地从窗户跳出去来到偏房外，看见房门没有关上，她更加确定了心中的猜测。

偏房的火势更大，显然放火的人是想将周管家杀人灭口。

一脚将烧得快要倒掉的门踹倒，凰北月刚冲进去，就听见了房间里面的哭声和咳嗽声。

“佩玉，你爹救不活了，快走吧！咳咳……”东菱焦急地劝道。

听到东菱的声音，凰北月精神一振，拿出冰羽将周围的火焰扫开，然后走了进去。

“我不走，放开我、放开我！爹……爹，你醒醒啊，咳咳……”

“走！佩玉！”东菱大喊一声，佩玉已经晕过去了。

凰北月冲进去，冰羽一扫，火焰立刻熄灭了。

东菱转过头，大喜不已。

“小姐，你总算来了，周管家他……”东菱扶着晕过去的佩玉，自责地说。

凰北月看了一眼角落里被一根倒塌下来的木柱压住的周管家，已经断了气。

凰北月内心抑郁不已，周管家死了，人证少了，萧远程和琴姨娘不知道要多么得意了。

她上前把佩玉接过来扶着，对东菱说：“快走！”

两个人一左一右扶着佩玉出去。

有冰羽在手，周围的火焰不敢靠过来，待她们走到院子里，方姨娘还战战兢兢地被冰灵幻鸟抓着。

凰北月把佩玉交给方姨娘，冷冷地说：“方姨，你见过我的真面目，我本不想留着你，可是，小时候承你许多情，我不能做忘恩负义的人，只要你保密，我绝不伤害你。”

方姨娘立刻点头：“三姑娘，我……我不会说的。你如今这么厉害，长公主府怕是有望了。”

对方姨娘，凰北月还是相信的。长公主在世的时候，方姨娘也是为数不多能和长公主谈上几句话的人。她性子冷，对长公主却处处礼数周全，反倒对萧远程不怎么理睬。长公主对她，也比对其他几位姨娘要亲厚得多。

长公主去世之后，凰北月在府中处处受人欺压，也是方姨娘多次保护她，否则，若换成被雪姨娘或者琴姨娘看到了，她绝对半点儿都不手软，让她们死得不能再死。

“先出去吧！”凰北月朝冰灵幻鸟点点头。

冰灵幻鸟大嘴一张，厚厚的冰凌倾吐而出，火焰立刻消失得一干二净。随即，冰灵幻鸟巨大的翅膀一展飞上天空，顷刻间就消失不见了。

几个人相互扶着走了出去。

那些站在流云阁外面的人，大气不敢出地看着她们。

有的人手里提着水桶，立刻上来邀功。

“三姑娘没事吧？这火太大了，奴才们怎么也扑不灭，让三姑娘受惊了。”

“三姑娘福大命大，洪福齐天，这不平平安安地出来了吗？”

这些人看向凰北月的目光，越发敬畏了。

开玩笑，刚才去救她们的，可是近日临淮城风头最盛、实力最强的戏天大人！北月郡主肯定是和那位戏天大人有什么关系，才能让戏天大人前来相救。

这些人嘴上虽然不说，心里却都明白，北月郡主实在是惹不得的人物啊！

凰北月面色阴沉，抬了抬手，那些丫鬟、家丁不敢多说话，立刻退到了一边去。

“把佩玉带下去，找个大夫好好看看。”凰北月看着站在远处不敢靠过来的萧远程和琴姨娘等人，清冷的目光寒气逼人。

萧远程还好，琴姨娘则直接被那目光吓得后退了好几步，心脏狂跳。

凰北月慢慢地走上前去，那阴寒的目光太吓人，以至于谁也不敢先开口。

相较东菱和佩玉，她身上完好，脸上也没有一块脏的地方，浑身充满了凌厉的气势。

“咯……”萧远程咳了一声，嗓子干干的，好像才被火烧过一样，“北月啊，你没事就好，父亲一直很担心你。”

凰北月目光冷厉地抬起头：“担心我？父亲担心的话，为何不进去救我？”

“火……火太大了，父亲想进去，也进不去啊！”萧远程扯着面皮干笑，那副样子真是恶心到家了！

凰北月冷笑道：“父亲进不去？二姐姐是冰属性的召唤师，随便就能进去把我救出来，父亲怎么不让二姐姐去？”

一般的火，冰属性的高手根本不会放在眼里，萧韵已经是三星召唤师，冰属性的天雪猫打个喷嚏也像下场小雨一样，进入火海救人跟玩儿似的。

萧远程也知道这一点，顿时脸上有些挂不住了，道："这个……刚才情势危急，父亲……父亲也没有想到这一点，等想到了，戏天大人已经出现了，就用不着你二姐姐了。"

"原来如此。看来我这个亲生女儿的性命，在父亲心里，救不救还要犹豫一下。"凰北月冷哼一声，目光中的寒意好似能杀人。

萧远程被她的气势迫得半晌开不了口。

萧韵说了一句："三妹妹，这火突然烧起来，谁也没料到啊！你怎么能怪父亲？"

"我可没怪父亲，我只怪那纵火的人心思歹毒！"凰北月目光一寒，"敢害我，就别让我抓到，否则，百倍讨回来！"

她这话说得众人心头都一寒，浑身汗毛直竖。

雪姨娘笑道："三姑娘别气坏了身子，这火兴许是个意外呢。"

"我也希望是个意外。"凰北月淡淡地笑道，"这件事，我会交由廷尉寺来处理。流云阁从现在开始，谁也不准踏进去一步，以免毁了证据。"

萧远程脸色大变，道："为何要请廷尉寺？事情闹大了，对我们也没好处。"

凰北月冷冷地说："父亲，周管家已经葬身火海，府里死了人，怎么能不报廷尉寺呢？"

"周管家死了？"萧远程一时没忍住，脸上竟然流露出一丝喜悦，被琴姨娘在后面戳了一下，表情才收敛。

"死了。"凰北月说，"不过死之前，该说的他都说了，该查的，我也会去查！"

萧远程面色稍稍放松，琴姨娘也是如此。

周管家说了又怎样？人都死了，哪里还有证据？凰北月审问的结果只有凰北月知道，她说出来的，谁知道是不是她自己随意捏造的？

"好了，今天的事情先这样吧！流云阁被火烧了，北月，你就搬到溶月轩去住吧！那里一切都是新的，比流云阁好了不知道多少倍。"萧远程轻松地说。心腹大患去了，从今往后可以高枕无忧了，凰北月暂时先哄着。

凰北月也无意在这里和他们纠缠，纵火的事她还要去好好查一查，今次害她的人，她一定要让其付出代价。

众人刚想离开，小厮忽然进来道："老爷，太子殿下来了。"

萧远程和琴姨娘等人都怔了一下，随即暗自兴奋起来。

太子殿下来了！想不到长公主府的一场大火，把太子殿下也引来了。

萧韵和萧灵立刻悄悄整理自己的仪容。她们刚刚已经准备睡了，谁想到突然起火了，所有人都是穿着家常的衣服就出来了，也没有好好梳妆打扮。这样见太子殿下，实在有些失礼，可是现在回去换衣服梳洗，又来不及了。她们匆匆地整理了几下，外面便传来了铁甲的声音，来的不仅是太子，还有在临淮城巡逻的黑色骑兵。

萧远程连忙领着众人迎出去。

战野一身黑色锦袍，华丽庄重，冷酷的外表让人不敢直视。他看了长公主府众人一眼，发现了站在人后衣裳单薄的凰北月，一直提着的心立刻落了下来。

接到黑色骑兵的报告，北月郡主居住的流云阁着火的时候，他还真怕她会出事。虽然和凰北月没什么交集，但她是皇姑母留下的唯一的孩子。

“臣萧远程参见太子殿下。”萧远程和有官职在身的萧仲琪上前行礼，其他人也跟着跪下。

“不必多礼。”战野声音冷酷地说，俊脸上看不出一丝情绪。

萧远程站起来，恭敬地说：“太子殿下请到前厅喝茶。府中出了事，让殿下见笑了。”

战野见凰北月没事，便不多说什么，只是淡淡地询问：“为什么会突然起火？听闻是北月郡主居住的地方，郡主可受伤了？”

萧远程连忙说：“回太子殿下，起火只是意外，刚才幸亏戏天大人及时出现，将北月郡主和流云阁的人都救出来了。”

戏天果然来了，这一点更让他确定凰北月和戏天关系匪浅。

“郡主没事就好。一场火让郡主受惊了，今晚早些歇息吧。”战野看向凰北月，语气柔和了一些。

“多谢太子殿下。”凰北月微微福了福身，抬头看见战野脸色苍白。

他还这么老远跑来看她，她心里委实觉得过意不去，想开口说几句关心的话，可是人这么多，她一个闺阁女子又不好说太多。

战野也无意留在长公主府喝茶，大火刚刚熄灭，长公主府的人都忙碌着，他留下来肯定更加忙乱了。

战野对萧远程说了几句客气的话，打算离开。雪姨娘忽然出声道：“太子殿下请留步。”

一个府中的姨娘，地位也没有多高，按理说哪能这么唐突地公然叫太子留步？所以，琴姨娘这声音一出，府中众人的目光都转移到了她的身上。

琴姨娘倒是很镇定，慢慢走上前去，跪在地上行了一个大礼。

战野回过身。他不认识这个女眷，因此，又扭头看向萧远程。

萧远程也不知道琴姨娘葫芦里卖的什么药，立刻说："这是臣的三房姨娘，让太子殿下见笑了。"

凰北月微微蹙眉。战野尚未大婚，萧远程这介绍方式真是让人厌恶。他的三房姨娘谁会认识？

果然，萧远程说完后，战野还是有些迷惑，但是脸上没有表现出失礼的样子。

"太子殿下！"凰北月微微屈膝说，"这是我大哥哥萧仲琪的生母、齐丞相的庶女。"

战野这才点点头。

听到是齐丞相的庶女，他眉头蹙了一下。他虽然对临淮城贵族之间的八卦没有兴趣，但这位齐丞相的庶女，他是知道的。

当年在宫宴上公然引诱驸马萧远程让皇姑母难堪丢脸的女人，让父皇和太后都非常生气，他当时年幼，不过还是有些记忆。这位丞相庶女最后给萧远程做了姨娘，想不到竟是这位。

"何事？"战野声音冷淡地问道。

琴姨娘听到凰北月的介绍，心里顿时有些怨恨。这丫头好的不提，偏偏提什么齐丞相的庶女，这不是让她难堪吗？不过，她眼下有更重要的事情，姑且不跟凰北月计较这些。

琴姨娘磕了一个头，才说："启禀太子殿下，妾身觉得这场火来得蹊跷，恐怕不是意外，而是人为。"

此言一出，众人哗然。

萧远程立刻大喝道："妇道人家，胡言乱语什么？！休得在太子殿下面前无礼！"

琴姨娘微微缩了一下身子。萧远程这么多年一直疼她，还从来没有冲她发过这么大的火，她一时也有些害怕。

战野却抬了一下手，示意萧远程不要多话，然后对琴姨娘说："继续说。"

"是。"琴姨娘怯生生地应了一声，然后尽量用温柔的嗓音说，"不久前，安国公和公子薛彻亲自来到府中，将北月郡主和公子薛彻的婚约解除。北月郡主年纪小不懂事，公然冲撞了安国公，安国公铁定是怀恨在心，悄悄派人在北月郡主的流云阁放火，企图烧死郡主！"

众人一听，倒吸了一口凉气，竟是安国公要害北月郡主？

萧远程一摸下巴，脑子一转，立刻明白了琴姨娘的心思，心里那叫一个心花怒放啊！好琴儿啊，这么多年竟没发现，你也是个聪明的人。

“启禀太子殿下，当日安国公解除婚约时，态度嚣张，多次出言侮辱北月郡主，实在过分！北月不懂事，让安国公父子丢了面子，没想到竟会招来杀身之祸，安国公委实心狠手辣了些！”

这几天，被安国公府的人处处压制，萧远程早就不满了，此时抓住机会，怎能不赶紧把脏水全往安国公身上泼。

凰北月冷冷地瞧着这些人。偷鸡摸狗、栽赃陷害，这种事情，他们最擅长了。不过，栽赃给安国公，也不错。

战野听着，眉头渐渐蹙起。北月郡主被安国公府退婚，因为安国公丢了面子，所以一直隐瞒着不说，但还是走漏了风声，战野也有所耳闻。

一时间，战野心里充满了对凰北月的怜惜。皇姑母去世后，她一个孤女，是怎么在偌大的府院中生存的？他不是不知道大家族的生存法则，他也想过凰北月在府中会被冷落，却没想到，连安国公也敢公然上门来羞辱她！

战野心里生出一丝心疼，冷冷地开口道：“此事，我会彻查，若真是安国公所为，定不轻饶！”

萧远程心中一喜，连太子战野都发怒了，安国公定是吃不了兜着走了。

然而，还没等他高兴完，凰北月便走上前来，道：“此事不敢劳烦太子殿下，只要交给廷尉寺处置便可，廷尉耿忠大人一定会秉公执法。”

战野认真地想了想，说：“廷尉耿忠铁面无私，办事滴水不漏，这件事交给他，我也放心。”

“谢太子殿下。”凰北月嘴角扬起。廷尉耿忠可是个狠角色，一点儿都不留情面，经他手的事情，一定会查个水落石出。今天纵火想杀她的那个人，估计此刻吓得连死的心都有了吧。

凰北月转头看了看跪在地上想栽赃陷害安国公的琴姨娘，还有前一刻还很高兴的萧远程，这两个人脸上微妙的表情，真是令人爽快啊！

他们以为让战野生气，安国公府就该倒霉了，却没想到凰北月会跳出来，要把这件事交给廷尉寺处理。

那个耿忠就是一块臭石头，又冷又硬。他一来，长公主府发生的事情，保不准全都要捅出去了，到时候，可不仅仅是纵火杀人这么简单了，还有贪墨私藏，说不定，连这么多年凰北月在府里受的苦都能给抖出来，这让他们一个个的怎么能安心？

从萧远程到琴姨娘、雪姨娘，还有刚才搔首弄姿的小姐们，此刻个个面如土色。

战野留下一队黑色骑兵在长公主府外守卫，将安国公府的人都驱赶走了，才带着自己的人离开了。

琴姨娘被萧仲琪扶着，慢慢从地上站起来。她还没站稳，萧远程就一个耳光甩了过来。

“让你自作主张！”萧远程气急败坏地大喝。

想到凰北月就站在旁边，他也不敢多说多做什么，只能气呼呼背着手离开了。

琴姨娘被这一巴掌结结实实打得嘴角都流血了，一行眼泪滑下来。跟了他这么多年，她做什么事情不是为他考虑的，如今只是这点事情，他就要打她?

雪姨娘冷冷地说：“琴妹妹，做事之前，好好考虑清楚，以免害人害己。”说完，她冷笑一声，看向凰北月，柔声道：“三姑娘今日受的惊吓不小，你身体本来就不好，我那里熬了些参汤，一会儿让你二姐姐送去给你压压惊，好好睡一觉，明早起来就好了。”

“有劳雪姨了。”凰北月也不拒绝，点点头，瞥了一眼琴姨娘等人，便带着东菱去溶月轩休息。

溶月轩和雪姨娘居住的碧水院只隔着一片小池塘，走动很是方便。

走在路上，东菱不放心地说：“小姐怎么答应要喝雪姨娘送来的参汤呢？我看她肯定不安好心。”

“她没好心我自然知道，不过，她也不笨，她要是在参汤里下了毒，我喝下去之后死了，她可是吃不了兜着走，这么蠢的事情，雪姨娘做不出来。”

“小姐考虑得对，那我们该怎么办？”

凰北月微微一笑，道：“先别打草惊蛇，看看她送来什么东西。”

“还是小姐聪明。”东菱自豪地说，好像夸奖了小姐，就是夸奖了她自己一样，“等明天廷尉寺的耿忠大人来了，这纵火的事情自然会查得水落石出，到时候，咱们一点儿都不用心软！”

凰北月嘴角的笑容隐去，清丽的脸庞上突然多了一丝忧郁：“查得水落石出，我自然高兴，想害我的人，千刀万剐也不为过，可如果……”

“小姐千万不要乱想！”东菱意识到她在想什么，吓了一跳，“老爷虽然不善待小姐，可说到底，虎毒不食子啊！”

“已经到了这个地步，说实话，我已经不在乎什么父女亲情，这种东西我从来没有拥有过，如果他不仁，那就别怪我不义了。”凰北月停下脚步，一拳打在回廊的木柱上，立刻，木柱上出现了一个浅浅的拳印。

东菱看着她，一阵心酸。如果老爷也像对待二小姐、四小姐那样好好疼爱小姐，那该有多好？为什么小姐这么好的人，老爷却如此不喜欢她，甚至要……

检查了一遍溶月轩各处没什么可疑的地方，凰北月才回房间去。

东菱已经把房间收拾好了，这里比流云阁大，也比流云阁更富丽一些。

“三姑娘，我们家姑娘给你送参汤来了。”

外面有人敲门，凰北月朝东菱使了一个眼色，东菱去开门。

萧韵亲自端着参汤进来，看见凰北月坐在床边，她笑道：“三妹妹可是正要睡？快喝了参汤吧。”

凰北月笑着接过去，一闻那味道，果然是没毒的。

她的身体百毒不侵，喝什么都没问题，当着萧韵的面喝了一口，便放下了。

“这么晚了还有劳二姐姐，真是过意不去。”

萧韵看见她喝了一口，心里的石头落了地。原本她还想着凰北月防备过多不肯喝，现在可不用担心了。

“三妹妹说哪里话？我是姐姐，自然应该照顾你。”萧韵笑道，“夜深了，我就不打扰三妹妹休息了。”

“东菱，快送送二姐姐。”

“不必了。”萧韵摆摆手，带着丫鬟夏妮出去了。

她一走，凰北月拿过参汤，把刚刚喝下的一口全吐了出来。

东菱眼睛微微睁大，笑道：“小姐是从哪里学来这手绝技的？含着汤也能说话。”

“以后教你。”凰北月微笑，她会的东西可多了，“我出去一下。”说完，她拿起斗篷披上，就出去了。

萧韵带着夏妮匆匆回到碧水院，关门之前四处看了看，那警觉的样子，不正是做贼心虚吗？

凰北月无声无息地上了屋顶，揭开一片砖瓦往里看，正是雪姨娘的房间。

雪姨娘刚洗了澡，在房间里点了熏香，正拿着篦子梳头，将所有丫鬟都遣了出去。

“娘，她喝了。”萧韵高兴地走过去，搂着雪姨娘的肩膀，“这一下，总算可以高枕无忧了。”

“你是亲眼看着她喝的？”雪姨娘还有些不放心，怎么这么顺利？凰北月不是很聪明吗？

“对！”萧韵斩钉截铁地说，“我看她那样子，今天受的惊吓不小。”

雪姨娘这才露出轻松的笑容，道：“喝了这个药，她也会像长公主一样，病得神仙也救不了，最后一口血吐出来就去了。”

听雪姨娘提到惠文长公主的死，凰北月眸中冷光一闪。果然，当年是她对长公主下毒，才让一向身子康健的长公主突然暴毙。这个狠毒的女人，真是狼心狗肺！

萧韵眨眨眼睛，好奇地问：“娘，这么厉害的药，真的连御医都查不出来吗？”

“那是自然。这药很隐秘，就算是炼药师也看不出来。”雪姨娘阴冷地笑起来。

“娘，这么厉害的药，你是怎么得到的？”

忽然，雪姨娘面色一肃，淡淡地笑了笑，转身拍拍萧韵的手：“韵儿，这事不要多问，快去睡吧。”

萧韵嘟着嘴，道：“娘连我也瞒着。”

“不是娘要瞒你，是你知道了，对你也没什么好处。”雪姨娘柔声细语地哄着，终于把萧韵哄去睡觉了。

房间里安静下来，淡淡的熏香飘荡在空气中，一直飘到外面。

凰北月紧紧盯着雪姨娘，只见她看着铜镜里的自己，冷笑出声：“长公主殿下，你做鬼可不要来怪我，要怪就怪你自己命数不好！”说完，雪姨娘站起来，熄灭了灯，上床睡觉去了。

凰北月把瓦片挪回去。夜晚的冷风吹来，她觉得冰冷彻骨。

凰北月悄无声息地回到溶月轩。

东菱见她脸色不好，低呼一声：“小姐，出什么事了？”

凰北月脱下黑斗篷，放进纳戒中，又摇了摇头，在床边坐下，喝了一杯热茶。

“没事！东菱，你比我早懂事，可记得母亲得罪过什么了不得的人吗？或者，有什么仇家？”

东菱不知道她为什么突然问这个，暗暗奇怪，但是小姐既然问了，她如实说便是：“长公主仁厚善良，国中百姓都爱戴她，甚至其他强国，诸如北曜、西戎、东离的百姓，对长公主殿下也是赞誉有加。大陆上的强者也都佩服长公主殿下的为人，长公主殿下有事，他们必然会帮忙。东菱从没听说长公主殿下有什么仇家。”

“这样吗？”凰北月点点头。

惠文长公主的人品确实是没话说，即便她逝世了这么多年，百姓们提起她，仍是感恩追念。她的记忆中，长公主也没得罪过什么人。那雪姨娘说的话是什么意思？是谁要害长公主？

这个问题一直困扰着凰北月，她整个晚上翻来覆去睡不着，第二天一早，起床又是熊猫眼。

长公主府着火一事，太子战野已经交给廷尉寺来处理。廷尉寺不敢怠慢，一大早就派了人来。

耿忠当年是长公主一力举荐，才坐稳了廷尉的位置，否则，以耿忠耿直不会转弯的牛脾气，早就不知道得罪多少权贵被拉下来了，因此，耿忠也亲自来了，早早地要向北月郡主请安。

萧远程心里不爽快，但耿忠他是得罪不起的。他只能礼数周到地请耿忠到前厅喝茶，让人去请凰北月。

凰北月一夜没睡好，脸色自然没多好看，被东菱扶着出来的时候，身子本就娇小瘦弱的人，更显得憔悴。

萧韵眼睛一亮，心里暗暗发笑，娘的药果然很厉害。

耿忠是个三十多岁的俊朗男人，高大挺拔，面色严肃，不苟言笑，一身武夫的气质，多年掌管刑狱，因此整个人都透着威严冷酷的气息，站在他面前的人，不敢有一丁点儿不规矩的举动。

凰北月走进来，耿忠一眼就看出她是北月郡主，立刻站起来走上前去，衣摆一撩跪在地上，行了个大礼："廷尉耿忠，参见北月郡主！"

"廷尉大人快请起！"凰北月连忙说。

廷尉的官职很高，她虽然是郡主，可也不用行这么大的礼吧？！

耿忠一定要全了礼数才肯起来，这举动让前厅中的众人都非常不快，心里暗恨。

"这次纵火之事，下官一定会查个水落石出，给郡主一个交代！"耿忠严肃地说，冷厉的目光在众人脸上扫过。

所有人都打了个寒战，齐齐缩了一下身子。

"有劳廷尉大人了。"凰北月微微福身。

"为郡主效劳，应该的。"耿忠说着，从纳戒里拿出一个锦盒来，"这是两枚安息丸，郡主受惊恐有不安，将这安息丸放在焚香炉中，可凝神定气、静心安神。"

凰北月接过去，笑道："让大人破费了，怎么好意思？东菱，把前日老爷子送的白玉雪参丹拿来，送给廷尉大人。"

耿忠连忙站起来，道："郡主不可，在下不能收受……"

"耿叔叔，这可不是贿赂。母亲生前常提起你，北月一直无缘得见，就当是见面礼，是北月孝敬耿叔叔的一点儿心意，如果耿叔叔不要，就是不把北月当自己人。"

她这一声"耿叔叔"喊得耿忠心口发热，又听她提起长公主，更是触动内心。耿忠叹了一声，道："你如今都长这么大了，也懂事了。耿叔叔这么多年来也没好好照顾你，愧对你母亲。"

"耿叔叔千万别这么说，这一次，已经很劳烦您了。"

耿忠严肃地道："这次的事情，我一定好好调查，绝不会姑息！"

凰北月放心地笑了。

耿忠虽然是长公主举荐上去的，但是萧远程这个驸马好歹是凰北月的父亲，他调查起来，难免会有些束手束脚，而凰北月提起长公主，让耿忠想起当年长公主突然离世的蹊跷，加上亲眼看见她如此消瘦憔悴，耿忠一腔热血上来，便会毫无顾忌地调查。

被火烧了的流云阁，此时看起来分外萧索，周管家的尸体被抬出来，佩玉跪在地上大哭不止。

萧远程亲眼看见了周管家的尸体，才真正放了心。

长公主府着火这么大的事情，在临淮城自然传开了。到了中午，洛洛亲自带人上门来看望。他前脚刚到，后脚樱夜公主也来了。公主驾到，又是一番折腾，长公主府的人都出来行礼问安。

樱夜公主面色不豫，拉着凰北月的手在前厅主位上坐下。

她漂亮的凤眸扫了一眼萧远程和几位姨娘，冷冷地道："外面都传遍了，萧驸马爷的事迹可真是让人大吃一惊啊！"

廷尉寺的人在府中调查，长公主府的人都不准外出，所以萧远程还不知道外面发生了什么事。见樱夜公主这么生气，他不解地问道："臣下愚钝，请公主殿下示下。"

樱夜公主狠狠一拍桌子，站起来，怒不可遏地道："你愚钝？你不只愚钝，还是个蠢货！你好大的胆子啊，连长公主府的财物，你也敢贪污私藏！"

萧远程一听，心立刻沉了下去，这事怎么连樱夜公主都听说了？他吓得不轻，连忙跪下："请公主殿下明察，臣是被冤枉的啊！"

“冤枉？哼，这事我刚才已经交代过耿廷尉，请他一起调查，冤枉没冤枉，查了就知道！”

萧远程的心彻底凉了，头上冷汗直冒，双手双脚都在颤抖。

坐在客座上喝茶的洛洛难得沉静地笑道：“我听说南翼国对贪墨一罪处罚得极重。萧驸马爷，你已经贵为驸马了，这长公主府的东西不就是你的，何必还要冒险贪墨、白白受罪呢？”

洛洛虽然不是皇室成员，但布吉尔家族的势力太过庞大，萧远程同样得罪不起，就算被冷嘲热讽，也只能尴尬地笑笑。

凰北月看着萧远程，慢慢地说：“调查清楚之前，不能冤枉了父亲。父亲先起来，坐下吧。”

樱夜公主亲自吩咐了廷尉寺的人调查长公主府贪墨的事情，萧远程怎么还能坐得住？加上事情不知道为什么传了出去，他梦想升迁的事情，怕是不可能了。

萧远程被下人扶着，战战兢兢地坐下来，简直如坐针毡。

“北月，你就是跟皇姑母一样，善良纯和，才有人敢欺负到你头上来！”樱夜公主今天是铁了心要肃清长公主府，她的话就是故意说给萧远程那几位姨娘听的。

琴姨娘一听，心里不禁暗暗嘀咕：善良纯和？这樱夜公主若是见过凰北月杀人的狠劲儿，就不会说她善良纯和了。

樱夜公主看着站在一旁的几位姨娘，冷冷地说：“长公主府发生贪墨这等丑事，我看不止萧驸马，府中所有人都逃脱不了罪责，都要调查！”

琴姨娘、雪姨娘顿时脸色惨白。

樱夜公主不给她们说话的机会，接着说：“今天正好廷尉耿大人和布吉尔家族的洛洛也在，我会让耿大人将令牌交给洛洛少爷，让洛洛少爷派人查一查府中各人在钱庄的账户。”

“愿意效劳。”洛洛笑着说。一向和樱夜公主对着干的洛洛，少有这么听话。

凰北月看着他们，不用猜也知道，这两个人肯定早就商量好了，才会一起来。他们怕她一个十二岁的小女孩处理不好这么大的事情，被欺负了。这片赤诚的好意，让她感动不已。

樱夜公主也不理众人的反应，叫人去找廷尉耿忠拿令牌，然后交给布吉尔家族的人，让他们去查钱庄中几位姨娘和少爷的账户。

琴姨娘眼前一花，脑袋无比晕眩，站也站不稳，倒在了萧仲琪怀中。

樱夜公主见了，便让无双搬了个凳子过去，给琴姨娘坐着。

接下来，樱夜公主也不多说什么，让无欢把宫里带来的点心拿出来，在各人面前都摆上。

“各位用点儿点心吧！去布吉尔钱庄查账也要一段时间。”

凰北月也不客气，她等着看戏，心里舒畅，吃了好几块点心。

不多时，樱夜公主派出去的人便来回禀。无双走出去听了，然后走进来，在樱夜公主耳边简单说了几句。

啪！樱夜公主手中的茶杯猛地砸在地上，喝道：“来人，把那两个贱妇抓起来，拖出去杖毙！”

“公主殿下饶命啊！”琴姨娘从凳子上滑下来瘫软在地上，磕头求饶。

雪姨娘也惊慌失措地跪下来求饶。

樱夜公主目光一扫，冷冷地笑道：“饶命？你们也配叫我饶命？你们胆敢贪墨的时候，怎么不想想东窗事发性命不保？！拖下去！”

樱夜公主是当今除了皇上的妹妹曦和公主外最有权势的公主，皇后嫡出，又最得皇上宠爱，她一发威，整个长公主府的人都战战兢兢的。

昨晚太子战野留下的黑色骑兵立刻进来，拖着琴姨娘和雪姨娘出去。

萧远程早就吓得浑身瘫软，一个字都不敢说出来。

“公主殿下，饶了我娘吧！”萧韵跪下来，死死抱着雪姨娘的腰，不让黑色骑兵拖她出去。

“请公主殿下手下留情！”萧仲琪也跪下来。

萧柔和萧仲磊也跪下来为自己的母亲求情。

其他姨娘的孩子都躲在自己母亲怀里不敢说话。

这样沉重的气氛下，谁多说一个字都是死。

只有萧灵觉得特别庆幸，还好她母亲是个木头人，贪墨之类的事情根本不会做，否则，此刻担惊受怕的人里就有她了。

听着这一声声求饶，樱夜公主的面色却越来越冷、越来越难看。

“谁是你们母亲？长公主府的当家主母只有我皇姑母惠文长公主，她才是你们母亲！这几个姨娘不过是下贱的奴婢。好啊，原来这么多年，长公主府的人竟是这么没规矩，萧驸马也不管教管教！”

萧远程的脸色跟死人的一样难看，他嘴唇哆嗦了几下：“公主教训得是，是臣下失责，没有教导好家人。”

萧韵等人也是一脸惧色。这么多年，他们早就习惯了叫自己的母亲为娘，惠文长公主不在，谁会管他们？现在突然发现，这么叫是多么不合规矩，把几个卑贱姨娘抬到和长公主一样的地位上，是大不敬之罪。

"还不快拖下去？几个姨娘也敢如此嚣张！杖毙了，不许下葬，不入宗祠！"樱夜公主厌恶地看了一眼雪姨娘和琴姨娘。

黑色骑兵不敢怠慢，立刻拖了琴姨娘和雪姨娘出去，在院子里狠狠杖责。

杖毙就是一直打到断气为止。

琴姨娘和雪姨娘心如死灰，被樱夜公主亲自处理，她们怎么也逃不了这一劫。

棍子打下来，两个人惨叫的声音在长公主府不停回荡。

"三姐姐，求你说句话，饶了姨娘吧！"萧柔跪着挪到凰北月脚边，哭着求她。

凰北月镇定地坐着，稚嫩的小脸上没有半点儿同情之色，只是一派淡然。

垂眸看了一眼萧柔，凰北月慢慢开口："四妹妹，琴姨娘和雪姨娘东窗事发，可是证据确凿的。事到如今，你去劝劝琴姨，让她还藏着什么都交出来，坦白从宽，或许公主殿下会饶了她一条命。"

萧柔满眼泪水，知道这是凰北月逼着她做决定了。这个时候，不把她母亲藏着的那些东西交出来，她就只能看着琴姨娘被杖毙了。

"本是姨娘怕府中下人手脚不干净，因此拿了一部分东西藏起来，想着将来交给三姐姐，姨娘昨晚已经嘱咐我告诉三姐姐了。"

随即，萧柔把琴姨娘这么多年藏了什么东西、东西藏在哪里都说了出来，数额之大，让洛洛都啧了一声。

凰北月听了之后，点点头，道："还是琴姨娘会做事。"说着，她目光淡淡地扫了一眼脸色苍白的萧韵。

萧韵身子一颤，难道要她也出卖母亲？将这些没有被查出来的私藏东西说出来，凰北月真的能饶了他们？

雪姨娘的惨叫声在耳边一遍遍地响起，萧韵害怕得浑身发颤，根本没有时间多考虑，她再考虑下去，她母亲就被打死了。

她只有十六岁，哪有凰北月这个这一世重生、上一世又是天才杀手、经历过无数事情的人诡诈？玩心机，萧韵绝对不是凰北月的对手。

听着雪姨娘惨叫的声音渐渐弱了下去，萧韵只能跪着过来哀求："三妹妹，我也说，我也说。求你念在姨娘从前待你不薄的分儿上，饶了她吧！"

"二姐姐肯说，最好不过了，只是二姐姐千万不要隐瞒，廷尉大人就在府中，若让他查出你有所隐瞒的话，我也救不了雪姨了。"凰北月下了一记狠药。萧韵不像萧柔那么容易哄骗，她也是个极有心机的女人，千万不能小看了。

"是……是，我一定全部说出来。"萧韵哭着，也一五一十地交代了。

凰北月这才抬起头，对樱夜公主说："公主，琴姨和雪姨也不容易，我看死罪可免，活罪难逃，念在她们服侍了我父亲这么多年的分儿上，就把她们关在长公主府的地牢中吧。"

樱夜公主自然尊重她的想法，冲外面挥挥手："好了！"

琴姨娘和雪姨娘都被打得只剩下半条命了，趴在地上奄奄一息地哀号着，身上华丽贵重的衣服上面，满是触目惊心的血迹。

"北月郡主善良，饶你们一命，还不快感谢北月郡主？！"樱夜公主冷声说。

"谢北月郡主……"

雪姨娘还能咬着牙说出一句话来，而琴姨娘刚刚张开口就晕过去了。

凰北月冲萧韵等人挥挥手，说："把两位姨娘送去地牢吧。"

萧仲琪看着被打得那么重的琴姨娘，咬着牙说："北月郡主，两位姨娘伤得这么重，该请大夫来看看吧？"

"我那里有几枚疗伤的丹药，一会儿就给两位姨娘送去，大哥哥不用担心。"凰北月淡笑着说。

萧仲琪知道她这是故意刁难，却也无可奈何，如今凰北月算是彻底翻了身，要想像以前一样对付她，那是不可能了。不过，君子报仇，十年不晚，他就不相信她凰北月能嚣张一辈子！

看着琴姨娘和雪姨娘被抬下去，樱夜公主看向萧远程，道："原本长公主府的事情，我是不该过问的，只是昨天夜里大火烧了北月郡主的流云阁，这消息不知道怎么的传到了父皇耳朵里，父皇大怒。等父皇亲自过问长公主府的事情，萧驸马怕要受不少罪，所以本公主就先来管管了。"

"是，多谢公主殿下体谅下臣。"萧远程声音颤抖着说。

"体谅倒不是，不过本公主要奉劝萧驸马一句，凡事不要做得太过分，别以为可以瞒天过海，这世上，没有纸能包得住火！"樱夜公主冷冷地说。

"是。"萧远程连忙跪在地上。

"下去吧！我有几句话要对北月郡主说。"

萧远程不敢怠慢，连忙带着家眷出去了。

前厅中安静下来，樱夜公主这才心疼地说："我没想到，长公主府竟然这么没规矩，萧远程和那几个姨娘都敢造次。北月，这么多年，你为什么不进宫向父皇禀明一切呢？"

"只是家中的小事而已，哪能惊扰皇上？"凰北月淡笑道。

以之前的凰北月的性格，根本不敢进宫去告状。她身子不好，御医都说了会传染，萧远程哪能让她出门呢？

樱夜公主看她这么淡然，也就不再多说，只微微笑了笑，道：“还好洛洛这小子出了个主意，不然，都不知道该怎么把那两个大胆的贱妇收拾了。”

凰北月看了一眼洛洛，原来是他出的主意。昨晚，她以戏天的身份去布吉尔家，只是让洛洛想办法帮她找琴姨娘和雪姨娘私藏的证据，没想到他这么机灵，借着廷尉寺来长公主府彻查，让樱夜公主来把事情一并解决了。

洛洛不好意思地摸摸鼻子：“呵呵，其实，我也是有高人提点，才想到这个办法的。”

“什么高人？”樱夜公主好奇地问。

洛洛本来单纯嘴快差点儿就说出口了，然后猛然一想，还是闭了嘴，匆匆地说：“太学还有课，我先走了。”

“喂，你等等我，我也有课。”樱夜公主转头对凰北月说，“北月，不要害怕，有我，有皇兄，还有父皇，过两天，太后和曦和公主也回来了，这么多人陪着你，再也不会有人欺负你了。”

“没人能欺负我的，公主放心去吧！”凰北月笑着说。现在，只有她欺负人的份儿。

看着樱夜公主和洛洛离开，凰北月脸上的笑容渐渐消失：“东菱，我们去地牢。”

萧远程站在回廊下，面如土色，原本还算清朗英俊的男人，此刻像一下子老了几十岁，眼窝都深深陷下去了，有点儿可怜地看着凰北月。

凰北月脚步顿了一下，看着他道：“父亲，廷尉大人还没有查出什么来呢，你不用担心，赶紧回去好好休息，别把自己累坏了。”

“北月……”萧远程声音嘶哑地开口。

凰北月不理他，和东菱一起往地牢走去。

长公主府的地牢常年阴暗潮湿，琴姨娘喜欢惩罚人，动不动就把不顺她心意的人关进地牢，凰北月也被关过几次，因此对这地牢很熟悉。看守地牢的家丁举着火把在前面引路。这地牢不大，没几步，就走到了牢房前。

琴姨娘和雪姨娘是死对头，没有关在一起，琴姨娘在外面一间，雪姨娘在更里面。

琴姨娘疼得直喊。

萧仲琪之前是个风光少爷，存着几颗生肌丸，此刻全都拿出来给琴姨娘治伤，萧柔则在旁边哭哭啼啼的。

琴姨娘已经知道萧柔出卖了她，因此一把将萧柔推开，伤心欲绝，失望透顶。

“娘，我……”

“不用多说，你既然觉得跟着她有前途，就不必来我这里了。”

萧柔正想解释，猛然抬头看见凰北月进来，连忙闭上了嘴。

凰北月笑道：“琴姨可别生气，四妹妹也是为了你好，怕你不识时务，有个好歹，才出来指证你。琴姨放心，我不会杀你的。”

琴姨娘咬牙切齿地看着她。因为身上的伤痛，她也发不出火来，只能倚靠着萧仲琪流眼泪。

凰北月看了他们一眼，不多做理会，走到里面去看雪姨娘。

雪姨娘也是刚擦了药，正虚弱地靠在萧韵怀中。

凰北月一进去，她立刻睁大了眼睛坐起来，她死也不想在这个丫头面前丢了面子。

凰北月淡淡地笑着，从纳戒中拿出一个香炉来，让东菱点燃了，她打开牢房门走了进去。

“北月一直知道雪姨喜欢熏香，这牢房里又脏又臭，想必雪姨住得也不安生，北月过意不去，毕竟雪姨从前对我那般好。”

她将香炉放在牢房中，揭开香炉的盖子，放了一颗丹药进去，顿时，香味在牢房中弥漫开来，在一片恶臭中很突兀，闻得人直想吐。香炉里的炭是低劣的黑炭，一点燃就直冒烟，呛得人不停咳嗽。

“你干什么？这香炉是能给人点的吗？”萧韵站起来，一脚飞过来要把香炉踢飞，却好像踢在铁板上一样，疼得她眼泪都冒出来了，“你……”她惊恐地看着那个香炉。凰北月居然在香炉上加了元气禁制！

这怎么可能？只有召唤师才能加元气禁制，并且至少要五星以上的召唤师加的元气禁制才能让她无可奈何。

凰北月不屑地看了她一眼。这个没脑子的傻瓜！

凰北月不再看萧韵震惊的表情，只看向雪姨娘，淡笑道：“雪姨喜欢这个味道吗？”

“喀喀……”雪姨娘虚弱地咳嗽着，眉头忽然蹙起来，“这味道……”

“我在香炉里加了一枚一品的‘腐血丹’，长久吸入，身体会慢慢地由内而外腐烂，连骨头都能腐化，最后变成一摊血水。”凰北月漫不经心地解释着，然后慢慢走到牢房外面。

东菱连忙拿着扇子在她周围扇了扇。

“你好狠的心！”萧韵大叫，冲出来要和凰北月拼命。

凰北月眼中冷芒一闪，冷笑着闪到萧韵身后，一掌劈在她后颈上，将她劈晕了。

“韵儿！”雪姨娘爬了过来。

“放心，她是我二姐姐，我怎么会杀她呢？”凰北月蹲下来，看着雪姨娘那张惨白的脸。

雪姨娘抬起头，阴冷地看着她，笑道：“哼，凰北月，这么多年我真是小看你了。不过，你也别得意，你以为杀了我，你就能活多长久吗？用不了多久，你就会到地狱去见你母亲的。”

凰北月眼神讥讽地看着她，可怜她到现在还白日做梦，以为可以拉自己当垫背。

“雪姨，你大概不知道，我这体质百毒不侵，很遗憾，你这么多年都白忙了。”

雪姨娘震惊地看着她：“你、你怎么……”

“我怎么会知道？你天天给我送药，药里下了慢性毒药，想要慢慢把我的身体搞垮。昨天，你终于忍不住开始下猛药了，那药和之前的毒药结合，就能让我死得不明不白，对不对？”

雪姨娘煞白着一张脸，短暂的呆滞过后，竟凄凉地笑起来：“我果然小看你了。”

“雪姨现在才发现，晚了一点儿。”凰北月扬起唇角，笑容像是裹着一层寒冰，“不过，雪姨还没看到二姐姐出人头地、风风光光的那一天，是不是不想死？”

“哼，你想怎么样？”

“不想怎么样，我只想知道，你为何要害我母亲？谁给你的胆子？”

雪姨娘怔怔地看着她，没想到她连这个都知道了。这丫头，究竟从什么时候开始算计她的？她竟然被蒙骗了这么多年！

“凰北月，你想知道？我偏不告诉你！”

凰北月站起来，脸上一片冷寒，一脚把雪姨娘踢得滚进牢房里去：“不知好歹！”

雪姨娘挣扎着爬起来，笑得有些疯狂：“凰北月，你当我是傻子吗？就算我告诉了你，你一样不会放过我！我宁肯死，也要一辈子拖着你！”

“果然是有骨气的，雪姨和旁人就是不一样。”凰北月冷冷地说，“没错，就算你说了，我也一样要杀你！不过，你肯说的话，我会给你留个全尸，若不肯说……”

“都是死路一条，有什么区别？”雪姨娘梗着脖子，在香炉冒出的烟尘中，不停地咳嗽着。

凰北月冷冷地看着她：“那好，随便姨娘了。这个‘腐血丹’，至少要一个月才能彻底把你的身体腐蚀干净，在这期间，雪姨如果撑不住，就赶紧自杀吧！”

她可不会给雪姨娘一个痛快，痛快地死太便宜她了，慢慢尝尝“腐血丹”的滋味吧！就跟凰北月这么多年一直饱受她毒药的折磨一样，甚至比那个狠了无数倍。得罪她凰北月的人，十倍奉还！

凰北月在雪姨娘的牢房外面加了元气禁制，才带着东菱离开。

萧韵在地上晕了一会儿，才慢慢低吟着转醒。

一醒过来，她就立刻扑到牢房门上，拍着那怎么也打不开的门，大喊：“娘、娘，你怎么样了？”

“韵儿……”雪姨娘爬过来，泪眼婆娑地想抓住萧韵的手，却因为元气禁制的隔离，怎么都抓不住。

“娘，我救你，我来救你！”萧韵拿出冰羽，企图把这牢固的元气禁制打破。

雪姨娘摇摇头，道：“没用的。韵儿，别担心，娘不会这么轻易就被那小贱人打倒。还有人能救我的，现在，还有一个人能救我……”

萧韵吸着鼻子问：“是……是谁？是爹吗？”

“哼，你爹？他快连自己都保不住了。”此刻提起萧远程，雪姨娘已是一脸鄙夷。自己的女人都保护不好，算什么男人？

“娘说的那个人，凰北月绝对惹不起！只要一句话，娘就会没事了。”雪姨娘满脸自信，有些病态地笑起来。

萧韵也像是看到了希望，问道：“那人是谁？”

雪姨娘张了张口，刚想说，又像是想起什么可怕的事情，猛然摇头，道：“不能说……不能说！”她的样子有些疯癫，脸上露出痛苦的表情，她拍着牢门对萧韵说，“韵儿，你快走，这东西你闻久了也不好。”

“可是娘……”

“没事的，娘一定会得救的！”雪姨娘一双眼睛睁得老大，又是怨毒又是痛苦。她慢慢地缩到牢房的角落里，闻着香炉里的浓烟，不停地咳嗽着。

牢房外面，阳光灿烂，铺洒了一地，凰北月却一点儿温暖的感觉都没有。

“小姐……”东菱看着她低落的样子，有些不放心。

她今天才知道，长公主殿下突然离世，不仅是雪姨娘害的，雪姨娘背后竟还有人指使。

“那个幕后指使的人，我一定会找出来。”凰北月语气坚定地说。

东菱眼眶红了，低下头啜泣了几声。

“东菱，不要哭。”

东菱哽咽着说：“东菱不想哭，可是……”

“不想哭的话，就只有变强，强到不管发生什么，眼泪都掉不下来！”凰北月仰起头，目光清澈而坚定。

“是！”东菱擦干眼泪，真的不再哭了。

“郡主！”一个家丁匆匆跑过来。

东菱怒道：“什么事情大呼小叫的？”

府里的家丁现在看到凰北月都怕，恭恭敬敬地说：“敬王殿下派人送了礼来，说要跟郡主致歉，还有……还有……”

“还有什么？拖拖拉拉的，像什么样子？！”东菱白了他一眼。

家丁立刻道：“还有，廷尉大人把老爷抓起来了，现在请郡主过去一趟。”

凰北月扶着东菱的手忽然紧了一下。

东菱心里也猛然一疼，但面上还算镇静：“知道了。去回敬王殿下的人，说郡主昨晚受了惊吓正在休养，此刻不方便见客，改日再备薄礼去拜访敬王。”

“是。”家丁得了命令，也不敢在一身冰冷煞气的凰北月面前多待，赶紧离开了。

东菱小脸苍白，看向凰北月：“小姐，我们……”

“既然廷尉大人有请，我们便过去吧。”凰北月声音清冷，听不出什么不对。

东菱点点头，扶着凰北月的手，慢慢往流云阁走去。

第二十七章 浮光森林

廷尉寺的人将流云阁团团包围了起来，任何人都不能靠近，只有廷尉寺的人能进去调查取证。

流云阁外面，廷尉耿忠派人抓了不少萧家的人跪在地上审问。

耿忠还真是个狠角色，让廷尉寺的人对萧家的人用刑，鞭子抽打都是轻的，遇到顽固的直接上大刑。惨叫声此起彼伏。

耿忠抱着手臂冷眼看着，听到有人来报北月郡主来了，他立刻招招手，让人把受刑的人都带走，不要在这里惊吓了北月郡主。

“耿叔叔。”凰北月看了一眼那些人，没有萧远程。

这里人多，耿忠低咳了一声，说：“郡主请借一步说话。”

凰北月跟着耿忠走到人少的地方，见耿忠脸上欲言又止的纠结表情，轻声说：“耿叔叔，这件事是否和我父亲有关？”

耿忠抬起头，有些惊讶地看了一眼这个十二岁的小丫头，暗自惊叹她的聪明机敏。

“郡主，这件事如何定夺，下官不敢妄自决断，还请郡主示下。”耿忠低声说。

事关长公主府的声誉，牵扯到北月郡主和萧远程的父女亲情，他一个外人，就是秉公执法、刚正不阿，也不忍心。

凰北月怔了一下，随即淡淡地笑道：“该怎么做，耿叔叔做决定吧！这是公事，北月不插手。”

耿忠叹了一声，果然是惠文长公主教养出来的人，如此聪慧懂事。

“耿叔叔。”凰北月想了想，又开口道，“我想见见他，不知道方不方便？”

“当然方便。你在这里等等，我把他带过来。”

耿忠走回去带人。

东菱老远看着凰北月，想走过来，凰北月朝她摇摇手，示意她不要过来。

很快，萧远程就被廷尉寺的人带了过来。大概是看见他的手下被行刑，场面太血腥太恐怖，他吓得双腿发软，站也站不稳，没人扶着，就直接软倒在地上。

凰北月居高临下地看着他，冷冷地喊了一声：“父亲。”

萧远程浑身一哆嗦，抬起头来，伸手想抓住凰北月的衣裙，却被凰北月轻巧地闪开。凰北月一脸厌恶之色，让他的脏手碰了，多恶心？

萧远程老泪纵横道：“父亲是冤枉的。北月，父亲怎么会害你？父亲真的是冤枉的啊！”

“既然是冤枉的，父亲就该去向廷尉大人澄清，找我做什么？我不是廷尉，不能定你的罪。”凰北月凉凉地说。

萧远程心灰意冷，知道自己的嫌疑怎么都洗脱不了了。耿忠是个厉害角色，他抓住了证据，就绝对没有让自己脱身的机会。

萧远程脑筋急转，最后泪水横流，一头扑在地上：“北月，父亲是不想害你的，只想将周管家铲除了，可哪想到派出去的人那么不中用，竟然……”

凰北月冷笑道：“如今叫你一声父亲，是因为你我确实血脉相连，如果没有这一层关系，以你往日对我做的种种，加上今天发生的事情，我无论如何都不会放过你！”

萧远程抬起头，狠狠咽了一口口水，猛地点头道：“对……对！我是你的亲生父亲，北月，你难道忍心看着自己的父亲被斩首吗？”

“欠债还钱，杀人偿命，这是天经地义的！”凰北月声音冷厉地说，嘴角扬起冷酷的弧度，“父亲，都是你的子女，为何对我就如此狠心？”

萧远程嘴唇颤抖，几次张口，都说不出话来。

凰北月看着他，凉薄地笑道：“萧远程，你果然是个畜生！我母亲当年瞎了眼，才会嫁给你！”

萧远程一怔，本来浑身瑟缩颤抖的人，忽然激动起来，脸色煞白地喊道：“你母亲……你母亲嫁给我，也没有一天是真心！如果不是我当年被蒙蔽了眼睛，也断然不会娶她！”

凰北月浑身一颤，拧着眉问：“你说什么？”

“她嫁给我，是因为……因为……”萧远程的激动渐渐平息下来，忽然想起了什么，住口不说了。

看他脸色煞白、表情狰狞痛苦，凰北月竟有些可怜这个男人。不用他说出口，她也知道惠文长公主嫁给他，绝对不会是因为看上他，这其中必定有很多不为人知的隐情，或许是政治因素，或许是其他。

凰北月蹲下去，看着他的眼睛，一个字一个字地说："父亲，你过去所做的，我可以不追究，但有一件事，你一定要老老实实回答我！"

"什……什么事？"萧远程结结巴巴地说。

猛然接触到凰北月清澈冰冷的目光，他浑身汗毛都竖起来了。过去十几年，他怎么没有发现凰北月有这样一双慑人的眼睛？

"我母亲是怎么去世的？"凰北月用小巧的手狠狠地捏住他的下巴，阻止他因为害怕而转移目光。

萧远程声音颤抖着说："病……病逝的……"

凰北月眼中寒光一闪，声音冷厉地道："你说谎！"

"我……我为何要说谎？当年她重病，宫里派来的御医有十几个，都束手无策。直至她殒殁，一直有御医照看着，十几位御医都说她是病逝的，这件事所有人都知道……"说着，萧远程脑子里忽然闪过什么，猛然抬起头，瞪大了眼睛看着凰北月，厉声道，"难道……难道你怀疑是我？"

凰北月一怔。难道这件事情，萧远程竟一点儿也不知情？

她懂得察言观色，懂心理学，知道一个人说谎的时候是什么样子。萧远程是个草包，他说谎也不可能高明到哪里去，不可能逃过她的眼睛。

看她怔住，萧远程一下子拉开她的手，忽然变得有骨气了。

"我为何要害她？！我……我那么……那么喜欢她……"声音从激动慢慢变得低弱，萧远程颓然地跪倒在地上。

凰北月慢慢地站起来，神色有些恍惚。谋害长公主这件事，萧远程是不知情的，这多多少少给了她一些安慰。如果萧远程不仅害女，还杀妻的话，那就真是个猪狗不如的畜生了！

"北月……北月，难道你不相信我吗？我没谋害你母亲，她确实是病逝的，当年的御医都可以做证啊！"萧远程忽然直起身来，拉着凰北月的衣角，害怕她会把这件事拿到皇上面前去告状。

"萧远程，不得放肆！"远处传来男子的低喝，然后，一个身影突然上前来，一把将萧远程拉开。

萧远程被吓得放声大叫起来。

站在不远处一直观察着这边动静的廷尉寺护卫立刻赶过来，看见来人躬身行礼：“参见逍遥王！”

墨绿色的衣裳翩跹而过，逍遥王转过身看着凰北月，目光中隐隐带着心疼：“月儿，没事吧？”

凰北月摇摇头。看来逍遥王误会了，刚才萧远程只不过是拉着她的衣服求救，并不是想对她怎么样，不过，她现在没有闲心替萧远程解释。

她心头大乱。长公主的死因是个谜团，这谜团不解开，她心里永远不得安宁。

“把他带下去，交给廷尉耿大人处置！”逍遥王冷冷地下令，然后上前拍拍她的肩膀：“别难过，月儿，除了家人，你还有我。”长公主府的事情，他已经听说了。

凰北月抬起头，看了他一眼。她其实心里没有多难过，只是身上流的是萧远程的血，所以，她没有办法让自己做到冷漠如冰。

“北月郡主不用难过，不值得的人，不必放在心上。”温雅的声音响起，风连翼一身白衣走了过来。

凰北月看了他一眼，漆黑的眼眸里有微光闪过，她开口问：“翼王子，当年你父皇将你送来南翼国为质的时候，你可恨过他？”

风连翼一怔，淡紫色的眸子里却平静无波：“那感觉，早就忘了。”

忘了？说得容易！她到现在都记得当年和长公主一同出城去迎接来南翼国做质子的九皇子时的情景。那时候，他还年幼，没有哭，但看着送他前来的使者头也不回地冷漠离去时，他眼睛里还是有恨意的。

怎么能不恨？她的心再坚强，也容不下背叛！

“王爷，今天府里事情多，招待不周，下次再向王爷赔罪。”凰北月低声匆匆说完，便带着东菱离开了。

逍遥王看着她的背影，摇头叹息。终究只是个小女孩，再怎么坚强，还是会被伤害的。

“我是不是说错了话？”风连翼淡笑着问。

逍遥王怔了怔，忽然问：“翼，真的没有感觉了吗？”

“没了。”风连翼简单干脆地回答，温雅的笑容让人迷惑。

逍遥王看了看他，摇摇头。有时候，自己还真看不透他的想法。

“我要进宫面见皇上，你也早点回去吧！”

“好。”风连翼看着逍遥王离开后，笑容才缓缓地从脸上消失。折扇在手心拍了两下，他转身往凰北月离开的方向走去。

今天，长公主府中人人自危，忙乱不已，到处都是廷尉寺的人，倒是没有人注意他。

长公主府的后院是家眷居住的地方，廷尉寺已经搜查过了，此刻人都撤了出来，他也不方便进去，便只在外面看了看。

“翼王子还没走，是有什么事吗？”凰北月从他身后走过来，眼神冷冷地看着他。

风连翼有些惊异，她怎么会在他后面？

“我是来找你的。”他实话实说，编再多的借口也骗不了这个聪明的丫头。

凰北月脸上没有什么表情，只是冷冷地问：“找我做什么？”

语气虽然冷，但是没见她要赶他离开，风连翼还是稍稍宽心了。

“苍河院长已经决定，后天便让学院中有资历的老师，带着在此次比试中胜出的四阶以上的学生进入浮光森林历练。”风连翼淡淡地笑看着她，“长公主府发生了这么多事情，我想北月郡主应该也没有心情去历练了。”

“我去不去关你什么事？”凰北月冷冷地瞥了他一眼。

风连翼笑道：“你要找炼制‘洗髓丹’的药材让我炼药，怎么会不关我的事呢？”

“那些药材我一定会找给你，浮光森林的历练，我也去！”

风连翼欣赏地看着她，道：“发生了这么大的事情，心思却一点儿都不乱，头脑清晰，目标明确，北月郡主真让人佩服。”

“过奖了。你说完了就可以走了，今日长公主府不待客！”

这么快就被下了逐客令，风连翼难免有些挫败，看着她冰冷无情的小脸，他感叹了一声：“我担心你心里难过，看来有点儿多余了。”

凰北月清冷的目光瞥过来：“为什么要担心我？”

“因为……”他拖了一个长音，俊美的脸上，笑容渐渐变得狡黠，“下次再告诉你。”

“哼，不说就快点走。”凰北月心情郁闷，甩下他大步往前走。

风连翼笑出了声音，在凰北月身后喊道：“北月郡主，我作为代课的琴艺老师，这次和郭院士负责带领太学的学生进入浮光森林，到时候，你可不能对我这么没礼貌。”

他负责带队？凰北月一怔，连忙回头，却发现身后已没了那抹清绝的白色身影，好快的动作！

回到溶月轩，凰北月便开始计划后天去浮光森林的事情。

这次历练，少说也要去半个月，家里的一切事情都要靠东菱一个人打点。如今骄横跋扈的琴姨娘和心机深沉的雪姨娘已经被关进地牢，萧远程也被廷尉寺抓了，府里暂时不会有什么大波澜。她才立了威，也不怕有人敢对东菱怎么样，只是东菱到底年纪小，还是得有个人帮衬着她才好。如今这府里稍微能信任的只有方姨娘了。方姨娘知道她戏天的身份，慑于这层威力，也会对她忠心耿耿，从而帮衬着东菱。

吩咐了东菱一些事情，凰北月又亲自和东菱一起去了一趟方姨娘的翠竹苑，把她的意思说给方姨娘。

方姨娘听了受宠若惊，连忙说："郡主，这么大一个家交给我，我恐怕……"

"方姨，除了你，府里也没有我可以信任的人了，这件事，你一定要答应。"

方姨娘犹豫了一下，还没开口，萧灵却笑着拉住方姨娘的手，一脸亲昵孝顺的样子："姨娘，三妹妹这么信任你，你就答应了吧！不要让三妹妹失望啊。"

方姨娘比谁都清楚自己这个女儿。萧灵最是势利，又天生虚荣骄傲，如果她帮着凰北月管了长公主府，不知得嚣张成什么样子，这长公主府可不能被她败坏了名声。

方姨娘想了想，说："我看这样吧，我对管家的事情不了解，只不过是比东菱姑娘年纪大些，见的事情多些，郡主不在的这些天，府里还是让东菱姑娘管着，我就从旁帮着点儿吧！"

凰北月听了，倒是很佩服方姨娘。果然，长公主的眼光是没错的，方姨娘的确是可靠的人。

萧灵气得说不出话来，哼了一声。

琴姨娘和雪姨娘都不在了，萧韵、萧柔、萧仲琪他们也再嚣张不起来了，怎么还是没有她的出头之日？！

交代完府里的事情，凰北月便回了溶月轩。

天黑了下来，又一天过去了。

想到战野体内的毒还没有解，后天她便要去浮光森林，短短一天的时间，她怎么能找到解药?

心情抑郁，连晚饭都没吃，她就拿起《百炼经卷》翻来翻去，依旧毫无头绪，倒弄得心情烦躁不已。

她叹息了一声，拿出黑斗篷，召唤出冰灵幻鸟，趁着夜色径直来到战野的别院上空，盘旋一圈，没有落下去。

别院里，只有一间房亮着灯，窗户开着，战野正坐在房内看书，脸色越发不好了。

大概是风吹了进去，他咳嗽了几声，小太监永安立刻过来把窗户关上了。

凰北月看了窗户一会儿，才对冰灵幻鸟说："走吧，去第七塔。"

"嘿嘿。"沉寂了许久的魔忽然笑起来。

长公主府发生的事情他也看在眼里，虽然觉得凰北月小小年纪便经历如此悲惨的事有点儿可怜，但是一想到她囚禁着自己，并且狂妄嚣张、手段狠辣，他对她的那点同情就消失了。

"凰北月，太子战野不过救了你一次，你就这么尽心尽力帮他，真是让人想不通啊！"魔别有深意地说。

"你当然想不通，你又不是人。"凰北月精辟地甩出一句话，噎得魔差点儿想去自杀。

哼，想嘲讽她？你个老妖怪，还差一大截呢！

深夜里的七塔树林很安静，跟她上次来的时候一样，一个人都没有，阴森肃穆，空气中弥漫着危险的气息。

这次轻车熟路，凰北月很快就进入了第七塔，原本加持在窗户上的元气禁制也不见了，看来，灵尊算好了她一定会来。

她不打算顺着那长长的阶梯走下去，直接让冰灵幻鸟变小一点儿，从幽暗的楼梯口飞了下去。

再次来到那扇巨大的石门前，她用力拉着暗处的机关将石门拉开，顿时，扑面而来的烈焰让她连眼睛都睁不开。上次的惨痛教训现在还记忆犹新，这鬼地方跟地狱似的，可以的话，她一辈子都不想来。

"冰，进去了。"望着滚滚燃烧的火海，凰北月沉声说。

她转身跳上冰灵幻鸟的背，一人一鸟飞进了火海中。

凰北月驾驭着冰灵幻鸟飞了没多远，前方一个黑色的影子飞了过来，看起来像某种鸟类，体形没有冰灵幻鸟大，却浑身弥漫着肃杀的气息，看起来非常恐怖。

凰北月眯起眼睛，身上的斗意已经散发出来。

冰灵幻鸟对凰北月说："主人不用担心，这是灵兽世界里负责通讯传令的黑翼鹰，它们的速度很快，但是从来不会主动攻击，除非有人想从它们身上抢走信息，它们的能力才会爆发出来。"

黑翼鹰，倒是第一次听说，原来灵兽的世界里还有这样一个角色。

凰北月收起身上的斗意，从冰灵幻鸟背上站起来，抱着手，看着黑翼鹰缓缓地飞过来。

一个小小的火团封印在一只水晶球中，被黑翼鹰的爪子抓着。

灵兽和人类是不能交流的，凰北月只能指望冰灵幻鸟和它沟通了。

“主人，它说灵尊不在，等你从浮光森林回来再举行拜师仪式。这水晶球里面有惩罚之火，主人先拿去救太子战野。水晶球里还有一个简单的符咒术，希望可以帮到主人。”

“不是说灵尊不会从七塔里出去吗？他这是去了哪里？”凰北月问完，却发现黑翼鹰已经掉头回去了，果然除了传讯，什么都不管啊！

不过，既然拿到了惩罚之火可以救战野，灵尊在不在都无所谓了，拜师这种事情，她才不在乎呢！

“冰，我们走！”

冰灵幻鸟巨翅一扇，从火海上空飞过，穿过石门和层层幽暗的阶梯，来到了第七塔外面。

凰北月坐在外面的草地上想了一会儿。惩罚之火焚烧的时间大概是半个时辰，整个过程是非常痛苦的，战野应该不希望她看着。

把那个简单的符咒术拿出来，再把封印着惩罚之火的水晶球交给冰灵幻鸟，让它带给战野，然后，她一个人去了布吉尔家族的城堡。

她后天就去浮光森林了，去之前，她必须教洛洛点儿什么，让他好好练习着。

深夜的临淮城外，忽然传来一声令人心悸的惨叫。

凰北月的脚步顿住，面色冷凝。

一股强大的威压从一个方向猛压过来，一瞬间，她觉得心脏好像被什么东西紧紧压迫着，呼吸困难。等她从那股威压中挣脱出来，感觉那股威压要离开了。

凰北月眉心一蹙，立刻循着威压的方向追过去。

临淮城中竟有这种程度的高手，怎么可能？！从这股威压的强大程度看，这人的实力恐怕已经超越九星进入上四阶了。卡尔塔大陆上，上四阶的高手不多见，至少在南翼国根本不存在。

她是天生的隐匿高手，悄无声息地朝那股威压靠去。

“哼，嘴硬的家伙，还是杀了吧？”骄狂的女子声音从远处传来。

然后，一道雷光忽然爆起，将半片天空都照亮了。暴怒七尾龙的身体狂涨了数倍，在天空中嘶吼，顿时，风云滚动，气象翻涌。

“少看不起人了！你是什么东西，竟然在我南翼国的土地上如此狂妄？”愤怒的吼声在雷声映衬下显得无比嘶哑。

暴怒七尾龙背上的男人手提一把重剑，剑身缠绕着无数闪烁的雷光。他面目狰狞，已经达到了完全爆发的状态，头发根根竖立起来。此人正是司马归燕，南翼国数一数二的九星召唤师。他的实力绝对不俗，在南翼国号称“不败神话”，可谓无敌了。

实力完全爆发状态下的司马归燕和暴怒七尾龙在那强悍的威压之下，却显得微不足道。

“上吧，暴怒七尾龙，让这家伙尝尝我们的厉害。”司马归燕大吼着，驾驭着暴怒七尾龙猛冲下去。

凰北月不禁皱眉。这司马归燕真是个榆木脑袋，遇到这么强的对手，应该想着怎么退一步保全自己，他怎么还要撞上去？

并非是凰北月畏惧强大的敌人，而是这股威压不用想也知道和司马归燕的实力相差有多大，司马归燕完全就是以卵击石。

“既然你找死，我就成全你好了。”女子的语气傲慢不可一世。

“红莲，没有消息我们就走吧，没有必要在南翼国惹麻烦。墨莲走丢了，我们还要去找他呢！”另一个带笑的声音响起，慵懒散漫，是个年轻男子。

“解决了这个小角色就走，忙什么，不过是抬抬手的事情。”傲慢的女子说完，果真抬起了手。

她的动作快到不可思议，一道红色剑光闪过，猛冲下去的暴怒七尾龙便被一分为二。

嗷嗷嗷……

凄惨的咆哮声响起，震得空气都颤抖起来。

司马归燕一下就呆住了，他的脸颊上溅了不少血。那剑光把暴怒七尾龙砍成两半，收回去的时候，剑光的余波在他胸口划过。

一招，仅仅一招，完全爆发状态下，司马归燕和暴怒七尾龙相互配合作战，竟然被人一招就秒杀了，这实力也太变态了吧？

“不知好歹的人。”女子骄狂地扔下一句话，便跟那个年轻男子离去了。

凰北月站在墙角的阴影中，皱眉看着。隔了一些距离，加上那一男一女背对着她，逆着光，她无法看清他们是什么人。待她从阴影中走出来，只见那女子身后跟着一条巨大的赤红色的蟒蛇。

吞天红蟒！她一眼就断定那是吞天红蟒。上次被吞天红蟒的幼蛇咬了之后，她曾在梦中见过成形的吞天红蟒，那巨大的身形和这个一模一样。

吞天红蟒是超级灵兽，成年后便进入神兽行列了，其实力之恐怖是常人无法想象的，不是同等级的召唤师，根本没有办法和它们缔结本命契约。这个动手杀人的女子，一剑便能秒杀司马归燕和暴怒七尾龙，这种实力连她都要自叹不如。他们到底是什么人？

凰北月看了一眼倒在地上的暴怒七尾龙，仅留着一口气，已经救不了了。

“啊……”司马归燕还能发出微弱的声音。

召唤师和召唤兽的性命是连在一起的，暴怒七尾龙活不了，司马归燕自然也快完蛋了。

凰北月走过去，把司马归燕从地上扶起来，沉声问：“他们是什么人？”

司马归燕看了她一眼，见是一个十二三岁的小女孩，不禁满眼绝望，这小女孩能帮他什么呢？

凰北月看出他的想法，他是想找个可靠的人把消息传出去，一个小女孩自然是没什么用处的。

“我是戏天。”凰北月用沙哑的声音道。

司马归燕睁大了眼睛，明显不相信。一个十二三岁的小女孩，怎么可能是那个将他打败的九星召唤师戏天？！

冰灵幻鸟不在，凰北月只能拿出斗篷披上，将帽檐拉下来，和万兽无疆联系后，她的头发变成了火红色，从风帽下面飘散出来。

“戏……戏天……”司马归燕声音颤抖地说出这个名字，依旧是难以置信，可是眼前的事实又让他不得不相信。

想不到啊，真是想不到啊，拥有冰灵幻鸟的九星召唤师戏天，竟然只是一个十二三岁的小女孩！等等，这小女孩怎么看着这么眼熟呢？

“你是……你是……”颤抖着手把她斗篷的风帽拉下来一点儿，司马归燕震惊地说，“你是北月郡主？”

“没错，我是凰北月。”凰北月索性把风帽掀掉，火红的头发、精致大气的面容、冷冽如霜的表情，浑身散发着高贵又慑人的气息。

惠文长公主的女儿，果然不是一般人啊！

司马归燕一把抓住她纤细的手臂，像是抓住了希望一样。

他激动得浑身颤抖，越是颤抖，心脏流出来的血就越多。

“他们是什么人？快告诉我！”凰北月急忙说。他这个样子，明显快要不行了。

“咕咕……”司马归燕喉咙里发出艰难的声音，“他们，我也不知道……”

“你不知道，他们为何要对你出手？”

司马归燕艰难地说：“他们……他们是来找一样东西的……”

“找什么？”凰北月看见他的瞳孔渐渐涣散，连忙伸出手按在他的伤口上，“快说！他们要找什么东西？”

司马归燕张着嘴巴，脸上浮现无比狰狞的表情，喉咙里几次发声后，才终于说出四个不甚清晰的字：“万……兽……无疆……”

“什……什么？”凰北月像是没有听清楚一样又问了一遍，而事实上，这四个字，每一个她都听懂了，只是不敢相信而已。

“归燕阁下……归燕阁下！”凰北月摇晃着司马归燕的身体，奈何他已经没有任何气息了。

这时，远处有人赶了过来。

这场战斗动静虽然大，可是一瞬间就结束了，所以人赶过来得自然会慢一些。

凰北月不想惹麻烦，也不想把万兽无疆的讯息透露给任何人。目前只有她一个人知道那块黑玉的存在，南翼国根本没人知道万兽无疆是什么东西。不管那两个人是什么目的，万兽无疆是她的，谁也别想抢走。

放下司马归燕的尸体，凰北月快速从另一个方向离开了。

布吉尔家族的城堡。

凰北月像上次一样直接潜入洛洛练武的地方，看见月光下那个挥舞着宝剑、大汗淋漓的少年，她心中不禁有了少许安慰。

她无声无息地出现在他身后，手指在他剑锋上轻轻弹了一下：“练得不错。”

洛洛猛然转身，欣喜地道：“师父，你来了！”

凰北月点点头。

因为刚才的事情，她的心情怎么都好不起来，又想到后天要去浮光森林历练，教洛洛的时间不多，所以她不想多说，直接把萧启元给她的《炎火斩》拿了出来：“这剑诀，你先慢慢琢磨，我最近有些事情，个把月不能来，你一定不能偷懒。”

洛洛一听，脸立刻垮了下来：“师父，你要去哪里？”

“有一些重要的事情，必须去解决。”

洛洛大眼睛转了转，低声说：“师父，那你一定要早点回来啊！”

“没问题。”凰北月想了想，又说，“今天你和樱夜公主处理长公主府的事情，很不错。”

得了夸奖，洛洛不好意思起来，抓抓头，腼腆地说：“多亏师父提点，否则我也想不到。”

“是你聪明，不用师父费心也能做得这么好。”凰北月是真心夸奖他，最后对付琴姨娘和雪姨娘那一招，实在太漂亮。

洛洛笑着笑着，突然笑不出来了：“北月郡主很可怜。萧远程那一家子人，都不是好东西。她一定吃了很多苦。师父，被最亲的人背叛是什么滋味？一定会很难受吧？”

斗篷下的眸子微微抬起来，看着这个单纯无害的少年，凰北月心里有种说不出的感觉。他是在替凰北月伤心。想不到从小在万千宠爱里长大的洛洛，也能体会凰北月的心情。

“洛洛，可怜她是没有用的，如果她一直坚强的话，就不会让人这么欺负了。你也一样，只有自己强大了，才能任何人都没有办法伤害你，否则，再多的同情可怜也改变不了什么。”

洛洛认真地听着，然后坚定地点头，道：“我明白了，师父，我一定会变强！你放心吧。”

凰北月低头笑了笑。她也不知道自己怎么忽然激动起来，对洛洛说了这么多。

今天的事情在她心里造成了不小的阴影，让她觉得什么都不是可靠的，亲如父女，还不是照样下手残害！这种消极的想法对她影响太大，必须要早点儿消除才好。

凰北月离开布吉尔家族城堡后，冰灵幻鸟也回来了。战野有了惩罚之火，不用太担心他，她现在只担心司马归燕临死前说的话。

坐在冰灵幻鸟背上，凰北月对魇说：“魇，那两个人，你知道什么来路吗？”

静了一会儿，魇的声音才传来：“那个女人的召唤兽是吞天红蟒，这世上只有一个人符合。”

“谁？”

“光耀殿的红莲！”

“红莲？”凰北月从来没有听说过这个名字。

“红莲不是名字，是一个代号，由光耀殿的圣君赐予最强的那个人。这一代的红莲，召唤兽便是成年的吞天红蟒，她本身的实力也深不可测。”

凰北月舔了舔嘴角。红莲，最强的人，就是对付司马归燕那种程度吗？

“他们要万兽无疆做什么？”

魇笑道：“万兽无疆超越了卡尔塔大陆上所有的术法，不管是召唤术，还是武道、幻术、炼药术，比起万兽无疆里隐藏的浩瀚世界，什么都不算，这东西怎么会没人抢呢？”

“哼，这是我的东西！”凰北月伸手握了一下挂在脖子上的黑玉。这是她手里最大的王牌，谁也不能抢走！

魇沉默了片刻，说：“光耀殿的人都出现了，看来以后你行事也要小心一些，他们喜欢对每个国家威名最盛的强者下手。”

戏天的身份虽然神秘，但拥有冰灵幻鸟这一点，还是太过招摇了，以后行事还是低调一点吧！在她没有真正变强之前，她可不希望遭遇不公平的对决，像司马归燕那样死得不明不白。

灵央学院每一年的技艺比试后，都会挑选优胜者组成历练小队，由学院中实力比较强的老师带队，进入浮光森林历练。

凰北月今年打败了白银战士林婉仪，又打败了即将进入黄金战士级别的林子成，一跃成为黄金级别的高手，可以直接跟随小队进入浮光森林。

今年的小队有上百人，而太学只有两个名额——凰北月和樱夜公主，这已经是太学创办以来最大的规模了，所以郭院士格外高兴，除了自己带队，还邀请了教习琴艺的北曜国皇子风连翼。

凰北月就想不明白了，风连翼只不过是个琴艺老师，这么危险的行动，怎么会让他加入？

看出她的不解，樱夜公主笑着说：“翼王子的元气属性是风，而风属性是最温和的一种元气，具有疗伤的作用，十分罕见，所以这么多年，苍河院长都会邀请翼王子跟随小队去浮光森林。”

“风属性……”原来他的属性是风。

风属性虽然有疗伤的作用，攻击力却比其他属性弱上许多。一位风属性的九星召唤师，恐怕只能和七星召唤师打个平手。但是……风连翼有那么弱吗？他的实力可是让她都觉得头疼呢！并且她到现在都不知道风连翼究竟是召唤师还是战士，看他温文淡雅的样子，就像个帝都里的贵公子，根本无法和一个实力很强的形象联系起来。

凰北月看着前面正和郭院士说话的风连翼。

风连翼似乎有了察觉，转过头来，冲她微微一笑。

凰北月目光淡然，好像根本不是在看他一样，自然而然地移开了目光。

某人又郁闷了……

这次的小队，萧仲琪和萧韵也入选了。

萧韵是第一次被选中，虽然兴奋，可是蒙着雪姨娘那层阴影，她怎么都高兴不起来。若不是雪姨娘千叮咛万嘱咐她一定要来参加历练，将来好出人头地，她怎么舍得下被腐血丹侵蚀的母亲？

上百位灵央学院的高手在学院的广场集合，场面热闹非凡。

长公主府发生的事情，因为凰北月的有意传播，早就在临淮城传得沸沸扬扬了。此事闹得太大，皇上大怒，一连下了两道圣旨，刚开始要将萧远程问斩，后来经过萧启元求情，延期到秋后。有了这件事，临淮城的贵族谁还敢和萧家有来往，那些平日里和萧韵交好的人，此时都纷纷避之唯恐不及。

萧韵从来没有受过这样的冷落，她和萧仲琪就好像被抛弃的两条狗，可怜兮兮地站在一边。

凰北月远远地看了他们一眼。世态炎凉，输的人，下场都会这么惨吧？

“准备出发了！”苍河院长洪亮的声音响起来。

这一震撼人心的声音，让上百位高手振臂欢呼。

他们的历练之地，乃是只有勇者才能踏入的危险之地、雇佣兵和冒险者的天堂——浮光森林！

热血的欢呼在灵央学院上空响彻，无数少年少女的心，都因为这即将到来的冒险而兴奋颤抖着。

去浮光森林历练，所以不能像贵族出游一样坐马车，所有召唤师都将自己的灵兽召唤出来，各自驾驭着在前面开路，太学的学生和炼术师们则在中间骑马而行，最后是武道院的高手们。

浩浩荡荡的队伍从临淮城出发，一路上，无数百姓站在道路两侧观看。

浮光森林，是一片广袤无垠的深林，贯穿了整个卡尔塔大陆，盘踞在中心。在南翼国这面，浮光森林的外围是常年雾气缭绕的迷雾森林，因为之前冰灵幻鸟在迷雾森林里释放过一次强大的威压，把迷雾森林冰冻了起来，导致不少灵兽逃进了浮光森林，因此，现在通过迷雾森林去浮光森林，是最安全快捷的。

“前面是月落谷，穿过月落谷，就进入浮光森林了。”樱夜公主骑着马和凰北月并行，怕她不了解路线，耐心地给她做讲解。

凰北月对这一带还算熟悉，但是对于浮光森林就真的不了解了。

森林里植被茂密，遮天蔽日，常年不见阳光的照射，因此，森林中慢慢出现了一种名为“浮光”的超低等级灵虫，它们身上会散发出璀璨的光芒，照亮黑暗的森林。

浮光等级很低，并不具备攻击性，但如果是一大群浮光出现的话，还是有些危险的。灵虫喜欢吸血，被一群浮光围住的话，就有些恐怖了。浮光森林便是因此得名。

传说，浮光森林里有神兽盘踞，它们划分领土，谁也不能越界，否则，就是一场惊天动地的大战。

他们在迷雾森林里也遇到了一些等级不算高的灵兽，以攻击力强并且成群结队出现的蓝蝙蝠和红蝙蝠为主。这种时候，老师就把学生们分成小队去对付那些灵兽，老师站在一边看着，遇到伤及性命的危险才会出手相救。

凰北月和樱夜公主、薛彻组为一队，因为薛彻有十级灵兽红蛛，又喜欢在樱夜公主面前出风头，因此，大部分时间都是他在和灵兽厮杀。

凰北月象征性地拿了一根鞭子，遇到不知死活撞上来的灵兽，才会出手解决一下。

相较之下，薛彻和樱夜公主算是战功赫赫，凡是他们经过的地方，都有不少蓝蝙蝠的尸体，凰北月则显得实力弱了一些。

老实说，这里的灵兽等级太低，一点儿挑战性都没有，凰北月发挥实力绝对是一招秒杀，但是那样一来太显眼，二来她也要留点儿机会给薛彻这样半吊子的高手显摆显摆不是吗?

“北月郡主，看来你还是实战经验少，不过你走运，和我分到一组。你和公主都不用担心，只管跟在我后面吧。”薛彻自大地站在红蛛背上，哈哈大笑起来。

凰北月冷冷地看他一眼，给你点儿机会你倒得意起来了，看我不玩儿死你!

“薛彻公子的实力和战斗经验都很强，有你在前面开路，我和公主都省了不少心。话说这些蓝蝙蝠，还真是又多又恐怖啊！”凰北月抬起头，笑得一脸灿烂明媚。

她那精致的五官看得薛彻心脏猛跳，他以前竟没有发现她如此惊艳，忽然后悔悔婚了。

那时候，他不知道凰北月其实根本不是废物，她又如此貌美可爱，是他心中最佳的妻子人选。可惜他当初听了父亲的话，白白错失了这样一个好女孩，又得罪了长公主府，弄得安国公府连连倒霉。唉……不知道这北月郡主对他，可还存着几分情意？

这样想着，薛彻精神一振，道："郡主不用害怕，待我去前面给你们开路！"薛彻说完，驾驭着十级灵兽红蛛，奋勇冲上前去。一路上，敢撞过来的蓝蝙蝠，在红蛛暴烈的雷光之下死伤惨重。

樱夜公主微微皱眉，道："北月，你怎么净给这种家伙出头的机会？"

凰北月笑了笑，有些俏皮地眨眨眼睛："公主可听说过，枪打出头鸟？"说着，她暗暗念动驭兽诀，通过强大的精神力控制了那只红蛛。红蛛被她打败过，对她极其恐惧，感应到她的精神力，浑身一瑟缩，然后迅速躲进薛彻的灵兽空间里去了。

正和一群蓝蝙蝠厮杀的薛彻突然没了红蛛的帮助，顿时整个人完全暴露在了蓝蝙蝠的群攻之下。一愣之后，薛彻还能凭借着四星召唤师的实力和蓝蝙蝠苦斗，并且试图把红蛛召唤出来，可是试了好多次，红蛛竟然和他断了联系。薛彻心中大骇，知道不能久战，想退回去，然而，那些蓝蝙蝠被他打得七零八落，正激怒不已，见他忽然没了强悍的红蛛相助，便蜂拥而上。双拳难敌四手，那些蓝蝙蝠虽然体形小，但怎么说都是十级的灵兽，一只两只还好对付，一群就太可怕了。薛彻惨叫一声，抱头鼠窜。

这边突然发生的事情让其他小队的人都吃了一惊。他们不像薛彻这么狂妄，没仗着实力引来太多蓝蝙蝠，大部分都解决掉了，此刻看见薛彻的惨状，众人愣了一下后，都乐于站在一边看热闹。

老师们一愣之后，才想到要过来救人。被蓝蝙蝠围攻可不是开玩笑的，搞不好片刻之间，薛彻就被吃得只剩下一堆骨头了。

几位老师一起上，很快就把那群蓝蝙蝠消灭干净，将被咬得满身是血的薛彻救了出来。

"翼王子，拜托你了。"一位老师连忙把风连翼请来。

风连翼看了一眼倒在地上人事不知的薛彻，又抬起眼眸若有所思地看了一眼凰北月，然后才张开双手，一缕肉眼可见的风元气在他手中慢慢散开，变成一道透明的屏障罩在薛彻身上。他的手只是简单地动了几下，疗伤的风元气就源源不断地输入到了薛彻的身体里。

凰北月第一次看见风连翼使用元气，除了觉得他动作漂亮，还对这种可以疗伤的风元气暗暗心动。她修炼万兽无疆中的符咒术时，就可以随意调动天地间的元气，到时候风属性也能让她使用吧？这种疗伤的元气，无论什么时候都是必不可少的啊！

看着薛彻身上的伤口渐渐愈合不再流血，风连翼才缓缓收起了风元气，轻轻咳了一声，有些虚弱的样子。

“有劳翼王子了。”南宫长老抱拳致谢。

这位北曜国的九皇子虽然是个质子，人品和能力却是让人心服口服。

“无妨，带他去休息吧。”风连翼淡淡地说。

他的能力很特殊，但是看起来似乎不能大量运用，长老们的意思也是不到万不得已，不动用风连翼的能力。然而，谁会想到只是在迷雾森林面对一些攻击力弱的灵兽，就会出现如此大的意外。这下子，薛彻不能跟他们一起进入浮光森林了。还好刚进来不久，送出去也方便。

几位长老让人把薛彻送出去，然后带领队伍继续前进，终于到达浮光森林外围后才扎营休息。

这样的历练在灵央学院已经传承了好多年，因此安营扎寨、生火做饭等工作都有条不紊。

凰北月和樱夜公主一起扎好帐篷，便想先去看看浮光森林外围的情况是怎样的。炼制洗髓丹需要的几种药材，不知道能不能在浮光森林的外围找到。

为了防止学生好奇私自跑进浮光森林，营帐外面有好几位老师在轮流巡视，凰北月不想惹麻烦，只站在远处看了一会儿。

浮光森林里不知道出了什么事情，忽然一阵地动山摇的奔跑声响起，伴着很多灵兽惊恐的嘶鸣。

正在忙碌的众人立刻停下手上的动作，纷纷抬起头，看向幽暗的偶有浮光闪烁的森林深处。发生了什么事？好像很多灵兽一起狂奔过来了，并且至少都是十级以上的。

南宫长老匆匆从营帐内走出来，眯着老眼看了一会儿，沉声问：“去前面打探消息的人回来了没有？”

“长老，都没有回来。”一位年轻一些的老师焦急地道，“长老，情况好像不对，先让学生们撤离吧！”

南宫长老正有此意。这些学生都是灵央学院近几年的精英，他们损失不起。

南宫长老刚想下令，忽然一队人马从浮光森林里狂奔出来，其中有召唤师、有战士，看上去是一个实力不俗的佣兵团。

“啊，老大，这里好多小兔崽子！”一道洪亮粗犷的声音老远就响了起来，惹得灵央学院的学生纷纷不满。

已经跑出了浮光森林，佣兵们看起来轻松了不少。

一只巨大的暴风猿地动山摇地走过来，和灵央学院的众人对峙。

暴风猿肩膀上坐着个嚣张的大胡子，一对铜铃般的大眼睛看了众学生一眼，最后目光落在了南宫长老的脸上。

“你们是南翼国的人？”一开口就带着十足的不屑。

一群毛孩子而已，看起来应该是南翼国的学院训练。

南宫长老走上前去。南翼国是大国，自然不能失了大国风范。他抱拳道：“我们是南翼国灵央学院的人，敢问贵团是……”

“哼，灵央学院？没听过！”大胡子嚣张地说，“我们是东离国第一佣兵团——四海佣兵团，从东边穿过浮光森林过来的。”

四海佣兵团在卡尔塔大陆确实有些威名，他们的团长不是召唤师，而是一位传说已经进入战神级别的武道高手。这个说话的大胡子驾驭着暴风猿，应该不是团长。

让南宫长老等人震惊的不是四海佣兵团的声名，而是这个大胡子说，他们是从东边穿过浮光森林过来的。浮光森林里危机四伏，各种凶猛的灵兽出没，就算只是从东边穿过，也要很强的实力。这大胡子带领的佣兵团不过三十几个人，虽然个个长得人高马大，都是身经百战的强者，但，他们真的能穿过浮光森林吗？

“长老，这些人看着不像善类啊！”一位年轻的老师凑过来低声说。

南宫长老脸一沉，低喝道：“不要乱说话，和他们互不侵犯就是了。”说完，南宫长老抬起头来，笑道：“既然贵团穿过浮光森林过来，可否告知森林里究竟发生了什么事？”

灵兽狂奔的声音还在继续，感觉危险越来越近了。

“哼，这是灵兽暴动！连这个都不知道，还敢来浮光森林闯荡？你们南翼国的人真是好笑啊！”大胡子说完，便和自己的人哈哈大笑起来。

樱夜公主柳眉一竖，手按在宝剑上，心中愤慨难当。这些人一开口就对南翼国不屑，她身为公主，怎么能置若罔闻？

“公主，”凰北月按住她的手，轻轻对她摇摇头，低声说，“不急，一会儿咱们再好好教训他们。”

南宫长老要带领学生们撤离，看来灵兽暴动很厉害，此地不宜久留。

正常的灵兽暴动是在一定范围内疯狂地相互残杀，哪里像现在这样，好像逃命般朝着一个地方狂奔？不过，眼下纠结这些已经来不及了，还是赶快让学生们离开这里才是上策。因此，南宫长老也没多做计较，让老师们带着自己的学生迅速撤回迷雾森林中。

大胡子觉得这群学生都是肥羊，遇到了就绝对不会放过，他朝自己的人招招手，跟了上去。

第二十八章 神级幼兽

退回到月落谷扎营，灵央学院靠着一条小河的左边，大胡子带领的四海佣兵团则在小河的右边。

天已经黑了，大家吃了饭便在营地中心围坐着，静静地等着灵兽暴动的声音停止。

四海佣兵团主帐中，大胡子捧着一条肥腻的兔腿大啃，满嘴油光。

“袁老大，那群南翼国灵央学院的人，恐怕不是好惹的，你们真的要去打劫他们吗？”在凶神恶煞的大汉们中间，一个显得有些白净瘦弱的男人问。

“罗淳，你不是怕了吧？咱们好歹也是在浮光森林中横行过的。”大胡子袁老大一口咬下一大块肉，嚼得咔嚓咔嚓响，油水都冒了出来。

叫罗淳的白净男人道：“这次是因为东边的那只神兽暴怒，周围的灵兽都逃走了，咱们躲躲藏藏，才能顺利通过的……”

“胡扯！”袁老大将兔腿往火堆上狠狠一拍，顿时火光四溅。

周围的人都吓得纷纷逃开，罗淳倒是镇定不乱，只是眉头微微蹙着。

“罗淳，你怎么能这样想？这次我们穿过浮光森林，猎杀了好几头灵兽，这可不是凭运气啊！”一个大汉看见老大生气了，连忙说。

袁老大哼哼唧唧地说：“罗淳，你小子觉得我们没实力是不是？哼，这次要不是你叔叔托老子照顾你，老子才不会带着你这种没用的小白脸出来历练！”

罗淳脸上浮现怒色，道：“哼，少拿我叔叔说事。你们要是真有本事，就别去打那群学生的主意，去浮光森林降伏了那头神兽再说！”

“你……”袁老大霍地站起来，“好小子，老子做事什么时候要你这兔崽子指手画脚了？老子就喜欢打劫怎么了？那群学生里有漂亮小妞，老子抢几个过来爽一爽，你小子能怎么样？！”

“哼，如此卑鄙无耻，真是败坏了四海佣兵团的名声！”罗淳怒喝，白净的面孔气得涨红。

“哈哈哈哈……”袁老大仰头大笑，“四海佣兵团的名声……罗淳啊罗淳，你以为如今的四海佣兵团还是以前那个东离国第一佣兵团吗？你叔叔那个老家伙已经不行了，咱们分了东西散了吧！”

“我叔叔会好起来的，你别得意！”罗淳愤恨地扔下一句话，不想和这群莽夫继续待在一起，怒气冲冲地走到外面去了。

“罗淳少爷，这里有烤好的兔肉，要不要来一块？”外面篝火旁的佣兵看见他，热情地招呼道。

罗淳摇摇头，走到了一边。

罗家在东离国是数一数二的大家族，罗家的四海佣兵团在卡尔塔大陆也是威名赫赫，因此，罗家的人很受人尊敬。

一个月前，他的叔叔、四海佣兵团的团长罗绝遇到光耀殿那个变态的红莲，一战之后虽然侥幸没死，但也重伤不治，恐怕……

四海佣兵团中的一部分人听到这个消息，便蠢蠢欲动，企图谋反。他是罗家仅剩的血脉，叔叔为了保住他，才让袁老大带着他一起离开。

可那袁老大也不是什么好东西，虽然心里还存着对罗家的几分情谊，但他实在是个粗俗无耻的人，一路上只要遇到弱小的佣兵团或者冒险队，都要想办法抢劫。

“原来你们是被神兽赶出来的。”清清冷冷的声音在罗淳身后响起，带着一丝嘲讽。

“谁？！”罗淳转过身，却只看见一抹娇小的影子从后面的帐篷边一闪而过。

“罗淳少爷，发生什么事了吗？”在近处巡逻的佣兵听到罗淳的声音，连忙跑过来看。

“没……没什么。”罗淳有些不确定，刚才真的不是幻觉吗？那么快的动作，一闪就过去了。

“罗淳少爷一定是累了，还是先回去休息吧！今晚袁老大要带着我们大干一场，把对面那群学生抢个精光！”那个佣兵已经跃跃欲试了。

罗淳有些厌恶地皱了皱眉。他始终是这里的客人，对他们的事情不好说太多。

凰北月轻而易举就通过了那些佣兵的巡逻网。这些古老的防卫方式，在她眼里连屁都不是。她优哉游哉地在小河边晃荡了一圈，才慢慢地走回帐篷。

一般的学生是十个人一个帐篷，而樱夜公主的待遇不一样，她身份尊贵，自然不能和一般的学生挤在一起，以免发生难以预料的意外。因为和北月郡主关系好，樱夜公主便把凰北月拉过来同住。

凰北月掀开毡帘走进去，看见白衣如雪的风连翼也坐在里面，慢慢喝着无双送上来的茶水，和樱夜公主说着话。

“北月，你回来了？”樱夜公主抬头看见她，笑着说，“不是说只是出去吹吹风吗？怎么这么久？”

风连翼也转头看向她。

凰北月淡定地说：“沿着河边走了一会儿，不知不觉走远了，所以回来晚了。”

“河对岸有四海佣兵团的人，北月郡主一个人沿着河边走，不怕他们突然袭击吗？”风连翼笑着说。

他这话说的，表面像是在关心她，实际上带着几分嘲讽，知道她对樱夜公主说谎了。什么沿着河边散步，她如果是这么安分守己的人，那世界就太平多了。

“我既然安安稳稳地回来了，就表示翼王子的担心是多余的。”凰北月面无表情地说。

她看了一眼他那双特殊的紫色眸子，里面带着点点笑意。

“也是，北月郡主聪明伶俐，总是能化险为夷，用不着担心。”

凰北月看向他的目光冷了几分。这家伙要是说话继续这么夹枪带棒的，她就杀了他！

“深更半夜的，翼王子留在樱夜公主的帐中，怕是影响不好，还是请回吧。”凰北月冷冷地说。

“北月，翼王子和宇文大人是南宫长老派来保护我们的。长老说，河对岸那群佣兵看起来不像什么好人，为了防患于未然，派了实力高强的老师在每一个帐篷里保护学生。”樱夜公主连忙说。

凰北月看了看跟在风连翼身边的年轻男子。她对这个叫宇文获的人，比对风连翼的印象好多了。她第一次在质子府外面看见他，便觉得他正气凛然、忠心耿耿。之后在灵央学院的比试中，那个被林婉仪收买了的马夫，也是他抓回来的。

“原来如此，那就有劳宇文大人了。”凰北月转身，朝宇文获抱拳弯腰，完全无视风连翼。

“郡主言重了，这是应该的。”宇文获也抱拳还了一礼。虽然不明白为什么北月郡主只向他致谢，而丝毫不理他家主子，但是既然北月郡主话都出口了，他总不能无视。

风连翼看着凰北月，带笑的唇角慢慢弯起来，笑容的弧度更大，似乎越看越觉得有趣。

樱夜公主的目光在他们两人之间来回扫，只觉得无可奈何。凰北月平时也是个懂礼数的，却不知道为什么对翼王子似乎总有种敌意，还好翼王子不在意。

“我看今晚为了防着对面那些佣兵过来骚扰，是睡不着了。”樱夜公主皱着眉说。

宇文荻连忙道：“在下会在外面把守，公主殿下安心休息便是。”

樱夜公主抬头冲他甜甜地笑道：“一晚上守着，那多辛苦？”

“我和宇文大人轮流把守吧！”凰北月抬起头来，一边说一边迈步走出去，“前半夜我来守就好，你们休息。”帐篷里有风连翼在，她可吃不消。

“北月……”樱夜公主站起来想追出去，一个女孩子怎么能半夜当守卫把守呢？

“公主，我看不如咱们分成两组，上半夜和下半夜轮流把守吧？”风连翼笑着说，“上半夜，我就和北月郡主守着，公主放心休息。”

樱夜公主脸一红，他说他在外面守着，让她放心休息。有他守着，她自然放心，可是……

“翼哥哥，北月其实对人很好，她平时不是这么冷漠无礼的，你千万不要放在心上。”

风连翼唇角勾起，笑道：“我知道，公主休息吧。荻，你就在门口，别睡得太沉。”

“是。”宇文荻躬身答应。

风连翼这才走出去。

帐篷外面，夜风吹来，火盆里的木柴噼啪作响。凰北月抱着手席地而坐，娇小的身子却颇有气势，似乎对于守夜这样的事情已经习惯了。

风连翼在她旁边坐下，转过头看着她，笑了笑：“我是不是让你生气了？”

凰北月看也没看他，只是冷冷地说：“翼王子太高估自己了，能让我生气的人，并不多。”

听了这话，风连翼嘴角的笑容越发深了，紫色的眸子里波光潋滟。虽然她不承认，可她确实生气了。

“你刚才去了哪里？”风连翼含笑问。

“我有必要向你汇报？”凰北月语气冰冷地回应。

风连翼摸摸鼻子，笑着说：“虽然没有必要，但是我很好奇。作为盟友，问一下也是应该的吧？”

“盟友？”凰北月转过头看着他，漆黑的眸子慢慢地眯起来，狡黠的光芒在里面闪动，“翼王子，既然是盟友，那你究竟是什么职业？似乎还没有告诉我啊。”

“是你没问。”风连翼抬起眼眸，火光映照其中，瞬间紫色的目光璀璨无比。

凰北月看得有些怔住，片刻后回神，轻咳一声，把视线移开，干巴巴地说：“我现在问了。”

“那你想听真话，还是假话呢？”

“废话！”凰北月生气地说，“我要想听假话，还用得着问你吗？！”

“也是啊！”风连翼笑着说，“我是召唤师，风属性。”

“你的召唤兽是什么？”凰北月一听，果然不出所料。

风连翼抬起头，看看密布繁星的天空，道：“这里人多，下次再让你看。”

凰北月撇了撇嘴，笑容忽然爬上脸颊，道：“你是召唤师这个秘密，没几个人知道吧？”

“嗯，你是第三个。”

凰北月舔了舔嘴唇，有些奸诈地说：“你怕不怕我把你的秘密抖出去？”

风连翼看向她，微微吃惊，显然没想到她会突然来一招威胁。一般来说，高手都应该是光明磊落的。

“你不会吧？”语气有几分不确定，他对这小丫头的了解真的不多。

“会不会，就看你怎么表现了。”凰北月心中已经有了打算。

刚才在四海佣兵团的帐篷外面，她听到了袁老大和手下的谈话，知道今天那些灵兽的诡异动向根本不是什么灵兽暴动，而是浮光森林外围有一只神兽。虽然不知道那神兽怎么会来到浮光森林的外围，但是这样千载难逢的机会，可不是天天都有的。

以往，想要遇到神兽，不仅要有超强的实力，还必须要有足够的运气，这次不正是一个好运气吗？那神兽来到了外围，把附近的灵兽都吓跑了，此刻进入浮光森林，肯定要比往常顺利许多。

她想进入浮光森林，也是为了尽快找到那三种炼制洗髓丹的药材。

心中计划好了，她看向风连翼，看着他有些怔忪的表情，笑道：“翼王子的实力想必不俗，不如，咱们偷偷进一次浮光森林吧？！”

风连翼皱眉道：“你胆子未免太大了，里面的灵兽正处于暴动时期，正是灵兽们最凶猛的时候，进去的话，不是找死吗？”

“我才不信你也觉得里面是灵兽暴动！”凰北月说，“实话告诉你，我们现在进去是最安全的，完全不用担心被高级灵兽袭击。”

“你怎么知道？”风连翼微微眯眼，“作为盟友，我已经告诉你我的秘密了，你还想瞒着我？”

凰北月抬起手，向后指了指，神秘地说：“那边的人告诉我的。浮光森林外围有一只神兽，因此那些灵兽都吓得纷纷逃跑。”

“神兽？”饶是风连翼淡定从容，也忍不住微微吸了一口凉气。

一只在浮光森林外围的神兽，意味着什么？

“怎么样？想不想跟我一起进去看看？”

“我有的选吗？”风连翼苦笑。她都说了不配合就把他的秘密抖出去，他要是不去，估计明天整个南翼国的人都知道他的秘密了，他可一点儿都不怀疑她会说到做到。

凰北月笑了笑，她只是随口问问，哪里能容他说去就去、说不去就不去的？进入浮光森林，她这个外来者没有个相对熟悉的人在旁边，太危险了。

既然已经打算走了，当然不能再等，这种事情，时间一长自然会有人知道，到时候一窝蜂进去，就不好玩了。

凰北月转身，在帐篷外面加了一层元气禁制。

风连翼看见了，微微一挑眉，她居然懂得加元气禁制，难道她也是召唤师？

“走吧。”凰北月招呼一声，先一步从他面前闪过，像猫一样消失在了帐篷后面。

风连翼赶紧跟了上去。

两个人在迷雾森林和浮光森林的交界处停下。已经过去了好几个时辰，依然能听到森林中灵兽奔逃嘶叫的声音，不少灵兽已经逃入了迷雾森林。

“小心一点儿，进去之后尽量不要动用元气，那些浮光眼睛看不见，它们是通过感知元气的波动来发动袭击的。”风连翼低声说。

“怪不得即使是超级强者，也不敢贸然进入浮光森林，不动用元气的话，遇到灵兽就麻烦了。”凰北月说。

“你没问题的话，就进去吧。”凰北月淡淡地说了一句。

风连翼笑了笑，先她一步走了进去。

幽暗的浮光森林中，温度低了好多。因为有浮光在，即使林中昏暗，也不用担心脚下。两个人一前一后，走得格外小心。

周围不时有灵兽奔跑、嘶鸣的声音传来，不过这个时候，灵兽们都顾不上攻击闯进来的人类了，只顾着自己逃命。

躲过了几次奔逃的灵兽群，他们已经能感觉到前方散发而来的神兽威压。让他们惊奇的是，那威压并没有想象中的强悍，而是时强时弱。

凰北月不禁心痒难耐，真想去看看这是一只什么样的神兽。

“等一下。”凰北月正要继续往前走，风连翼忽然抬手，小声说。

凰北月竖起耳朵，以为是出现了什么强大的灵兽，仔细一听却没有动静。她抬头看向风连翼，只见他朝她招了招手，然后转了个弯，往另一个方向走去。

“喂……”凰北月小声喊了一声，他没听见，她只能跟上去。

走了十分钟不到，前面的浮光越来越多，光线越来越亮，那种荧荧的光不刺眼、非常柔和，可是冷冰冰的，后背总有一种汗毛直竖的感觉。

那些浮光后面有一个不大的水池，水波潋滟，在浮光的照耀下，更显得如梦如幻。水池中盛开着数朵单瓣的七色莲花——七色单瓣莲！

凰北月快步走上去，果然是她要找的炼制洗髓丹的药材之一——水属性的七色单瓣莲。

风连翼小声说：“运气真好。这里的守护灵兽被那只神兽吓跑了，否则，要对付守护灵兽，也要费一番工夫呢。”

“你怎么知道这里有七色单瓣莲？”凰北月喜不自胜，知道水池中没有危险，就大步走下去。

池里的水只到她膝盖位置，她把七色单瓣莲都摘下来，放进纳戒中。

七色单瓣莲被摘下来后，那些漂浮在水池上方的浮光似乎有了什么感觉一样，慢慢地移动起来。有几只浮光飘下来，在凰北月身边慢慢地绕来绕去。

这些浮光长得长长的，扁平的脑袋上有龙角一样的犄角，犄角后面拖着一条很长的类似于鳍一样的东西，柔柔软软的。它们的身体晶莹剔透，光芒就是从它们的身体里散发出来的。

如果不是知道它们是凶残的灵兽，一定会觉得这种生物很美。

凰北月身子静止了一下，看向风连翼。风连翼做了一个噤声的动作，然后手腕一翻，从纳戒中拿出了一把古琴。他白衣一掠，席地坐下，手指轻抚在琴弦上，轻柔曼妙的琴声便响起来。

琴音缈缈，音若流光，在他指尖慢慢流淌出来，忽高忽低，忽远忽近。犹如琴音中带了魔力一样，那些浮光听到后都一怔，然后离开凰北月，慢慢移到了风连翼身边，开始绕着他随着旋律翩然轻转。

低头抚琴的风连翼，衣摆被浮光旋转带起的风扬起来，荧荧光芒在他紫色的眼中，忽而闪现，忽而消逝。他俊美而精致的面容，在浮光的翩然间显得那么不真实。一时间，仙音动，长风起，舞漫漫，流光萧瑟。

凰北月目不转睛地看着，琴声扣动着心弦，她竟一时间把身处险境都忘了。这个场景，很多很多年后想起，依然觉得不真实，好像做梦一样，却是这辈子最好的一场梦。

风连翼抬头看了她一眼，见她眼睛直直地看着自己，不禁一怔，手中的琴弦不知不觉就弹错了好几个。

琴音一乱，那些浮光似乎一下子反应过来什么，呆了一瞬后，身上那条长长的鳍一震，发出刺啦刺啦的嘈杂声音，然后猛然朝着风连翼发起了攻击。

“快走！”风连翼把古琴一收，抓住凰北月的手，把她从水池里拉出来，然后衣袖一挥，无数风元气凝聚而成的利刃倒飞了出去。

那些追上来的浮光全被风刃打中，纷纷落地，身体里流出荧光熠熠的液体。

死了几只浮光，其他浮光立刻追了上来，前仆后继，不死不休。

凰北月暗骂了一声，最讨厌这种体形小、数量又多的东西了，比大只的凶猛灵兽更难对付。趁现在来得不多，不如一次性全解决了。

她意念刚刚一动，风连翼就搂着她的腰把她抱进怀中，然后身子一转，躲进了一个黑暗的树洞里。

树洞不大，她蜷缩在他的怀中，两个人才能勉强被容纳。

凰北月咬着牙说：“你干什么？”

“元气不要波动。那些浮光的感应很灵敏，你如果释放了大量的元气，它们就会一直追着你不放，很麻烦的。”风连翼低声说。

凰北月皱着眉，虽然不大情愿，但也知道那些浮光不是好对付的。只是两个人躲在这么狭窄的地方，未免有些……怪异！而且，这树洞之前不知道是什么灵兽住过的，又湿又滑，有冰冷的水从上面滴落下来，落进她衣服领口中，冰得她打了一个寒战。

“别害怕，它们发现不了的。”风连翼放柔了声音，搂在她腰上的手紧了紧。

“谁怕了？”凰北月冷冷的声音响起来，“放手！”

风连翼愣了一下，慢慢地松开手，低咳一声，道：“刚才……不好意思，一时没注意，音符就错了。”

如果他没有弹错音符，那些浮光就会被慢慢地安抚下来，然后到别的地方去。

凰北月想起刚才的事情，脸上难得地出现了一抹不自在的淡红，还好在这么黑暗的环境下，他也看不见。

见鬼了，她好歹在杀手界纵横了这么多年，什么样的人物没见过？刚才竟然看着他就移不开眼睛了，当真是莫名其妙！

凰北月想到这些，冷冰冰地说：“技术不到家，就别出手。”

风连翼低头看了她一眼，苦笑，心里默默地说，在此之前，他从来没有失误过啊，这次不过是……

两个人尴尬沉默地在树洞里躲了一会儿，外面刺啦刺啦的声音渐渐平静下来。又等了两分钟左右，凰北月才当先走了出去。

那些浮光都静静地飘浮在森林上方，三五成群地，荧荧的光芒在寂静幽暗的深林中，显得很诡异。

“走吧。”招呼风连翼一声，凰北月往前走去。

炼制洗髓丹需要的三种药材，一种已经找到了，剩下的两种，估计还要费些时间。

“有一种土属性的地灵母是长在土里的，比较难找，不过地灵母生长的地方，土壤都会散发出香气，所以很多灵兽喜欢在那儿周围活动。低等级的灵兽不具备灵识，会在地灵母生长的土地周围流下很多口水。一会儿要是看见口水多的地方，可以留意一下。”风连翼一边走一边对她说。

凰北月点点头，便开始留意起土壤来。

这时，前方一阵地动山摇，震得他们两个有些站不稳，几只灵兽发出撕心裂肺的惨叫声后，森林里安静下来。

凰北月转头看了一眼风连翼，即使不说话，两个人也都明白，那只神兽就在前面。

两个人立刻发足狂奔，以最快的速度朝着刚刚震动的方向跑去。越往前，浮光的数量越多，光芒也越盛，一股灼热的力量也渐渐近了。

嗷，狂暴的咆哮声听起来有些微弱，只低低地叫了一声后，便只剩下沉重的喘息了。

一团烈焰从前方喷来，立刻把周围的树林点燃，浮光四散奔逃。

凰北月躲过一团火焰，站在一棵粗壮的大树后面探头往前看，眼前的景象让她震惊不已。

一只巨大的金色老虎躺在一堆藤蔓上，它背上长着四对金色羽翼，毛色漂亮炫目。属于神兽的威压在它周围形成一道淡金色的屏障，屏障中有着强烈的煞气，绝对没有灵兽敢靠近。

金毛虎看起来有些虚弱，半睁着的眼睛里面闪着淡淡的金光，它的眼神特别哀怨痛苦，不时地看一眼自己的肚子，然后发出可怜的呜咽声。

藤蔓将它半个身子都包裹起来，叶子中散发出来的都是土属性的元气，被金毛虎源源不断地吸收进身体中。有了那些元气的滋养，它又嘶吼了一声，痛苦地挣扎着，在藤蔓上来回打滚。

风连翼跟上来，站在凰北月身后，低声道：“它怎么了？受伤了？”

“不，它在分娩。”凰北月冷静地说。男人就是男人，对这种事情一点儿概念都没有。

听到“分娩”两个字，风连翼不自然地咳了一声，暗自佩服这丫头，这么小的年纪，居然什么都懂。

凰北月慢慢地说：“它难产了。想不到神兽也会难产。看样子，它已经筋疲力尽了，如果再生不出来，就一尸两命了。”

“那要怎么办？”

凰北月看了他一眼，道：“你想帮忙？”

风连翼笑了笑，目光潋滟地道：“神兽虽然凶猛，可它们比一般灵兽聪明，也很念恩情，你帮它，它自然也会帮你。”

“我也这样想。”凰北月也不避讳。

她想帮那只金毛虎，也是希望可以得到金毛虎的帮助，至少，她炼制洗髓丹需要的另外两种药材，要帮她找到吧。

风连翼笑道：“虽然是这么想，但你能帮上忙吗？它现在很暴躁，那道屏障你也破不了。”

“试试看吧。”凰北月说完，转念一想，问道，“你的琴声对灵兽有安抚的作用，对神兽也一样起作用吧？”

“这个，没试过。”

“那就现在试一试吧。”说完，她便从大树后面走了出去。

风连翼立刻拿出古琴放在膝上，缓缓地弹奏起来。

听到琴声，金毛虎抬起头来，眼睛也睁大了，金色的瞳孔中散发出强烈的怒气，冲着那个外来的侵入者咆哮了一声。

凰北月不慌不忙地走到屏障前，漆黑色的眸子和那双金色的眸子对上，凰北月丝毫没有退缩的意思。

金毛虎愣了一下，忽然开口道：“小女娃，你来送死吗？”威猛的声音宛如罡风刮过，瞬间把周围的空气都震得剧烈波动起来。

凰北月脚下晃了一下，好不容易才站稳，她暗暗惊叹，不愧是神兽啊，光是声音就能产生如此强大的力量。

手握紧了万兽无疆，她飞速向旁边退了一步，避开金毛虎声音中带着的冲击波。

饶是她如此快的动作，还是被那罡风擦着脖颈划过去，留下一道细细的血痕。

正在分娩的金毛虎特别暴躁，对于任何胆敢靠近它的生物，都绝不留情。

金毛虎见凰北月身手如此之快，金目陡然一眯，一道金色光芒射出来，速度之快，在空气中摩擦出了暴烈的声音。

“小心！”风连翼喊了一声，琴音陡然飙高。

他衣袖一挥，翻滚的风元素如同巨浪一样，撞向金毛虎眼中射出的金光。砰，强烈的撞击形成了一个巨大的气旋，胶着好久，才直冲向云霄，把原本遮天蔽日的茂密树林都撞破了，余下的气旋如同飓风一样扫过四周，吹得树干都断了几根。

等飓风停下来，风连翼凝眸一看，却不见了凰北月的身影。心陡然一跳，风连翼猛然站了起来。

“别停啊！”头顶忽然传来清冷的声音。

一只巨大的冰灵幻鸟从森林上方飞过，鸟身上的寒冰之气散发出来，立刻驱散了周围的闷热。一头火红色长发的少女身姿矫捷地站在冰灵幻鸟的背上，一根雪白的冰羽被她握在手中，她漆黑的眸子深邃清冷。

这是……戏天的冰灵幻鸟？！临淮城最近威名最盛的红发魔女、驾驭五灵兽之一冰灵幻鸟的神秘九星召唤师——戏天？！

片刻的震惊过后，风连翼淡淡地笑了，这丫头太让人出乎意料了。

十二岁，九星召唤师，还拥有冰灵幻鸟，这完全凌驾于太子战野之上的真正天才，为什么这么多年会被当成废物一样看待？萧家那群人，果然都有眼无珠。

“交给你了。”看到她如此强悍的身份后，风连翼完全不担心了。

凰北月点点头，手中的冰羽一挥，黑气夹着阵阵寒冰之气，如江水逆流，狂猛地冲向金毛虎身周那道金色屏障。

金毛虎狂吼一声，虚弱的身体猛然站起来，烈焰从它口中狂喷而出。

凰北月不打算和神兽正面相碰，立刻驾驭着冰灵幻鸟往高处飞。与此同时，那道金色屏障因为她的攻击，陡然变成了碎片。

“该死的人类！”金毛虎彻底怒了，神兽的屏障居然被一个人类召唤师破了。

它怒不可遏，身上涌起炽烈的火焰，火焰越燃越旺，最后变成了金色。狂暴状态下的神兽，利爪往前一抓，金色火焰朝凰北月极速飞去。

凰北月顿时感到一股巨大的压力，如同千斤巨石一样当头压下来，压得她胸口有些喘不上来气。

冰灵幻鸟道：“主人，分娩中的它很虚弱，攻击力不强，我可以挡一挡。”

“不，你受伤不好恢复，先离开。”凰北月镇定地说完，从冰灵幻鸟背上跳了下去。

她这个举动，不仅冰灵幻鸟震惊，风连翼也吃了一惊，她想干什么？只身闯入神兽的攻击范围，不要命了吗？

“冰盾，开！”凰北月轻喝一声。十二道冰盾，立刻层层垒砌，挡在了她的身前。

金色火焰撞在冰盾上，最前面的六道冰盾立刻碎裂成渣，后面的冰盾也出现了裂纹。

这一击吃了亏，金毛虎立刻开始了第二波攻击，金色火焰狂卷一切般猛冲过来。

凰北月啧了一声，一道雪白的元符从她手中出现，元符飞到半空，凰北月飞快地在上面扫视一眼，然后双手迅速结印。

这是当初灵尊给她留下的一个简单符咒，结合冰属性的元气就能构造出和符咒相连接的通道，她还没有试过这个符咒的威力。

“冰盾，开！”在金毛虎的金色火焰撞破了最前面的十二道冰盾后，第二轮冰盾立刻开启了，雪白色的符咒贴了上去。

“哼，你以为可以挡得住我吗？”金毛虎见她继续使用冰盾，不屑地冷哼了一声。

金毛虎全身金色烈焰凝聚成更大更强的烈焰，它的利爪连续在空中抓了多次，三道烈焰一起狂冲过去，如同雷霆一般，与冰盾相撞。

加持了符咒的冰盾一阵颤动，雪白色的光芒在冰盾上闪过，最前面的三道冰盾被撞得粉碎，剩下的冰盾却固若金汤。

这一击之下，金毛虎大吃一惊，不敢置信地看着剩下的那九道冰盾。怎么可能？它的赤金烈焰居然连一个区区召唤师的冰盾都攻不破？堂堂神兽，这样的打击几乎让它吐血。

它强忍着腹部的剧痛，开始凝聚第三次攻击的赤金烈焰。

凰北月身姿轻盈地跃到冰盾之上，抱着双手看着金毛虎：“你是打算把身上的元气耗尽，然后和你腹中的幼兽一起死亡吗？”

“这与你有什么关系？该死的人类，吾今日一定要杀了你。”金毛虎仰天咆哮。

凰北月弯起唇角，笑道：“杀了我，就没人能帮你了。”

金毛虎闻言，犹豫了一下。

产崽的痛楚让它全身都在颤抖，能坚持这么久，用这么强悍的实力和她战斗，已经非常厉害了。

看见它眼中的犹豫，凰北月继续说："我不想跟你战斗，你腹中的幼兽再不生出来，就没希望了。"

"哼，我不会相信人类的。"金毛虎呼哧呼哧喘着气，脸上显露出疲累的神色。

"你会相信我的。"凰北月笃定地说。

金毛虎抬眼看着她："凭什么？"

"凭这个！"她抬起手，万兽无疆赫然出现，带着某种神秘的气息。

金毛虎后退了半步。

"作为神兽，你应该能感觉到这古玉中的力量。我如果真要对付你，以你现在的状态，不会费多大的力。"

她的话里虽然有夸大的成分，但是万兽无疆的力量真的不可小觑。越是强大的灵兽，越能感觉到其中的力量，只是她现在还不懂怎么利用而已。不过刚才显露了那张简单元符的力量，已经让金毛虎相信了。

莹白色的光芒在冰盾上闪现，金毛虎柔顺光亮的毛发渐渐有些暗淡。

凰北月从冰盾上跳下来，轻声说："别担心，我只是想帮你。"

在她轻声的安抚下，以及不远处风连翼的琴声应和下，金毛虎的情绪渐渐平静下来，只是在凰北月要靠近它的一瞬间，它忽然抬起头来，道："对天起誓！"

凰北月轻轻一笑，毫不犹豫地竖起两根手指，对天起誓道："我凰北月发誓，若做出半点儿伤害金毛虎和幼兽的事情，便遭天打雷劈，不得好死！"

誓言刚一念完，被风连翼和金毛虎的气旋撞开的森林上空便闪过一道惊雷。誓言立，不得违背，否则天打雷劈。

金毛虎稍稍放心，身子一歪，完全支撑不住，倒在了藤蔓之上，重重喘息着。

刚才那短暂的一战，消耗了太多元气，它现在只能靠吸收藤蔓上源源不断的绿色元气来支撑。

"人类，你叫凰北月吗？"金毛虎虚弱地问。

凰北月从纳戒中拿出黑色斗篷盖在金毛虎身上，手放在它腹部轻轻地按着，她能感觉到幼兽在它腹中的蠕动。

"对，我叫凰北月。"她应道。幼兽还在蠕动，她放心了，"幼兽还好，只是你能挺得过吗？"等级越高的灵兽产崽越困难，像金毛虎这样的神兽就更难了。

"能！吾的孩儿，一定要顺利出来。"金毛虎低声道。

凰北月紧抿着嘴唇。

这时，风连翼走了过来。

感觉到他的气息，金毛虎低吼了一声。

“他是自己人。”凰北月安抚了一声，抬头对风连翼说：“你去附近巡视，不要让任何人靠近这里。”

风连翼点点头，便去了。

凰北月回过身说：“幼兽在你腹中已经成形了，只是过于庞大，导致你难产，我现在要用手把它拉出来，你忍一忍。”

金毛虎点了点头，一张口，咬住一根粗大的藤蔓，金目闭上，一切交给凰北月。

见此情景，凰北月也不敢大意，从纳戒里拿了酒出来。这东西是每一个来浮光森林历练的学生必备的，目的是遇到强悍的灵兽时，喝酒能壮胆。这个想法虽然有点儿滑稽，却不失为一个好办法，至少现在她确实需要喝一口酒来壮胆。

凰北月仰头举着罐子喝了一大口，然后把剩下的酒浇在手上。二十一世纪的时候，她在师父的马场见师父给马接生过，这酒是消毒用的。虽然神兽不一定会惧怕细菌、病毒之类的，但是小心驶得万年船，她是有样学样。

她一只手慢慢地探进金毛虎的体内，金毛虎的宫口已经打开了。摸到了幼兽，凰北月尽量把胎位拨正，让幼兽的脑袋朝下，然后抓住两只前肢，让它的身子蜷曲，慢慢拉着出来。

金毛虎流了很多血，藤蔓上的元气源源不断地被它摄入体内，依旧不能有所缓解。

凰北月不禁满头大汗，这是不是女人生孩子时出现的血崩？她的心跳陡然加快。她拽动幼兽的同时，金毛虎也在用力，而它每用一次力，鲜血就流得更多。

凰北月忙说：“流血了，怎么办？”

“用力！”金毛虎低吼一声，显然极其痛苦。

凰北月点点头。

眼看着幼兽一点儿一点儿从母体中出来了，凰北月惊喜地喊道：“出来了，看到前肢了。”

金毛虎一阵欣慰，金色的虎目中有湿润的光芒闪过。

接下来，幼兽的脑袋也出来了，长着细小的金色绒毛，有淡淡的金色火焰包围着。

幼兽的脑袋出来后，剩下的部位就比较容易出来了。

凰北月满脸汗水，用斗篷包着幼兽，说：“我那朋友是风属性的召唤师，他会疗伤，我去叫他过来。”

“凰北月，”金毛虎看着幼兽，缓缓地开口，“不用了。昨天吾在浮光森林的西边，和一只成年的百目寒蟾战斗过，已经受了重伤，你的朋友救不了我。”

受了重伤？凰北月眼睛睁大。重伤之中产崽，怪不得它会这么虚弱了。

“那要怎么救你？幼兽这么小，如果把它放在浮光森林中，实力稍微强大一些的灵兽就能把它灭了。”

刚刚从母体出来的幼兽，身上虽然有神兽的屏障保护，但是实力强大的灵兽照样能无视那层屏障。这刚生出来的幼兽，不会这么倒霉，一出生就成孤儿吧？

“凰北月，吾名为‘赤金圣虎’！这是吾的孩儿，你和它缔结契约吧！”金毛虎抬起头来看着凰北月。

凰北月一怔，和一只幼兽时期的神兽缔结契约？就是说，她有一只神兽作为召唤兽？

“它还这么小，没有选择的能力，我不会和它缔结契约。”

金毛虎有些震惊地看了她一眼。一般的人类，听到能和神兽缔结契约，都是喜不自胜、立刻行动，这个人类少女竟然拒绝了？

震惊过后，金毛虎不禁有些欣赏她，道：“好，你帮我养育它长大，它将来愿意和你结契最好不过，若不能，我有一样东西给你作为补偿。”说着，金毛虎张开嘴巴，将一颗金色的晶体吐了出来。它的大爪子一挥，金色晶体就到了凰北月面前。

凰北月吃惊不已地道：“这是你的兽核！”

兽核这种东西，她是第一次见到。只有神兽才能凝聚兽核，这种东西外表看着皱巴巴的，有一个苹果那么大，却因为金毛虎的火属性而呈现出火焰般金灿灿的颜色。

兽核中凝聚了神兽的力量，吐出兽核后，神兽也就不行了。兽核中的力量可以被人类摄取，但是能摄取多少，得凭人类自身修为而定。如果等级太低，比如一个三星召唤师，就算得到了一枚神兽的兽核，也只能往上晋升一星，而如果召唤师自身实力足够强悍，就会有意想不到的收获。

“反正我已经没用了，你发过誓，不会伤害吾的孩儿，这是吾的谢礼。”金毛虎低下头，用鼻子蹭了一下还没睁开眼睛的幼兽。

听这话，它已经做好了决定。

凰北月也不再多说，伸手拿了兽核，说：“你刚才说，是浮光森林西边的百目寒蟾把你打成重伤的？”

“没错。那是六级灵兽，实力太强，我分娩在即，不敌它，被它重伤。”

凰北月握住兽核，嘴角一扬，道：“我若将来实力变强，一定帮你杀了它！”

金毛虎欣赏地看了她一眼，道：“凰北月，你是我见过最仗义的人类。”

凰北月笑道：“拿人钱财，替人消灾，这是一个人类教我的。”

金毛虎看了幼兽一眼，把它推给凰北月：“带上吾的孩儿，走吧。”

凰北月抱过幼兽。它还没睁开眼睛，睡得沉沉的，身上淡金色的绒毛裹着小小的身体，酣睡的样子像小狗一样，很萌很可爱。

“我们此次进来，是想找几样药材，不知道你能不能帮我？”

“什么药材，你说吧。”

“土属性的地灵母，还有雷属性的牛角石。”

“地灵母啊！”金毛虎说着，爪子在藤蔓上轻轻一拨，露出底下一片暗青色的土地，土地上覆盖着一层黏糊糊的灵兽口水。口水下面，闪着绿色光芒的就是土属性药材地灵母了。

真是踏破铁鞋无觅处，得来全不费工夫！

凰北月当即走过去，用冰羽在地上一扫，将那些黏糊糊的口水扫开，然后挖了好几个地灵母出来。

“雷属性的牛角石，你们往东边走，会看见一片乱石滩，那里会有。”

“多谢了。”得到了想要的东西，凰北月和金毛虎告别，然后抱着幼兽，出去和风连翼会合。

看到她抱着幼兽出来，风连翼略微吃惊。抬头看了一眼金毛虎所在的方向，只见原来葱绿的藤蔓正逐渐枯萎，他立刻明白发生了什么。

“地灵母有了，往东边走，就能找到牛角石。”凰北月看了他一眼，面无表情地说完，径直往东边走去。

风连翼跟上来，问：“这幼兽你打算怎么办？”

“养着。”

“你要养一只神兽？”风连翼淡笑着说，“你抱着它出去，没人怀疑它的来历吗？何况在卡尔塔大陆上，拥有一只神兽的幼兽，是非常危险的事情。”

“这我自然知道，想个办法掩盖它神兽的本体不就好了？”她在独孤药圣给的《百炼经卷》上见过一种丹药，吃下之后可以暂时改变容貌，这对人类有用，对灵兽应该也有用。那丹药炼制起来不难，只是药材有些昂贵而已。她早就想试试了，因此前几天就让东菱买了药材，正好一会儿找个地方悄悄炼制出来。

风连翼听她说得如此自信，知道她肯定有办法，不由得对她又多了几分好奇，到底有什么事情能难住她？

他们往东边走了不久，果然看见一片乱石滩。这里浮光聚集得比较多，乱石滩上的一切都清晰可见。乱石滩上雷光爆起的地方，大概就藏着牛角石了。

“牛角石我来找，你去想办法把这神兽的本体掩盖起来吧。找到了牛角石我们就回去。”风连翼大度地说。

虽然得到赤金圣虎的幼兽，风连翼也出了一些力，但是看他的样子，丝毫没有对赤金圣虎垂涎的意思。面对着神兽都能这么淡定，凰北月还是有些佩服他的。

“那就辛苦你了。”说完，凰北月抱着赤金圣虎的幼兽走进了乱石滩旁边的树林中。

风连翼看着她离开的背影，淡淡地笑了。小丫头，总算对他有点儿礼貌了。

第二十九章 红莲尊上

周围的灵兽都被金毛虎的威压肃清了，是安全的。凰北月找了一棵大树爬上去，把赤金圣虎的幼兽放在脚边，然后在周围制造了三十六道冰盾，把她和幼兽围了起来。

拿出紫淬金炉，凰北月把五种属性的药材一一摆放好，然后手上吸收元气形成火焰，在紫淬金炉中燃烧起来。

之前炼药的次数已经很多了，所以这一次熟门熟路，她按照《百炼经卷》上记载的方法，更有事半功倍的效果，花了大概半个时辰，丹药就炼制好了。

这种丹药名为银蛇丹，其中最重要也是最昂贵的一种药材便是银蛇。银蛇不是高级的灵兽，却是一种十分罕见的蛇类，生长在雪域高原，因此通体银白色，非常漂亮。银蛇丹可以移形换貌，包括身上的气息、特征等，全都能改变了。

凰北月把银蛇丹放进赤金圣虎幼兽的嘴巴里，这小家伙直接咽下去了，吓得凰北月一身冷汗，刚出生的幼兽不会给噎死了吧？

事实上，她的担心是多余的，吃了银蛇丹的赤金圣虎幼兽依然可爱地酣睡着，只是身上淡金色的光芒慢慢消失了，蜕变成了普通老虎的花纹皮毛。

果然是有用的！凰北月心中大喜。这下子，她可以光明正大地养着它了，省得像冰灵幻鸟那样，委屈它到处躲藏。

此事成功了，她也不能让风连翼久等，连忙把三十六道冰盾打碎，抱着赤金圣虎的幼兽从树上跳了下去。

刚落地走了几步，她身后就响起了一声无礼的呼喝：“是谁在那里？滚出来！”

凰北月微一皱眉，这浮光森林中居然还有人！没有被金毛虎的威压吓走，肯定是高手。

她停住脚步没有转身，后面的人已经大步走上来了，听脚步声，人数不会少于十个。

“原来是个小丫头，吓死大爷我了。”

“喂，一个普通的丫头怎么敢孤身闯进浮光森林？我看，多半是高手伪装的！丁奇，你可别轻敌啊！”

“黄绍大哥说得对，这年头的小丫头都不得了，看红莲那个臭女人，哼，提起她就有气。”

那个叫丁奇的就是一开始呼喝的人，此时听了两个伙伴的话，他点点头说：“没错，不能轻敌，这小丫头一定有古怪！喂，小丫头，你从哪里来的？”

他们有十几个人，而且都是高手，面对一个不知底细的小丫头，倒是也没那么顾忌。

凰北月舔了一下嘴唇。这些人什么来路？为什么会提到红莲？并且听这口气，似乎对那个红莲还挺熟悉的。

丁奇走上前来。

凰北月抬起头，冷冽的目光与丁奇的目光相撞，丁奇大骇之下，脸色剧变，一股寒意深入他的骨髓，他结结实实打了一个寒战，不由自主地后退了好几步，然后咚的一声，跌倒在地上。

凰北月一愣，她有那么吓人？

其他人看见丁奇的反应，以为遇到了强大的对手，都纷纷亮出武器来。这十几个人中，竟然有四个召唤师，并且都是七星以上的召唤师，拥有的灵兽也都是十级以上。剩下的几个人，也都是黄金战士以上的武道高手，甚至还有一名初级剑圣。

这些人看起来个个身经百战，万一动起手来，十几个打她一个，对她不利啊！

眼看凰北月就要被围攻了，跌倒在地上的丁奇忽然大喊：“别动手啊，不得放肆！”

他这一喊，所有人面面相觑。

黄绍道：“丁奇，你怎么回事？”

凰北月也莫名其妙。怎么说打就打，说不打就不打了？她正摩拳擦掌，准备好好施展一下拳脚呢。

丁奇爬到凰北月脚边，跪着讨好道：“红莲尊上，您怎么会在这里？小人们刚才有眼不识泰山，得罪了……得罪了。”

凰北月秀眉一拧，红莲……尊上？这蠢货拿她开涮吗？

那些人听到丁奇的话，都大吃一惊，连忙收了武器，跑上前来一看，立刻跪下了。

“红莲尊上，小人们知错了……知错了，求您开恩，饶了我们吧。”

“饶了我们吧！下次再也不敢了。尊上与天同齐，与地同寿，纵横四海，谁与争锋！”

“纵横四海，谁与争锋！”

“尊上万岁……万岁！”

……

刚才还要对她动手的人，此刻全都跪在她面前，讨好、献媚、求饶，这反转未免太无厘头了吧？

此刻的凰北月，一头火红的长发，精致的面庞上没有半点儿表情，冷冰冰的样子，更是让这些人惧怕不已。

凰北月暗想，为什么他们都叫她红莲尊上？难道她和那天秒杀了司马归燕的红莲长得很像？不对啊！长得像的话，司马归燕看见她怎么一点儿吃惊的样子都没有？难不成，那天连司马归燕都没有看见红莲长什么样子？似乎也对！红莲是光耀殿的人，而光耀殿是出了名的神秘莫测，她自然不会轻易在世间露面。

想到这里，凰北月放了心。既然这些人把她认错了，那就将错就错，套点儿情报出来吧！

她面无表情地看着这些人，想着那天红莲说话时高傲狂妄的语气和姿态：“哼，就凭你们几个也敢在背后说我坏话，果然是活得不耐烦了。”

她冰冷的声音一出，那些人浑身直打哆嗦，跟筛糠似的。

黄绍比较稳重，连忙说：“尊上请息怒，小人们说错了话，一定自罚。”

“自罚？好！先各断一根手指吧。”凰北月嘴角扬起傲慢的弧度，像天神俯视蝼蚁一样俯视着这群跪在她脚前的人。

黄绍等人面色苍白，嘴唇都咬破了。

红莲说要断指，他们岂敢违抗？放眼整个卡尔塔大陆，有几个人是红莲尊上的对手？那些被传得有多厉害的九星召唤师，红莲尊上只要一剑，就能杀得片甲不留！他们这些小人物，哪有跟红莲尊上说不的资格？何况红莲尊上性情凶残，如果不按照她说的做，下场恐怕会更惨。他们都明白这个道理，为今之计，只有顺从她的意思，自断一指，才能逃过一劫啊！

这些人都拿出匕首或者武器，心一狠，当真把自己的小指切了下来。顿时，刻意压低的呜咽和痛呼声在浮光森林里幽幽地回荡起来。

那些飘浮在半空中的浮光似乎闻到了鲜血的味道，纷纷振动着长长的鳍围过来，在这些断指的人身边飘来飘去。

凰北月冷冷地笑了笑，还真是一群听话的傻子。由此可见，红莲确实是个厉害的角色。

“红莲尊上，请消气吧。”黄绍疼得满头大汗，但还是讨好地对她说。

凰北月从鼻孔里发出一声冷哼，道：“一地血腥，让人恶心！”

“是……是！”听她这么说，黄绍立刻用带血的手刨着地上的土，把他的断指连同鲜血一起埋起来。

其他人看见了，纷纷效仿。

凰北月这才满意地撇着嘴，高傲地问：“你们，怎么来到这里了？”

黄绍立刻说：“回尊上，昨天您让我们来浮光森林寻找那只受了伤的神兽，我们一直没有发现它的踪迹。今天下午，我们终于听到灵兽们奔逃的声音，想着应该是那只神兽出现了，就赶过来了。”

原来是为了那只被百目寒蟾重伤了的金毛虎。

金毛虎曾说，它是在西边的森林中被那百目寒蟾重伤的。红莲前天还在临淮城，这么快就穿越浮光森林到达西边，看到金毛虎被重伤了？她是单枪匹马穿越浮光森林，还是和那天那个男人一起？不管怎么说，这种实力都太恐怖了。

“那现在如何了，找到那只神兽了吗？”凰北月冷声问。

她怀中的赤金圣虎幼兽还在酣睡，完全没有醒过来的迹象，她用斗篷包着，这些人也看不出是什么东西。

“回尊上，我们刚才赶到有神兽威压的地方，却发现那只火属性的神兽已经死了，它采用的是自焚的方式，所以……”黄绍说着，声音低下去，非常害怕被责罚。

“那它的兽核呢？”凰北月目光一瞥，冷冷的。她身上散发出来的强大气场，让这些高大的男人立刻俯下身子，只差没贴在地上了。

黄绍战战兢兢地说：“兽核……兽核……”

“嗯？没有吗？”凰北月冷冷地问，“神兽死后，怎么可能没有兽核？是不是你们几个私吞了？！”

“尊上明察，小的们绝对没有这个胆子！”黄绍声音颤抖着道，“我们……我们赶去的时候，那只神兽已经自焚而亡，兽核也不见了，但现场有打斗的痕迹，恐怕是……是被人捷足先登了。”

凰北月听得好笑，他们要是知道那个捷足先登的人就是自己，他们还在这里给自己下跪求饶，岂不是要气死了？

“这件事情，我会调查清楚，你们若敢有一个字欺骗，哼，知道是什么后果吗？”

“是……是，多谢尊上开恩！”黄绍领着一干人等立刻磕头拜谢。

“起来吧。”凰北月冷冷一挥手。

黄绍等人这才站起来。

丁奇立刻谄媚地拍马屁说：“尊上，您这头发颜色艳丽，配着您绝世的容颜，真是明艳不可方物啊！”

众人纷纷点头。他们从来没有见过红莲尊上这样一头火红色的长发，比起之前的黑发，更显得嚣张明艳、不可一世。

凰北月冷眸一扫，道：“这头发是个意外，以后谁敢再提，杀无赦！”

她这样威胁他们，是怕他们把见过她的事情抖出去，到时候被真正的红莲知道了，她的日子就不太平了。

“是！”众人立刻躬身答道。

想想也是啊，红莲尊上最喜欢那头乌黑亮丽的秀发了，如今换了红发虽然光彩夺目，但不是意外的话，她怎么会把自己喜爱的头发变了个颜色？他们见过红莲尊上丢脸的这一面，以后一定要牢牢闭紧嘴巴，绝对不能乱说，否则，小命不保啊！

这时，前方传来脚步声，一抹白色清绝的身影从忽明忽暗的浮光中走来。

黄绍等人立刻上前去，为表忠心，都悍不畏死地挡在凰北月身前。

那人脚步顿住，看到这情景，略微吃了一惊，紫色眼眸在浮光映照下，显出几分迷离之色。

凰北月心中暗道，糟糕，风连翼怎么过来了？

她刚想开口说两句话提醒风连翼，以他的聪明应该不会乱说话，可是她还没开口，站在她前面的黄绍看清了风连翼的样子，吃惊地喊了一声：“修罗城，是修罗城的人！”

“黄大哥，你什么意思？”丁奇惊惧地喊了一声。

黄绍没有理他，而是转头悄悄对凰北月说：“尊上，这是修罗城的人，小的亲眼见过，该如何做？”

“修罗城……”凰北月轻声念着，若有所思地抬头看了一眼风连翼。

修罗城是卡尔塔大陆最阴森恐怖的势力，传闻那是个比地狱还可怕的地方，修罗城中的人个个残忍嗜血、冷酷无情，敢惹他们，就算是一个国家，也得给你灭了！可传言归传言，真正的修罗城是什么样子，根本没人知道。

风连翼是修罗城的人？

“你确定没认错？”凰北月冷声问。

黄绍忙说：“回尊上，这家伙在修罗城一群怪物中间那么显眼，小的怎么可能认错？”

风连翼长得倾国倾城，见他一眼，毕生难忘。

凰北月点点头，又看了风连翼一眼，见他不为所动，便说：“这人来头不小，实力恐怕深不可测，你们对付不了，走吧。”

黄绍等人一听，大喜道：“尊上神武，多谢尊上。”

修罗城的人很难对付，不过有红莲尊上在，他们也就放心多了。

“请尊上小心！”黄绍说着，招呼自己的一群兄弟，从后面撤退。

凰北月一直盯着风连翼的脸，此时才淡淡开口，带着几分戏谑：“修罗城，翼王子好大的来头啊！”

风连翼微微笑道：“比起红莲阁下，我算得了什么？”

凰北月冷哼一声，道：“少在我面前装模作样。早就知道你不是好东西，没想到竟真不是个好东西！”

风连翼摸摸鼻子，笑得很是愉悦：“又生气了？”

凰北月目光骤然变冷，狠狠地盯着他。

风连翼立刻道：“算了，下次你想知道什么，尽管问我，我定不隐瞒，可以了吗？”

“谁稀罕知道你什么？你是谁，跟我有什么关系？”凰北月冷冷地说完，抱着赤金圣虎幼兽准备走。

被她那冰冷的语气打击得心里有些失落，风连翼偏头看了看她，俊美的笑容才慢慢收敛了一些：“那几个人见过你我的样子，留着始终是个祸害，我去解决了吧。”

“哼，这种事情还要我动手吗？”凰北月一副女王架势地说。

“明白了。”风连翼点点头，不敢继续打扰女王，身形一闪，便消失在了原地。

黄绍等人溜得很快。一会儿，红莲尊上和那个修罗城的人打起来，引来更多浮光，对他们也不利。观战这种事情，不是他们这些虾米能做的，还是赶快逃远一点儿比较好。

“黄大哥，我总觉得今天的红莲尊上有点儿奇怪。”丁奇一边快逃，一边疑惑地说。

另一个人点头表示同意：“墨莲尊上似乎没有跟她在一起呢？”

黄绍道："大概是红莲尊上的头发有点儿奇怪，所以你们觉得不一样吧！墨莲尊上也不喜欢和红莲尊上一起行动吧？"

"黄大哥说得也对，如果不是墨莲尊上生活能力太差，说什么也不会和红莲尊上一起吧？！"丁奇抓抓头，终于释怀地笑起来。

"希望红莲尊上顺利解决了那个修罗城的人。"

黄绍面色凝重地道："我看那个人不是那么容易就能解决的，我上次看到他，他可是……"

"黄大哥小心！"丁奇忽然大喊一声。然而已经来不及了，他刚喊出口，正在说话的黄绍的脑袋已经从脖子上滚了下来。

无声无息，无形无状。只有一阵微风吹过，在这个幽暗阴森的森林中，显得无比诡异。

"是谁？"丁奇转身大喝。

周围虚空的幽暗中，他什么都看不到。

浮光微动，拖着长长的鳍在丁奇面前绕来绕去，丁奇大怒，挥出手中的剑把浮光挥开。他的剑抬起来的时候，那些浮光忽然刺啦一声，振动着长长的鳍，张开嘴巴咬住了他的脖子，然后开始吸他的血。

"丁老二！"其他人纷纷大喊，亮出武器，上前来想要把那些浮光挥开。

浮光吸血的速度何等之快，比起蓝蝙蝠之类的灵兽要恐怖许多，片刻工夫，丁奇便被吸得奄奄一息，倒在了地上。

"妈的，究竟是谁？！"一个人忍不住大喝。

突然，一阵风从面上掠过，他眼珠子睁大，脑袋也从脖子上滚了下来。

"鬼……鬼啊！"其他人看到这情景，都惊慌失措，转身就逃。没跑几步，四面八方狂涌而来一阵劲风，风中传来阵阵嘶吼，挟带着比刀锋还凌厉的风刃，飞速旋转。那些逃跑的人，不管是召唤师还是武道高手，全都惨不忍睹。顷刻间，十几个七星以上的召唤师、黄金之上的战士加上一位初级剑圣，全部惨死。

丁奇在地上抽搐了两下，他的脖子被浮光咬断了。他大睁着眼睛，看着一片光芒中，一个雪白色的身影慢慢走过来，右手上，无形的风凝聚成一把剑的样子。

丁奇眼中满是惊恐之色，他看着那一身白衣、那一把剑，嘴巴里和着血，含混地吐出几个字："你……是……是……王……"

没等他说完，风连翼轻轻地挥剑，丁奇的身体便被拦腰砍断了。

手中的剑变成一阵风消散于无形，风连翼冷冷地看了一地的尸体一眼，绝色的面孔上凝着一层冰霜。

“解决了吗？”他身后传来凰北月不耐烦的清脆声音。

风连翼脸上的冷寒之色立刻消失，他紫色的眸子中浮现一抹柔和的光芒，带着笑意。

“你别过来，看到会不舒服的。”风连翼笑着转身走过去，看到凰北月冷酷的样子，他笑意深深，“久等了。”

凰北月冷哼一声，对他刻意的关心和讨好视而不见，转身径直离开。

他们离开好久之后，那些血肉被围拢过来的浮光吃得干干净净。吃光了血肉，浮光的目标便转向了被砍成两截的丁奇。

浮光渐渐聚拢过去，一道暗黑色的雷光忽然击下，那些浮光全都化为了灰烬。

一个黑色身影来到丁奇身边，十几岁的样子，穿着一件非常精致的黑色斗篷，斗篷没有遮住脸，有些不自然的惨白。若是没这诡异的惨白的话，倒不失为一张清秀的脸。他眼睛很大、很深、很黑，有几分让人汗毛倒竖的感觉。仔细一看，那眼瞳几乎是不动的，黯淡无光，他什么都看不见。

眼虽盲，动作却毫不凌乱。他在丁奇身边蹲下，苍白的手从斗篷里伸出来，放在丁奇的脑袋上方。他嘴唇微动，冷如寒泉的声音没有任何音色的波动，默默念道：“长人千仞，十日代出，魂兮归来！”

本来已经死去的丁奇，眼珠子忽然转了一下，竟又活过来了。

丁奇涣散的目光慢慢凝聚，待看见面前诡异的黑衣少年，他眼中光芒闪烁：“墨……墨莲尊上……”

“谁动的手？”黑衣少年声音冰冷地开口。

“修……修罗城和……红发的……红莲尊上……”丁奇痛苦地说着，满脸祈求之色，“救……救救我……”

“疼？”墨莲无神的眼珠子微微一转。

“疼……疼啊……”丁奇撕心裂肺地惨叫道。

被风连翼一剑劈成两截，人死了，都没这么疼，被墨莲用招魂术复活了，残缺的身子竟是这么痛。

墨莲微微偏头，惨白的嘴角浮起一抹诡异残忍的笑：“疼，就死！”说完，他轻轻一抬手，无数浮光猛地冲下来，扑向了丁奇的身体。

丁奇惨叫着，瞬间就被啃得骨头都不剩。

墨莲站起来，拉了拉斗篷，偏过头，似乎看了一眼森林深处。

他左眼角下方有一枚黑色的桔梗刺青，衬着他那张苍白的脸，十分诡异。

“红发的……红莲？”

已经走到浮光森林边缘的凰北月忽然顿住脚步，一丝不祥的感觉涌上心头。

风连翼回过头来看着她：“怎么了？”

“那些人，你都杀了？”凰北月微微凝眉。

风连翼笑道：“你不相信我？”

“哼，全部杀了最好！”凰北月瞥了他一眼，大步往前走去。

他们快要走到灵央学院营地的时候，前方忽然传来窸窸窣窣的声音。

“咱们就在这里吧！嘿嘿，这里没人会过来的，方便行事。”

“嘿嘿，好，就这里吧！”

“运气真不错啊，这小妞真是个极品啊！嘿嘿嘿嘿……”

……

猥琐的笑声传来，一听就是四海佣兵团的佣兵。听他们的口气，不知道又干了什么坏事，不过一定跟灵央学院有关。

凰北月虽然性情冷漠，灵央学院被灭了也不关她什么事，但是她对四海佣兵团的人特别看不惯，他们作恶可以，来到她的地盘作恶就是他们倒霉了。

凰北月这样想着，目光越来越冷。她抱紧了赤金圣虎幼兽，正想走过去，一道女子的惨叫声突然响起：“你们干什么？滚开！你们这些下流东西，走开啊！你们知不知道我是谁？”

这凄厉的声音，怎么听着这么熟悉？

凰北月一愣，脚步顿住了。风连翼想跟上来，也被她伸手拦住。

猥琐的佣兵笑着说：“小美人儿，别怕，爷会好好疼你的，一定让你爽！”

“嘿嘿，就是，相信哥哥们的技术吧，嘿嘿，来，先亲一个。”

“滚！”愤怒又凄厉地大喊了一声，那女子明显想跑，却被几个人一起拽住了。

“哼，敬酒不吃吃罚酒。你这样的女人我们见多了，现在喊着不要，一会儿求着大爷们上你！”

“天雪猫，出来！”一声大喝之后，浑身雪白的天雪猫出现在林子里，喵呜一声，虎视眈眈地看着那几个人。

“哟嗬，想不到还是个召唤师呢！啧啧，女召唤师，大爷我最喜欢了。”

“看实力，三星召唤师呢。啧啧，不错啊。”

“哼，知道我是召唤师，还不快滚？一会儿打得你们屁滚尿流！”

看到天雪猫，凰北月再也不怀疑了，那被抓住的女人原来是萧韵！

风连翼看了她一眼，低声道："似乎是长公主府的人。"

"是啊，是我二姐姐呢。"凰北月舔了舔嘴角，抱着赤金圣虎幼兽退回到树林里蹲着，同时朝风连翼招招手，"过来。"

"你不打算出手吗？"风连翼走过去在她身边蹲下，透过密密的枝叶，可以看见那边天雪猫庞大的身体。

凰北月挑了一下眉，道："我二姐姐可是三星召唤师，厉害着呢，哪用我出手啊？"

她这话说得阴阳怪气的，风连翼微笑不语地看了她一眼。

喵呜，天雪猫突然惨叫一声，倒飞了出去，重重跌在地上。在它刚才站立的地方，一只花纹斑杂雷属性花斑豹雄赳赳地蹲在那里。雷属性花斑豹，十级灵兽！

萧韵的脸色瞬间变得惨白，步步后退着："你……你们别乱来，你们知不知道我是谁？我父亲是当朝驸马萧远程……"

"咦，驸马？你是惠文长公主的女儿北月郡主？"一个佣兵问道。

萧韵摸不清楚状况，不敢贸然答应，呆了一下。

那佣兵凶神恶煞地说："哼，惠文长公主当年害得我大哥惨死，这笔账我还没找她算，今日她女儿落在我手上，真是报应啊。"

"我……我当然不是惠文长公主的女儿，我娘怎么可能是那种不要脸的贱妇？是她抢了我爹，让我娘成了小妾，让我变成庶女，我也恨死她了。"萧韵连忙说。

那个佣兵冷哼道："想说谎骗我，没那么容易！"

"是真的，我真的不是北月郡主！北月郡主这次也跟着我们来了，你想报仇的话，我可以带你去找她。"萧韵急急忙忙地说。为了保命，她什么都可以豁出去。

"哦，北月郡主也来了？"那个佣兵一听，立刻摸着下巴思索起来。

他周围的人道："霍老六，你怎么回事？这小妞白抓了？不玩儿啦？"

"哪能呢？"霍老六嘿嘿一笑，说："小妞，那北月郡主长得如何？有你的姿色吗？"

"美，比我美多了。"这种时候，萧韵可完全没有凌驾于凰北月之上的优越感了，她用尽了形容词去夸奖凰北月，"临淮城的人都知道，北月郡主和惠文长公主简直是一个模子刻出来的。惠文长公主当年是卡尔塔大陆数一数二的大美人，北月郡主又怎么会差？"

霍老六听了，眼放淫光，对其他人道："怎么样？想不想尝尝那尊贵的郡主的滋味？"

这些佣兵四处横行，眼里心里都没有规矩和律法，一听有更好的货色，都蠢蠢欲动。

“霍老六，有了北月郡主，这小妞也不能白白放过啊！那北月郡主应该不过十二三岁，哪有这个尤物销魂呢？”一个佣兵走到霍老六身边，压低声音说。

霍老六奸笑着低声说：“自然，这小妞也不会放过，等抓了北月郡主，将她一起享用！”霍老六抬起头来，道，“你领我们去营地找北月郡主。大爷怎么相信你不会使诈坑我们呢？”

萧韵狠狠地说：“我不会坑你们的！我恨那丫头抢了本该属于我的一切。实话告诉你们，惠文长公主便是我母亲一碗药毒死的，那凰北月，我也巴不得她早点儿死呢！”

“啧啧，原来如此。小美人儿，你跟你娘，都是毒辣的货色啊！大爷我真喜欢！”霍老六淫笑着在萧韵白嫩的脸颊上捏了一把。

萧韵强颜欢笑。

凰北月狠狠地捏断了一根树枝，眼中寒芒暴现。萧韵，你找死！

“谁在那里？”她这边的动静立刻被那些天生警觉的佣兵发现了，他们可都是四海佣兵团中的好手，不是召唤师就是武道高手。

霍老六一使眼色，两个佣兵立刻朝凰北月这边过来了。

“被发现了，先走吧。”风连翼轻轻拍了一下她的肩膀。

凰北月却霍地站起来，把赤金圣虎幼兽往风连翼怀里一放，昂首阔步走了出去。

“二姐姐，怎么一会儿不见，你就跑到这里来了？”凰北月冷冷地开口，目光不屑地在那些佣兵身上扫过。哼，一群废物！

萧韵看见她，先是一愣，然后指着她，冲霍老六大喊道：“是她，她就是北月郡主！”

霍老六是个身材魁梧的汉子，虎背熊腰，那只十级的雷属性花斑豹就是他的召唤兽。

“果然是绝色啊！”霍老六上下打量着凰北月，目光中毫不遮掩地带着猥琐和贪婪。

砰！一声巨响，霍老六高大的身体忽然倒飞出去，直直地撞上了身后的一棵树，树干被撞得从中间断开，可想而知霍老六要受多大的苦。

“呕……”从树上掉下来，霍老六立刻吐出了一口血。

花斑豹看见自己的契约者居然在自己的眼皮子底下被打成这样，凶性大发，朝凰北月嘶吼一声，作势要扑上去。

嗷，一声嫩嫩的幼兽低吼声响起，弱弱的，像是刚睡醒的婴儿发出的声音。

作势要扑向凰北月的花斑豹听到这个声音，怔了一下，然后迅速后退，最后直接退到霍老六身边，瑟瑟发抖地蜷缩着，不一会儿，就跑进灵兽空间里躲着了。

赤金圣虎的幼兽醒了，怪不得花斑豹怕成这样。在一只神兽面前，小小的十级灵兽还有什么可发威的？

神兽的外形能够隐藏，神兽的气息却不好隐藏。既然赤金圣虎幼兽已经醒了，下次就好好教教它，好好装一只普通的老虎，不要随随便便用神兽的气息吓唬人和灵兽。

风连翼抱着赤金圣虎幼兽走出来，一脸寒霜地盯着重伤的霍老六，他身上的白衣翻飞，显然刚刚动用过元气。

几个佣兵看到霍老六的样子，都被吓坏了。霍老六是他们当中实力最强悍的，却被人一招就打成了重伤，他们还有什么戏唱？这白衣男人不知道是什么来头，竟然如此厉害，他怀中抱着的那只老虎幼兽不会是他的召唤兽吧？

佣兵们纷纷后退到霍老六身边，其中一个佣兵说："霍老六，我看那人来头不小，咱们还是先逃吧。"

"逃？"霍老六还没有开口说话，凰北月冷笑一声，"在我手中还想逃？"

那些佣兵没看见凰北月出手，对她倒是不十分惧怕，一个佣兵梗着脖子说："哼，我们四海佣兵团都是高手，我们袁老大可不是好惹的。"

"那个大胡子敢侮辱我们南翼国，我迟早要宰了他。在此之前，我先宰了你们。"凰北月说完，转过头对风连翼道："少管闲事！"

"明白了。"风连翼脸上的寒霜慢慢消散，笑着说。

刚才不过是看霍老六眼神十分放肆地盯着她，他心里不高兴才出手的。这丫头自尊心很强，也很自傲，她动手修理人的时候，他当然不会出手，免得又让她生气。

其中一个佣兵一听，面露不屑地道："就凭你一个小丫头……"

佣兵的话还没有说完，凰北月已经出现在他面前，拳头毫不留情地打出去，佣兵立刻飞出去，满口牙和着血被打了出来。

凰北月冷厉的目光扫过那几个还在发愣的佣兵，快刀斩乱麻，手中骤然出现一根莹白色的冰羽，轻轻一扫，顿时，惨叫声此起彼伏，连同重伤的霍老六，一群人都被扫得摔了出去。

这丫头也太厉害了。

几个佣兵从地上爬起来，赶紧召唤各自的召唤兽，可是有神兽赤金圣虎在这里，哪个灵兽不怕死地敢出来？几名召唤师大骇，几个武道高手还好，不用召唤灵兽，直接亮出武器，要上去和凰北月战斗。

凰北月冷笑一声，道：“以卵击石，不自量力！”

几个武道高手一起冲上来，凰北月站在那里一动不动，嘴角微微扬着，冷酷的笑意若隐若现。

第三十章 黄雀在后

“啊……”站在人群后面的萧韵忽然惨叫一声，腿一软，跪了下去。

几个武道高手一愣，还没有反应过来是怎么一回事，他们后面的召唤师就大喊：“冰灵幻鸟，五灵之一的冰灵幻鸟！”

“逃……逃命啊！她至少是九星召唤师啊！”几名召唤师连滚带爬地向后逃。

可怜那几个不知死活的武道高手，还没有回头看一看传说中五灵之一的冰灵幻鸟，就被冰灵幻鸟吞进了肚子里。

“一个都不许放走。”凰北月沉声下令。

“是，主人！”冰灵幻鸟吃了几个人，还没开胃，冰翼一拍，立刻追向了那几个逃跑的召唤师。

玩猫捉老鼠的游戏一样，冰灵幻鸟把那几名召唤师戏弄得自杀的心都有了，才一个一个吞进了肚子里。

冰灵幻鸟什么时候这么调皮了？

凰北月看了一会儿，才转身向萧韵走去。

萧韵双腿发软地跪在地上，见凰北月走过来，她顿时觉得呼吸困难，害怕得心脏都快要跳出来了。

“三……三妹妹，我刚才只是权宜之计，乱说的……”萧韵看到她手中的冰羽，眼前顿时一阵阵发黑。

到这个时候，她还不明白是怎么一回事的话，她就真是个傻子了。凰北月不仅不是废物，也根本不是什么黄金战士，她是拥有冰灵幻鸟的九星召唤师戏天啊！

怪不得母亲派人送了那么多次重礼，请佣兵公会的人转交给戏天大人，希望戏天收自己为徒，最后那些礼物都被原样退了回来。她们以为戏天那样的高手肯定是高傲的，不收礼不收徒也无可厚非，现在她才明白，她和母亲是多么好笑，居然去求一个以前从来都看不起的废物！凰北月肯定在嘲笑她们吧？不仅嘲笑，她还布下天罗地网，把她和母亲一起算计进去了。

想到这些，萧韵恨得牙痒痒，但是凰北月就是戏天这个事实，又让她觉得好可怕。

“权宜之计？”凰北月居高临下地看着她，淡淡地说，“如果不是听了二姐姐的权宜之计，我还不知道原来二姐姐这么恨我。”

“没，绝对没有的事！”萧韵连忙摇头辩解，“你我是亲姐妹，身上流着一样的血，我怎么会恨你呢？那些话，你权当没听见好了。”

“可我都听见了，忘也忘不了。特别是二姐姐说，我母亲去世，是因为雪姨的一碗毒药……”

“不！”萧韵大叫，腿软却还是跪着到凰北月脚边，“三妹妹，那不是真的。我们母女就算再胆大，也不敢谋害皇家的人啊。”

凰北月低下头，冰冷的眸子里满是厌恶之色：“萧韵，有点儿骨气行不行？这样的你，真让我瞧不起！”

萧韵一怔，泪水簌簌而下：“我……真的没有啊，真的没有啊……”

凰北月一脚将她踹开，然后蹲下身去，冷冷地看着她：“二姐姐，你可知道当初为什么让你拍下冰灵幻鸟的冰羽？灵兽的一部分在哪里，所有动向，召唤师都会知道。你和雪姨娘做的那些事，以为能瞒得过我？”

萧韵浑身冰冷。想起那天拍卖会上的事情，原来都是凰北月刻意安排好的，怪不得，一位九星召唤师，怎么可能将自己的灵兽羽毛拿出来拍卖！凰北月根本就是算计她，让她拿着冰灵幻鸟的冰羽，自以为实力提高了，实际上，却是自己所有动静都被她监视着。

“凰北月，你……你够狠……”萧韵喃喃地说。

“不狠，怎么跟你们斗呀？！”凰北月轻笑，“你和雪姨，好歹能让我花点儿心思，也尽兴了，接下来，可别怪我对你报复了。我这人，对待敌人，第一无情，第二无义，第三，十倍奉还！”

“你……你想怎么样？你如此歹毒的心，就不怕被人知道吗？”萧韵步步后退着，转头向风连翼求救。

这位北曜国的九皇子，不是传言最温雅善良的吗？他不会见死不救的。只要他肯帮她，她就有希望了。

萧韵怎么会知道，风连翼一切温柔的假象之下，藏着一颗比谁都冰冷的心。

他温柔地抚摸着赤金圣虎幼兽头顶柔软的毛发，唇边含着温柔的笑意，好像在看一出姐妹情深的戏码。

“翼王子，求……”萧韵哀哀地看着他。

凰北月上前，一把抓住她的衣领，狠狠地说：“谁让你倒霉，被人抓到这里来羞辱。那些人没成功地羞辱你，我给你换个方式，知道什么叫生不如死吗？”

萧韵摇头，哭着道：“我不知道……不知道……”

“不知道？很好，很快你就会知道了。”凰北月冷笑，又偏头对冰灵幻鸟说：“那只花斑豹呢？”

刚才那些人，如今只剩下霍老六一个，他的灵兽花斑豹还在灵兽空间里躲着。

冰灵幻鸟走到霍老六身边，把吓得已经死过去的霍老六拽过来，将花斑豹从灵兽空间里赶了出来。

十级的灵兽在冰灵幻鸟面前，只是小虾米一样的存在，缩在地上，吓得瑟瑟发抖。

凰北月把萧韵扔过去，笑着说：“让它把我的二姐姐送去河对面的四海佣兵团里，就说是霍老六送他们的一份大礼！”

“不要！”萧韵撕心裂肺地惨叫起来，扑过来死死抱着凰北月的腿，“三妹妹，我知错了，我母亲也错了。求求你饶了我吧，我再也不敢了。”

“二姐姐，别求我了，头磕破了我也不会原谅你。你以为我是今天才知道你们谋害我母亲的吗？哼，我早就知道了。之所以没有对你下手，是我在考虑，究竟怎么才能让你生不如死呢？”

萧韵瞪大了惊恐的眼睛，知道哀求是没有用了，忽然，冷狠的光芒从她眼中闪过，冰羽骤然出现在她手中，她大喊一声：“你不仁我不义，那就去死吧！”

话音落下，她手上已经用全部冰元气凝聚起一团自焚式的暴雪，按在了凰北月的背上。如此迅捷的动作，明显是早就准备好了。

一个三星召唤师自焚式地以全部冰元气来和她同归于尽，这威力绝对不会小！

凰北月微微凝眉。果然和雪姨娘一样，不到黄河心不死！

萧韵眼中闪动着疯狂的光芒。与其被凰北月丢去四海佣兵团里受尽屈辱而死，不如在这里和她同归于尽。

手中的暴雪已经按在凰北月背上了，她低喝一声：“破！”

“破”字才喊了一半，她紧紧地抓在手里的人却忽然从眼前消失了。

萧韵一愣，暴雪爆破开来，她惨叫一声向后飞去，重重摔在地上，口吐鲜血。

她抬起头，却看见凰北月就站在她刚才站立的地方。

“你……”

“武道中有一种特殊的功法，名为‘移形换影’，我称为‘瞬移’，剑圣以上的级别才能修炼。二姐姐，想杀我，你还太嫩了。”凰北月讥讽地说。

萧韵痛哭出来：“我不甘心！你凭什么样样都比我好？凭什么？我十多年勤奋努力都比不上你？这究竟是为什么？”

“没有为什么。就像雪姨说的，不要怪我，要怪，就怪你命数不好！”凰北月说完，不再理她，朝冰灵幻鸟招招手，把她交给了冰灵幻鸟。

凰北月转身走到风连翼面前，把赤金圣虎幼兽抱了过来。

“凰北月，你会有报应的，你一定会有报应的！我要诅咒你，诅咒你不得好死！啊啊……”萧韵凄厉的喊叫声越来越远。

凰北月淡淡地勾起唇角。报应？有报应的话，萧韵和雪姨娘也会在她之前遭报应。

不知道为什么，狠狠地惩罚了萧韵之后，她的心情却有种无比沉重的感觉，替长公主不值，替从前的凰北月不值，为什么会栽在这样的人手上？特别是长公主，她该是一个怎样风华绝代的女子？可惜，竟然死在卑鄙小人的毒药之下！

刚刚苏醒的赤金圣虎幼兽看着她，乌黑溜圆的大眼睛眨巴眨巴地，似乎十分喜欢她身上的气息，一直往她怀里钻。

凰北月不喜欢和人或者动物亲近，虽然这只幼兽长得很萌很可爱，她还是把它从怀里拖了出来。

赤金圣虎幼兽发出略微不满的声音，爪子胡乱挥舞着，转头看向风连翼，哀怨的小眼神好像在告状。

风连翼看了一眼凰北月如寒霜般的面色，他拍了拍赤金圣虎幼兽的脑袋，笑着说：“别闹，她心情不好呢。”

赤金圣虎幼兽偏了一下小脑袋，想了想，转回头看着凰北月，伸出舌头舔了一下她的手，然后乖乖巧巧地躺在她臂弯里，不再闹了。

凰北月抱着赤金圣虎幼兽，不说话，微抿着唇角，面色黯然。

风连翼看着她，眼中有微光闪过。

“翼王子，你是不是觉得我刚才的做法太残忍？”

“凡事，但求心里痛快就好，何必在乎别人怎么看？”风连翼淡笑着说。

嘴角微弯，凰北月笑起来：“不愧是修罗城的人。”

风连翼不禁失神，紫色的眼眸中不知不觉带了一丝温柔：“你笑起来很漂亮，为什么不经常笑？”

凰北月的面色又冷下来：“在我不喜欢的人面前，我不喜欢笑。”

风连翼一怔，随即挫败地摸了摸鼻子。

“幼兽会对第一个接触过的人产生依赖感，它很喜欢你。”不想让她继续想萧韵的事情，风连翼将话题岔开了。

“这叫雏鸟情结，它睁开眼睛看到的第一个人，会当成它的父母。”

“可它睁开眼睛看到的第一个人，是我啊。”风连翼突然笑起来。

凰北月微微皱着眉，语气有争宠的味道：“可它比较亲近我。”

赤金圣虎幼兽抬起头来，欢快地蹭蹭凰北月的手，又转头朝风连翼讨好地呜呜几声，一脸幸福的样子。

风连翼笑道：“也许它把我们当成它的父母了。”

赤金圣虎幼兽好像听得懂他们的话，立刻呜呜两声表示十分同意。

凰北月脸一黑，冷冷地说：“少胡说了，这是我的神兽，跟你一点儿关系都没有。”说完抱着赤金圣虎幼兽大步往前走，同时暗自决定，以后要让赤金圣虎幼兽离他远一点儿！

风连翼看着她的背影笑了一会儿，然后跟了上去。

一路上，凰北月都在教赤金圣虎幼兽怎么隐藏神兽的气息。它听得懂人话，也非常聪明，教了一会儿它就懂了，慢慢隐藏起气息，伪装成一只普通老虎的样子。

月光从月落谷的繁密枝叶间洒下来，静静地照着河边的那排帐篷。

月上中天，灵央学院的学生和老师们都睡着了，只有巡逻的人四处警戒着。火盆中的木柴噼啪作响，忽而跳起，忽而落下，照得巡逻的人脸上忽明忽暗。

此时，谁也没有注意到，几个黑色人影悄悄地从河中浮上来，身法快的武道高手在前，如同水鸟捕鱼一样猛然冲上去，将几个巡逻的学生扑倒在地，打晕了过去。

“吱吱……”几声鸟叫模仿得非常像，然后，又有几个人从河中浮了上来，偷偷潜进了营地。

凰北月和风连翼站在高处，月光之下，将发生的一切都看得清清楚楚。

“哼，果然来了。”凰北月冷哼一声。

风连翼笑道：“南宫长老也早就料到了，早做了准备，不会有学生出事，樱夜公主也不会有事，你放心吧。”

“这些人太嚣张，白天的时候竟敢出言不逊，现在就好好教训他们一下。”凰北月舔了舔唇角，露出一个嗜血的笑容。

风连翼看见她这个样子，就知道她有什么妙计了，微笑着问：“你准备怎么做？”

“螳螂捕蝉，黄雀在后！”凰北月说完，抱着赤金圣虎幼兽转身，飞快地进了林子，从另一个方向，偷偷潜入了几乎倾巢出动的四海佣兵团的营地。

这些打着佣兵团名义的土匪，一到要去抢劫的时候比谁都积极，谁也不愿意留下来看着营地，生怕自己不去抢不到好东西，正好合了她的意。

凰北月熟门熟路地摸了进去。刚才来过一次，她早就把这里的一切都摸熟了。

她慢慢走着，一边走一边把一种植物的粉末倒在地上。整个营地走了一遍，粉末也用得差不多了，凰北月才笑着拍拍手。

风连翼闻了一下空气中的味道，脸上露出了无可奈何的笑容：“这是孔雀草。”

“不仅是孔雀草，还是雌性的孔雀草。”凰北月笑了笑。

孔雀草是《百炼经卷》里记载的一种特殊的药草，分为雌性和雄性，雄性孔雀草可以止血生肌，治疗很多突发性的疾病，是炼制初级丹药的必备药草，雌性孔雀草则完全不一样，雌性孔雀草开花之时散发出来的香味会让灵兽发狂、蜂拥而至，类似于灵兽的催情剂。因为雄性孔雀草和雌性孔雀草外表几乎一模一样，难以分辨，所以市面上很多黑心的商人，会把雌性孔雀草当成雄性孔雀草出售给不识货的人。

当初让东菱去买炼制生肌丸的药材，东菱不懂其中差别，买了很多雌性孔雀草回来，为此还损失了一笔钱，让凰北月很心疼。如今，误打误撞，这些雌性孔雀草反倒派上用场了。

一会儿，四海佣兵团的人无功而返，等待着他们的就是……啧啧，一定很有趣。

风连翼看着她那得意的表情，摇摇头，得罪了这丫头的下场还真是有点儿恐怖呢。

“走吧。”干完了坏事，凰北月也无意多留，准备悄悄离开。

“你们是谁？！”忽然，一声大喝响起来。

凰北月吓了一跳，回头看去，只见暗处一座不起眼的帐篷里走出一个年轻白净的男人。这人她认识，她刚才来的时候，听到他在里面和袁老大吵架，名字好像叫罗淳。这个罗淳还算有点儿良心，劝袁老大不要对灵央学院的师生动手，结果被袁老大痛骂羞辱了一顿。

火光一闪，罗淳看到那一男一女，男的白衣清绝、紫眸妖异、绝色无双，女的年幼一些，但也是精致清丽，长大之后绝对是倾国倾城之貌。

他不禁一愣，这两个人，从来没有见过啊，难道是袁老大他们从灵央学院的营帐里偷偷绑架过来的？刚才就听说霍老六他们绑了一个女学生不知道去哪里快活了，他听了无比痛心，这些畜生和土匪有什么两样？

想到这两个人也是被绑来的学生，罗淳的面色稍稍和缓，左右看看没人，便说："你们是被他们绑来的吧？不要怕，他们现在都不在，我放你们走，不过不能从前面走，否则一会儿他们回来会撞见的。"

凰北月和风连翼同时一怔，随即明白过来，这个白净的男人心地善良，以为他们是被绑架来的学生。如此正好，将错就错让他带着他俩出去，顺便救这个可怜的人一命，以免让他留在这里，一会儿被灵兽啃得骨头都不剩。

"这样的话，多谢这位大哥了。"凰北月顺着他的话感谢，风连翼也轻轻点头。

"不用说感谢。"罗淳善良地笑了笑，转身带着他们从另一个方向出营地，"四海之内皆兄弟，这是我们四海佣兵团的宗旨。"

听了这话，凰北月不禁有些好笑，这样一个跟土匪无异的佣兵团能配上"四海之内皆兄弟"？

罗淳走在前面，不好意思地回头看了他们一眼，说："其实，真正的四海佣兵团不是这样的。袁老大领着的这些人，本来就是一群亡命之徒。"

刚才来的时候，凰北月就听他说起他叔叔罗绝被红莲打成重伤，才会导致四海佣兵团四分五裂，这次光耀殿派了红莲等人来，便是为了打听万兽无疆的下落。前几天，南翼国的不败将军司马归燕也被杀了。看来，她以后行事要更加小心，绝不能走漏了万兽无疆的消息。

已经远离了四海佣兵团的营地，罗淳停下来说："你们就从这里走吧！你们那个营地，暂时别回去了。"

"我们知道了，谢谢你。"凰北月仰起小脸，笑道。

她那灿烂的笑容，看得罗淳眼前一晃、脑袋一晕。他还没反应过来，后颈一阵剧痛，眼前就黑了。

"前面有个山洞，把他拖进去吧！以免一会儿灵兽来了，把他吃掉。"

凰北月和风连翼把他抬进山洞中，在外面加了元气禁制才离开。

灵央学院的营地里，此刻灯火通明，南宫长老和几位老师都站在空地上，神色威严地看着河对岸。

学生们也纷纷出来集合，同仇敌忾地冲着那边喊："哼，卑鄙无耻，算什么东离国第一佣兵团！"

"哼，早就知道他们不怀好意，这些家伙真是土匪流氓！"

“敢在我们南翼国的土地上胡作非为，真当我们南翼国没人吗？”

……

此起彼伏的骂声顺着夜风飘到河对岸去。

袁老大带着挂了彩的几个兄弟一瘸一拐地回到帐篷里。妈的，没想到一个学生组成的队伍，实力也这么强悍。

南宫长老威严地抬了抬手，问道：“学生都到齐了吗？”

樱夜公主在宇文荻的陪同下走上来说：“长老，北月郡主和翼王子都不在。”

“什么？”南宫长老大惊，这两人的身份可都非同小可啊！

他正着急着，萧仲琪匆匆走上来说：“长老，我妹妹萧韵也不在！”

“长老，我看是四海佣兵团的人偷偷潜进来把他们抓走了。”郭院士粗声粗气地开口。凰北月现在是他的得意学生，他可半点儿都不想她出事。

“长老，萧韵说出去散步，可能走远了还没回来吧。”和萧韵住一个帐篷的女学生说。

“萧韵是召唤师，如果遇到四海佣兵团的人，就算打不过，她也会制造出动静来让大家知道的。”

“不是说过没有允许不许出营地吗？”雷院士愤怒地大喝，吓得萧仲琪缩了缩脖子。

南宫长老压了压手，说：“少安毋躁，待我去向他们要人。”说着，南宫长老大步往河边走去。

“长老！”众人身后响起风连翼清雅温淡的声音，好像春风拂过，吹得众人愤怒烦躁的心都一阵舒畅。

“翼哥哥、北月！”樱夜公主转身看见他们，立刻高兴地跑上去，“你们去哪里了？让我们担心死了。”

凰北月抱着赤金圣虎幼兽沉默着不说话。

风连翼温柔地笑着说：“刚才北月郡主看到一只小老虎，一时调皮就过去看，我不放心也跟了过去，就在营地后方不远。出什么事了吗？”

樱夜公主看到凰北月怀中虎头虎脑的小老虎，眼睛一亮：“哇，真可爱啊。”说着，就要伸手去摸。

赤金圣虎幼崽立刻凶恶地呜了一声，明显不让人碰。

樱夜公主吓得缩回手来，有点儿委屈地道：“它都不喜欢我。”

“这小家伙好像没有父母，对人类有点儿害怕。”风连翼说得极为体贴自然。

樱夜公主脸颊微微泛红，点点头道：“说得也是。”

说话间，南宫长老已经转身走回来了，看见他们两人毫发无伤，便放了心。

“北月郡主，你的二姐萧韵失踪了，不知道你们有没有看见？”

凰北月天真地眨眨眼睛，说：“刚才没出营地的时候，倒是看到二姐姐从帐篷里出来，看样子是去散步了。”

她说的是实话。她去四海佣兵团的营地打探的时候，确实看见萧韵从帐篷里出来，一个人晃晃悠悠不知道要去哪里。她当时忙着去打探消息，也顾不上理会萧韵。她大概是一个人跑出了营地，正好让霍老六他们撞见，就被抓了。这能怪谁呢？自作孽不可活！

“既然萧韵是之前出去的，那刚才四海佣兵团的人倾巢而出，在咱们这里没讨到便宜就回去了，应该不会抓了萧韵吧？”雷院士摸着胡子分析道，“长老，现在灵兽暴动也停止了，不如派人去后面找找吧。”

南宫长老听了觉得有理，便派了几个老师和级别比较高的学生去找人，其他人则准备趁夜拔营，去浮光森林外围，说不定能捕获落单的灵兽。

听到要拔营离开这里，凰北月自然是最高兴的。她刚才还担心一会儿四海佣兵团那边的雌性孔雀草的粉末引来太多灵兽，殃及他们怎么办？

灵央学院的队伍刚出了月落谷，就感觉到一阵地动山摇，众人连忙回头，却见成群的灵兽疯狂地涌向他们刚才扎营的地方，确切地说，是涌向了河对岸的四海佣兵团。

袁老大的暴风猿陡然变大。它站在营地中间，捶胸顿足，嗷嗷嘶叫。

那些疯狂的灵兽中不乏体形巨大的，它们猛冲上去，瞬间就把暴风猿踩下去了。接下来，便是此起彼伏的惨叫声响彻在月落谷的上空。

灵央学院的学生们面面相觑，不知道发生了什么事情。

郭院士睁大眼睛，惊叹了一声：“果真是报应啊。”

他这话一出口，众人纷纷附和。报应，真是报应！刚才来抢劫他们，现在好了，全军覆没。

凰北月抱着赤金圣虎幼兽，温柔地摸摸它头顶柔软的毛，嘴角一扬，抬起头，刚好撞见风连翼投过来的目光。

两个人的目光在空中相碰，都带着淡淡的笑意，然后他们十分默契地移开了视线，好像什么都没有发生过一样，也没有人注意到。

樱夜公主感叹道：“还好我们走得快，否则，也要变成那群灵兽的腹中美食了。”

“是啊！”凰北月笑了笑。

萧韵此刻应该也在四海佣兵团里吧？她的运气一向不怎么样，这次恐怕也活不了了。

二姐姐，一路走好啊！你若变成了鬼要找我寻仇便只管来吧，看看你有没有把我扳倒的本事！

南宫长老站在月落谷上方一块突出的巨石上，长髯飘飘，宛如临江之仙。

空气中飘来一股血腥的味道，还夹杂着一种很特殊的香味。南宫长老仔细地闻了闻，忽然眼睛里精光一闪——孔雀草！还是雌性的孔雀草，最能吸引灵兽并且让灵兽发狂的药材。

仔细一想，南宫长老便明白了，肯定是有人偷偷潜到四海佣兵团的营地，撒下了孔雀草的药粉，才会引来这么一大批灵兽。

是谁想出这么精彩的一招？真是螳螂捕蝉，黄雀在后！神不知鬼不觉，妙招啊！虽然有点儿阴险，但是跟四海佣兵团的人讲道义，就太侮辱道义了，对他们就应该以牙还牙、以眼还眼。

南宫长老苍老的目光在这群学生身上扫视了一圈，最后定在抱着小老虎、安静地站在人群中的凰北月身上。

月光静静地洒在她的身上，衬得她的气质如同月光一样清冷圣洁。

出来历练之前，苍河院长令他多注意北月郡主，这个女孩看似柔弱沉静，却总让人觉得她不简单，这次的事情会和她有关吗？

“长老，四海佣兵团全军覆没了，这下子我们没有后顾之忧，可以安心地在浮光森林外围历练了。”几个老师走过去，站在南宫长老身边说。

“这次的事情，真是幸运啊！我们离开之后，那些疯狂的灵兽就来了。哈哈，活该他们倒霉啊！”

几个老师说着，都开心地笑起来。

南宫长老抚着长长的胡须微微一笑，道：“确实是幸运啊！走吧，我们该赶路了。”

当即，灵央学院众人不再停留，朝着他们的目的地行去。

第三十一章
织梦之兽

天亮了，晨曦刺破乌沉沉的云，照射在这片古老而神秘的森林中。

疲惫不堪的赶路队伍终于到了浮光森林外围。

第一次踏入传说中危险重重的浮光森林，疲惫困顿的学生们都变得精神抖擞，好奇地打量着周围。那些飘浮的浮光，那看不见远方的神秘感，还有从远处传来的灵兽嘶吼声。

根据经验，南宫长老找了一处相对安全的地方让他们扎营休整。

“好困啊！”一停下来，就有不少学生开始哈欠连天地抱怨。

凰北月也觉得眼睛酸涩，脑袋昏昏沉沉的。

帐篷扎到一半，樱夜公主便靠在她的肩膀上，倦怠地说：“我好困。北月，我就眯一会儿……”说着说着，她的声音越来越弱，最后，头一歪就睡了过去。

凰北月也有些支撑不住。她身体里的每一个细胞好像都在叫嚣着“好累、好困，想要休息”。她大脑中一点儿清醒的意识都没有了。

凰北月强打精神抬眼看去，老师和学生们此刻都懒洋洋地歪坐着，不是打着盹儿，就是直接睡过去了，只有南宫长老几个人在极力和瞌睡虫作斗争。

凰北月眯了眯眼。这情况不对啊，怎么所有人都这么困倦呢?

人在兴奋的状态下是很难感到困倦的，特别是这些学生第一次进入浮光森林，正是新鲜好奇的时候，何况在一个陌生的地方，人类的潜意识会对外界的一切进行探索，按理来说，不应该所有人都这么没有防备地睡过去啊！不对，这情况不对！

凰北月挣扎一下想坐起来，却忽然感觉有一些破碎的画面从眼前闪过。

那是小时候，一家人其乐融融地在山坡上野餐，她穿着有蝴蝶结的裙子，看到草地里盘着一条黑色的蛇。那蛇抬起头好奇地看着她。她一点儿都不惧怕，伸出胖乎乎的小手把那条蛇拿起来，让它盘在自己的手臂上，然后邀功一样走回去，对爸爸、妈妈说："看，有蛇！"

妈妈惊叫一声。

爸爸动作很快，闪电一般伸手抓住了蛇的七寸，拎起来远远地甩到一边去。

年幼的凰北月生气地说："它会痛的。"

"宝贝，那是蛇，会咬人的，你以后千万不要碰啊！"妈妈心有余悸，抱着她不停地说。

"哼，它才不会咬我。"年幼的凰北月撇着嘴说。

这时候，有个穿着白色长风衣、头发像黑色丝缎一样柔柔地垂在肩膀上的男人走过来，将地上那条黑色的蛇捡起来，转过头，狭长的眼眸看了他们一眼，神情尊贵倨傲，让人想对他顶礼膜拜。

他将蛇放在手中，手指轻轻摸着蛇的脑袋，冷冷地哼了一声，道："大难将至，也该尊重一下生灵吧？！"

他这话说得很不吉利，但他的气质让人觉得很舒服，无法去反驳他，因此，爸爸只是客气地对他笑了笑，说："这蛇吓到了我女儿，爱女情切才出手伤了它，实在抱歉。"

那人似乎对爸爸的礼貌很是受用，低下头看着凰北月，问："你不怕它吗？它可是这世界上最毒的蛇，号称'毒王'，杀人于无形的。"

小凰北月摇摇头，大眼睛眨巴一下，脆生生地说："不怕。"

男人嘴角微微扬起，似乎朝她笑了一下，什么都没说，带着蛇离开了。

"真是个奇怪的人啊！居然养那种毒蛇。"妈妈看着他的背影说。

爸爸笑道："这世上奇人多不胜数，他大概是其中一位吧。"

妈妈皱眉说："他说的大难将至，是什么意思啊？"

她话刚说完，一道雷声轰隆隆地滚过天际，接着，倾盆大雨就下来了。

爸爸苦笑道："看，这不是大难将至了吗？"

一家人匆忙从山坡离开，跑进停在路边的车子里。

他们刚上车，车载电脑就有信号传来。

爸爸打开电脑，屏幕上是一个年轻军官，行了一个礼，说："司令，逃到北美的生物学家爱德森被抓住了，他身上携带的'X—毒虫'病菌已经开始生长，可能会扩散，请您回总部指挥行动！"

爸爸面色凝重地点点头，说："我知道了。"说完，他关了电脑，对小凰北月歉意地说："北月，对不起，爸爸要提前走了，你跟着妈妈，一定要好好听话，知道吗？"

“爸爸去抓坏人，爸爸是大英雄！”小凰北月懂事地说。

爸爸和妈妈一起笑了。

车子行驶在大雨中，一家人最后一次相聚被雨水打得透湿，好像有一层迷雾笼罩在他们命运的前方。

幼儿园的玻璃窗上，凝聚了一层薄薄的雾气，小凰北月用手指在上面画了一个大大的笑脸。雨水冲刷着玻璃，那张笑脸中，爸爸的身影渐渐靠近。

小凰北月大叫一声，不管老师在讲课，立刻跑了出去。

“爸爸！”她大喊一声扑进爸爸怀中。

爸爸把她抱起来，转身上了车。

她叽叽喳喳说着话，没注意到爸爸苍白的脸色。

“这次怎么这么快就回来了？”妈妈迎出来，忽然一声枪响，妈妈倒在了血泊中。

爸爸悲怆地低吼一声，掏出枪来，朝着那一枪打来的方向就是一枪。有人应声倒下，更多的枪却在他们身后疯狂扫射。

爸爸把她护在怀里，鲜血喷涌而出：“北月，要坚强啊……”

“叛逆者已死！任务完成，收队！”小凰北月身后是冰冷的声音。

泪水狂涌而出，她从爸爸怀里挣脱出来，哭着大喊：“你们这些忘恩负义的狗东西，我要杀了你们！”

声音落下，她手中冰羽骤现，阵阵森寒。

那些狙击手一愣，忽然全部消失了。

浮光闪烁，凰北月耳边响起阵阵厮杀声。

“哼，我才是最强的那个，你们统统去死吧！

“你这个贱人，以为比我长得美，就如此得意忘形，抢我喜欢的人，我杀了你！

“我是庶女又如何？我哪里不比你强？你少得意了！”

……

四周满是混乱的声音，所有人都施展自己的实力，好像着了魔一样，互相残杀。

凰北月一声大喊后，忽然被一双手臂紧紧地抱住：“凰北月，冷静下来！”

“放开我，我要杀了那些忘恩负义的狗东西，杀了他们！”

“那是幻境，醒过来！”焦急的声音不停地在她耳边响起。

忽然，幼兽嗷的一声，小小的虎爪在空气中抓出一道金色的风痕，朝着凰北月身后一个角落扫去，一个小东西从树上滚了下来。

呀，呀呀呀……奇怪的叫声带着惊恐。那小东西在地上滚来滚去，被小赤金圣虎一口咬在嘴巴里，挣扎几下就安静了。

与此同时，抓狂中的凰北月也安静下来，身子软软地倒在风连翼怀中。她茫然地睁开眼睛，眼前不是大雨滂沱的都市，而是幽暗的森林和诡异的浮光。

一张俊美的脸上透着焦急之色，风连翼看着她："没事了吧？"

凰北月嘴唇颤抖了两下，眼眶红了。

这么多年，她第一次露出这么脆弱的表情，恨不得大哭一场。

风连翼满眼心疼地看着她，把她搂进怀中，拍着她的背，柔声说："没事了，那只是梦境而已。"

"梦境……"凰北月声音颤抖地说，"那不是梦境！"

风连翼轻声道："那是织梦兽编织出来的幻境，能够把人内心最惨痛的记忆勾出来，让人面对最不敢面对的过去，深陷其中，最后悲恸欲绝地死去。"

凰北月咬着嘴唇，深深地吸了几口气。

"该死的织梦兽！"她最不愿意想起的那一幕竟然这么直接地出现在她脑中。

互相残杀的学生和老师都安静下来，倒在地上，好像睡着了一样。

这一次居然着了织梦兽的道，连南宫长老也中了招，在幻境里差点儿出手杀了一个学生。

幸好小赤金圣虎及时抓住了那只织梦兽，否则，不知道要酿成多大的悲剧。

地上横七竖八躺着的人，身上或多或少都带着伤。

推开风连翼，凰北月恢复了平时的清冷表情，只是脸色依旧有些不自然的惨白。

她转过身，从小赤金圣虎口中将那个小小的织梦兽拎过来。

织梦兽比拳头大一点儿，圆圆的，被几片类似花瓣的东西包裹着，露出一双很大的眼睛，十分惧怕地看着凰北月。

呀呀呀，吱吱吱……织梦兽的声音无比刺耳，让人想立刻把它扔掉。

"闭嘴！"凰北月低喝一声，发现这小圆球身上居然还有细细短短的手和脚。

织梦兽委屈地闭上嘴巴，再也不敢出声了。

风连翼见她一直看着织梦兽，不知道在想什么，但似乎没有杀死织梦兽的打算。

"它们所织造的梦境，都是真的吗？"凰北月低声问。

“看它们自身的能力而定，不过，只要是经历过的，它们就能让你重新经历。”

凰北月想了一会儿，盯着恐惧不已的织梦兽，眼中闪着冷冷的光芒，吓得那小东西一直可怜地吱吱叫唤着。

风连翼看了觉得好笑，道：“它们胆子很小的，因此只敢躲在暗处。”

“它们属于灵兽，只要缔结契约就能和它们交流吗？”

风连翼一愣。难道她想和这只织梦兽缔结契约？织梦兽的能力虽然不错，但是如果提前有了防备，也不是那么容易就能让人中招的。

“它们属于心智未开的灵兽，语言很特别，很难交流。”

“是吗？”凰北月眯了一下眼睛，“不管语言通不通，世界上有一种交流是万能的，那就是恐吓！”

说着，她手一松，把织梦兽扔在地上，又对小赤金圣虎说：“咬它！”

这么一个圆溜溜的生物摆在眼前，小赤金圣虎兴奋极了，一下子扑上去，用还没长牙的嘴巴对着织梦兽啃啊啃。

吱吱吱……织梦兽吓得魂飞魄散，不停地吱吱吱惨叫着。

凰北月面无表情地看着。

风连翼则觉得好笑，被一只神兽这么啃，织梦兽不吓死才怪。

过了一会儿，织梦兽逮到个机会从小赤金圣虎嘴巴里溜了出来，迈开小腿就要逃命。可它那细细的小腿怎么可能跑得快，凰北月伸脚一踢，又把它踢回去了。

啊呀呀呀……织梦兽发出惨叫。

被啃得满身口水，知道逃不了了，它大眼睛眨巴着，可怜兮兮地看向凰北月，明显是在向她求救。

凰北月蹲下身去，语气嚣张地道：“听我话，不许逃。”

呀呀，吱吱……

“不准呀，也不准吱，我听不懂，同意就眨眼睛，不同意就别眨。”

织梦兽瞪着眼睛愣了一下。

忽然，凰北月的眼神阴冷下来。

织梦兽立刻眨眼睛，跟抽风了似的。

凰北月嘴角一扬，对小赤金圣虎说：“放了它。”

小赤金圣虎张开嘴巴，把圆溜溜的织梦兽吐出来，然后意犹未尽地趴在地上，乌溜溜的眼睛盯着织梦兽，随时准备把它拖过去再啃一遍。

凰北月把织梦兽捧起来，拿了块帕子把它身上的口水擦干净，然后看了一眼地上横七竖八躺着的人，道：“让他们都醒过来吧。”

织梦兽很听话地眨眨眼睛，然后身上的花瓣打开，露出整个圆溜溜的身体。它头顶有一根绿色的茎，顶端尖尖的。那根茎抖动起来，发出来的声音，耳朵根本听不到，类似超声波一样，一波一波荡漾开去。

随着这声音出来，那些倒下的学生和老师都缓缓转醒了。

凰北月把织梦兽收进包里，叮嘱它不要乱动，然后走过去把樱夜公主从地上扶起来。

“怎么回事？”樱夜公主睁开眼睛，面色苍白，只觉得头疼不已。

一场噩梦之后，樱夜公主仍心悸不已。她看着四周，满眼茫然。

“醒过来就好。”见樱夜公主没有受伤，凰北月放了心。

想起刚才被困在噩梦中的时候，她似乎对离她最近的樱夜公主动了手，还好风连翼及时拉住她，否则，她发狂的状态下，樱夜公主怎么会是她的对手？

说起来，刚才没有被织梦兽的梦境欺骗的只有风连翼和宇文获，这是为什么？大家是一起进来的，根本没有料到会有织梦兽出来作祟，这事有些蹊跷。

凰北月抬起头看了风连翼一眼，目光中带着的怀疑丝毫不掩饰，不相信他，就是不相信他，这个人就没有让人信任的感觉。

风连翼一愣，唇角的笑容缓缓地隐去，将视线转开不去看她，只温柔地对樱夜公主关切地询问。

凰北月也别开目光，看向其他人。

“长老，应该是织梦兽！”雷院士身上也挂了彩，有些狼狈，又有些惭愧。

织梦兽能把人心底最不愿意面对的事情引发出来，刚才这么多人都失态了，这些平日里道貌岸然的老师自然会心存愧疚。

南宫长老也面有惭愧，胡须都乱了。他轻咳一声，说：“想不到浮光森林的外围居然会出现织梦兽，这次历练真是波折重重啊！”

郭院士伤得比较重，他刚才被织梦兽的幻境迷惑，和雷院士开战，两个人都没有讨到便宜，都受了伤，因此，此刻都不敢面对对方。

“长老，很多学生和老师受伤严重，这次历练恐怕……”

南宫长老看着四周，确实，地上一片狼藉，哭喊、哀号声响成一片。

南宫长老皱着眉，这恐怕是灵央学院创建以来，损失最惨重的一次外出历练了。

“先疗伤。没有受伤的，组成小队到各处巡逻。”南宫长老威严地下令，“为了防止织梦兽再来袭击，大家最好把神识封闭起来，以动作交流。”

“是！”没有受伤的几个老师立刻组织学生巡逻去了。

凰北月没有受伤，便自动请缨参与巡逻。

她放慢脚步，转身往另一个方向走去。小赤金圣虎见她不高兴，便也心情低落。它蹭蹭她的手，发出轻柔的声音，好像在讨好她。

凰北月低头看着它：“吵什么？饿了的话，自己去找吃的。”说完，她把小赤金圣虎放在地上，拍拍它的屁股，让它在附近找点儿吃的。

小赤金圣虎在地上跑了两步，回过头又跑回来，赖在她身边不走。

“不去找吃的，一会儿饿了，我可不管你。”她心情郁闷，哪有心情跟它玩闹？

“它才出生一天，还不会自己觅食。”一道温润的声音流泉般响起来。

小赤金圣虎精神一振，欢快地站起来，屁颠儿屁颠儿地跑到风连翼脚边。

风连翼弯腰把它抱起来，从纳戒中拿了一块肉给它，看着它吃得津津有味，便笑着说：“你好像还没给它取名字，以后怎么叫它？”

凰北月慢慢转过身，眼神冷漠地看着他：“你跟过来干什么？”

“看你一个人，不放心。”他如实说，“我知道你心情不好，可也不能拿自己的性命开玩笑，浮光森林里有很多危险存在。”

“风连翼，你一向都如此假仁假义、惺惺作态吗？”听了他的话，凰北月的面色更加冰冷，语带讥讽，“面具戴久了，不怕摘不下来吗？”

风连翼微微一怔，道：“我对你没有假意。”

“你已经够假了，少在我面前装蒜！”她身形闪动，瞬间到了风连翼面前，一拳打了出去。

风连翼往旁边一闪，将小赤金圣虎放在地上，抬起手，挡住了凰北月凌厉凶猛的一拳。

“为什么不相信我？”他声音也冷了下来，夹带着不被信任的愤怒和烦躁。

“哼，信你？那你告诉我，那织梦兽是怎么回事？你敢解释吗？”凰北月同样不甘示弱。他强，她也不会比他弱。

两个人拳脚相向，互不相让。

小赤金圣虎蹲在一旁，歪着脑袋一会儿看看凰北月，一会儿看看风连翼，十分忧愁，十分郁闷，似乎不知道该帮谁。它可怜地低叫了几声，竟然连肉都吃不下去了。

“织梦兽……我并不想害你！”风连翼沉声说。他当时一直守在她身边，就是为了保护她。

凰北月眼中冷光闪现："承认了，那织梦兽就是你弄出来的。你看到了什么？你从我梦里看到了什么？！"她像一头发怒的猛兽，拳脚上的力量更重，速度也更快。

风连翼后退了几步，皱起眉来，道："我没有看你的梦境。"

"你以为我会信你的话吗？你当时做了什么，只有你自己知道。"

"你为什么就不信我？"风连翼也怒了，一拳过去，把她的掌风抵消了，欺身上前去抓她的肩膀。

凰北月像鱼一样灵活，怎么可能轻易被人捉住。

她嘴角的冷笑和嘲弄更甚："你不看别人的梦境，那用织梦兽干什么？"

她这话彻底激起了他的怒气。这辈子，谁误会、不信他，他都不在乎，可是……他为什么要在乎她信不信他？！

"凰北月，你天生就这么多疑吗？你从来没有相信过任何人吗？"一次抓不住她，风连翼再抓一次，这一次，他手下不再留情，身形如风一样骤然从凰北月眼前消失了。

凰北月呆愣之际，他已经出现在她身后，双臂一伸，从后面将她抱住，扣住她两条手臂，不让她再动手。

"该死的浑蛋！"凰北月怒骂一声，脚下用力，韧性堪比体操运动员的腿向上一踢，差一点儿就踢到了他的脸。

风连翼面色一沉，抱着她倒在地上一滚，把她压在身下，死死地压着她的双手和双腿。

"再动，就对你不客气了。"风连翼也是怒到了极点，完全不知道对付一个女人会这么麻烦。

用全力打吧，怕伤了她，自己会心疼，可是不用全力，这丫头又比猛兽还凶，稍不注意自己就要栽在她手中。

凰北月死死地瞪着他，狠狠咬着牙，一个字一个字地吐出来："你想杀了我？"

"我若要杀你，又何必处处手下留情？"风连翼好不容易才将怒气压下去。

凰北月冷冷地瞪着他："你现在能欺我，过两年，我要你好看！"

风连翼怒极反笑："凰北月，你当真谁也不信任吗？"

"该信之人自然会信！"

"你以什么来判断该信还是不该信？"

凰北月瞥了他一眼，道："看他所作所为，是否光明磊落，是否胸襟坦荡。"

“我承认，我有些行为不够光明磊落，可是对你何曾有一字之欺？”风连翼说着，轻叹了一声，“我刚才，确实没有看你的梦境，我招来织梦兽，只不过是想找一样东西。”

这时，小赤金圣虎走过来，看着他俩奇怪的姿势，歪着脑袋看了半天，大惑不解，呜呜几声，跑过去蹭凰北月的脸。

“走开！”凰北月皱着眉喊了一声。

小赤金圣虎吓得缩了一下脖子，见她没有真生气，又上去蹭她，蹭啊蹭，撒娇卖萌的样子实在让人无法招架。

风连翼低头笑道：“它在告诉你，不要生气了。”

“我用不着生气，放开我！”凰北月冷喝了一声。

风连翼也觉得这样对一个没出阁的少女有些过分了，刚才若不是实在治不了她，他也不会出此下策，他不好意思地轻咳了一声，慢慢松开她的手，从她身上起来。

凰北月揉了一下被他按得酸软的手，冷眸瞥了他一眼，然后在他没有防备的情况下，一拳打在了他的脸上。

风连翼被打得向后跌倒，捂着流血的鼻子抬起头来：“你，不是说不生气的吗？”

“我说过不生气，但没说不打你。”凰北月站起来，拍拍身上的灰尘，“我凰北月的便宜，是那么好占的？”

看她居然没有丝毫少女娇羞之态地说出这番话，倒让风连翼有些汗颜了。

“我……我并非占你便宜。”

“占没占我不管，我问你，你用织梦兽，是想找什么东西？”

风连翼坐起来，用手帕捂着流血的鼻子，闷声说：“这是修罗城的秘密，并非我不想告诉你，只是……”

“你们的秘密我也无意探听，只是，听说光耀殿的红莲来这里，也是要找一样东西，难道你们和他们的目标一样？”凰北月转了个弯询问。

风连翼并不知道她已经从司马归燕那里探听到了红莲是来找万兽无疆的，开口道：“没错，我们在找同一样东西。”风连翼又点点头，道，“灵央学院传承数千年，几位长老也掌握了卡尔塔大陆不少信息，我本是想借着织梦兽的能力，去探探南宫长老的梦境。”

“那探到了吗？”

风连翼摇摇头，道：“实力到了南宫长老这个境界，不是那么容易探知的。”

凰北月稍稍松了一口气，没有探知到就好，她还真怕他从南宫长老的梦境中，得知十二年前将魔封印在她身体里的那个人的讯息。那人和她有联系，说不定她就会被怀疑上。

“我还真想知道，光耀殿和修罗城都想要的东西，究竟是什么稀罕的宝贝？”凰北月揶揄地说。

“这个，以后若有机会，我一定告诉你。”风连翼笑着说。被她打的鼻子还很痛，她下手果然一点儿情面都不讲。

“以后？以后我就没兴趣了。”凰北月踢了一下小赤金圣虎，“还不走？没出息！”

小赤金圣虎被她踢得肉肉圆圆的身体向后骨碌碌滚了一圈，又爬起来，屁颠儿屁颠儿跑上来，依旧忠心耿耿地对着她讨好地摇头摆尾。

凰北月一脸嫌弃地看着它：“你到底是不是圣虎？怎么跟狗似的？”

小赤金圣虎嘤了一声，圆圆的身体瞬间委顿了下去，似乎受了不小的打击。

风连翼安慰地摸摸它的脑袋。鼻子里的血已经止住，他用手帕擦干净了，只是那块稍微青紫的地方，把他整张脸的绝色程度一下子拉低了。

“凰北月，你梦境中的过去是什么？”风连翼低头看着小赤金圣虎，忽然问道。

凰北月的眼中瞬间布满了杀气，阴冷恐怖，就算是低着头的风连翼也能感觉到。他抬头看着她，道：“让你那么痛苦的过去，我很希望你能忘了。”这关心的话，丝毫不作假，真诚坦荡。

“别人的事情你少管。”她语气冰冷地道。

不是她不领情、不识好歹，而是她的过去，是她最不愿意提起的，亲情一直是她最大的软肋。她看到萧远程对死去的凰北月的种种，以她清冷的性格不该过问。这关她什么事？可是身为父亲怎么可以那样？虎毒不食子，她最恨这种败坏人伦、道德沦丧的畜生了。萧远程，侮辱了“父亲”这两个字。

她抱起小赤金圣虎就要离开。忽然，包里的织梦兽露出个脑袋来，吱的一声，扯着她的衣服，可怜兮兮地看着她。

“干吗？”凰北月看着这小东西，想起刚才的噩梦，就没好脸色。

织梦兽怯怯地眨眨眼睛，抬起短短的小手指了一个方向。

凰北月顺着它手指的方向看过去，只见幽暗的森林中，浮光照射之下，几只稍微大一点儿的织梦兽探头探脑的。

凰北月的嘴角微微一抽，这是它的家人吧！来干吗？寻仇？把这圆球要回去？

想得美！到她手里的东西岂有要回去的？

凰北月一只手提着织梦兽脑袋上那根绿色的茎，在空中甩了两下。

织梦兽吓得吱吱呀呀怪叫，小手抱着身上的一片花瓣，害怕地颤抖着，泪光盈盈，分外可怜。

凰北月用大拇指指指自己，说：“我的。”

那几只躲躲藏藏的织梦兽看到她这举动，也吓得哆哆嗦嗦的，扯着小花瓣一脸可怜地哀求。

“它们只是想跟它告别一下。”风连翼看到她如此幼稚却强势的举动，只好出声道。

凰北月怀疑地看了他一眼。

风连翼道：“它们请你高抬贵手，既然它们的孩子落在你手里，那就让它跟着你出去历练，希望它能成长。”

原来织梦兽不是没有灵智，只是它们有别于其他灵兽，所以交流起来有些困难。

看到那几只灵兽期盼的样子，凰北月大发善心。不过，她这个人一向记仇，织梦兽让她那么痛苦，她自然不能让它太好过。

她招招手让小赤金圣虎过来，让它把小织梦兽含在嘴里，叮嘱它：“过去好好看着，别让它跑了，知道吗？”

小赤金圣虎被委以重任，觉得无比光荣，兴奋地点点头，然后一边流着口水，一边欢快地朝那几只织梦兽跑过去。

可怜的小织梦兽在它的口中瑟瑟发抖，牙齿打战。那几只织梦兽也吓得上蹿下跳，吱吱呀呀叫个不停。

小赤金圣虎嘴巴松开，把织梦兽扔在地上。

小织梦兽在地上打了一个滚，就跑到自己父母身边，抹着泪诉苦。

织梦兽妈妈心酸地拿起花瓣擦眼泪，又摸摸小织梦兽的脑袋，吱吱呀呀不知道说着什么，然后把一个袖珍的小包包挂在了它的脖子上。小织梦兽立刻张开嘴巴哇哇大哭，好不委屈。

凰北月在后面看着，虽然听不懂那些小东西的话，但是想来也知道，小织梦兽肯定在跟它父母抗议，求它们不要把它交给她这个凶恶的主人。

织梦兽妈妈和织梦兽爸爸泪流满面，其他小织梦兽在旁边哇哇大哭，吱吱呀呀的声音真是听得人无比烦躁。

“好了没有？”凰北月喊了一声，吓得小织梦兽差点儿腿软逃跑。

织梦兽妈妈朝着她吱吱呀呀不知道说了什么，凰北月不解地看向风连翼。

风连翼笑道：“它说，这是它最小的孩子，很笨，希望你能对它好一点儿，不要让外面的灵兽欺负它。”

凰北月挑了挑眉，表面上满不在乎，心却被触动了。所有孩子都会被父母记挂吧？特别是最小、最笨的那一个。

“它听话，我自然会好好保护它。”

织梦兽妈妈听了，拍拍小织梦兽的脑袋，对着它又是一番吱吱呀呀的叮嘱。然后，织梦兽爸爸也语重心长地吱吱呀呀一番，才朝小织梦兽挥挥手。

小织梦兽抱着自己的袖珍小包包，滴了两滴眼泪，吱吱呀呀后，依依不舍地转过身，却看见小赤金圣虎那对于它来说大了好几倍的脑袋，顿时吓得魂飞魄散。

小赤金圣虎调皮地张开嘴巴，作势要把它含在嘴巴里。

小织梦兽惨叫一声，抱着袖珍小包包死命地迈开小短腿，朝凰北月狂奔而去。它就像个毛线球，圆滚滚的身子，花瓣一张一合的。

它这样子，一下子就让小赤金圣虎兴奋了。小赤金圣虎兴冲冲地追了上来。

小赤金圣虎的嘴巴就在后面，呼呼的热气吓得小织梦兽半死，吱呀一声，它终于跑到凰北月脚边，慌忙抱住了她的腿求救。

凰北月伸手把小织梦兽拎起来，在小赤金圣虎面前晃悠了两下，惹得小赤金圣虎几次跳起来，差点儿咬到小织梦兽。

一个兴奋不已，一个吓得惨叫连连，旁边一群织梦兽万分紧张地看着。

“哈哈！”凰北月大笑了两声，把小织梦兽放进随身的小包里，又拍拍小赤金圣虎的脑袋，说，“不错不错，回去给你吃肉。”

小织梦兽从小包里露出一双眼睛来，眼睛里含着一泡眼泪。它抬起短短的手，朝自己的家人挥啊挥，低低地吱呀一声。

凰北月看向那边，说：“放心吧，我的灵兽，没人敢欺负！”然后，她在心里补充了一句：当然，只有我能欺负！

第三十二章 太后回朝

“北月郡主，你们在这里？吓死我们了。”带队巡逻的女老师急匆匆走过来，看见凰北月，松了好大一口气。

女老师抬头看见风连翼，俏丽的脸上浮了一层红晕，声音立刻温柔下来：“翼王子，你也在这里啊？！”

这位风华绝代的北曜国九皇子，对南翼国的女性来说，有着绝对的杀伤力。

风连翼笑容温和地说：“是我找北月郡主有点儿事情，才把她叫过来的，给你带来麻烦，不好意思。”

“没关系，没关系，只是小事而已。”女老师羞涩地说，想着该怎么搭讪，“听说最近翼王子的身体不好，不知道怎么样了？”

风连翼微微笑道：“小毛病而已，多谢挂怀。孙老师是不是有什么事要找北月郡主？”

他不着痕迹地把她的搭讪终结，还让这位孙老师受宠若惊，心里暗暗想着：他居然记得我姓孙，看来在他眼中，不是全然没有我的存在。

“是南宫长老让大家集合，准备拔营回去了。”

凰北月诧异道：“这么快？我们才来没多久啊，不是要历练半个月吗？”

“郡主，织梦兽造成的损伤太大了，所以南宫长老下令回去，历练的事情，要等下一次了。”孙老师耐心地解释着。

“明白了，那我们走吧。”凰北月朝孙老师笑笑，抱起小赤金圣虎当先走了。

风连翼有些无奈。这丫头太狡猾了，明显是要把他往火坑里推啊！

“翼王子，我很仰慕你在琴艺上的造诣。我虽然出身武道世家，可是家父希望我……”孙老师羞涩地说着。

风连翼微微一笑，忽然抬起头来，轻轻喊了一声：“孙老师。”

正羞涩不已的孙老师抬头，在看到他那双淡紫色的眼睛时愣了一下，眼神有一瞬间的呆滞。

风连翼再次唇角一弯，道："孙老师，你刚才是说南宫长老让我们过去集合吗？"

"啊？哦……对！"孙老师愣了片刻后，茫然地点点头。

"那就走吧。"风连翼朝她礼貌性地笑了笑，便朝前走去。

孙老师看着他的背影，压根想不起刚才的事情，只觉得后悔，这么好的机会，居然没有跟他好好说一句话。

凰北月走出去几步，回头见风连翼已经跟了上来，暗暗佩服这人好手段，居然这么快就搞定了一个爱慕他的女人。

风连翼眸中含着淡雅的笑意，道："你如此年幼，居然如此精怪，看来不管什么时候，都不能对你掉以轻心啊！"

凰北月扬扬眉，轻哼一声，抱着小赤金圣虎走回营地。

凰北月看着整顿好的队伍，不禁失望。本以为来浮光森林可以收获不少，没想到这么快就回去了，真是计划不如变化快啊！不过，比起其他人，她也算收获颇丰了。一只幼兽时期的神兽赤金圣虎、一只罕见的织梦兽，随便一个都让人嫉妒得眼睛发红啊！

"三妹妹！"萧仲琪大步走过来，将凰北月拉到一边。

"大哥哥有什么事吗？"凰北月笑着问。

萧仲琪面色有些难看，清了一下嗓子，才压低声音说："到现在还没有二妹妹的消息，南宫长老已经下令回去了，难道要把二妹妹一个人丢在这里吗？"

凰北月佯装惊讶："二姐姐竟还没回来？"

萧仲琪面色凝重地点点头，道："再怎么说都是兄妹，你是皇上宠爱的郡主，只要你跟南宫长老说一说，南宫长老还是会派人去找的。"

"二姐姐是灵央学院的人，她失踪了，南宫长老自然会派人去找，只是现在事关大家安危，总不能让所有人等着二姐姐一个人，谁会同意？"

萧仲琪也想到了这一点，所以才想让凰北月想想办法。

凰北月看着他犹豫的样子，笑道："大哥哥放心好了，南宫长老虽然下令离开，但还是会留下人继续寻找二姐姐的。你现在已经是泥菩萨过江，还要为二姐姐得罪人的话，得不偿失啊！"

"怎么说都是兄妹一场！"萧仲琪不认同她的话。

凰北月笑了："若今天失踪的是你，你猜二姐姐会不会这么焦急去找你？"

萧仲琪始终是琴姨娘生的，性子也像琴姨娘，表面咋呼嚣张，其实内心软弱得很。萧仲琪也明白，萧韵和雪姨娘都是心狠歹毒之人，如果今天是他失踪了，萧韵恐怕不会这么着急找他，只是在凰北月面前，他不想被看扁了。

他这心思，凰北月怎么会看不明白，为了整萧韵，她也乐得给他一个台阶下。

"大哥哥，你心地好，可有些事情，心地好可不行，你还是多为自己考虑考虑吧。"凰北月笑着说完，抱着小赤金圣虎走开了。

这也算是给萧仲琪找到了一个置亲妹于险地而不顾的借口，他咳了一声，心里找到了安慰，也就不去想了。

这次声势浩大的历练，这么匆忙收尾，是所有人都没有想到的。当初抱着一腔热血而去，谁想到热血还没来得及挥洒，就先流了血，差点儿丢了性命。众人脸上或多或少还是有几分失望的，只是在织梦兽的梦魇之下，谁也不能多说什么。

第三天，众人终于从迷雾森林出来，外面天高地阔，几日来的压抑终于得到了纾解，学生们都松了一口气，发出欢呼声。

"咦，前面官道上是谁的队伍？"走在前面的一个学生忽然指着官道上浩浩荡荡、庄严肃穆的队伍问道。

一般来说，这么浩大的队伍肯定是皇亲国戚。

南宫长老举目一望，面色顿时一肃，道："是太后。"

"太后回朝了。"众人一听，都高兴起来。

当朝太后在民间颇有威望。当年先帝驾崩，留下年幼的太子，又正逢战乱，外有强敌，内有佞臣，国家动荡不安，是这太后坚决扶太子登基，临朝听政，并带太子亲征前线，抵抗强敌，军心大振，一鼓作气击退了敌国。

那场战役中，皇帝不幸被俘，太后镇定不乱，一人指挥大军，和敌军周旋谈判，而年仅十七岁的惠文长公主单枪匹马闯进敌国腹地，将皇帝救了回来。经那一战，惠文长公主被南翼国百姓奉为女神，象征光明和希望。

在那个动荡的年代，南翼国是靠两个女人支撑起来的。如今，惠文长公主离世，太后又年迈，好在皇帝也是英明之主，国泰民安。当年的事情，在南翼国百姓心中，却是难以磨灭的。

"是皇祖母回来了。"樱夜公主拉住凰北月的手，高兴地说。

凰北月脸上也有一丝欣喜之色，太后终于回来了，她等这一天等很久了。

"我先去向她老人家请安。"樱夜公主英姿飒爽地骑马上前，很快就赶上了太后的队伍。

侍卫看见她，立刻去向太后禀报。

樱夜公主骑马走近队伍中间那辆最庄严的马车，俯下身，笑着说了几句话。马车外的宫女抬起手，示意队伍停下。然后，宫女进了马车，片刻后，搀扶着一位颇有气势的老人走了出来，这便是南翼国的文德太后。

文德太后衣着素雅，头上发饰也不华丽多彩，慈和的面上带着笑容，着实具有皇家风范。

看见太后出来，学生们激动地上前，齐齐下跪行礼。

“都起来吧！你们都是南翼国未来的栋梁，这次辛苦你们了。”太后慈祥地说。

和当年金戈铁马、征战沙场时的铁血果决不一样，如今的文德太后修身养性，已经不再过问国家大事，只一心一意为国家祈福，过起了深居简出、吃斋礼佛的生活。

南宫长老从马背上下来，走上前，单膝跪下，无比恭敬地道：“恭迎太后回朝！”

“南宫长老快请起。”太后亲自把南宫长老扶起来，看了一眼那些学生，问起在浮光森林发生的事情。

南宫长老一一说了，太后脸色渐渐凝重起来：“织梦兽？已经好几百年没听说织梦兽出现过了。”

南宫长老也非常不解：“幻术系的灵兽几乎在大陆绝迹了，这次突然出现，令人不安啊。”

“南宫长老有什么疑虑吗？”太后问。

南宫长老低声说：“修罗城。”

文德太后面色微微一变，听到“修罗城”这三个字，她的心脏狂跳了一下，道：“修罗城也有十多年没有消息了。”

“皇祖母，那修罗城怎么还会出来，他们不是已经消失了吗？”樱夜公主天真地问。

太后摸摸她的头，笑道：“不是消失了，只是隐藏起来了。”

“那他们这次出来做什么？对我们下手，一定另有所图。”樱夜公主恨恨地说。

想起陷入幻境的时候，差点儿和北月动起手来，她心里就发凉。

南宫长老也为此发愁。他们只是一群学生，修罗城的人对他们动手，究竟意欲何为？这才是最令人担心的啊！

“这事，回去再议吧。”太后说，“学生们也累了，传哀家的懿旨，此次出来历练的，皆有嘉奖。”

“多谢太后！”南宫长老替所有学生谢恩。

太后在宫女的搀扶下准备回去，樱夜公主追上来，笑着说：“皇祖母，有一个人，可是老早就想着跟您请安了。”

“哦，是谁？你皇兄？”太后慈祥地笑着问。

樱夜公主娇俏地笑道：“您先回去，我这就去带她来给您磕头。”

“这丫头，还这么神秘啊？！”太后朝身旁的宫人苏嬷嬷笑道。

苏嬷嬷笑道：“几年没见，樱夜公主长高了不少，想必太子殿下也更加英俊潇洒了。太子殿下今年十六岁，到了该大婚的年龄了。”

文德太后一听，脸上的几道皱纹都笑了出来，欣慰地道：“是啊，战野今年也十六岁了，该让他母后物色好人家的女儿，给他把亲事定下来了。”

苏嬷嬷搀扶着太后坐进马车，放下帘子的时候，看见樱夜公主领着一个穿红衣的少女走过来。她揉揉眼睛，以为看花了眼，声音颤抖地说：“呀，那不是长公主吗？”

太后手指一抖，道：“苏嬷嬷，你说什么？”

“那，可是惠文长公主啊！”苏嬷嬷将帘子挑开，让太后往外看。

已经走近马车的凰北月抬起头，蓦然看见太后那张慈祥的脸，鼻子一酸，连忙跪下来：“北月给太后请安。”

“这……”太后一怔，看着她，半晌说不出话来。

樱夜公主笑道：“皇祖母，这是北月啊，皇姑母家的北月郡主啊！”

“是北月郡主啊。”苏嬷嬷第一个反应过来，眼角湿润，“都长这么大了。太后，您看看，几年不见，北月郡主出落得跟长公主当年像极了啊！”

太后回过神来，点点头，喃喃地说：“像……像啊！北月，进来让皇祖母瞧瞧。”

“是。”北月依言上了马车。

“你吃苦了，怎么瘦成这样？”太后的眼角也红了。

虽然保养得当，可岁月还是不饶人，太后脸上几道深深的皱纹让人看了觉得心酸。

凰北月吸了一下鼻子，这一刻感受到的才是真正的亲情。慈祥的祖母，分别多年，凰北月一直盼望，如今终于见到了。

“北月没有吃苦，倒是皇祖母，身子可好？”

“好，皇祖母好得很啊！”太后抿着唇，长久说不出话来。

樱夜公主见凰北月什么都没说，便道：“皇祖母，北月不让您担心，故意隐瞒，她哪里过得好了？前几天，帝都都传遍了，萧远程和几个姨娘，简直不是东西！”

“公主。”凰北月看了她一眼。

樱夜公主任性惯了，太后刚回朝，还没到帝都呢，风尘仆仆的，怎么能跟她老人家诉起苦来？

记忆中，这位太后对她一直呵护备至。惠文长公主仙逝时，太后伤心，卧病好几个月，现在看着总算是身子硬朗了，怎么能让她再伤心担忧？

“樱夜，你说什么？”已经说出来的话，太后自然听到了，她脸上浮现怒气，“萧远程，他怎么了？”

樱夜公主嘟着小嘴，看了一眼凰北月，低声说：“萧远程伙同姨娘们谋取长公主府的财物，前几天，还叫人在北月住的流云阁放了一把火，要把她……”

“混账东西！”太后猛地一拍身边的靠枕，“来人，去把萧远程抓起来！”

“皇祖母，您不在，我就自己做主，请了廷尉寺的耿忠大人调查，拿了证据，已经把萧远程和几个姨娘下狱了。”樱夜公主吐吐舌头，俏皮地说。

“樱夜公主真是机智。”苏嬷嬷赞了一声。

太后点点头，欣然道：“樱夜做得好。萧远程竟敢如此大胆，哀家当年是看错他了。”太后深深吸了几口气，看来是气得不轻。

凰北月看到她这个样子，本想说出惠文长公主当年不是病逝而是遭人毒杀的事情，也不忍心说出来了。人老了，经不起打击，她得想个委婉的方式说出来才好。

“北月，你受了这么大的委屈，是哀家对不起你，当年，哀家若是连你一同带走就好了。原本哀家想着路上颠簸劳顿，你年纪又小，该在安定的地方生活长大，谁知道，竟会让你……”太后语气激动，说到后面，声音哽咽起来。

“皇祖母，逆境成长，焉知不是好事呢？经过这些事，我知道了人心险恶，以后行事便会更加小心。”凰北月轻声说。

太后一怔，看着她稚嫩的小脸，想不到一个十二岁的孩子会说出这样一番话来。

凰北月低下头微微一笑，道：“我怎么也没想到，我的亲生父亲会这样害我，虎毒不食子，他竟没有把我当他的女儿。”

“北月，别难过了，那个萧远程根本不配为人父。”樱夜公主看她这么伤心，连忙安慰。

凰北月低头不语。她当然知道萧远程不配当父亲，她这么说，只是想试探一下太后的反应，看看太后是什么态度。

据说惠文长公主这个驸马，是太后亲自挑选的，如今萧远程做出这等事情，太后难免会觉得愧疚痛恨，但一个身在高位的人，会这么容易承认自己的错误吗？

太后下令说让人把萧远程抓起来，却不像皇上那样一得知消息就下令要斩了萧远程，这其中微妙的差别，只有她这样天生敏感的人才能察觉到，所以她才会说出那番话来。

“萧远程辜负了哀家的一片心啊！这件事，就交给廷尉寺全权处理吧。”太后失望地叹口气，疲累地摇摇头，然后轻抚了一下额头：“北月，不用担心，往后的日子里，还有哀家呢。”

“多谢皇祖母。”听到太后这么说，凰北月才真正放心了。

来到这个世界后，这是她第一次觉得心里不再那么沉重。

太后回朝，临淮城的百姓早已得到消息，一早便出来，站在道路两边，捧着鲜花水果，迎接这位出去为国家祈福多年的太后。

看着外面热闹的人群，凰北月不禁暗暗佩服这位太后，能够如此得民心，她年轻之时，肯定是一位巾帼不让须眉的女英雄。

城门口，明黄的旌旗招展，竟是皇帝亲自出城迎接了。

太子战野骑着黑马奔到太后的车前，俯下身说：“皇祖母辛苦了。”

车帘掀开，出现的不是意料中的苏嬷嬷，而是一脸微笑的凰北月：“太子殿下也辛苦了。”

战野微微一怔，看见她明眸皓齿、笑靥如花，竟有片刻失神，然后微微扬唇，道：“北月郡主也辛苦了。”

“皇兄，我也辛苦了，你怎么不慰问一声呢？”樱夜公主调皮地把脑袋伸出来，偏着头看着这个一向冷酷的兄长，成心打趣他。

战野看了她一眼，面色微微严肃，道：“樱夜，不要胡闹。”

“哪里是我胡闹？分明是皇兄偏心！”樱夜公主说完，轻轻哼了一声，放下帘子进马车里去，对太后说：“皇祖母，您可听见了，皇兄近来可偏心了。”

“樱夜，你这丫头，别闹你皇兄了。”太后慈祥地说，然后声音微微扬起，对外面的战野说：“战野，哀家不在帝都的时候，听说你又有长进了。”

被樱夜公主一闹，战野面对着凰北月正有几分尴尬，听到太后这么说，连忙正色道：“有劳皇祖母挂念，只是小有所成而已，不足挂齿。”

凰北月嘴边的笑意转浓。成为九星召唤师，并召唤出了紫焰火麒麟，这样还算不足挂齿的小成就的话，那其他人要汗颜死了。

“你是个谦虚的孩子，皇祖母很喜欢。你告诉你父皇，不用这么大张旗鼓、劳民伤财。”太后笑着说。

“是。”战野点点头，看了凰北月一眼，便转身策马回去向皇上禀报了。

因为皇上要亲自来迎接太后，凰北月和樱夜公主坐在马车里多有不便，便都下车骑马。

樱夜公主坐在马背上，笑看着凰北月道：“北月，你觉得我皇兄如何？”

“太子殿下出类拔萃，天之骄子。”凰北月中肯地评价。

“这是外人的看法，我是问，你自己觉得呢？”樱夜公主大眼睛牢牢地看着她。

凰北月比她多活了一世，加上前世已经成年，樱夜公主试探性的话语，她一下就听明白了。她心思一转，笑道：“我跟所有人的看法一样啊！太子殿下如此出色，还会有人觉得他不好吗？”说完，策马上前去了。

樱夜公主怔了一下后，气恼地甩了一下鞭子。她又不是问北月是否对皇兄有偏见，她只是想知道，北月心里有没有那么一点儿意思啊！

第三十三章 墨色之莲

月落谷。

深夜时分，四处寂静，只有偶尔从森林中传出来的几声灵兽的咆哮，带着撕裂人心的恐惧。

月光照在小河边，被灵兽蹂躏过的地方，满是尸体，惨不忍睹。几只低等级的灵兽在撕咬着。

眼看着灵兽越来越多，躲在一座半倒的帐篷后面的女人蓬头垢面地抱着双腿瑟瑟发抖。她咬着发白的嘴唇，眼中透出绝望恐惧的光。

救命……救命啊……她心中这样呐喊着，却不敢真正发出声音来。因为只要一出声，她立刻会被那些灵兽发现。她不想死，不想死在这里啊！

她在等天亮，天亮后，这些食尸的灵兽吃饱了，自然就回去休息了。只是，她要一个人穿越恐怖的迷雾森林，怎么可能？

就在她最恐惧的时候，头顶一只巨大的黑色灵兽飞过来，巨大的翅膀薄薄的，却充满了诡异的力量。

“幻……幻灵兽？”她战战兢兢地小声道。

幻灵兽，只在古籍中有记载，是传说中最神秘的神兽，据说百年前出现过，有人画了个大概的样子，便像头顶这一只。居然有神兽出现在迷雾森林里了。萧韵一时间吓得紧紧闭上嘴巴，一点儿声音都不敢发出来。不能被发现，如果被神兽发现，那就只有死路一条啊！

可是，即使她把嘴巴捂上了，幻灵兽还是发现了她的存在，高傲的头颅低下来，朝她看了一眼，懒洋洋的眼神里却透着无尽的杀意。

“呜呜……”萧韵吓得发出几声呜咽的惨叫。

这声音立刻引起了几只食尸灵兽的注意，它们一抬头，却看见了头顶巨大的幻灵兽。幻灵兽身上散发出来的超强威压，吓得这些低级的灵兽纷纷逃命。幻灵兽翅膀一扇，一道诡异的雷光扫下来，瞬间，那些灵兽都化为粉末消失了。

幻灵兽在尸体堆上方盘旋几下，降落在了河边。

萧韵这才看清楚，幻灵兽的背上有个一身黑衣的少年，因为落下来后正好面对她，少年抬起头来，惨白的脸色和无神的双眼吓得她惊叫一声，倒在了帐篷中。

少年眼珠子转了转，右眼下的黑色桔梗花分外诡异。

他从幻灵兽的背上下来，走到小河边，掬了一把水想喝，闻到空气中尸体的恶臭味，他又暴躁地把水拍开。

幻灵兽有些无奈地看着他。

少年低声说："饿……"

幻灵兽表示也没有办法。它是神兽，帮他杀敌称霸没问题，帮他弄吃的问题就大了。

萧韵偷偷爬出去，浑身脏兮兮的，看起来像个狼狈的乞丐。

那些食尸的灵兽已经不见了，她见幻灵兽和这个少年也没有要伤害她的意思，胆子便大了起来。她是像雪姨娘一样敢赌的人，反正现在已经是绝境了，只要还有一丝希望，她都会抓住的。

"你饿，我……我有办法给你找吃的……"萧韵小声地说，胆战心惊地看着少年。

少年听到她的声音，没有抬头去看。他也用不着看，因为他看不见。

"哪里？"少年简单地问。

萧韵咽了一口口水，说："我……我给你吃的，你……你把我从迷雾森林带出去。"

跟这么厉害的人讲条件，放在平时，她也会觉得自己疯了，可是现在她没有选择，除了让这个人帮她，她不知道还有什么办法。

"我迷路。"少年面无表情地说，表示他已经很不高兴了。如果他能从这里出去，也不会饿着肚子了。

萧韵心里一沉。这人生气了，自己必定不能再多说，可是一听他的话，似乎有一些无奈。他迷路了，难道他从迷雾森林中走不出去吗？

"我……我认识路！你要想出去，可以带上我，我给你指路。"萧韵急忙说，好像抓住了一线生机。

"可以。"少年很爽快地答应了。

萧韵立刻高兴起来，对他千恩万谢："谢谢你！谢谢你！"

"吃的。"少年又说。

"好，你等等！"萧韵把那半倒的帐篷掀开。里面有一个包袱，都是烧饼、干肉，虽然沾了不少血，可还是有一些能吃的。

她捧着那个包袱交给他："给，吃吧。"

她一靠近，少年就皱起眉头，惨白的脸上浮现一抹肃杀之色。

"走开！"冰冷的命令式的语气。

萧韵立刻后退，一直退到小河里，忐忑不安地看着他。

她身上有股恶臭味，是因为在尸体堆里待久了沾染上去的，她自己也觉得无比恶心。她之前是养尊处优的大小姐，天天洗花瓣浴，用最上等的香粉和精油，走到哪里都是香风阵阵，那时候，多少年轻公子对她爱慕，可是现在……她委屈地扁着嘴，趁少年低头研究包袱里的食物的时候，赶快用水把自己身上好好地洗了洗。

等她转过身时，却发现那个少年什么都没有吃，那些沾了血的干肉和烧饼都被他扔到一边去了，只有牛皮袋里的水，他喝了一点儿。

"你不喜欢的话，我再给你找别的。"生怕他不吃东西就不带自己离开，萧韵立刻说。

"不，走。"少年站起来，把幻灵兽收回到灵兽空间里，转身就走。

萧韵连忙从小河里出来，拖着一身水渍跟了上去。

少年低着头，自顾自地往前走，身上的黑衣和森林中的迷雾几乎融为一体，有种让人心寒的肃冷。

萧韵似乎听到他喃喃地念着什么，但是听不清楚。为了好带路，她走到少年前面，终于听见他说什么了。

"红发……红发……"

萧韵心中一凛。他要找红头发的人？据她所知，红头发的人，整个南翼国只有一个。

"你……你要找红头发的什么人？"萧韵小声问。

少年抬起头，面色冷厉，那表情像是在警告她：少管闲事！

萧韵吓了一跳，狠狠地吞了一口口水，可是她抓住一个报仇的机会，就绝对不会放弃。

"红头发的人，我倒是知道一个，就在南翼国。"她小声地说，希望可以借这个神秘人的手为她报仇。

戏天，红头发的，不就是戏天吗？而戏天就是凰北月！

听到她的话，少年的表情终于有一丝波动："哪里？"

“你……你找她，想干什么？”

“杀！”少年简短地说。

萧韵心中一喜，果然！凰北月太嚣张了，连这个神秘人都想要对付她。报应，这就是报应啊！

“她就在临淮城！你和我一起进城，我会带你找到她。”萧韵喜滋滋地说。

少年不再说话，跟着萧韵，慢慢走出了迷雾森林。

今天太后回朝，对临淮城的百姓来说，是一个大喜的日子。皇上在宫中设宴，并且在皇城放烟火，和帝都百姓一同庆祝。入了夜，临淮城更加热闹起来，百姓自发地在家门口挂上了红灯笼。

萧韵冷得浑身发颤，终于走到临淮城。她激动得快要哭出来了，回来了，终于回来了。

少年什么都看不见，只听到耳边嘈杂的声音，皱着眉问：“在哪儿？”

他说话一向简短，能省的就省，从来不多废话一个字，幸好萧韵听懂了。这少年要找的就是凰北月，带他去，凰北月还有活路吗？

萧韵看了看四周，听百姓的议论，知道是太后回朝了，她脸色越发难看。太后对凰北月宠爱有加，太后一回来，知道了长公主府的事情，一定会大怒。在此之前，她必须要快点儿把凰北月除掉才行，一点儿意外都不能有。

“你这个样子太引人注意了，你等我一下，我给你找身正常的衣服。”萧韵知道街口有间制衣店。

少年一身黑衣太过诡异，也不是南翼国的服饰，在太后回朝这样的大日子，她要是带着他在大街上走动，太招摇，恐怕会引来黑色骑兵的注意，那就糟了。另外，她也想换一身衣服，乔装一下。凰北月那么想弄死她，千万不能让凰北月知道她回来了。

萧韵见他面无表情地站着，知道他是不会乱跑的，他想要找到红头发的人，只能靠她。这么想着，萧韵就放心地去制衣店了。

少年站了一会儿，听到自己的肚子咕噜咕噜地响，他实在太饿了。

“馄饨……馄饨咧。”小贩的叫卖声响起，馄饨的香味飘了过来。

少年走过去，站在馄饨摊前。

小贩看见他惨白的脸，吓了一跳，再看他穿的衣服，华贵精致，像是富家子弟，便笑道：“这位公子，来一碗馄饨吗？”

少年点点头。

“好嘞。”小贩立刻从锅里盛了一碗馄饨上来，加了葱末等作料，连同筷子递给他。

少年端着碗、拿着筷子，一副不知道该怎么下手的样子。

小贩看着他，笑道：“公子，用筷子吃啊！”

“筷子。”少年想了好半天，才想明白右手拿的就是筷子。对一个看不见的人来说，用筷子是一件超级麻烦的事情。

他饿得不行了，用筷子扒拉着，一碗馄饨那么烫，他一边吹一边吃，居然很快就吃完了。

“还要。”他把碗递了过去。

小贩笑着又给他盛了一碗。

他一连吃了四碗，才满足地把碗放下，转身就走。

小贩本来眉开眼笑地看着他，见他转身走了，顿时不乐意了，从小摊后面跑出来，拦住他的路：“公子，你还没给钱呢。”穿这么好的衣服，不像是没钱的人啊。

“钱？”少年疑惑地问，“什么？”

小贩的脸立刻拉得跟驴脸一样长：“我说你这公子，别拿我这小生意人开玩笑啊！吃东西给钱，天经地义，你不会第一次出门吧？”

吃东西要给钱，这个观念是第一次出现在少年的脑中，他茫然了。钱这种东西，他根本不知道是什么，原来吃东西还要用另外一样东西去交换。以前跟着红莲，他从来没有这方面的顾虑。

“没钱。”他干脆地说。

“嘿，我说你这人，没钱你来吃什么东西？成心耍人是不是？看你穿得人模狗样的，居然是个江湖骗子！”

小贩声音太大，这么一喊，周围的人立刻围过来了，看着这个身形瘦弱的少年，指指点点的。

“小孩，你哪儿来的？没钱吃什么东西啊？咱们南翼国可不是随便可以坑蒙拐骗的地方，你要不给钱，咱们就见官去。”

“就是！今天大喜的日子，你这小子闹什么闹？当咱们穷苦百姓好欺负是不是？”一个耍杂技的高壮大汉走过来，声音洪亮。

少年听着周围吵吵嚷嚷的声音，都在声讨他。他本是阴邪毒辣的人，只是涉世未深，不懂人情世故，可是他长这么大，从来没有人敢这么对他说话，这些人……找死！

他的手刚抬起来，旁边就响起一个清脆悦耳的声音，道：“他只是个孩子，不懂事，请大家手下留情，不要为难他。”

一个穿着绿罗裙的清丽少女笑意盈盈的，让旁边的人心头一颤。她身边的俏丫鬟笑着把一枚金币放在了馄饨小贩的手里。

“这位大哥，消消气。”

小贩看见金币，眼睛都直了。这一枚金币，他一个月才能赚回来啊!

“小姑娘，你们想用钱收买人啊？有钱了不起啊？”耍杂技的大汉粗声粗气地说。

绿罗裙少女笑道：“有钱当然没什么了不起，只是这孩子孤身一人，身上没钱，饿了肚子来找吃的，相信也不是故意的，大家得饶人处且饶人，没必要把一个孩子逼到官府去吧？！”

她声音清澈，笑意动人，几句话说得那大汉也沉默了，半晌后咳了一声说：“小姑娘，你嘴巴厉害，我无话可说，只是这小子以后别这么出来坑人，大家都是小本生意，不容易！”

“这是自然的，有了这次教训，他一定会记得。”绿罗裙少女说完，对丫鬟说：“东菱，你去帮我买东西，老地方集合。”

“是。”东菱笑着去了。

穿绿罗裙的少女正是凰北月，她转过身拍拍少年的肩膀说：“下次记得带钱。”说完朝那群做生意的小贩笑了笑，走入人群中。

少年愣了一下，沉默地跟了上去。人来人往的闹市上，他一步不落地紧紧跟在凰北月身后。

凰北月逛了一圈，走到湖边的凉亭中，才转身看着少年，笑着问：“你跟着我做什么？”

“为什么？”少年声音僵冷地问。

“什么为什么？”

“帮我。”

凰北月看了他一眼，在凉亭中坐下，靠着栏杆，偏头看着湖面，说：“曾经我孤立无援的时候，总是希望有人能出手帮我一把，那样的话，我也许不会那么害怕。”

“有人帮吗？”

“没有。”凰北月坦然地说。

少年微微蹙着眉，缓慢艰难地道：“为什么，帮我？”

凰北月挑眉笑道："我乐意。"

少年轻轻抿着唇，无神的眼珠转了一下，沉默了。

凰北月悄悄抬手挥了一下，见他没有反应，心中了然，原来他真的看不见，这种人怎么会一个人出来？看他不像弱者，却连吃东西要给钱都不知道，未免太不可思议了。

"你叫什么名字？家住在哪里？我可以送你回家。"

"家？"少年迷茫地问，"何物？"

凰北月撑着下巴看了他半天，轻嗤一声："该说你单纯呢，还是笨？"

少年抿着嘴唇，明显生气了，眼角下那朵黑色的桔梗花显得更加诡异。只是，生气归生气，他却奇怪地没有愤怒的感觉。

"连家都不知道的话，在这个世界上有什么意思？"凰北月淡淡一笑。

她是个天生就有依赖性的人，只是残酷的现实不允许她的依赖性存在，所以这么多年她改了，只是对于家的渴望没有一天减少过。

有人说站得越高的人，越希望身边有人陪伴。说得没错，当她站在东方铁塔的顶端，寒风寂寥，苍穹辽阔，下面是繁华都市，人海茫茫，她却孤身一人，那种时候才能体会这种彻骨的孤独感。

少年凝着眉，不解她的话，正想发问，天空中突然一声炸响，少年一惊，立刻转身，抬起手做出备战的姿势。

凰北月低笑一声："胆小鬼，那是在放烟火，你没见过烟花吗？"话说出口，她顿时有些后悔，这少年眼睛看不见，当然没有见过烟花。

"烟花？"他喃喃地问，语气有些急切，"是什么？"

"你过来，我带你看。"凰北月把他叫进凉亭中，"把眼睛闭上。"

"看不到。"少年有些慌张地说。

"听我的，闭上。"凰北月的声音微微放软，像哄小孩子一样哄着他。

少年心里的抗拒渐渐消失，听她的话，将眼睛闭上了。

这时，又一声烟花爆响的声音在耳边久久回荡，绚丽的烟花映得天空无比璀璨，繁星都失去了光彩，远处百姓欢呼惊叫着。

凰北月轻声道："烟花有很多颜色，它们在天空绽放的时候，就像你所能想象的所有美好的事情都一起来了。"

"看不到。"他微微摇着头，眼前是一片黑暗。

"有的，你慢慢看。"凰北月把两只手轻轻蒙在他的眼睛上，"只有你能看到的颜色，很美是不是？"

嘭！又一道烟花爆响的声音响起，璀璨的光芒映在少年苍白的脸上。

他轻轻抬起手伸向空中，喃喃地说："很美……"有些色彩，大概只有在心里才能看见。

烟花绽放在天空的同时，天上慢慢地飘下了一片雪花，正好落在少年抬起的手中，他一惊，问道："什么？"

凰北月看了一眼，笑道："下雪了。"

"雪……什么颜色？"

"白色的。"

"白？为何？"

凰北月看了看天空，漆黑而高远，雪花从上面飘下来，在绽放的烟花间，很容易被人遗忘。

"因为从天空落下的过程太漫长了，漫长到连它自己都不记得自己是什么颜色，就像你一样。"

少年沉默地捧着那片没有颜色的雪花，掌心的温热慢慢融化了雪花，他声音有些悲凉地说："消失了。"

"是啊，烟花也消失了。美丽的东西，往往都很短暂。当烟花绽放或者雪花落在人间的时候，它们心里都明白，这一生，该结束了。"凰北月说完，把手从他眼睛上慢慢移开，笑着看他，"你还没告诉我，你叫什么名字？"

"澈……"他轻轻吐出一个字，"你？"

他说话真的有够简单的。

凰北月说："你可以叫我月。"

这时，东菱提着买好的东西过来，远远地喊："小姐，是不是该回去了？"

"嗯。"凰北月回道。

墨莲一把抓住她的手，焦急地问："去哪里？"

"我要回家啊。"凰北月拍了一下他的肩膀，"澈，这个世界比你想象的复杂许多，不适合你。你从哪里来，还是回哪里去吧。"

她隐约知道这个少年不简单，涉世不深，又极为厉害。这种人，恐怕是来自一个根本想象不到的庞大势力。

少年用无神的眼睛盯着她："想，再见你。"

"有缘的话，自然会见到的。"凰北月把自己的手抽出来，然后从纳戒中拿出一袋金币给他，"这里面是钱，你要吃东西，用里面的钱。下次要是再吃霸王餐，可没人去救你了。"说完，凰北月洒脱地拍拍他的肩膀，转身走出了凉亭。

雪花飘下来，东菱撑着伞过来接她，她走到伞下，回过头，看见那个面色苍白的少年慢慢跟着她走出来，站在雪中，像丢不掉的流浪小狗一样，很是可怜。

“小姐，他看起来怪可怜的。”东菱小声说。

“我们家已经有一只虎，还有一只织梦兽。”凰北月不得不提醒她。

东菱一想也是啊，那两只灵兽已经让她焦头烂额了，这少年一看绝对比灵兽更让人头痛。

“是我同情心太多了，咱们确实没有能力帮他。”东菱有些惋惜地说。

凰北月看看东菱，又看看慢慢走过来的少年，轻轻叹了一声，扬声问：“澈，你是独自一人，还是有其他伙伴？”

听到她的声音，少年明显很开心：“有伙伴。”

“他们会来找你吗？”

“会。”他点点头，不知道怎么说谎。

凰北月想了想说：“既然你的伙伴会来找你，那我给你找个落脚的地方，好吗？”

少年立刻点头，以为可以跟着她走了，加快步子走到她面前，惨白的脸上浮现一抹怪异的笑容。

“不会笑就别笑了。”凰北月眼睛一弯，“我知道你是想感谢我，有心意就行了。”说着，转身带着他来到一家客栈，跟掌柜要了一间上房，预付了半个月的钱，让掌柜每天三餐按时给他送来，他有什么要求也尽管照办。

掌柜看到钱，立刻点头答应，领着他们去了上房。

凰北月看了看，环境不错，也不至于委屈了他，便说：“这个地方还满意吗？”

少年却看着她，问：“你，住哪儿？”

“我回家住。”凰北月和东菱对视一眼。

东菱立刻说：“澈公子，你安心住下，小姐有空，会来看你的。”

听到这话，他又问：“何时？”

“有空就来。”凰北月暗暗祈祷，希望这次不是给自己招惹了一个麻烦。

“有空，何时？”他固执地追问，害怕她一走就不回来了。

凰北月无奈地说：“澈，学着依靠自己，没有人能让你依靠一辈子的。”

少年沉默了，转身进了房间，好像自尊心受到了打击。走了几步，他回过头来，低声说：“我，没依靠过，别人。”说完，就把房间的门关上了。

凰北月一脸无奈，看了东菱一眼。

东菱抓抓头，道："这位澈公子，大概很少和人接触吧。"

凰北月看看房门，摇摇头笑道："算了，我们走吧。"

长公主府。

凰北月带着东菱去地牢看琴姨娘和雪姨娘。

几天折腾下来，琴姨娘看到人进来就怕，缩在地牢里瑟瑟发抖。

"风水轮流转啊！往日里，琴姨娘多风光，谁会想到一朝落败，竟会落得如此下场？"东菱奚落两声，扶着凰北月的手走到关雪姨娘的牢房前。

燃烧着腐血丹的香炉还在冒着烟，雪姨娘七窍都有血流出来，她瘫在一堆稻草上，动也动不了。

凰北月站在牢房前，道："雪姨，我今天来，是想跟你说一声，二姐姐恐怕永远不会回来看你了。"

雪姨娘抬起头，死死地瞪着她："你……你下了毒手！"

"聪明。"凰北月赞了一声，"二姐姐她运气不好，被几个佣兵抓了，意图羞辱未成，我就做个顺水人情，把她扔进佣兵团的大本营里了。"

"你……"雪姨娘发疯一样地强撑着身体扑过来，"凰北月，你好狠的心啊！"

"狠，这就叫狠？雪姨，你未免小瞧我了。"凰北月轻笑，"我随后在那佣兵团里撒了雌性孔雀草的粉末，引得灵兽暴动，一夜之间踏平了佣兵团，二姐姐此刻不知道成了哪只灵兽的腹中餐了。"

"啊……啊……凰北月……啊……"雪姨娘撕心裂肺地惨叫起来，被腐血丹腐蚀得差不多的身体跌跌撞撞地扑在牢门，她狠狠地拍打着牢门，眼睛里流出了血泪，"我做鬼也不会放过你。"

"别说做鬼，你现在做人，我也不放过你！"凰北月眼神冷狠地看着她，"雪姨，你还有二哥哥呢！你若告诉我，是谁指使你对我母亲下毒，我说不定大发慈悲会放过二哥哥，给你留一条血脉。"

雪姨娘嘴唇颤抖着："磊儿，我的磊儿……"她已经失去了最引以为傲的女儿，只剩下一个儿子了。

"是啊，二哥哥今年才多大？你忍心让他死得跟二姐姐一样凄惨吗？"

"我……"雪姨娘已经处于崩溃的边缘，她双手死死地抓着牢房的木栏，一条条血痕留在上面，她带血的眼珠子不停地转着，似乎在思考什么。

凰北月盯着她，悄悄把织梦兽拿出来，捧在手心。

小织梦兽抬头看了雪姨娘一眼，对她那恐怖的样子十分惧怕，缩了缩圆滚滚的小身子。

凰北月弹了一下它的脑袋，说："快看。"

织梦兽立刻吱了一声，脑袋上绿色的茎抖动起来。

织梦兽的能力可以对特定的人施展，只要它愿意，就可以织造任何人的梦境。

雪姨娘呆愣了一下，眼睛慢慢闭了起来。她只是普通的人类，织梦兽的能力在她身上起效更快，很快，雪姨娘软倒在了地上。

小织梦兽转身面对着凰北月，将雪姨娘的梦境传递给她。

凰北月闭上眼睛，看到了熟悉的房间，典雅简洁，没有过多装饰，一道屏风上花飞千重，暮云千叠。

晓阴无赖似穷秋。淡烟流水画屏幽。

"长公主殿下，这药，您还是喝了吧。"柔媚的声音响了起来，是雪姨娘。

凰北月走近几步，看到年轻了好几岁的雪姨娘，双手捧着一个瓷碗走到床边。

床上的惠文长公主脸色苍白，有几分哀戚之色，一头黑发下的脸小巧精致，明眸中含着泪光。她靠在侍女剪秋的怀中，抬眸看着雪姨娘："为何？我待你也不薄。"

此时的惠文长公主，比起记忆中温柔仁和的样子，多了几分凄楚哀怜，让凰北月的心狠狠一痛。

雪姨娘比起现在，自然是年轻貌美了不少，只是她的表情太过狰狞，显得可恶。

"长公主殿下是待我不薄，可这又如何呢？做主的，毕竟不是我这区区贱婢啊。"雪姨娘走上前去，奉上药碗，"喝了吧，长公主。"

惠文长公主将脸靠在剪秋的怀中，低声呜咽道："我……北月呢？叫她来，我要见她最后一面。"

"长公主殿下，这药您不喝，北月郡主就再也见不到任何人了。"雪姨娘阴冷地一笑。

惠文长公主凄楚地流下几行眼泪，用颤抖的手端起那碗毒药，轻声说："雪琳，念在多年姐妹的情分上，帮我照顾北月吧！等她长大，告诉她，远离权力之地，莫要再入帝王家……"

"放心吧！你死了，我会好好照顾北月郡主的。"雪姨娘脸上的笑容何止虚情假意。

惠文长公主看了她一眼，自然知道她说的不可能是真心话，手一抖，就要把那药碗扔了。

雪姨娘一直盯着她，看见她这动作，立刻抢过那药碗，就要给惠文长公主灌下去。

剪秋喝道："放肆，对长公主，你竟敢这样无礼！"

"剪秋姑娘，这药，难道不喝吗？你也知道个中利害，敢抗命？"雪姨娘威胁道。

剪秋低头垂泪，道："公主，喝了吧，奴婢陪着您上路。"

惠文长公主闭上眼睛，戚戚然地又哭又笑："我这一生失去了那么多，竟只换来这样的结局……我究竟……究竟为什么……"

雪姨娘端起药碗，将那一碗毒药统统灌进她口中，一边灌一边大笑道："你死吧，死了就再也不会痛苦了。"

凰北月握紧双拳，眼睛发红，一时冲动就要冲上去。

小织梦兽吱呀一声，立刻把梦境断开，把她带出来。

凰北月狠狠地喘息着，恨恨地说："还有呢？是谁指使的？！"

小织梦兽吱呀吱呀地摇着头，大眼睛里闪着无辜的光芒。

"接下来的看不到吗？还有再前面的？"

小织梦兽只是不断地摇头。

东菱蹲下来，扶着她道："小姐，再想想其他办法吧。"

"为什么看不到？难道她梦境中有禁制？"

小织梦兽忙不迭地点点头，表示这不是它的错。

"禁制……"凰北月看向雪姨娘。看来，这果真是一场巨大的阴谋啊！

"这世上没有不透风的墙，这件事，我会调查清楚的。"凰北月冷冷地看了雪姨娘一眼，拿起小织梦兽，和东菱一起离开了牢房。

第三十四章 洗髓丹药

凰北月走了之后，雪姨娘才幽幽转醒，闻着那刺鼻的腐血丹的味道，知道自己的生命和躯体都在一点儿一点儿被吞噬，她心中的恐惧越来越强烈。

“娘……”忽然身后有人轻轻地唤她。

雪姨娘以为自己做了噩梦，吓了一跳，猛然回过头，却看见萧韵那张憔悴的脸，顿时惊叫一声。

“娘，小声一点儿。”萧韵警觉地左右看了看。这里是长公主府的地牢，只有一些家丁看着，戒备没有那么森严，她凭着三星召唤师的实力，很容易就潜伏进来了。

雪姨娘瞪着带血的眼睛看着她，看了好久，才颤抖地伸出手：“韵……韵儿？”

“是我，娘，我来救你出去。”萧韵说着，慢慢走过来。

雪姨娘的眼泪一下子涌出了眼眶。她开口道：“韵儿，娘以为你……”

“哼，是凰北月那个贱人来告诉你我死了是吗？”萧韵冷笑，“娘，我们母女俩福大命大，没有那么容易死的。就算要死，也要拉着她做垫背！”

雪姨娘擦着眼泪，抓着木栏说：“让娘好好看看你。”

“娘，等出去再好好看，咱们先离开。”萧韵小声道，然后在被凰北月布置了元气禁制的牢门上上下摩挲着。

雪姨娘看着她，担心地道：“这元气禁制能解开吗？”

“爷爷曾经教过我，如果是冰属性布置的元气禁制，冰属性的召唤师会更容易解开。”萧韵认真地摩挲着，手指感应到一处元气最为薄弱的地方，心中一喜。她从纳戒中拿出一串珠链，默默地念了几句口诀，然后将珠链往元气禁制最薄弱的地方砸去，砰的一声，元气禁制震动了一下，可是没有破解开。萧韵又试了一次，还是没有破解开。

以她三星召唤师的实力，要破解一个至少是九星召唤师的人布置的元气，实在有些困难。不过，锲而不舍地试了五次之后，她还是成功了，元气禁制渐渐弱了下来，然后光芒一闪，消失了。

萧韵露出轻松的笑容，拿出自己的宝剑把牢门劈开，将雪姨娘扶了出来。

“娘，你受苦了。”萧韵鼻子一酸，哭了出来。

“别哭，韵儿，快离开这里。”雪姨娘拍拍她的背，没有死，是一件多么庆幸的事情。她就知道，她没那么容易死的。

萧韵擦干眼泪，点点头，扶着雪姨娘从地牢出去。

经过琴姨娘的牢房时，雪姨娘停下来，冷眼看着躲在角落里瑟瑟发抖的琴姨娘：“哼，琴妹妹，你我斗了这么多年，没想到最后都落得这个下场。”

琴姨娘抬起头看了她一眼，道：“你别得意，你会比我惨的！”

雪姨娘不屑地冷笑道：“我现在就要出去了，至于你，这么多年来，你教唆老爷处处远离我，这笔账，今天就跟你算一算吧！韵儿。”

“知道了，娘。”萧韵冷笑一声，让雪姨娘扶着墙站好，然后她用宝剑砍断了牢门上的铁链，走进去，一把揪住了琴姨娘的头发：“琴姨，黄泉路上要是遇到惠文长公主，你就告诉她，她的女儿，很快就会去和她做伴了。”

琴姨娘眼中有泪光闪过，最后一刻却没有多么害怕，只是放声大笑：“好啊！黄泉路上，我也等着你们来给我做伴。”

萧韵阴狠地一笑，一剑割断了她的脖子。鲜血溅了满地，琴姨娘倒在草堆中，眼睛依然不甘地瞪着她们。

“娘，走吧！我已经联系了爷爷，他会派人来接应我们。”萧韵走出牢房，重新扶起雪姨娘。

“韵儿，你刚才说，凰北月很快就会下地狱，是什么意思？”雪姨娘虚弱地问。

萧韵很有自信地道：“娘，这次救了我的是一个很厉害的人，他的召唤兽是幻灵兽，这个人很想杀了凰北月。”

“凰北月怎么会得罪这么厉害的人？”雪姨娘虽然身体被腐蚀了，但脑子没有坏。

“这件事，我一会儿好好跟娘解释。那凰北月确实不简单。”想到凰北月的身份，萧韵恨不得现在就把她除了。

雪姨娘听她这语气，知道事情不简单，三两句说不完，也就不再问，先逃出去再说。

地牢的假山后面，看着雪姨娘和萧韵离开后，两道黑色人影才缓缓地走出来。

“小姐，就这么让她们逃走了吗？”东菱担心地问。

凰北月的脸在月光下忽明忽暗，阴晴难测。她淡淡地道：“不放出诱饵，怎么引得大鱼上钩？”

“可是，万一萧韵泄露了小姐的身份怎么办？”

“舍不得孩子套不到狼，何况，就算她们知道了又能怎么样？我就不信，萧启元那个老东西，敢大张旗鼓地说出去。”

有了灵尊的教训在前，萧启元已经心存惧怕了，何况说出她的身份，对她来说只会更让人尊敬，对他们却什么益处都没有。

凰北月和东菱回到溶月轩后，小赤金圣虎屁颠儿屁颠儿跑出来，欢快地绕着凰北月的脚跑。

东菱笑道：“小虎，别闹了，走，带你去吃东西。”

凰北月走向房间的脚步顿了一下，回过头说：“小虎？”

东菱不好意思地说：“我只是随口叫叫，还等着小姐给它取名字呢。”

“就叫小虎吧，挺好的。”凰北月看了一眼小赤金圣虎憨厚活泼的样子，觉得小虎这个名字很适合它。

凰北月正打算走进房里，一转头，看见小织梦兽坐在窗户上，从它的袖珍小包包里拿出一颗黑色的种子，用短短的小手捧着，朝着浮光森林的方向吸了一下鼻子，眼睛水汪汪的。

才来了一天，就这么想家。

凰北月看着它，想起自己第一次被师父带走的时候，也曾这样遥望过家的方向。

她走过去，拍了一下小织梦兽的脑袋。

小织梦兽吱了一声跳起来，抱着它的种子，万分紧张地看着凰北月。

凰北月好笑地问：“有名字吗？有就眨眼睛，没有就不用眨。”

小织梦兽瞪着大眼睛不敢眨一下。

“没名字啊？那我给你取一个吧。”

小织梦兽眼睛一亮，扑闪扑闪地看着她，似乎非常期待。

凰北月想了一下，说：“你整天吱吱呀呀的，不如叫吱吱或者呀呀，你喜欢哪一个？”

小织梦兽扑闪着眼睛，吱吱呀呀地怪叫了几声。

凰北月沉默片刻，道：“喜欢呀呀就眨眼睛，喜欢吱吱就不眨。”

小织梦兽立刻瞪着眼睛，一眨都不眨。

看来是喜欢吱吱了。凰北月嘴角一弯，忽然想逗逗它，说：“喜欢吱吱吗？可我觉得呀呀比较好听。”

小织梦兽立刻迈开小短腿跑过来，献宝一样地把它的那颗黑色种子给凰北月看，吱吱呀呀的，那样子完全是在讨好她。

凰北月笑起来，道：“吱吱，我听不懂你说什么。”

小织梦兽很失望很苦恼地把身上的花瓣都垂下来，一副垂头丧气的样子。

凰北月摸摸它的头，说：“好了，不是都叫你吱吱了吗？再不高兴的话，就不给你名字了。”

小织梦兽身上的花瓣瞬间就开放了，露出那张圆圆的脸，它咧开嘴巴傻傻地笑着。

“好了，去吃东西吧。”见它高兴了，凰北月也就不用担心了。

吱吱准备从桌子上跳下去，走了两步，想起什么，它又转身回来，把它的种子放在凰北月的面前，笑着对她眨眨眼睛。

凰北月拿起那颗种子看了看，不知道这是什么植物的种子，比她的拇指大一点儿，黑漆漆的，被吱吱天天把玩，所以锃亮锃亮的。

“嗯，谢谢你。”虽然不知道是什么玩意儿，但看见吱吱期待地看着她的样子，凰北月还是表示了一下感谢。

吱吱开心了，这才从桌子上跳下去。

凰北月将那颗种子收进纳戒中，撑着脸，在窗边坐了一会儿。

想着刚才在雪姨娘的梦境中看到的一切，她心中又泛起阵阵疑惑。惠文长公主那句“远离权力之地，莫要再入帝王家”真是耐人寻味啊！她仔细一想，这件事莫非和皇室中人有关？能一碗药毒杀死如此有地位的长公主，整个南翼国，有几个人有这样的权力？越想，她心中寒意越重，一片苍凉。

凰北月心情苦闷地走出去，拿出黑色斗篷披上，召唤出冰灵幻鸟，飞上了夜空。

“凰北月，有些事情知道得越多就越痛苦，不如什么都不知道，好歹过得轻松一点儿。”魇在她身体中能感受到她的痛苦，因此想说两句开解她的话。

凰北月冷冷看着前方，眼睛里蒙着一层看不见的阴影：“我已经看见了，怎么可能当作什么都不知道？”

“知道了又怎么样？如果真是皇室中人，你打算怎么办？”

凰北月沉默不语了。就是想到这些，她才更加郁闷。

越来越接近真相的时候，她反而有种却步的感觉。惠文长公主当年是什么样的心情？最后害她的人，竟然是她的亲人。

夜晚的风呼呼从脸颊吹过，夹杂着几片雪花，临淮城的冬天真正来临了吧？！

“魇，不管真相是怎样的，我绝对不会逃避！”坚定的声音，在风中回荡，气势凌厉。

魇不禁微微一怔，不知道该怎么说，到底是佩服她的勇敢果决，还是对她的固执倔强感到惋惜呢？这女娃子太高傲了，眼睛里容不下一丁点儿沙子啊。

“冰，去质子府。”凰北月抬手拂开脸颊上的雪花，又恢复了清冷的神色，对冰灵幻鸟下令。

冰灵幻鸟立刻翅膀一转，朝质子府飞去。

这几年，南翼国和北曜国和平共处，没有战事发生，因此对于北曜国质子府的看守，也就不那么严密。

从上空降落在质子府中，避过了所有耳目，凰北月让冰灵幻鸟离开，自己慢慢走向有灯光的地方。

忽然，琴声响起来，很平淡，像是信手而弹，旋律却直入人心。

她循着琴声走过去，只见灯火阑珊处，一人白衣胜雪，眉目如画。

叮的一声，琴声顿住。风连翼抬起头，看见她，微微一笑：“你来了。”这平淡的口气，好像她是自己家里的人，出去一趟又回来了。

凰北月看他一眼，表情淡漠地说：“怎么不弹了？”

“一人独奏，觉得无趣。”风连翼修长的手指在琴弦上轻轻划过，长长的衣袖如流云一般散落在古琴边，为他添了几分谪仙般的风华。

“翼王子的琴艺高超，曲高和寡，自然只能一人独奏了。”凰北月淡淡地说。

风连翼微微笑道：“也不尽然。不久之前，曾有一位神秘之人，以箫和我合奏一曲，毕生难忘。”

凰北月面无表情，却想起当时一曲琴箫合奏的惬意，那一次她也是毕生难忘，他的琴声超凡脱俗，绝对是当世无二。

风连翼见她突然不说话，他俊美的面上带了几分笑意，问道：“不知道北月郡主对哪一种乐器比较精通？”

“什么都不精通。”凰北月快速地说，“我对音律，一窍不通。”

“原来这样。”风连翼点点头，“今日下了雪，光景正好，北月郡主若有雅兴，不如，我教你弹琴吧？”

凰北月看他一眼，知道他是不想把气氛弄得太尴尬。她突然闯入他的家中，他没有生气，把她当贵客看待，已经是极大的礼遇了，她当然也不能太不识趣。

“翼王子有这样的兴致，自然奉陪。”说着，她走了过去。

风连翼站起来，把位子让出来，让她坐下。

他弯下身，为她细细地讲解琴艺的基本指法，低沉的声音宛如音符一样，令人心神安定。

凰北月的手指在琴弦上漫不经心地拨动了一下，发出一连串清越的琴音。

她其实对琴艺懂一点儿。她师父六艺精通，什么都会、什么都精，是个完全挑不出瑕疵的奇人，只是师父教了她琴艺，她却没有那个天赋，无法学得出神入化。

风连翼看了一眼她拨动琴弦的指法，便知她其实是懂琴艺的，便不多做解释，道：“郡主聪明过人，想必已经学会了。”

“翼王子教得好。”凰北月难得谦虚一回，“刚才进来的时候，听到你弹的曲子很好听，不知道是什么曲？”

风连翼一怔，眼神有些躲闪：“那只是我闲来无事自己谱的曲子，还没完成，让郡主见笑了。”

“我听着很不错。翼王子虽然只是随意弹奏，琴声中饱含的感情却令人动容。”凰北月眉眼一弯，偏过头看着他，笑得狡黠，“曲子里，可是相思之意？”

风连翼微微垂眸，笑容中有几分不自然，道：“郡主说笑了，何来的相思？只是一时有感慨而已。”

凰北月单手撑着脸，看着这个人腼腆尴尬的样子，心里还挺乐的。今天她的心情有些郁闷，难得能抓住他打趣一下，也是好的。

天空中有几片雪花飘下来，落在她的发梢上，风连翼抬头看见，伸手将那雪花拂去。

凰北月笑道：“莫非是落花有意，流水无情？”

她是故意揶揄打趣他的，没想到他的表情还真的微微羞涩了一下，凰北月扑哧一声，趴在古琴上笑起来。

琴弦被触动，发出如她声音一样清越的琴声。

风连翼低头看着她，见她笑得如此开心，刚才的阴霾愁绪一扫而空，自己也笑起来了。

落雪纷纷，寒露凄清，夜半弯月，对影成双。此情此景，若换一种心境，换一个时间，便是良辰美景，如花美眷。

“殿下，刚才那首《月魄》我已让乐工记录下来了，果真是意境美好，曲调缠绵……”两人大笑间，宇文获拿着一张花笺匆匆走进来，一抬头看见有人，愣住了。

风连翼收了笑，大步走上去，从宇文获手中拿过那张花笺，折起来收进衣袖中。

凰北月转过身去。

宇文获看见是她，轻咳了一声，有些尴尬地说：“不知道北月郡主在此，失礼了。”

凰北月淡淡看了他一眼，脸上的笑容一点儿一点儿收起来，那饱含了相思之意的曲子，原来叫《月魄》。

想起刚才自己所说的话，她不禁有些尴尬，站起来，神色间的淡然依旧丝毫不变。

“我深夜拜访，是想问翼王子，我要的东西可成了？”此时，她的语气中已经不见了刚才笑时的那分亲近，稍微有些疏离。

风连翼心中微微一痛，眉眼间飞快闪过一丝失望之色。不过，他很快转身，云淡风轻地道：“再过几天便成。”

“如此甚好，那我就静候翼王子的佳音了。”凰北月站起来，绕过古琴走出去，朝风连翼和宇文获微微点头：“告辞了。”

风连翼一时心急，道：“北月……”

凰北月没有回头，只是淡淡地说：“翼王子还是称呼我郡主吧，这样才合乎规矩。”说完，她召唤来冰灵幻鸟，跳上去，顷刻间便消失无踪。

“规矩？”风连翼有些苦涩地笑起来。

宇文获偷偷看他一眼，有些尴尬地说：“殿下，是不是刚才我……”

“她冰雪聪明，迟早会知道的。”风连翼微微叹息，从衣袖中拿出那张花笺，笑道，“你倒有心，还让乐工记下来。”

“殿下这一曲实在曼妙，不记下来，太可惜了。”

“记下来又有何用？果真是落花有意，流水无情。”风连翼将花笺放在古琴上，走进房中，将门关上了。

宇文获愣了一会儿，喃喃地说：“落花有意，流水无情？”他走到门外，敲了两下，说，“殿下不必如此忧心，也许不是流水无情，只是北月郡主年纪尚小，还不通情事。”

“获，做好你该做的事便好。”里面的声音有些严肃。

宇文获缩缩脖子。也许真是他多管闲事了，只是从来没有见过殿下如此不快，他便多嘴了几句。

“是。”宇文获默默地走开了。

一轮弯月挂在天边，迷离的月光透过窗户映入风连翼紫色的眸子里，淡淡的，惑人心神。

“我知道你是懂的，可你的心，我竟半分都看不懂。”低低的声音，宛如一声叹息。

冰灵幻鸟飞入夜色之中，御风翱翔。

凰北月面色清冷，一丝情绪的波动也无。

魇沉默了片刻，忽然笑出来：“襄王有梦，神女无心。北曜国的九皇子真是个有趣之人啊，竟会对你这个歹毒的丫头产生爱意。”

凰北月嘴角扬起，讥诮道：“你嫉妒了？老怪物，你活了这么久，可曾有人对你产生过半分真情？”

魇哼了一声，有些骄傲地说：“我未被封印之前，也是天上地下唯我独尊，那时候，世间之人能与我比肩的寥寥，而我之风姿，你这丫头岂能想象得到？”

“啧啧，吹牛了吧？你在黑水禁牢中那鬼样子，还有绝世风姿？”凰北月嘲讽地说。

“哼，我那不过是被封印之后的形态，待我出来……”

“你出不来！”凰北月冷哼道，“你这没用的老怪物，什么都帮不了我，还一天到晚只知道冷嘲热讽，我会让你出来才有鬼了。等我研究透了万兽无疆的秘密，一定弄死你！”

“你……你答应过要让我出来的。”魇焦躁地说。

“答应过又怎么样？对你，没信誉我也不觉得丢脸。”

魇深深吸了几口气，自是被气得呼吸不顺。若不是被封印起来，他还真想狠狠打这丫头一顿，她太不听话了。

凰北月大笑起来。

听着这狂傲的笑声，魇心里越来越不是滋味，仔细一想，自己竟是被她摆了一道。本来是在说她的事情，说风连翼对她心存爱意，这丫头觉得不好意思，话题一转，就把他绕进去了。哼，真是个无比狡猾的丫头！

“凰北月，你今年当真只有十二岁吗？”

“哼，十二岁又如何？”她当然不止十二岁，不过她十二岁的时候也不比现在差。

“我活这么多年，见过无数少年天才，但凡从小厉害的人，天性都是阴冷寡淡，从未见过像你这样比鬼还精的丫头！”

“那是你孤陋寡闻，不知道越小越容易成精吗？你可当心了，老怪物，迟早让你栽在我手上。”

魇轻声哼道：“寄人篱下，我不跟你斗嘴。”他承认嘴皮子不如这丫头，每次都是他输。

凰北月低笑一声，道：“魇，你以前到底是什么东西，这么厉害，竟然会被封印起来？”

提起往事，魇不免有些唏嘘：“若不是我一时大意，也不至于沦落到如此地步！凰北月，你让我出来，我只会帮你，绝不会害你。”

“这个事情以后再说。”凰北月打断他，“魇，我需要你把光耀殿和修罗城的事情都告诉我，它们现在是我最大的威胁。”

“告诉了你，我也没什么好处……”魇小声嘀咕。在凰北月面前，他连讲条件都不行，这丫头握着绝对的主动权，他只有乖乖听话，她想知道什么就告诉她什么，否则惹了她不高兴，她的威胁就来了。

“好处多得很，就看你等不等得到了。”凰北月扬唇微笑。

魇没有办法，只能知道什么就说什么，将光耀殿和修罗城这两个卡尔塔大陆上最强的组织的事情都告诉了她。

光耀殿神秘莫测，鲜少有讯息传出来，修罗城则因为凶残恐怖的手段在大陆闻名。

凰北月在床上躺着，闭着眼睛听魇说，等他叙述完，她才说：“修罗城真的像你说的，里面都是怪物吗？”

她想起风连翼，他是修罗城的人，可是和怪物这种东西，丝毫联系不起来啊！

“世人都以为那是以讹传讹，等你亲眼见了，你便知道了。”魇懒散地说。

凰北月挑挑眉，不置可否。

对这两个地方有些了解，以后她行事也方便一些。

她身上有万兽无疆，光耀殿和修罗城都想得到，他们势必会有交手的那一天。她的实力还不够强，只能先收集情报，好做准备。

“小姐！”东菱敲敲门走进来，举着烛台说，“外面天象有异，小姐千万不要出去。”

凰北月猛地坐起来，走到窗边打开窗户，只见那轮弯月后面，九颗星星正慢慢连成一条线。

天地之间有元气在波动，虽然很微弱，常人感觉不到，但是对吸取天地元气为自身能量的召唤师来说，能真切地感受到。

“九星连珠了。”她低声说。

魔道：“九星连珠后，就是物换星移、日月交替之时，炼制洗髓丹的时机就在一两天之后了。”

凰北月的嘴角泛起一丝笑意。她等了这么久，终于等到了。

“小姐，别站在那里，要让今晚的月光照到，会不吉利的。”东菱连忙过来把她从窗户边拉开。

“这是什么说法？”凰北月心情大好，好奇地问。

东菱把所有烛灯都点亮，笑着说：“这是老人说的。九星连珠几百年才出现一次，每次出现都是乱世的开端，让九星连珠的光芒照到的人，在乱世中也会遭难呢。”

“乱世的开端？”凰北月撑着下巴轻笑，“九星连珠只是一种天文现象而已，你们这些人也太迷信了。”

“老人都是这样说的。当年卡尔塔大陆大乱，各国征伐不断，也是因为九星连珠出现了呀。”

“现在各国都相对稳定，南翼国更是明君理政，想出现乱世，也没那么容易啊。”

东菱笑着说：“小姐说得是，哪有那么容易出现乱世，是东菱多想了。”

凰北月看着东菱浅浅而笑、娇俏的模样，想到她只是个普通人，若是在乱世中，又该怎么活下去？

“东菱，我之前教你的几路剑法，都练着呢吗？”凰北月问。

之前空闲的时候，她把一些以前学的实用的格斗技巧、剑法教给了东菱，希望她能好好学，至少能防身。

“都学着呢！只是东菱笨，学得不好。”一说起这个，东菱就有些兴奋。

“你怎么会笨呢？”凰北月轻笑。东菱本就有底子，天赋也不错，学这些，她相信不会太难。

“我只是希望学好了，将来不成为小姐的累赘，不拖累小姐。”东菱朴实地说。

凰北月笑了笑，道：“东菱，你不会成为累赘的，别担心这些。你好好练我教给你的那些，那都是基本功，练扎实了，将来好处多着呢！”

“知道了。”东菱欢喜地答应。

凰北月看了看外面，说：“小虎和吱吱睡了？”

“都睡了。小虎总欺负吱吱，我就把吱吱的窝挪到我床上去了。”东菱有些心疼地说。她看到吱吱被小虎吓得浑身颤抖的样子，只好把它们分开了。

凰北月笑出声来，说：“小虎刚出生不久，什么都不懂，等它长大了，就知道不应该欺负同伴了。何况，它们之间总要有一个磨合期，慢慢相处，它们才会意识到它们是同伴的关系。”

东菱点点头，觉得她说什么都有道理。

“你也去休息吧！明天灵央学院我自己去，你不用跟着了。”

“是，小姐也早点休息。”东菱走出去，想了想，转过身说，“小姐，明天要进宫去给太后请安，顺便陪太后用膳，你要早点回家，我们好进宫。”

自从看到了雪姨娘的梦境，知道惠文长公主可能是被皇室中人害死的，凰北月就对皇族产生了一种抗拒的心理，可是想到太后的慈颜和她这么多年来对自己的关怀，凰北月还是觉得亲情比较重要。

“好。东菱，你明天也打听一下，为何曦和公主没有和太后一起回来？”

东菱脸上浮现忧愁，说：“我今天去买东西，听人说，太后和曦和公主走到边境的时候遇到东离国的太子，那厮见曦和公主貌美，便要求亲，遭曦和公主拒绝，东离国太子便派人偷偷潜入曦和公主住处，意图掳走公主，幸亏曦和公主身边的侍卫发现得早，将那些人打退。东离太子不肯罢休，多番纠缠未果，就散布谣言，说曦和公主引诱他，曦和公主一气之下，就把他打成了重伤……”

凰北月脸上微微变色：“岂有此理，东离国太子竟敢这么嚣张？”

“就是。那还是在咱们南翼国的土地上呢，真是无法无天了。”东菱气愤道。

“那现在曦和公主去了哪里？”

“曦和公主担心回临淮城会让东离国的人找借口对咱们发难，就驻留边境，暂时不回来了。”

凰北月暗暗咬牙。那是从小对她最好的曦和公主，东离国不长眼睛的太子找死是吗？

东菱看见她眼中的杀意，连忙说：“小姐，现在可不能冲动，万一东离国太子真死了，曦和公主这罪名就坐实了。”

“放心，我没那么冲动。”凰北月笑了笑，“只是听闻东离国太子不久便会来到临淮城，我想去看看，究竟什么样的人能无耻到这种地步。”

东菱笑起来。一看小姐这个样子，她就知道小姐又有什么诡计了。东离国太子太过无耻，竟敢这样对曦和公主，教训他一下也好。

受九星连珠的影响，临淮城大街上冷清了不少。大多数百姓都是迷信之人，为了自身安危和福气，宁可信其有，不可信其无。昨天，太后刚刚祈福回朝，本来该庆祝好几天，因为这天象弄得人心惶惶，谁也不敢轻易出门了。

临淮城是一座四季温暖的城市，就算下雪，也不会太冷，顶多像昨天那样飘几片雪花，不会凄风冷雨得让人受不了。

凰北月上完兵法课，走出书院，看见宇文获在外面徘徊。

她心知宇文获有事情，便问："宇文大人有事吗？"

宇文获道："殿下说，今晚可以炼制洗髓丹，北月郡主若有兴趣，可以去看。"

炼制洗髓丹的过程，她很感兴趣，只是经过昨天晚上的事情，她觉得和风连翼相处起来会比较尴尬，加上今晚要去向太后请安，实在走不开，便拒绝了。

"帮我转告翼王子，多谢他帮我。洗髓丹炼制成功后，净莲炎火鼎，我也不追究了，就当作是谢礼吧。"

宇文获一怔之后，英俊的脸上浮现一抹不甘："北月郡主，殿下身上虽然有诸多秘密，可他对郡主是真心实意的。"

凰北月偏了一下头，佯装听不懂："你说什么？"

宇文获只觉得一拳打在棉花上，有种无力感。果然是年纪太小了，还没开窍啊！

"没……没什么，只是希望北月郡主能和殿下做个朋友。"宇文获无力地说。

"我们已经是朋友了，宇文大人放心好了。"凰北月笑了笑，"洗髓丹炼制好后，我会让人去取。"说完，她礼貌地点点头，转身离开了。

宇文获双手架在腰上，左想右想也不明白，北月郡主似乎在有意避开殿下，她是真的听不懂自己的话吗？

第二十五章
皇后之威

下午，凰北月从灵央学院回来，东菱已经准备好了进宫的一切。待凰北月换了衣服，正准备出门，萧柔忽然哭哭啼啼地找上门来，一看见她就跪下来："三姐姐，你帮帮我们吧。"

凰北月低头看了萧柔一眼，问道："四妹妹这是怎么了？"

"是萧韵！凶手一定是萧韵！"萧柔大哭起来，脸上还残留着没有干的泪迹，此时又被新的泪水冲花了。

"是萧韵救走了雪姨娘，顺便对我姨娘下手的，她那剑法我认得，绝对不会错！"

凰北月在椅子上坐下，道："可是如今萧韵和雪姨娘逃到哪里我都不知道，怎么帮你呢？"

听到她这样说，萧柔就知道有希望了，连忙擦擦眼泪，说："她们肯定在老爷子那里。我听下人说，今早看到萧仲磊鬼鬼祟祟从萧家后门出去了。"

凰北月并不意外萧韵她们逃去了萧家，这她早就知道了。

"萧韵杀害琴姨娘，也算是杀人凶手了，这事，交给廷尉寺吧。"

萧柔啜泣着说："可是有老爷子护着，廷尉寺抓到人，又能怎么样？"

"耿忠大人秉公执法，你还怀疑他不成？"

"不！"萧柔连忙摇头，知道溶月轩一向都只有凰北月自己的人，这才敢说，"我……我有一件事，不知道该不该说。"

凰北月看她的样子，似乎知道什么不为人知的大事情，便对东菱使了一个眼色，让她去门口看着，这才对萧柔说："说吧！四妹妹，有我为你做主呢。"

萧柔现在把全部希望都寄托在了凰北月身上，除了凰北月，整个世界，似乎没有人能帮她了。

“三姐姐，我也不知道是不是眼花了。那是前年过年，我跟着父亲去萧府给老爷子请安，我还小不懂事，喜欢到处跑，我姨娘拉不住我，就让我一个人在老爷子住的后院里。”萧柔说着，很胆怯地停顿了一下，似乎害怕会有人偷听，等确定这里很安全后，才接着说，“我在老爷子的后院遇到几个人，他们虽然穿着我们南翼国的衣服，可是那高大的身形，一看就是东离人，他们说话也是用东离语，我听不懂他们在说什么。”

凰北月眯了一下眼睛，放在桌子上的手轻轻敲打了一下桌面，道：“你是说，老爷子家里有东离国的人？”

“我也不敢确定是不是，可是之后我在布吉尔市场听过东离国来的商人说话，和那天在老爷子后院中听到的一样。”

“四妹妹，我们南翼国和东离国一向不交好，更严禁国人私下里和东离人有来往，你可知道，若你说的是真的，萧家就是通敌卖国的罪名？”凰北月缓缓地说。

萧柔泣不成声地说：“三姐姐，我真的不知道是不是我人小看错了，这么多年我谁也不敢说，就是怕啊……可是，我听说过几天有东离国的使者来，是作为友好邦交来南翼国学习的，我担心他们会不会和老爷子有什么关系……”

凰北月的嘴角不易察觉地扬了一下。怪不得东离国的人会莫名其妙派了人来南翼国，恐怕真的和萧家脱不了干系。

“四妹妹，既然你知道这件事情很严重，那从现在开始，千万不要往外说，这件事，我自会查清楚的。”

“我知道了，三姐姐，我相信你，你可一定要帮帮我们。”

“放心，你起来吧！我这会儿要进宫去，你有孝在身，最近还是少出门。”凰北月交代完，不再理她，起身离开了。

毓祥宫。

自从惠文长公主仙逝，太后出宫为南翼国祈福，凰北月已经很多年没有来太后的毓祥宫了。

记忆中的印象已经有些模糊，被嬷嬷领着进去，她抬头看那庄严的宫殿、肃穆的颜色，无一不透着皇室的威严。不知道为什么，记忆中，这里应该是个温暖的地方，当年有慈祥的祖母、温柔的母亲、活泼灵动的曦和公主，这里是年幼的凰北月最喜欢的地方之一，她现在走进来，却觉得心头有股寒意渗透而出。

“北月郡主终于来了，太后问了好几次呢，一直让奴婢出来看着。外面天冷，郡主千万不要冻着了。”苏嬷嬷站在殿门口，一看见她，赶紧走下来，朝她行了个礼。

“有劳苏嬷嬷了，这么冷的天，还让您站在外面受寒。”凰北月为表示亲热，上前握了一下苏嬷嬷冰凉的手。

苏嬷嬷眼眶有些发红，看着凰北月，就想起自己一手带大的惠文长公主，怎么能不伤怀？

凰北月走进殿中，东菱帮她脱下身上的披风，她听到内殿有人说笑，便问：“苏嬷嬷，还有谁在里面吗？”

“皇后娘娘刚才过来请安，正陪着太后说话，后来樱夜公主和太子殿下也过来请安了，这会儿都在里面呢。”苏嬷嬷笑着说。

苏嬷嬷正说着，樱夜公主从内殿跑出来。她一看见凰北月就笑道：“我听声音就知道是你来了。”

“参见公主。”凰北月微微屈了一下膝。

“瞧你，进了宫还真多了规矩，谁要你行礼了？走，进去。”樱夜公主上前来拉着她的手，一同进了内殿。

内殿中，太后靠着软垫坐在榻上，身边坐着太子战野，皇后则坐在下首。

战野抬起头看了她一眼，冷酷的唇角微微弯起，冲她笑了一下。

凰北月也微笑以对，那淡淡的笑容算是礼貌性的问候。

本来没有什么，皇后一双凤目却看了看她，再看看战野，那目光本来就蕴含着母仪天下的威严，此刻更是严厉了几分。

凰北月在苏嬷嬷搬来的垫子上跪下，给太后请了安。

太后慈祥地笑着招招手：“好孩子，过来祖母这里。”

凰北月依言走过去，在太后左侧坐下。

太后拉着她的手，嘘寒问暖。问了好一会儿，她都一一得体地回答了。

樱夜公主坐在皇后身边，亲昵地靠着自己母后的肩膀，悄声说：“母后，您瞧皇兄好像比刚才开心了一点儿。”

皇后看了战野一眼，只见他面色稍缓，不似往常那样冷酷，难以靠近，对她这个母后也像是带着几分疏离。

樱夜公主低声笑道：“我猜，是不是因为北月郡主来了？”

“别胡说。”皇后凤目一沉，小声说了一句，语气中含着几分威严。

“哪有胡说？皇兄对北月郡主是不同的，好几次出手相救。宫宴那一次，还有灵央学院擂台上那一次，皇兄很是紧张呢！上次长公主府起火，皇兄得到消息，就立刻赶去了，从来没有见皇兄那么着急过。”

樱夜公主说起这些，那是如数家珍，哪一件事她不是牢牢记在心里的？

皇后听着，面色却越来越难看。

“樱夜，你也是个未出阁的女儿家，整天想着这些事情，也不知道害臊。”皇后严厉地说了一声，虽然声音压得很低，太后还是听到了。

“皇后，樱夜年纪小，做事说话难免没分寸，你作为母亲就该多教导，怎么就知道骂她？”太后看见樱夜公主神色有些惊惶，便有些不高兴地说。

皇后连忙站起来，行了一个礼，说：“母后息怒，臣妾只是教樱夜懂些规矩。也快是大姑娘了，还一天到晚到处跑，没点儿公主的样子。”

太后依然不高兴。她对皇后的态度很复杂，像是不喜欢，却又像是带着愧疚一样，不忍苛责于她。

“樱夜单纯活泼，这性子皇上喜欢，让她改也改不过来，你何必勉强她？”

“是，臣妾以后不敢了。”提到皇上对樱夜的喜爱，皇后心中似乎有了欣慰，连忙温顺地说。

太后这才面色稍缓，笑看着樱夜公主，道：“樱夜，你母后执掌六宫，事情多，你别惹你母后不高兴。”

“是，樱夜以后会懂事的。母后，别生气了。”樱夜公主乖巧伶俐，立刻转向皇后，撒撒娇，让皇后眉头舒展开来。

“以后记住不可乱说话。”皇后温柔地拍拍她的手。对于女儿，她还是最疼爱的，女儿比起儿子，自然要贴心很多。

“是。”樱夜嘟着小嘴答应一声，又悄悄抬头看了战野一眼，很是调皮地冲他笑了一下。

战野一愣，似乎瞬间明白了什么，有些无奈地看她一眼，然后若无其事地转过脸去。

凰北月虽然一直在和太后说话，但她也细细观察着皇后的神色，只觉得每次皇后朝她看过来的时候，目光中都带了一点儿冷意。虽然不明白是为什么，可是这样的目光让她很在意。

太后拉着她的手闲话家常了一番，便命人传膳，然后领着众人入座。

刚刚被皇后教训过，樱夜公主也不敢调皮了，安安静静地吃饭。

待撤了残羹，内监进来禀报，说宜妃带着敬王来给太后请安。

皇后一听，本来还带着笑的面容立刻冷了几分。她理了理衣摆，端庄地坐好。

太后笑着让人传宜妃和敬王进来。

敬王是大皇子，是太后的第一个孙子，太后对他也是格外疼爱的。

太监出去传话，片刻后，一个穿着烟霞色织锦宫装的美艳妇人走了进来。她身边跟着器宇轩昂的敬王。

宜妃和敬王先给太后请了安，又朝皇后行了礼，才坐下。

宜妃比皇后长了几岁，但是美貌丝毫不减，和皇后大气的凤仪比起来，丝毫不逊色，反而显得更加出挑一些。

宜妃的目光在凰北月身上转了一圈，美目中微有不满，然而还是笑道："这就是北月郡主吧？多年不见，北月郡主真是越来越有惠文长公主当年的风范了。"

这话夹枪带棒的，凰北月听得眉心一蹙，面色一肃，道："宜妃娘娘，皇祖母才回宫不久，旅途劳顿，心情好不容易好了一些，您提我母亲，不是故意让皇祖母伤心吗？"

太后的脸色果然有些不快。惠文长公主去世时，太后伤心得病倒了，这么多年，对于惠文长公主的事，那是人人都要小心翼翼、闭口不谈的，宜妃这样大大咧咧地说出来，不是故意让太后不痛快吗？

宜妃立刻跪下来，惶恐地说："请太后息怒，臣妾嘴快，说了不该说的，请太后责罚。"

皇后微微勾唇。这么多年，她还是头一遭看见宜妃这么诚惶诚恐的样子。北月郡主真是个伶牙俐齿、心思诡异的丫头。

"好了，起来吧。"太后冷冷地说，"哀家倒没什么，只是怕北月会难过。宜妃啊，你作为长辈，在小辈面前说话，还是应当注意一些。"

"是，臣妾记住了。"宜妃慢慢站起来，坐回去。她也是一时嘴快，谁让凰北月把她未来的好儿媳伤成那样，彻底破坏了她和安国公制订的计划。

宜妃对凰北月不满，敬王倒是对凰北月颇有好感，第一次见面他就见识过她的聪明机灵，回来之后还记挂了好久。

他抬起头，对着凰北月笑了笑。凰北月只是淡淡地点点头。

敬王有些失望，但是想到第一次和她见面，她就是这样冷冰冰的态度，他心里也就释然了。

经过刚才的风波，宜妃不敢再多嘴了，坐着和太后说了一会儿话。

这时，内监走进来，说："启禀太后，这是大臣们上的请太子殿下选妃的奏本，皇上让奴才送来给太后和太子殿下过目。"

战野眉头微微一蹙，摆摆手道："不用看了。"

太后慈眉善目地笑道："看，哀家看！"

内监忙笑着把奏本呈了上来。

太后一边翻看着一边说：“哀家啊，也早就想提这件事了。战野不小了，按照南翼国的习俗，是该把婚事定下来了。”

皇后欣慰地笑着附和道：“是啊，臣妾也早有这样的打算了，只是母后没有回帝都，臣妾不敢独自做主。”

“你心里想必有好的人选了。哀家知道你是有主见的人，你说说，你相中谁家的小姐了？看看是不是合战野的心意。”太后笑道。

战野忙道：“母后，你答应过的，这件事让儿臣自己决定。”

皇后一怔。有宜妃在场，她自然不可能冷着脸和战野说话，因此道：“母后是答应过，可这件事，还得你皇祖母和你父皇定夺才是。”

宜妃也道：“是啊！太子殿下，你的婚事可是南翼国的大事，马虎不得的。”

太后道：“祈泰的婚事不成了，宜妃也要看着给祈泰好好物色一位王妃。”

“是，臣妾会好好物色的。”

太后继续看奏折，道：“有大臣上奏说，靖安王府的慕影姿年纪合适，才德兼备，是太子妃的不二人选。”

皇后脸上微微露出喜色。这靖安王府是她的娘家，当年战功赫赫封了王爵，慕影姿正是她的侄女，她从小看着长大的，也最属意慕影姿做她的儿媳妇。

“皇祖母，我觉得这种事情，还是要问问皇兄的意思。”樱夜公主开口道，为了不被皇后骂，她说得委婉一些，“说不定，皇兄心里已经有意中人了呀。”

太后抬头问道：“战野，樱夜说的可是真的？”

“母后，樱夜年纪小胡说呢！这几年，战野都在忙修炼的事情，哪有机会接触外面的女子？”皇后抢着说，微微瞪了一眼樱夜公主。

樱夜公主焦急地看向战野，说：“皇兄，你说句话呀！”说完，天真的樱夜公主还看了看凰北月。

皇后立刻道：“母后，这件事也不急，还是等战野好好想一想再做决定吧！”

太后也是精明的人，听樱夜公主几句话，再看看她的动静，便明白了。她收起奏本，靠着软垫说：“也好，再慢慢打算吧！哀家也乏了，你们都回去吧。”

太后发话了，众人也就不再多留，站起来跪了安，出去了。

临走时，太后对凰北月道：“北月啊，有空多进宫来看看皇祖母，知道了吗？”

“是。”凰北月轻声答应着，慢慢退了出去。

一个小宫女走过来说：“北月郡主，皇后娘娘请您去凤翔宫坐坐。”

凰北月怔了一下，笑道：“请带路吧。”

宫女转身在前面带路。

外面下着小雪，东菱撑了一把伞挡在凰北月头顶。

去凤翔宫的路，东菱还有些印象，只是这宫女带的路，分明不是去凤翔宫，而是越走越偏僻了。

东菱觉得不对，正想开口询问，凰北月微微抬手阻止了她。想搞鬼？在自己眼皮子底下，看他们能翻出多大的浪花来？

“请郡主在这里稍等，皇后娘娘很快就来了。”

那宫女把她们带到一个通风口，正是冷风刮着的地方，夹杂着雪花，要多冷有多冷。在这种地方让她等，不是存心折磨她吗？

凰北月笑道：“这位姐姐，烦请告诉皇后娘娘一声，我进宫，皇上怕是知道的，所以一会儿，我还要去向皇上请安。”

宫女神色微微一变，还没说话，后面就传来了皇后充满威仪的声音：“北月郡主请过来吧！那里风大，当心吹坏了身子。”

凰北月嘴角一扬，慢慢走了过去。

皇后在通风口后面的宫殿里，宫女煮着一壶酒，她正慢慢品着。

凰北月行了个礼。

皇后抬头看着她，神色冷冷淡淡的：“郡主聪明机灵，本宫很是欣赏。”

“皇后娘娘凤仪威严，北月不敢造次。”凰北月也淡淡地说。

早就感觉到皇后对她没什么好印象，她也没必要装模作样。

“听樱夜说，北月郡主和太子在宫外早就相识？”

“太子多次关照，北月感激不尽。”

皇后站起来，转身看着她：“北月郡主，因为感激，你对太子可生出别的情意来？”

这话问得太直白，连皇后都觉得有些过分，可是想到刚才战野对凰北月的笑，皇后心里就惴惴不安。

凰北月秀眉一蹙，面色瞬间冷下来：“皇后娘娘，你这样说，未免太侮辱太子殿下了，也侮辱了我。身为一国之母，言语不该考虑好了再说出口吗？”凰北月沉声说。

她抬起头，晶亮的眸子里闪着光芒，看得皇后一阵心虚。

“你竟敢教训本宫！”皇后低喝道。

“教训？皇后娘娘说笑了。皇后言行不当，自有皇上、有太后、有文武百官看着，北月岂敢教训？北月只是奉劝一句，太子殿下想做什么由他自己决定，你就算是他亲生母亲，也不要以为可以主宰他！”

“你……”皇后大怒，冲着凰北月的脸抬起手，正想一巴掌下去，她的手却被一双大手狠狠地抓住了。

皇后痛呼一声，抬起头，眼睛里满是惊慌之色，连忙跪下去：“参见皇上！”

“你眼里还有朕这个皇上吗？”皇上一把甩开她的手，竟是没有半分怜惜之情。

皇后抬起头来，眼眶里盈着泪水：“皇上，臣妾只是……”

“不用找借口，朕对你失望透顶！”皇上怒道，“你以为不说就可以瞒天过海吗？朕的北月每次想进宫，你为何要派人阻拦？”

“北月郡主身染重疾，不宜进宫，臣妾只是按规矩办事……”

“规矩？”皇上冷笑道，“当年是哪个御医诊断北月的病会传染，朕也会查！”

皇后的脸色瞬间变得苍白，她泪眼蒙眬地道：“皇上，你这是不相信臣妾吗？”

“相信你？你有什么让朕相信的地方吗？”皇上指着她，“你说，你分明知道北月身子不好，为何还要让她站在风口等你？你有什么事当着母后的面不能说，非要把她叫到这种地方来？”

皇后咬着牙，泪水簌簌而下。

凰北月看在眼里，想到她是战野的母亲，便说：“皇上请息怒，是因为皇后要跟北月说一些私事，才把我叫到这里来，何况，我也没在风口吹风。”

皇上这才转眼看着她，满眼的心疼：“月儿，你不该这么善良，这善良害了你多少年？”

凰北月鼻子一酸，想起凄凉死去的真正的凰北月，还有被人灌毒害死的惠文长公主。

皇上上前把她轻轻搂进怀里，道：“别怕，以后朕再也不会让人欺负你了。”

忽然，皇后扬声道：“皇上，您和臣妾多年情意，竟比不上北月郡主一个小小的委屈吗？”

“够了！”皇上沉声喝道，“从今日起，你在凤翔宫闭门思过，六宫之事你也不用过问，交给宜妃吧。”

皇后睁大双眼，一脸的不可置信。忽然，她凄凉地笑出来：“这么多年还是这样，她有一点儿难过，您就恨不得让全世界的人都陪葬是不是？”

“娘娘，别说了。”皇后身边的老嬷嬷连忙过来，跪在她身边劝道。

皇上目光凌厉地看向她，那一瞬间，他眼中竟有杀意闪过："你不配提起她，给朕滚！"

"是啊，臣妾不配，臣妾的一切加起来，连她一根头发都比不上！皇上，这么多年，臣妾依旧是空等一场吗？"皇后大哭，歇斯底里地喊着。

老嬷嬷连忙抱住皇后，阻止她再说下去："皇上息怒！娘娘最近神思恍惚，不知道自己在说什么……"

"带走！"皇上沉冷地道，这两个字里蕴含着无穷无尽的怒气。

老嬷嬷连忙扶起皇后，和几个宫女一起搀扶着皇后离开了。

天上飘下几片雪花，一阵一阵的冷风不知道从哪里吹过来。

凰北月轻轻推开皇上，有些怔忪地抬起头来，想张口说话，声音却很嘶哑："让皇上操心了……"

"月儿……"皇上伸出手来。

凰北月轻轻地闪开了，道："我母亲已经走了，永远地走了，皇上也该放下心事了。"

她不知道自己应该再说什么，脑中一片茫然，心头也是一片慌乱，眼前有什么东西不停地晃动，发出狂风一样的呼啸声。她有些站不稳，脚步踉跄，转个身，竟然差点儿摔倒。那么强大的凰北月，在这一刻，竟然连站也站不稳了。

"小姐……"东菱匆匆上前扶住她。

"回家，回家吧。"凰北月喃喃地说。她只想赶紧离开这里。

外面下着雪，地上一片冰凉，脚踩在上面，好像一直凉到了心里。

东菱一路上要用很大的力气才能扶住她，走得满头大汗。

终于将她扶上了马车，坐好，东菱吩咐车夫赶紧回家。

"小姐，没事吧？"东菱忧心地问。

凰北月狠狠咽了一口口水，道："没事。"

"小姐是不是想到什么了？"东菱很是不解。刚才还好好的，突然之间小姐就不对劲了，难道是皇后娘娘说了什么不对的？

"东菱，我母亲和皇上的感情一直这么好吗？"以前的事情，她记不太清了。

东菱点点头，道："长公主从小爱护皇上，皇上对长公主也一直敬重有加，多年来，有人说一句长公主不好，皇上都会不高兴。"

"原来是这样。"凰北月喃喃地说。

"是什么？"东菱问。

"没什么。东菱，你先回去，我有点儿事情。"

东菱点点头。她早就习惯了。

凰北月披上黑斗篷，掀开马车帘看了看寂静无人的街道，然后鬼魅一样闪出去了。

东菱看着她的背影，不知道为什么，竟有些担心。

太子别院。

好像是为了方便某个人随意进出，这座别院都不设防卫，凰北月轻而易举就从围墙潜了进去。她慢慢走到战野的房门外，伸手敲了敲门。

脚步声响起，门很快被打开，战野有些疲惫的面庞出现在门内。看到是她，他笑着道："戏天，你好久没来了。"

"有些事情，去了一趟城外。"凰北月淡淡地说着，看了他一眼，"你的毒，解了吧？"

"你让冰灵幻鸟送来的惩罚之火，已经把毒素都清理出来了。"战野有些担心地看着她，"你是怎么拿到惩罚之火的？"

他们当日一起进入第七塔的地下，亲眼见识过灵尊的厉害，要想从他那里拿到惩罚之火，是很不容易的。不知道戏天用了什么方法，她如果因此受伤，自己宁肯中毒而死。

"这个你放心好了，那灵尊虽然霸道，可也不是真的完全冷血无情。"凰北月转身走到院子里，在石桌旁坐下。

战野跟着她走出来，看她的背影消瘦了不少，在宽大的黑斗篷衬托下，更显得身影纤瘦。

看起来她年纪很小，斗篷之下究竟是怎样一副面孔？

戏天，我真想知道你是谁，你究竟是谁？

"战野，也许我很快就要离开南翼国了。"在他怔怔地看着她的背影的时候，凰北月忽然开口，"我是个四处漂泊的人，没办法永远留在一个地方，抱歉了。"

她知道战野很想招纳戏天，但他和自己结交是真心实意的，她没办法无情地离开。她本来想在南翼国多留一段时间，可自从知道惠文长公主是被自己的亲人害死，她就没有办法继续留在这里了。

"你要离开？你不是说过会……"战野大吃一惊，冷寂的内心忽然掠过一抹无法忽略的刺痛。

"天大地大，任我遨游。南翼国，留不住我。"凰北月打断他焦急的话语，慢慢地说。

战野反手按住她的肩膀，如果再冲动一点儿，他就会伸手揭开她的斗篷，看看这黑色的屏障之下究竟藏着一个怎样的人？

“怎么才可以留住你？”战野脱口而出。

说完，他才发现自己的失礼，慢慢松开了手。

“我想要一个家，能庇护我，永不背叛我……”凰北月低声说，嘶哑的声音里带着一丝哽咽。

战野一怔，她黑色的身影已经如同雾气般从他眼前消失了。他转过身看着茫茫夜色，心底刺痛，怅然无措。

第二十六章
身死谜团

大概是之前得不到，所以现在她更加想追寻，最后却发现，她还是得不到。

她不是神、不是鬼、不是畜生，她不可能冷血无情、一无所求，她心底有温情，有时候午夜梦回，想起惨死的家人，她还是会心痛不已。

曾经苦苦寻找万兽无疆，为的是那逆转时空、超脱生死的力量，如果再给她一次机会，她想阻止一切的发生。不是站在世界的巅峰，就可以毫无所求。

凰北月有些茫然地在大街上走着，褪下黑色的斗篷，她恢复成了普通的少女。

“许一个愿望吧！这许愿灯可是百试百灵的。”

前面的河边灯火通明，不少许愿灯在河中漂流。岸边围了许多男女，看着自己放下的许愿灯漂走，带着一脸期待与憧憬。

“姑娘，买一个许愿灯吧，只要十个铜币，一定会心想事成哦。”一个小贩走过来，殷勤地向她推荐。

凰北月看了一眼他手中五彩斑斓的许愿灯，又见他满脸风霜，小本生意不容易，就给了他一枚银币，然后随手拿了一个灯。

小贩在她身后笑道：“姑娘，许了愿，点燃灯，放进河中，河神会听见你的愿望的。”

河神？这世界上若真有神灵的话，他们每天一定烦死了，要听这成千上万的愿望不说，还要负责帮人们实现。

神？多么可笑！她的世界里从来没有神，只有她自己。

走到河边，她用打火石将许愿灯点亮，抛进了河中。

她的许愿灯漂在河面上，忽然和另外一盏许愿灯撞在一起。河面刮过一阵风，她的许愿灯翻了，火焰把纸做的灯点燃了，而另一盏灯也没有幸免，很快就被火舌吞噬干净。

虽然那许愿灯里没有愿望，可就这么被烧了，凰北月心里还是有几分不爽。她抬起头，冷冷地看向河对岸。那灯是谁放的？

蓦然间，灯火阑珊处，一袭白衣的男子被灯火映得灿若星辰，绝色的面孔上带着若有若无的笑意，璀璨的紫色眼眸注视着她。那笑容，恍如隔世。

凰北月心里微微一动，很快别开脸，顺着河岸走开。

她走过一座桥，身后便多了一个人跟着，那人的白色衣摆在风中忽而扬起，忽而落下。

凰北月向后瞥了一眼，冷冷地说："翼王子今晚不是应该在炼药吗？怎么还有闲情逸致出来放灯？"

"炼药的不是我。"风连翼淡淡地笑着说。比起凰北月的冷淡，他倒显得从容许多。

"那灯只是随手放进河里，没有许愿，不小心撞了你的灯，很抱歉。"风连翼含笑说，"想不到，你也会跑到河边来放许愿灯。"

"我也没许愿。"

"我们一样，真巧。"

"谁跟你一样了？"凰北月横他一眼，"别跟着我。"

风连翼道："我要回去，也是走这条路，倒是郡主你，若要回长公主府，应该走那边。"

凰北月被气得胸口微微起伏了一下，冷冷地说："谁跟你说我要回长公主府？天色尚早，我去逛街。"

"嗯，正巧，我也想去街上走走，不如一起吧！"风连翼说得很自然，就像对待老朋友那样。

凰北月忽然转过身，清澈的眸子里闪着寒光，看着他："风连翼，你想怎么样？"

"看你难过，想陪你走走。"他也不隐瞒，直接说出自己的想法。他知道她不喜欢被人骗，那他就对她说实话。

"你看错了，我不难过。"凰北月快速地说完，转身想走。

她刚转身，脚踩了一块石头崴了一下。风连翼连忙伸手扶住她。

凰北月怒道："放手！"

风连翼淡淡地笑着，却没有松手的打算。

"我放手的话，你就摔倒了。"说着，他忽然把她拦腰抱起来，走到河边一块石头边，让她坐在上面。

刚坐到石头上，凰北月就无情地把他推开。他一时不慎，被推得跌倒在地上，双手撑着地面，却看着她笑道：“为何别人对你好，你会很感激，偏偏我对你好，你就一点儿都不领情？”

这句话一下子说中了凰北月的痛处。她对他的示好，确实一向是恩将仇报、从不在意。而别人对她一点儿好，她就会对别人好十倍。这事她没有办法解释，只能抿着嘴唇冷哼一声，别过头去。

风连翼见她眉眼间有淡淡的忧愁，不忍心继续让她为难。他从地上起来，在她面前单膝跪着，伸手去碰她的脚。

“不用。”凰北月抬手把他挡开，看见他紫色的眼眸，她微微失神，说，“没有崴到。”

风连翼抽回手，慢慢站起来，说：“我陪你走走吧。”

凰北月沉默了一下，还是站起来，声音没有多大的起伏：“不用，我该回去了。”

她慢慢转身，脚踝有些疼，不过在可以忍受的程度，她能若无其事地离开。

“北月郡主，我要走了。”风连翼看着她的背影，忽然道。

“嗯，你也回去吧，天色不早了。”凰北月回头看了他一眼，见他俊美的脸上有种难舍的表情，不禁一愣，“你要回哪里？”

“北曜国。”

凰北月觉得那一瞬间自己的脑子里是空白的，她突然有些茫然不知所措。他要回北曜国，就是说，他也不会留在南翼国了？

过了半晌，凰北月才声音艰涩地开口：“恭喜你，可以回家了。”

“那里不是家。”风连翼失笑，笑容里没有半分感情。

凰北月怔怔地看着他。她能看见他笑容里的无奈和凄苦，幼年时就被送来南翼国成为质子，故国对他来说，究竟还有几分意义？

她与他，同样是无可奈何之人，出身皇室，身不由己。

“没关系，回去之后，总会找到归属感的。”凰北月尽量让自己的声音轻快一点儿，“我会游历天下，等到北曜国的时候，可以顺便去看望你。”

风连翼心里微微一动。这丫头嘴硬心软，嘴上说得很不在意，话语中淡淡的关心还是让他很感动。

“好，一言为定，我在北曜国等你。”

“一言为定。”凰北月伸出手，和他击掌为盟。

远处的许愿灯慢慢顺着水流漂过来，璀璨的灯光映着两张年轻的脸，生动而美好。

北曜国的使者是在三天之后，和东离国的太子使团一起进入临淮城的。

卡尔塔大陆上，四大强国并立，其他小国只能依附大国生存。近几十年，四大国休养生息，鲜有战乱，因为贸易的发展，各国之间交往频繁。东离国此次派了太子来南翼国，便是因为仰慕南翼国的文化，希望促进两国之间的交流。

北曜国使者前来，则是为了迎回在南翼国做质子十年的九皇子。两国十年前交换了质子，如今四海升平，也是时候把质子换回去了。据说不久前，皇上也派了使者去北曜国，迎回在北曜国十年的三皇子。

北曜国派来的人是当朝权王——位高权重，手握重兵，风连翼的亲叔叔，也是北曜国德高望重的大召唤师。

派了这么一位厉害的人物前来，可见北曜国对这位九皇子还是足够重视的。

北曜国权王进入都城轻车简从，比起东离国太子使团的张扬嚣张，那是低调太多了。

为表诚意，皇上派了太子战野和靖安王分别去迎接，先把使者迎入驿馆，然后晚上在宫中设宴款待。

临淮城的驿馆修建得很豪华，因为接待的都是各国来的贵宾，为表示大国风范，自然不能寒酸。北曜国和东离国的使臣分别住在驿馆的南边和西边，中间只隔了一个花园。

东离国太子进了驿馆，就以旅途劳顿为借口，关上门休息。

这一次，东离国派来跟着太子的高手很多，光是九星的召唤师就有两位。

饶是这样，凰北月诡异的身影还是轻巧地避过了守卫的高手，悄悄潜到了东离太子居住的房间外面。

“殿下，我们刚才经过的地方就是南翼国的灵央学院，那高耸入云的便是七塔，其中最高的第七塔里面就住着传说中的灵尊。”一个谨慎的声音响起来。

凰北月心脏猛地一跳，灵尊？这些人是冲着灵尊来的？

那个谨慎的声音再次道：“殿下，这次咱们要是能俘获了灵尊，您就会成为整个卡尔塔大陆最强大的存在！”

“老师啊，那灵尊是神兽，神兽会那么容易对付吗？”懒洋洋的声音响起，虽然期待，却好像不抱什么希望。

“殿下，我和秋明烈都是九星召唤师，秋明烈更是快突破九星成为黄金级召唤师了，加上我们有那法宝，对付一只初级的神兽还不容易？”

“老师如此有信心，本太子就放心了。俘获了那神兽，本太子就封你为国师。等本太子登基之后，就和老师你平起平坐。”东离太子开心地说。

“多谢太子殿下！”

凰北月在外面听墙根，听得嘴角都开始抽搐了。这些东离国的人不是脑子有坑吧？居然是为了俘获灵尊而来的。还说什么初级神兽，连灵尊是什么等级都没有打听清楚就敢来，不怕踢到铁板上？不过，听东离太子说了几句话，就知道他是个草包二百五。也不知道他们从哪里打听到的关于灵尊的事情。

灵尊是灵央学院的守护神兽，这件事应该很少有人知道，不过自从上次灵尊从第七塔出来，用惩罚之火将薛御烧伤了，灵尊的存在就不是什么秘密了。这些东离国的人敢信心百倍地来，恐怕也是有所准备的。

刚才那人说的宝贝，究竟是什么东西？

她虽然不喜欢灵尊，可灵尊是将来要教她本事的人，她自然不可能看着别人把他抓了。

九星召唤师，自己应该能对付一下吧？

凰北月正寻思着，忽然身后有脚步声响起，她顿时警觉。

后面那人道：“你……”

凰北月的身形如同闪电般扑过去，在那人的话还没有出口之际，便飞快地拧断了那人的脖子，咔嚓一声，干净利落，那狠劲儿，绝对是鬼见了都要惧怕三分。

杀了那人后，凰北月发现他应该是东离太子身边的近卫，因为他穿着黑色的盔甲，头上还戴着看不见脸的铁盔。

东离太子是个喜欢张扬的人，身边近卫的服饰能有多威风就设计得多威风，然后一群人簇拥着他，那排场，绝对比任何一个国家的太子都有气势。

凰北月嘴角一扬，好机会！

她飞快地脱了这个近卫身上的盔甲，三两下套在自己身上，然后一脚将这个死人踢到一边的草丛里，戴上铁盔就大摇大摆走了出去。

那个侍卫身材矮小，估计实力不错，或者家中有背景，所以才能成为太子的近卫。凰北月冒充他也没什么破绽。

凰北月刚走出去，一个细眉长眼还算英俊的中年人就从太子房中出来了。一看见她，那人便说：“麟儿，跟我来。”

这人是东离国太子的老师——贾大人，刚才在房内和太子说话的就是他。

凰北月也不说什么，跟在他身后。

贾大人进了屋，关上门，忽然转过身，嘿嘿一笑，搓着手走向她：“麟儿，这几天在路上没有陪你，是不是想叔叔了？”

凰北月顿时浑身冒起鸡皮疙瘩，心里骂了一声：这老变态！

她刚才给贾麟脱衣服的时候，知道他确确实实是个男子，绝对不是女扮男装。

听他这话，两个人竟是暗通款曲已久，贾麟也不排斥他。

心里泛起一股恶心劲儿，凰北月身子一闪，绕到桌子一边，看着他，柔声说：“哼，这么多天不理我，现在想霸王硬上弓，没门儿！”

刚才听那贾麟说了一个字，她便知道他的声音是属于比较阴柔的尖细型。她便也不用怎么伪装，只管声音柔一些。

贾大人嘿嘿一笑，道：“哎哟，我的心肝儿啊，你什么时候学得这么有脾气了？乖啊，叔叔好好疼你啊！”说着，他便饿虎扑食一样地扑了过来。

凰北月抓起一个茶杯扔过去，声音冷了几分：“光天化日，也不知道害羞！哼，你这老不正经的，我不跟你玩儿了。”

“麟儿……麟儿，别生气啊！这两天冷落你是我不该，可我这不是为了大事着想吗？”贾大人见她真的生气了，就不敢过来了，连忙好声哄着。

“大事大事，你眼睛里就只有大事，没我了吗？那大事成了，你有什么好处？”凰北月阴阳怪气地说，说得自己身上的鸡皮疙瘩都快掉一地了。

“麟儿啊，你有所不知，抓了这灵尊，好处是咱们的。”

“那灵尊可是神兽，你们不好好打听清楚就贸然去，出了事，你让我怎么办？”凰北月跺了一下脚，娘气十足，惟妙惟肖。

“嘿嘿，没有把握，我们怎么敢来？”贾大人一脸的色欲熏心。

凰北月轻瞥着他，道：“你是说，你那宝贝？”

贾大人立刻神色一肃，道：“你怎么知道的？”

“哼！”凰北月风情万种地一哼，道，“你自己做梦说出来，还怪我听见吗？”

贾大人立刻讨好地笑道：“不敢不敢，只是这件事情机密，皇上吩咐了，不准让任何人知道。”

“原来我也算在那‘任何人’里面。没良心的，我跟了你这么多年，原来你竟然都不相信我！”

“没……没，哪能啊！”贾大人心疼地上来哄她。

凰北月哼道：“滚开，不想理你！”

“好……好，让你看看，但是，你可不能告诉别人。”贾大人妥协了。

凰北月这才佯装高兴了一点儿，语气也稍微缓和了：“你我之间，我难道还会害你？”

贾大人顿时乐得脸上开了花，拉了拉衣袖，从右手食指上一枚高级纳戒中，拿出一口造型古朴的钟来，小心翼翼地放在桌上。

那钟一拿出来，周围的元气立刻跟着剧烈地波动起来。这不仅是一件宝器，恐怕还是一件神器。

“这是什么？”

贾大人道：“这叫‘锁魂钟’，是上古神器，能克制神兽。不管神兽多强，只要被锁到这口钟里，七七四十九天之后，它们就会完全听命于我们，哈哈，相当于驯兽啊！”

凰北月眼睛一眯。上古神器？！这是她第一次见到神器，这种连元气都被震动的强悍力量直达内心，让人忍不住颤抖啊！

贾大人很是谨慎，锁魂钟只拿出来片刻就赶紧收了回去。他又讨好地笑道：“麟儿，有了锁魂钟，等抓了那灵尊为我所用，东离国皇帝算什么？我将他赶下皇位，我为皇帝，必定封你为皇后！”

凰北月身上的汗毛都快把盔甲刺破了。太诡异了！这感觉真他娘的让人不淡定。

“这一天不知道什么时候到呢。”凰北月随口说着，偷偷看了一眼这个房间。这老家伙是九星召唤师，身上还有那样的神器，一会儿怎么安全脱身不让他怀疑呢？

天慢慢黑下来，贾大人忽然想起什么，说：“麟儿，今日我要跟那草包太子进宫，有一件事，还要你帮我。”

凰北月听他这么说，当然不可能推辞，道：“什么事呀？”

“我这里有一封信函，你帮我送到萧府去。”

萧府？凰北月心里一动，萧启元那老狐狸果然和东离国的人有猫腻。

“为什么让我送？我又不是跑腿的。”

“麟儿，我这不是只相信你一个人吗？除了你，这种机密大事，我还放心交给谁啊？”贾大人连忙说。

“哼，拿来吧。”凰北月手一伸，贾大人立刻恭恭敬敬地把一封信函放在她手上。

“哎哟，麟儿，几天不见，你这手怎么越来越白嫩了……”贾大人说着，就要来摸她的手。

凰北月反手一记耳光甩在他脸上，骂了一声：“不正经的东西！”然后拿着信函出去了。

贾大人摸着自己的脸，心里像喝了蜜一样。

凰北月拿着信函走到无人的巷子里。

贾大人应该是对贾麟很放心，这样机密的信函只用普通的蜡印封着，轻而易举就可以打开。

凰北月把信函拿出来仔细看了一下。怪不得贾大人这么放心，这信就是一封普通的问候信，闲话几句。不过，这闲话里还是可以找到蛛丝马迹的。贾大人说了何时离开南翼国，不正是让萧启元早做准备吗？

凰北月将信原封不动地放回去，重新黏好蜡印，这才走向萧府。

贾大人应该是相信以贾麟的身手能潜入萧府给萧启元送信，所以才让他来。凰北月偷偷潜了进去，沉重的盔甲行走不方便，她尽量小心翼翼，贴着墙角走。

“娘，真的不救父亲吗？过两天，父亲就会被问斩了。”

凰北月走了没几步，就听到了熟悉的声音。她停下来，从围墙上的镂花孔看进去，果然是萧韵和雪姨娘在花园中。

雪姨娘坐在轮椅上，面色枯槁。被腐血丹腐蚀了那么长时间，她这身体早就残破不堪了。

“韵儿，如今我们寄人篱下，哪里有能力救你父亲啊。”雪姨娘无力地说。

“可是……”萧韵吸了吸鼻子，“父亲从小疼爱我，那天，我想去送送他。”

“韵儿，要是被凰北月发现了，你……”

“母亲放心，我会乔装打扮一下，不会让人发现的。”

凰北月勾了勾嘴角。不会让人发现，你确定？

“是谁在那里？”身后一声大喝，她被人发现了。

凰北月不慌不忙，反正她压根儿就没想躲着，只是顺便听下墙根而已。她慢慢转身，从腰间拿了一块令牌晃了晃：“见你们家主。”

那人一看她来头不小，立刻去通知萧启元。

这时，萧韵从围墙那头翻了过来。看见一个全身藏在盔甲里的神秘人，她瞳孔微微一缩，问道：“你是谁？”

凰北月没理她，走到一边靠着柱子，等萧启元来。

萧韵看她身形娇小，却神神秘秘地穿着一身盔甲，立刻想到了凰北月和戏天，喝道：“把铁盔取下来我看看！”

凰北月还是不理她。

萧韵怒了，眼见就要上来动手。

她刚伸出手，就被人狠狠抓住，萧启元怒道：“放肆！”

“爷爷！”萧韵吓了一跳。

如今看见萧启元，她可不像从前那样撒娇卖乖了，而是带着敬畏。

“滚！这是我的贵客，岂容你放肆！”萧启元冷冷一喝。

萧韵忙说：“爷爷，他这么神秘，先看看他是谁啊！”

凰北月冷冷地说：“想不到贵府是如此对待客人的。既然如此，我就回去回禀我叔叔吧！”

“不不，你是麟儿吧？多年不见，你都长这么大了。这丫头是府中贱婢，你不必跟她一般见识。”说着，萧启元使了一个眼色，让人把萧韵拖下去了。

凰北月的嘴角微微一扬，看来逃到萧府，萧韵和雪姨娘也没多如意。

萧启元道：“我们去书房说吧。”

凰北月也不推辞，跟着萧启元去了书房。

关上门，确定没人会听到，萧启元才焦急地道：“麟儿，我贤弟他好吗？”

“好得很，这不让我送信来了吗？”凰北月把信函给他。

萧启元连忙打开信函。上面几行字，他很快就看完了，脸上露出欣喜的表情，开口道：“我贤弟果然是讲情义的。”

凰北月道：“我叔叔他近来有事，这段时间，你也好好准备吧。”

“这是应当的。你等我一下，我回一封书信给他。”

凰北月点点头，萧启元便去书桌旁写信了。

凰北月看了一眼萧启元书房中收藏的书画，忽然问：“听闻贵府的少爷是当朝驸马，位高权重？”

萧启元一愣之后，脸上涌现恨铁不成钢的表情，道：“位高权重？哼，再过两天就身首异处了。”

“哦？为何？”凰北月表示很有兴趣。

萧远程冷笑道：“麟儿，你年纪虽然小，可想必也听说过惠文长公主吧？”

凰北月心头一跳，点点头，道：“听说过啊，南翼国最尊贵的长公主殿下。”

“哼，尊贵？外人传她千般好万般好，可实则……”似乎意识到在一个少年面前说这种话不太好，萧启元及时住口，咳了一声，说，“总之，当年我是不赞成远程娶她的，可是那小子被美人和功名利禄蒙了心，不肯听我劝。”

凰北月道：“那为何惠文长公主去世这么多年，驸马还要被斩首呢？”

“还不是那个凰北月！果然不是自己的血脉，就靠不住啊！”萧启元冷笑一声。

凰北月的手猛地在盔甲下面握紧了，声音却是一成不变："原来南翼国藏着如此丑闻，惠文长公主生下的竟不是你们萧家的血脉？"

"哼，这还用说？我家那臭小子不过是一个挡箭牌而已。"萧远程有些不忿，"不过，惠文长公主也算有了报应，得了那样一个结局。"

凰北月的手指瞬间变得冰凉，她觉得萧启元肯定知道什么。

"惠文长公主盛年病逝，可惜了。"

萧启元笑得有些诡异："病逝？怎么可能是病逝啊！"

"哦，难道其中还有什么隐情？"

"你刚才在花园里见到的那个坐在轮椅里的女人，当年就是她毒害了惠文长公主。她背后还有人指使，但那女人一直不肯说。她怕老夫独自逃走，扔下她们母女。"

"果然最毒妇人心！不过，那种累赘带着做什么？拖累了我们，可就不好了。"

"麟儿，你果然是聪明的，我贤弟没有白白教你啊！"

凰北月道："这有什么，那毒妇能害别人，焉知不会害我们？"

萧启元面色凝重地点点头："说得对，那母女确实歹毒，留不得！"

"好了，天色也不早了，我该回去了。"凰北月见挑拨得差不多了，拿了萧启元的书信，被萧启元亲自送着从后门离开。

她刚离开，萧启元便叫来萧月等人，低声吩咐了几句。

萧月微微惊讶地道："老爷子，韵儿是萧家的血脉啊！"

萧启元皱着眉有些为难，道："把韵儿支开，先把她母亲解决了。那毒妇心机深沉，留着恐怕是个祸害。"

萧月是萧家的人，自然知道怎么做对萧家才是最好的。她点点头，出去执行命令了。

走到外面，褪下身上的铁甲和头盔，凰北月才觉得身上有些无力。

原来，凰北月不是萧远程的女儿。这秘密，萧远程早就知道了吧？怪不得他能对凰北月这么心狠手辣。

都是世上的无奈之人，他娶了长公主，长公主却生了别人的孩子，他当然会心有不甘。可那是长公主，他能说什么？这绿帽子，他只能窝囊地戴在头上，苦水也只能一个劲儿地往肚子里吞。可怜啊，萧远程，你这一生，真是窝囊透顶！

今晚是迎接东离国和北曜国使者的宫宴，长公主府的人也受到了邀请，凰北月不想面对皇上和皇后，便以身子不舒服为由推掉了，早早地回去休息。

看见她回来，小虎和吱吱都想迎上去，只是吱吱害怕小虎，看见小虎跳出去，它就不敢动了，只能可怜兮兮地看着小虎跳进凰北月怀中。

凰北月走进来，摸摸吱吱的脑袋说："你们两个，要是能快点长大就好了。"

吱吱叫了一声，不知道想表达什么。

东菱笑道："它们两个要是长大了，就不用让小姐这么操心了。"

吱吱头上的茎一抖，眨眨眼睛看着凰北月闷闷不乐的脸。

凰北月放下小虎，进了房间。

东菱安置好两只小兽，跟了进来："小姐，有什么心事这么烦恼？"

凰北月将头靠在她肩膀上，低声说："东菱，你现在是我唯一的亲人了。"

东菱笑道："小姐胡说什么？您还有太后，还有曦和公主啊！"

凰北月淡淡地勾了一下唇角，道："这些人再亲，也比不上咱们一起长大的情分。"

东菱感动得眼睛都红了，道："小姐怎么突然说这种话？"

"你不高兴听吗？不高兴听，我以后还不说了。"

东菱连忙说："怎么会不高兴？只是小姐说这话，想必心里很难受，东菱又不能为您分忧。"

"你照顾好小虎和吱吱，就已经是为我分忧了。天色不早了，快去睡吧。"凰北月打发东菱去睡。她自己在床上躺了半天，也慢慢闭上了眼睛。

北曜国使团在临淮城没有多耽搁，和南翼国完成了换回质子的仪式后，便带着在南翼国做了十年质子的九皇子风连翼回国了。

城外旌旗招展，风吹十里，樱夜公主亲自骑马送了十里又送十里，哭得跟泪人似的："翼哥哥，我长大了，一定去北曜国看你。"

"回去吧！别让人担心你。"风连翼温柔地对樱夜公主说。

樱夜公主的泪水流得跟断线的珠子一样，她用匕首割了自己一缕秀发放在荷包里，塞给他。

"翼哥哥，等我长大好不好？"她站在马车下面，踮起脚尖，在他手背轻轻地落下一个吻。泪水打在他手背上，烫得有些发疼。

"樱夜，我……"他一直把她当妹妹看，从未想过将来能有进一步的发展。

樱夜公主吸着鼻子转身上了马，泪眼蒙眬地看了他一眼，然后狠狠一甩马鞭，飞驰而去。

“殿下，我们尽快赶路吧！这一路，恐怕要让您辛苦了。”权王手下的侍卫过来说。

“无妨。”风连翼回头看了一眼临淮城，想着里面有一个人，想着她可能会突然出现，可是已经走到这里了，她大概不会来了。

“殿下，您在等什么吗？”侍卫见他遥望临淮城，不禁问道。

风连翼慢慢地收回目光，摇摇头道：“没什么，上路吧。”

“是。”侍卫打马上前去了。

宇文荻策马上前，弯下身道：“殿下，来日方长，将来总会相见的。”

风连翼看了他一眼，放下车帘，又低头看了一眼手上拿着的樱夜送的荷包，轻轻放在一边。

马车里放着一张琴，他伸出手指轻轻拨了一下琴弦，紫色的眼眸中慢慢染上苦涩怅然的笑意。

“凰北月，我们还会再见的。”

樱夜公主策马来到临淮城外，廷尉寺的大牢就在附近，她本想绕着走，一抹熟悉的黑色身影忽然从大牢后面闪过。她定睛一看，当即大喝：“戏天！”

那个黑衣人回头看了她一眼，抓着手中的人，飞快地奔向城中。

“站住！你抓着谁？”樱夜公主觉得被戏天抓着的那个人很熟悉，仔细一看，那不是萧远程吗？

樱夜公主打马追上来，可是进了城，戏天的身影却再也找不到了。

“来人！”樱夜公主面色凝重地叫来侍卫，“去通知黑色骑兵，今日灵央学院中讲课，一定要严加防守！”

“是！”侍卫立刻去传令了。

樱夜公主看着面前这条比较僻静的街道，面色阴沉。

她不是非要针对那个戏天，只是觉得戏天太神秘，她有些不放心而已。

过两天，萧远程就要被问斩了，戏天为什么要抓萧远程呢？

第三十七章 真相浮现

东离国太子带领使团来到南翼国，是为了学习南翼国精深的文化，而南翼国文化所在便是灵央学院了。

今天，灵央学院太学的几位德高望重的院士开坛讲课，弘扬南翼国文化，以皇上和太后为首，皇族和贵族几乎无人缺席，东离国太子也在邀请之列。

一大早，天朗气清，雪也停了。灵央学院的广场上，几位院士轮流讲课、辩论，引经据典、口若生花，听得东离国的草包太子也拍手叫好。

皇上高兴地笑道："好啊！今日几位院士让朕大开眼界。母后，您说是不是？"

太后欣慰地道："皇上说得是。这几年天下太平，南翼国真是文化繁荣、百家争鸣啊！"

一边的皇后虽然神色恍惚，但还是笑着说："是皇上治国有方。"

皇上看了她一眼，面色冷冷的。

"北月呢？"皇上的目光在席间扫视了一圈，没有看见凰北月。

太后道："皇上，樱夜和北月都没来。"

"哦，樱夜也没来？"

皇后面色有些难看，偏头问身侧的战野："战野，樱夜在哪里？"

战野道："今日，北曜国九皇子归国，想必樱夜是去送他了。"

"樱夜和他一起长大，送送也是应该的。"太后笑道，一偏头，看见下面有些骚动，皱眉问，"那里怎么了？"

战野站起来看了一眼，嘴角微微抿着，开口道："有人闯进来了。"

"这种时候，什么人能闯进来？"皇上怒道，"战野，下去看看，别让他们闹事。"

“是。”

战野微微点头，正要下去，骚动的人群里忽然响起一声大喊：“皇上，臣是冤枉的，臣没有毒害长公主啊！”

这声音太大，讲课的院士立刻停了下来。

一个穿着囚衣、头发散乱的人被侍卫按住，还在不停地大喊冤枉。

“是什么人在下面喧哗？还不快带下去！”

太后充满威严的声音一出，侍卫们再也不敢怠慢，强行押着那人下去。

“皇上啊！臣萧远程不服啊！臣没有毒害长公主，臣是冤枉的啊！”

“站住！”皇上忽然站起来，走到观众席前，指着那人问，“你说什么？放开他，让他回话！”

侍卫不敢怠慢，立刻松开手。

那穿着囚衣的男人跪在地上，道：“皇上，臣真的是冤枉的！臣绝对没有毒害惠文长公主啊！”

“你说什么？！我皇姐不是病逝的吗？”皇上指着他的手有些颤抖，连声音都不稳了。

皇后连忙上前说：“皇上，这人疯了，他的话怎么能相信？”

“滚开！”皇上一挥手，不留情面地将皇后推开，指着萧远程说：“你继续说，你知道什么，都说出来！”

“皇上，今天这种日子是问这个的时候吗？先把这人押走，等回宫再审问！”还是太后顾全大局。

“母后，你没听到吗？皇姐不是病逝的！她……她是被……”皇上沉痛不已，内心完全被愤怒和震惊占据了。

东离国太子带着人走过来。东离太子长得圆头圆脑，看起来很憨厚，五官还算好看，没有奸诈的感觉，比那个贾大人好多了。

“南翼皇上，你处理家事，我们就不打扰了。我可以带人去灵央学院各处转转吗？贵国的灵央学院，让我很是仰慕呢。”东离太子彬彬有礼地说。

“请便吧。”皇上转过头，压抑着怒气说。

东离太子行了个礼，带着自己的人去参观灵央学院了。

皇上看向萧远程，道：“把他带过来，朕要亲自审问！”

“皇上！”

“母后不必多说，这件事朕一定会查清楚，绝对不能让皇姐白白冤死！”皇上坚决地说。

侍卫将萧远程带上来。萧远程不住地磕头，泣泪不休，将当年长公主离奇去世，是因为喝了雪姨娘一碗毒药的事情说了出来。

这件事他原本知道得不多，那天经凰北月一说，他心里便有了底。惠文长公主根本不是病死的，而是让人害死的。

今天，戏天去廷尉寺大牢，告诉他毒害长公主的罪名已经推到他头上了。本来他只是秋后问斩，说不定皇上气消了，看在萧家的面子上还会放他一条生路，而谋害惠文长公主一罪若是坐实了，他就是五马分尸的下场了。

皇上听得胸口起伏，嘴唇都在颤抖："那贱妇呢？"

"回皇上，那贱妇已经逃走，她想把这罪名推到臣的身上啊！"萧远程磕头求饶。

"黑色骑兵听令，立刻全城搜捕那贱妇！朕要活口！"

皇上愤怒地大吼，吓得文武百官、皇亲贵族纷纷跪下来大喊"皇上息怒"。

"不用搜了，她在这里。"清冷的声音在人群后面响起来。

众人赶紧让开一条路，只见北月郡主一只手拖着一个憔悴枯瘦的人走进来。

在众人惊诧的目光中，凰北月一把将那被腐血丹腐蚀了几天的人扔在地上。

"北月？"皇上一惊，刚想走下来，凰北月已经冷冷地开口道："皇上，这就是萧驸马的第二房姨娘顾氏，对我母亲惠文长公主下毒之事，是她所为。"

萧远程转头看见雪姨娘那恐怖的样子，顿时吓得软倒在地上。

"我……我……"雪姨娘趴在地上不敢抬起头。

皇上瞪着雪姨娘，怒不可遏地道："是你所为？大胆的贱妇！来人！处以极刑，将这贱妇千刀万剐了！"

"皇上。"凰北月镇定地开口，声音清冷，听不出一丝慌乱。

皇上看向她，道："北月，你有什么要说？"

凰北月的目光在上方那些位高权重的人身上一一扫过，皇后、太后、逍遥王、靖安王、平北侯……所有她见过和没见过的人此刻都看着她，她也看着他们，目光坚定，却带着审视。

"雪姨娘一个人，怎么有胆子谋害长公主？她身后，必定是有人指使的。"

她话音一落，那些人立刻骚动起来。这北月郡主的话，分明是冲着他们这些有权势的皇族来的。

皇上道："传耿忠来，朕要在这里严刑拷问这贱妇！"

"皇上，不用劳烦耿忠大人，我也能审问，并且，我绝对会让她说出来！"凰北月看了雪姨娘一眼，胸有成竹地说。

皇上不敢置信地看着她。

太后道："北月，你年纪小，这件事还是交给耿忠吧。"

"皇祖母，以耿忠的手段，恐怕问不出什么来，请交给我。"凰北月单膝跪地，诚恳地请求。

太后正在犹豫，皇上已经道："好，你尽快让她招！"

"是。"凰北月站起来走到雪姨娘面前，蹲下身，凑近雪姨娘的耳朵，说："雪姨，你最心疼的人，就是萧韵和萧仲磊，对吧？"

雪姨娘抬起几乎溃烂了一半的脸，颤声问："你……你想怎么样？"

"你是见识过我有多狠的，而且我也不怕人知道我凰北月心狠手辣！"凰北月嘴角扬起冷冷的弧度，淡淡地瞥了她一眼，这眼神让雪姨娘如坠冰窟。

"带出来吧！"凰北月扬声道。

众人向后看了一眼，只见东菱带着几个随从，捆着萧韵和萧仲磊走了进来。

萧韵和萧仲磊皆是面色苍白，透着惊慌。他们看了雪姨娘一眼，立刻哭起来。

"凰北月，你想干什么？"雪姨娘看见自己的两个孩子，终于忍不住了。

凰北月晶亮的眼睛看起来纯真无邪，她淡淡地笑道："雪姨，《孝经》里有个典故，名为'割肉喂母'，你可听说过？"

雪姨娘面色惊慌地道："你……你……"

东菱向后招手，几个随从推着一口大锅走进来。他们在场地上架起火堆，把大锅架了上去。

东菱道："过一会儿，将二小姐和二少爷身上的衣服脱去……

皇后心软，连忙说："皇上，众目睽睽之下，让北月郡主动这样惨无人道的酷刑，传出去，对皇上不利啊！"

皇上面色阴沉，这一次没有反驳皇后，但是一想到皇姐是被那个贱妇毒死的，再严酷的刑罚，他觉得都不为过。

"北月自有她的打算，谁也不准插嘴阻拦。"皇上沉声道。

皇后痛心地别开脸。

战野慢慢走到前面，从高处看着凰北月，有种既陌生又熟悉的感觉。

似是觉察到他的目光，凰北月抬头看了他一眼，清澈的目光让人心疼。

之后，目光只是短暂地交会了一瞬间，凰北月就移开视线，冷冷地说："东菱，不用废话，行刑吧。"

"是。"东菱答应一声，对那几个随从招招手，说："先从二小姐开始吧。"

几个随从走过去，也不管眼前这位是昔日府里最威风的二小姐。萧远程都快被斩首了，雪姨娘就更不用说了。听说萧府的老爷子萧启元也不管这对母女，还下令要杀她们，那他们自然更没有什么顾忌了。

几个人动手去扒萧韵的衣服。萧韵被绳子绑着，那绳子是牛皮筋，越挣扎绑得越紧，何况凰北月还在绳子上动了手脚，即便她动用元气也挣不开。

“娘……娘，救我啊！娘，我不要，放开……放开！”萧韵歇斯底里地大喊起来，声音在广场上空回荡，透着深深的恐惧和害怕。

“姐姐、三妹妹，本是同根生，相煎何太急啊！”萧仲磊转过身来，在凰北月面前跪下。他知道现在求谁都没有用，只能求这个昔日被他们看不起的废物。

凰北月懒懒地看了他一眼，道：“与其求我，不如求求你娘吧！只要她一句话，就能救了二姐姐。”

萧仲磊跪着到雪姨娘面前：“娘，你就说吧！有什么不能说的，难道你忍心看着姐姐被他们杀了吗？”

雪姨娘泪流满面，神色惶恐地看了一眼上方，却什么都不敢说。

凰北月敏锐地察觉她这个细微的举动，眼睛微微一眯。看来这把火还不够旺啊！

“二姐姐，你可不要怪我啊！连你的亲生母亲都不救你，你还指望我手下留情吗？”凰北月扬声道。

雪姨娘身子一颤，忽然大哭着扑上来。她那残破的身子不知道从哪里来的力气，疯狂地拉开那几个围住萧韵的随从，一把将萧韵抱在怀中。

神色一厉，凰北月冷声喝道：“拉开她！”随从立刻上前。

“韵儿……韵儿啊！”雪姨娘挣扎了几次都没能靠近自己的女儿，心灰意冷地看着萧韵即将被割肉。突然，她挣开那几个拉着她的随从，转身朝看台方向跑去。

众人以为她是要跑向萧远程，去求萧远程相救。

看她那疯疯癫癫的样子，以及被腐蚀得很恐怖的脸，看台上的人都纷纷站起来后退。

雪姨娘跑一步摔一跤，等摔得都站不起来了才趴在地上，枯瘦得似乎只剩下骨头的手抬起来。她大喊一声：“太后……太后救我啊。”凄厉的声音响彻在灵央学院晴朗的上空。

凰北月心中一沉，猛然抬起头，看着看台上的太后。那苍老的身影忽然后退了一步，慢慢坐在椅子上。

凰北月的瞳孔骤然放大，脑海忽然一片空白，耳边只响起惠文长公主临死前说的那句话：“远离权力之地，莫要再入帝王家。”

雪姨娘跌倒了，还想爬起来，那癫狂的样子，让人看着都害怕。

侍卫都被她吓到了，还是逍遥王在上面喊了一声："愣着干什么？这疯妇疯了，还不快拖下去打死，要让她伤了太后吗？"

那些侍卫这才反应过来，一拥而上，挡住了雪姨娘的路。

雪姨娘歇斯底里地大喊："太后……太后，你当真要见死不救吗……"

她的话还没说完，一个侍卫的长戟就当头而下，重重砸在雪姨娘头上。

咕……喉咙里发出一道模糊的声音，雪姨娘的身体慢慢倒下去，横躺在冰冷的地上。

"狡兔死……走狗烹……飞鸟尽……良弓藏……她是这样的命，我又何尝不是……"说完，她眼里流出一行血泪，头一歪，死了。

萧韵和萧仲磊大哭起来。

萧远程向后看了一眼，头磕在地上，也呜呜咽咽地哭了出来。

第三十八章
天下为敌

场地上空吹来一阵一阵寒冷的风，四周寂静无声。众人都默契地沉默着，看着场地正中的北月郡主，谁也不敢说一句话。

皇上手脚冰凉地扶着石栏，低着头，谁也看不见他脸上的表情。片刻之后，才听皇上开口道："战野。"

"父皇。"战野走上前去。

虽然没有明说，可这昭然若揭的真相，还是让他内心震颤了。

皇上深深地吸了一口气，然后说："今日开坛讲课就到这里，让所有人都回去吧！"

"是。"战野点点头。

然后，战野走过去对黑色骑兵统领下令。统领立刻带着自己的人，将闲杂人等都清出去。

凰北月孤单而消瘦的身影站在那里，显得分外萧瑟。

"为什么？"凰北月的声音就好像雪花一样又冷又冰，她眼睛直直地看着文德太后，"皇祖母，给我一个理由。"

太后坐在椅子上，好像忽然苍老了几十岁，眼窝深深地陷下去，嘴皮颤抖几下，终究什么话都没有说出口。

凰北月冷笑道："飞鸟尽，良弓藏？她是你的亲生女儿啊！"

"月儿，有些事情……"逍遥王从看台上走下来，心疼地看着凰北月。

"不用解释！"凰北月冷喝一声，沙哑的声音忽然有些哽咽："皇祖母……虎毒不食子啊！"

皇上颓然地转过身，无力地问："母后，为什么？"话说完，他眼眶中已经凝了一层泪光。他是一国之君，可这个时候，谁管什么一国之君？

太后依旧不说话。

苏嬷嬷说："皇上，您要理解太后的一片苦心啊！太后的所作所为，全都是为了咱们南翼国啊。"

"南翼国？为了南翼国，母后就要杀了皇姐吗？皇姐何错之有？"

"她错，便错在她太好了。"太后声音颤抖着，终于开口说话了，一行清泪顺着她苍老的脸颊流下来，"她太好，好得让老天都嫉妒了……"

皇上怔怔地看着她，不懂这话何意。因为皇姐太好，便要夺去她的性命吗？

太后看向凰北月，那种既痛楚又怜惜的眼神，更加让人难受。

"太后，你知道她临死之前，有多么难过吗？你心够狠，让她连女儿最后一面都没有见到，就那样把毒药灌下去了。"凰北月慢慢地说着。

她对太后的称呼，已经从"皇祖母"变成了生疏的"太后"两个字。

"你又知不知道，她去世之后，她唯一的女儿是怎么过的？我不管什么大仁大义的理由，我只知道是你杀了她！"

凰北月忽然加快脚步，径直冲着看台上的太后走来，面色冷厉肃杀。

"月儿，冷静一点儿！"离她最近的逍遥王立刻上前来阻拦。

凰北月的手重重一挥，只是炼药师的逍遥王立刻倒飞出去，摔在地上吐了一口血。

看见她这样的举动，一时间，皇上都有些反应不过来。

皇后将太后扶起来，道："母后，北月郡主有些不对，您先离开吧。"

太后没有离开，而是站在看台上，看着慢慢走近的凰北月，道："北月，这件事，你想听皇祖母解释吗？"

"不用了，我知道这个结果就够了。不管什么理由，我原谅不了你。"

太后面色凄然，连退了好几步。

"北月郡主！"战野快速闪过来，抬手拦住她。

凰北月眼中冷光一闪，抬手朝着战野的胸口打去："别想拦着我！"

"你当真要犯下大逆不道的罪名吗？"战野抬手挡住她那一拳，虎口发疼。他心里暗暗惊诧，她究竟有多大的力量，竟然如此厉害？

"大逆不道？"凰北月冷笑，"有毒杀亲女的罪名更严重吗？"

两个人拳掌交错，近身搏斗，几句话间已经过了几十招。凰北月悍不畏死、拼尽了一切的打法让战野都处在下风。

想到她已经是黄金战士级别，武道自然厉害，跟她这样斗下去是挡不住她的，为了不让她犯错，战野眉心一沉，忽然念动驭兽诀。轰然一声，强大的元气爆发出来，紫色的火焰腾空而起，那凛凛气势，让周围的人都不由自主后退了好几步。

凰北月也被那气势震得倒退。看着突然出现在场中的紫焰火麒麟，她抬眸道：“你要跟我打？”

战野沉声道：“我只是不想让你犯错！”

“错？那你告诉我什么才是对的？”凰北月目光冷冷地扫过看台上那些人，“这些虚伪的人就是对的吗？”

战野拧了一下眉。皇族中人确实很多倾轧斗争，互相残杀也不在少数，虚伪？确实，天底下没有人比皇族中人更加虚伪。

看着她伤心、疯狂的样子，他也很难过，谁会想到指使人毒杀了惠文长公主的人会是太后？这个打击对她来说太大，她一时之间失了心也无可厚非，可是她如果对太后下手，铸成大错，将来一定会后悔的。

“战野，不要伤害她！”皇上大喝。

战野点点头。他只想制止她的行为。

凰北月嘴角扬起一个诡异的弧度，然后轻轻招了招手。

东菱身上的小包里，一个圆溜溜的小东西跳出来。它身上的花瓣打开，露出粉嫩嫩的身体，脑袋上的绿茎晃了一下。

吱呀一声，吱吱迈开小短腿跑到凰北月身边。

这次有危险在眼前，小虎没有去追它，而是同仇敌忾地看着那只紫焰火麒麟。

凰北月捧着织梦兽，冷冷地看着周围的人：“挡我者死！”

“织梦兽！”南宫长老跟苍河院长也站在看台上，看见织梦兽出现，顿时脸色大变。

苍河院长眼中闪过一抹厉色，喝道：“你跟修罗城是什么关系？！”

“是什么关系，需要跟你报告吗？”凰北月冷笑一声，“吱吱，给他们来一场好戏。”

吱……吱吱叫了一声，脑袋上细细的茎抖动起来，一种人耳根本听不到的声波顺着空气传递出去。

苍河院长喝道：“封闭五识！当心不要误入幻境！”

他话刚说完，便有不少等级低的人昏昏沉沉地倒下去了，依然清醒的只有六星以上的高手。

“赤尾鹤！”苍河院长不敢怠慢。

织梦兽和修罗城有渊源，织梦兽出现，就表示修罗城的人也不远了。

当年修罗城造成的灾难，如今还如同噩梦一样停留在众人的记忆中，凡是和修罗城有关的一切，都要斩草除根。

随着一阵狂风卷起，一只尾部赤红的仙鹤出现在苍河院长身后，鹤唳长鸣，冲天而起，仙鹤在凰北月头顶盘旋几圈，鹤尾带着狂乱的风暴将她包围。

凰北月冷冷地抬头看着，丝毫不惧。倒是她脚边的小虎看见这阵势，声音稚嫩地嘶吼一声，小小的虎爪子在风中一抓，一下就把赤尾鹤造成的风暴抓出了一条裂痕。

苍河院长一愣，暗想那是什么等级的灵兽，居然如此厉害？

苍河院长低喝一声，衣摆一展，跳到赤尾鹤的背部。

因为凰北月手中有织梦兽，而织梦兽的能力太特殊，目前没有克制的方法，众人只能封闭五识。可这样一来，就等于把自身暴露在了敌人的攻击之下，他们毫无还击之力。

灵央学院的几位长老一起围过来，纷纷道："院长，皇上下令不准伤害北月郡主啊！"

"自然不伤害，活捉她便可。"苍河院长下令。

几位长老立刻点头，摆出阵势，将凰北月围在中间。

这边大战一触即发，那边战野驾驭着紫焰火麒麟急匆匆过来，将凰北月挡在身后。

"苍河院长，北月郡主只是一时冲动，她没有犯大错，请院长手下留情！"

"太子殿下，您不懂，那织梦兽是邪物啊！"苍河院长直叹气。这些年轻人，没有经历过当年的事情，根本不懂啊！

"她若是和修罗城有瓜葛，那就留她不得！"

战野握紧拳头，俊脸冷酷，正艰难地抉择。

"太子殿下不用袒护我，我一人做事一人当，不连累任何人。"凰北月从紫焰火麒麟身后走出来。

她今天就打算拼个彻彻底底，反正南翼国，她再也不会留恋，彻底斩断和这里的一切联系，她才能安心地远走高飞。

有恩报恩，有仇报仇！占了凰北月的身体，凰北月的仇，她报定了！还了这份恩情，从今以后，凰北月就是凰北月，再也不是长公主府的北月郡主！

战野低头看了她一眼，感觉到她身上决绝的气息，低声道："你，要报仇？"

"那些伤害过我母亲的人，难道不应该得到报应吗？"

"可皇祖母，也是你的亲人啊！"

"太子殿下，只是太后的话，怎么能够逼死长公主呢？那些有权势的人，才是真正的凶手！”

凰北月此话一出，吱吱便像得了命令一样，吱呀一声，脑袋上绿色的茎加快了颤动的频率。

“有本事就完全封闭五识，否则，就跟自己人斗吧！”凰北月冷眼扫过灵央学院的长老们。这些人要挡她的路，那她也不会客气。

光明正大地决斗，以她现在的能力自然斗不过这些老家伙，所以她只能用织梦兽的幻术拖住他们。她只想报仇，不想伤及无辜。

“院长，请灵尊出来吧。”南宫长老抹了抹额头上的汗水，眯起眼睛，勉强看清楚眼前的人。想到在浮光森林里学生们自相残杀的一幕，他犹自心有余悸。

“灵尊若想出来，早就出来了。”苍河院长沉声说，“这件事是因皇族内乱引起的，灵尊恐怕不会插手！”

“那……那该如何是好？”

苍河院长闭了一下眼睛，再睁开，似是终于下定了决心，道：“你们撑一会儿，我去去便来。”

南宫长老惊讶地道：“院长，莫非你要……”

“已经到这个地步了，还有选择吗？”

赤尾鹤一声鹤唳，狂风卷过，仙风道骨的苍河院长飞快地从广场离开了。

凰北月眼睛一眯。这老家伙不知道要去干什么，自己不能让这些人拖住脚步，否则等苍河院长回来，不知道会出什么变故。

“吱吱，困死他们！”

对吱吱下令后，凰北月连忙跳上看台。皇上和皇后全都昏睡过去了，凰北月弯腰扶起了太后。太后发出一声嘤咛，迷迷糊糊睁开眼睛。看见是凰北月，她眼眶发红，说：“北月啊……”

“有什么话，留着等会儿说吧。”凰北月冷冰冰地说。

太后不知道凰北月要把自己带到哪里去，但她丝毫不害怕，也没有一点儿反抗的意思。这报应始终是要来的。这四年里，她在外祈福，常伴青灯黄卷和佛法心经，以为内心终究会得到平静的，可是想起当年的事情，她依然心痛难当。她终究是个凶手啊！

“凰北月！”战野跟上来，因为织梦兽的关系，他也没好受到哪里去，只是他的紫焰火麒麟比一般的灵兽要强悍，因此能带着他出来。

凰北月没有回头，而是扶着太后一直往前走。

战野按着发痛的额头，有些支撑不住，忽然从紫焰火麒麟背上摔了下来。

“凰北月，她是你的亲祖母啊。”

亲祖母？她才不在乎，她想知道的是真相！

“小姐！”东菱上前来和凰北月会合，一双眼睛也是哭得又红又肿。她吸了吸鼻子，有些怨怼又很畏惧地看了太后一眼。

“别哭，我们走。”

东菱点点头，和凰北月一起搀扶着太后。

“月儿，我跟你一起走。”身后一道声音响起，带着几分嘶哑和苍凉。

凰北月回头，见逍遥王站在身后，他的嘴角还残留着血迹。

她眸中有冷冷的光芒闪过，看得人心里发寒。

逍遥王微微一怔，涩声说：“你想知道的事情，我都可以告诉你。”

“我为什么要相信你？”凰北月丝毫不客气地说。经过今天的事情，她再也不会轻易相信任何人。人心隔肚皮，有些东西，不是你笨看不到，而是你根本不敢往那方面想。

“因为这个，”逍遥王从衣袖中拿出一个锦盒来，“这是翼临走之前让我交给你的。他相信我，你也相信我一次好吗？”

看着那个锦盒，凰北月心里微微一动。他走了，原来今天就是他离开的日子。

“东菱，收起来。”凰北月轻声对东菱吩咐，然后冷冷地看了一眼逍遥王，“你要跟来可以，但你若轻举妄动，我不会手下留情。”

“我知道。”逍遥王语气酸涩地说。到了现在这个地步，他怎么还能指望她毫无防备地相信自己呢？他已经没有那样的资格了。他心里又酸又痛，却无可奈何。

他走上前，从凰北月手中接过太后，亲自搀扶着。

凰北月警戒着周围，匆匆离开。

樱夜公主赶到广场的时候，凰北月他们已经离开好久了。看到地上横七竖八倒着的人，樱夜公主吓了一跳，立刻从马背上跳下来。

樱夜跑到看台上，看见倒在地上的皇上和皇后，还有战野，连紫焰火麒麟都吭哧吭哧地喘息着。

“父皇、母后、皇兄！”

她一个个地看过来，发现皇上和皇后只是睡着了，脉搏跳动都很正常，她稍微松了一口气。

“樱夜……”虚弱的声音从紫焰火麒麟身后传来。

樱夜连忙跑过去，看见战野歪靠着墙壁。

“皇兄，到底发生了什么事？皇祖母在哪里？为什么没有看到她？”樱夜抬头四处看着，确实没有看到太后的身影。

“是织梦兽……”战野凝着冷峻的眉。他从来没有遇见过织梦兽，这才会中招。

“织梦兽！”樱夜低呼一声，忽然想起在浮光森林里经历的一切，又想起刚才在城外看到戏天从廷尉寺的大牢里将萧远程带出来的事情，“是不是那个戏天搞的鬼？”樱夜公主咬着牙。她刚才进来的时候看到萧远程了，戏天必定是来了这里。

“戏天？”战野微微一怔，黑色的眸子里有一丝细微的光芒闪过，“为什么会是戏天？”

“我刚才来的时候，看见戏天去廷尉寺的大牢劫走了萧远程，不知道要干什么，这里出事了肯定和戏天脱不了干系。”樱夜愤怒地说。她早就知道那个戏天不是什么好人。

“你说，是戏天劫走的萧远程？”

樱夜肯定地点头，道：“皇兄，这次你一定要相信我，我绝对没有骗人，那个戏天确实不是个好东西。”

战野沉默了片刻，俊脸上看不出情绪。

“皇兄，这织梦兽是从哪里来的？”樱夜问道。

“什么都别问。樱夜，北月郡主带着皇祖母离开了，你快去追她们。”

樱夜微微一愣，说：“北月倒是孝顺，这个时候先带着皇祖母走。”

战野眼中有一丝沉痛闪过，却不想解释太多，只是推了一下樱夜说：“快去吧！她们从那个方向离开的。”

樱夜站起来，说：“我已经吩咐外面的黑色骑兵进来护驾了。”

战野点点头，见樱夜转身要走，他又开口道：“樱夜。”

“怎么了皇兄？”樱夜转过身，年幼的脸上带着一抹稚气的单纯。

这样的樱夜和凰北月，好像是两个极端下成长起来的人。樱夜单纯，凰北月聪明，如果惠文长公主不是那么早就去世的话，相信凰北月也会是这样的单纯无邪。

他看了看樱夜，最终还是说：“你见到北月的时候，小心一点儿。”

樱夜心脏一跳，皱着眉问：“皇兄，你什么意思？”

“皇祖母是被她劫持走的，今日这场大乱也是她造成的，那织梦兽也是她的。”

“怎么可能？”樱夜的声音在安静的环境中显得格外清亮，“我们在浮光森林的时候，一起被织梦兽袭击过……”说到这里，樱夜怔了一下，忽然眼眶通红地转过身，“我不相信她会害我！”

“樱夜！”战野喊了她一声。

樱夜却好像什么都没有听见，跨上马背就走了。

南翼国皇陵。

一整片群山都被掏空，用来修建皇室的陵墓，历代帝王和皇后都葬在此地，惠文长公主的陵墓也在这里。

守陵的将士看见太后，不敢阻拦，打开陵墓的大门让他们进去。

幽暗的通道中，寒冷的空气让人汗毛直竖，两边点着长明灯，火光幽冷幽冷的，一点儿温暖的感觉都没有。

太后和逍遥王走在前面，凰北月和东菱走在后面。

“太后，你老人家走在长公主的陵墓里，有什么感觉呢？”凰北月忽然出声问。

太后身子一颤。

逍遥王道：“月儿，不要这么无礼。”

“无妨。”太后宽和地说，“哀家来这里，像是做了一场梦，当年，也是哀家亲自送她进来的。”

凰北月一怔，轻轻咬着嘴唇，道：“这场梦，想必太后做着，半夜也会惊醒吧？”

“不错。”太后抬起头看着眼前的墓门。推开墓门进去便是主墓室，惠文长公主的灵柩就放在里面。太后的脚步顿了一下，声音微微哽咽，“她因何而死，你想知道吗？”

“我会知道的。”她有织梦兽，只要进入太后的梦境，就可以看到一切。

太后微微一怔，想到她有织梦兽，笑着摇摇头：“不用织梦兽了，哀家亲自告诉你。”

“太后，臣来说吧。”逍遥王道。

太后摇摇头，道：“这件事，我想亲口说。”

凰北月悄悄握紧了双手，上前去，想推开主墓室的门，可是手伸出去，她又犹豫了一下，将手收回来，慢慢地转身看着太后，道：“说完再进去吧！”

太后笑了笑，脸上的皱纹不知不觉深了许多，让那张原本慈祥的脸看起来有种凄凉可怜的感觉。

墓室中阴冷，太后的声音轻缓，慢慢道出多年前南翼国皇族中，那段不为人知的辛酸往事。

当年的惠文长公主风华绝代，聪慧伶俐，文武双全，如果在太平盛世，她会是一位无忧无虑的公主，成年之后找个称心如意的驸马，然后子女成群，安享天伦之乐。可她不幸生在了乱世。那个时候，南翼国和周边国家频繁战争，和东离国一战，耗损了大半兵力，先皇只能御驾亲征，偌大的国家交给当时还是皇后的文德太后掌管。

战乱年代，国家的财富大部分都投到了战争中，不要说老百姓，就算是皇族和贵族的日子也过得很清苦。国中能上战场的人全都上去了，甚至女人都要在后方支援前线。

太子从小就没见过父皇，对于母后的印象更是淡薄，他是惠文长公主带大的。那时候，长公主温柔、美丽、聪慧，几乎是少年太子心中对女子最美好的诠释。

太子十四岁要选妃，为了国家，太后挑选了当年在南翼国手握兵权、称霸一方的靖安王府郡主慕氏为妃。太子抵死不从，给了慕氏和靖安王府一个很大的难堪，惹怒了疼爱女儿的靖安王。

慕氏爱慕太子，非君不嫁，而太子一心只爱慕惠文长公主。

靖安王为了成全女儿，派人一调查，便查出了这件事，勃然大怒，闯进宫中驳斥惠文长公主败坏伦常，竟然引诱自己的亲弟。

长公主年轻气盛，太子对她的心意她知道，她对太子却从来没有那方面的意思，哪里能受这样的委屈？便和靖安王起了争执。

靖安王大怒，正值前线战事吃紧，他手握兵权，谁也得罪不起。

这件事被太后知道后，她又是心痛又是无奈。这么多年，太子的事情她鲜少过问，没想到会酿成这样的悲剧。为了安抚靖安王，太后只能在贵族子弟中挑选一人，让长公主下嫁。

此事自然是瞒着太子进行的，趁他巡视北部的时候，婚礼仓促而成，等太子赶回来，木已成舟。在长公主苦心劝说之下，太子终于答应了以大局为重，迎娶靖安王府的郡主。

要守住一个男人，先要得到他的人，再得到他的心，可是慕郡主除了得到太子的人之外，怎么都不可能得到他的心。

那几年的婚姻生活并不愉快，太子的冷淡和刻意疏远都让慕郡主伤透了心，不过，她是个坚忍的女人，不会那么轻易放弃，以为只要一直等，终有一天太子会看到她的心。

太子宫中偶尔有新面孔充实进来，不管是为了南翼国还是他故意的，那些女人没有她貌美，没有她出身高贵，他却恩宠无限。

慕郡主看在眼里伤在心里，而她最痛苦的，还是每次惠文长公主进宫的时候，太子的目光总是追随在惠文长公主身上，那种浓浓的爱意眷宠，比看着太子和别的宠妾恩爱还要让她崩溃。

说也奇怪，惠文长公主成亲多年，却一直没有怀孕，反倒是萧远程娶的几房姨娘先后生下了孩子。长公主从不在意，她不常在帝都，常年自动请缨前往前线，回来的次数也寥寥可数。

原本以为这样平静的生活也好，太后放心，慕郡主渐渐舒心，靖安王也无话可说。可是那年冬天，东离国那位威名赫赫的大将军魏武臣领兵和先皇交战，先皇中计身亡，魏武臣一路领兵攻入了南翼国都城临淮，俘虏了年轻的太子。

魏武臣是个卑鄙小人，原本他在战场上看见惠文长公主，惊鸿一瞥间惊为天人，心生爱慕之情，向惠文长公主求爱不成，便恼羞成怒。

魏武臣杀了南翼国的皇帝，又攻入了南翼国都城，还俘虏了南翼国太子，可以说，已经将南翼国从内到外瓦解了一半。他确实是个恐怖的鬼才，如今临淮城的人提起东离国的魏武臣，依然是一脸惊慌恐惧的表情。

魏武臣不过是想引惠文长公主出去，这一计自然是得逞了，只不过他没有想到，彻底大怒的惠文长公主会是那么可怕！她一路过关斩将杀过来，居然是驾驭着一只神兽！魏武臣再厉害，哪里能和神兽对抗？

那神兽是一条诡异恐怖的黑龙，所到之处，东离国大军土崩瓦解，高手死伤无数，连魏武臣也断了一条手臂才得以逃脱。

魏武臣恼羞成怒，一不做二不休，给少年太子喂了一颗玉骨丹，又将他扔到一条山涧中，然后自己带着人逃走了。

玉骨丹是一些堕落的邪恶炼药师研制出来的，以其“至邪至恶，淫乱阴毒”的药性，让一些贵族私下里很是追捧。

这丹药唯一的解药就是女人，而且必须是血缘相近的女人，否则，一个时辰之后，便是七窍流血而亡的下场。

惠文长公主怎能想到魏武臣会用这样卑鄙无耻的手段。

回到临淮城后，太子登基，不久之后，惠文长公主怀孕。萧远程和她一直清清白白，自然知道这孩子不可能是自己的，他又气又怒，几次逼问之下，她都不肯说，甚至对他的态度也越来越冷淡。萧远程很害怕，想到自己的前途，只好逼着自己把这顶绿帽子戴在头上。

凰北月出生的那年，南翼国赢了一场战争，皇上龙颜大悦，又是册封郡主，又是封地，还大赦天下，皇子和公主都没有这样的待遇。

皇后郁郁不乐，惹得靖安王也不快，几次向皇上进言，说这不合乎规矩。因他言辞之间对惠文长公主多有不敬，皇上一怒之下，将靖安王贬到边疆去当守门人。

这一举动，举国震惊。靖安王是什么人？位高权重，手中更是握有重兵，家族中人才辈出，高手无数，连先皇对靖安王都要礼让三分。皇上此举，无疑触怒了靖安王，靖安王带着家族中高手前往边疆，名为守门人，实则招兵买马，盘踞一方。

皇上根基未稳，国家又是内忧外患的时候，靖安王此举，无异于是要谋反了。

那时，幸好有太后周旋，恩威并施，压得靖安王不敢轻举妄动。

而后，靖安王密信太后，称惠文长公主乃妖邪转世，祸国殃民，有她在一日，南翼国必不得安宁。

看到此信的太后也是怒不可遏。她最骄傲的女儿，她自然知道是什么样的人，这靖安王不过是害怕惠文长公主在百姓心中的名望，害怕终有一天他自己的女儿连母仪天下的权力都没有了。

太后对此信不置一词。靖安王又多次有密信送来，最后太后只能许诺，有她在的一天，慕氏便永远是皇后，日后凰家和慕家，必永世为好，永为姻亲之盟！

靖安王也是老奸巨猾，自知皇上性情狂傲不拘，长公主又果决聪明，如果将来文德太后去世，他们慕家绝对没有好下场。思虑再三，靖安王还是决定举兵攻入临淮城。他在边疆休养生息多年，培养了高手无数，而南翼国经历了和东离国的大战，加上周边小国不时挑衅侵犯，已是强弩之末。

风雨飘摇，凰家建立的南翼政权不是毁在强敌手中，而是要被外戚取而代之。

文德太后在宗祠中跪了一天一夜，最后修书一封，让人送给靖安王，而后，太后亲自出宫见了靖安王一面，密谈半夜。再之后，太后请来了逍遥王，请他炼制无色无味的毒药，服下之后如同生病暴毙，就算御医也看不出来。

那药的用途，逍遥王并不知道，只知道是太后吩咐，他便照办了。

药炼好之后，太后亲自吩咐雪姨娘给惠文长公主送去。

那一夜，没有风也没有雨，太后将凰北月接进宫中，小凰北月睡得深沉，太后在毓祥宫的花园里站了一夜没有合眼，直到第二天传来惠文长公主的死讯……

之后，靖安王悄悄退兵，皇上几乎发狂，太后一病不起，逍遥王得知此事后惊怒交集，无限悲痛，远走异国。

谁也不知道惠文长公主死去的真相。

太后心中有愧，多年来不敢在帝都驻留，也不敢见凰北月一面。

此事是南翼国的秘闻，除了太后和逍遥王，无人知道，甚至连皇上都瞒得很深。

皇上怎么会知道呢？便是他的爱，害死了他最爱的人。

墓室的通道中阴冷黝黑，跳动的火光照着太后的脸，若隐若现，让人看得不真实。

凰北月慢慢站起来，脚下一软，扶住了墓室冰冷的墙壁。

“月儿，那种情况之下，太后没有选择。”逍遥王慢慢地开口，声音在墓道中回荡。

凰北月漆黑清澈的眸子里一向都是坚定的目光，现在也染上了几分朦胧的泪意。

真相往往比被欺骗更让人难以接受，如果再选择一次，她不会要这么残酷的真相。

“她临死之前，曾说让我不要再入帝王家。”凰北月缓缓地回头，看着老泪纵横的太后，“她早就知道，给她下毒的人，是太后您。”

太后双手捂着脸，低声哭起来。

凰北月眼圈周围有一点儿红。她嘴角微微上扬，冷冷地说：“南翼国的靖安王，东离国的魏武臣，我都记住了。”

“月儿？”逍遥王看着她，一脸担心，“你想干什么？”

“欠债还钱，杀人偿命！”凰北月冷冷地说完，大步从阶梯走下去，用力推开主墓室的门。

“小姐！”东菱抱着小虎和吱吱，哭着跟上来。

“别进来。”凰北月低声说。

她走进阴冷的主墓室，将墓门合上。这墓室修建的时间并不长，一切看起来都是新的。

也许因为和惠文长公主是母女，凰北月走进这墓室里，除了感觉周围的空气有些阴冷，心里倒没有半点儿发毛的感觉。

四周的墙壁上绘着彩色的壁画，描述的是惠文长公主一生辉煌的事迹，只是那冷冰冰的墙壁，就算色彩再鲜艳，也只能让人觉得悲伤罢了。

棺椁放在墓室的正中，按照南翼国的习俗，棺椁上面铺着华丽的锦缎和丝绸，色彩鲜艳，好像是那死去之人还穿着华服一样。

棺椁前面的地上放着一束已经风干的莲花，颜色还没有褪去，依稀能想象花开之时的清丽脱俗，似乎在向她诉说着永不消逝的爱意。

这束花是谁放在这里的？

凰北月在棺椁前跪下来，抬头看着披挂着华丽绸缎的棺椁，低声说：“惠文长公主，时至今日，我已经帮你女儿讨回公道，害死她的人，我也一一让他们受了报应。你在九泉之下，可以安息了吧？”她的声音很低，在封闭的墓室中轻轻回荡着。

“这么多年，你含恨而死，我今天还你一个真相，对不起你的人，我也会让他们付出代价的。”说完，凰北月从纳戒中拿出匕首，将自己的一缕长发割下来，用丝带绑着，轻轻地放在棺椁之上。

“这缕头发，当成是你的女儿，陪伴着你吧！如果世界上真的有灵魂的话，你现在已经跟北月郡主重逢了吧？希望另一个世界里，没有背叛，没有痛苦，没有身不由己。你安息吧，剩下的交给我。”

凰北月在地上磕了三个头，然后站起来，看了棺椁一眼，慢慢地转身走出去。

太后抬头看见她，眼眶哭得红肿，伤心地说：“北月，你母亲她好吗？”

“她很好，不劳太后挂心了。”凰北月淡淡地说，“亡灵已经安息，太后体谅，不要再去打扰了。”说完，凰北月带上东菱和两只幼兽，沿着阶梯走了上去。

“月儿，你要去哪里？”逍遥王在后面喊道。

“王爷，同是无可奈何之人，当年的事情请忘了吧！你就算悔恨至死，也改变不了已经发生的事情。”凰北月的脚步稍微停了一下。

“我答应过你母亲，要好好照顾你。”逍遥王看着她孤绝的背影，不禁心痛万分。

嘴角轻轻地牵了一下，凰北月道：“我本飘零之人，聚散浮萍，无处为根，王爷照顾好自己便好。从今往后，南翼国没有北月郡主了。”

“月儿……”逍遥王惊道。

太后蓦然转身，道：“北月，你要皇祖母付出什么样的代价都可以，你年纪这么小，千万不要任性啊！”

“我心意已决，请太后不要阻拦。”凰北月坚决地说，然后再也不回头，昂首向前走去，背影萧瑟决绝。

太后老泪纵横，跪倒在地上：“哀家作孽啊……”

北风萧瑟，大雪从天空飘落下来，好像人世间告别的话语一样，期期艾艾。

“小姐，我们去哪里？”东菱哭得眼眶通红。

凰北月抬头看了一眼天空，轻声道：“东菱，有酒吗？”

“酒？”东菱怔了一下，连忙点头，“有的。”

东菱有一枚低级纳戒，今天早上凰北月吩咐她带上一些杂物，酒是暖身的，她也带了几坛。她拿出一坛酒，拍开封泥，顺便拿了一个酒杯，倒了一杯酒，递给凰北月。

“小姐，要做什么？”

凰北月理了理衣裙跪下来，说：“东菱，你也跪下。”

东菱点点头，跟着她跪下来，自己也倒了一杯酒拿着。

凰北月举起酒杯，朝着惠文长公主的陵墓方向，对着青天慢慢地念道：“长云渺茫，拈来素馨告青天，黄土一抔，斟来熟酒祭九泉。名树繁华，哪堪人世一聚散。”说完，她从地上捻了一小撮黄土放在酒杯里，然后对着长空洒下。

东菱跟着她将酒洒下去，知道凰北月这是在祭拜惠文长公主，顿时泪如雨下。

“长公主殿下，您安息吧！东菱会替您照顾好小姐的。就算粉身碎骨，东菱也会挡在小姐前面。”

凰北月看了她一眼，轻声笑道：“少胡说了，跟着我，怎么可能让你粉身碎骨？”

东菱吸吸鼻子，说：“东菱说的是真的。小姐要做什么事，东菱都跟着。小姐在哪里，东菱就在哪里。”

凰北月拍拍东菱的肩膀。她早就料到了东菱会这样，不管在什么处境下，东菱都会对她不离不弃，所以她也没想过要把东菱赶走。

有东菱在身边，也是一件好事，她从小孤独寂寞地长大，一直很希望有个人可以陪着自己，加上东菱会照顾小虎和吱吱，算是她得力的帮手了。

“你不怕吃苦的话，就跟着吧。”

东菱听她这么说，立刻高兴地点点头，道：“嗯，吃什么苦，东菱都不怕。”

凰北月笑了笑，从纳戒中拿出逍遥王给的那只锦盒打开，里面有两枚紫金色的丹药，金色华光闪现，浑厚的元气从丹药里面渗透出来。只是这么看着，都有一种被压迫的感觉，特别是东菱这样天赋普通的人，顿时觉得心脏上一阵沉重的压迫感。

“小姐，这是什么东西？”东菱好奇地问，一双眼睛瞪得很大。她从来没有见过这样的丹药。

“这是洗髓丹。”凰北月说着，从锦盒中拿出一枚，“这是给你的。东菱，在这个时代，不要做弱者，我们以后会遇到更多的危险，你一定要努力啊！”

东菱呆呆地看着那枚华光闪烁的洗髓丹，震惊得不能自已。

“小姐，你从哪儿弄来的洗髓丹？”东菱虽然只是个天赋普通的丫鬟，可是对洗髓丹这种让人梦寐以求的宝贝，还是有所耳闻的。

洗髓丹难以炼制，是整个大陆的人都知道的事情，这是捧着金山银山都买不到的，小姐怎么会一下子就有两枚？！

凰北月看着东菱呆愣的表情，不想解释太多。洗髓丹是风连翼给的，这件事情她不想再提了。

“以后再跟你解释。你拿好了，一会儿找个安静的地方，把洗髓丹吃下去。我要去办点儿事情。”

东菱立刻抓着她的手，道：“小姐，你要去哪里？你不会扔下东菱一个人吧？”

“我答应过带你一起走，就不会食言，只是临淮城里还有我没解决完的事情，我不想带着遗憾离开。”

东菱忐忑地点点头，心里暗暗发誓，吃了洗髓丹后，一定要努力变强，变成一个可以帮助小姐的人。她再也不会让小姐一个人去面对所有事情。

收拾好东西站起来，凰北月刚准备离开，山脚下突然传来急促的马蹄声。她们站得高，正好可以看见一人一马快速地朝着皇陵的方向奔去。

“小姐，是樱夜公主！”东菱指着下面的人，说。

凰北月稍微怔了一下，轻声道：“我们走吧。”

东菱三两步跟上来，摸着小虎的头，说：“樱夜公主心地善良，虽然性格刁蛮一些，但她对小姐是真的好。”

凰北月不置可否。樱夜的性情她很了解。樱夜和战野是一个类型的人，外表看着不好相处、高高在上、难以接近，实际上，只要接触过就会明白，他们都是很不错的人。只不过，走到今天这个地步，她和樱夜、和战野，都不可能像从前那样了。

凰北月再也不去看樱夜公主，加快脚步，和东菱一起朝都城的方向走去。

在城外找了一家客栈，凰北月让东菱先住进去，自己则潜入城中。

靖安王府的书房中。

靖安王刚刚苏醒过来，头疼欲裂。他想到今天灵央学院发生的事情，不禁惊出一身冷汗。

当年，他拥兵自重，逼得太后毒死了惠文长公主。今日，北月郡主带着织梦兽来调查真相，恐怕已经知道一切了。

北月郡主有织梦兽，那就和修罗城脱不了干系。想到修罗城的恐怖，靖安王怎么能睡得安稳？这北月郡主，一定要铲除了才行，否则以后他连觉都睡不好。

“来人！”靖安王扬声道，“本王要进宫见皇上和太子，备轿！”

靖安王喊了半天，没有人答应。他大怒，喝道：“人呢？人都死了吗？”

嘎吱一声，书房的门被推开，一个身形娇小的少女走进来，用一双清澈却冷寒的眸子盯着靖安王。

靖安王后退一步，如同坠入万丈寒潭般，冷得他的身体都在颤抖：“你……你来这里做什么？”

凰北月轻轻地笑了笑，身子一旋，坐在椅子上，一只脚高高地搭在另一把椅子上，嚣张地看向靖安王：“干什么？当然是报仇了。把你千刀万剐，给我解恨啊！”

靖安王脸色一白，随即大怒。他可是堂堂的靖安王，在这南翼国，皇上和太后都得尊敬他，这丫头竟敢如此狂妄，实在可恨！

“哼，凰北月，你别猖狂，听说你也是黄金级别的高手了，敢不敢跟本王一战？”

凰北月挑眉看着他。这没脑子的靖安王，是想和她打一场？

“不用织梦兽，你敢吗？你母亲生前那么威风厉害，根本不屑于用织梦兽这样卑劣的手段！”靖安王用激将法，只要这丫头不用织梦兽，那他何惧？

“不用就不用，老匹夫，我会怕你？”

“哼，那就试试看吧。”靖安王先声夺人，从纳戒中拿出了自己五百斤重的武器弯月枪。

他年轻的时候，靠着这把玄阶的弯月枪震慑敌国，立下不少汗马功劳。今天区区一个小女孩，就让她好好见识一下吧！

弯月枪一出，确实给靖安王增添了不少霸气的感觉。他大喝一声，弯月枪舞成一团旋风，猛冲向凰北月。

“靖安王以大欺小，手段卑鄙，让人不齿！”冷冷的声音响起来，凰北月懒散地看了弯月枪一眼，忽然一翻手掌，一把黑色匕首出现在她的掌中。

匕首差不多有她的小臂长，她反手一挡，强悍的力量从弯月枪上传递过来。凰北月微微蹙了一下眉，果然是有几分实力的！

她蹙眉，靖安王更不可能好到哪里去，一交手他就知道，凰北月的实力绝对不止黄金战士那么简单。难道修罗城的人都这么厉害吗？

第一次交手过后，凰北月坐着的椅子碎成了好几块。她轻巧地站起来，闪到一边。

靖安王后退几步，看见弯月枪上出现了一个深深的缺口，面色剧变。这可是玄阶的武器！那丫头手里拿着的是什么鬼东西？

“看来萧启元那老家伙还真给了我一件宝贝。”匕首在凰北月手中漂亮地转了几个圈。

靖安王眼睛一瞪，一只脚在地板上猛地一踏，脚下的地砖立刻碎成无数块。

“剑技：月破九霄！第三式！”

弯月枪在空中一转，靖安王身上源源不断的元气涌出来，汇聚在弯月枪上。那元气形成了实质，呈现出一轮弯月的形态。

“初级剑圣？”凰北月眯眼，忽然笑起来，“实力不错。”

“狂妄！”靖安王大喝一声，弯月枪划出一片凌厉的枪影，元气随之转动，猛然朝着凰北月攻击而去。

他对自己的剑技是非常有自信的，现在已经修炼到第三式，威力强大，萧家那老东西也不敢轻易和他战斗。这丫头，直接杀了，神不知鬼不觉，刚好除了心头大患。

弯月枪一出，元气涌动，书房里的摆设都被带得摔在地上。

凰北月见弯月般的元气携带着杀气涌过来，一脚踏在一把椅子上，身子凌空而起，如同灵猫一样从靖安王头顶跃过。

靖安王那一招击空，击在墙上，生生地把墙壁击塌了。

他确实有实力，怪不得当年能举兵谋反，威胁太后杀了惠文长公主。

这动静不能闹得太大，要是引来了外面的黑色骑兵还有灵央学院的人，就麻烦了，必须速战速决才行！凰北月想到这里，眉眼一沉，喝道：“冰！”

轰然一声巨响传来，从倒塌的墙壁后面，冰灵幻鸟杀气腾腾地冲进来，极强的冰元气瞬间筑起一道冰墙，把倒塌的墙壁封锁起来。

靖安王一击未中，本想来第二次，忽然浑身一震，抬起头就看见如此庞然大物，立刻呆住了。

“冰……冰灵幻鸟！”靖安王结结巴巴地说。这可是五灵之一的冰灵幻鸟啊！

“算你识货！”凰北月在他身后冷笑，“你现在应该知道，你惹错人了。”

靖安王是实战经验丰富的人，看见这场景，知道对自己绝对是不利的。

拥有冰灵幻鸟的是那个叫戏天的神秘斗篷人，当时在宫宴上对司马归燕那一战，靖安王也是看得清清楚楚的。

司马归燕在戏天面前都败得那么狼狈，以他如今的实力，岂能和戏天抗衡？战士和召唤师之间的差距，一向都是严酷的。

千算万算都没算到，原来大名鼎鼎的废物凰北月竟然是那个神秘强者戏天。

靖安王立刻身形一转，朝着书房另一边逃去。

贵族的家里，通常都有密道，像安国公府书房里的藏宝室一样，里面设有大量机关。靖安王想趁机躲进这样的密道里，然后利用机关拖住凰北月和冰灵幻鸟。

这老家伙，也太小看她了。

“冰盾，开！”凰北月手中忽然出现荧光熠熠的冰羽，凌空一挥，瞬间三道坚实的冰盾挡在了靖安王的面前。

冰盾可是连灵尊都能挡一挡的，虽然只有三道，但是靖安王想一下子冲过去，也不可能。

大惊大怒之下，靖安王忽然一声暴喝，手中的弯月枪从中间折断，一根细细的铁链连接着断开的枪柄。

“剑技：月破九霄！第四式！”枪柄的一端被他甩出来，凝聚在上面的雷元气爆发出强烈的雷光，无比刺眼。

那雷光在快要接近凰北月的时候忽然爆开，然后激射而出，如闪电惊雷一样，在空气中爆出震耳欲聋的轰隆声。

靖安王面目狰狞，眼睛狠狠地瞪着，道：“去死吧。”

冰灵幻鸟巨大的冰翼一扇，阴寒之气挟带着凛凛冰川冲向前方。

雷光和冰川撞击，顿时周围空气一颤，靖安王惨叫一声，被冰川撞得倒飞出去，狠狠撞在墙壁上，吐出一大口鲜血。

“想杀本王，本王也不会让你好过！”靖安王大声嘶吼着，从自己的高级纳戒中拿出三颗黑色珠子。

“主人，那是雷属性暴雷，很危险！”冰灵幻鸟大喊一声。

这暴雷可不是一般的雷弹，这种东西一旦爆开，方圆几十里都会受波及，暴雷旁边的人更是会被炸得粉身碎骨。

冰灵幻鸟想上前，凰北月却对它下令：“离开！”

冰灵幻鸟不解，看着凰北月手握冰羽，忽然一头黑发变成了火红的颜色，一团黑气顺着她的手臂飞快地涌到了冰羽上。

冰灵幻鸟看得呆住了。它从没见过凰北月变成红发戏天的样子，她竟是这么美！这么有气势！

凰北月将冰羽抬起，又迅速挥下，黑气和寒冰之气狂涌着冲向了靖安王。

正在大笑的靖安王突然惨叫一声，握着暴雷的手臂被齐齐地从肩膀上卸下来，鲜血四溅中，手臂飞了出去。

“冰牢，开！”凰北月沉声低喝，手中快速捏着手诀。

那飞出去的手臂瞬间就被冰牢笼罩，寒气森森，重重地砸在地上，手上的暴雷已经爆炸。

晶莹雪白的冰牢中，烈焰瞬间从中心辐射开来，将整个冰牢都映成了火红色。

凰北月后退到一根柱子后面，在冰牢上又加了十二道冰盾防护。冰牢整个被炸开，四散的冰屑撞击在冰盾上，也是威力不小，坚硬的冰盾表面都出现了一条条裂纹。

轰隆隆的撞击声后，一切慢慢归于平静，只有靖安王的惨叫声，还在书房中回荡。

凰北月从柱子后面慢慢走出去，火红色的头发在满室的冰川之中，显得分外刺眼，只是这样的绝色看在靖安王眼中，比地狱的恶鬼还要让人恐惧。

“当年，是太后下毒，不能怪本王！”靖安王脸色苍白，看着凰北月一步步靠近，他只能身体颤抖着一步步后退。

凰北月微微喘息着，对付一个剑圣级别的人，果然耗费她不少体力。

“不怪你怪谁？”凰北月大步走过去，黑色匕首在她手中翻转，狠狠地刺进靖安王的肩胛骨中，“有胆做没胆认，你这样的窝囊废活着干什么？”

“本王是皇亲国戚！”靖安王疼得嘶吼。

“皇亲国戚？那就让整个临淮城的人好好看看你这个皇亲国戚吧。”凰北月从纳戒中拿出牛筋绳，套上靖安王的脖子，拖着他往外走，“你现在知道害怕了？你当初拥兵自重，见先皇陷于重围也不前去相救的时候，你知不知道别人有多害怕？当年皇上被俘，你私怨太重，不愿意出兵相救时，你可想过别人的害怕？你让惠文长公主一个人去闯敌营的时候，你有没有想过她会害怕？你知不知道她被东离国的人用奸计羞辱，你知不知道她有多害怕？当年你带兵逼宫，迫使太后毒杀自己亲生女儿的时候，你知不知道太后有多害怕？那一碗毒药灌进惠文长公主腹中的时候，你可想过她也有儿女，也会害怕？世间留你这样的畜生何用？早早杀了为民除害！”

此时，天已经黑了，凰北月拖着靖安王的身体，让冰灵幻鸟带到城外，把他吊在城头上，并蘸了靖安王鲜血写在白色布料上，陈述他所犯罪状，包括多年来徇私枉法、贪污受贿、迫害忠良等。

第二天，晨曦微露的时候，进城的百姓一抬头，便看见了那具吊在城头上的尸体。

"那是靖安王啊！"一个百姓大喊一声，其他百姓就跟炸了锅一样，看着那血书上陈述的罪状，纷纷议论起来。

很快，消息传到皇宫，皇后大为悲痛，靖安王一家上书请求皇上严查此事，一定要找出行凶的罪人，然后千刀万剐。

皇上没有给予回应，太后也表示沉默，幽居深宫，绝对不插手此事。

此时，灵央学院中，一众长老齐聚一堂，正商议要事。

"院长，凰北月和修罗城脱不了干系，可她昨天只是用织梦兽让我们都沉睡了，并没有出手伤害。"郭院士很公正地说。

苍河院长一脸凝重地点点头，道："那个丫头，是为了复仇来的。"

"唉，想不到当年的事情会是这样的。院长，此事，我们灵央学院是否要插手？"

"靖安王已经死了，想必北月郡主不会继续复仇了。"苍河院长想了想，"可是，她和修罗城有关联这件事，还是必须要彻查清楚的。"

"请院长吩咐吧，我等听命就是！"

"我已请出天绝阵，请十二位长老随我一同前去吧！"

灵央学院十二位长老站起来，齐齐抱拳，道："听凭院长差遣！"

临淮城的大街上，所有人都在议论靖安王一事，真是大快人心。

萧韵在大街上躲躲藏藏地转悠了一天，该去问的人都问过了，可是谁都没有见过那个皮肤苍白、眼角有黑色桔梗花的诡异少年。

那个人究竟在哪里？一定要找到他，只有他才能为自己报仇。

靖安王的死讯更让她无比恐惧，凰北月心狠手辣，一定不会这么轻易放过自己。

"这位公子，我已经说过了，真的没有见那位姑娘来过，您这一天问好几次，我见她来了能不告诉您吗？"

前面的客栈里，掌柜的无奈地说完，甩甩袖子走出来，带着小二准备去市场采购一些东西。

"她说，会来。"一只手强硬地搭在掌柜的肩膀上，掌柜痛得龇牙咧嘴，"哎哟我说公子啊，您就放过我吧。我一个开店的，哪敢骗您这样的大人物啊？那姑娘确实没来过。哎哟喂！"

那少年也太用力了，他一个普通人，肩膀差点儿给捏碎了。

"我说你这人，怎么这么不讲理呢？您也不想想，连您都不认识那位姑娘，我上哪儿去给您找？再说了，那姑娘可能是哪个大家族的小姐，一时好心帮你而已，说不定早就把你忘了，你又何必呢？”掌柜一时生气，口无遮拦地说起来。

少年越发生气，身上阴森诡异的气息让围观的人都退得远远的。

他苍白有力的手指狠狠地捏着掌柜的肩膀：“不信！”

“哎哟哎哟，公子您饶了我吧。”掌柜的惨叫声跟杀猪一样。

萧韵在远处定睛一看，顿时喜上眉梢，真是踏破铁鞋无觅处，原来他在这里！

“公子……公子……”萧韵推开人群跑过去，在少年面前大声说，“是我啊，你记得吗？是我把你带来这里的！”

少年无神的眼珠子微微一转，苍白的脸上没有任何表情。显然，他根本不记得。

萧韵忙说：“你要找的人就在附近，你再不去，她就走了。”

少年立刻松开掌柜的肩膀，有些激动地道：“哪里？”

“跟我走吧，我带你去找她。”萧韵兴奋地说。

少年便不再管掌柜，像个涉世未深的孩子一样，跟着萧韵走了。

掌柜虽说松了一口气，却也有些担心，道：“那女的看着不像好人，那位公子单纯无知，不会出事吧？”

“掌柜啊，您还担心他？这瘟神早送走早好啊！他住在咱们这里，咱们客栈都没生意了，谁也不敢进来啊。”

“也是啊，他天天那样杀气腾腾地坐在店里等那位姑娘来，一坐就一整天也等不来，客人看见他就害怕，影响我财路，还是早走早好啊。”

于是，掌柜带着庆幸的心情走了。

墨莲跟着萧韵走到城外，往迷雾森林的方向走去。

路上沉默了一会儿，墨莲还是问道：“在哪儿？”

萧韵道：“你不是要找红头发的人吗？我现在就是带你去找啊！”

“红发……红莲……”面色渐渐变得阴冷，墨莲似乎是这么多天第一次想起来一样，隐隐的杀气涌现。

萧韵看得兴奋不已，忙说：“你眼睛看不见，一会儿我指给你看。你只管对她下手就是。那人很厉害，你一定要下重手，否则，你恐怕对付不了她。”

“哼……”墨莲面无表情地冷哼，苍白的面色带着几分诡谲的气息。

得罪了光耀殿的人，管他多厉害，都只有一个下场——死！

萧韵自然是不担心这个神秘少年对付不了凰北月。凰北月惹了这个人，那就是她的好运到头了。

进入迷雾森林，重重迷雾从四周涌来，墨莲微微皱眉，他能感觉到那虚无缥缈的雾气，他很不喜欢这种感觉，像是把他困在一个走不出去的迷宫里一样。

萧韵四处看着，迷雾森林很大，不知道凰北月在什么地方，但她可以肯定绝对是在这里。

她让萧仲磊到灵央学院打听过了，苍河院长他们要抓凰北月，是朝迷雾森林来的，跟着苍河院长一定不会错，凰北月跑不掉的。

在迷雾森林和浮光森林接壤的地方，凰北月扶着东菱在一片茂密的灌木丛后面休息。

服用了洗髓丹的东菱经过一整夜的改造，骨骼经脉早已和常人不一样，只是洗髓丹的药性有些强，东菱的身体弱小，一时之间还有些不能承受，因此显得虚弱一些。

灵央学院的人没有那么容易放过她，一路走来，凰北月能感觉到后面有人在追赶，这是一个杀手多年培养起来的警觉。

她不想和灵央学院的人作对，他们之间没有恩怨，作对也是浪费时间，可是修罗城的事情她说不清楚，织梦兽就在她手上，并且她突然从一个废物变得这么强，她怎么说，那些老家伙都会对她怀疑的。

忽然，迷雾森林里飞起来一群嗜血的蓝蝙蝠，好像被什么惊飞了。

凰北月眉眼一沉，退到东菱身边，闭着眼睛，仔细分辨那声音的来源。

灵兽？一只十二级的灵兽！

“小姐，怎么了？”东菱担心地问。

“有一只十二级的灵兽正在靠近我们。”凰北月轻描淡写地说。

灵兽没什么，她有办法对付，关键是苍河院长他们似乎离这里越来越近了。东菱刚刚被洗髓丹易经换髓，召唤师的天赋已经显露出来，身上的元气正源源不断地凝聚再释放出来，这个锻炼骨骼的过程非常关键，因此，她暂时还不能带东菱离开这里。如果现在进入浮光森林，东菱身上的元气会引来大量浮光，那样就损失惨重了。

凰北月抬起头，从树叶间看向天空，有些阴沉，看样子今天不会是平静的一天。

她蹲下来，在东菱身边加了元气禁制，说：“别出来。小虎，好好看着。”

小虎偏了一下头，跳过来蹭蹭她的手。

凰北月摸摸小虎的头，说：“你怎么也是神兽，关键时候，就靠你了。”

“嗯。”小虎嫩嫩地哼了一声，一副信心百倍的样子。

吱吱也跳过来，大眼睛水汪汪地看着她，好像在求安慰。

凰北月笑道：“要是小虎不行，还有你呢，我可是很相信你的。”

吱吱高兴地咧开嘴巴笑起来，被小虎一脚踢开了，在地上滚了一圈爬起来，灰头土脸地擦擦脸，尽量离那只暴力虎远一点儿。

凰北月不放心，又在周围加了十二道冰盾防护，这才转身朝迷雾森林的另一个方向而去，先把苍河院长他们引开再说。

迷雾森林中，正在搜索凰北月踪迹的苍河院长忽然驾驭着赤尾鹤停下来，他花白的眉毛蹙了一下：“有不少人跟进来了。”

作为风属性召唤师，只要是有风流动的地方，任何细微的变化，他都能察觉到。苍河院长的风能力已臻化境，听风辨位并不难。

南宫长老问道：“是谁？”

“是个很强大很陌生的雷属性高手，对我们威胁很大。”苍河院长说，“还有一个火属性……是紫焰火麒麟！”

“太子殿下？！”长老们皆惊讶不已。

“太子殿下怎么来了？”

“不知道殿下什么打算，这一次他是会帮北月郡主还是会……毕竟，被北月郡主杀了的靖安王，可是太子殿下的外公啊！”

苍河院长微微抬手，制止几位长老说话，他思索了一下，道：“各位长老，摆开天绝阵吧！我去将北月郡主引进来，切记不可伤害她。”

“院长放心吧，北月郡主只是个孩子，我们不会对她下手的。”

苍河院长点点头，驾驭着赤尾鹤，一转身去了。

赤尾鹤是风属性灵兽，速度非常快，苍河院长很快就靠近了凰北月。

忽然，迷雾森林的北边，一声巨龙的怒吼响起来，震得地动山摇。

凰北月的脚步戛然而止，一听这声音，她心里顿时一沉，是灵尊！

苍河院长自然也听得出这声音是谁的，顿时也吃了一惊，驾驭着赤尾鹤飞高，远远望去。

迷雾森林的北边，尘土漫天而起，把视线完全挡住了，而那里正是第七塔所在的位置。

苍河院长一时间惊得愣住了，刚才那一声是灵尊发怒了吧？什么人竟有如此大的胆子敢闯入第七塔中惹怒灵尊？灵尊一发怒，可是非常恐怖的。

“东离国的人果然不是什么好东西。”森林里响起凰北月清冷的声音。

苍河院长低下头，见她没有逃跑，而是跳到一棵高高的大树上，扶着树干眺望着第七塔。

“郡主怎么知道是东离国的人？”

凰北月转过头，无所谓地看着他笑了笑：“我听到他们密谋，东离国太子和那个贾大人，还有一个叫秋明烈的，此次前来便是为了灵尊，他们想俘获灵尊，增强实力。”

苍河院长脸上一片怒色：“东离国的无耻之徒！灵尊岂是那么好俘获的？惹怒一只神兽的下场，他们大概不知道吧？”

凰北月看着烟尘弥漫之处，心里有些不安，道：“那个贾大人带了一件非常厉害的宝器，名为‘锁魂钟’，苍河院长可听说过？”

“锁魂钟？！”苍河院长一惊，顿觉不妙，“他们果然是有备而来啊！”

“那是当然，否则，知道是神兽还敢来送死，那不是傻子吗？”

苍河院长深吸一口气，苍老却神采奕奕的双眼看向凰北月：“北月郡主，老夫今天带人追逐你，是想弄明白一件事情。”

“我跟修罗城没有关系。”没等苍河院长发问，凰北月已经简短地回答了，“苍河院长与其担心我，不如担心一下灵尊。如果东离国的人真把灵尊俘获了并且驯服，对南翼国将是多么可怕的灾难？”

“郡主是惠文长公主之女，你说没有，老夫便相信你，只是，那织梦兽的来历，还请郡主告知一二。”

“吱吱是上次学院组织我们来浮光森林历练的时候，我无意中得到的。”凰北月没有必要隐瞒，“上次确实是它袭击了学生和老师们，我也中招了。”

苍河院长沉吟着，似乎在思考整件事情。

凰北月等着他思考，反正浮光森林发生的那件事和她无关，她没必要觉得心虚或是怎样。

就在这时，四周的元气忽然一颤，好像从四面八方被人挤压过来，气势磅礴。

凰北月反应非常快，她立刻从树上飞快地往上掠去，上方元气波动小，是唯一的出路。

然而，她刚掠到一半，头顶忽然传来一道浑厚的声音：“天绝，合！”

滚动的元气当头压下来，迫使凰北月的身体急速下降，重新落回到树上。与此同时，四面八方有红色的锦旗飘出来，每一面锦旗上都绣着象征冰、火、雷、风、土五种元气的图案，图案中有五种元气在波动，灿然生辉，让人根本不敢直视。

锦旗一共十二面，由十二位不同属性的长老执着，苍河院长驾驭赤尾鹤站在十二面锦旗交会的地方，一只手凌空一挥，一柄黑色长剑出现在了他的手中。

凰北月冷眼看着他们，最后清冷的目光转向苍河院长："苍河院长，你这是什么意思？不相信我说的话？"

苍河院长沉声道："北月郡主所说，老夫相信，但是，今天还是得请郡主跟老夫回去一趟接受调查。"

"如果我不回去呢？"

"北月郡主如果反抗的话，老夫只能对郡主下重手了，到时若伤了郡主，还请郡主见谅。"苍河院长慢慢地说。

凰北月冷哼道："老匹夫，你在威胁我？"

"凰北月，休得无礼！就算惠文长公主在院长面前也要礼让三分。"南宫长老严肃地喝道。

凰北月看着他，冷冷地笑道："对于想抓我、想害我的人，我还要对他礼让三分？老头儿，是你脑子坏了，还是你当我脑子坏了？"

"你这丫头……"南宫长老气得胡子都直了。

苍河院长抬抬手，阻止南宫长老动气。他知道凰北月伶牙俐齿，要是南宫长老被她气得当先动了手，这天绝阵就会露出空门，让她有机会逃脱。这北月郡主年纪这么小，却如此聪明，长大后，不知道会是怎样的惊才绝艳。

"北月郡主，你跟老夫回去一趟，老夫不会为难你的。"

"我说了不回去，要我说第二遍吗？"凰北月一边说着，一边不动声色地看着这个阵法。

在现代的时候，她曾和一位高人战斗过，被那高人的五行阵困了三天三夜。据说那阵法还是半成品。如果不是师父及时赶到，恐怕她真的会被困死。

那次之后，她便潜心研究阵法，也向师父请教过，可是那阵法实在太精妙，她还没来得及完全学会，就到了这个地方。不过，但凡阵法，都有生门和死门，死门碰不得，生门却是活命的出路。

这天绝阵是由五种元气互相支撑而构建起来的，其中蕴含着五行的相生相克、千万般变化，不管从哪个方向突破，其他方向都会快速补充过来，将她困死。

现在，这天绝阵还没有发动起来，否则，十二位长老的五种元气一同发挥出来，惊雷劈下、烈火烧过、寒冰凝固、黑土掩埋、疾风割喉，她哪里会有活路走。

凰北月的目光在十二位长老身上掠过，没有丝毫破绽。

苍河院长知道她是聪明人，便说："北月郡主，这天绝阵中有一个'绝'字，便是无路可走，没有生门，除非老夫亲自解了这阵法，否则，你将永世困在里面。”

凰北月撇撇嘴，慢条斯理地抱着双臂坐下来，一条腿在树干上一晃一晃的。

“好啊！困就困，反正我比你们几个老头子年轻多了，我只要等你们其中一个人老死了，我就能出去了，看看到底是你们困死我，还是我拖死你们。”

该无赖的时候，她可不比任何人差，何况她是真的等得起。灵尊要收她为徒总会来找她，等灵尊来了，这些老家伙还敢困着她？腰杆不够硬，也敢跟她斗？

“这丫头！”一位长老胡子都翘起来了，怒瞪着她。

说起年龄的问题，真是这几位已经步入人生暮年的长老最大的痛处了。可惜苍河院长有令，不能对这丫头动手，否则，他们一定要让她尝尝天绝阵的滋味。

苍河院长凝眉看着凰北月，也是一脸无奈的表情。

凰北月笑道：“苍河院长，第七塔里面想必战事正酣，也不知道灵尊能不能敌得过锁魂钟的力量？我可是听说锁魂钟是神器，神兽弄不好也会吃亏的。要是灵尊被东离国的人抓获了，啧啧啧，灵央学院少了守护神兽没什么，但东离国多了一只神兽，以后来攻打南翼国，呵呵……”

南宫长老眉心一跳。第七塔那边的动静，他们也听到了，只是没有想到竟会是东离国的人来捣乱。

“院长，这丫头说的是真的吗？”

“多半是。”苍河院长的面色极其凝重。

凰北月继续笑着说：“你们这天绝阵这么厉害，不去对付东离国的强敌，反而来对付我，我是不是该觉得万分荣幸呢？”

十二位长老一起出来布下这个阵，整个灵央学院就等于空出来了，东离国的人正好什么顾虑都没有，可以专心对付灵尊。

十二位长老都焦急地看着苍河院长，等着他下令。

“北月郡主，老夫受先帝之恩，既要为南翼国考虑，也要为天下苍生考虑，灵尊有难，老夫不能见死不救，但对于修罗城一事，老夫也不能轻易放弃。”

凰北月抬起眸子，打量着这位仙风道骨的老者，然后她轻轻咬了一下嘴唇，双拳握起，这老头子……

“得罪了。”苍河院长抱了一下拳，然后缓缓地举起了手中的黑色长剑，风元气顺着剑身往上旋转，最后凝聚在剑尖之上。

“风绝，开阵！”

苍河院长话音一落，天绝阵中刮起狂风，十二位长老的锦旗都被风卷起来，狂风呼啸，鬼哭狼嚎般。

坐在树上的凰北月双手紧紧抓着树干，才没让自己从树上摔下去。

“冰盾，开！”

“凰北月，不可硬拼，这天绝阵，你现在还不能对付。”狂风卷起的一瞬间，魔的声音响了起来。

凰北月怒道：“不硬拼，等死啊？”

“哼，放我出来。想我当年曾和这天绝阵一战，我还不放在眼里！”

“老妖怪，你可别说大话！你现在是被封印的状态，实力连你从前百分之一都不到！”凰北月一边用冰盾阻挡着狂风，一边身子朝后面飞快地掠去。

天绝阵以五种元气配合着五行千万般的变化，在阵中营造出无限宽广的空间，凰北月怎么往后退，都逃不出天绝阵的范围。

“就算我实力不如从前，对这天绝阵也比你熟悉，我可不想跟你一起死。”

他们说话的时候，第二阵已经开启了，暴闪的雷光从其中一位长老的锦旗上激射而出，宛如一条巨龙呼啸着，将那十二道冰盾一一撞碎了。

被困在天绝阵中，作为召唤师都比较吃亏，因为这个时候都无法召唤自己的灵兽出来，这也正是这个阵法的强大之处。

雷光尾随在身后，凰北月一咬牙，握住万兽无疆，让身体里所有元气通过黑玉流泻而出。

黑色旋涡在黑玉的中心旋转起来，一阵诡异的大笑响起，一个修长的人影慢慢凝聚，他手中一把巨大的镰刀凌空一挥，轰！雷光瞬间被砍成了两半。那个人影如同水墨画中出来的一样，在空气中快速流动，诡异地大笑着向前而去。

“哈哈哈哈哈……”

苍河院长一惊，似乎没有想到这样的变化，他手中的长剑飞快地舞动起来。

第三阵、第四阵瞬间开启。

“苍河小儿，几年不见，你变得越来越嚣张了。”魔的身影比疾风还要快几分，瞬间到了苍河院长面前。

苍河院长一抬头，原本还算平淡的神色瞬间惊恐起来：“是……是你！”

“看见本大爷，还不快滚，等我动手吗？”魔嚣张地说。黑气凝成的镰刀在他手中转了一下，那样子真是强悍霸道。

只是一个黑气凝聚的虚影而已，苍河院长就如此顾忌，如果是真的魔站在这里，又该如何？

凰北月在后面看着，第一次觉得魔的实力很恐怖，只不过出乎她意料的是，她原本以为魔是兽，在黑水禁牢中，那双巨大的兽类眼睛让她印象很深刻，现在才发现，原来这家伙是人类的形态。他是什么等级的兽，不会是跟灵尊一样的神兽吧？只有神兽才可以幻化为人形啊！

以苍河院长为首的几位长老，都静静地一动不敢动，看向魔的目光中透着深深的恐惧。

苍河院长道："想不到北月郡主身后竟会有尊驾这样的高手，我们灵央学院自知实力不济，无法与尊驾对抗，只不过修罗城一事，我们一定会继续调查。"

"你查不查，本大爷不管，可你们若动我的人，就别怪本大爷不客气了。"魔不客气地警告，这些老头子在他眼里什么都不算。

苍河院长明显对他很是惧怕，纵然不甘心，也只能让十二位长老收起天绝阵。

元气的波动瞬间平静下来，那股从四面八方压迫而来的强大压力也消失了，凰北月暗暗松了一口气。

关键时候，这魔还能有点儿作用，他刚才那势如破竹冲上去的姿态真是太强了，于千军万马中，如入无人之境。

凰北月道："老妖怪，有你的啊！"

魔回过头看着她，笑道："我老？我有他们老吗？"

凰北月扑哧一声笑出来。

十二位长老的脸色一个比一个难看，黑得像锅底一样。

苍河院长带上众位长老退走，刚转身，又回头看向凰北月，道："北月郡主，作为师长，老夫劝你，修罗城历来凶残，别和他们沾染上关系。"

"多谢院长了，不过我的事情，一向不喜欢别人过问。"她和修罗城本来就没有牵扯，苍河院长不相信她，那她也没有必要解释太多，她说话从来只说一次。

见她如此狂妄，苍河院长只能叹息一声。人心难测，天命难违，有些事情，他管不了。

灵央学院等人离开后，魔慢慢转身走过来。

从正面看，魔一身长袍，乌发飘逸，浑身充满了霸气和诡异混合起来的气息，一看便知道绝非善类。他的面目模糊，但是从轮廓可以看出，他的真身必定是个绝色的美男。

凰北月哼了一声，冷傲地挑着眉，道："过瘾了，就乖乖去黑水禁牢里待着吧。"

魔看着她，模糊的面上似乎带了一丝笑意："这样看着你，感觉很不一样。"

他的声线阴柔，却不显得女气，而是有种说不出的诡异邪恶感。

凰北月抱着手，嘴角也邪恶地扬起来："老妖怪，你可别看上我啊，不然最后怎么死的都不知道。”

黑气凝聚的魇偏着头，轻轻地笑了一声，忽然身体倾倒下去。

凰北月吓了一跳，一时忘了他只是个虚幻的影子，伸手便去扶。

“魇！”手指从一团黑气中穿过，她心里一惊，刚才还凝聚成人类形态的黑气此刻散乱成一团，顺着她的手进入到了万兽无疆里。

上一次魇出来，和司马归燕一战，也有些虚弱。这一次出来，魇在天绝阵中横冲直撞，耗费了太多元气，所以现在才会这么虚弱吧。

黑水禁牢上面的符咒闪了一下，加重了禁制的力量，魇进去后，就无声无息地沉寂下去了。

“魇？”凰北月试着叫了一声。虽然平时总是和他斗嘴作对，但怎么说这次他都帮她解了围，他们也算是共同作战的战友了。

“在黑水禁牢里，只要你不死，我就不会有事。”魇轻声说。

“不死最好，你这老妖怪还有点儿用处，我也不希望你出事。”凰北月撇着嘴角微笑。

魇哼了一声，道：“你刚才也看见了，我哪里老了？等我出来，你见了我，心可不要乱跳。”

凰北月不屑地笑了两声，道：“你就算长得再好看，也是个妖怪。”

魇气得不说话了，跑到黑水禁牢的最深处疗伤去了。

凰北月大笑一声，将万兽无疆收起来。她跳到一棵高高的树上，眺望第七塔的方向。那边的烟尘已经慢慢消散了，战斗似乎也停止了，不知道灵尊究竟怎么样了？

她没有想太多，引开苍河院长等人，就不用担心了。

凰北月从树上跳下来，朝东菱所在的方向赶去。她不知道，此时，那个要杀死红发红莲的墨莲正被萧韵领着，一步步地朝她靠近。

浮光森林里，一个更危险的人也正往这边赶。

第三十九章 初战红莲

“我说红莲，如果让圣君知道你把墨莲弄丢了，回去之后肯定要狠狠惩罚你。”冷冷的男声带着一丝幸灾乐祸的意味。

“哼，又不是我把他弄丢的，是他自己把自己丢了。真奇怪，明明什么都不会的人，还要自己跑掉，害我到处跑去找他。”

黑发少女仰起小脸，那张过于精致的面孔在浮光散发出来的微光中，显得迷离而张扬大气，她眉目间流露出来的狂傲之气也让人胆怯。

“如果不是你让他厌烦，他怎么会自己离开？归根结底，这责任还是你的。”男人笑起来。

“孟祁天，你再说一个字我就杀了你！”红莲大怒，转过身，手中一根红色的鞭子狠狠甩开。

叫孟祁天的俊美男子身形如流水般向后滑去，道：“红莲，就是因为你这么蛮不讲理，墨莲才讨厌你。”

“他讨厌不讨厌我跟你有什么关系？你再不闭嘴，就别怪我不客气了。”红莲怒道，精致的小脸上浓浓的杀气。

“好啊，我不说了。”孟祁天慵懒地笑了一下，忽然侧耳听了听风声，道，“前面元气波动好大……咦？怎么可能？！”

“装神弄鬼，干什么？”红莲瞪了他一眼，“前面有人布阵而已，你那么没见过世面。”

孟祁天冷漠的脸上是一片惊愕之色，道：“不，那个天绝阵算什么，我是感觉到更恐怖的一股力量出现了。”

红莲眯眼看着他。这个孟祁天是圣君专门派来帮他们寻找万兽无疆的，实力只能算中等，不过此人学识渊博，什么都知道，他感觉到的恐怖力量，就一定是很恐怖的。

“是什么恐怖的力量，我们去看看不就知道了。”红莲说着，转身朝前走去。

“红莲，那力量比你强太多，你不要冲动。”孟祁天在红莲身后喊了一声。

红莲性情狂傲，不可一世，什么高手都敢挑战一下。她出身光耀殿，实力是圣君赋予的，她来到卡尔塔大陆后，没有遇到过强敌，因此从未尝过一败，可是没有败过，不代表她不会败。

“哼，多恐怖的力量，我要见识见识。”红莲一脸天不怕地不怕的狂妄表情，大步向前走。

孟祁天跟上去，道：“红莲，还是找墨莲的事情重要一点儿吧？”

“反正我们都要朝前走，难道因为那个恐怖的力量就退缩吗？也太没胆色了。”红莲都不屑看他一眼，她最烦的就是跟这种做事小心翼翼、瞻前顾后的人在一起了，麻烦！

孟祁天知道她一意孤行，根本劝不动，只好叹息一声跟着她了。

朝前走了没多久，孟祁天又忽然皱眉道：“奇怪，那恐怖的力量突然消失了……”

“你说什么？”红莲转头看着他，“消失了？怎么可能？”

“就是消失了。突然之间出现，又突然之间消失，真是奇怪啊！”孟祁天也是百思不得其解。按理说，一股恐怖的力量忽然出现，消失也总有一个过程的，从来没有见过这种突然就消失不见了的。

“我还真想看看是什么东西了。”红莲越来越感兴趣了，顿时加快了脚步。

走出浮光森林，外面的空气比里面要清新许多，虽然迷雾重重，却让人畅快不已，红莲深深吸了一口气，突然听到旁边的灌木丛里一阵窸窸窣窣的声音，她正奇怪着，灌木丛里忽然露出一只巨大的九头鸟，九个丑陋的头颅像蛇一样扭曲交缠着，口水从嘴巴里吧嗒吧嗒流下来，要多恶心有多恶心。

红莲一脸嫌弃地道：“真讨厌，一出来就看见这种东西。”

在她后面出来的孟祁天看见九头鸟，笑道：“这是九头鸟，十二级的灵兽，九个头都长出来，说明已经成年了。”

“十二级的灵兽而已，对别人来说稀奇，对我们光耀殿来说，算得了什么？”红莲张狂地说。

孟祁天道：“确实不算什么，不过这十二级的九头鸟也算实力不俗了。你的吞天红蟒正在向神兽进化，如果吞噬了这只九头鸟，应该就能进化成功了。”

“当真？”红莲眼睛一亮，立刻舔舔嘴巴。

吞天红蟒成年之后会进化为神兽，进化的过程却有些漫长和艰难，她等了两年，还没有进化成功。

“我骗你干什么？”孟祁天道，“让吞天红蟒出来吞噬它吧。”

一只十二级的灵兽，在成年的吞天红蟒面前，根本没有反抗能力，只有等死的份儿。

红莲将吞天红蟒召唤出来，巨大的赤红色蛇身鲜艳刺目，吞天红蟒的身体盘旋着，鳞片如同利刃一样，锋利无比，带着剧毒。

吞天红蟒出来后低吼了一声，巨大的双眼瞪向九头鸟。

九头鸟看见这只比自己强太多的超级灵兽，慢慢往后退去。

红莲狂妄地笑道：“真没用。赤炼，追！”

吞天红蟒低低地嘶吼一声，却第一次没有听红莲的命令，而是在原地盘旋着，似乎有什么顾忌一样。

红莲抬起头，漂亮的眼睛怒瞪着它：“怎么回事？我的话你也不听？那小小的九头虫你也害怕吗？”

吞天红蟒低下头，赤红色的蛇眼盯着红莲。

红莲不悦地道：“看我干什么？让你吞噬九头鸟可以进化，你连这也怕，没用的东西！”

吞天红蟒有些愤怒地从鼻孔中发出几声低沉的怒吼。

孟祁天道：“红莲，那边似乎不对劲，过去看看吧。”他指的是刚才九头鸟所在的地方。

刚才九头鸟徘徊在那里不敢靠近，现在吞天红蟒也这样，是不是那地方有什么古怪？

红莲冷哼一声，握着红色鞭子，慢慢走向刚才九头鸟所在的地方。

一片郁郁葱葱的灌木丛后，有一个由十二道冰盾组成的防护圈，寒冰渗透出来，没有灵兽敢靠近。

红莲愣了一下，这是什么东西？她天生胆大，无所畏惧，快步走过去，挥起鞭子，火红的元气凝聚起来，狠狠地抽了下去。

坚固的冰盾，一鞭子只是造成几道裂缝而已。红莲哼了一声，多用了几分力气，再次挥鞭，就把冰盾打碎了。

十二道冰盾，挡在她这面的只有两道。冰盾后面，一个虚弱的少女满目惊恐地看着她。

“小……姐？”东菱低呼了一声。

红莲微微偏头，道：“小姐？”

小虎龇着牙发出一连串凶狠的怒吼，只可惜它身子太小太萌，气势怎么都出不来。

吱吱则胆怯地趴在东菱的肩膀上，吓得瑟瑟发抖。

看见小虎这样的反应，东菱立刻确定了眼前这个美丽的少女不是凰北月，容貌相似，气质却是完全不一样。

东菱抱起小虎，后退一步，道：“你是谁？”

“我是谁？”红莲张狂地笑了一声，“你配知道吗？”

说到狂傲，红莲和凰北月在某种程度上真的很相似。

东菱脸色苍白。这人是谁？为什么和小姐长得这么像？

她知道吱吱是织梦兽，可以让人产生幻境，杀人于无形，可是刚才这些人靠近的时候，吱吱便开始编织幻境了，却只有那只九头鸟进入了幻境，所以她才会这么害怕。小姐让她在这里等着，还把小虎和吱吱都交给她，她当然要保护好它们。

红莲的目光在东菱身上一转，皱皱眉：“也没什么了不起的。赤炼那家伙，越来越胆小了。”

这时，孟祁天走过来，站在红莲身后，看了一眼东菱，没什么大不了的，可是看到东菱肩膀上的吱吱时，他咦了一声：“织梦兽？”

红莲看向他。

孟祁天笑道：“想不到会在这里遇上修罗城的人，真是冤家路窄啊！”

“你说她是修罗城的人？”红莲再次看向东菱。怎么看都只是个很一般的丫头，跟修罗城一点儿关系都扯不上吧？

孟祁天也有些不可置信，他手指轻轻摩挲着下巴，道：“织梦兽是修罗城的东西，除了修罗城，谁能驾驭呢？”

“哼，那果然是冤家路窄啊，不过她看起来实力很弱啊！”红莲开始感兴趣了，绕着东菱走了几步，还是没看出什么特别的地方来。

“她虽然实力很弱，不过有织梦兽，再加上……啧啧啧，一只神兽。”孟祁天的目光停留在小虎身上，惊叹道，“赤金圣虎，四级的神兽啊！”

红莲一听，眼睛也开始放光：“真的是神兽吗？”

“我会看错吗？”孟祁天笑道，“不过，只是一只幼兽时期的神兽。怪不得刚才吞天红蟒也不敢过来，原来是有神兽在这里。”

“我看着那老虎很普通啊！”红莲看了好几遍。东菱紧紧抱着小虎，小虎一直对着她龇牙咧嘴发威，可是她怎么会怕？

“恐怕是有厉害的人用丹药压制了它神兽的气息和外貌，让它看起来跟普通老虎一样，但是神兽的特征，还是逃不过我的眼睛。”

红莲笑着看向孟祁天，道：“孟祁天，你最厉害的，就是你那双火眼金睛了。”

“过奖了，红莲尊上。”孟祁天笑着说。

红莲转过身，慢慢地一步步走向东菱：“神兽，可遇而不可求啊！四级的神兽，如果不是让它自己臣服，基本上都不可能为召唤师所驱使，但如果是幼兽的话，从小培养训练，那就再好不过了。”

“你想干什么？这不是你的东西。”东菱护着小虎，恶狠狠地说。这时候，气势可不能输。

“我看上的，就是我的东西。”红莲冷冷一哼，“赤金圣虎和织梦兽，我都要！你，没必要存在了。”

东菱很害怕，抱着小虎的手颤抖不已。小虎是幼兽，能力低微，而吱吱也是幼兽，它制造的幻境不知道为何对这两个人没有影响。

东菱慢慢往后退着，一边退一边小声对小虎说：“小虎，带着吱吱离开，知道吗？”

小虎不情愿地叫了一声，愤怒地瞪着红莲，小小的虎爪子在空中一抓，淡金色的光芒将空气都抓破了，爪印扑向红莲。

红莲举起鞭子，挡开那几个爪印，笑道：“不愧是神兽！”

有了这只神兽，她就可以和墨莲比肩了。墨莲拥有的那只幻灵兽，可是让她眼红了很久。

她慢慢地抬起手，念动驭兽诀，召唤吞天红蟒过来。

东菱吓得脸都白了，一只手握起，试着把身体里混乱的元气凝聚起来。淡黄色的元气缓缓在她的指尖旋转，形成了一个小小的元气球体，然后她趁红莲不备，将那团元气砸过去，然后什么都不管，转身就跑。

“该死的臭丫头！”红莲一鞭子抽开那团元气，气得直跺脚。

孟祁天笑道：“红莲尊上，那丫头可是连一星的等级都没有啊！”

“不用你提醒，我自然会收拾她。”红莲说完，一转身，跳到吞天红蟒巨大的脑袋上，又恨恨地说，“追！那丫头弄死了也没关系，我只要赤金圣虎和织梦兽。”

吞天红蟒吐着芯子，飞快地追向东菱。

孟祁天笑了笑，召唤出自己的召唤兽——一只通体雪白、背上长着翅膀的独角兽："跟着去看看戏吧。"

东菱没命地往前跑，不管后面有多么恐怖的声音，她都绝对不回头看一眼，不管怎么样，她不能把小虎和吱吱交出去。

红莲冷笑一声："看你能跑到哪里去？"说完，鞭子一甩，一团烈焰爆出，径直朝东菱的后背而去。被她的火烧过，这丫头还能活命吗？

灼热的火焰就在身后，东菱心一沉，闭上眼睛，本能地拼命往前跑。

那火焰就要烧到东菱的后背时，从另一个方向，一团紫色的火焰冲出来，蹿到红莲那团火焰之前，双方相持不下，在空气中激烈地对抗了片刻后，从中间爆开，冲上了天空。

红莲面色一变，看向那紫色火焰冲出来的方向，柳眉一竖："是谁？"

浑身燃烧着紫色火焰的紫焰火麒麟缓缓地从树林中走出来，太子战野紧抿着嘴唇，冷冷地抬起眼睛，看见红莲时，微微一怔。

"皇兄，她不是北月。"樱夜公主骑马上前来，看了一眼红莲就确定了。

战野也没把红莲当成凰北月，只是那副相似的面容让他有些惊讶。

樱夜公主看了看东菱，失声道："那是北月身边的丫鬟东菱。"

东菱跌倒在地上，已经吓得六神无主，听到樱夜公主的声音，她抬头一看，连忙说："太子殿下、公主殿下，这人想抢我们小姐的东西。"

"北月呢？"樱夜只看见了东菱，不免有些紧张。

"小姐有事情，让我在前面等她，可是遇到这个人……"

"臭丫头，你以为找到帮手我就拿你没办法了？我红莲可从来没有怕过任何人。"红莲狂傲地说完，目光扫过紫焰火麒麟。刚才那紫色的火焰和她的火焰撞击在一起，竟然有那么大的威力。

孟祁天骑着独角兽上前来，道："紫焰火麒麟，五灵之一的火灵兽，这位想必是南翼国的太子殿下了。"

战野冷冷地看了他一眼，冷酷地说："你是谁？"

"我是谁不重要，你只要知道这位是光耀殿的红莲尊上便可。"孟祁天微笑着指了一下红莲。

红莲对于这种吹捧式的介绍非常喜欢，不可一世地笑起来："南翼国的太子，区区的九星召唤师而已。"

樱夜一听，顿时不乐意了，扬声道："红莲是什么东西？没听说过！"

"你又是什么东西？"红莲一下子被挑起了怒火。

"我乃南翼国樱夜公主，卡尔塔大陆上，谁不知道本公主？"樱夜公主不屑地看了一眼红莲，“像你这样的，跟本公主说话是你的荣幸。”

“樱夜。”战野淡淡地说。

樱夜骄纵，但这个时候，她说的话，他不想苛责。

光耀殿的人，他当然知道。听到红莲的名字时，他也是吃了一惊。这个神秘组织的人，为什么会出现在南翼国？

“红莲，去抓你的神兽吧！这位太子殿下，我多年前，就很想交流交流。”孟祁天骑着独角兽走上来，“十六岁的九星召唤师，多么让人有想毁灭的欲望啊！”

红莲看了他一眼，冷笑道：“你是想起你自己了吧？你当年也是十六岁突破了九星，被誉为绝世天才。”

“在红莲尊上面前，这一点儿成就算什么呢？”孟祁天的声音慢慢冷下来。

红莲道：“你就对付他，记住那个什么公主留给我，我拿了神兽就来收拾她。”

“你少狂妄了！”樱夜抽出宝剑，正想上前，战野伸手一挡：“退后，你不是她的对手。”

他话音刚落，孟祁天便飞快地骑着独角兽过来，手掌一翻，雪白的长枪出现在手中，长枪舞动，周围的风元气迅速汇聚，形成一个越来越大的旋涡，然后如猛虎下山般，狂奔着扑向战野。

战野面色冷酷，驾驭着紫焰火麒麟往上跃起。紫焰火麒麟不屑地低头看了一眼，嘴巴一张，紫色火焰如万马奔腾般扑向了孟祁天。

这边的战斗刚刚开始，红莲已经到了东菱面前，鞭子狠狠一甩，卷起了东菱的身体：“臭丫头，刚才敢暗算我，现在让你知道，惹了我的下场！”

小虎怒吼着，老虎的形态迅速退去，身上散发出淡金色的光芒。它幼兽的体态看起来也是无比凶猛，它的爪子连续在空中抓了几次，竟把红莲的鞭子抓断了。

东菱掉在地上，小虎和吱吱也摔出去好远。

红莲怒不可遏，知道不弄死这个女孩子，那两只神兽是不会对她屈服的。她让吞天红蟒尾巴一扫，卷起东菱瘦弱的身体，高高地举起。

天空中，九头鸟飞过，发出让人头皮发麻的吼叫声。

红莲阴冷地一笑，道：“那么饿，让你填饱肚子吧。”

东菱眼中闪过惊恐，隐隐约约地，她看见远处的森林里，有个熟悉的身影正飞快地往这边赶来。

“赤炼，扔过去！”红莲冷笑着下令。

吞天红蟒毫不犹豫地把东菱的身体朝着九头鸟甩过去。

“小姐！”东菱发出凄惨的一声大叫，身子在半空中就被九头鸟抓住了。

樱夜捂着嘴巴发出惊呼，奋不顾身地冲上去，可是她只冲到一半，就听见另外一个声音响起来：“东菱！”

远处的森林里，白色的冰灵幻鸟振翅飞来，巨大的冰翼将天空都遮挡起来，冰灵幻鸟的背上，一个少女握着冰羽，对着九头鸟狠狠地挥舞过去。

九头鸟抓着东菱，看见突然冒出一只比它强很多的灵兽来，它不敢对抗，抓着东菱仓皇地转身就逃。

冰羽打在它的脑袋上，它一个脑袋活生生被切了下来。

九头鸟疼得惨叫不已，更加不敢恋战，只能逃跑。

凰北月眼睛都红了，她看见东菱被九头鸟的爪子抓得浑身是血，什么都不想，握住万兽无疆，瞬间，在风中飞扬的黑色头发如同变魔法一样，变成了耀眼的红色。

“找死！”冰羽中汇聚了黑气，再次朝九头鸟挥去。

下面的人纷纷抬起头来，看着天空中突然出现的变化，都呆住了，就连激战中的战野和孟祁天都停了下来。

在看见那熟悉的冰灵幻鸟时，战野一怔，继而看见冰灵幻鸟背上的少女时，他的瞳孔瞬间扩大，心脏猛地跳了一下，尖锐的痛楚在心口蔓延开来。

没有黑斗篷的遮挡，那火红色的长发之下，凰北月的面容清晰可见。

樱夜惊呼道：“北……北月！”

“戏天……”战野喃喃地道。

“那是什么人？”红莲转头问孟祁天。他不是号称博古通今吗？世间没有什么事情是他不知道的。

孟祁天看着天空中的红发少女，也是百思不得其解，这人是谁？

卡尔塔大陆所有高手的资料他都烂熟于心，随随便便就能说出来。他是光耀殿专门负责情报的人，圣君给他这样的特权，让他可以窥知一切，可是这个陌生的少女……

“听说南翼国最近出现了一个很厉害的人，民间称她为红发魔女，大概就是这个人吧？！”孟祁天微一沉吟，道，“这个人的元气很奇怪，有种很特殊的气息在波动。红莲，她也许和万兽无疆脱不了关系，抓住她！”

“万兽无疆？！”这么长时间，红莲多处打听万兽无疆，却一点儿线索都没有，都快烦死了。

现在终于有了万兽无疆的消息，她顿时精神百倍地道：“自己撞上来，别怪我不客气了。”红莲一兴奋，连神兽都忘了，驾驭着吞天红蟒冲上天空，从纳戒中拿出了一把宝剑。

九头鸟被凰北月接连砍掉了四个脑袋，疼得嗷嗷直叫，却还是不放开东菱，就那么死死地抓着。

九头鸟是风属性灵兽，向来以速度取胜，一转眼它就飞出去好远，可是冰灵幻鸟丝毫不示弱，死死地追着。

“小心后面！”魇忽然喊了一声。

凰北月心中一紧，手中的冰羽已经变成了雪白色的战刀，凛凛的寒光闪烁着，杀气腾腾。

凰北月身后一道咝咝的声音中夹杂着红莲嚣张狂妄的声音：“别追了，乖乖跟我走吧。”她的剑上带着浑厚的火元气，追上凰北月后，从侧面给了凰北月狠狠的一击。

凰北月不去反击，速度丝毫不减慢，直追九头鸟，只是在红莲攻击过来的时候，她朝旁边一闪，冰灵幻鸟的翅膀被那火元气撞得碎了几块，动作稍微一慢。

凰北月此刻的心情就像被烈火灼烧一样，明明东菱就在前面，差一点儿就可以追上了，这个该死的红莲却在这个时候来捣乱。

“滚开！”凰北月低喝一声，雪白色战刀凝聚着黑色元气劈向红莲。凰北月手下一点儿都没留情，一心只想杀了这个拦路的人，管她是谁。

“想不到这么厉害！”红莲眼里微光一闪，更觉得手痒，“我最喜欢跟强者打，等我把你彻底毁了，心情一定很舒畅。”

接着，她双手成诀，娇喝了一声：“烈焰焚空！”

吞天红蟒张开巨大的嘴巴，熊熊烈火喷涌而出，把半边天空都烧着了。

火焰快速蔓延，形成一个规模庞大的包围圈，直接将凰北月和冰灵幻鸟的路挡住了。

凰北月驾驭着冰灵幻鸟，猛然一滞，燃烧的烈焰让她连眼睛都睁不开。眼看着火焰外面，九头鸟抓着东菱越来越远……来到这个世界后，她第一次感觉到心痛悔恨的滋味。如果当时不把东菱一个人留下来就好了，如果当时不把小虎这只神兽放在东菱身边就好了，就不会引来光耀殿的人注意。

这个该死的红莲！

“老子跟光耀殿的人不共戴天！”凰北月嗓子沙哑地大喊，然后猛然转身，抬起雪白色的战刀，挟带着万千寒冰之气砍向红莲。

红莲仰头大笑，道：“终于肯跟我打了，让我看看你有多强吧。”说完，她举剑冲过来，和凰北月战在了一起。

凰北月明显感觉到虎口发麻，差点儿就把战刀扔了，但是她心性坚强，越是这种时候越要强。

两人的武器一撞之后快速分开，然后又迅速地交战在一起。烈焰和寒冰撞击，激发出来的威力让下面的人都深深地震惊了。

“皇兄，我们去救东菱吧。”

樱夜看着在烈焰的包围圈中，凰北月疯狂地和红莲作战的身影，泪水忽然不受控制地涌了出来。

看到凰北月就是戏天的时候，她已经什么都不在乎了。她知道北月把东菱当成亲人一样，眼睁睁看着东菱被九头鸟带走，北月的心里会有多么痛苦？

“想去救人，也要先问问我同不同意啊！”孟祁天看了一眼半空中的激战，便将目光转回来，看着冷酷的战野。

战野握了一下拳头，冷冷地道：“阁下还是不要管南翼国的事情。”

“我们光耀殿想管什么就管什么。”孟祁天将长枪杵在地上，斜眼看着战野，“你是不敢和我一战？”

“你别用激将法，我皇兄不会上当。”樱夜愤怒地大声道。

孟祁天冷冷地道：“激将法不管用的话，我只有先下手为强了。”他手中的长枪忽然舞成一团残影，残影中心出现了一个元气旋涡。

“有天才之名的南翼国太子，让我见识一下你真正的实力吧。”孟祁天冲上来，不给战野拒绝的机会，强行开战。

战野抬手一挡，将樱夜拦到后面，然后迎上了孟祁天。

地上跟空中的战斗同样激烈，只是区别在于，地上的战斗好歹算是同等强者之间的较量，而空中的战斗明显是实力悬殊的。

以凰北月现在的实力，大战光耀殿最强大的人之一——红莲，自然是心有余而力不足。她是被愤怒驱使着，战刀每一次砍下来都带着凶狠的蛮力，一次又一次打得红莲后退。

红莲最后一次退开，双脚在空气中硬生生划出了一道残影。

“你就这样的水平吗？”红莲嗤笑，“让你看看吞天红蟒的力量吧！赤炼，吞天！”

凰北月心中一颤，猛然想起那天在第七塔下面中毒后做的那个梦，梦里吞天红蟒真的把天空吞噬了。

得到红莲的命令，吞天红蟒张开巨大的嘴巴，鲜红的芯子吐出来，然后它的小腹猛然一收，开始将周围的一切都吞噬进腹。空气、元气、火焰，甚至连迷雾森林中的一棵棵树木全被连根拔起，吸进了它的肚子里。

凰北月驾驭着冰灵幻鸟，在那强大的吸力下苦苦支撑，眼看着就要被吸入吞天红蟒的肚子里，而红莲站在吞天红蟒的脑袋上看着她狂笑。

逆境中求生，她从来都不会输，这次也一样！

“冰盾，开！”

十二道巨大的冰盾一出来，就被吞天红蟒吸了过去。冰盾挡在吞天红蟒嘴前，那强烈的吸力稍微减弱了一瞬间。

凰北月趁着这一瞬间，立刻驾驭冰灵幻鸟往森林里飞去，并且一路上连续向后施展了四五次冰盾。

经过刚才和红莲一战，加上现在频繁使用冰盾，她本来就不能凝聚元气的身体可以说是强弩之末了。不能硬撑，她和红莲的实力差距太大，硬撑到最后只会白白让自己送死！

君子报仇，十年不晚！她今天是败了，可是将来总有一天，她会成为那个胜利者。红莲，你等着！

冰灵幻鸟也受伤不轻，万分自责地说：“主人，我太没用了。”

“我和她的实力差距太大，你不用自责。”凰北月捂着胸口，好像身体里的元气都被抽空了。

红莲破开那几十道冰盾的阻挡后，立刻追下来。吞天红蟒继续以吞噬一切的力量把所有东西都吸进肚子里去。

红莲一挥长剑，带着浑厚的火元气击向凰北月的后背。

冰灵幻鸟身子一偏，让凰北月闪开，自己的翅膀却生生被砍掉一半。

凰北月红着眼睛，低声咒骂了一句：“妈的！”然后，她握住万兽无疆，深深地吸了一口气。最后一次了，能用元气发挥万兽无疆的力量，已经是最后一次了！

寒冰之气在凰北月手中凝聚，一丝丝黑色也在寒冰中缓缓流转，雪色战刀缓缓地抬起。凰北月闭上眼睛，再睁开，身子猛然一转，双手握着战刀朝后面劈去。

红莲看见她战刀中凝聚的黑色元气，立刻带着吞天红蟒想避开。这诡异的黑气她刚才领教过，非常强大，是一种她完全不知道的力量。就算是她，生生接了这样一招，也会承受不住。

可是这一招，是凰北月孤注一掷的最后一击，哪能让她那么轻易地避开？黑气挟带着战刀上的寒冰之气，擦着吞天红蟒的身子急速地过去了。

红莲的嘴角微微一扬。还好避开了！然而，笑容还没有完全展开，她身后就传来破空之声，那黑气居然又转回来了！

红莲是什么人？光耀殿最强的人之一！避无可避的情况下，她只能举剑和那诡异的黑气硬抗。黑气撞上她的剑的一瞬间，她顿时感觉到胸口一闷，喉咙里一股甜腥涌上来，一连往后退了好几步，才将那股黑气挡开。

红莲的手按在胸口，眼睛里闪过不甘的怒光。她转头去看身后，冰灵幻鸟和凰北月已经趁机离开了。

“我不会放过你的！”红莲恶狠狠地说，然后重新跳上吞天红蟒的脑袋：“把她找出来，这一次，我要把她大卸八块。”

吞天红蟒在树林里游走。它所到之处，树木全部倒地，然后迅速枯萎。吞天红蟒身上的剧毒实在令人胆战心惊。

重击了红莲，凰北月也不好受。她吐了几口血，摇摇晃晃地走进森林深处。

冰灵幻鸟的翅膀断了一半，飞起来有些困难，何况现在若飞上天空，目标太大，一定会立刻被红莲找到。因此，凰北月干脆收起了冰灵幻鸟，自己用战刀支撑着在森林里躲避。

魇虚弱地说：“还好只有红莲一个人来了，要是墨莲也在，今天恐怕怎么都逃不了。”

“哼，老天不会让我这么轻易就死了吧？”凰北月刚说完，脚下一软，跌倒在了地上。

“凰北月！”魇焦急地说，“你还撑得住吗？”

“放心，我哪有那么容易死……”凰北月说着，喉咙里又涌上来一口血，从嘴角溢出来。

自从离开师父独自出来闯荡，除了灵尊，红莲是第一个把她伤得这么重的人。

凰北月扶着树干站起来，喘息了几下，刚想继续走，前面忽然有脚步声响起，然后她听到了一个根本不想听见的声音。

“找到了，就是她！”那是萧韵无比兴奋的声音，就像在海上航行了几个月的海盗，终于到达了藏宝的岛屿。

凰北月的脸色又苍白了几分，额头上渗出细细的汗水。

“她的头发是火红色的，就是你说的，那个红发的红莲！”萧韵转过头，看着身后慢慢从迷雾中走出来的诡异少年。

因为雾气的渲染，少年眼角的黑色桔梗花更显凄冷，却更加清晰。

他看不见的眼睛缓缓转动，转向凰北月所在的方向，他的神色冰冷无情。

凰北月抬起头，看见他的一瞬间愣了一下，这个少年是……那天在临淮城里，她帮忙解了围的澈，想不到竟然会在这里遇见。

不过，她可没有什么故人相逢的喜悦，更没有期待他会报恩帮她。这人看起来如此诡异，比上一次她看见他的时候更多了几分阴冷和嗜血。特别是萧韵的那几句话，把她所有侥幸心理都打消了。

红发的红莲……这个叫澈的少年，是要找冒充红莲的那个红头发的人，那不就是她吗？虽然不知道当天的事情他是怎么知道的，但是，他既然找上门来了，还带着这么浓重的杀气，那她就是他的敌人了。

以前听说过农夫和蛇的故事，她总是嘲笑那个农夫心软给自己埋了祸根，现在，该是她嘲笑自己的时候了。

凰北月的双手紧紧握住了雪色战刀，准备开战。萧韵很好解决，可这个少年来历不明，看起来阴森诡异，恐怕不是轻易能对付的人。

魇沉默了一下，说："凰北月，看来你的好运气也走到头了。"

"为什么？"凰北月道。

魇的声音很凝重："那个皮肤苍白的少年，是光耀殿的墨莲。"

凰北月轻轻咬住嘴唇。墨莲……她真是算漏了这一点啊！她怎么都没有想到，光耀殿那个很厉害的墨莲居然是个瞎子，还是个生活上那么无知的人。

"墨莲的实力在红莲之上，他拥有的是传说中的神兽幻灵兽，幻术系。有传言说，他是光耀殿圣君的孩子，所以血统完全遗传自圣君，很恐怖。"

魇是自负的人，一向很少夸奖别人，听他对墨莲的评价这么高，凰北月心里更冷了几分。

真是前有猛虎，后有饿狼！不管怎么走，她今天好像都是死路一条。

第四十章 风起临淮

凰北月身后的森林中响起了吞天红蟒快速移动的声音，以及红莲尖厉愤怒的声音："臭丫头，我抓住你一定把你大卸八块！"

墨莲慢慢抬起头，听了一下那声音，冷冷地说："红莲。"

萧韵看了看凰北月狼狈的样子，再结合那声音，顿时幸灾乐祸地道："凰北月，看来你的死期到了。"

萧韵这种人也配来嘲笑她？凰北月低头笑了笑，抬起手擦了一下嘴角的血迹，道："二姐姐，你高兴什么呢？我就算死了，也要拉你到地狱里给我垫背。"

听到她的声音，墨莲忽然抬起头来，看不见的双眼盯着她的方向，嘴唇微微动了一下。

萧韵冷哼道："你以为你有那个本事吗？凰北月，我一定比你活得长久。"

凰北月握住战刀，手指有些颤抖，清冷的双眼盯着萧韵。

萧韵心中一寒，立刻退后，站在墨莲的身后，说："你不是要杀她吗？她就是红发的红莲，她现在受了重伤，你不用费多少力就能杀了她的。"

墨莲向前走了一步，苍白的脸上没有任何表情，眼角下那朵黑色的桔梗花好像真正盛开的花朵一样，透着鲜活的诡异气息。

凰北月握紧了刀柄，心跳得跟打鼓一样，严阵以待。

墨莲的手缓缓抬起来，苍白的手指像是白玉凝成的一样，耀眼的雷光在他指尖爆闪。

萧韵的眼睛睁大，兴奋地看着墨莲的动作，好像已经看到了凰北月惨死的场面。她真想放声大笑啊！

可是，突然间，耀眼的雷光映在她的眼睛里，萧韵脸上的笑容瞬间凝固。她纤细的脖子被墨莲狠狠地握在手中。

萧韵不可置信地看着他，拼命摇着头，不是她……不是她！他要杀的人不是红头发的吗？不是凰北月吗？

墨莲面色冰冷，手指微微收紧，雷光从他手上蔓延到萧韵的全身，萧韵痛苦地惨叫起来。

“凰北月，我做鬼也不会放过你！啊……”萧韵一声一声凄厉地叫着，雷光让她身上的血肉迅速地萎缩下去。

墨莲松开手的时候，萧韵已经变成一具干枯的尸体，倒在地上。她的眼睛还死死地大睁着，盯着凰北月。

这种死法，亲眼看见的人都会起一身鸡皮疙瘩，凰北月却只是蹙了一下眉，并没有太大的情绪变化。

墨莲慢慢走到凰北月面前，声音很低，带着怎么都掩藏不了的兴奋，道：“月。”

凰北月抬眸看着他：“为什么要帮我？”

墨莲怔了一下，说：“你，孤，立，无援，我，帮你。”停顿了一下，墨莲又问，“害，怕吗？”

“我怎么可能会害怕？”凰北月别开脸去。虽然他的眼睛看不见，可是她还是不想去看那双眼睛。

那天晚上，她告诉过他，曾经，她孤立无援的时候，很希望有人可以帮她，这样她就不会觉得害怕。

她只是随口这么一说，从来没有想过有人可以帮她。从小，师父就告诉她，这世上永远只能靠自己，想要依靠别人，终究会沦为弱者。

她谨记师父的话，这一生都要靠自己，绝对不依靠任何人。这个才见过一次的少年却牢牢记住她的话，在她最孤立无援的时候出手帮了她。

吞天红蟒的气息越来越近，红莲已经追上来了。

墨莲道：“我带你走。”

凰北月挡开他伸过来的一只手，道：“我还有事情，不能就这么走了。”她要去找小虎和吱吱，还有东菱。

“我……去……挡她，等我。”墨莲冲她轻轻一笑，很温柔，丝毫没有想过要为难她。她有危险，他带她走；她不想走，他就把威胁她的人，都解决了！

凰北月扶着树干，转身看着他：“墨莲。”

墨莲微微一怔，慢慢回过头来，苍白的脸上有一丝淡淡的担忧：“你知……道了。”

“我知道你是光耀殿的墨莲，追杀我的人，是光耀殿的红莲。”凰北月的声音没有起伏，冷冷的。

她这样的冷淡，让墨莲有些害怕，他连忙说：“我不杀你。”

“你刚才要杀我的原因，是我和红莲长了一模一样的面孔，我冒充她，杀了光耀殿的人。”

“没关系。”墨莲摇摇头。那些人和他无关，他一点儿都不在乎，就算是红莲，他也不在乎。

凰北月看着他，嘴角轻轻地勾起来，道：“想不到光耀殿的墨莲尊上是这样的人。”

“你讨厌？”墨莲的声音低了下去，那本就阴冷的音色，这样一听，更是有种凄凉的感觉。

凰北月摇摇头，说：“没有。今天，很谢谢你帮了我。”

“你也帮我。”他的声音渐渐暖起来。句子很简单，他想努力说得长一些，可是发现说不出来。

“墨莲，你是个好人。”只希望以后他们不要成为敌人。和这样的人为敌，她觉得很可惜，也很恐怖！

“等我。”墨莲笑了一下，立刻召唤出幻灵兽。

黑色薄翼的神兽在他面前丝毫没有倨傲之色，待他乘上，便振翅起飞，迎着红莲而去。

凰北月看着他的身影从迷雾中消失，轻咳了几声，用战刀撑着地面往前走了几步。

魇道：“你不等他了？”

“没有必要等，道不同不相为谋，他始终是光耀殿的人。”凰北月低声说。

魇笑起来，道：“真是个冷静到可怕的丫头，我刚才以为你被他感动了。”

“我是那么容易被感动的人吗？”

不过，刚才听墨莲说那些话的时候，她的内心确实有些触动，在她孤立无援的时候，终于有人帮她了。

“嘿嘿，凰北月，幸运之神似乎还没有离开你。”

“厄运之神同样伴随着我。”凰北月冷声说，“老妖怪，不要废话了，你不知道我现在说话很累吗？”

“这样啊？哈哈哈……我休息了一下，恢复了一点儿，倒是很想说话啊！”魇恢复了元气，又露出了讨人厌的本性。

凰北月干脆不理他，用战刀撑着身体一步一步往迷雾森林里走去。

红莲气势汹汹地驾驭着吞天红蟒一路追来，可是凰北月是隐藏行踪的高手，越是在危急的时候，她越是不会暴露自己，所以红莲什么都没有发现。

红莲气得在吞天红蟒脑袋上大吼大叫："该死的臭丫头，别让我抓到你！"

吞天红蟒忽然像受到什么威胁一样，庞大的身躯向后退去，嗞嗞地吐着芯子。

红莲竖着眉，怒道："没用的东西，又有什么让你这么害怕？"

她正说着，一抬头，一道黑色的闪电瞬间到了她的面前。一惊之下，她握紧了剑，摆开了架势。

"墨莲？！"见是墨莲，红莲吃了一惊，然后脸上涌现惊喜的神色，"你怎么在这里？我终于找到你了。"

墨莲面无表情，完全忽略了她的问题，冷冷地开口道："干什么？"

"我来这里抓一个女人。她得罪了我，我一定要把她大卸八块。"

红莲跟墨莲相处了很久，对墨莲说话的方式，已经非常适应了。就算他没有说清楚，她也知道他想问什么。

墨莲听到她这样说，明显不悦，本就苍白的面色更是笼罩着一层肃杀之意。

红莲眨眨眼睛，道："你怎么了？你刚才从那边过来，有没有发现什么人？"

"没。"墨莲简短地说。

红莲纳闷了，那边没人吗？不过，她对墨莲的话一点儿都不怀疑，相处这么多年，她还是了解墨莲的性格的，这家伙直来直往，什么都不懂，连说谎都不懂。

其实，他也不是不懂说谎，而是不屑。他整个人就像是一张不受污染的白纸，不管往上面泼什么，都没有办法玷污他，无法让他有一点儿改变。

"那臭丫头不知道跑什么地方去了，让我找到她，一定不会放过她！"

红莲恶狠狠地说着，转头看向墨莲，脸上带着一点儿少女的甜笑："墨莲，你这次出来，吃了很多苦头吧？"

墨莲不理她，静静地坐在黑色的幻灵兽背上。他的五官其实很好看，只是那常年苍白的肤色，还有身上诡异的气息，会让人觉得他很可怕。

"别的地方找。"墨莲开口说。

红莲被他无视，心里有些失落，不过这么多年她已经习惯了。她转头四处看看，道："那丫头会在哪里呢？真是难缠！"

这时，墨莲驾驭着幻灵兽，往另一个方向去了。

红莲知道，他这是想告诉自己，他往这边搜，让她往另外一边去。

红莲咬着嘴唇轻轻笑了一声，道："离开我几天，终于知道要对我体贴一点儿了。"说完，她高高兴兴地驾驭着吞天红蟒转了一个方向，往迷雾森林的另一边去搜索。

墨莲只是随便走了一段路便折回来，连忙赶去刚才和凰北月相遇的地方，可那里早就没人了。

墨莲从幻灵兽的背上跳下来，看不见的眼睛四处转着，感受着周围的气息。

"月？"他轻轻喊了一声，无人应答。

墨莲的心沉沉地落下去，苍白的脸上带着毫不掩饰的失落和难过。

"等我啊，没有。"他喃喃地说着别人根本听不明白的话。

他其实想说：为什么没有等我？

缥缈的雾气弥漫过来，墨莲缓缓垂下眼睛，眼角那朵黑色的桔梗花好像在流泪一般。

凰北月在迷雾森林中走了很久，直到再也听不到吞天红蟒的声音，才停下来休息了一会儿。

她已经到了迷雾森林的外围，用不了多久就能出去。

"唉，翼王子不知道走到哪里了，权王应该已经动手了吧？"

凰北月藏身在一片茂密的灌木丛中，灌木丛外有一条小路，经常会有佣兵和冒险者经过。

这时，几个佣兵走过来，看服装不是南翼国的人，听口音倒很像北曜国的人。

凰北月本来不在意，可是听到他们说"翼王子"，还是忍不住侧耳听了一下。

"北曜国也是朝局动荡啊！皇上驾崩之后，国无太子，几位有权势的王子就开始争夺皇位，手足相残，令人寒心呀！"

"雅皇后生的九皇子和十一皇子都有不少人拥护，只可惜九皇子在南翼国做了十年质子，否则，这一次皇位之争，恐怕已经没有悬念了。"

"正是因为九皇子身在南翼国，居然也有那么多人拥护，雅皇后才担心啊！这次群臣上奏，请求和南翼国交换质子，把九皇子迎回去，雅皇后已经非常不高兴了。"

"都是她生的，九皇子和十一皇子谁做皇帝，她都是太后啊！"

"凌兄，这你就有所不知了，那十一皇子乃是雅皇后和权王私通生下的，雅皇后偏爱甚重，如今权王执掌朝纲，自然是要扶自己的儿子登上帝位。"

"这么说，这次权王来迎回九皇子，是为了……"

“没错！恐怕现在已经动手了。权王亲自来，那就是有十足的把握的。”

“唉，九皇子也是命运坎坷之人啊！幼年便被送来南翼国做质子，如今好不容易能回国，却是走进一个陷阱里，连自己的亲生母亲都要害他，他真是可怜啊！”

“这些事情，咱们老百姓也管不着，只求那权王发发慈悲，别在南翼国动手，然后嫁祸给南翼国，不然，两国好不容易平稳下来的局势又要开始动荡了。”

……

那些人说着话，渐渐远去了。

凰北月沾着血迹和污泥的脸上有些怅然。风连翼，你的归国之路，要面对的又是什么？

她慢慢地从灌木丛中走出来，拿出黑色的斗篷披在身上。她转身刚想走，灌木丛中传来窸窸窣窣的响声。她好奇地回过头去，只见一个淡金色的小脑袋钻出来，努力挣脱那些缠绕在身上的绿色植物，抬头看着她呜呜呜地叫。

“小虎！”凰北月连忙走过去，把它身上的植物扯开。

小虎一下子跳进她怀里，用脑袋蹭着她的肩窝，呜呜呜的，好像在哭一样。

在它身后，织梦兽也从灌木丛里爬出来。它身上的小花瓣被扯掉了好几片，脸上脏兮兮的，瘪着嘴巴看着她，眼泪汪汪。

“吱吱。”凰北月摸了一下吱吱的头，心情无比复杂。

小虎和吱吱都平安无事，可是东菱呢？

两个小家伙一直是东菱在照顾，现在失去了东菱，它们都很伤心难过。

小虎很自责地低着头，好像是因为它的失职，东菱才出事的。

“小虎，不怪你。”谁也没有料到光耀殿的人会出现。

小虎呜了一声抬起头，目光赤诚地看着凰北月。

凰北月点点头，说：“等你长大了，类似的事情就不会发生了。”

或许，小虎还不明白，在这个大陆上一切都要用实力说话。

凰北月抱起小虎和吱吱朝森林外围走去。

天色渐渐暗下来，迷雾森林中的雾气越来越浓重，月光照不进来，四周的黑暗和阴冷让人骨头发寒。

忽然，小虎竖起耳朵，警觉地瞪着前方，嘴巴里发出危险的警告声。它是神兽，在这片森林中，绝对没有灵兽敢靠近。

凰北月倚靠着一棵树，她伤得很重，如果再来一个高手，完全不用战斗，她就得直接认输了。

雾气慢慢散开，有黑衣人出现在凰北月眼前，那冷漠俊美的面孔，有种让人畏惧的高贵疏离感。

他只是冷冷地瞥了凰北月一眼，便移开了视线。

凰北月怔了一下，说："锁魂钟的滋味不好受吧？"

"谁把你伤成这样？"灵尊早就发现她受了重伤。

两个人都不想对之前发生的事情解释太多。

灵尊看起来安然无恙，比起凰北月的状况，那是好太多了。

"吃了。"灵尊随手扔了一枚绿色的丹药过来，也不解释，走到一边。

凰北月也不问。这老家伙虽然冷漠，但是不会害她。该相信的人，她是不会怀疑的。

她一张口把绿色的丹药吃了下去，顿时，一股温暖的力量从喉咙里一直蔓延下去，在四肢百骸里流动。凰北月觉得通体舒畅，身体里每一根经脉都像被抚慰过一样，之前淤积在胸口的一口血一下子喷了出来。

小虎呜了一声，以为凰北月着了灵尊的道，恶狠狠地冲着灵尊瞪眼睛。它是四级神兽，可是在灵尊面前还是感觉到一股无形的压力，所以不敢太放肆。

凰北月摆摆手，说："小虎，我没事。"

她吃了丹药，觉得身体轻松了许多，说话也不像刚才那样有气无力的。

"好了的话，就上路吧。"灵尊冷冷地说。

上次，凰北月来第七塔下面的火海里找他，他给了她惩罚之火，就表明她要拜他为师。所以，他此刻也不用多说什么。现在这样的处境，她只能跟他走了。

"我还有点儿事情。"凰北月的声音有些沙哑。

"凰战野和樱夜公主都安全地回临淮城了。"灵尊淡淡地道。

凰北月点点头。这也是她担心的一点。她刚才一直担心红莲找不到她，会回去对付战野和樱夜，现在不用担心了。可是……

灵尊看了她一眼，道："凰北月，以你现在的能力能报仇吗？"

凰北月紧紧地抿着唇，鼻子里有些酸涩，道："我明白了。"他都这么说，那就是完全没有希望了。

凰北月低下头，深深地吸了一口气，声音里有压抑不住的颤抖："我对不起东菱。这仇，我要报！光耀殿的红莲，我不会放过她！"

灵尊只是淡淡地瞥了她一眼，道："不用这么激动，你有万兽无疆，这仇迟早都会报的。"

凰北月咬了一下嘴唇，忽然跪在地上，道："我凰北月今日拜灵尊为师，请师父今后严加教导！"

灵尊终于转过身子看着她，面容虽然冷冷的，被雾气晕染得有些模糊，可那神色间的一丝欣慰，还是暴露了他内心的高兴。

“起来吧。”灵尊慢慢地道，“这个给你，当拜师礼吧。”

他的话音落下，一口古朴大气的钟就落在凰北月面前。

凰北月一怔，脱口而出：“锁魂钟！”

“你见过？”这丫头神通广大，有什么不知道？

“我曾在东离国的贾大人那里见过。”凰北月的手指慢慢地抚过锁魂钟。

这是一件神器，灵尊费了那么大的劲儿才搞定，就这么轻易给她了？师父出手也太阔绰了吧？

灵尊像是知道她的想法，只是淡淡地说：“这东西，我不喜欢，不如给你。”

“谢谢师父！”拜了师，立过誓言，她就把他当师父看待。她这个人有原则，答应了的事情，就绝对不会阳奉阴违。

灵尊对她一向很冷淡，听了她感谢的话，也没太大的反应，只是转身往前走，让她跟上来。

凰北月收起锁魂钟，抱起小虎和吱吱，走在他的身后。

他们从迷雾森林里出去。外面官道上，行人神色匆匆地赶路，看样子好像在逃命。

凰北月的眼睛在黑夜中也能看清楚，只见那些人身上穿的是非常帅气威风的黑色盔甲，正簇拥着一辆华丽的马车。

“东离国的人？”凰北月冷冷地说。

“他们在南翼国惹了事，只好连夜逃走。”灵尊淡淡地看了一眼，说。

“师父和他们一战，想必他们损失惨重。”

灵尊道：“几个高手都死了。”

凰北月眯了一下眼睛，道：“师父等我一下。”说完，她身形如同闪电，瞬间到了那一行人身边。

“是谁？”一个侍卫首先发现了她，大喊一声后，便闷哼着从马背上摔下来，喉咙已被割开一道深深的口子。

有盔甲护身，还能被割开喉咙，一定不是一般的武器！

那些人立刻围过来，大喊道：“保护太子殿下。”

凰北月冷笑一声，雪色的战刀瞬间出现在她的手中。今天和红莲一战败了，她心里正窝火，这些东离国的人，正好给她解解气。

战刀一扫，东离国的这些铁甲士兵立刻倒下去一大片，几乎无人能挡住她凶猛的攻势。解决了前面一批人，凰北月立刻跳上马车，一刀将马车劈成了两半。车里尊贵的东离国太子正被两个貌美的宫女搂着，三人同时发出惨叫。

“饶命！高人饶命啊！”

“你的命，我不屑拿走！”凰北月厌恶地说。

这样的人，将来成为东离国的皇帝，恐怕是东离国最大的灾难了。留着他，比杀了他好。

听到她这么说，东离太子才敢露出一只眼睛，恐惧地看着眼前这个一身黑色斗篷的神秘人。

“那……那你想干什么？”此人是想把他绑了做人质吗？

嘴角冷淡地勾着，凰北月开口道：“你回去，转告你们的大将军魏武臣，他的脑袋我要了！脑袋现在暂时寄存在他的脖子上，总有一天我会去取的。”

东离太子呆住了，要取大将军魏武臣的脑袋？

“话一定要带到，带不到的话，我就只好取你的脑袋了。”凰北月冷冷地威胁完，转身飞快地消失在夜色中。

来无影，去无踪，身法如此诡异！东离太子呆了半晌才回过神来，眨眨那双小眼睛：“要取大将军的脑袋，嘿嘿，嘿嘿，她知道大将军现在是什么级别吗？嘿嘿……”

凰北月脱去身上的黑斗篷，站在灵尊身边，抬头对着他笑了一下。

灵尊无动于衷，对她孩子气的做法不置可否。

“师父，我拜你为师，可还不知道你叫什么名字。”

“很重要吗？”灵尊瞥了她一眼，神色冷冷淡淡的。

“很重要啊！知道师父的名字，我就每天给你上高香祈祷！”

灵尊眸子里闪现出冰冷的光芒：“你当我死了？”

凰北月愣了一下，道：“我自然不是给你立个牌位，只是，我要感谢师父的话，总要有个名字吧？”

灵尊往前走，背影孤傲冷漠：“吾名，昀离。”

“昀离……”凰北月喃喃地念了一遍。

昀，日光也。

离开光明，永堕黑暗，他生活在第七塔的深处。

为什么有人的名字会这么让人觉得阴暗压抑呢？

穿过一片不算茂密的树林，他们站在一座高高的山丘上，从这里可以看见临淮城的一切。深夜寂静，只有几盏灯火在夜色中摇曳。

灵尊一身黑色的衣袍，负手而立，远远地眺望着临淮城。

月光洒下清冷的光辉，在他身周萦绕，却无法靠近他。总有一层淡漠的疏离感在他身边，无论怎样都没有办法靠近。

凰北月站在他身后，看着他的背影，忽然心中一动。她拿出惠文长公主的那支玉箫，放在嘴边吹响。

箫声低缓，如同漂泊的灵魂，无处可依，四处游荡。

灵尊看着前方。

忽然，一阵风起，那呜呜咽咽的箫声随风飘远，千回百转，令人感触。

今日，东离国太子在南翼国的所为必定会触怒南翼国，两国之间，恐怕又要不太平了。

被使者迎回国的北曜国九皇子风连翼，听闻在路上遭到了一群强盗的袭击。权王重伤，风连翼却安然无恙。经此一事的九皇子回到北曜国，又会掀起一场怎样的血雨腥风呢？

帝位之争，骨肉相残。

为了万兽无疆，沉寂多年的光耀殿和修罗城也按捺不住派了人来，维持多年的平衡被打破，卡尔塔大陆又将不太平了。

风，吹起了灵尊如墨一样的黑发。

灵尊垂眸，轻声念道：“过眼溪山，怪都似、旧时曾识。还记得、梦中行遍，江南江北。佳处径须携杖去，能消几緉平生屐？笑尘劳、三十九年非、长为客。吴楚地，东南坼。英雄事，曹刘敌。被西风吹尽，了无尘迹。楼观才成人已去，旌旗未卷头先白。叹人间、哀乐转相寻，今犹昔。”

他低沉的声音缓缓被风吹去，吹入临淮城的千家万户。一排排红灯笼在风中微微晃动。

风，起于临淮城，慢慢朝卡尔塔大陆吹去。

一曲罢，凰北月放下玉箫，看着灵尊的背影，想着他刚才轻声念过的词，不禁有种诗意的悲凉。

灵尊最后看了一眼临淮城，转过身，恢复了一贯的冷漠疏离，道：“不和任何人告别吗？”

“没有需要告别的人。”凰北月仰起脸，笑着道。

她带着东菱出来的时候，就没有想过告别。

灵尊没说什么，只是忽然身影一闪，雾气一样从她眼前消失了。

凰北月微微一愣，立刻也施展身法，追着灵尊的行迹而去。

她穿过一片树林，来到一条宽阔的河边。这是南翼国最大的一条水脉，名为洛水，奔流不止，到达临淮城附近，水势便逐渐平缓下来。

四野的风吹过来，刚刚下过雪的天气很冷。

凰北月往四处一看，不见灵尊的踪影，身后却有马蹄声传来。她背脊一僵，有些无奈地转过身。

锦衣黑袍的俊美少年骑着马从树林里走出来，一脸冷酷之色。

凰北月轻轻地抿着唇，心中不情愿，却还是抬头和战野对望。

战野从马背上跳下来，刚想举步朝她走过来，凰北月冷冷地说："不要往前走了。"

他的脚步顿住。他隔着一段距离看着她，声音有些发涩："你要去哪里？"

"天大地大，哪里都可以去。"凰北月淡淡地说，"太子殿下请回去吧！北月就此别过了。"说完，她想转身离开。

"戏天！"战野低声喊道，"你说过，不管走到哪里，都不会忘了我！这话不再算数了吗？"

凰北月怔怔地抬起头。她是说过这样的话，可这话是在一切都没有发生的时候说的。她没有料到结果是这样的。

凰北月深深地吸了一口气，慢慢地道："从今以后，世界上再也没有戏天这个人。太子殿下，把她忘了吧。"

"你出现过，我怎么可能会忘记？"战野大步走过来。

凰北月转过身，手中的雪色战刀忽然出现，在他们之间用力一挥，竖起了一道半人高的冰凌。

"以此为界，不要再靠近一步。"凰北月紧紧地咬着嘴唇，道，"凰战野，我不想和你成为敌人。"

战野在冰凌那一端怔怔地看着她："你为什么不能原谅他们？在仇恨里生活，你不会快乐！"

"我想我还没有成熟到可以原谅背叛。"凰北月垂眸道。何况，她并没有活在仇恨里，她所做的一切，是她应该做的，做完了，她就该离开了。

战野目光沉痛地看着她。这个冷酷的少年第一次感觉内心这么痛苦。看着最想拉住的人，他却无能为力。他根本不能抓住她。

凰北月抬起头看着他，说："也许很多年之后再相见，我们还会是朋友。君子之交，不正是这样吗？哥哥。”

她这一声“哥哥”叫出来，战野的眼眶瞬间就红了。他有些不知所措地低下头，不知道应该怎么应对。

他一向都是坚强的人，可是这一刻，他明白，遇见她之后，他的心再也坚硬不起来了。他曾经在心里面建造了一道壁垒，坚不可摧，可自从让她进来后，那道壁垒就土崩瓦解了。

凰北月却依旧面色平淡地看着他，好像什么都没有发生一样。

有些事情，与其让它发展到不可控制的地步，不如一开始就狠狠地掐断。她一直都是这么理智的人。在感情这件事上，尽管她有时候很迟钝，可是有时候也近乎于冷血。

她从纳戒里拿了一个装洗髓丹的锦盒出来，从冰凌上方抛给战野，道：“请帮我交给洛洛·布吉尔，跟他说一声对不起。”

战野接过锦盒，终于将胸口的剧痛压了下去，问道：“你没有什么要给我的吗？”

凰北月想了想，摇摇头，道：“对不起。”

“不用说对不起。”战野有些自嘲地勾起唇角，“可我有东西要给你。”说着，他走到洛水之畔，从纳戒中拿出一个铜质的杯子，盛了一杯冰冷的水，自己先喝了一口，然后递给她。

凰北月看了那杯子一眼，胸口有些闷，但还是走过去，接过杯子喝了一口冰冷刺骨的水。

“喝下母亲河的水，希望有一天，你能再回到这片土地上来。”战野声音低沉地说，“我希望你能回来。”

凰北月沉默了一下，忽然上前几步，伸出手搭在战野的肩膀上，将额头抵在他的肩侧，道：“谢谢你一直以来的照顾，可能的话，我会回来的，因为这里是我的家，虽然，并不圆满。”说完，她抬起头，朝他挥了挥手，“后会有期。”

战野痛苦地蹙着眉，声音暗哑地道：“后会有期。”

凰北月转过身，潇洒地向后摆着手，慢慢地走远了，最终走出了他的视线，走出了他年少的心。

灵尊站在洛水另一侧。有雾气在河面弥漫，不仔细看，根本发现不了他的身影。他目光淡淡地扫了战野一眼，微微勾了一下唇：“不是任何人都能得到她。她终究是要搏击长空的雄鹰，不会在大地上停留太久。”

“墨莲，你再不快一点儿，又要跟丢了啊！”浮光森林的外围，没有抓到凰北月的红莲心情很不爽。孟祁天又催着他们快点赶路回光耀殿，红莲就更不痛快了。

她一回头，见墨莲没有跟上来，反而站在森林外面的一块巨石上，背对着他们，不知道在看什么。

红莲在心里嘀咕：明明眼睛看不见的人，也不知道站在那里看什么。

不过这种话，她是绝对不敢说出口的，第一是因为墨莲的实力在她之上很多很多，第二是因为她怎么舍得当面说他的眼睛呢？

她喊了一声，墨莲没有听见，依旧孤孤单单地站在那里，好像不打算跟他们走了一样。

“墨莲，我们要走了啊，圣君还等着我们呢，穿过浮光森林也要好长时间。”红莲只好一边说着，一边走到墨莲身边。她跳上那块巨大的石头，和他站在一起，学他的样子张望，却只看到很远很远的地方，临淮城里有几点灯火闪烁着。

他才来临淮城几天，就对临淮城这么有感情吗？

“墨莲……”

红莲刚想说话，墨莲忽然转过头，用无神的双眼看着她，声音低低地问：“你的脸。”

红莲一怔，继而想明白他的话，脸上红扑扑的，声音也放柔了，道：“我的脸怎么了？”

“什么样？”

红莲的脸更红了。她道：“干吗突然问这个？我的脸什么样，你用手摸摸不就知道了？”

其实，她只是说说而已。墨莲这个人天生脾气就古怪，别说摸摸她的脸，他连碰都不会想碰她一下。他是天生孤独的人，从来不和任何人接近。他不爱说话，也什么都不做，所以什么都学不会，像个小孩一样。

她根本没想过墨莲会摸她的脸，所以当墨莲抬起手来的时候，吓得心脏猛地一跳，然后就站在那里一动也不动。

墨莲的手很冰，手指纤细，一点儿一点儿从她脸上划过，从额头，到眉眼，到鼻梁，到脸颊，然后慢慢移到嘴唇上。

红莲的心跳得跟打鼓一样，脸上火辣辣地烫，连他冰冷的手都被焐热了。

“这样。”墨莲喃喃地说，手指恋恋不舍地停留在红莲的脸颊上，“原来，这样。”一模一样的面孔，她和红莲。

红莲心跳得不行了，结结巴巴地说：“我……我有点儿不舒服！”然后，她跳下石头跑了。

墨莲的手在半空中停了一下，然后缓缓地垂了下去。

“孟祁天，你什么都知道，快告诉我，墨莲怎么了？他是不是开窍了，突然对我……”红莲红着脸小声地问。

孟祁天靠着一棵树，冷冷地说：“我知天知地，唯不知人心。”

红莲愣了一下，听不懂。

孟祁天却不再解释，只是目光深邃地看向森林外那个孤独站着的少年的身影。

红莲红着脸问：“你觉得，他是不是喜欢我呀？”

孟祁天转过头看了她一眼，道：“这个，你应该去问他啊！”

“我能问他，早就问了！”红莲鼓着脸颊说，“喜欢也没什么，反正光耀殿又不像修罗城，是断情绝爱的地方。”

孟祁天仰头大笑起来，道：“女人真是奇怪的动物啊！”

“哪里奇怪了？”红莲不满地问。

孟祁天道：“之前看你对墨莲的态度，我以为你讨厌他，没想到却是相反的。”

红莲被说中心事，眼睛一瞪，道：“要你多管闲事！”

“我可没有多管闲事，只是作为同伴，劝你一句，多情总被无情恼啊！”

红莲脑袋上冒出两个问号，开口道：“什么意思？”

孟祁天摇摇头，道：“没什么意思。走吧，天黑了，浮光森林里更危险了。”